朦胧诗研究资料

程光炜　主编
李建立　编

中国当代文学史资料丛书

百花洲文艺出版社
BAIHUAZHOU LITERATURE AND ART PRESS

图书在版编目（CIP）数据

朦胧诗研究资料/李建立编. — 南昌：百花洲文艺出版社, 2017.8
（中国当代文学史资料丛书/程光炜主编）
ISBN 978-7-5500-2188-4

Ⅰ.①朦⋯　Ⅱ.①李⋯　Ⅲ.①朦胧诗 - 诗歌研究 - 中国 - 当代
Ⅳ.①I207.22

中国版本图书馆CIP数据核字（2017）第090723号

朦胧诗研究资料

MENGLONGSHI YANJIU ZILIAO

李建立　编

出 版 人	姚雪雪	
责任编辑	臧利娟	
书籍设计	方　方	
制　作	何　丹	
出版发行	百花洲文艺出版社	
社　址	南昌市红谷滩世贸路898号博能中心一期A座20楼	
邮　编	330038	
经　销	全国新华书店	
印　刷	江西千叶彩印有限公司	
开　本	720mm×1000mm　1/16	印张　28
版　次	2018年4月第1版第1次印刷	
字　数	350千字	
书　号	ISBN 978-7-5500-2188-4	
定　价	57.00元	

赣版权登字　05-2017-131
邮购联系　　0791-86895108
网　址　　http://www.bhzwy.com
图书若有印装错误，影响阅读，可向承印厂联系调换。

总　序

◎程光炜

一

中国当代文学史（1949—2009）有"前三十年"和"后三十年"之分期。
后三十年中，又有"七十年代文学""八十年代文学"和"九十年代文学"等
不同段落。本丛书的选编对象，是后三十年文学。然而，文学发展脉络除不同
段落之外，还应有先后出现的流派、现象和社团将之串联成一个整体。在中国
现代文学史上，仅二十年代的文学就有文学研究会、创造社、沉钟社、未名社
等大大小小的社团或流派，从这些现象中，既可观察这一段落文学的起伏跌
宕、相互排斥与前后照应，也能对它们的纹理组织和贯穿线索有清楚的了解。

由于当代文学史的历史沉淀不够，研究者与研究对象之间的历史距离还
较短，它作为一个历史河床的激流险滩就来不及显露出来，供研究者做准确的
测量、计算和评估。按照我做历史研究的习惯，凡是漂浮在文学批评和各种文
坛传说中的文学现象，都不会列入研究目标，我会耐心地等它逐渐沉淀下来，
待纹理组织和脉络线索都清楚显露出来之后，才把一个个作家作品这种单位摆
放进去，设置一个位置。观察思潮，也应该强调它的历史稳定性，否则宁愿放
着不做。但是我们知道，自所谓新时期文学开始运作之后，被文学批评推出的
文学现象就层出不穷，例如伤痕文学、反思文学、寻根文学、先锋小说、新写
实小说、女性文学等等，而且它们大都被已经出版的许多文学史著作所采用，
在大学中文系文学史课堂上讲授了几十年。我没做过统计，关于它们的各种论

文不说上千万字，少说也有几百万字。更值得注意的是，有很多研究论文详细讨论它们之间的承传关系①，或者对某现象的内涵外延加以界定②，也分析到某现象在向另一现象转型过程中出现的种种问题③，如此等等。由此说明，当代文学史历史分期、段落传承、概念界定、现象、社团和流派等等的历史化研究，也并不像有些悲观者认为的那样犹如散兵游勇，布不成阵。④

因资料整理和学术研究没有跟上来，从伤痕文学、反思文学、先锋话剧、朦胧诗、寻根文学、先锋小说、新写实小说、女性文学、第三代诗歌、文化散文、九十年代长篇小说到60后作家三十年来的文学史序列，除作家主动提倡、文学批评和杂志组织等推动因素外，是否还有社会思潮的刺激、外国文学的影响和文学圈子的催发，还都没有被认真清理和反思。关于现代文学史上的文学研究会、创造社、太阳社、沉钟社、新感觉派、乡土小说、京派、海派等社团和流派的文献史料，是经过几代学者数十年来默默无闻地爬梳、搜集、辑佚、整理和研究，才逐渐浮出历史表面，最后被确定下来，成为学科的概念、术语、范畴的。而我知道，对当代文学史上这些重要现象文献史料的收集整理，还只是处在启动的状态，更不用说以一所大学之力，几代学者之力，开辟为研究领域了。虽然如上所说，零星的"关系""转型""段落传承"等研究已有不错成果，但与现代文学史如此大规模、长时段和投入几代学者之力的宏大工作相比，远没有提到议事日程上来。这个事实，必须引起学界同人足够的重视。

本丛书的编撰是一项进一步充实当代文学史文献史料整理的工作。它分为《伤痕文学研究资料》《反思文学研究资料》《改革文学研究资料》《寻根文学研究资料》《先锋小说研究资料》《新写实小说研究资料》《新历史小说研究资料》《女性文学研究资料》《朦胧诗研究资料》《第三代诗歌研究资料》《先锋话剧研究资料》《文化散文研究资料》《九十年代诗歌研究资料》《茅盾文学奖研究资料》《九十年代长篇小说研究资料》和《外国文学译介研究资料》，总计十六种，基本涵盖了当代文学史后三十年的重要现象。如果按照本文第一部分讨论现代文学史社团、流派、现象的观点，可以将十六种资料略作分类。第一类为文学现象，如"伤痕文学""反思文学""改革文学""新历史小说""先锋话剧""文化散文""茅盾文学奖""长篇小说""外国文学译介"等；第二类为社团，如"朦胧诗""第三代诗歌""九十年代诗歌"等；第三类为流派，例如"寻根文学""先锋小说""新写实小说""女性文学"等。所谓文学现象，是指受到当时社会文化思潮和文学思潮的影响而兴起的一种文学创作现象，集中反映着当时作家、批评家的思想状况、文学观念和审美意识，尤其是文学探索的精神。随着这些思潮的转移、跌落，这些现象也随之弱化和消失。所谓文学社团，按照既定的文学史认知，它一定有社团章程、组织、文学主张和相对固定的文学圈子，有固定的批评家和文学受众，关于这一点，"朦胧诗""第三代诗歌"和"九十年代诗歌"都符合这些条件。

从文学史的角度说，凡文学社团都有社团章程、组织、文学主张和固定的文学圈子，有固定的批评家和文学受众。例如"朦胧诗"，它源于1969年出现于河北白洋淀插队知青中的"白洋淀诗人"，主要成员有姜世伟（芒克）、栗世征（多多）、岳重（根子）、孙康（方含）、宋海泉、白青、潘青萍、陶雒涌、戎雪兰等，在北京工作或在外地插队的北岛、江河、严力、彭刚、史保嘉、甘铁生、郑义、陈凯歌等，也曾与这些诗人有交往。1978年12月，创办了诗歌小说和美术杂志《今天》，而以发表诗歌为主。杂志主编是北岛、芒克，成员有方含、江河、严力、食指、舒婷、顾城、杨炼等。由北岛起草的"发刊词"代表了该杂志的章程、组织和文学主张，他们宣称：该杂志是要"植根于过去古老的沃土里，植根于为之而生、为之而死的信念中。过去的已经过去，未来尚且遥远，对于我们这代人来讲，今天，只有今天！"⑤《今天》这个文学社团从1978年到今天，已经存在了三十七年，是中国当代文学史上存在时间最长、杂志延续至今的一个社团。虽然，它的主编、编委和成员几度变化，该杂志后来还转移到国外，但仍然一直坚持了下来。在我看来，"寻根文学""先锋小说"和"新写实小说"是可以作为文学流派来研究的。首先，它们都曾有自己的"文学宣言"，固定的作者圈子，相对统一的创作风格，不仅影响了后来一代作家的创作，而且通过创作转型，当年的创始者后来也一直延续着当年的文学主张、审美意识和创作风格，例如莫言、贾平凹、韩少功、李锐（寻根）、余华、苏童（先锋）等。

鉴于上述社团、流派和现象的史料非常分散，缺乏系统整理，本丛书拟以"资料专集"的形式出版。作为同类著作的第一套大型工具书,我们力图通过勾勒后三十年文学发展的基本脉络,展现大量而丰富的历史信息。同时意识到,这套丛书的出版,将为下一步更为细化、具体的史料整理工作开辟一条新路。如果从当代文学史文献收集、辑佚和整理工作的长远考虑,中国当代文学史的"社团史""流派史"等,也应在不远的未来启动和开展。比如,"白洋淀诗人群"与《今天》杂志的沿革关系,至今还是众说纷纭,有一些模糊不清的诗人回忆文章,但缺乏详细可靠的考证。又比如《今天》杂志编委会在八十年代的改组和分裂,也是各执一词,史料并不可靠。"寻根文学"的发起是1984年12月在杭州召开的那次文学的"当代性"会议,然而这次会议由哪些人发起、组织,具体策划是什么,与会人员名单是如何选择、确定,没有翔实材料予以叙述,零星片断的叙述倒是不少,仍不能令人满足。另外,散会后,韩少功、阿城等是如何产生写作那些"宣言式"文章念头的,具体情形包括活动情况,研究者仍然不得而知。在我看来,如果没有大量的建立在考证基础上的"社团史""流派史"史料丛书的陆续问世,仅凭简单材料写出的同类著作不仅价值不高,历史可信度也很低。这套书的工作,仅仅是为这一长期并意义深远的学术工作,打下一点初步基础而已。

三

在编选体例上,我们在遵循过去文学史史料丛书规则的前提下,也对这次编选提出了自己的要求。

一、每本书的结构,分为主选论文和资料索引两个部分。主选论文是全文收录,资料索引只选篇目和文章出处。在资料索引部分,要求编选者尽量穷尽能够找到的资料,当然非正式出版的报刊不在此列。

二、视野尽量开阔,观点具有历史包容性,强调点与面的结合。主选论文,应以当时文学思潮、论争文章和后来有价值的研究文章为编选对象;突出主要作家作品,一般作家作品可放在资料索引部分,作为对主选论文的陪衬,但也要求尽可能地丰富全面。

三、鉴于每本资料只有三十万字左右规模,这就要求编选者具有"选家"的眼光,用大海淘沙的耐心和精细触角,把对于历史来说,值得发掘和发现的文献史料贡献给各位读者。

由于各位编选者都在大学工作，承担着繁重的教学科研任务，尽管这套丛书筹备了好几年时间，还经过开会商讨和电子邮件的多次协商，但展现在读者面前的丛书，仍有不少遗憾之处，它的疏漏也在所难免，望读者批评指正。

2015年5月11日于北京

注释：

①杨晓帆：《知青小说如何"寻根"》，《南方文坛》2010年第6期。这篇论文运用详细材料，叙述了阿城1984年发表短篇小说《棋王》后，被仲呈祥、王蒙等归入知青小说。1985年提倡"寻根文学"后，更多的批评家开始按照对寻根文学的理解，认为它是这种现象的代表作之一，之后在接受各种访谈时，阿城也有意无意根据采访要求，重新讲述这篇小说是如何寻根的故事。这个案例，一定程度上说明，"知青小说"向"寻根文学"转换过程中的某种秘密。

②旷新年：《写在"伤痕文学"边上》，《文艺理论与批评》2005年第1期。作者力图在五十至七十年代文学和九十年代文学的关系脉络中，分析"伤痕文学"产生的原因，以及它如何在九十年代全球化大潮中逐渐衰老的深层背景。

③吴义勤的《告别"虚伪的形式"》（《文艺争鸣》2000年第1期）论及余华八十年代/九十年代小说的"转型"问题。还有很多学者，都有这方面的论述。

④从事现代文学研究的赵园，一次就曾当面对笔者谈到"当代文学"就像一个"菜市场"。这种认为当代文学史研究状况，始终没有自己的学科自觉和秩序的看法，在现代文学研究界十分普遍，一方面说明当代文学史研究确实存在问题，与此同时，也表明许多学者在耐心阅读已有成果之前就下结论的草率。

⑤《致读者》，载《今天》1978年12月23日《创刊号》。

目　录

中国当代文学史资料丛书

致读者

《今天》编辑部

历史终于给了我们机会，使我们这代人能够把埋藏在心中十年之久的歌放声唱出来，而不致再遭到雷霆的处罚。我们不能再等待了，等待就是倒退，因为历史已经前进了。

马克思指出："你们赞美大自然悦人心目的千变万化和无穷无尽的丰富宝藏，你们并不要求玫瑰花和紫罗兰散发出同样的芳香，但你们为什么却要求世界上最丰富的东西——精神只能有一种存在形式呢？我是一个幽默家，可是法律却命令我用严肃的笔调。我是一个激情的人，可是法律却指定我用谦逊的风格。没有色彩就是这种自由唯一许可的色彩。每一滴露水在太阳的照耀下都闪耀着无穷无尽的色彩，但是精神的太阳，无论它照耀着多少个体，无论它照耀着什么事物，却只准产生一种色彩，就是官方的色彩！精神的最主要的表现形式是欢乐、光明，但你们却要使阴暗成为精神的唯一合法的表现形式，精神只准披着黑色的衣服，可是自然界却没有一枝黑色的花朵。""四人帮"的文化专制主义就是只准精神具有一种存在形式，即虚伪的形式；只准文坛上开一种花朵，即黑色的花朵。而今天，在血泊中升起黎明的今天，我们需要的是五彩缤纷的花朵，需要的是真正属于大自然的花朵，需要的是开放在人们内心深处的花朵。

过去，老一代作家们曾以血和笔写下了不少优秀的作品，在我国"五四"以来的文学史上立下了功勋。但是，在今天，作为一代人来讲，他们落伍了。而反映新时代精神的艰巨任务，已经落在我们这代人的肩上。

"四五"运动标志着一个新时代的开始。这一时代必将确立每个人生存的意义，并进一步加深人们对自由精神的理解；我们文明古国的现代更新，也必

朦胧诗研究资料

将重新确立中华民族在世界民族中的地位。我们的文学艺术，则必须反映出这一深刻的本质来。

今天，当人们重新抬起眼睛的时候，不再仅仅用一种纵的眼光停留在几千年的文化遗产上，而开始用一种横的眼光来环视周围的地平线了。只有这样，才能使我们真正地了解自己的价值，从而避免可笑的妄自尊大或可悲的自暴自弃。

我们的今天，植根于过去古老的沃土里，植根于为之而生、为之而死的信念中。过去的已经过去，未来尚且遥远，对于我们这代人来讲，今天，只有今天！

原载《今天》第1期，1978年12月

试论《今天》的诗歌

　　我们在文艺刊物《今天》中读到了对中国文坛说来是很新颖奇特的诗歌，人们自然而然地对《今天》杂志发表的诗歌进行了各种揣测和解释。我们在这里也想对《今天》的诗歌发表自己的看法，但不是在纷纭的意见中加上自己的一份筹码，来达到公认的客观价值。为什么不能这样做呢？这是因为，在我看来事情还没有到进行这种讨论的时候。

　　《今天》的性质是令人瞩目的，它是在中国近代历史的极为罕见的变革之后，由一些青年知识分子创办的文艺刊物。这样一份文艺刊物的出现已经意味着它沉重的历史分量了。《今天》在它第一期的《致读者》中写下了它的宗旨："'四五'运动标志着一个新时代的开始。这一时代必将确立每个人生存的意义，并进一步加深人们对自由精神的理解；我们文明古国的现代更新，也必将重新确立中华民族在世界中的地位。我们的文学艺术，则必须反映出这一深刻的本质来。"这就是《今天》的宗旨，它告诉我们，《今天》在"四五"运动之后，正在肩负着新文学艺术探索者的重任，这个重任也是历史的重任，即再创造中华民族的新文明。

　　在我们认识到《今天》的性质之后，大概就能知道我们讨论的范畴了。我们谈论《今天》诗歌的时候，免不了要讨论过去、今天和未来，就是说我们不能就诗而论，而要置身于历史之中来探讨《今天》诗歌的历史的精神实质。

朦胧诗研究资料

　　人类文明史是人类精神在深化过程中把人类从野蛮改造成为文明的历史，文学艺术是人类精神文明的一部分。文学艺术正是对人类在现实生活中难以实现的理想要求给予美的精神价值，它在美的精神力量的作用下，改变着人类的生活。我想用"精神美"这个词来表示文学艺术的意义和价值，换句话说，"精神美"才是人类对文学艺术的要求和文学艺术美化、感化人类的精神作用。

　　人类文明史已经证实了这一点，这对于一个古老的、丧失想象力的民族成了至为重要的历史教训。如果我们民族仍旧不能理解历史的惨痛教训，又不能正确地看待人类文明的进程，那么就只有不幸地用鲜血来写我们的历史。我们既然承认伟大的贝多芬、莎士比亚和托尔斯泰，那么为什么不能承认我们不幸的事实呢？文学艺术不是人们吃饱喝足之后消遣取乐的牙慧；不是受人操纵的木偶；不是政治报告的改头换面；当然也不是歌谁之功颂谁之德。文学艺术是精神美的存在形式，没有精神美就没有文学艺术，这是文学艺术的精神性质所决定的。文学艺术的精神性质正是中国文坛恰恰缺少的，是使我们民族远远落后于世界其他民族的主要根源之一。

　　我们在《今天》中可以看到这样一首诗，这是第五期芒克的《献诗：1972—1973》中的一节"给诗"的诗：

　　　　那冷酷而又伟大的想象，

　　　　是你，改造者

　　　　人类生活之外的荒凉。

　　这节诗正是指出了诗歌艺术的精神作用，它就是人们常常说的想象。没有想象就没有诗的创造，这是毋庸置疑的。看来文学艺术就是精神美，是人类精神文明的一部分。人类在自己纷纭的社会中，并不能实现从人到人的改造，人类需要精神文明和精神美来改造人类，人类在这种改造过程中，将失去与生俱来的动物本能，因此而成为文明人。人类需要在精神面前赎罪，以洗清自己的灵魂；需要艺术来美化自己的灵魂；需要创造出生命的动力。没有这些，一个民族就只有退化而没有进化的可能。

　　我在这里着重讲了精神对人类的决定作用，这对一个民族在展望新文明的时候是绝对有必要的。再者，所谓精神文明和精神美并不是先于经验的产物，它是人类想象的创造物。任何一个民族在丧失或者不尊重想象的创造力的时候，它就不再拥有精神文明和精神美，它的命运必然是衰亡。

中国人民已经挣脱了文化专制的锁链，展望着自己的新文明，在这个中华民族命运攸关的时刻，必须指出新文明和新文学艺术的精神性质。唯此我们才能摆脱民族衰而不亡的、极其悲惨的命运。

二

我们在探讨《今天》诗歌的时候，免不了要涉及历史意识。"四五"运动之后出现的某些新文艺现象实际上是人们在历史面前抉择的产物，但不是所有的抉择都是对新文明的再创造，只有从历史渊薮中涌现的、化合了两种或者多种不同质的再创造才符合历史的要求，简言之，这种再创造是历史提供给新文明的动力。

首先我们要涉及历史观。历史观使我们认清了自己在历史中的位置，就是说认识到了我们在时间中的位置和这个时代的历史意义。

中国近代历史是东西方文化冲突的历史。中国传统文化和西方文化一直在越来越广泛的范围和领域里发生激烈的冲突，这是人类不同的价值、道德和审美观念的冲突，这种冲突改变了一个古老中国的文化面貌，中国在现代世界里必须进行变革，否则是无法生存下去的。中国由于在古代社会丧失了文明进化的可能，在现代世界就只好在东西方文化冲突中进行变革和再创造文化，这对于中国和世界都有不可估量的意义。

中国近代历史的重大事件正是东西方文化冲突的反映，诸如辛亥革命、五四运动等等，这种变革事件标志着再创造文化趋于深刻而成熟。我们看到了一种重新复兴中国文化的征象。可是，历史并不是在模式中形成的，中国近代历史上一场极为罕见的变革在我们时代出现了。这就是使我们千万人遭受耻辱、痛苦和灾难的"文化大革命"。这就出现了历史的反常现象，一个逐步复兴文化的民族突然被一场国粹主义的"文化大革命"毁掉了维系文化生命的链条。这场变革的毁坏作用，也形成了对过去文化的冲击。结果，文化冲突不仅仅是东西方文化的冲突，还有对中国业已形成的近代文化的冲突。文化冲突已经不再是与外来文化的冲突，甚至中国近代文化内部也形成了剧烈的冲突。事情已经发展到不是一重的冲突，而是双重或多重的冲突了。如果像前面所说的，是冲突造成了对文化的再创造的话，那么，我们时代所面临的多重冲突对文化的再创造将会发生根本性质的变化。我们不妨把这个时代称作中国近代历史变革的渊薮，它对文化冲突将起一种根本的作用，即真正地再创造中国的新文明和新文学艺术，而不像过去那样留有过多的模仿的痕迹。

三

我们谈论《今天》的诗歌，必须要涉及历史意识，否则我们的所作所为就有可能是无谓的了。《今天》的诗歌也恰恰是在我们上面所说的"文化大革命"时代产生的。我们因此而面临了一个更有意思的问题：《今天》的诗歌何以在这样一个时代产生？

历代的变革总是由青年人完成的，这说明了青年人对变革负有伟大的使命。这个时代的青年以他们更新民族生命的本能注视着历史变革的混乱状况，他们被卷进混乱的变革激流，做出了自己的牺牲。但是世俗事物并没有因此而酬谢他们。他们在这样的冷落面前开始思考他们生存的意义了，这种思考是绝大多数生存在这个时代的人都经历过的。因为原有意识的逻辑已经不再能起作用了，就需要人在精神上的再创造来作出回答。

关于这个问题，牵涉的方面很多。但是，恰恰这种精神状态才是诗歌的衍生地。我们先来谈一谈弗洛伊德的精神分析学说，这有助于我们理解这一代青年人的精神反馈和诗歌的衍生。

弗洛伊德把人的意识分为三级意识，即自我、超我和潜意识。意识的自我常被称为自我，自我的主要任务是竭力调和本能的、潜意识的生物需要和超我的社会需要。所谓的超我，就是通常所说的良心即社会正义的功能。潜意识就是遗传的本能或者内驱力。这三级意识构成了人的意识。但是这三级意识并没有必然的平衡关系，自我是弗洛伊德的现实原则的主要媒介，它汇集和统一各种心理过程。艺术作品正是从自我那里得到其组成的形式的，正如它是在超我中得到其道德或社会目的一样。超我是一切道德制约的代表，它鼓吹走向完美，即通常人们所说的"高级"事物。艺术作品和每一个心理领域都有相应的地方，诸如自我、超我对艺术创作的作用。但是最主要的被称之为潜意识的本能是艺术创作的精力、非理性和神秘力量的决定的创造作用。

弗洛伊德对人的意识的这种精神分析，有助于我们找到通向艺术迷宫的那条路。对我们所要谈的这一代青年和诗人来讲，这个三级意识在我们称之为渊薮的那个历史的断裂地带，形成了青年人和历史的多重的意识断面，结果这些意识断面彼此暴露，彼此接触，形成了弗洛伊德称之为"一片混混沌沌的大地，一口扬扬滚滚的大锅"的境地。这种境地就是精神创造的衍生地和诗歌艺术的衍生地。

我们在《今天》诗歌中能够强烈地感受到青年人的精神反馈，例如第二期发表的食指的《相信未来》最后一节这样写道：

> 朋友，坚定地相信未来吧，
>
> 相信不屈不挠的努力，
>
> 相信战胜死亡的年轻，
>
> 相信未来，热爱生命！

这节诗的结构并不复杂，但是一种不懈的奋斗精神在"相信"这个词的一再重复之下，力度的冲动震撼人心，把人的精神状态推到人类正义的高度。这是前面所说的青年人的本能和超我的人类良知汇合到一起的作用，可以说，正是这种人类的正义感，特别是青年人在人类正义的感召下，为理想、为自由的奋斗精神成了这个时代的主旋律。对人类正义之感我们在《今天》上看到几个不相信，这是北岛在《今天》第一期上的《回答》：

> 我不相信天是蓝的；
>
> 我不相信雷的回声；
>
> 我不相信梦是假的；
>
> 我不相信死无报应。

这里的几个"不相信"在一般人看来无疑是应该相信的，可是诗人并不相信，四次重复了"我不相信"，同样使我们在混乱的历史时代面前产生了庄重而又怀疑的正义感。

这几个"相信"和几个"不相信"就是我们所说的精神反馈，是自我、超我和潜意识激烈交锋的结果。这很像哈姆雷特"死亡还是活着"的永恒思辨。这一代青年人在这场巨大的历史动乱面前，用他们的诗歌写下了争取自由的意志：

哪怕荆棘刺破了我的心，

　　火一样的血浆火一样地燃烧着；

　　挣扎着爬进了那喧闹的江河，

　　人死了，精神永不沉默！

　　这是食指在第二期发表的《命运》的最后一节。这种对于命运的态度，是出于宁可被击败也不能丧失灵魂、宁可死亡也不能苟活的自由意志。事实也正是这样，这些青年人从来没有放弃理想，从来没有趋炎附势，从来没有放弃争取自由的神圣权利。他们在奋斗之中一次次地从血泊里爬起来迎接黎明。他们的生命就不再是一次性的生物生命了，人的精神性出现了，这是诗人之所以成为诗人的先决条件。同样，对于诗歌艺术来说，真实的生活是诗人感奋的基础，否则任何心理上的不真实都会在诗歌里充塞造作之感。

　　这些青年诗人不仅需要真实的生活，他们还需要对世界有批判性感悟的精神，这是基于自我、超我的诗人的潜意识在历史的断裂地带感发而为诗的意象的通道。用俗话讲就是有勇气接受范围广阔的刺激和挑战，在精神反馈的"混混沌沌的天地、扬扬滚滚的大锅"的境地中攫取诗的词汇、想象和联想，依据每个诗人的个人本能进行回答和应战。著名心理学家荣格认为："正是这种创造性活动为一切无法回答的问题提供了解答；它是一切可能性之母，在其中，正如一切心理对偶一样，内部和外部世界结成活的统一体。"青年诗人开始用创造性想象作出回答，这就是诗，也就是前面说过的在原有意识的逻辑已经不再能起作用的时代，需要人在精神上的再创造来作出回答。

四

　　创造性的精神活动像滚烫的泉水在《今天》的诗歌中涌现了。第三期发表的江河的《遗嘱》中这样写道：

　　我记下了所有的耻辱和不屈

　　不是尸骨，不是勋章似的磨圆的石头

　　是战士留下的武器，是盐

　　即使在夜里也闪着亮光

　　青年诗人对时代作出了反应，这种反应不像一般人那样在时代面前消失了

中国当代文学史资料丛书

自我意识，反而由于精神上的再创造，一个闪耀着思想之光的精灵在徘徊：

> 星群在我的身边闪耀
>
> 像无数只期待与愤怒的眼睛
>
> 像遗嘱上字迹的声音
>
> 在并不清澈的河流中
>
> 我走着
>
> 带走了一层泥沙

　　这个精灵像是和夜空的星星在一起，神秘莫测，它在追溯和塑造什么，为了这个苦难的民族。它用污浊的泥沙来清洗自己的灵魂，把神秘的想象带给这个古老的民族：

> 民族的灾难已经过多
>
> 人民的伤口很难愈合
>
> 以至把武器和矿藏珍重地埋入地下
>
> 泪水和血汇成大大小小的河流
>
> 这就足以磨炼了我的性格
>
> 构成洗涤和挖掘的使命
>
> 提醒着我、推动着我，走向东方

　　青年诗人和那个想象创造物的精灵成为一体了，他承受起民族的苦难，用爱的精神来弥合人民永久的创造，用不可推卸的"洗涤和挖掘的使命"，重新开拓中华民族的精神文明，重新在新文学艺术领域内开拓、塑造和赋形，创造精神美。他走着，他们走着，肩负着创造性使命，从东方"走向东方"，迎接初升的精神文明的太阳。

　　就这样，诗歌从青年诗人还未被割破的喉管中灼热地唱出来，他们要让古老的过去在创造者手中结束衰而不亡的命运，要让在痛苦中思索的闪光成为点燃未来文明的火种。

五

> 太阳升起来。
>
> 把这天空，

染成了血淋淋的盾牌。

这是第一期上发表的芒克的《天空》的第一节诗。这是什么意思呢？想象力不强的人很难体会这节诗的意思。这节诗是象征主义的诗，而象征是意义的集结。对于诗歌艺术，我们并不一定要求字义的真实程度作为联想的基础，亚里士多德在这方面说得好："与其不合乎情理的'可能'，不如合乎情理的'不可能'。"象征未必要用字的直接意义进行艺术表现，象征本身就是由多重意义构成的。对于这节诗，我们在《天空》这首诗中能够理解到诗人的本意。然而，这节诗本身也可以成为独立的超乎寻常的想象。

这节诗在我看来，是诗人生活在那个动乱的年代的思想感情高度集中后，象征地把自己的感受创造成为诗的意象。这是诗人的感受，他感受到一个自然界的灼热的火红的太阳，正在把自由的蓝天强有力地涂染成红色，天空像是成了一块盾牌，覆盖在人们头上，这种强有力地改变一切的做法，使得天空也淙淙淌血。实际上这是诗人的历史感，他用自然现象来象征自己的历史意识。一个血淋淋的天空，会是诗人进行更丰富而深刻想象的"一片混混沌沌的天地，一口扬扬滚滚的大锅"。但是，这个血淋淋的天空不是属于太阳的，而是属于诗人自己的。

在《今天》的诗歌中不仅仅有芒克的天空，还有不少青年诗人也都有自己的天空，他们在自己想象的天空写下了自己的感情和理想。第二期上发表的艾珊的《冷酷的希望》也是诗人在自己的天空面前充满美好的理想，而又在理想和现实的冲突中仅留下了冷酷的希望。这个冷酷的希望是诗人在历史动乱的年代仅存的希望。然而，这样的希望对于正在进行文艺探索的青年人说来是如此宝贵，他们在自己的希望中获得力量。

诗歌艺术不仅仅表现时代的题材，它也可以表现其他方面。但是我们必须强调诗歌艺术的精神性质，即精神美，没有精神美，诗歌艺术就丧失了生命力。表现时代题材的诗歌固然使我们获得了精神力量，非时代题材的诗歌也应该有这种力量。

我们在第一期上看到了北岛作的《黄昏：丁家滩》这样一首诗，诗一开始就这样写道：

黄昏，黄昏

丁家滩是你蓝色的身影

中国当代文学史资料丛书

> 黄昏，黄昏
>
> 情侣的头发在你的肩头飘动。

这首诗一开头就把情境和意境烘托出来了，而用的词汇并不晦涩，比拟也是比较简单的。那么，为什么我们能感到美呢？在这短短的几句诗中，黄昏不再是简单的自然现象，而成为拟人的美了。在这里想象也不是纯□（由于本文原载杂志《今天》已难以辨认。不能辨认的用□代替，约略可以辨认的，加"（）"以示区别。——编者注）的幻觉，它把一种累加成分附丽其上，诗的表面上的实体继续存在，继续是大自然中的黄昏，可是由于这种成分的化合作用，黄昏被意造和意解□拟人的美了。《黄昏：丁家滩》最后写道：

> 夜已来临
>
> 夜，面对着四只眼睛
>
> 这是一小片晴空
>
> 这是等待上升的黎明

诗人在结尾再次塑造了拟人的美，这不再是开头那种女神式的美，□是把人的眼睛想象成自然界的光明。这首诗首尾呼应很好，把拟人美和光明联系起来了，从这里可以看出，诗歌所产生的美是为了满足人类的精神□，要的是一种在现实世界之外的精神美。诗歌艺术美化和感化的对象是人□人格和人道，它唤醒人们，赋予所有有想象力的人以精神价值。

在《今天》的诗歌中，我们还可以看到一部史诗，这就是江河的《纪念碑》组诗。《纪念碑》组诗是诗人对历史的更为直接的思考和感受。组诗气势磅礴，寓意深刻，形成了独特的风格。《纪念碑》组诗到目前为止发表了《纪念碑》《我歌颂一个人》《葬礼》《遗嘱》和《祖国啊，祖国》。这几首诗从不同的方面来表现历史，塑造历史。我们在《纪念碑》组诗中可以看到时代的各个方面。《纪念碑》这首诗把诗人和人□连成一体，用纪念碑作为象征，它抗议"生命在死亡中成为东方的秘密"，而"斗争就是我的主题"。这首诗表达了一个要摆脱衰亡命运的民族的□志，构成了组诗的雏形。史诗是每个民族在自己的历史条件下为文明□鲜血和生命写下的诗篇，它要用诗来表现、影响和改变自己的民族。□□中《我歌颂一个人》和《葬礼》讴歌了中华民族的英雄，把他作为民族的象征，人民在和民族英雄命运休戚相关的斗争中战胜了封建法西斯，改变了中华民族的历史。这是史诗所歌颂的主题之一。《遗嘱》

表现□代青年的精神状态，前面已经谈过，这里就不再赘述。《祖国啊，祖国》着重讴歌了对祖国的热爱，对土地的热爱，对黑暗的抗争，对未来的（憧憬）。江河的《纪念碑》组诗是我们民族的一部史诗，它不可避免地要对我（们民族）的命运发表意见。这是这代青年的责任，也是诗人的责任。

在《今天》杂志中能够看到不少的青年诗人在动乱的历史年代唱出（自己心）中的歌，第三期诗歌专刊中能够看到这些诗歌的概貌。其中除了江河的《纪念碑》组诗以外，有齐云、食指、方含、芒克、舒婷和北岛的风格（各异）的诗歌。例如方含的《在路上》就是这一代青年对美好理想被现实□碎的忧怨的歌谣体的诗歌。而食指的《鱼群三部曲》则充满了奋斗、反（抗）和牺牲的精神，这是这代青年人顽强意志的表观。齐云的诗歌充满了感□情调，真切地表现了这代青年人受压抑的情感。舒婷的《中秋夜》表现了女诗人在选择生活道路时极为复杂的心情。这些青年诗人丰富而深刻的□□构成了我们所谈论的《今天》的诗歌。

我们在《今天》中读到的这些青年诗人的诗歌，虽然在风格上、在题材上不尽相同，可是能感到时代的脉搏在跳动，跳动来自心脏，来自那颗□新陈代谢、用跳动来证明生命存在的心脏。

《今天》的诗歌是这一代青年诗人汇集成的新诗歌潮流，它在冲洗着大地上的血迹和污浊，用滚烫的诗的泉水浇灌这块干旱而古老的土地，这股潮流正在奔腾向前，流向祖国的高山大川，流向人民的心田，流向蓝色的（海洋）和天空。

六

我在本文的引言中谈到我们在这里讨论的是《今天》诗歌的历史的、精（神）的实质。在本文前几部分依次就文学艺术的精神性质、历史意识和文化的关系、青年人在历史中的精神反馈、这种精神反馈造成诗歌的衍生和《今天》诗歌的精神性质进行了讨论。在我们所进行的讨论中，意识到了《今天》诗歌确实有历史的、精神的实质，它就是我们所谓的在文化冲突的历史中创造精神文明和精神美的新文艺现象。对这个新文艺现象进行全面的历史估价还为时过早，但是这并不等于说这个新文艺现象不具有历史的意义。

《今天》的诗歌作为新文艺现象的历史意义可以做出简单的归纳，这不是不可能的事情。首先，这个新文艺现象是出现在中国近代历史极为罕见的大规模冲突的历史时代，这个历史时代的多重的文化冲突将从根本意义上对中国文艺史、文明史和再创造新文明具有决定性的影响和作用。这样从这个可以称为历史渊薮的时代涌现出来的诗歌本身就是历史的产物，是历史的精神美的诗歌艺术。其次，这是一代青年人在历史动荡的年代写就的诗篇。这些真诚的青年必然要和那个历史渊薮一样在自己的精神上形成反馈。这时候，诗歌艺术就不能形同过去的诗歌，也不能和同时代随波逐流的文人墨客同唱无味的滥调。青年诗人只有在那个真正衍生诗歌的精神反馈的境界进行再创造。这种再创造的性质就是新文明的活力。新文明由此而不安、躁动，就像一个快要来到这个世界的生命将要从母体中分娩出来似的。对这些也许我们就可以称之为历史意义。

　　但是对一个古老民族说来，守旧意识常常占上风。人们常常以传统的守旧意识来看待新兴的、有生命力的事物，而很少认识到我们民族衰而不亡的命运正是这种根深蒂固的守旧意识造成的。人们不尊重，也没有认识到创造性事物的重要性，再次以强大的习惯势力摧毁它、蹂躏它，认为这是少数未成年的年轻人异想天开的把戏。他们最有根据的理论就是认为新文艺现象是"非正统"和"非传统"的。我想在此也来谈谈这两个问题。

　　我们先来谈谈所谓正统问题。《今天》的诗歌作为新文艺现象确实和所谓正统诗没有任何相似之处，它确实有点像是天上掉下来似的。那么，基于对数量对比的这种浅薄认识就能证明《今天》诗歌的"非正统"性质吗？这样认识问题过于专断失理，也显得浅薄无知。我在这里不想反唇相讥，倒是想在对中国近代的文学史的讨论中来回答这个问题。

　　中国新诗在三十年代形成了特有的风格，这是受西方现代诗的强烈影响，又能在中国生存的新诗歌。这是西方现代诗歌深刻的精神性质影响和改变中国古典诗歌的结果。这对中国诗歌史说来是很可喜的现象，因为中国新诗已经能独立存在了，虽然免不了要留下模仿的痕迹。三十年代的诗歌确实为中国新诗奠定了基础，同时在中国文艺史上也占有极重要的地位。我之所以这样说，是因为三十年代诗歌确实具有某种精神性质，那么我们也就可以称三十年代诗歌是精神美的诗歌了。但是三十年代兴起的文艺运动很快就被政治动乱搅扰了，自此以后，强烈的政治空气侵袭了文艺领域，诗歌艺术因此丧失了精神美的价值和作用，被套在政治的意识形态的网络中，诗歌艺术的灵性被窒息了，我们自此之后只能听到喋喋不休的政治说教。久而久之，人们习惯了这类诗，以为诗也是在向我们阐明什么问题，在让我们领悟什么政治道理。结果，诗歌艺术所能给予人的精神美荡然无存，只剩下政治的"正统诗"。我在这里不是否定政治诗的存在意义，政治诗作为一类诗歌是可以独立存在的，但是这类诗正像它可以独立存在一样必须是自由的，是属于精神性的诗歌艺术，而不是被套在政治的意识形态的网络中，成为被统治者。如果政治诗就是被政治的意识形态所统治的诗歌，那么这种占数量很大的政治的"正统诗"实际上丧失了诗歌艺术的精神性质，即不再是精神美的诗歌了，反而成了一种不伦不类的诗。实际上，这类诗才真正离开了诗歌艺术的正统，即不再表现精神美了。

那么《今天》的诗歌是不是正统的呢？如果我们同意精神美即诗歌艺术的正统，那我可以说《今天》的诗歌是正统的。

我们再来讨论所谓的传统问题。这个问题首先涉及了我们中国人的传统概念，即认为效仿前人的认识就是因循传统。这个从孔子那里来的认识□论毁掉了我们民族几千年的文明进化。使我们民族在近代不得不进行惨（烈）的变革。这种传统的守旧意识是我们民族衰而不亡的症结之一。所谓传统，绝不是因循前人的认识，在前人的成就面前顶礼膜拜。传统是无法继承也是继承不了的。谁要试图在前人的成就那里添油加醋，以为自己扩展了前人的成就，那无非败坏了前人的成就，也败坏了他自己。传统是某种（更）有广泛意义的东西，这需要人具有深邃的历史意识和历史感，同时进行艰巨的精神创造活动，只有这时候，创造者才创造了传统，他拥有了历史上永不衰败的意义和价值。这不是后人所能仿效的后人也必须进行精神创造活动才能拥有传统。这样看来，传统不是既定的，它是在创造过程中形成的。

我们如果同意对传统的这种认识，那么我们可以说《今天》的诗歌并不是"非传统"的。起码它在精神创造的活动中，在对中国新文学艺术和新文明的探索过程中正在获得传统。所谓的"非传统"并不是《今天》的诗歌和新兴的文学艺术现象，恰恰是那些抱着守旧传统意识、丧失创造力的社会势力。

我们在认清了传统和传统的概念之后，就可以说所谓"非正统"和"非传统"并不属于《今天》的诗歌。相反，《今天》的诗歌正以它的精神美来到饱经创伤的中国大地，它深情地歌唱着：

> 新的转机和闪闪的星斗，
> 正在缀满没有遮拦的天空；
> 那是五千年的象形文字，
> 那是未来人们凝视的眼睛。

　　《今天》杂志所发表的诗歌，以它不同风格、不同特点所形成的诗歌潮流来到了中国，它是在历史渊薮中涌现的，它在为中国的新文学艺术和新文明做出自己的尝试和努力，好让中华民族重新以文明民族出现于世界。《今天》的诗歌在它过分艰辛的成长过程中，难免失去一些东西，这恰恰说明了在中国文学艺术的境遇。一个热爱艺术的民族是不能对此无动于衷的。否则，失去精神文明和精神美的民族会再次重蹈历史的覆辙。

　　历史造就了一代青年和诗人，历史将为他们做证。

原载《今天》第6期

新的课题

——从顾城同志的几首诗谈起

公 刘

编者按：公刘同志提出了一个当前社会生活和文学事业中至关重要的问题：怎样对待像顾城同志这样的一代文学青年？他们肯于思考，勇于探索，但他们的某些思想、观点，又是我们所不能同意，或者是可以争议的。如视而不见，任其自生自灭，那么人才和平庸将一起在历史上湮没；如加以正确的引导和实事求是的评论，则肯定会从大量幼苗中间长出参天的大树来。这些文学青年往往是青年一代中有代表性的人物，影响所及，将不仅是文学而已。我们深信，后面的办法不失为一良策。本刊特转载《星星》复刊号上的这篇文章，请文艺界同行们读一读、想一想。

最近，在北京市西城区文化馆出版的《蒲公英》小报上，读到了一组诗：《无名的小花》。作者顾城同志在小序中这样写道：

《无名小花》长久以来是不合时宜的。因为它真实地记录了"文化大革命"中一个随父"下放"少年的畸形心理……

当然，随着一个时代沉入历史的地层，《无名的小花》也变成了脉纹淡薄的近代化石。我珍视它、保存它，并不是为了追怀逝去的青春，而是为了给未来的考古学者提供一点论据，让他们证明，在二十世纪六十年代和七十年代间，有一片多么浓重的乌云，一块多么贫瘠的土地。

这一段内心独白似的言语，使我感到战栗！

于是，我设法找来了这位二十二岁的青年的全部诗作，默默地读着，也默默地想着——

粉碎"四人帮"以来，短篇小说创作方面出现了一批新人，戏剧和电影创作方面也开始在出现，唯独诗坛没有多少别开生面的变化。这是为什么？难道是由于我们的青年一代中缺乏时代的歌手么？显然不是的。《天安门诗抄》的群众作者就多数是青年人，他们写下了已有定评的传世之作。即以现今北京街头张贴的某些油印刊物为例，我看，其中也不乏诗才。

　　有的同志也承认，这些刊物中的某些作品闪烁着一种陌生的奇异的光芒，但又断言，这些作者是走在一条危险的小路上。我不完全同意这种评论。我想，从诗贵创新的角度看，我们自己每写一首诗，不也同样是对思想感情领域的一次"探险"么？既要"探险"，就不免冒险，就必须另辟蹊径，就不能老是重复别人的脚印。

　　还有人说，这一类新人新作，不过是一些个人主义的呻吟，从内容到形式都是"五四"时代要求个性解放的回声，这恐怕也是过于简单的否定吧，不敢苟同。是的，我们如果站在居高临下的位置，往往很容易把本来是上升运动的螺旋错当成周而复始的圆圈。事实上是：历史毕竟不会重演，尽管它们有时是如此惊人地相似。今天的中国和世界都已经不是六十年前的中国和世界了，这是大家都能看得明白的。因此，即或这些诗作中有着消极的甚至是颓废的一面，但其所以会出现这种状况的社会心理因素，也还是值得认真研究的。

　　有不少文章曾经公正地指出，新一代是思索的一代。思索，我以为，这的确是抓住了一代人的主要特征。

> 烟囱犹如平地耸立起来的巨人，
>
> 望着布满灯光的大地，
>
> 不断地吸着烟卷，
>
> 思索着一种谁也不知道的事情。

　　上面引用的小诗是顾城同志在一九六八年写的，当时，林彪和"四人帮"及其高级顾问的倒行逆施，已经进入了第三个年头，作者年仅十二岁。我并不觉得这首诗特别精彩，但它的确说明了一个历史的客观过程："文化大革命"初期被人为地制造出来的狂热逐渐冷却了，各地武斗升级，血泪成河，所有佩戴过或者羡慕过红卫兵袖章的孩子们开始进入了生活的新阶段：思索。一叶知秋，这就是一叶；接下来我们大家便都经历了一个漫长的冬天。

　　不妨设想一下，假如你遇见过这么一个小男孩：他独自一人在荒凉的河滩上踽踽而行，他不时望望昏黄的天宇，怨恨着为什么要刮这么大的西北风，而瘦小的身子也不由自主地瑟缩起来；忽然，他又天真地一笑，希望西北风刮得更猛烈，因为只有这样，他才有可能拾到更多的枯枝；他的那个新近迁来的下放人员的家，喘息着的灶火正在等待着柴草。这个小男孩酷爱读书，但偏偏命运把他从文化的伊甸园中放逐出来，仿佛他偷吃了什么禁果，犯了什么罪。此刻，他只好抱定"抄家"的劫后余灰——一部《辞海》，像还不习惯吃草的小牛犊那样咀嚼和反刍着。他的一切权利（包括受正常教育的权利）都被剥夺了，唯一剩下的只有任谁也剥夺不掉的幻想：

> 我在幻想着，
>
> 幻想在破灭着，
>
> 幻想总把破灭宽恕，
>
> 破灭却从不把幻想放过。

像千万个男孩子女孩子一样，顾城在幻想中长大了。缺乏物质的乳汁（精神产品的物质形态是书、画、音乐和表演，还有旅行和各种交流等等），仅有幻想的乳汁，又怎么能不导致病态的早熟？他写了一首题名《生命幻想曲》的诗，由衷赞美了大自然、太阳、月亮、大地和谷物。表露了积郁在这颗年幼的心灵中的对祖国人民的无尽的爱。它使我惊异，我是写不出这样的诗句来的。虽然，它所包含的思想是可以争议的。

幻想是现实的折光。有时，幻想像一位魔术师，的确能变化出色彩斑斓的东西来。然而，人毕竟不能通过万花筒看世界。结果，幻想也终不免掺进去了对于现实的辛辣讽刺。浪漫主义一个筋斗能翻十万八千里，但是，从现实中腾空而起，也不能不落回现实中来。于是，在他的一首描写村野之夜的小诗中，竟出现了这样奇特的句子：

> 我们小小的茅屋，
>
> 成了月宫的邻居，
>
> 去喝一杯桂花茶吧，
>
> 顺便问问户口问题。

历史在迂回曲折中前进。在它的某一阶段，往往会发生这样的事情：逆流倒冒名顶替了主流，而真正的革命大潮却被斥之为"妖风恶浪"。处在这种反常的氛围之中，一个不谙世事的少年应该怎么办？有的堕落了，当了"白卷先生"一类的"当代英雄";有一小部分则扎扎实实深入到人民中去,如同蚯蚓之于土壤;但大多数人都因为"既不能前进,又不愿后退"(《幻想与梦》),只好像顾城那样,以《铭言》自勉:

　　　　且把搁浅当作宝贵的小憩,

　　　　也不要去随浪逐波。

　　宁愿"搁浅",这在奋发有为的年华,实在是一个悲剧。这样一种精神状态,和我们这一代,和我们的上一代,都是多么的不相同啊!我的前辈们固然有更多的动人的跑步投入战斗的故事,但这有待他们自己去叙述。就拿我这么一个没有多少经历的人来和新的一代作比较,也不难指出:我是在四十年代后期,被席卷蒋管区的学生运动(这是当时全中国的革命高潮的一个组成部分)带进红色的队伍中来的。我们要民主、要科学,当然就要打倒反民主、反科学的国民党反动统治。目标是清晰的,斗争是义无反顾的。然而,今天站在我们面前的这一代,都是在红旗下成长的。对他们来说,地主和资本家只不过是画在纸上的魔鬼。一方面,要民主、要科学的历史任务尚待完成;一方面,他们又懂得,共产党的确是为人民利益而奋斗的,因为谁都知道,从本质上讲,马列主义正是一切科学的科学,社会主义制度更会带来历史上从未曾见的最广泛、最真实的民主。而不幸客观存在着的,却是以林彪、"四人帮"为代表的极左路线把这一切都搞乱了、破坏了的痛心的事实。有一部分青年由此在政治上得出了不正确的结论,混淆了政治欺骗与革命理想的界限。更多的青年则陷入巨大的矛盾与痛苦之中,他们失望了,迷惘了,彷徨了,有的甚至踅进了虚无的死胡同而不自知。其中满怀激越,发而为声的,便是目前引起人们注意的某些非正式出版物上的新诗。

　　顾城同志大致属于这一群。唯其如此,字里行间也就每多愤世嫉俗之言。例如,他有一首题名《两个情场》的诗,这样写道:

　　　　在那边,

　　　　权力爱慕金币,

　　　　在这边,

　　　　金币追求权力,

　　　　可人民呢?

　　　　人民,

却总是它们定情的赠礼。

这里有很大的认识上的片面性。造成这种片面性的，是一段时间内我们国家政治气候的异常，这是不能过多去责难青年们的。

众所周知，在人们的一生中，青少年时代可塑性最强。他们虽然被极左路线扭曲了，可是我们不能嫌弃他们，我们应当在发展社会主义民主，健全社会主义法制，实现社会主义现代化的斗争中同他们一道努力，把扭曲了的部分一一加以矫正。如果回到顾城同志使用过的"搁浅"的比喻上去的话，我们的责任就在于拉纤、撑篙，或者跳下水去用肩膀将这些小船扛出沙滩和礁丛。我们要消除他们的怀疑和误解，指出国家经过艰苦的奋斗肯定有一个光明前景。因此，从这个意义上讲，为被玷污了的革命传统平反昭雪才是最大的平反昭雪，为被败坏了的社会主义恢复名誉才是最根本的恢复名誉。

还应当充分肯定的是：这些新的所谓不见经传的诗歌作者，他们的悲观是和人民大众的悲观熔铸在一起的。他们不仅仅是止于思索，必要时，他们就挺身而出，起来抗争，震撼世界的天安门事件就是有力的证明。以顾城为例，他写的悼念周总理的一些诗篇，如《白昼的月亮》《啊，我无名的战友……》等，就都跳荡着激昂的音符。

现今人们纷纷议论，为父母的都不大了解自己的孩子了。是的，我们和青年之间出现了距离。坦白地说，我对他们的某些诗作中的思想感情以及表达那种思想感情的方式，也不胜骇异。但是，无论如何，我们必须努力去理解他们，理解得愈多愈好。这是一个新的课题，青年同志们对我们诗歌创作现状的不满意见，也必须引起我们足够的重视。我们的诗是不是仍旧标语口号太多？当我们用诗来执行为无产阶级政治服务的使命时，是不是过于僵化？关于诗的艺术规律，关于诗的形象、技巧，是不是太不讲究？我们报刊上的诗的废品和赝品能不能减少一点？这都是可以讨论的，至于青年们的诗歌创作活动，要真想避免他们走上危险的小路，关键还是在于引导。要有选择地发表他们的若干作品，包括有缺陷的作品，并且组织评论。既要有勇气承认他们有我们值得学习的长处，也要有勇气指出他们的不足和谬误。视而不见，固然是贵族老爷式的态度，听之任之，任它自生自灭，更是不负责任的行为。到头来，灭者固然自灭，生者呢？也许倒会以三倍的顽强，长成我们迄今未曾见过也不敢设想的某种品类。我们是不愿尝这枚苦果的。但如果我们对青年同志没有热烈的阶级感情，就总有一天要受到历史的惩罚。

一九七九年三月十四日　北京

原载《星星》1979年复刊号，后被《文艺报》1980年第1期转载，转载时在文前加了"编者按"。这里编入的是《文艺报》转载时的版本。

我对于“朦胧诗”的看法

方 冰

朦胧诗这两三年来发展得很快、很时髦，很多青年人去写它，也吸引了很多青年人。有人说：朦胧诗的兴起，是中国诗的新时代的到来，是中国新诗的崛起。认为诗写得太明白了不美，朦胧才是美，是诗表现生活的重要的特征。并且说开创了三十年不曾有过的新局面。

朦胧诗顾名思义，其诗意是朦胧的，好像在雾中，又好像蒙上一层纱布，使你看不清事物的真相，读了不知道诗的确切的意义在哪里，诗里具体说的是什么，要读者苦苦地去思索、去猜想，有时还是猜不着想不出。有人说只有这样，才真正有诗意，才是好诗。

朦胧诗我读得不多，但就这不多的朦胧诗中，我认为是有区别的，不能一概而论。有的诗并不朦胧，谢冕同志在发言中举出的青年作者梁小斌的《雪白的墙》一诗，不但写得不朦胧，而且还很新颖，很好。谢冕同志举的梁小斌同志的另外一首诗《中国，我的钥匙丢了》，不过写得曲折一些，诗意是很清楚的。我看像这样的诗，都不能算作朦胧诗。有的诗就朦胧了，经过苦思苦想，猜测作者的意图是什么，表现的什么。猜来猜去，还不知道猜得对不对。如《诗刊》1980年10月号上顾城同志的两首诗：

远和近

你

一会看我，

一会看云。

我觉得

中国当代文学史资料丛书

你看我时很远，

你看云时很近。

弧线

鸟儿在疾风中

迅速转向

少年去捡拾

一枚分币

葡萄藤因幻想

而延伸的触丝

海浪因退缩

而耸起的背脊

还有的诗，怎么读也读不懂，如坠五里雾中，不知道作者为什么要写这样的诗。我看过几本诗刊，其中这样的诗就不少。1980年6月号的《滇池》，有一首诗近似，诗题是《浆糊》，全诗仅一句："你能把一切都粘在一起吗？"字句是能看得懂的。既然叫作诗，就要有诗的主题，就要有诗的意境，两者我怎么也琢磨不出在哪里。这能算诗吗？！浆糊不能把一切都粘在一起，不是尽人皆知的吗？这样写有什么意义？

去年我参加了两次诗歌讨论会：一次是四月间在广西南宁，是几个文艺团体联合召开的；另一次是在辽宁省丹东市召开的东北三省诗歌工作者联谊会。在会上，大家争论得很激烈，都说出了真心话。我记得在南宁的诗歌讨论会上，一位年轻的诗歌理论家说的话非常直率。他说中国新诗的发展的前途就是朦胧诗。如果说读者读不懂朦胧诗，那是读者的耻辱，应该提高读者的文化修养，到能够读得懂。又说：在中国的旧诗和民歌的基础上去发展中国的新诗，几十年来的实践证明是失败的。凡是学习外国诗歌去写新诗的，才能取得成功，郭沫若、艾青等几位有名的大诗人，没有哪一个不是如此。外国的诗歌在急剧地发展着，打开门来一看，现实主义老了，吃不开了，新的诗派，新的表现方法，日新月异。我们应该大量地吸收学习。中国现在兴起的朦胧诗，就是学习的新的成果，是最有前途的。（大意如此）在那次会议上，有不少人反对他的意见。会议不作结论，当然也不应该作结论，事情才开头嘛，可以深入讨论下去。

我认为一个民族的诗歌的特点，是由这个民族的经济生活、政治制度、风俗习惯、历史传统、语言特点等诸因素形成的。中国诗歌当然也是如此。各民族的诗歌有共同的地方，当然也有不同的地方。大家互相交流、互相学习、互相借鉴，吸收其他民族诗歌的长处、优点，加以消化，来丰富自己民族的诗歌，这是非常需要的。但是这种吸收决不会取消这个民族诗歌的特点——语言和表现形式的特点。中国的新诗虽然和中国旧体诗有很大的不同，但那是合乎中国语言的规律、特点，有中国作风、中国气派，被中国人民所接受、所喜爱的中国的新诗，决不是毫无选择地对外国诗歌的死搬与硬套。唐宋间中国词的兴起，固然是溯源于中国古代的乐府。乐府能唱，词也能唱，都与音乐有关。词初兴时叫"曲子"，"曲子"是隋唐时期流行的西域音乐——燕乐（即宴乐），带着西北民族刚健的风格。"词"是这种新兴的"曲子词"的简称，传入中原后，它最初盛行于民间，后来被文人接受，加以改造，按曲填词，又有了许多新的创造，具有中国作风、中国气派，就被中国广大人民群众所接受了，成为中国诗歌发展的一个新的形式、一个重要的阶段。

外国新的诗派，如达达派、未来派、印象派、现代派等等，这在三十年代就开始了的。虽然在某些方面——如表现手法方面，也有某些可取的地方，但总的说来，模仿的结果，是不被中国广大读者所接受所喜爱的，接受它喜爱它的只是极少数人。印象派诗人李金发的诗，我不但过去读不懂，现在还是读不懂，怎能叫人民群众去接受呢？

其实朦胧诗并不是什么新东西，外国早就有了的，中国也早就输入了的，不过借着中国现在的新的机缘，又重新生长起来罢了，当然和过去相比会有新的特点、新的不同。

朦胧能不能成为一种美呢？我认为能够成为一种美。如绘画中西洋画的点彩派，中国画的米派山水，都有它们的朦胧的美。朦胧诗有没有它的美呢？我认为有它的一种独特的美。如主张写诗要老妪俱解的中唐的大诗人白居易，他的诗最明白易懂了，但是他也写过朦胧诗。如他的词《花非花》："花非花，雾非雾。夜半来，天明去。来如春梦几多时，去似朝云无觅处。"就写得很朦胧，是表现他的一种朦胧的意境的，但读了是可以理解的，也感觉到它的美。这种朦胧的美就是表现了为读者所理解的朦胧的意境。就是大家说是写朦胧诗的顾城，也是有不少不朦胧的好诗的。如登在《星星》一九八〇年三月号上的短诗《一代人》和《祭》，含意蕴藉而深沉。

朦胧派的诗我所看到的，只有反映了社会现实，能引起大家的共鸣，才是好诗，才能被人理解，但是，这一来，往往也就不是朦胧诗了。

值得研究的是：一、朦胧诗的兴起，为什么要在打倒"四人帮"以后？二、为什么写朦胧诗的、喜爱朦胧诗的，绝大多数都是年轻人？

一切文学现象和一切文学流派的产生，都是有政治经济上和社会生活上的原因的。朦胧诗的产生也是如此。

现在风华正茂的二三十岁的年轻人，他们是在新中国的红旗下长大的，没有经过残酷的革命斗争的锻炼，一遇到十年"文革"造成的难堪的现实，他们中的一部分，头脑比较清醒，逐渐看清了现实，参加了新的战斗；也有一部分怀疑了，迷惑了。甚至是悲观失望了，他们要寻求，他们要探索，这当然是好的。但是他们看不清前途究竟应该怎样，于是便朦胧起来，写出来的诗便是朦胧诗。

朦胧诗并不只是语言形式上的朦胧，首先是思想认识上的朦胧，内容上的朦胧。例如：有一首诗，题目叫《生活》，诗的内容就一个字，叫"网"。这样的诗很难理解。这种一个字的"诗"其实不能算诗。有人又称它为"古怪诗"，也的确怪。写出这样的"古怪诗"，首先是作者对于生活失去坚定的信心，追求自由化，才会把生活看成是束缚人的"网"。

朦胧诗的作者认为：诗歌的唯一任务就是表现自我，抒发自我的情怀，甚至是一刹那间的难于捉摸的自我情怀。很少谈到诗歌要反映广大人民群众的社会生活，反映广大人民群众的喜、怒、哀、乐。而且他们所说的这个自我，是脱离集体的、脱离社会的、无限膨胀的自我表现。其实他们头脑中的这个自我情怀，决不是从天上掉下来的，也是客观世界在他们头脑中的反映，不过是被歪曲了的杂乱无章的反映罢了。

我们向来主张诗歌一定要有自己的强烈的个性特点。但是，现实主义者所说的自我，是集体中的自我，是人民大众中的一分子，他们的喜、怒、哀、乐是与广大人民息息相通的。他们决不去作孤芳自赏式的自我表现。他们的诗歌是为广大人民群众而写的，反映广大人民群众的生活斗争，反映广大人民群众的思想感情。他们的诗歌力求为广大人民群众所理解。他们决不苛求读者，而是适应读者，提高读者，为读者服务，朝向共产主义目标共同前进。这是诗人应尽的职责。

有一位朦胧诗的作者说：我的诗现在你们看不懂、不喜欢，不要紧。我相信将来——我们的下一代，一定会看得懂的，会喜欢它的。我看他的这个信心是绝对靠不住的。你是现在的人，你写的是现在的事物，现在的人都不理解，都看不懂，我们的下一代，没有在现阶段生活过，能够理解、能够看得懂吗？这不过是自我安慰罢了。

诗，不能把什么都说尽，把什么都说尽就没有诗了。诗，要含蓄，要凝练，要有言外之意，要使读者读了能够引起很多联想，参加再创造，但绝不能把诗写得使人看了莫名其妙。含蓄和朦胧是绝对不同的两回事，朦胧得使人看不懂就变成晦涩了。

所以我认为朦胧诗的朦胧，主要的有两种原因：一种是对时事看不清，一种是看清了不敢直说的表现。这是就诗人的思想认识方面说的。还有一种朦胧诗的作者，他们不是思想感情或是世界观人生观方面的问题，至少主要的不是这方面的问题。他们在探索一种新的表现方法。他们认为现在的新诗陈旧了，不新鲜了。这种探索的精神当然是好的，应该鼓励与支持。"李杜诗篇万口传，至今已觉不新鲜。江山代有才人出，各领风骚数百年。"时代在前进，诗歌也在前进，我们当然要不断探索新的表现方法。我们绝不能满足于现状，停滞不前，这样，新诗就要衰亡，就没有发展的前途了。当然，吸收外国诗歌的好的东西、新的东西，是促进中国新诗发展的一个很好的契机，但是，绝不能拒绝继承中国诗歌的优良传统，中国诗歌是有着丰富的优良传统的，我们绝不能把它丢弃。只有具有鲜明的民族特点的东西，才愈具有世界性。

我们的诗歌总要鼓舞大家前进，给广大人民群众以美的享受，为中国的"四个现代化"尽到它的一分力量，不能老使大家处于朦朦胧胧之中。

应该怎样对待朦胧诗呢？我认为既然有不少的青年人在写它，也有不少的人在爱好它，还有它的理论家，这是一个客观存在。它是一株新的花，应该让它占有一块园地，让它发展。大家来研究、来竞赛，互相取长补短，当然也可以互相批评，不要听到一句不爱听的话，就认为是"又在打棍子了"。让广大人民群众来检验，来鉴定，来取舍。

原载《光明日报》1981年1月28日

奇异的光

——《今天》诗歌读痕

徐敬亚

一

天安门诗歌运动是我国新诗发展史上的重大转折。目前诗歌界出现的新的潮流是"四五"诗歌运动的继续，而《今天》的诗歌则是其中的佼佼者。

　　斗争，就是我的主题

　　我把我的诗和我的生命

　　献给了纪念碑

　　（江河）

在决定着民族命运的搏斗中，他们义无反顾，于暗夜的迷雾里冲腾而起。

　　在英雄倒下的地方

　　我起来歌唱祖国

　　（江河）

他们有着朦胧但确乎又是清晰的信仰，他们在心中赞美一个纯洁的灵魂。他，就是他们的信仰：

　　权力在他的手中用于造福

　　时间从他身边走向光明

　　……

　　他以神奇的魅力

　　征服过所有的人

我是说，除了善良的人民、朋友

还有不甘失败的敌人

（江河）

这就是北京青年诗人们笔下的诗句。他们的诗中有着对生活独特的感受和思考。与同时代的人相比，他们有着特殊的生活、特殊的经历。他们接触了我们社会中最敏感的中枢神经。这些年来，一切在他们的眼里发生了奇特的扭曲。在风暴的旋涡中心，他们忍受着，思考着，呼喊着，他们很早就拿起了笔，在"四人帮"横行的日子里，他们的琴弦上奏着那奇特的声音：

呵，母亲

为了一根刺，我向你哭喊

如今戴着荆冠，我不敢

一声也不敢呻吟

（舒婷）

在沉沉的黑夜里，他们渴望着真理之光；在彩绸飘摇之中，他们看清了头上的荆冠。然而，痛苦与沉默却孕育了饥渴的追求，他们张开双臂，向苍天呼喊——

即使你穿上了天的衣裳

我也要解开那些

星星的钮扣

（芒克）

这些诗句，相当成功地写出了一代青年心中的苦痛和追求。他们中的一些人有着坚定的思考，并参加了斗争。在"四五"运动中，他们把诗化成了战刀与长剑，献给了自己铁的信念。请看这首《雨夜》，写得铿锵、轰鸣：

让墙壁堵住我的嘴唇吧

让铁条分割我的天空吧

只要心在跳动

就有血的潮汐

（北岛）

但是，生活实在是给了他们太多的鞭痕，太多的疑团，在黄沙迷茫中他们失去了方向，失去了信仰。请看一位署名食指的青年诗人在1974年写的《疯狗》，辛酸的诗句真令人心灵战栗——

　　　受够无情的戏弄之后

　　　我不再把自己当成人看

　　　仿佛我成了一条疯狗

　　　漫无目的地游荡人间

　　　……

　　　我还不如一条疯狗

　　　狗急它能跳出墙院

　　　而我只有默默地忍受

　　　我比疯狗有更多的辛酸

　　与其说这是他们在嘲讽自己发了疯的灵魂，不如说是在用愤怒的鞭子狠狠地抽打发了疯的年代。当多少人在颂歌中晕眩，在"主人翁"的口号中陶醉的时候，他们却对蒙着红光的暗夜发出了反叛的嘶叫。这不是丧失理智的哀鸣，恰恰是最可宝贵的清醒的呻吟。从这个意义上说，这诗正是"四五"诗歌浪潮的潜流。

　　《今天》中的诗，有战斗的火花，也有伤感的青烟，沉思中蒙着淡淡的哀愁。在某些诗里表现了相当多的迷惘、苦闷和徘徊。对那些逝去的青春图画，他们涂上了过多的灰暗。有一首《在路上》：

　　　从北京到绿色的西双版纳

　　　我带回一只蝴蝶

　　　它是我的岁月

　　　美丽的、干枯的

　　　夹进了时间的书页

　　　呵，从北京到西双版纳

　　　岁月消失在路上

　　　（方含）

　　这首诗，用六段分别写了"眼泪""青春""爱情""梦想"和"忧伤"，结果都是洒、留、丢、消逝"在路上"。就诗而论，这是一首很完美、很清晰的作品，对知识青年生活作了相当精彩的提炼，将高度压缩的生活凝于工整的形式中，节奏和色彩都好。但在思想上相当低沉，旋律是哀惋痛苦的。这种调子更多地弥漫在齐云的诗中——

> 我们不考验、不赞美
>
> 不期待、也不追求
>
> 避开风雨、也避开爱
>
> 想避开一切——假如能够

必须指出的是：他们的诗是真实的，真实得像眼泪，像血。但唯其真，才更值得我们研究；唯其真，才更值得社会注目。他们相当深刻地摄取了当今青年中某些有代表性的思想。比起我们报刊上的诗歌，他们用了更多的侧面、更真实的笔触勾画了被损害的青年一代的轮廓。虽然他们的歌声中不免夹杂着一些失调的颤音，但是我们能指责他们吗？

> 谁不想把生活编织成花篮，
>
> 可是
>
> 美好被打扫得干干净净
>
> （芒克）

只要想想生活之路是怎样坎坷，我们走过了怎样窒息、原始而野蛮的专制岁月，我们就会理解他们那至今尚未愈合的伤口，就会公正地估价他们的思索：

> 阴谋早已开始
> 在历史的阴影里就已开始
>
> 血如果不能在身体里自由地流动
> 就让它流遍土地
> （江河）
>
> 生命应该献出去
> 留多少给自己
>
> 就有多少忧愁
>
> （舒婷）

这些诗，不仅属于他们，也属于生活，属于我们这个时代留给子孙的遗产。这是时间的留声机划下的沟纹。是新中国第一代公民在动乱中的血泪结晶。有谁读了他们的诗，不为他们的呼号而振奋，不为他们的惨叫而痛惜，不为他们的失望与迷茫而沉思呢？这些，也许就是他们诗篇的社会意义之所在吧。

总之，《今天》诗歌的内涵是独特的。他们唱的，不是排闲遣愁的牧歌，也不是无病呻吟的小调儿。他们始终把诗的镜头对准生活，对准着倒映生活的年轻心窗。他们不是颓废派，不是唯美主义者。恰恰相反，我反复回味诵读，倒隐隐地感到了他们那朦胧的追求，而诗只不过是他们探寻的光束。

二

一代有一代的文学，一代有一代独特的艺术形式。旧的形式对于新的生活总是不合脚的鞋子，奇特的花总要有奇特的花篮。

尖锐、真实地反映生活，对社会、对艺术、对人生的独立思考，是《今天》诗歌的特点。他们那些新鲜的想象，必然使得他们与多年来的传统写法格格不入，因此不得不寻找新的形式。

你的眼睛被遮住了
你低沉、愤怒的声音
在这阴森森的黑暗中冲撞：
放开我！

（芒克）

这蕴含着力量的画面，扑面投给人以愤怒撕打的声浪，这活脱脱的"动"的感觉，这回肠荡气的余音……用四行一节、七字一句的规整句式能表达吗？

我有一块土地，
我有一块被晒黑的脊背，
我有太阳能落进去的胸膛，
我有会发出温暖的心脏。

我有一块土地，
我有一块被耕种的头盖，

我有容得下天空的脑海，

我有无比深情的爱。

（芒克）

这首角度新颖、语气不凡的诗，深沉地概括了大风暴之后一代青年的经历、胸怀和收获。这些浓缩的情思用轻松悠长的格调是唱不出味道来的。从艺术的高度精练上看，这八行诗句，足可以抵得上八十行阶梯式诗。

《今天》中的诗都贯穿着简洁、跳跃、含蓄的格调。但每个作者又都闪着自己的风采。

其中特别值得一提的是：江河。组诗《纪念碑》中的四百多行诗句，在风格上那么浑然一体，表现着明显的成熟。他那"在英雄倒下的地方，我起来歌唱祖国"的名句，是一代歌手的心声。读他的诗，总感到他是站在高高的纪念碑上唱。诗里闪着的是青年人胸中滚滚正气；又含着老年人白发下深刻的哲理；凝重、深沉、庄严的风格，又像是刚毅的中年。比较起来，在《今天》中，他的诗最为"通俗"。在他的笔下，带条件型的诗句被较多地使用着：

只要有手

手和手就会握到一起

只要有深渊、黑暗和天空

我的思想就会痛苦地升起

飘荡在山巅

因为只有这种句式才最有力、最强烈、最适于容纳那些血泪凝聚的思考的结晶。

另一位是北岛。他的特点是对生活进行大幅度的概括，能较熟练地驾驭多种风格。他更多地运用着具体的形象，调动着抽象的概念。往往在形象与形象之间搭设出神奇的桥梁，在概念与概念之间穿引着连接的针线。在《雨夜》中他写道：

当灯光串起雨滴

缀饰在你的肩头

闪着光，又滚落在地

……

低低的乌云用潮湿的手掌

揉着你的头发

揉进花的芳香和我滚烫的呼吸

路灯拉长的身影

连接着每个路口，连接着每个梦

……

　　这是一首回忆"四五"时期的小诗。你看，他多么虚幻地写了一个难忘的雨夜。前一组雨滴、肩头、地……分明地织出了雨中的少女；然后：乌云、手掌、头发、花、呼吸……点染出了乌云重压下潜在的生命和生活之美。绝不肯明点直说，可是却给读者展示了多么浓郁的生活情趣呀。另一首《一束》，是很奇特的：

在我和世界之间，

你是海湾，是帆，

是缆绳忠实的两端；

你是喷泉，是风，

是童年清脆的呼喊。

在我和世界之间，

你是日历，是罗盘，

是暗中滑行的光线；

你是履历，是书签，

是写在最后的序言。

　　这是"一束"古怪的花。第一节写的是青春、热情；第二节写的是历史、真理。每节都只用了六个互相并列的概念。然而把它们交织在一起，放在"我和世界之间"，零散的名词就集于一处了。全诗五节，构思和角度都新，语言表现也不同凡响，但由于过多地使用了含量较大的词语，概念之间造成了重复，甚至矛盾和交叉，只好让人猜谜。显然不能算一首好诗，但是表明了作者形式上的探求。

　　北岛的另一类手法在《今天》中更有代表性。即在直抒胸臆中跳跃地叙述，以此造成前后印证的效果，增大了诗的含量。同是《雨夜》一诗的后部分：

即使明天早上

枪口和血淋淋的太阳

让我交出自由、青春和笔

我也决不交出这个夜晚

我决不交出你

他先不说出这个夜晚，而是先排了三个词——自由、青春和笔。回过头来再推出这个已经变得丰满了的时间。三个词选得准，聪明的读者不难联想。

舒婷，是位女诗人。她的诗，在冷静中有一种女性的柔美和细腻，单纯而恬雅。《致橡树》是爱情题材中难得的好诗。《祖国呵，亲爱的祖国》《这也是一切》饱含着极浓的感情。她诗不多，但每首都有特色。

要使血不这样奔流，

凭二十四岁的骄傲显然不够。

当激情招来十级风暴，

心，不知在哪里停泊

（舒婷）

食指的《鱼群三部曲》是其中唯一的带有叙事色彩的抒情长诗。春天在他笔下与我们读过的诗是那样迥然不同。它确乎是可以概括一部分青年的遭遇，但有明显图解生活的倾向。

《今天》中有一类小诗，占着较大的比例，写这种诗主要是芒克和北岛。这些诗多用一个大题串起，三五成组，用数字排列，每首表达一个形象，或一缕情丝；有的则用几个字的小题补衬，如：

日落

太阳朝着没有人的地方走去了。

（芒克）

艺术

亿万个辉煌的太阳，

显现在打碎的镜子上

（北岛）

这些诗的简短不但在于它取材精细、涉求不大，还在于它巧妙地利用了题目。诗题不仅提纲挈领，而且本身就是内容的一部分，跳出诗行之外放在上面，就统率了全诗，省了笔墨，增加了含量。这类小诗是《今天》的特殊品种，但总的看，成就不够大。

《今天》中的诗，很少直接吟唱，很少大喊大叫。他们很注重构思的奇巧，诗情的凝重，所以节奏上一般不延伸，不铺张，用词不花哨。句子成分往往都简短干净，声调平稳：

> 生命和死亡没有界限，
>
> 只有大地，只有海洋。
>
> （江河）

他们选取沉静、徐缓的节奏，符合他们深刻的观察，符合他们冰冷的主调。

其他特点，如用零碎形象构图；推进的急速跳跃；结句的音节多用双音；多数诗无标点；重感情抒发；常常大胆打破韵脚；等等。

他们不甚重描写，每有描写，亦不流于简单状物，总是加进与众不同的想象：

> 心绪不宁的河水
>
> 揉动粗大的琴弦
>
> 一群小山
>
> 在黑暗中阴谋地策划着什么
>
> 我那瘦长的影子
>
> 被狠狠打倒在地上
>
> ……
>
> 淡青色的拂晓
>
> 世界停在一个特写镜头里
>
> （方含）

几个年轻人在一起，搞起了文学，这无疑是件好事情。他们以奇特的想象，奇特的构思，奇特的语言，以一种新鲜的艺术尝试，以一种对文学对社会的新的理解，加入了诗歌的园地，从某种意义上说，他们是向诗坛挑战：

朦胧诗研究资料

我要向缎子般华贵的天空宣布

　　这不是早晨，你的血液已经凝固

　　（江河）

　　歌颂巴黎公社的诗，我们见得多了，但是还没有一首写得这样凝重、深沉——

　　奴隶的枪声嵌进仇恨的子弹

　　一个世纪落在棺盖上

　　像纷纷落下的泥土

　　巴黎，我的圣巴黎

　　你像血滴，像花瓣

　　贴在地球蓝色的额头

　　（齐云）

　　这是多么奇特的歌声，分明给了你什么，却又让你一下子说不出，不得不皱眉回味。他们的画面往往揉进很多交叉对立的颜色，跳进零碎杂乱的形象。他们的歌是那么有意思的合唱，有时唱得雄壮，有时唱得凄凉，有时带着凌晨般的清醒，有时带着黄昏般的迷茫。他们的诗不仅给人以新奇的联想，更给读者以美，朴素、清新、简洁的美。在感情的图像上，他们往往只为读者提供几个简单的点，在这一系列跳跃的坐标点上，人们可以凭自己的想象去体味、理解并勾画出各自不同的曲线。他们的诗，带动读者，不是凭缓坡的滑行，不是用传统的层层铺垫，而是用几层落差悬殊的阶石，跳跃地把读者拉向感情的高地。

　　探索是不容易的。艺术上的长处，如果不能纯熟地驾驭，往往最容易暴露其弱点。新鲜、奇特是《今天》的良好倾向，同时，晦涩、模糊也就构成了它最大的不足。有些诗如果仅读一遍是不行的，甚至三遍、四遍也难得其意。这里面有两种情况：一种是过于曲折，过于含蓄；另一种则是由于比喻的勉强、跳跃的生硬，甚至是词不达意造成的。如果说前者还是由于诗人感情的思路埋藏得过深，不易捕捉，诗本身还是完整的话，那么后者则是由于艺术表现上的败笔所致。

　　《今天》作为一个文学刊物，已经在社会上引起了较大的反响，作为一种文学现象，它已经成为客观的存在；而作为一种诗歌流派，它早已引起了诗

中国当代文学史资料丛书

歌界一部分人的注意。《今天》上的诗，由于思想和风格上的局限，限制了读者群，暂时可能只是青年学生、知识分子阶层，但是这部分读者都非同小可。它对人们的思想震动，对诗歌形式的冲击是巨大的。随着全民族文化水平的提高，伴随着我国人民物质生活的逐步改善，新诗面临着新的发展和繁荣，而这种繁荣不应该是单一品种数量上的堆积，必须探寻表现现代生活的现代手法和多种形式。

发展，对于《今天》的诗，是必需的，也是必然的。他们的诗如何发展，还有待于拭目。但是，内容上的"求实"和形式上的"求新"这两点，他们是不会丢弃的。

我愿意想象，《今天》的年轻人在我们民族现代更新的进程中，能够对中国新诗的发展有所贡献。我敢假设：如果让我编写中国当代文学史，在诗歌的一页上，我要写上几个大字——在七十年代末，诗坛上出现了一个文学刊物：《今天》。它放射了奇异的光。

原载《今天》第9期，1980年7月

朦胧诗研究资料

恢复新诗根本的艺术传统

—— 舒婷的创作给我们的启示（节选）

孙绍振

在诗歌爱好者面前，舒婷的诗歌创作闪耀着一片奇异而陌生的光彩。即使那些对她的创作不习惯，有怀疑的人也不能不承认，她的作品一开始就很讲究风格，而且是那种标志一定成熟程度的独特风格，而那些对她的诗歌十分喜爱的同志，遇到反对派的时候也不得不勉强同意对她的某些批评。诸如：情调比较低沉，自我内心的描写多于沸腾的战斗的生活的表现，形式比较洋气，缺乏民族风格。但是，这些果真是缺点吗？如果真是缺点，而且假定是能够得到克服的，那样便该出现一个慷慨激昂的舒婷，在她的作品中充满了英勇斗争和忘我劳动的场景，而且那形式又是与古典诗歌与民歌密切联系的，那么一来，舒婷还存在不存在？舒婷那引人注目的风格不是等于给谋杀了吗？由此可见，不管持什么观点的人都有一个从根本上让艺术思想再解放一点的任务，基于这种想法我想谈三个问题。

第一，关于情调的低沉和高昂的问题

长期以来有一种流行的见解，以为诗歌应该是，而且只能是时代精神的号角，而号角的声音当然是高昂的。的确，按这样的标准，舒婷的诗作不能不是显得低沉的。我们已经习惯了把感情和瀑布、激流联系在一起，而舒婷在《呵，母亲》中却说这种感情："不是瀑布，不是激流，是花木掩映中唱不出歌的古井。"而在《当你从我的窗下走过》中，她的自我形象就更令人惊异了，它强调的是外表的衰老，而要表现的却是"火热的恋情""轩昂的傲气"。用好像是低沉的形式来表现青春的热情、坚强的信念，一点也不受外在因素的影响，其实这一类情调是一点也不"低沉"的，而是很高昂的。只是作者并不满足于新诗中流行的那种放肆的夸耀和粗豪的嚣张，她似乎故意回避那号角式的高昂，她说了，她蔑视"佯装的咆哮"。她即使有高昂的情调也往往刻意追求那不高昂的表现形式，她偏爱那种与外在表现不同甚至矛盾的内心真实。她温婉端丽的笔触表现的往往不是生活的具体场景和过程，而是去寻觅、探索，挖掘沸腾的生活溶解在自己心灵中的情绪，捕捉那些更深、更细、更微妙的心灵的秘密的颤动。在我们看来缺乏诗意的平凡甚至是渺小的感触中她发现了诗意，在我们以为不可想象的领域中，她展开了想象的翅膀。显然这不是号角，但是，作为一支月下的提琴曲，仍然反映了那十年"文革"留在一代青年心灵上的深刻烙印。难道我们可以因为她不是号手而否认她的作品是诗吗？难道时代的旋律只有号角才能演奏，而其他乐器都没有问津的权利吗？

当然在舒婷创造的那个世界并不完全是一派炫目的阳光照耀着鲜花，相反，这里也有连绵的阴雨和落叶，要说"低沉"的话，也并不是没有低沉的东西。不错，她的抒情主人公往往给人一种沉默的孤寂之感；她"戴着荆冠"，忍受过许多精神苦难，但流露出来的却很少，内心"也许有一个重洋，但流出来，只是颗泪珠"。在这不美满的精神世界中，她也怀有过希望："要有坚实的肩膀，能靠上疲倦的头，需要有一双手，来支持最沉重的时刻。"但是改变这种不美满的孤寂世界的希望却总是没有实现的："也许有一个约会，至今尚未如期，也许有一次热恋，永不能相许。"从表面上看来，读者完全有理由怀疑这个抒情主人公是一个面色苍白的孤独者，一个脱离了群众远离了集体的个人主义者，但是我们与其去责备作者描写了青春的孤寂心灵，不如去责备那叫火热的青春产生孤寂之感的环境吧。那种"渴望得到也懂得温柔"的独白，不是让我们想起了那一味强调斗争，使人与人之间的关系不断恶化紧张化的岁月吗？这种追求人与人之间关系的和谐、友爱而不能实现的痛苦，不是对那以人民群众自己为对象的阶级斗争的长期反感造成的吗？这种寂寞（或者叫低沉）不正是那险恶的历史环境在一个年青人心灵上的投影吗？而这种寂寞的内心独白所表现的恰恰是不甘于寂寞，而又找不到改变这种寂寞的现实力量，有时她只能孤独地抵抗这种叫人寂寞的环境："从海岸到巉岩，多么寂寞我的影；从黄昏到夜阑，多么骄傲我的心。"舒婷的抒情主人公是在那真理被割破了喉管的年月中形成了自己的人生观，认识着现实，认识着自己，形成了特殊的精神气质的。舒婷虽然回避直接描绘社会政治环境，她还是用她自己的心灵去反映了那特殊的历史环境的某些显著的特点。她写道："目睹了血腥的光荣"，"记载了伟大的罪孽"，写到许多希望和辛勤的劳动"被秘密地埋葬"了的悲剧的现实。在这样的环境中，舒婷所塑造的自我形象既不是叱咤风云以扭转乾坤为己任的英雄，也不是由失望而沉沦，失去热情和理想的麻木者。不，她是既不甘于寂寞，陷于虚无，又不能改变现实，改变自我的一种典型。也许，从外延上来说，这种心灵的典型比那真理的无畏的探求者更众多，这是现代中国人精神状态的一个很重要的侧面。她好像为自己制造了一个美丽的宁静的远离世俗的喧嚣的天地，躲在这小天地里，她免于同流合污的成分多于保全自己的因素。她是软弱的，又是坚强的，她蔑视"佯装的咆哮"，也同样蔑视"虚伪的平静"，她忍受着失望，又怀着胜利的信念："呵，生活，虽然你已断送，无数纯洁的梦，还有勇敢的人，如暴风中，疾飞的海燕。"这正说明她要摆脱十年"文革"留给她精神上的沉重负担，她提醒自己，不能沉溺于过去的痛苦中："这世界上有沉迷的痛苦，还有觉醒的欢欣。"

这自然是一种奇警的概括，有着叫人惊异的理性的光彩，但是对于这样一个主人公来说，这不能算是表达得很完整很恰切的。因为沉迷者可能是没有痛苦的，而早醒者却可能有痛苦乃至牺牲，现实生活的逻辑往往与她所说的相反："这世界上有苏醒的痛苦，还有沉迷的欢欣。"这样就太"低沉"了。舒婷究竟还比较天真，她急于要挣脱沉重的精神负担。她宁愿让自己轻松一些快活一些。一个同辈青年在他的诗《一切》中发出叹息，"一切都是命运，一切都是烟云"，舒婷不同意他这样虚无，她同这种心灵的绝望进行争辩："一切的现在的都孕育着未来，未来的一切都生长于它的昨天，希望，而且为它斗争，请把这一切放在你的肩上。"谁能说这样的调子是低沉颓废的呢？她不是在说：为昨天的沉重的挫折而压倒是错误的吗？但是，谁又能说这是她唯一的情调呢？她难道没有为被断送了的纯洁的梦哀叹过吗？她心灵的乐曲并不像号角那样单纯，如果说像一支提琴曲，那么她也有高音区和低音区。像两条小溪汇合起来，一条诉说着昨日心灵的创痛，甚至发出抑制不住的呻吟，一条发出流水般欢快的歌唱，反射着明天的阳光。但是她写的是今天，这两种调子是矛盾的，好像在互相争吵。因而有时连她自己也弄不清楚她心灵中什么是属于未来什么是属于过去的。在她的散文（也许应该叫作散文诗）《随笔三则》中，一方面她把那个孤寂的世界写得那么美妙，一方面又禁不住想要和它告别："不，我要回到人群里去。"她批判自己："当我袖手旁观生活，我为失去的权利而苦恼。血是鲜红的，汗水是光亮的，而我的歌声是苍白无色的。"说得多么聪明啊，她知道自己的孤寂的根源是"袖手旁观"，是远离了群众和集体，她甚至引用朱自清的诗来勉励自己："从此我不再仰眼看青天，不再低头看白水，只谨慎着我双双的脚步；我要一步步踏在泥土上，打上深深的脚印。"但是这里的"回到人群"和"打上深深脚印"还是一种比较模糊的愿望，把这付诸实践，在群众斗争中逐渐改造自己，使自己摆脱对于幽静的孤寂的依恋，并不是那样容易的。舒婷提供给我们的正是昨天造成的心灵的阴郁在今天仍然一时摆脱不了的矛盾，这是一种现实意义相当广泛的矛盾，她以她的诚实把这种矛盾揭示得相当深刻。这也许可以说是一种典型。她深受十年"文革"之苦，诅咒那"文革"，但又对医治"文革"的漫长疗程缺乏理解；她严厉地谴责自己的旁观，又坦然地欣赏由于旁观造成的孤寂；她的理智告诉她昨天的阴云正在消失，她的感情却又时时感受到创痛的发作；她和自己妥协，她又和自己争辩。她在《这也是一切》中与其说是和别人的争辩，不如说，也包含着自我争辩的意味在内，与其说是在勉励别人，不如说也在勉励自己。

舒婷所塑造的自我形象的典型意义在于她揭示了一代青年从沉迷到觉醒的艰难和曲折。当然她所表现的并不那么完整和明确，但是她还是在我们新诗画廊中增添了一个新角色，一个非英雄的平凡的角色，但又往往以英雄主义勉励自己的以陌生而特异的丰采而引起了注意的角色。如果说她不像英雄那样光彩照人而责备她"低沉"，就等于取消这个角色生的权利。既然，在小说中非英雄人物已经争得充当某一具体作品主角的权利（像《伤痕》中的王晓华），我们有什么权利在诗歌中宣布非英雄的抒情主人公为不准出生的人？难道我们不应该珍惜一个诗坛新秀的抒情主人公的独特个性吗？当然，我们可以指出，如果舒婷不是过分回避社会政治环境的描写，作品中孤寂情绪的社会原因会更鲜明。我们也可以提出，在保证作者风格不受损害的前提下，可以加强抒情个性和环境的关系的表现，但是我们不可以一看到作品中有孤寂的情绪，就判定其为低沉的，甚至是颓废的，是非无产阶级的，因而是要受到谴责的。作为诗歌批评的一种准则，我们只能从作品的实际出发，先问它是否是真实的，是否是典型的，然后再研究它长处和短处，最后才能得出对它政治上和艺术上基本的评价，在不损害作者风格的充分考虑下，提出对作者的希望，而不能从是高昂还是低沉这种抽象的概念出发轻率地对作品作法官式的宣判。

1980年1月5日于长安山改毕

全文约9000字，此处节选的是原文的第一部分。

原载《福建文艺》1980年第4期

在新的崛起面前

谢　冕

　　新诗面临着挑战，这是不可否认的事实。人们由鄙弃帮腔帮调的伪善的诗，进而不满足于内容平庸形式呆板的诗。诗集的印数在猛跌，诗人在苦闷。与此同时，一些老诗人试图作出从内容到形式的新的突破，一批新诗人在崛起，他们不拘一格，大胆吸收西方现代诗歌的某些表现方式，写出了一些"古怪"的诗篇。越来越多的"背离"诗歌传统的迹象的出现，迫使我们作出切乎实际的判断和抉择。我们不必为此不安，我们应当学会适应这一状况，并把它引向促进新诗健康发展的路上去。

　　当前这一状况，使我们想到"五四"时期的新诗运动。当年，它的先驱者们清醒地认识到旧体诗词僵化的形式已不适应新生活的发展，他们发愤而起，终于打倒了旧诗。他们的革命精神足为我们的楷模。但他们的运动带有明显的片面性，这就是，在当时他们并没有认识到，历史是不能割断的。尽管旧诗已经失去了它的时代，但它对中国诗歌的潜在影响将继续下去，一概打倒是不对的。事实已经证明：旧体诗词也是不能消灭的。

　　但就"五四"新诗运动的主要潮流而言，他们的革命对象是旧诗，他们的武器是白话，而诗体的模式主要是西洋诗。他们以引进外来形式为武器，批判地吸收了外国诗歌的长处，而铸造出和传统的旧诗完全不同的新体诗。他们具有蔑视"传统"而勇于创新的精神。我们的前辈诗人们，他们生活在一种无拘无束的自由开放的艺术空气中，前进和创新就是一切。他们要在诗的领域中扔去"旧的皮囊"而创造"新鲜的太阳"。

　　正是由于这种开创性的工作，在"五四"的最初十年里，出现了新诗历史上最初一次（似乎也是仅有的一次）多流派多风格的大繁荣。尽管我们可以从当年的几个主要诗人（例如郭沫若、冰心、闻一多、徐志摩、戴望舒）的作品中感受到中国古代诗歌传统的影响，但是，他们主要的、更直接的借鉴是外国诗。郭沫若不仅从泰戈尔、从海涅、从歌德，更从惠特曼那里得到诗的滋润，他自己承认惠特曼不仅给了他火山爆发式的情感的激发，而且也启示了他喷火的方式。郭沫若从惠特曼那里得到的，恐怕远较从屈原、李白那里得到的为多。坚决扬弃那些僵死凝固的诗歌形式，向世界打开大门吸收一切有用的东西以帮助新诗的成长，这是"五四"新诗革命的成功经验。可惜的是，当年的那种气氛，在以后长达半个世纪的时间里，没有再出现过。

我们的新诗，六十年来不是走着越来越宽广的道路，而是走着越来越窄狭的道路。三十年代有过关于大众化的讨论，四十年代有过关于民族化的讨论，五十年代有过关于向新民歌学习的讨论。三次大讨论都不是鼓励诗歌走向宽阔的世界，而是在左的思想倾向的支配下，力图驱赶新诗离开这个世界。尽管这些讨论曾经产生过局部的好的影响，例如三十年代国防诗歌给新诗带来了为现实服务的战斗传统，四十年代的讨论带来了新诗中国作风、中国气派的新气象等，但就总的方面来说，新诗在走向窄狭。有趣的是，三次大的讨论不约而同地都忽略了新诗学习外国诗的问题。这当然不是偶然的，这是受我们对于新诗发展道路的片面主张支配的。片面强调民族化群众化的结果，带来了文化借鉴上的排外倾向。

当我们强调民族化和群众化的时候，我们总是理所当然地把它们与维护传统的纯洁性联系在一起。凡是不同于此的主张，一概斥之为背离传统。我们以为是传统的东西，往往是凝固的、不变的、僵死的，同时又是与外界割裂而自足自立的。其实，传统不是散发着霉气的古董，传统在活泼泼地发展着。

我国诗歌传统源流很久：《诗经》、楚辞、汉魏六朝乐府、唐诗、宋词、元曲……几乎每一个时代都有自己的诗的骄傲。正是由于不断的吸收和不断的演变，我们才有了这样一个丰富而壮丽的诗传统。同时，一个民族诗歌传统的形成，并不单靠本民族素有的材料，同时要广泛吸收外民族的营养，并使之溶入自己的传统中去。

要是我们把诗的传统看作河流，它的源头，也许只是一湾浅水。在它经过的地方，有无数的支流汇入，这支流，包括着外来诗歌的影响。郭沫若无疑是中国诗歌之词的一个支流，但郭沫若却是溶入了中国古典诗歌，特别是外国诗歌的优秀素质而成为支流的。艾青所受的教育和影响恐怕更是"洋"化的，但艾青却属于中国诗歌伟大传统的一部分。

在刚刚告别的那个诗的暗夜里，我们的诗也和世界隔绝了。我们不了解世界诗歌的状况。在重获解放的今天，人们理所当然地要求新诗恢复它与世界诗歌的联系，以求获得更多的营养发展自己。因此有一大批诗人（其中更多的是青年人），开始在更广泛的道路上探索——特别是寻求诗适应社会主义现代化生活的适当方式。他们是新的探索者。这情况之所以让人兴奋，因为在某些方面它的气氛与"五四"当年的气氛酷似。它带来了万象纷呈的新气象，也带来了令人瞠目的"怪"现象。的确，有的诗写得很朦胧，有的诗有过多的哀愁（不仅是淡淡的），有的诗有不无偏颇的激愤，有的诗则让人不懂。总之，对于习惯了新诗"传统"模样的人，当前这些虽然为数不算太多的诗，是"古怪"的。

于是，对于这些"古怪"的诗，有些评论者则沉不住气，便要急着出来加以"引导"。有的则惶惶不安，以为诗歌出了乱子了。这些人也许是好心的。但我却主张听听、看看、想想，不要急于"采取行动"。我们有太多的粗暴干涉的教训（而每次的粗暴干涉都有着堂而皇之的口实），我们又有太多的把不同风格、不同流派、不同创作方法的诗歌视为异端、判为毒草而把它们斩尽杀绝的教训。而那样做的结果，则是中国诗歌自"五四"以来没有再现过"五四"那种自由的、充满创造精神的繁荣。

我们一时不习惯的东西，未必就是坏东西；我们读得不很懂的诗，未必就是坏诗。我也是不赞成诗不让人懂的，但我主张应当允许有一部分诗让人读不太懂。世界是多样的，艺术世界更是复杂的。即使是不好的艺求，也应当允许探索，何况"古怪"并不一定就不好。对于具有数千年历史的旧诗，新诗就是"古怪"的；对于黄遵宪，胡适就是"古怪"的；对于郭沫若，李季就是"古怪"的。当年郭沫若的《天狗》《晨安》《凤凰涅槃》的出现，对于神韵妙悟的主张者们，不啻是青面獠牙的妖物，但对如今的读者，它却是可以理解的平和之物了。

接受挑战吧，新诗。也许它被一些"怪"东西扰乱了平静，但一潭死水并不是发展，有风，有浪，有骚动，才是运动的正常规律。当前的诗歌形势是非常合理的。鉴于历史的教训，适当容忍和宽宏，我以为是有利于新诗的发展的。

原载《光明日报》1980年5月7日

朦胧诗研究资料

诗人谈诗

芒克　等

1. 诗人首先是人。诗是诗人心灵的历史。

2. 诗应有自己的特色和风格，我不可能和所有的人成为朋友，同样，我的诗也不可能去做所有人的朋友。我有我的爱人，诗也应该有它的爱人。诗只属于它的爱人。没有人人都喜爱的诗。

3. 诗是一面镜子，能够让人照见自己。

4. 不要强迫自己写诗。作品要真实，我指的是感情的真实。诗是造作的，人也就是虚伪的。

5. 想象，对创作来讲是很重要的。可以说没有想象就没有诗。

6. 要想写出好诗，必须有好的鉴赏力。

7. 别担心自己的作品不为人们所接受。诗不是"大众菜谱"。好的作品往往会很长时间默默无闻。

8. 要敢于打破传统，不打破就不能发展。形式是很重要的。新的内容必须具备新的形式。因循守旧只能造成返祖或退化现象。

9. 诗必须有深刻的思想，必须勇于探索。人人都懂得的道理用不着我去重复。卖弄学识只能是贫乏的表现。

10. 我们都是人，各有各的精神境界。一个人不可能完全进入另一个人的精神境界。诗人要创造的是自己的世界。这个世界就是理想的诗的世界。

——芒克

诗就是生活，是人类心灵和外界用一种特殊的方式交流的结果，也是诗人

中国当代文学史资料丛书

灵魂的再现。

我反对"传统"，反对千篇一律的格调来束缚人的灵魂。

我认为：凡是从心灵流出来的就是诗！

——凌冰

谁也不能给诗下一个确切的定义。诗没有疆界，它可以超越时间、空间和自我；然而，诗必须从自我开始。

我认为，诗人必须是战士，他敢于为一切有价值的东西把自己的名字写在旗帜上。

诗人必须找到自己和外部世界的临界点，以便把痛苦和欢乐传达给别人，对于人们的理解力不必苛求，理解力是会随着时间和每个人内心的经历而改变的。

形式的危机在于思想的僵化。形式应该永远是新鲜而令人激动的。惧怕谈形式的人，只是惧怕触动他们龟缩在固有外壳中的思想。

"地震开辟了新的源泉。"在我国，诗歌正进行着一场极为深刻的革命。对于那些企图以传统否定革新的人不必大惊小怪，反作用力正标明出前进的趋向。

——北岛

诗是火，诗人是普罗米修斯

诗向外照亮一切，诗人向内寻找一切

诗来自对生活的理解

诗为理想否定现实

诗首先是诗

诗要求硬度和光洁——力量和美

诗的永恒是明朗、纯朴、深刻而和谐

诗是概括所有艺术的艺术

诗占有无限的时间和空间

诗洗涤、净化一切，诗高于一切

为此，我写诗

——杨炼

诗歌是个非常独特的领域。在这里，寻常的逻辑沉默了，被理智和法则规定的世界开始解体：色彩、音响、形象的界线消失了；时间和空间被超越，仿佛回到了宇宙的初创时期。世界开始重新组合——于是产生了变形。

一个青年雕刻家说过："没有变形就没有艺术。"但这种变形不是哈哈镜式的——人和世界在其中被简单、粗暴的歪曲。它是水晶球，是寓言，人透过它洞悉世界的奥秘和自己真实的命运。

这个自由的境界不是轻易获得的。

诗人就像是原始时期的祭司，试图用一个形象使自己的神显现，而他不知道这个神是不具形体的，他为此苦恼，直到灵感闪电般地击中了他；这时，这个形象体现为对神的召唤，具有了永恒的神性，而神则使这个形象成为自己的象征。

有多少个祭司，就有多少位神。诗歌表现为强烈的个性，即使诗人竭力摆脱个人感情，他仍必须用一种非常独特的方式表达世界，否则就没有诗。

——小青

经常有人对我说：你为什么写诗呢，现在没有人读诗。

我想，诗的革命，已势所必然。

我首先是一名战士。这用不着通融。

都说那个十年教育了我们。其实，历史早就告诉我们，该说些什么。诗要讲真话，那是做人的起码准则。诗不是大白话，也不是华丽的修辞。诗，是生命力的强烈表现。在活生生的动的姿势中，成为语言的艺术。

为什么这些年迅速地滑过去了，诗却没有留下硬朗朗的、坚实的标志。那些被欺骗的热情无为地化为灰烬，仅仅留下耻辱。

为什么史诗的时代过去了，却没有留下史诗。

作为个人在历史中所尽可能发挥的作用，作为诗人的良心和使命，不是没有该反省的地方。

抱怨这个，抱怨那个，不是诗人的气质。把伤痕袒出来给人看，能求得什么恩赐呢。诗不是一面镜子。不是被动的反映。世界袒露给我们的东西，把它勾画出来，能对世界显示什么作用呢。苦难铸成了，把它记录下来，能对苦难施加什么作用呢，随着诗人潜意识的冲动，思想的锻造，现实被可怕地扭歪，梦想被鲜明地固定下来。凡·高的向日葵与自然中的都不相同，他强烈的表现和抗议，构成了艺术的真实。仅反映那些表面的东西，不能成为艺术。用乌云比喻黑暗、比喻愁绪，几乎成了程式。乌云和土地的呼应哪里去了，运动的土地孕育的矿藏哪里去了，爆发的力量哪里去了。人对自然的历史，个人对社会的历史，从来就是能动的历史。并不是有了压迫才反抗。不屈，是人的天性。艺术家按照自己的意志和渴望塑造，他所建立的东西，自成一个世界。与现实世界抗衡，又遥相呼应。把人的复杂因素表现出来吧，复杂到单纯的程度，美的程度。

诗人无疑要争夺自己独特的位置。并且看到自己的征服。

屈原惊人的想象和求索，震撼、痛苦着每个诗人和读者，一直到今天。李白的自由意志和豪放性格，激动着每个诗人和读者，一直到今天。这是我们应该继承的传统。至于形式，谁也不会再像《诗经》那样写诗。那些用古诗和民歌的表现方法来衡量诗的人，一味强调固有的民族风格的人，正是形式主义者。民歌的本质在于民族精神。这才是我们该探求的东西，其中包括对于民族劣根性的批判。

传统永远不会成为一片废墟。它像一条河流，涌来，又流下去。没有一代代个人才能的加入，就会堵塞。现在所谈的传统，往往是过去时态的传统，并非传统的全部含义。如果楚辞仅仅遵循《诗经》，宋词仅仅遵循唐诗，传统就会凝固。未来的人们讲到传统，必然包括了我们极具个性的东西。当然，过去的传统会不断地挤压我们，这就更需要我们百折不挠的全新的创造。不但会冲掉那些陈腐的东西，而且会重新发现历史上被忽略的东西，使传统的秩序不断得到调整。马雅可夫斯基在多大程度上继承了普希金的传统呢？

总有人喋喋不休地谈着诗应该是什么样子。诗人从来就愿意做些似乎是不应该做的事。没有炽烈的思想、疯狂的热情和冒险精神，做不成事情。

至于向外国诗的借鉴，"五四"以来的新诗，哪个没有。借鉴些什么，诗人自有敏感。全世界的艺术越来越多地展示在我们面前，能否踏上世界的行列，取决于我们清醒的认识和竞争。艾略特曾说过，全欧文学是一个整体，随着地球的不断缩小，全世界的文学也会成为一个整体。无论是印象派绘画、意象派诗，不都借鉴过东方吗？那么我们向西方学习，有什么不好呢？时代向我们提出，必须寻求更好的表现与传达方式，使世界上各民族的声音协调起来。

我们碰到过，正在碰到，许多阻力和困难。

我们一定能够战胜。

——江　河

诗应该有神有形，既有内容，又有形式。

有人说，现代格律诗是豆腐块，我说是窗户，更准确地说是心灵的小窗，应是"窗含西岭千秋雪"。

——郭路生

万物，生命，人，都有自己的梦。每个梦，都是一个世界。沙漠梦想着云的阴影，花朵梦想着蝴蝶，露珠梦想着海洋……

我也有我的梦，遥远而清晰。它不仅仅是一个世界，它是高于世界的天国。它，就是美，最纯净的美，当我打开安徒生的童年，浅浅的脑海里就充满光辉。

我向它走去，我渐渐透明，抛掉了身后的影子，只有路，自由的路。

我生命的价值，就在于行走。

我要用心中的纯银，铸一把钥匙，去开启那天国之门，向着人类……

如果可能，我将幸福地失落，在冥冥之中。

——顾　城

原文分两次刊发。第一次以《答复——诗人谈诗》为题原载《今天》第九期，1980年7月，作者包括芒克、凌冰、北岛、杨炼和小青；第二次以《诗人谈诗（续）》为题原载《今天文学研究会内部交流资料之一》，1980年10月，作者包括江河、郭路生和顾城。

请听听我们的声音

——青年诗人笔谈

张学梦　等

张学梦：

我是个体力劳动者，每天必须完成劳动定额。写诗的时间是：工作间隙，街道上，做饭和吃饭的时候，睡梦中，以及任何刹那间的空闲。而且往往一口气写下来，草率成篇。

现在很难回忆起某一首诗是怎样写成的。有时候灵感突然袭来，我欣喜若狂，迅速捕捉，把它固定下来；有时被某种情绪、思想、愿望折磨几天，甚至一个月，焦急地等待诗神缪斯的光临，要是偶然终于被什么触发了，那就像水库决堤一样，哗哗淌一阵子。

我的心血老在激荡。我在自己狭小的生活圈子里经受和感知的一切大大小小的事物，都会激起反响或留下印痕。整个心灵总是被什么占据着，我解决一个，又会涌进一堆，很少有空白的时候。这弄得我日夜不安，当然也快活，因为"枯竭"是更痛苦的。

我是当代人。我是属于现实的。我从现实中采撷一切。我固执地坚信，离开了现实，诗就失去了生命力。我希望诗着眼于今天和未来。

我觉得最新鲜的思想、独特新颖的感受，特别强烈的激情、冲动，是诗的灵魂。我偏爱白热的诗篇。

我不懂格律，喜欢自由体。因为自由体空间大，有利于思想情感的奔腾。还有个片面想法：要是能把最抽象的哲理和最感人至深的形象——这两个极端结合起来，就好了。

我爱现代生活中的语汇和形象，探索着用现代材料结构现代建筑。

朦胧诗研究资料

在前辈面前，我是个小学生。我懂得，老诗人的几句好评全然是出于对新人的鼓励。我一直对自己抱着怀疑态度。要是有一天我明白自己不是写诗的材料，就离开诗坛，专心做工。不过现在还在摸索着写。"四化"激励着我。

高伐林：

来京之前，我绕路看了看秦始皇、汉武帝、唐太宗和武则天的陵墓。在那些石狮石像和无数碑碣之前，我感到凛凛然：那个时代具有何等可怕的威力！竟把石头这种最顽固的物质也整治得服服帖帖！而这沉重的石头压了我们千百年。由此，我想到诗坛上沉重的传统。

对传统当然不能一概否定。但正如鲁迅所说：保存国粹，首先要国粹能保存我们。现在我（还有我认识的许多诗歌作者）不看数量本来就不多的诗歌评论，为什么？就是因为这些评论老是沿用传统的说法，回避现实的问题。照它们办，就要扼杀诗歌创作的生机。现在是掀开一些沉重的石头的时候了。

例如有这么一种说法：任何一种诗体的产生都是向民歌学习的结果。未必。马雅可夫斯基的阶梯式诗就不是向俄罗斯民歌学来的，而是把法国立体未来派阿波里奈的诗体搬过来了，惠特曼的无韵自由体也不是美国民间的原产，他的诗出来后在美国只有一个人支持这种尝试，就是他自己；而中国古代近体诗也并非当时劳动人民的土产，是文人们在梵文语音学影响之下创造的……当然，劳动人民创造的文化滋养了他们，但是不能简单地把一种新形式看成从民间直接拿来。这种说法只会束缚创造力。

再如要求诗歌易唱易念易说，并以此否定新诗，我也不敢苟同。易唱，这不是要求诗歌这种独立的文学样式成为音乐的附庸吗？这与各民族文学发展史上诗与歌分离的趋势背道而驰；易念，说新诗不如旧诗易念，恐怕朗诵演员只会觉得好笑：哪一次朗诵会不是以新诗为主？易说，这不知怎么也成了评价诗歌优劣的标准，难道"床前明月光"因为易于背诵，它的艺术价值反倒高于《蜀道难》《梦游天姥吟留别》？

我不愿意看现在诗歌评论文章，但我又非常热切地盼望诗歌理论工作者能总结诗坛上的新鲜经验，给予我们切实的指导。

我认为诗歌必须反映当代人的思想感情。经历过"文化大革命"这场毁灭性的大灾难，我们的肠胃比我们的头脑更为深切地体会到我们首先需要什么。而随着人民向"四化"这个伟大目标坚韧地进军，政治民主化和思想解放的不断深入，人们的心理素质、道德观念及情感都在越来越急剧地发生变化。这些都要求在诗歌中得到表现。海涅说过："只有伟大的诗人才能认识他当代的诗意。"（《论浪漫派》）我不伟大，但决心回答时代的召唤，而不沉溺在陈旧的意境中，写那种过去年代的遗迹，越来越没有出路的诗。

我要努力寻找我"这一颗"心通往人们心灵的通道。人们往往要求诗歌写得深。对于"深"却有两种理解：有的人理解为深刻的主题，挥起锄头挖开灰褐色的泥土、铁青色的岩石，挖到闪光的金子；有的人理解为深厚的生活体验，并不抛弃泥土和岩石，朝大地深处扎下根须，终于开出生机盎然的花。以前我是照前者那样干的，最近我觉得后者更是我努力的目标。诗总是作用于情感。我应该通过表现"我"独特感受的诗使人们的心灵能够相通，能够增强对于生活的信念，唤起对真善美的热爱和追求，尽快地摆脱几千年封建专制造成的，林彪、"四人帮"所强化的异化状态。

为了更好地表达我的思想感情，我要不断探索新的艺术技巧。近来我常常听到对新的艺术表现形式的指责。不可否认，一些探索并不成功。但我们不要忘了马克思说过的，艺术对象"创造着具有艺术感觉和审美能力的群众"，"不仅为主体产生出对象，而且也为对象产生出主体"。作家在创造新的技巧的同时也在创造能欣赏这种技巧的读者。这就是我们不应该放弃探索的理由。不能脱离群众的审美能力，但也不能迎合和迁就。迎合和迁就，文学的发展就停滞了，美的对象与有审美力的主体都完蛋了。

徐敬亚：

我感到，中国新诗真的到了一个转折期。从内容到形式，面临着全面的变革和飞跃。新诗六十年，发展并不均衡，中间岔头很多。三十年代的关于大众化的讨论，四十年代关于民族化的讨论，五十年代关于民歌化的讨论（不仅是讨论，实际上已经"化"了半个诗坛），都没能全面地促进新诗的发展。而今天，新诗在内容和形式方面都铺开了广阔的战场，要解决的是一个"现代化"的问题。我觉得生活已经为新诗的变革准备好了条件，甚至是在催促。

研究诗，必须首先认识中国今日的现状，研究社会。古老而辽阔的中国，当今的一切都凝聚在一点上——现代化！她将迎接前所未有的崭新生活，她将彻底抛弃十年……乃至几千年的封建主义因素和传统！这个时代要求产生我们民族最新鲜的歌声。所谓新鲜，就是说它不同于任何已往的原形。某一首诗，只能属于某一时期的生活，只能属于某一时期人们的心理（严格说，甚至只属于某一年、某一月），今天的喉咙不能再哼昨天的诗，昨天的一切，对于今天也绝不会是诗！但艺术的发展总是个渐进过程，因此在这个衔接期，更需要探索。

中国要产生全新的诗，甚至是全新的情感，全新的语言！甚至是全新的原始构思，全新的文学排列！！这需要调整和改善我们民族对诗的感受心理，调整和改善人们对诗的鉴赏心理，方能适应和召唤全新的生活。当前，青年们（包括那些不知名的文学青年）已经在进行着顽强的探索（我朦朦胧胧地感到了耳边有掀动地层的声音）。行路之初，他们面临着艺术的和社会的双重困难。当前，必须首先承认他们的创作是一种探索，必须给予鼓励和支持。我想到的有三点：

第一，应加紧研究、翻译、整理外国诗歌流派，尤其是现代和当代的，尽快介绍给青年们，以利学习和借鉴。加紧总结整理新诗六十年来，特别是总结三四十年代中曾被忽略过的诗歌历史，以利青年们继承和借鉴。

第二，打开一切大门，让青年们（包括中年诗人们）尽力尝试。不是口头上，而是实际上，给他们提供园地。我们总是说百花齐放，事到临头，便缩手缩脚。新的诗怎么能会自己突然降临呢？要允许试制、允许研究，甚至允许失败。最近一位文艺界的前辈说得好："青年写十首诗，九首失败，一首是好诗，便该得到称赞。"对青年都取这态度，多好。

第三，评论也面临全面变革。新生活要求新的诗，新的诗要求新的评论。过去的评论，不是要小改小动，而是从内容到语言的变革。评论要多注重作品的艺术性，多从美学角度评诗。过去的那些所谓评诗标准，很难适应需要。甚至"风格""意境""形象"等概念都面临着新的解释。一句话，诗要探索，评论也需要创新和探索。这像试制新产品，不让试验不行。试验了，大家看不到也不行。新产品出来了，用旧的检验机器，更不行。

我们强调文艺为政治服务，其实政治何尝不可以为文艺的繁荣多创造些条件。政治也好，文艺也好，都是为了人民。

诗的探索是不容易的，诗在走向繁荣的路上，需要红灯，更多的、更急迫的是需要绿灯。百花齐放，放出来的可能有不香的花，带刺的花，有怪味儿的花，但总是香的多。如果一耕耘便香气扑鼻，那才真的不可思议。

生活的现状，决定了诗的现状。生活的趋势，决定了诗的趋势。目前，诗的脚步较乱，各种作者，各种读者，造成各种各样的诗的同时并存。对于时代和生活，每个人都可以有不同的感受、不同的传播形式。"写诗的""评诗的"都应该是公正的"读诗的"。每个人既有个人的所熟所爱，又要有容量较大的美学观点，容纳和理解不同的诗感和诗形。

我个人总觉得这个时代是一个有着男性精神状态的时代，它不是六朝时期的华贵雍容的典雅宫女，不是三十年代那种结满愁丝的摩登女郎，也不是五十年代戴着野花、兜着衣裙、耕耘着分到手的土地的农家妇女——它是暴躁的、急切的、思绪搅动的灵魂，它要愤怒地甩开纠缠的藤蔓，要挺起，要呼喊，要奔突前行的身影（当然它有时也苦恼，也沉思）……所以，我时时有一种"动"的感觉，在身边，在我的周围听到一种强烈的声音，我便要用我的笔去表现它们。人们的感情是复杂的，社会的心理也是多种色彩的混合体，必须允许每一个人用自己的角度去反映。流派杂、问题多、脚步乱，总是暂时的现象，越如此，越有利于发现新芽，越有利于观测道路。多扶植一个新的品种，就多一分选择的余地。

请允许青年们探索，鼓励青年们探索！

顾城：

一些具有现代味的新诗出现，引起了许多惊奇和争议。惊奇和争议的重点，往往集中在诗的形式上，而对诗的真正内容却研究得不多。

我觉得，这种新诗之所以新，是因为它出现了"自我"，出现了具有现代青年特点的"自我"。这种"自我"的特点，是和其"出身"大有关联的。

我们过去的文艺、诗，一直在宣传另一种非我的"我"，即自我取消、自我毁灭的"我"。如："我"在什么什么面前，是一粒沙子、一颗铺路石子、一个齿轮，一个螺丝钉。总之，不是一个人，不是一个会思考、怀疑、有七情六欲的人。如果硬说是，也就是个机器人，机器"我"。这种"我"，也许具有一种献身的宗教美，但由于取消了作为最具体存在的个体的人，他自己最后也不免失去了控制，走上了毁灭之路。

新的"自我"，正是在这一片瓦砾上诞生的。他打碎了迫使他异化的模壳，在并没有多少花香的风中伸展着自己的躯体。他相信自己的伤疤，相信自己的大脑和神经，相信自己应做自己的主人走来走去。

朦胧诗研究资料

他的生命不是一个，他活在所有意识到"自我"者的生命中。他具有无穷无尽的形态和活力。伤痕和幻想使他燃烧，使他渴望进击和复仇，使他成为战士。而现实中，一些无法攀越的绝壁，又使他徘徊和沉思，低吟着只有深谷才能回响的歌。他的眼睛，不仅仅是在寻找自己的路，也在寻找大海和星空，寻找永恒的生与死的轨迹……

他爱自己，爱成为"自我"、成为人的自己，因而也就爱上了所有的人、民族、生命、大自然。（除了那些企图压抑，毁灭这一切的机械。）他需要表现。

这就是具有现代特点的"自我"，这就是现代新诗的内容。

正是这种内容的需要，一些较为复杂的现代表现手法，被青年较快地接受了、扩展了，现代手法和古典手法相比，更自由，更多样，更适于表现丰富的个性，更适于表现思念深处的熔岩——潜意识；更适于表现对现实的不断思索（永不确信），对无尽的宇宙之谜的思索；更适于表现大跨度的高速幻想。

现在有一种简洁又谦虚的理论，似乎很有力量，叫作"不懂"。不懂什么呢？是罕见的流星雨之光？还是流星本身的化学成分？我想，更主要的恐怕还是成分，是内容、是思想基础和追求的不同吧。因为就是把这些诗中的某些可以言传的东西，用大白话告诉"不懂"者，"不懂"者依旧难于幡悟。怎么办呢？

还是先找到现代的"自我"吧！

王小妮：

现在诗中可以写"自我"了，这是一个多大的进步呵！不过，写诗不能仅仅满足于写"自我"，要写好"自我"，基点应该是从"人"出发，就是说——写"人"。

我觉得，目前，人可以分成两种：一种是意识到了"自我"的存在，热切地希望并努力地争得能动地去创造社会，而不是被社会所创造的人。这样一些人中的相当成分是青年，他们是正由于意识到了"自我"，而不断地徘徊、苦闷、思考、求索的，迅速地成长起来的一代人。另一种是感觉不到自己是作为"人"（应该获得"人"所应有的一切权利）而存在于这个社会之中的，这中间主要是农民。他们淳朴、坚忍、任劳任怨，但这些又像他们身上固有的本能一样，排斥着一些起码的人的要求、欲望，甚至个性和对落后的生产条件、微薄的物质享受的不满，于是，在这不断地追求的青年与不停滞地劳作的农民之间便出现了明显的精神上的差别。

要写"自我"，写好"自我"，写人的个性怎样迫切地、强烈地要求不受羁绊地发展，就不能回避被社会压抑、扭曲了的异化的那一部分人，他们已经不能感觉到自己是作为物而存在于这个世界上了。这是被我国的特定的历史，不可抗拒的客观规律推到我们面前的、社会生活中的两个重要的方面。

我自己是个青年，我了解我们青年人的一些想法和追求；我和北方的农民在一起生活过六七个年头，我也比较熟悉他们，熟悉他们心灵上的美和他们心灵上的惰性，所以我把青年与农民作为我的诗的主题——这些全是些糊里糊涂的想法，但，是真诚的。我希望人与人之间的精神、物质的差异迅速地缩小，希望我们这块土地上快一些，再快一些生长美好和幸福。

目前，靠"写诗知识"之类炮制诗的时代已不属于我们了。因而，新诗的形式，急需大幅度、大踏步的更新。过去，相当长的一段时间中的诗是一种对生活中的真、善、美的扭曲，是一种社会病态造成的艺术病态，我们要写好诗就必须从根本上打破这些，使诗这一艺术样式以它自己的惊人的美的面貌展现在人们面前。

通过一段时间的从不自觉到比较自觉的实践，我想我自己的诗应该走这样的路：一个是语言返回自然，用大量的口语入诗；还有一个是追求意象的直觉感，也就是可见性；另外就是结构上的，反对矫揉造作，寻求意识的近于原始性的流露，最后就是加强诗的内在容量，加强诗的凝固性、浓缩性——这些还限于很粗糙的想法阶段，但我相信世上原来是没有路的。

梁小斌：

诗人的气质的改造问题，很值得思索。在我国传统的见解中，诗是学问，诗的艺术在很大程度上是作为才华依附在诗人身上的。现在看来传统所缺乏的人性，人与人之间的平等感，这是封建等级制造成的。

诗又是道德，是说教，总是企图概括世界。所谓傲骨，所谓蔑视权贵在某种意义上是好的。但实际上深深地埋藏着很大多数人的灵魂实质：喜欢高人一头。这是顽固的潜意识。

中国诗的这种特征得到了改造没有？没有。正是这样的特征，影响了人民的感情交流。青年为什么不爱看传统诗，或是以传统手法冒牌的新诗？其最大原因就是这种诗缺乏人与人的交流。无法渗入现代青年的心灵。

党号召诗人首先应该是战斗者，坚强的信仰主义者。诗人必须有完善的革命世界观，这本身不错。但是，"愤怒出诗人"，愤怒，成了诗中常见的感情基调，诗人是强者，强到了对普通人的感情格格不入的地步。

新诗没有突破，并不是形式问题，而是内容问题。诗是人写出来的，改变人是关键，中国新诗的发展必然是随着生产方式的发展而发展的，旧传统之难以打破是因为旧的生产方式难以打破，中国人的精神气质不是轻而易举就能改变的。生产力得不到发展，就永远会存在着传统诗的热烈赞助者，田园诗的打破，必须用新式铧犁把田园划开。

中国古代文人大都是有闲的人，他们可以在亭台楼阁上"静观"田园。实际上人的全部热情在于人的行动，这一点连黑格尔都认识到了。我们对人的行动的热情还没有引起注意。所谓实践的观点，就是劳动者的观点。劳动者的形象不能再是那种被歪曲的愚昧者，有力量的必须是有思想的。

西方现代各种诗的流派，一言以蔽之，就是晦涩，形象的跳跃性和朦胧，这是不足取的。有一个很大的争论：人的感觉是否可靠，似乎诗都是靠臆造、幻觉写出来的。这些争端，不应引入玄学。一个实践者对于被感觉的物体的了解，必然是鲜明的，符合事物本来面貌的。一个工人对于加工件的感觉不可能是朦胧的，对于实践者来说，朦胧，就无法行动。

另一种说法，大多数人理解力差，看不懂。这是偏见，人的学识有别，但人的感情是相通的，不会烹调，并不妨碍人对一盘菜下判断，人类有完全一致的东西。我国观众对于西方电影的许多主观色彩很强的表现手法是可以看懂的。因为感情是可以理解的，难以理解的是理性。化复杂为单纯，化晦涩为明快是诗的方向。世界是复杂的，你把问题也说复杂了，这说明你没有动脑筋。

要向人的内心进军，光有传统的那些手法，那些"意境"是不够的。诗是感情的学问，一定要开展对于感情、感觉的研究，人为什么热爱生活？为什么热爱生命？情感与信息有什么关系？这些都要研究；诗的显微镜就是要观察到人类感情的基本粒子。少谈些内容与形式、政治与诗之类的空泛的话，要进入问题的实质，多研究一下诗怎样写得动人。

舒婷：

我确实不懂评论。我只是想：创作和评论是同盟军，现在诗歌创作的先头

中国当代文学史资料丛书

部队已闯进禁区，正需要炮火支援。《诗探索》的出现，令人鼓舞。还说明了评论界隔岸观火的现象不复存在了。

以前读评论总有个感觉：褒贬都难以打动人心。允许小说写《伤痕》，就不允许诗歌有叹息。一再强调现在什么都好了，诗人只需要满脸笑容地歌唱春天就行了。都谈论青年问题，但与其谴责青年们的苦闷、失望、彷徨，不如抨击造成这种心理的社会因素。

感谢很多评论文章对我的批评和支持。我想说的是：人们常常把我的《这也是一切》和一位朋友的诗《一切》比较，给后者冠以"虚无主义"的美称。我认为这起码是不符合实际的。不用说那首诗写在"四人帮"时代，他总结了当时社会上一些令人发指的畸形现象。就是现在，当我们读到"一切交往都是初逢"，我们仍然会感到震动的。我笨拙地想补充他，结果就思想和艺术来讲，都不如他的深刻、响亮而且有力。这个情况我讲过多次了，人们总是不喜欢听它，他们宁愿相信他们愿意相信的东西。

总之，诗歌创作提倡讲真话，我希望搞评论的同志们也讲讲真话。

江河：

都说那个"十年"教育了我们，其实，历史早就告诉我们该说些什么。诗要讲真话，那是做人的起码准则。大白话，华丽的修辞，不是诗。诗，是生命力的强烈表现，在活生生的动的姿势中，成为语言的艺术。

为什么这些年迅速地滑过去了，诗却没有留下硬朗朗的、坚实的标志。那些被欺骗的热情无为地化成灰烬，仅仅留下耻辱。

为什么史诗的时代过去了，却没有留下史诗。

作为个人在历史中所尽可能发挥的作用，作为诗人的良心和使命，不是没有该反省的地方。

抱怨这个，抱怨那个，不属于诗人的气质，把伤痕袒露出来给人看，能求得什么恩赐呢？诗不是一面镜子。不是被动的反映。世界袒露给我们的东西，把它勾画下来，能对世界显示什么作用呢？苦难铸成了，把它记录下来，能对苦难施加什么作用呢？随着诗人潜意识的冲动，思想的锻造，现实被可怕地扭曲，梦想被鲜明地固定下来。凡·高的向日葵，与自然中的都不相同。他被压抑的欲望和抗议，构成了艺术的真实。仅反映那些表面的东西，成不了艺术。用乌云比喻黑暗，比喻愁绪。几乎成了程式。乌云和土地的呼应哪里去了？运

朦胧诗研究资料

动的土地孕育的矿藏哪里去了？爆发的力量又到哪里去了？人对自然的历史，个人对社会的历史，从来就是能动的历史。并不是有了压迫，才反抗。不屈，是人的天性。艺术家按照自己的意志和渴望塑造。他所建立的东西，自成一个世界，与现实世界发生抗衡，又遥相呼应。把人的复杂因素表现出来吧，复杂到单纯的程度，美的程度。

诗人无疑要争夺自己独特的位置。并且看到自己的征服。

屈原惊人的想象和求索，震撼、痛苦着每个诗人和读者，一直到今天。李白的自由意志和豪放性格，激动着每个诗人和读者，一直到今天。这是我们应该继承的传统。至于形式，谁也不会再像《诗经》那样写诗。那些用古诗和民歌的表现方法来衡量诗的人，一味强调固有的民族风格的人，正是形式主义者。民歌的本质在于民族精神。这才是我们该探求的地方，其中包括对民族劣根性的批判。

传统永远不会成为一片废墟。它像一条河流，涌来，又流下去。没有一代代个人才能的加入，就会堵塞，现在所谈的传统，往往是过去时态的传统，并非传统的全部含义。如果楚辞仅仅遵循《诗经》，宋词仅仅遵循唐诗，传统就会凝固。未来的人们谈到传统，必然包括了我们极具个性的加入。当然，过去的传统会不断地挤压我们，这就更需要百折不挠地全新地创造。不但会冲掉那些腐朽的东西，而且会重新发现历史上忽略的东西。使传统的秩序不断得到调整。马雅可夫斯基在多大程度上继承了普希金的传统呢？

总有人喋喋不休地谈着诗应该是什么样子。诗人从来就喜欢做些似乎是不该做的。没有深刻的思想、疯狂的热情和冒险精神，做不成事情。

至于向外国诗借鉴，"五四"以来的新诗，哪个没有？借鉴些什么，诗人自有敏感。全世界的艺术越来越多地展示在我们面前，能否踏上世界的行列，取决于我们清醒的认识和竞争。艾略特把全欧的文学视为一个整体。随着地球的不断缩小，全世界的文学也会成为一个整体。无论是印象派绘画、意象派诗，不都是借鉴于东方吗？那么我们向西方学习，有什么不好呢。时代向我们提出，必须寻求更好的表现与传达方式，使世界上各民族的声音协调起来。

原载《诗探索》1980年第1期

中国当代文学史资料丛书

"新的崛起"及其它

—— 与谢冕同志商榷

丁慨然

谢冕同志的《在新的崛起面前》一文，一开头便认为"一批新诗人在崛起，他们不拘一格，大胆吸收西方现代诗歌的某些表现方式，写出了一些'古怪'的诗篇"。专以这些"古怪"诗篇颂之为"新的崛起"，我认为是不恰当的。

谢冕同志所谓崛起的是"古怪"诗篇，即文章后边所称许的："它带来了万象纷呈的新气象，也带来了令人瞠目的'怪'现象。的确，有的诗写得很朦胧，有的诗有过多的哀愁（不仅是淡淡的），有的诗不无偏颇的激愤，有的诗则让人不懂。总之，对于习惯了新诗'传统'模样的人，当前这些虽然为数不算太多的诗，是'古怪'的。"这实际上根本不能代表新的崛起，而只是在借鉴外国诗歌实践中，很少数的青年作者的一部分诗作表现出来的盲目追求，生硬模仿西方现代派诗歌的诗风、情调、手法、形式等的不良倾向，是吸收外国诗歌过程中，少数人的消化不良的现象。这种现象，本可以在许多革命老诗人的引导帮助下，在他们自身发展过程中，会不断扬弃，不断克服的。这种朦胧的飘忽不定的形象，闪烁的怪诞的思想，扑朔迷离的诗意，不可捉摸的让人不懂的诗句，处处搞意象，处处搞象征的形式主义，以及伴之而来的颓废的、感伤的诗情，是西方落后的诗歌对我们青年的毒害；这种情况是沉滓的泛起，决不是"新的崛起"。对此，人民群众和有识之士是早有预料、早有议论的，这种现象和时髦青年不注意学习西方的先进的科学技术，赶紧搞四化建设，而专门追求奇装异服，专门欣赏西方的靡靡之音的情况颇类似。自视高明的使人不懂的诗，被猎奇者刊出，而群众看了，只撕来上茅厕。根本上说，这种"古怪"诗,是受"四人帮"祸害的小知识分子中的很少数人苦闷彷徨,到西方现代诗歌中(实际是到象征派、意象派、现代派中)寻找出路而误入歧路,在诗歌领域的反映。实际在文化思想领域的其他方面也有反映,已引起党和人民的关注和重视,各条战线正在加紧青年的疏导工作,把年轻的一代引导到正确的轨道上来。新诗中出现的一点不正之风,也正在得到老诗人和评论家们的细心诱导而不断纠正。引导、诱导、疏导青年,是为了新诗人少走弯路,更健康地成长,把不良倾向纠正过来,这难道就是违背"容忍和宽容"的态度而不利于新诗的发展吗?难道反对别人引导,而自己一个劲地往歪风邪气方面引导,就有利于新诗的发展吗?

对新诗现状的估计,对新的崛起的认识,谢冕同志重在"大胆吸收西方现代诗歌的某些表现方式",并认为这是"开始在更广泛的道路上探索——特别是寻求诗适应在社会主义现代化的适当方式""在某些方面它的气氛与'五四'当年的气氛酷似"。为了说明其"酷似",文前就对"五四"时期的新诗运动进行了歪曲的介绍,在一定程度上造成了混乱,我认为同样需予廓清。

略有新诗发生发展常识的人都了解,"五四"新诗革命成功,是由当时中国人民在共产主义思想影响下,以反帝反封建来争取民族解放与人民民主自由的社会要求所决定的。诗歌应反映要科学要民主的思潮,抒写对祖国大自然的热爱,对剥削制度的憎恶,对自由婚姻的追求,对个性解放的向往,对社会革命的憧憬。这种新的思想内容,这种革命的炽热的情感,青年人的理想和情怀,都要求使用一种比五七言旧体诗的形式格律广为自由的诗体,即由近代民歌所开拓、由现代民歌所奠基的格律形式,大为解放的诗体和接近人民日常口语的白话来表现。白话新诗是应新的内容的需要而兴盛起来的。新诗既有对旧诗革命的一面,又有继承的一面,并没有割断历史,是中国诗歌本身运动发展的结果。在诗人没有采取用白话新诗之前,人民群众、民间的作者早已根据社会变化而出现的新生活新内容的需要,根据当时汉语的规律和韵律,创造了不同于旧体诗词的,格律形式很自由的杂曲、小曲、俚歌、俗曲、小唱等民间诗歌,经分析研究,这些形式和它的格律要素与后来新诗人采用的形式和格律要素写作的自由体是基本相同的。当然在"五四"时期,在为文人采用时,又受了古典诗歌和外国诗歌的影响,但决不能认为自由体形式是外来种。这个问

中国当代文学史资料丛书

题，本来在延安时代的争论中已辨析清楚。而且我们从郭沫若、胡适、刘半农、刘大白、朱自清、王统照、谢冰心、蒋光慈、蒲风、冯至、闻一多、殷夫、柯仲平等新诗早期创作者的作品中得到印证。郭沫若受惠特曼的影响也好，谢冰心受泰戈尔的影响也好，闻一多受英国诗的影响也好，首先还是学这些外国诗歌的进步精神和现实主义传统，其次才是学表现形式，即便在采用外来形式上，从西方的十四行诗（起于民歌的一种流行诗体）到东方的十七字诗（日本俳句）等外国格律体，从惠特曼的不押韵的自由体到现代西方多数民族押韵的自由体；只要用现代汉语来写，就不能不给以适当的改造，就不能违背现代汉语的格律和韵律，就要遵守近代和现代民间诗歌已经铺设起来的诗歌轨道、格律要素及其丰富多样的形式。郭沫若本人也讲过："五四以来的诗歌，虽然受外来的影响，但它总是中国人用中国话写的诗，要守一定的规律，在这个规律里面活动。"（《答〈诗刊〉社问》见《诗刊》1959年1月号）因此，即使对受外来诗歌影响深的诗人，也不能说"他们的运动带有明显的片面性，这就是当时他们并没有认识到，历史是不能割断的"。更不能说："新诗的模式主要是西洋诗。"尤其不能说："他们以引进外来诗为武器，批判地吸收了外国诗歌的长处，而铸造出和传统的旧诗完全不同的新体诗歌。"这么说，有什么根据呢？谢冕同志是系统地研究过新诗的发生和发展过程的，是曾写过《新诗发展概况》的作者之一，直到粉碎"四人帮"之后，仍然著文坚信："今天的诗歌，是历史的诗歌的一个发展。推陈而出新，旧诗变新诗。而新诗的发展，当然有其自身的规律，但仍离不开历史的渊源，离不开诗歌遗产的批判继承。""我国古典诗歌遗产，真正是个宝库。创造性地继承这一遗产，将在各个方面促进新诗的民族化，群众化。"这些话大抵是中肯的。并且批判了"四人帮"一伙"是破坏古为今用，破坏批判继承诗歌遗产的恶棍"，既揭了他们"是拜倒在古人脚下的'复古主义'"，又揭了他们"极力鼓吹他们的'新纪元'，宣判古典文学谈不上推陈出新，不能批判继承的民族虚无主义"。（均引自《北京书简——关于批判继承诗歌遗产》1977年11月《诗刊》）这无疑也是批判得很正确的。我们今天仍然应防止"四人帮"的民族虚无主义余毒在新的情况下发酵，有继续清除余毒的责任。而谢冕同志这些多年治学，对新诗历史的正确分析研究得出的结论，不知怎么在"大胆吸收西方现代诗歌的某些表现方式，写出了一些'古怪'的诗篇。越来越多的'背离'诗歌传统的迹象的出现，迫使我们作出切乎实际的判断和抉择"时，就"学会了适应这一状况"，放弃了正确的新诗发展观，迁就了不良倾向，——至少，这在客观上可能把少数青年作者引向歧途。

产生于"五四"时代的新诗，主要是继承了古典诗歌的现实主义优良传统，吸收了民歌的，也批判继承了古典诗歌的营养和形式，也受了外国进步诗歌的促进，而融汇发展的结晶，诗人们往往三种影响兼而又有所侧重。是在中国土地上成长起来的诗花，新诗几十年来形成了革命现实主义为主流的好传统和战斗精神。这些是毋庸置疑的。

"五四"新诗革命的成功经验，无疑是值得今天学习的。学习新诗革命的精神，即革命的现实主义精神，和为人民歌唱的方向，向民族化群众化努力的方向。这也就是我所说的真正新的崛起的新诗所坚持的正确方向，这确实"与'五四'当年的气氛酷似"。至于那种为数不算太多的"古怪"诗篇，则实在不能与"五四"新诗革命的精神相比。如果硬要比一下，则只能和大革命失败后诗歌界的某些情形相比，这即是后期的新月派、象征派、印象派和现代派，虽然今天的"古怪"诗远没有走到李金发等人那么远，结局则很可能像当年受现代派迷惑的青年诗人一样，终将在人民革命事业的发展中，走向人民诗歌的战斗行列，像戴望舒、何其芳等诗人曾走过的弯路似的。但象征派和现代派本身的活动，它对许多青年（比现在出现的多得多）的迷惑，决不是那时"新的崛起"，而只是以蒋光慈、殷夫，蒲风、柯仲平、臧克家、艾青、田间为代表的真正的新的崛起之前的一种过渡现象。他们或者是消除了现代派的影响，或者是与现代派作了斗争而崛起的一代。

以天安门诗歌运动为起点的我们这一代青年的"正气歌"，近三年来得到了发扬光大，继承了新诗的革命现实主义传统，探索表现社会主义现代化新生活新内容的新的表现手法和艺术形式的新诗，朝民族化群众化方向过了一大步，恢复了新诗在人民心中的战斗声誉，这是当前新诗的主流。在浩荡主流的突奔的带动下，误入歧途的回环支流，终将汇入主流中来，形成社会主义现代化时期新诗的洪流，涛声澎湃地向前涌去。这是一支革命现实主义诗歌的奔流不息的江水，在广袤的大地上无法阻挡地流奔而去，这是新诗的不以人的意志为转移的时代潮流。

谢冕同志还以公允调和的样子，反对别人"干涉"。难道你的反对别人

"引导"，本身不是在进行"干涉"吗？搞诗歌评论工作，某种程度上说，就是对诗歌创作，对诗歌评论的一种"干涉"。你要以你的方式，"把它（指"古怪"诗——引者注）引向促进新诗健康发展的路上去"，这难道不是"干涉"，不叫"引导"？只不过我认为谢冕同志的引导和干涉，未能"把它引向促进新诗健康发展的路上去"，而是把它引向不健康的路上去。所以我沉不住气了，来对这种观点"采取行动"，"干涉"一下。我讲的如果不在理，不是以理服人，也请大家对我"采取行动"来"干涉"一下，"引导"一下。这对我们的新诗评论，对新诗的健康发展，或许大有益处。

原载《诗探索》1980年第1期

朦胧诗研究资料

一次热烈而冷静的交锋

——诗刊社举办的"诗歌理论座谈会"简记

吴　嘉　先　树

诗刊编辑部于九月二十日到二十七日在北京召开了一次诗歌理论座谈会，邀请了北京和外地的部分诗歌理论工作者，以及《文艺报》《星星》《海韵》《诗探索》的代表，共二十三人。他们是丁力、丁芒、易征、孙绍振、尹在勤、任愫、严迪昌、李元洛、杨匡汉、吴超、吴思敬、宋垒、何燕平、张同吾、阿红、陈犀、罗沙、金波、钟文、郑乃臧、高洪波、黄益庸、谢冕。

粉碎"四人帮"以后，诗歌创作取得了很大的成绩，产生了许多好诗，其中有不少是新人新作。它们或因深刻反映了人民所关切、所思考着的问题，大胆干预了生活，使人振奋；或以其新颖、独特的艺术风格，一扫过去那种八股陈腐气息，给人愉悦。但是，随着诗人们的大胆创新和探索，也出现了一些被称为"新奇""古怪"的作品，并由此在诗歌界和广大读者中引起了对一系列诗歌理论问题的争论。诗刊召开这次座谈会的目的，就是通过自由讨论，展开学术争鸣，对当前诗歌创作和有关理论问题进行一些具体分析和研究，以期促进诗歌创作的健康发展，使诗歌更好地为人民服务、为社会主义服务。

座谈会讨论的内容比较广泛，与会同志对当前诗歌创作情况和许多理论问题，都坦率地发表自己的见解，并展开热烈的争论。分歧较大的有以下几个问题。

一、今后新诗应遵循什么道路发展

在讨论这个问题时，首先涉及对新诗六十年，特别是近三十年的发展道路、成败得失的评价。基本上是两种意见，一是基本肯定，一是基本否定。丁力同志认为，中国新诗的发展，总的说来没有脱离古典诗歌和民歌的传统，中间虽有曲折，如脱离群众和欧化倾向，但很快被克服，因此，除去十年"文革"以外，新诗发展的路子总的说来是越走越宽。谢冕、孙绍振等同志则认为，在新诗的发展进程中，从二十年代以后，由于"左"的思潮的影响，主要是忽视和否定了对外国诗的学习，使新诗发展的道路越走越窄。另一方面，解放后连绵不断的政治运动，使人们不敢讲真话，发展到后来"假、大、空"盛行，用以言志抒情的诗，不能不走着越来越窄的路。易征、黄益庸、尹在勤等同志对新诗发展情况作了具体分析，他们认为从全国解放到1957年，新诗有长足的进步，路子越来越宽；1957年以后到"文化大革命"前，产生过许多好诗，但由于"左"的干扰，总的说是路子越来越窄；十年"文革"期间没有诗歌，是空白；粉碎"四人帮"后，特别是1978年以后，诗歌又开始发展前进，路子越来越宽。所以，近三十年中新诗发展的状况是：道路时宽时窄，有时某些方面宽、某些方面窄。他们不同意"越来越窄"的观点，说如果真是这样，那现在的这批新人根本就不会出现。

基于对上述问题的不同认识，对今后新诗应循什么道路发展，有几种看法。丁力、李元洛、尹在勤等同志认为，今后应该以古典诗歌和民歌为基础，吸收新诗六十年自身发展的长处和经验，正确借鉴外国诗歌，鼓励诗人在艺术上的独创和探索，不断发展新诗。谢冕、孙绍振等同志则认为今后新诗发展总的道路不能以古典诗歌和民歌为基础，因为过去我们强调民族化和群众化，总是与"维护传统的纯洁性联系在一起"，而且看待传统"往往是凝固的、不变的、僵死的，同时又是与外界割裂而自足自立的"。另外，有的同志更明确地提出，现在，我们主要应该打开眼界向外国学习，也可以通过"引进"促使新诗走向"现代化"，这是今后新诗发展的必然趋势。严迪昌等同志认为，新诗发展的道路应该宽广、多样，不必人为地去规定一条什么发展道路。

二、关于诗与现实的关系以及"诗歌现代化"问题

诗歌和其他艺术形式一样，都是现实生活的反映，这一点大家意见一致。但是由于对诗歌反映现实生活的特点和规律的理解不同，对诗与现实关系的理解也产生了分歧。

有的同志认为，应该坚持现实主义的创作方法，诗要反映现实生活。罗沙同志指出：现在有些诗，写生活的少，轻飘的东西多，有的诗不是面向现实，而是回避现实。另外，诗要对现实起作用，首先就要让人看懂，现在有人追求写一种使人看不懂的诗是不好的。

吴思敬、钟文同志认为：正是诗与现实的关系，决定了诗的发展将逐渐抛弃现实主义而走向"现代化"。因为随着现代科学技术的发展，人的思维也在发展，抽象能力越来越高，就不满足于具象地反映生活的低级艺术形式。现代外国诗的假定性强，变形厉害，节奏快，这是今天诗发展的方向。现实主义的创作方法绝不可能永远是主流。有些诗让人不懂，不是艺术的荒谬，而是因为今天读者的文化水平低。

孙绍振同志认为：我们不能只习惯于研究诗的生活内容而忽视对艺术方法和艺术手段的研究。艺术还有它自己的发展规律，不一定与生活的发展完全一致。正像我们不能只看到地球绕着太阳公转，而忽视了地球自转一样，只看到诗反映生活而忽视了诗歌艺术本身。"艺术不仅是生活的反映，还是心灵的创造"，把"表现人生的手段变成革命斗争的武器是偏颇的"。艺术发展的成败得失就艺术与社会两点来讲，艺术本身的原因是内因，社会原因是外因。二十年代和三十年代前期，在新诗艺术上贡献大的诗人恰恰是那些脱离人民生活的、不革命的诗人，如戴望舒、徐志摩等，这种现象值得我们深思。

三、关于学习外国

丁力、丁芒、李元洛、宋垒等同志认为，学习外国要在尊重本民族传统的基础上来学习，取其精华，去其糟粕，为我所用，不能盲目地全盘照搬。学习外国诗，主要是学习十九世纪或以前的一些优秀作品中的民主性精华。

谢冕、孙绍振、吴思敬、钟文同志认为，应该允许各种各样的艺术实践，

中国当代文学史资料丛书

包括搞全盘西化。外国诗，特别是现代主义诗歌，艺术上还是有很多可取的东西，过去对它了解不够，学习也不够，我们不能再沿袭旧观点，把它斥之为政治上是反动的、思想上是颓废的、艺术上是堕落的。应该一分为二。任何艺术都有它产生和发展的根据，也都有局限性，过去我们搞"全盘民族化"也产生了局限。

阿红、陈犀同志认为，重要的是要写出能为大家接受的好作品。现在已经有了"古风派"（旧诗）、"国风派"（民歌）、"朦胧派"、"自由明朗派"等等，各有师法，都可允许。高低优劣要让人民群众来评论，让历史来评判。

在讨论中多数比较一致的意见是，学习外国，学习内容可以各有侧重，但都必须反映中国人民的现实生活和思想感情，要符合自己民族的语言规律和思维规律，写出的诗要为群众所接受。

四、关于诗的感情的真实性问题

孙绍振同志认为，"人的感情的一切方面在诗歌中都应该有它的地位"。钟文、吴思敬同志也认为，诗的感情只要真挚就能感人，只要有了真实感情就是好诗。从某种意义上说，丑恶的真实比虚假的光明好。

作为对"假大空"的批判，现在人们特别强调诗要说真话，抒真情。然而感情的真实性是不是就可以作为评价诗歌的主要标准呢？任愫同志认为：并不是凡有了真实感情的诗都是好诗。对真实感情要作具体分析，有高尚的健康的感情，也有颓废的不健康的感情，或反动的感情。江青的《江上有奇峰》流露的想要篡党夺权的感情是真实的，难道能因此评为好诗吗？

五、关于自我问题

诗中应该有"我"，大家的意见相同。但"我"指什么内容，认识却不一样。李元洛同志认为，"我"指的是诗人对生活的独特的发现和诗的独特的表现，而不能说，诗就是"自我表现"。他认为"小我"只是手段，表现"大我"是目的，通过"小我"表现"大我"。如果我们承认诗是社会生活的反映，又说诗是"自我表现"，实际上就陷入"二元论"了。

郑乃臧同志认为"我"就是我，诗人就是应该顽强地表现自己，表现自己的所感所好，所爱所憎，在诗里表现自己的身姿音容。各人都写自己，才能有百花齐放。严迪昌同志认为，诗是以感情为表现对象的，诗人就是要抒发自我的感情，表现自己。要求诗以表现"大我"为前提的原则，实际上只能导致公式化概念化。孙绍振同志认为，"表现自我决不仅仅着意于诗"，而是与破除现代迷信、尊重人性有密切关系。过去诗中"我"的消失，实际是人性的被践踏，是我们不断地一面造神、一面打鬼的直接结果。

黄益庸同志认为，抒写自我是写诗的基本原则，但自我本身的价值并不相同。通过自我表现了人民的思想感情，这"我"的价值就大，如果只是抒写狭小的我，就没有什么价值。我们应该努力争取做大诗人，使自己这个"我"能和人民群众相通。

六、怎样看待青年诗人的探索

这个问题在这次座谈会上讨论得非常热烈，其他问题上的各种不同观点，往往都表现出对这个问题的认识的分歧。谢冕同志作了专题发言。他的基本观点是：近一二年里出现的一批年轻诗人及他们的一些"新奇""古怪"的诗，是新诗史上的一种新的崛起，它"打破了诗坛的平静"，"引起了习惯势力和惰性的惊恐与不安"。于是，才有人指责这些"新"诗为"古怪"，有人要引导这些诗回到狭窄的老路。他说，正是一批年轻人"首先对束缚人的精神枷锁提出了疑问"，他们的诗"思想上反叛了现代迷信，抛弃了诗歌为政治服务的狭隘见解"，在艺术上调动了各种艺术手段，并使之得到充分的发挥。钟文、吴思敬同志还认为这批年轻诗人的诗作不仅是"新的崛起"，并在一定程度上是方向，是未来诗坛的希望，他们必将掀起诗歌发展的大潮。何燕平同志说，人们对青年应取平等态度，而不应轻视他们或可怜他们而去原谅、宽容，更不应苛求。只有这样，诗坛才有希望。但不少同志认为，现在不存在容忍不容忍青年的问题，而是有些人除他们之外不容忍其他一切的艺术风格和流派，甚至否定已往六十年的诗歌。

宋垒等同志认为，这些青年人在诗歌艺术上努力创新和探索，是应该肯定的。但不能评价太高，因为他们的缺点也是突出的，特别是他们的创作还不能为多数读者接受。对他们应该引导。如果他们能走上健康发展的道路，就能代表一代人，成为诗坛的希望，否则只能由他们一代人中的另一些人去代表未来的希望了。

易征同志认为，诗评家肯定青年人的探索，这种热情是好的，但把某些青年的并不是真正优秀的诗称为"崛起""方向""大潮"，就评价太高，显得偏颇。丁力同志认为，对青年人的诗要作具体分析，不能把古怪诗和新起的一代青年诗人的新作混同起来。许多青年写出了大量的好诗，反映现实生活的、人们能读懂的诗。对这些诗作，我们的某些诗评家并没有表现出应有的热情，却偏偏把一些古怪的诗捧上九天，认为是"新的崛起"，是投进黑屋子里的"几线光明"。他认为有一些青年人写了一些古怪诗，原不足怪讶，也不可怕，可怕的是对他们一味吹捧，助长他们轻狂和骄傲的"古怪评论"。

金波同志认为，当前，面临着新的时代，老、中、青诗人都在进行新的探索。李瑛的近作《我骄傲，我是一棵树》，诗风就有很大改变。张志民自己也说过，他现在已经写不出《西行剪影》那样的诗了。还有，青年诗人叶文福、雷抒雁等为什么就不被包括在"崛起"之内呢？

多数同志认为，对青年人的创作要热情鼓励，也要正确引导；赞扬和批评都是在引导，刊物有选择地发表他们的作品也是一种引导，有人一听"引导"就反感，其实，反对引导本身也就是一种引导。作为诗歌理论工作者，应该积极地、热情地、耐心地、细致地做好对青年诗作者引导的工作，使他们能在诗歌创作的道路上健康成长，早日成材。

座谈会结束前，冯牧同志到会讲了话。他希望诗歌理论工作者能及时发现和研究诗歌创作中出现的新情况新问题，研究诗歌新人的创作和思想状况，要鼓励诗人热爱生活、热爱人民，积极创新。

这次座谈会开得生动活泼，大家平等地交换意见，争论问题，各抒己见，取长补短，心情十分舒畅。与会同志都认为这样的会对贯彻"双百"方针、寻求艺术真理是非常有益的。

朦胧诗研究资料

古怪诗论质疑

丁　力

　　近两年来由少数青年作者写出的为数不多的古怪诗，以"很朦胧"以至晦涩到"让人不懂"和"让人读不太懂"著称。在"双百"方针重新得到贯彻、诗人们都在努力创新和不断探索的今天，出现这种古怪诗，本是无足惊讶的。奇怪的是近来有一种古怪诗论，极力支持古怪诗，鼓吹古怪诗风。持这种古怪诗论的，可以以谢冕同志为代表。他在《在新的崛起面前》（今年五月七日《光明日报》）、《凤凰，在烈火中再生》（今年第二期《长江》）两篇文章中，大量地有系统地宣传了这种古怪诗论，我对他的论点很有不同看法。（以下引文未注出处的均系引自上述的两篇文章。）

　　谢冕同志称颂为"新的崛起""带来了万象纷呈的新气象、也带来了令人瞠目的'怪'现象"的诗，究竟有哪些特征呢？按谢冕同志自己的概括，那就是："有的诗写得很朦胧，有的诗有过多的哀愁（不仅是淡淡的），有的诗有不无偏颇的激愤，有的诗则让人不懂。"

　　无疑的，古今中外，都把朦胧视为一种艺术风格，即便比较朦胧的诗，只要有诗意，有思想内容，也不失为饶有兴味的篇什。但若"很朦胧"，那就近乎晦涩，而"让人不懂"的诗，就更是有意晦涩了。晦涩是破坏诗的艺术特性，破坏诗的社会功能和艺术效果的。而古怪诗论鼓吹和赞赏晦涩诗风，这只会使缺乏阅历而又热情、有一定才华的青年作者越走越远。这是误人子弟。

　　新诗要为人民服务，为社会主义服务，这一点应是我们讨论问题的共同出发点。因为就在发表《在新的崛起面前》之前不久，谢冕同志自己也明白说过，诗要"真诚地、热烈地、执着地、无限深情地唱出亿万人民献身于社会主义现代化的心声"，要起到"炸弹和旗帜"的作用。（见《红旗》一九八〇年第五期《谈诗与政治》）诗写得"让人不懂"或"主张应当允许有一部分诗让人读不太懂"，那这种诗怎么起到上述作用呢？

谢冕同志说"读得懂或读不懂，并不是诗的标准"，我以为那种"很朦胧"和"让人不懂"的诗，不能为广大群众所理解、所接受、所欣赏的诗，当然是不好的诗，或根本不是诗。（这当然不是指的一时看不懂，或少数人看不懂的而实际可懂的那些诗。）使人读得懂和读不懂，不但是衡量诗的标准之一，而且是衡量一个诗人是不是愿意为人民歌唱的标准之一。你的诗人民不懂，你不是在群众现有的基础上去提高，而是搞什么自视高深、故弄玄虚的"化群众"的货色，脱离人民群众，怎么能成为人民的诗人呢？何况这种古怪诗，还并不是真正提高了的诗作呢。

古怪诗，"有过多的哀愁（不仅是淡淡的）"，则往往是感伤的；"有不无偏颇的激愤"，则往往是脆弱的。今天的一部分青年中有这种精神状态，我们完全可以理解。但要补充一句，这种精神状态，即使在十年"文革"中，也不是值得称颂的。请看郭小川、张志民、黄永玉（还有其他诗人）那时的诗，请看人民群众在天安门运动中写的诗，那才是富有战斗性的现实主义和革命乐观主义的诗，他们的诗，有激愤，但不偏颇。激愤到偏颇的地步，就脱离了人民群众的思想感情，脱离了时代的精神，常常出现颓废的诗情。

谢冕同志认为古怪诗"是寻求诗适应社会主义现代化生活的适当方式"。话是说得不错，可惜与实际不符。我们所不满意的古怪诗中几乎没有一首是反映了四个现代化的。而且我也百思不得其解，为什么要"适应社会主义现代化生活"，就必须把诗写得"让人不懂"呢？

谢冕同志说古怪诗"大胆吸收西方现代诗歌的某些表现方式"。本来，借鉴和利用外国诗歌有益的艺术表现方式是必要的，但是古怪诗吸收的是专搞象征法、暗示法、隐喻法、悬想法、串珠法等的东西，以晦涩难懂为其总特征。它把"表现我"的个人内心世界包裹起来，追求多层折射，专门捕捉一瞬间的幻觉，一闪念的想象，一忽儿的感受，一点飘忽渺茫的意念。其结果便是诗的形象模糊不清，意境支离破碎，描写对象任意地失常地变化，思想感情、想象、联想无端跳跃。这种奇诡怪诞到使人无法理解的艺术追求，让人永远把握不着的神秘的或是不着边际的感情，谈不上诗的主题思想（甚至有人还主张诗不要主题思想，或搞什么游移不定的，多中心的主题，即所谓主题的"某种不确定性"），与"无限深情地唱出亿万人民献身于社会主义现代化的心声"不是相差十万八千里吗？

尽管谢冕同志声明"我也是不赞成诗不让人懂的"，但他又把"让人不懂"和"读不太懂"的诗奉为"新的崛起"，尊为"在烈火中再生"的"凤凰"。这就使人费解了，不能不使人生疑，所谓"也是不赞成"云云，不过也就是那么说说罢了。

为了鼓励青年诗人探索的积极性，为了新一代诗人的茁壮成长，为了扭转晦涩、古怪的诗风，把它引导到健康发展的道路上来，许多老、中年诗人和诗评家，以及诗歌和文学刊物对青年诗作者的循循诱导是慎之又慎的。近两年来，许多诗歌和文学刊物都经常刊载青年人的诗作，而且多次编发新人新作特辑，发表评论文章，肯定青年诗作者在艺术上大胆创新的成就，鼓励他们的探索。至于对他们诗作中的一些缺点，在《在新的崛起面前》发表之前，只有《社会科学战线》上发了一个远非理论权威作者的普通文章提过，后来，诗人和诗论家公刘发了短文，在充分肯定青年诗作者的优点和才华的前提下，对晦涩的诗风，有所评论，并提出对青年诗作者应予引导。不料谢冕同志就认为这是诗界前辈对青年不"容忍和宽宏"，是"粗暴干涉"，并且以青年诗作者的保护人的口吻，告诫别人"不要急于'采取行动'"。其实，才不过是一句"应予引导"的话罢了，不知为什么谢冕同志就那样不能"容忍和宽宏"。他还说："我们的黑屋子，开了几个窗子，刚刚投进了几线明亮的阳光，但立即，又有这样那样的议论想堵上它。"真是够吓人的。且不去考究这些古怪诗是不是几线明亮的阳光，也暂不追问我们的整个诗坛（除去古怪诗）是不是"黑屋子"，即使承认谢冕同志假设的这个前提，难道对古怪诗和古怪诗风提出"应予引导"，就是要"堵窗子"挡住"明亮的阳光"吗？

谢冕同志反对别人干涉。但他指责"某些刊物在稿约中重申提倡具有中国作风气派的"诗歌，批评"一些舆论在谴责诗的欧化和散文化"，甚至还因为两位"属于那些'不好懂'的流派的诗人"的作品的发表问题，指责刊物编辑部。这不恰恰是他在干涉别人吗？

为了庇护古怪诗，谢冕同志一反自称"一贯的观点"，把自己过去对新诗研究的成果，把革命的诗歌理论，弃置不顾，在新诗的一系列原则问题上，发表了整套的古怪诗论，使我这个一向关心他的朋友也"瞠目而视"了。为了更好地进行诗歌艺术的探索，需要分清是非。故我不揣冒昧，不避"时忌"，提出我的意见如上，作为质疑。以就正于谢冕同志和广大读者们。

1980年9—10月

原载《诗刊》1980年第12期

朦胧诗研究资料

失去了平静以后

谢　冕

中国新诗失去了平静。人们因不满新诗的现状而进行新的探索，几经挣扎，终于冲出了一股激流。几代人都在探索：老的、中的，特别是青年人，他们是主要的冲击力量。

青年人热情而不成熟，富于幻想也易于冷却。对青年施以正确的引导，对此不应有异议，但对那种带引号的"引导"，却也不可苟同；同时，若是真理掌握在他们的手中，则我们也不可拒绝接受引导。韩愈说过，"弟子不必不如师，师不必贤于弟子"，这是常理。我们深信未来不致因我们已经不在而泯灭，我们就要相信青年。

当前新诗所受的冲击波，动摇着建立在许多人心头的偏狭的诗的观念。分歧是巨大的。在如下问题上，不同意见有着尖锐的对立：三十年来新诗的发展是否遇到了挫折，从而由宽广而渐趋于窄狭？新诗是否只能拥有一个"基础"——"古典诗歌和民歌的基础"、一个"主义"——"现实主义"，它是否应当拥有更为广阔的借鉴对象和艺术表现的方法？是否承认当前新诗正面临着一番大有希望的新崛起，从而给予科学的评价：它究竟是一股激流，还是一股末流乃至暗流（不曾有人这么明确地说过，但"沉渣泛起""颓废派""古怪诗"等等谥号早已用上）？

失去了平静以后，我们应当如何？我们需要恢复平静。我们需要平静地想想分歧何在。我们也需要了解我们所不曾了解的诗的新潮及其作者们——主要是青年人。

历史性灾难的年代，造就了一代人。他们失去了金色的童年，失去了温暖与友爱，其中不少人，还失去了正常的教育与就业的机会，他们有被愚弄与被遗弃的遭遇。"它们都不欢迎我，因为我是人"（舒婷），这位女诗人感到了不受欢迎与不被理解的悲哀，她有着置身荒漠的孤独。以致直至今日，她还在痛苦地呼唤："人啊，理解我吧。""我不愿正视那堆垃圾，不愿让权和钱的观念来磨损我的童心。我只有躺在草滩上看云，和我的属民——猪狗羊在一起。"（顾城）这位诗人看到了丑恶，清高使他同样获得了孤独感，而且不掩饰他的愤激。青年一代的情况，有惊人的相似，不独城市青年如此。一位写了很多美丽的诗篇的出身于农村的青年说，他之所以喜爱大自然，是由于"讨厌社会上的尔虞我诈，人与人之间的互相倾轧"，他说，我"喜爱那稍稍远离权力之争的乡村，但我又为农民的痛苦生活而流泪。"（陈所巨）他们不约而同地都对现实持怀疑态度，他们发出了迷惘的问话："冰川纪过去了，为什么到处都是冰凌？好望角发现了，为什么死海里千帆相竞？"（北岛）他们对生活的"回答"，是"我不相信"四个字。

于是，他们对生活怀有近于神经质的警惕，他们担心再度受骗。他们的诗句中往往交织着紊乱而不清晰的思绪，复杂而充满矛盾的情感。因为政治上的提防，或因为弄不清时代究竟害了什么病，于是往往采用了不确定的语言和形象来表述，这就产生了某些诗中的真正的朦胧和晦涩。这就是所谓的"朦胧诗"的兴起。

黑暗的年代过去了，人们可以在明亮的阳光下自由地生活。他们开始怀着忐忑的心情唱起旧日的或今日的歌。他们由迷惘而转为思考；当然，他们的思考也带着那个年代的累累伤痕。畸形的时代造就了畸形的心理。他们要借助不平常的方式来抒写情怀，这就造成了某种在思想和艺术上都显得"古怪"的诗。这种诗在悄悄地涌现。尽管他们长期处于"地下"，但却顽强地萌动着，这是一个崛起的过程。

也许有些人不喜欢它的产生，但它毕竟是不合理时代的合理的产儿。它所萌生的温床是动乱的年代——"文革"十年打破了他们天真烂漫的幻想世界，痛苦的经历以及随后对它的思索，成为这一诗潮的生活和情感的基础。到了为这一时代送葬的礼炮响起——天安门事件的发生，为诗歌的复苏燃起了光明与希望的火种。许多青年的创作基调也由此获得了转机。即时出现了这样的一首诗：

一个早晨

一个寒冷的早晨

中国在病痛、失眠之后

被雾打湿了的

沉重的早晨

一双最给人希望的眼睛没有睁开

亿万个家庭的窗口紧闭着

（江河：《我歌颂一个人》）

这里所提供的形象，以及它那不是由叮当作响的音韵所构成的内在律动感，对于统治了十年的"帮诗风"，不能不是一种具有叛逆性质的挑战。

在社会主义现代化的旗帜下，中国向世界敞开了门，窒息的空气得到了流通，人们的眼界和胸襟为之开阔。这不能不促使新诗考虑从情感、形象、语言以及节奏上，作一番变革。

诚然，在某些青年的思潮中，不免夹杂着空虚、颓废以及过多的感伤情绪，但这并不是事情的全部，而且也并非不可理解。顾城把他"文革"时期的作品称之为"近代化石"。化石是曾经存在的生命。从它的线条和图案上，人们确可辨认出那丑恶时代的鞭痕与弹孔，以及天空中黑云凝成的斑点。难道能够仅仅因为调子的低沉，而去扯断诗人悲怆的琴弦吗？这样的蠢事不能再重复。

需要强调的是，作为这股激流的主潮，是希望和进取（尽管夹杂着泪水与叹息），而不是别的。梁小斌的《中国，我的钥匙丢了》，是一首可以列入建国以来新诗最佳作品行列的诗篇。它的确有着浓重的失落的怅惘与悲哀，但它仍然呼唤太阳的光芒，它顽强地"寻找"，并且"思考"那"丢失了的一切"。他们摒弃那种廉价的空话，而以切实的语言触及血淋淋的生活：

我是痛苦。

我听到草根被切割时发出呻吟

我的心随着黑色的波涛

翻滚、战栗

（杨炼：《耕》）

但他们不曾为痛苦所吞噬，而是顽强地耕耘着："我迫使所有荒原、贫穷和绝望远离大地。"读这样的诗，有一种凝重的质感，一种内在的力的搏动；谈不上豪放，却有一股传达了时代气息的悲凉。

青年是敏感的。他们较早地觉察到封建主义的阴魂正附着在社会主义的肌体上，他们最先反叛现代迷信。他们要弥补与恢复人与人间的正常关系，召唤人的价值的复归；他们呼吁人的自尊与自爱，他们鄙薄野蛮与愚昧。他们追求美，当生活中缺少这种美时，他们走向自然，或躲进内心，而不愿同流合污。他们力图恢复自我在诗中的地位。作为对于诗中个性之毁灭的批判，他们追求人性的自由的表现，他们不想掩饰对于生活的无所羁绊的和谐的渴望：

　　　　湖边，这样大的风，

　　　　也许，我不该穿裙子来，

　　　　风，怎么总把它掀动。

　　　　假如，没有那些游人，

　　　　听，我会多自由啊，

　　　　头发、衣裙都任凭那风。

　　　　（王小妮：《假日　湖畔　随想》）

这样的诗，的确没有多重的意义，但它却有价值。它揭示了"人"的存在，而这种"人"，曾经是被取消了的。

　　这并不意味着他们都沉溺于自我，他们的诗篇并没有忘却时代和人民。他们说，"我的诗的主人公是人民"（江河），"我欢呼生活中每一株顶开石头的浅绿色的幼芽"（高伐林）。他们有带着血痕的乐观，他们中不少人意识到了历史赋予的使命感。他们对着自己的长辈发出了要求信赖的呼吁："快把最重的担子给我吧"；而且他们渴望着超越自己的长辈。他们没有一味地追求那种病态的华靡与轻柔，他们说："我要横向地走向每个人的心中……我要寻找那种雄壮、达观、奔放的美。"（徐敬亚）

　　个性回到了诗中。我们从各自不同的声音中，听到了整整一代人甚至几代人对于往昔的感叹，以及对于未来的召唤。他们真诚的、充满血泪的声音，使我们感到这是真实的人们真实的歌唱。诗歌已经告别了虚伪。舒婷的《母亲》便是充满人性的颤音：

　　　　啊，母亲，

　　　　我的甜柔深谧的怀念，

　　　　不是激流，不是瀑布，

是花木掩映中唱不出歌声的古井。

一切听凭挚情的驱使，没有矫作的"刚健"。要是内心没有激流和瀑布，它不装假，而且坦率地承认是"唱不出歌声的古井"（尽管深知这可能会受到责难）。这首弥漫着哀愁的诗引人沉思，这一代生活在新社会的人，为什么会有这样委曲饮恨、欲言又止的复杂心情？我们听到过对于这些诗人"太个人化了"的指责。滴水可以聚成大渊，无数的"个人化"集合起来，可以构成当代生活的喧闹。这种"个人化"当然是对于极左的反"个人化"的报复，是矫枉过正的产物。当然，舒婷不全写这些，她的若干已为公众知晓的诗篇，有着更为积极的主题。

较之思想内容方面给人以警醒与震动，恐怕艺术上带来的冲击尤为强烈。这些青年，他们有过艺术营养贫瘠的童年。今天他们是幸运的：他们终于有条件不担惊受怕地吮吸丰富多样的诗营养。他们终于以不拘一格的新奇的艺术结晶体让人目眩：对于瞬间感受的捕捉，对于潜意识的微妙处的表达，对于通感的广泛运用，不加装饰的情感的大胆表现，奇幻的联想，出人意想的形象，诡异的语言，跨度很大的跳跃，以及无拘无束的自由的节律……在艺术上，他们正在摆脱一切羁绊而自由地发展。

有人笼统地把当前新诗斥之为"朦胧""晦涩"，因而令他"看不懂"，情况不全是如此。某种欣赏和批评的惰性，在彻底摆脱了那种生硬摹写事物的诗篇面前，表现得尤为突出。过分"恋旧"的批评家，易于产生偏见。有的诗，并不晦涩，也不朦胧。像舒婷《中秋夜》中的句子："不知有'花朝月夕'，只因年来风雨见多。当激情招来十级风暴，心，不知在那里停泊。""人在月光里容易梦游，渴望得到也懂得温柔。要使血不这样奔流，凭二十四岁的骄傲显然不够。"它的沉郁丰富的意绪，蕴藏在有点飘拂无定的形象之中，只有反复咀嚼，才能寻出那介于显露与隐藏之中的美的效果。这样的诗，当然比"东风浩荡""红旗飘扬"要"难懂"得多。我们不同意青年人沉溺于"哀愁""绝望"之中，我们也不主张艺术上追求"不可知"的晦涩，但我们希望在艺术上讲点宽容、讲点仁慈，我们更不赞成以偏执代替批评的原则，从而对青年人的作品施以贬抑。

潘多拉的盒子里装的不全是灾害，也深藏着对人类说来是最美好的东西——希望。只是盒子放出了灾害之后便被关闭了。当今的使命，是敢于向

"万神之父"宙斯的神圣戒令挑战，释放出那深藏盒底的"希望"来。青年人的冲击，带给了我们并不渺茫的希望。中国新诗确曾有过诸种艺术流派"共存共荣"的自由竞争的局面，只是后来消失了。当前涌现的新诗，也未曾形成流派。青年人的创作，并不全是"朦胧派"，他们是多样化的。《诗刊》的《青春诗会》就为我们展现了中国青年诗作丰富繁丽的缩影。不可否认，当前的这股潮流，的确蕴含着形成诸种艺术流派的契机——要是我们采取明智而积极的方针的话。

的确，青年人的状况并不全然让人满意。某些青年人表现了蔑视传统的偏激心理。我们对此务须分析：有的属于偏激，有的不是。某些青年的"偏激"，是对于企图引导新诗向旧诗投降的反抗。中国有灿烂的古文化，但中国由于民族之古老与传统之丰富，较之世界其他民族，我们有无可比拟的因袭的重负。我们的民族意识中，本能地有着某种拒绝外物的心理。新诗也是如此：一切外界有的，我们的祖宗都有了，连"现代派"的东西，在我们的祖宗李贺、李商隐那里也有，如此等等。长期的封建帝国统辖下的小农经济自给自足的心理，在文化和诗歌上也有充分的表露。新诗不能倒退。青年人担心并且敏感地觉察到新诗在某个时期的倒退。他们对于"国粹"与"古董"之怀有并非无可诟病的警惕，与其说是历史的虚无主义的表现（他们当中某些人有此倾向），不如说是对于中国封建"遗传"的警觉与批判。

经过了长时期梦魇般的挫折，新诗正在顶破那令它窒息的重压。它在寻求更为合理的发展。新诗的道路不应只有一条，新诗也不能只在古典诗歌与民歌的"基础"上求发展。它应当吸收多种营养。它应当拥有多种的"血型"（冯牧同志语）。新诗应当改变长期以来的"贫血"的状况。世界在敲打中国的门窗，在新诗的发展中，继续实行那种闭关锁国的政策，看来已经不行了。

失去了平静以后，希望在缓慢地、但又是富有生气地生长着。我们已经跨出了地狱之门，我们听到了但丁的歌唱："我们并不休息，我们一步一步向上走……直走到我从一个圆洞口望见了天上美丽的东西；我们就从那里出去，再看见那灿烂的群星。"（《神曲·地狱篇》）

真的，群星已在前面闪耀。

致中国诗坛泰斗——艾青

黄　翔

终于，我们站起来对艾青说：

你们的太阳已经过去，

我们的太阳正在升起！

你们这一代诗人代表不了一代诗人的我们！

你说你不理解某新诗人的"生活——网"一诗吗？那是因为你压根儿就没在"网"中挣扎过，这网就是天罗地网，它囚禁着我们这一代人——我们的青春，我们的希望，我们的追求，我们的痛苦，我们的欢乐，甚至我们的迷惘，我们的思考，我们的愤怒，它是那样牢牢地将我们罩住，唯有我们的觉醒和抗争才能解开这个网结。

这是意象。不是你所习惯于理解的那种具体的形象。

你说我们的自发刊物"勉强"是一种流派吗？我们就是一种流派！如果说我们里面不统一，有的诗看得懂，有的诗看不懂，诗人，这也是形式上的。我们在本质上是统一的。或者说我们不仅是一种流派，而且正在形成多种流派。

你说我们没有提出什么诗的主张吗？老人，我们当然有自己的主张。我们还没有来得及展开我们的全貌，仅仅从土中露出我们的头顶，这个结论搁在我们头上为时尚早！你还是永远去唱你那时代的"牧歌"吧。你和你的诗歌正在我们的精神世界中死去，在一代人当中死去。我们趁你还活着的时候把你的牧歌送进火葬场，决不为它建筑一座诗歌的"纪念堂"。

我们的诗是狮子，怒吼在思想的荒原上。

思——想——的——荒——原——上！

我们是从精神废墟中活过来的一代，既然所有倾塌的灰土和残砖破瓦都没有压垮和压死我们，我们就站起来了！

你只属于你的时代，在你的没有太阳的年代，你是你时代诗歌的太阳。

至于你同时代的其中的几颗苍白的小星星，那简直就称不上是诗人！他们首先必须学会做人！让他们就歌什么"德"吧，让他们假惺惺地去继续"捧读"他们的万世圣经吧。我们说，他们不仅仅是什么"风派""歌德"派，这种人必须首先学会做人！我们要从精神上粉碎一切曾经在精神上粉碎我们的。我们的诗歌需要表现我们的情绪和我们的哲学。

而艾青你，与他们不同的地方，首先你是人，出色地配称"人"的称号的人，你是属于你的时代的诗人，这就是我们公证的尺子。但是"艾青"代表不了我们！

不管你愿不愿意承认，我们完全有信心宣布，你将是失败了的老师，我们是胜利了的学生！

我们现在要做的，就是要拆掉你的诗歌的"纪念堂"，把我们的大合唱的队伍开进去，就是要把你时代的"诗歌"连同那些不幸地与你联结在一起的风派的"风歌"、歌德派的"孝歌"、现代圣教徒的"圣歌"统统送进火葬场！

诗歌不需要偶像：必须把僵尸占据的地盘空出来！

落日就是落日："千万个太阳在涌来的岁月中冒出了头顶。"

让所有大大小小的过时了的诗歌"圣灵"在一代新的苦行者的身边纷纷倒下吧。

未来抓握在我们手里，微笑在我的勇气中，盛开在我们的脚下！

原载《崛起的一代》第2期，1980年12月

朦胧诗研究资料

一股不可遏制的新诗潮

—— 从舒婷的创作和争论谈起（节选）

刘登翰

一群年青的诗人向我们走来。带着他们的思考与探索，带着他们的成就与不足，引起诗歌界和评论界广泛的注意：赞扬或者非难。

舒婷是他们之中的一个。

像任何时代每一个带来新的艺术的诗人一样，他们走着自己时代所赋予的独特的生活道路，也开拓着自己与这生活经历相一致的艺术道路。他们从不成熟到成熟，从不被理解到被理解，从被拒绝到被接受。有时候这个过程甚至是相当漫长和曲折的。而往往，那些不易被理解和接受的部分，恰正是最有光彩和预示着发展的部分。因为，固有的艺术传统的惯性力里，往往本能地拒绝突破这种惯性的新的生命的到来。

我想从这个角度来谈谈对舒婷创作的一些想法，因为，对于舒婷作品的许多争论，在某种意义上甚至可以说，也是对于包括舒婷在内的一批勇于探索的青年诗人的争论。

并非偶然的文学现象

舒婷的出现不是孤立的，偶然的。

一九七九年的诗歌创作，在新诗的发展史上将是值得记载的一年。一大批新人的出现，是这一年诗歌繁荣的重要标志之一。

如果追溯一下这群年青诗人走向文学的历程，便可以发现，恰是耽误了这一代人青春的十年"文革"，造就了这一代人的歌手。他们的一个共同特点是：都成长在"文化革命"这波谲云诡的动荡的十年间。历史的曲折发展使他们普遍地都经历了从狂热的迷信到痛苦的觉醒，从苦闷的徘徊到真理的探求这样一个曲折而丰富的心灵历程。对十年变幻莫测的政治斗争的厌倦和反抗，使一部分不倦于思索的青年从政治转向文学。当他们发而为声，在表现自己冷静的思索时，便不能不带着这一代人的精神特征，展示出自己这个曲折的认识过程和复杂的心理变化，他们开始于"四人帮"时期的创作，便带着对于"四人帮"推行的那一整套极左政治的强烈的叛逆情绪，追求表现自己内心的真实，表现自己这一代人产生于那个特殊年代的真切的感受和思考。这就给新诗提出了一个富有挑衅性的问题：新诗能不能有诗人自己对于人、对于生活、对于政治独立的思考、评价和把握的形式？能不能有超出于那些传统的英雄主义感情和颂歌主题的，更广阔地表现普通人的，也是诗人自己的愤懑、痛苦、忧虑等等感情领域的天地？

思想上的"叛逆"，必然地要带来对于某些僵化了的艺术观念和形式的叛逆。时代孕育了一股新的感情潮流，也一定要给这股感情潮流开拓一条新的渠道。就新诗自身的艺术说来，建国以来它的发展是比较缓慢的。新诗反映生活的手段，基本上还是五十年代开始就形成的描写英雄主义感情和颂歌主题的借助生活场景描绘直抒激情的方法。对于表现日益丰富和复杂起来的社会生活和人的感情世界，这种植根于五十年代初期的感情土壤、相对说来比较单纯的艺术方法，当然是不够用的。特别经过"文化革命"以后，这种矛盾就更加尖锐了，艺术本身发展的要求，也在呼唤新的突破。

一批新人在倾诉自己丰富和复杂的感情世界时，同时也追求着更为丰富和复杂的表现手段。当然，他们的风格和形式上的艺术追求，也不尽相同。一部分作者的探索，主要表现在内容方面，以敏锐的思索和犀利的锋芒见长，大胆而深刻地触及了现实生活中某些重大而敏感的领域，在艺术上虽然也吸取了某些现代派的手法，但激情的直抒和生活场景的正面描绘，依然是他们主要的表现手段。另一部分作者则寻求内容和形式一致的创新。他们对于"时潮"的叛逆情绪和某些孕育自那个特定年代的感情，不是新诗传统的手法所允许表达的，而需要寻求概括生活的新的途径。他们开始于"四人帮"时期的创作，便回避直露而倾向含蓄的意象和象征；而他们展示自己内心历程和探索人的感情世界的趋向，又使他们比较容易地从某些西方现代派的诗歌艺术（或者间接从三十年代、四十年代某些接受现代派影响的新诗）中找到借鉴。通过自己内心的折光来反映生活，追求意象的新鲜独特、联想的开阔奇丽，在简洁、含蓄、跳跃的形式中，对生活进行大容量的提炼、凝聚和变形，使之具有一定象征和哲理的意味，是他们的主要特点。

舒婷就是在这样的历史背景和艺术环境中出现的。从风格上讲，她属于后一派，但又比这一派更为明朗。弄清了这一背景，我想对于理解舒婷的作品是有益的。

历史上每一种文学潮流的出现，都有它的必然性。有一个时期，一些反对这种"陌生而奇异"的探索的人，曾经想以无视的办法，来否认这股诗歌潮流的存在。他们或者轻易地判定这是二十年代徐志摩、李金发、戴望舒等"资产阶级诗歌流派"（？）的沉渣泛起，或者反对刊物为他们提供可怜的一点篇幅，以期把它和读者隔开，使其自生自灭。但是无视它的存在并不等于它不存在，更不能遏制它的发展。《福建文艺》持续将近一年的关于新诗创作问题的讨论，就从另一个侧面证明了这股诗潮的生命力。勇于探索的新人们走在了前面，眼下需要评论家们严肃对待的，不是轻率地否定，而是像这批勇敢的探求者一样认真地思索一下，这股影响越来越广的新诗潮，已经给，并将继续给新诗带来一些什么新的东西，怎样才能促其更健康地发展？

全文约8200字，此处节选的是原文的第一部分。

原载《福建文艺》1980年第12期

当代中国
文学史
资料丛书

令人气闷的 "朦胧"

章　明

　　诗，应该含蓄，切忌浅露；应该深刻，切忌浮泛；应该新颖，切忌落套。诗人应当有充分的自由和广阔的天地去驰骋想象，抒发感情，追求独特的构思，运用新奇的表现手法。这些都是众所公认的常识，没有什么争议的。

　　前些年，由于林彪、"四人帮" 败坏了我们的文风和诗风，许多标语口号式的、廉价大话式的 "诗" 充斥报刊，倒了读者的胃口，影响了新诗的声誉。经过拨乱反正，如今诗风大好，出现了不少感情真挚、思想深刻、形象鲜明、语言警策的好诗，受到了广大读者的赏赏和欢迎。但是，也有少数作者大概是受了 "矫枉必须过正" 和某些外国诗歌的影响，有意无意地把诗写得十分晦涩、怪僻，叫人读了几遍也得不到一个明确的印象，似懂非懂，半懂不懂，甚至完全不懂，百思不得一解。对于这种现象，有的同志认为若是写文章就不应如此，写诗则 "倒还罢了"。但我觉得即使是诗，也不能 "罢了"，而是可以商榷、应该讨论的。所以我想在这里说一说自己的一孔之见。为了避免 "粗暴" 的嫌疑，我对上述一类的诗不用别的形容词，只用 "朦胧" 二字；这种诗体，也就姑且名之为 "朦胧体" 吧。

　　比如《诗刊》今年第一期有一首题名为《秋》的短诗，似乎可以归入这一体之内：

連鸽哨也发出成熟的音调，

过去了，那阵雨喧闹的夏季。

不再想那严峻的闷热的考验，

危险游泳中的细节回忆。

经历过春天萌芽的破土，
幼叶成长中的扭曲和受伤，
这些枝条在烈日下也狂热过，
差点在雨夜中迷失方向。

现在，平易的天空没有浮云，
山川明净，视野格外宽远，
智慧、感情都成熟的季节呵，
河水也像是来自更深处的源泉。

紊乱的气流经过发酵，
在山谷里酿成透明的好酒；
吹来的是第几阵秋意？醉人的香味
已把秋花秋叶深深染透。

街树也用红颜色暗示点什么，
自行车的车轮闪射着朝气；
吊车的长臂在高空指向远方，
秋阳在上面扫描丰收的信息。

　　这首诗初看一两遍是很难理解的。我担心问题出在自己的低能，于是向一位经常写诗的同志请教，他读了也摇头说不懂。我们两个经过一个来小时的共同研究，这才仿佛地猜到作者的用意（而且不知猜得对不对）是把"文化革命"的"十年动乱"比作"阵雨喧闹的夏季"，而现在，一切都像秋天一样的明净爽朗了。如果我们猜得不错，这首诗的立意和构思都是很好的；但是在表现手法上又何必写得这样深奥难懂呢？"连鸽哨也发出成熟的音调"，开头一句就叫人琢磨不透。初打鸣的小公鸡可能发出不成熟的音调，大公鸡的声调就成熟了。可鸽哨是一种发声的器具，它的音调很难有什么成熟与不成熟之分。天空用"平易"来形容，是很稀奇的。"紊乱的气流经过发酵"，说气流发酵，不知道是不是用以比喻气流膨胀，但膨胀的气流酿出"透明的好酒"又是什么意思呢？"秋阳在上面扫描丰收的信息"，信息不是一种物质实体，它能被扫描出来呀？再说，既然是用酷暑来比喻十年"文革"，那为什么第二节又扯到春天，使读者产生思想紊乱呢？"经历过春天萌芽的破土，幼叶成长中的扭曲和受伤"，这样的句子读来也觉得别扭，不像是中国话，仿佛作者是先用外文写出来，然后再把它译成汉语似的。

如果说这首诗还不算十分"朦胧"的话，那么，今年二月二十二日《人民日报》副刊上一组题为《海南情思》的短诗就更进一步了，而尤其是当中的第三首，《夜》：

> 岛在棕榈叶下闭着眼睛，
> 梦中，不安地抖动肩膀。
> 于是，一个青椰子掉进海里，
> 静悄悄地，溅起
> 一片绿色的月光，
> 十片绿色的月光，
> 一百片绿色的月光，
> 在这样的夜晚，
> 使所有的心荡漾、荡漾……
> 隐隐地，轻雷在天边滚过，
> 讲述着热带的地方
> 绿的家乡……

我不否认，作者是很有想象力的。梦中的岛抖动着肩膀，抖落了青色的椰子，震动了月光下的海水，这很有意境，而且很美。但是，通过这些形象的描绘，作者究竟要表达的是什么感情，什么思想，那是无论如何也猜不出来的。一个椰子掉进海里，不管你赋予它什么样的想象的或感情的重量，恐怕也不能"使所有的心荡漾"起来吧？"轻雷"指的是什么？椰子落水的声音能和雷声（哪怕是"轻雷"）相比拟吗？海南岛并非热带，椰子也没有离开故土，它为什么要，又向谁去讲述"绿的家乡"？讲述的目的和意义又何在呢？

我举上述的两首诗为例，并不是说它们是"朦胧体"的代表作，比这更朦胧的还大有诗在，它们简直是梦幻，是永远难以索解的"谜"。

"朦胧"并不是含蓄，而只是含混；费解也不等于深刻，而只能叫人觉得"高深莫测"。我猜想，这些诗之所以写得"朦胧"，其原因可能是作者本来就没有想得清楚。我们再看近几年来出现的以艾青的《在浪尖上》为代表的许多受到群众热烈欢迎的好诗，尽管它们在风格上各有特色，却毫无例外都是不晦涩的、读得懂的。初读一遍，立即在心里引起共鸣，细读几回，越觉得"此中有真意"。请举《小草在歌唱》中的一段为例：

……	抽在我的心上，
我曾苦恼，	让我清醒！
我曾惆怅，	让我清醒！
专制下，吓破过胆子，	昏睡的生活，
风暴里，迷失过方向！	比死更可悲，
如丝如缕的小草哟，	愚昧的日子，
你在骄傲地歌唱，	比猪更肮脏！
感谢你用鞭子	

真诚深切的感情，明快晓畅的语言，像清风一样，在读者心中唤起波澜。我决不是主张所有的诗都必须这样写，要求风格的划一，那是再愚蠢不过的。但我们也不能不看到这样的一个事实，请问有哪一首"朦胧体"的诗曾经在广大读者中引起过反响，得到过好评？写诗是为了给人读的，诗人总得有些群众观点吧？

也许有的同志会提出反驳：古人也曾有过"诗无达诂""诗有别趣，非关理也"的说法。诗人的想象、抒发、比喻、寄托等等，往往是奇特的，不可以用常理来衡量的。要是都像你这样"较真"起来，那么诗就没法子写了。我觉得这个反驳有一定的道理，但也不尽然。我完全拥护：诗人可以跨上感情的骏马自由奔驰，可以采用奇特的比喻、高度的夸张、突兀的联想、深沉的寄托……就像李白可以写出"白发三千丈，缘愁似个长"这样绝无此理而又不失为"真"的句子来。但是这一切都必须做到贴切和自然，遣字造句也要照顾到中国话的语法规律，否则就会流于怪诞、玄虚、生涩。连读都读不懂，怎能指望读者产生共鸣、受到感染呢？

也许又有的同志会表示异议：读不懂，不一定就不是好诗。比如李贺的诗被人称为"奇诡"，有一些也是十分难懂的。李商隐的几首《无题》诗，古往今来许多人都解不开，但他们都不失为大名家，他们的诗不也传诵至今吗？对于这种说法我也不能完全同意，这里需要具体分析。李贺的伟大之处在于他的浓郁的浪漫主义色彩，在于他大胆标新立异，追求奇意警句，决不落前人窠臼的精神。而他的缺点却正是过分雕琢，弄得晦涩难解。至于李商隐的《无题》诗大多数并无"朦胧"之处，相反地读来给人以明丽深情的印象。例如："昨夜星辰昨夜风，画楼西畔桂堂东。身无彩凤双飞翼，心有灵犀一点通。隔座送钩春酒暖，分曹射覆蜡灯红。嗟余听鼓应官去，走马兰台类转蓬。"这里并没有什么读不懂的句子。它们之所以被认为"隐晦"，焦点是有人认为是爱情诗，有人认为是借写爱情而另有政治上的寄托，由于年代久远，难以考实，因此引起争论。这种情况是不能作为给"朦胧体"辩护的理由的。

当然，很可能还有的同志会提出责难：姑且承认近来的诗作里有你所谓的"朦胧"一体吧，但是，我们今天贯彻"双百"方针，大力提倡题材形式风格的多样化，"朦胧体"不也是百花中的一朵花吗，又何劳你喋喋不休地加以反对呢？首先，我必须声明我并没有"扼杀"任何一种风格的意图。谁愿意写"朦胧体"的诗悉听尊便，而且我还相信可能有少数读者会欣赏这种诗体。但我仍然要说：固然，一看就懂的诗不一定就是好诗，但叫人看不懂的诗却决不是好诗，也决受不到广大读者的欢迎。如果这种诗体占了上风，新诗的声誉也会由此受到影响甚至给败坏掉的。我们需要向世界各国的好诗汲取营养，决不能闭目塞听；但千万不能因此丢掉我们自己的民族风格。再说，在全国人民紧张努力奔"四化"的今天，大家都很忙。"人间要好诗"，读一首好诗当然不会像吃冰棍那样容易，但我也希望不要像读天书那样难。猜来猜去猜了半天而仍无所获或所获甚微，就像苏轼《读孟郊诗》里说的"初如食小鱼，所得不偿劳；又似煮彭蚏，竟日嚼空螯"，这实在是一种人力和精神的浪费。

有的诗，读了令人神往；有的诗，读了发人深思；有的诗，读了叫人得到美的享受。而"朦胧体"的诗呢？读了只能使人产生一种说不出的气闷。——所以我这篇短文的题目就叫作"令人气闷的'朦胧'"。

一九八〇年二月五日于广州

两代人

——从诗的"不懂"谈起

顾 工

我越来越读不懂我孩子顾城的诗，我越来越气愤……

面前放着他的一首新作，题目是《爱我吧，海》。我勉勉强强地一行一行读下去——

> 爱我吧，海，／我默默说着，／走向高山……

> 弧形的浪谷中，／只有疑问，／水滴一刹那／放大了夕阳？

是啊，这样的诗，在我脑海的浪谷中，也"只有疑问"。蹙着眉，继续一行行读下去——

> 我的影子，／被扭曲，／我被大陆所围困，／声音布满／冰川的擦痕，／只有目光，／在自由延伸……

越往下读，我的愤怒越增长：太低沉、太可怕！

> 远处是谁在走动？／是钟摆，／它是死神雇来，／丈量生命的……

这样的诗，我没有读过，从来没有读过。在我当年行军、打仗的时候，唱出的诗句，都是明朗而高亢，像出膛的炮弹，像灼烫的弹壳。哪有这样！哪有这样？！

我开始为我的孩子，为我们的年轻一代，不寒而栗。为什么，为什么在他们的心灵深处，有这样的"冰川"，有这样的"擦痕"，有这样的"疑问"，甚至"是谁在走来——死神。"

我气愤而忧郁地放下了这一页页散乱的诗稿，我想起顾城的童年、少年，那时他还不太会写字，却已经开始写诗（或者说是想诗）。那时他只有八岁、十岁。

每天散学后，他甩着书包，从楼梯口，从楼道的那头，向我，向家里跑来，口中欢跃地喊："爸爸、爸爸，我又想了一首诗。"

他喘着气，背给我听——

枯叶在街道上奔跑，

枯枝在寒风中哀嚎，

大地脱下彩色的秋衣，

换上银白色的雪袍。

这首诗，使我感动，使我产生联想：是啊，冬天来了，开花的季节过去了！"文化大革命"啊，你使多少叶子脱落，使多少枝条哀嚎……我不知道孩子是怎么想的，那时他这样小，懂得这样少，能含有这样的隐喻和暗示吗？——我的联想，当时也只能密封在我的大脑中，怎敢有一丝泄露！

几年后，"红色的风暴"也吹破了我家的门窗；我们全家被赶出北京，"下放"到一片荒滩上——潍河在这里流入渤海。

这里的乡亲伸出温暖的手。

但这里也有狼的绿荧荧的眼。

我和十四岁的顾城在河滩上晒着黝黑的肢体。他用手指在沙砾中写了一首歪歪扭扭的《生命幻想曲》——我至今还在为那些美妙的诗句而惊喜：

让阳光的瀑布，

洗黑我的皮肤……

大阳是我的纤夫，

它拉着我，

用强光的绳索……

太阳烘着地球，

像烤着一块面包……

多么好，我真惊奇他那细小、柔弱的手指怎会画出这样宏丽、壮美的句子——但这些诗句，那时是决不能发表，也不能让人看见，光是"太阳"二字，就可能招来灭顶之灾，杀身之祸。

我赶快帮助他用沙子把诗句掩埋起来。

今天，他成长了，历史也成长了。他写的诗，不用再以沙砾掩盖。诗，可以伴随花朵开放，伴随燕翅飞翔；但，为什么，为什么，他的诗反而变得这样晦涩，这样低沉，这样难懂？！——我愤怒！

我想：大概是在他幼小的心灵中，留下了太多的"冰川的擦痕"，那么让我想办法帮助他把这些"擦痕"擦掉吧，让他的心灵像一片磨得没有一丝细纹的透镜。

我想：应该让他多知道些革命、征战、老一辈走过的艰辛的路、滴血滴泪的脚印；努力驱散他心灵中的阴霾，让他心灵中永远充满瀑布般的阳光。

我想：我应该引导，我应该这样引导！

去年春天，我出发采访，顾城也赶了上来。

父与子，在蜀山的群峰叠岭中盘旋，顺浩荡的江水漂流……我抓住每个空间、时间都向他灌注我认为应该灌注的革命思想。很好，三十年前，在这郁郁葱葱的大山中，我和他的妈妈都背着背包行过军，宿过营，追剿过残匪；我们走进刚解放的山城时，城外的白公馆、渣滓洞正横陈遗体，冒着狼烟……

我带顾城登上歌乐山，俯瞰当年的遗迹。

我和顾城坐在嘉陵江畔，眺望着薄雾和轻帆……

我一直絮絮着当年征战的脚印……

这样的引导又引导，我想总该能扭转孩子的大脑和诗魂，他也会唱起我们青年时代爱唱的战歌！

但是，不——

在江轮上，我看他倚靠在铁栏上写诗。

这些诗，又大出乎我的所料，使我大为惊愕和惊骇。

看，他是怎样写喧闹的山城——

　　　　这是一片未展平的土地，

　　　　这是一封过时的遗书？

看，他是怎样写嶙峋的石壁——

　　　　是多么灼热的仇恨，

　　　　烧弯了铁黑的躯体。

看，他是怎样写就义的人——

是的，我不用走了，

路已到尽头，

虽然我的头发还很乌黑，

生命的白昼还没开始。

看，他是怎样写蜿蜒的嘉陵江——

崩坍停止了，

江边高垒着巨人的头颅。

戴孝的帆船，

缓缓走过，

展开了暗黄的尸布……

我读着他的诗，我失望，我沉郁，我更爆发激怒。我向他发出一连串弹雨般的训斥和质问——

"你是用什么样的眼睛观察生活？"

"你写的世界是真实的，还是虚幻的？"

"为什么江边高垒的巨石，不能想象成天鹅蛋，而要想象成头颅？"

"诗是美学，还是丑学？"

儿子却早已不是驯服的工具，他开始为他的诗，为他们这一代的某些诗，展开激烈的辩护：

"我是用我的眼睛，人的眼睛来看，来观察。"

"我所感觉的世界，在艺术的范畴内，要比物质的表象更真实。艺术的感觉，不是皮尺，不是光谱分析仪，更不是带镁光的镜头。"

"我不是在意识世界，而是在意识人，人类在世界上的存在和价值。"

"表现世界的目的，是表现'我'。你们那一代有时也写'我'，但总把'我'写成'铺路的石子''齿轮''螺丝钉'。这个'我'，是人吗？不，只是机械！"

"只有'自我'的加入，'自我'对生命异化的抗争，对世界的改造，才能产生艺术，产生浩瀚的流派，产生美的行星和银河……"

啊啊，我多想把他说服、征服——甚至是万不得已的压服！

啊啊，我多想让他回到我们这一代的思想轨道、诗歌轨道来运行……

95

朦胧诗研究资料

但，看来我在节节败退；

看来和我相似的同代人在节节败退……

写到这里，我想起了公刘写的一篇诗论《新的课题——从顾城同志的几首诗谈起》。这诗论，我读后是极为感奋，完全赞同的，尤其是这一段："现今人们纷纷议论，为父母的都不大了解自己的孩子了。是的，我们和青年之间出现了距离。坦白地说，我对他们的某些诗作中的思想感情以及表达那种思想感情的方式，也不胜骇异。但是，无论如何，我们必须努力去理解他们，理解得越多越好。这是一个新的课题。"

是啊，一个新的课题！

怎样去理解？怎样去更深入更深刻地理解新一代的心灵、新一代的追求、新一代的诗？

顾城的这些思维、音响，对美和丑的触觉，对人和诗的外壳和内在的张力，是怎样形成的？是接过"五四"以后新月派的衣钵吗？是受西方现代派的冲击吗？——不不，顾城是在文化的沙漠、文艺的洪荒中生长起来的。他过去没看过，今天也极少看过什么象征主义、未来主义、表现主义、意识流、荒诞派等等的作品、章句。他不是在模仿，不是在寻找昨天或外国的新月，而是真正在走自己的路——

这些诗，是他们自己从荒漠中寻到的泉水和绿洲。

这些诗，是他们自己心灵的折光，形象的展览。

这些诗，是不是和外国现代派、中国曾出现过的现代派有相似相近，心有灵犀一点通之处呢？这，确实是有。

来探讨一下吧，外国现代派是怎样产生？第一次、第二次世界大战前后，出现了一系列威胁着残害着人和心灵的历史事件，使许多人丧失了传统的信任和精神的支柱，许多人找不到生存和社会的出路，成为"迷惘的一代""垮掉的一代""愤怒的一代"……许多人在谋求、思考怎样在这动荡的世界上生存。

来探讨一下吧，外国的这些历史现象，和我们今天经过十年大动乱、大破坏后的中国，有没有相似相近之处？如果有，那么我们今天出现了"探索的一代""彷徨的一代""求实的一代"，又有什么值得惊异和惊骇？他们开始用历史形成他们这一代的思维方式、观察方式、相依相存的艺术表现方式（包括诗）来表露，来宣泄，又有什么奇特和反常？

我们这一代观察事物感觉事物的方法，就是最完美无缺的方法吗？我们所习惯的反映论，就是天衣无缝的最准确的反映方式吗？我们是不是可以从其他学说其他流派中，吸收到一些新的光和热？

现代派的先驱美国的爱伦·坡，他强调诗歌的象征暗示及音乐美；法国的波特莱尔，他强调诗要表现人的五官的"通感"，把听觉转化为视觉，把嗅觉转化为触觉。——这时，我联想起我所接受不了的顾城的诗行："声音布满冰川的擦痕"，那听觉的"声音"，不就是转化成视觉、触觉的"擦痕"吗？这是不是也是种象征性的暗示？

更加看重象征性暗示的美国诗人庞德，认为诗"不是人类情绪的喷射器"，而是"人类情绪的方程式（即象征体）"。以后，意识流的手法更使意象派诗歌向纵深发展，从表现"一瞬间"，进而表现整个现代社会，人生的宏大画面。

诗应该有各色各样的触角。

诗应该有多种多样的吸盘。

我在理解我孩子的过程中理解着诗；

我在理解诗的过程中理解着我的孩子——新的一代。

我的笔和我孩子的笔——两代人的笔，要一起在诗的跑道上奔驰和冲刺……

诗，不会像彗星般一闪而过；

诗，每天每天和新的霞光一道升起……

1980年8月于北京

原载《诗刊》1980年第10期

青春诗论（十则）

杨炼 等

编者按： 本刊开展关于新诗创作问题的讨论将近一年了。今年，我们打算将这场讨论持续下去。这一期，集中发表一组青年诗人论诗的文章。诗坛上新人辈出，不但以各呈异彩的诗作引人注目，而且有关于诗的新鲜的、精彩的见解值得重视。当然，有些意见还可以讨论。百家争鸣，集思广益，这就能够使我们的讨论提高到新的水平。

中国当代文学史资料丛书

我的宣言

杨炼

我是诗人。因此，我生存的理由就是诗。我战斗的武器就是诗。不歌唱，毋宁死。

我是五千年中华民族优秀文化传统的儿子，由屈原、李白等大诗人汇成的诗的长江已经流到了我们身上。我的血液中燃烧着人类从上古时期就已迸发的创造和探索的活力，无穷无尽、永不枯竭的青春的激动赋予我的诗以生命。

在今天这个世界上，地球对于我已经太小，我的眼睛通过射电望远镜看到了祖先们的想象所未达到的地方，我的耳朵听到了宇宙间神秘而奇异的无线电呼号，时间在震荡，空间在变迁。过去，只有火山、地震才引起人们惊诧的大地，现在却以微米、丝米宣告着新的大陆和海洋的诞生！我的书架上，在《楚辞》《唐诗》和《红楼梦》旁边，惠特曼、马雅可夫斯基、聂鲁达、埃利蒂斯等一排排响亮的名字，像夏夜闪烁的繁星，像一扇扇敞开的窗户，吹进来清新的风！

我是诗人，我的使命就是表现这个时代、这个生活。生活的复杂和节奏决定了诗的复杂和节奏。对于我，观察、思考中国的现实，为中国人民的命运斗争是理所当然的事情（具体地说：就是表现长期被屈辱、被压抑的中国人民为争取彻底解放而进行的英勇斗争以及由此带来的精神领域里的巨大变革）。我永远不会忘记作为民族的一员而歌唱，但我更首先记住作为一个人而歌唱，我坚信：只有每个人真正获得本来应有的权利，完全的互相结合才会实现。为了这个全人类的共同归宿，我宣告：我的诗属于这场斗争。

我是诗人。我热爱自己的语言，这是每个字都能发出清脆声响的语言，坚实、纯朴、晶莹，本身就像优美的诗。我是在父亲的教导和母亲的歌谣中长大的，这语言就和我赖以生存的阳光、空气和水一样宝贵。我愿意，而且相信在这片土壤上最适合绽开芬芳的诗的花朵。有人说，诗是语言的最高艺术。我同意，没有哪一首好诗是随随便便写成的。即使灵感喷涌，一挥而就，也不外积蓄酝酿，功夫在内罢了。任何创作上的草率都与真正的诗人无缘。

诗由心灵来创造，诗是思想的形象寄托。有谁见过思想的形状吗？那么，为什么却非要求诗都纳入一定的格式呢？我反对那种关于"现代写法"和"传统写法"的分野，"传统"是什么呢？难道"现代写法"不是祖国精神文明的一部分，因而必须"入另册"吗？这里，我引用美国评论家奥唐奈的一段文字："当一个传统开始形式化而成为准则时，它马上开始丧失生命力了，当它完全形式化以后，它就失去了生命——变成了一种伪传统！"是的，传统不是一潭死水，一座雕像，永远只蒙着暗绿的青苔，带着固定的微笑。传统是长河，从涓涓细流到汪洋大海，不断容纳，不断扩展，不断改变，才能奔腾澎湃。今天，我必须以全人类所有物质、精神财富为自己学习的对象，这丝毫不带猎奇的意味，而是力求做到诗与时代、与生活的吻合。我的主题始终是严肃认真的现实主义，我不能容忍把诗窒息或当作儿戏的现象。

我的诗是朦胧的吗？也许是，我的诗是晦涩的吗？当然不是。我的诗是生活在我心中的变形。是我按照思维的秩序、想象的逻辑重新安排的世界。那里，形象是我的思想在客观世界的对应物，它们的存在、运动和消失完全是由于我的主观调动的结果。那里，形象的意义不仅在于它们本身的客观内容，更主要的是我赋予它们的象征内容，把虚幻缥缈的思绪注入坚实、生动、具有质感的形象，使之成为可见、可听、可闻、可感的实体。这是很常见的手法。另外，现代生活常常令人目不暇接，于是，意象的跳跃、自由的连接、时间和空间的打破，也就没有什么可奇怪的了。我的诗有人看不懂吗？那有什么办法呢？读者是有层次的，谁说诗就只有一种？诗作为直接的政治宣传品的厄运早该结束了！诗被可怕的个人野心玩弄和奴役的历史已经够长久了！在今天谁如果还要求诗贴上"政治标签"，不是糊涂，而是犯罪！

艺术就是艺术，艺术作品是一个整体。在偏颇的理论指导下产生的诗，只能是怪胎或残废。诗不是照相机，不是临摹画家拙劣的笔。诗是诗人摄取生活本质的锐利的解剖刀。在从原始到现代的进程中，诗要反映的绝不仅仅是从木犁到拖拉机，从蒲扇到电风扇这些物质的进步，而是要表现物质革命引起的思想、道德、感情等一系列精神领域的巨大飞跃。诗就是诗，既不应把它夸大，也不该把它缩小到不适当的地步。诗首先是诗，如果没有艺术，没有形式，只有赤条条一个思想，诗人还不如去写标语！我以为：把诗写得苍白枯燥，起码是缺乏才华的表现，说难听些，那根本不是诗。让诗回到创造来吧，让诗回到美来吧，让诗回到真正配戴"语言的王冠"的地位来吧——让那些总想以销售量计算诗的价值的人去开杂货铺！

我是诗人，我习惯于用诗来发言，我相信：中国的新诗在我们这一代，会出现一个蓬勃繁荣的局面！

生活·诗·政治抒情诗

徐敬亚

任何时代的人们，都有他们共同的声音。社会前进的脚步愈是急迫，人们之间交流的欲望便愈是急迫！……我总感到有一种声音在催促着诗——那么多苏醒了的心，那么多恢复了正常思维的大脑，那么多等待着的耳朵和胸膛呵！

中国的新诗，正书写在一幅已经神奇变换了的新的社会布景之上。它面对着新的书写对象，新的读者，也面临着更高、更丰富的社会审美要求的挑战。

近十多年来，中国的几代人共同地沉浮于一个急遽的社会大波之中。动乱、灾难、野兽般的残踏，揉乱了平静的日子，我们憨直的眼睛里流出了沉重的液体——血和泪的上面跳跃着五颜六色的魔鬼，我们民族的历程坎坷起来。她用敏感的知觉眼睁睁地饱尝了一次苦难。我们领略了痛苦，我们对假丑恶有了充分的体验，苦辣酸甜的生活感受积累着……人们的社会心理丰富起来，整个民族的文学素养和艺术审美的标尺升高着。

政治抒情诗，更面临着新的考验。

人们疲倦了，善良的心灵疲倦了。一切都疯狂地旋转过了，一切又仿佛突然地停了下来。社会，消耗了过多的热情，一种大动乱之后的社会疲劳感和惰性在滋生、蔓延。人们像不理睬骗子手一样厌恶空洞的说教——但同时，一种强烈的政治热情也在汇合、冲腾。中国要走向现代化，人们渴望现代化的生活，渴望着崛起般的跃动！作为社会主导情绪的"向往""追寻"同作为社会副心理的"倦怠"交织着、矛盾着、斗争着。诗——这时代多么需要重新聚合人们热情，振奋人们生活勇气的诗呀！

诗，是民族精神、时代精神最宏观和最细微的直接抒发形式，政治抒情诗则应是社会的一根最敏感的神经索。在今天的时代，诗人应该有哲学家的思考和探险家的胆量，甚至应该有早于政治家脚步的探讨精神。仅仅满足于图解现成的政治条文和社会结论是不成的，思想上的盲从和懒惰往往是政治抒情诗的致命之症。生活在探索，诗人就必须加强思考的深度和广度，要彻底翻新陈旧的"诗情"，发现人们思想上新的变异、新的倾向。没有新的揭示、新的发现，没有对生活新的理解，便不会有诗。

全新的生活产生着全新的"诗情"，全新的情思必然产生全新的表现形式。我认为：口语化、散文化是政治抒情诗的主要发展倾向。它应该逐步脱离古典主义和早期浪漫主义的框框的束缚，注意采用新的现代表现手法，以适应新的社会生产和生活。但更主要的还应注意诗的通俗、直观、扑面而来的感染力，过分的晦涩不利于政治抒情诗的传播效果。同其他类型的诗一样，政治抒情诗应该追求主题的深刻、独到，力争给读者尽可能多的启发、教育。但作为迅速反映现实的艺术样式，诗人也完全可以站在与读者相似的思想水平线上，用比读者更强、更鲜明、更集中的情绪感染读者，使他们某些朦胧的意识得以加强或凸现，即可以用感情的"量"的冲击促使读者思想的升华。

我这样理解生活和诗的粗糙轮廓，便努力学着描画。

学诗笔记

顾　城

一

最早使我感到诗的是什么？是雨滴。

在我上学的路上，有一棵塔松，每当我从它身边走过，它什么都不说。

一天，是雨后吧，世界新鲜而洁净，塔松忽然闪耀起来，枝叶上挂满晶亮的雨滴，我忘记了自己。我看见每粒水滴中，都有无数游动的虹，都有一个精美的蓝空，都有我和世界……

我知道了，一滴微小的雨水，也能包容一切、净化一切。在雨滴中闪现的世界，比我们赖以生存的世界，更纯、更美。

诗就是理想之树上，闪耀的雨滴。

二

我是在一片碱滩上长大的孩子。

那里的天地是完美的，是完美的正圆形。没有山、没有树，甚至没有人造的几何体——房屋。

当我在走我想象的路时，天地间只有我，和一种淡紫色的小草。

小草是在苦咸的土地上长出来的，那么细小，又那么密集，站在天空下面，站在乌云和烈日下面，迎接着不可避免的一切。没有谁知道它们，没有彩蝶、蜜蜂，没有惊奇的叹息、赞美。然而，它们却生长着，并开出小小的花来，骄傲地举过头顶……

这徒劳吗？可悲吗？

不，正是它们告诉我春天，告诉我诗的责任。

三

在礁岩中，有一片小沙滩。

沙滩上，有不少潮汐留下的贝壳，经过多少年了，仍然那么美丽、安详。

我停下来，吸引我的却不是那些彩贝，而是一个极普通的小螺壳。它竟毫无端庄之态，独自在浅浅的积水中飞跑，我捉住了它，才发现里边原来藏着一只小蟹——生命。

感谢这只小蟹，它教给我怎样选择词汇。

一句生机勃勃而别具一格的口语，胜过十打美而古老的文辞。

四

由于渴望，我常常走向社会的边缘。

前面是草、云、海，是绿色、白色、蓝色的自然。这洁净的色彩，抹去了闹市的浮尘，使我的心恢复了自己感知。

我是在记忆吗？似乎也在回忆，因为我在成为人之前，就是它们之中的一员；我曾像猛犸的巨齿那样弯曲，我曾像子叶那样天真，我曾像浮游生物那样，渺小而愉快，我曾像云那样自由……

我感谢自然，使我感到了自己，感到了无数生命和非生命的历史，我感谢自然，感谢它继续给我的一切——诗和歌。

这就是为什么现实紧迫的征战中，在机械的轰鸣中，我仍然用最美的声音，低低地说：

我是你的。

五

万物，生命，人，都有自己的梦。

每个梦，都是一个世界。

沙漠梦想着云的背影，花朵梦想着蝴蝶的轻吻，露滴在梦想海洋……

我也有我的梦，遥远而清晰，它不仅仅是一个世界，它是高于世界的天国。

它，就是美，最纯净的美。当我打开安徒生的童话，浅浅的脑海里就充满光辉。

我向它走去，我渐渐透明，抛掉了身后的暗影。只有路，自由的路。

我生命的价值，就在于行走。

我要用心中的纯银，铸一把钥匙，去开启那天国的门，向着人类。

如果可能，我将幸福地失落，在冥冥之中。

探索之余谈探索

高伐林

一

贫瘠的沙漠只会产生浑身是刺的仙人掌，为了诗坛百花齐放，需要充足的阳光和雨水——除了"四人帮"及其死党，没有谁不怀有这样的愿望。

但是，既然是愿望，就说明还不是事实。使愿望成为事实，何其难哉！

而探究其所以难，倒也有趣：许多阻碍给予阳光与雨水的人，倒是真心希望诗坛百花齐放的。怪吗？不怪。因为他们来自沙漠，判断问题不由自主地以沙漠的标准。他们所理解的"百花"充其量只是他们见过的仙人掌科植物的各色品种——什么"王冠龙""象牙球"之类。他们真心地希望这些在"百花"开得热热闹闹。这，是诗歌的悲剧，还是他们自己的悲剧？

过去我们常说：百花需要春天。这话至少不全面。春天也需要百花。没有百花，只有仙人掌，是不能叫春天的。

二

我们的祖先是伟大的，在诗的国土上开拓了一片极其辽阔的疆域。

但它再辽阔，与未开发的疆域比起来，也显得狭窄。宇宙无限，生活无限，而诗也无限。只在前人开发过的土地上流连的人，写的诗一定像蜡制的解剖学标本——各个器官、各个肢体都非常正确、非常标准、非常"好懂"，有着读者所知道的一切，恰恰没有他们所不知道的东西。

真的，如果不是为了对未知领域的探索，我们要传统干什么呢？

三

还是从祖先说起。

中国诗史上有两个突出的时代，一是汉末建安，二是唐天宝到元和。而这两个黄金时代产生的重要原因，却是董卓之乱与安史之乱。"国家不幸诗家幸"！

今天又是"诗家幸"的时代——我们也刚经历那一场史无前例的"浩劫"，如果说第一次世界大战曾经使欧洲两代青年的思想发生深刻变化，那么在十年灾难之后，诗与人民一齐重新思索人生的价值，重新估量社会与心灵，重新选择生活的道路，努力使客观世界和主观世界都建立在新的合理的基础上，这不是非常自然的吗？正是在这样的努力之中。诗才能获得活力。

更何况，当人们还不能很明确而详尽地用逻辑思维的形式把这种思索、估量和选择表述出来时，诗歌就更有"舍我其谁""当仁不让"的特殊地位了！

生活在我们这个时代的诗人是值得前人与后人羡慕的。

四

戴望舒曾经说过："愚劣的人们削足适履，比较聪明一点的人选择较合脚的鞋子，但是智者却为自己制最合自己的脚的鞋子。"

我不是智者，但也想学着自己做合脚的鞋子，但我也知道，这很危险。为什么？因为自制的鞋与众不同，难免干犯众怒。向群众的审美趣味挑战，这与向个别横加干涉的领导者挑战比起来，需要更大的勇气——千百万人的习惯势力是最可怕的势力呵！我似乎已经预先听到愤愤的责备声。"我们不懂这些诗，你们心目中有没有群众？"可是，只用惊险小说、爱情悲剧来迎合读者（我决没有否定惊险小说、爱情悲剧的意思），根本不考虑如何提高群众的精神文明、艺术修养，我们不是也有理由怀疑群众在他心目中占什么样的地位？现在如果有谁以"大老粗"自诩，不学无术，一定会受到社会的鄙弃。那么为什么他们在文艺领域还仿佛怡然自得？

记得司汤达讲过这样一件事：有人在美术馆看了拉斐尔的《耶稣变客图》，愤然作色说："我看不出这幅画有什么值得评价那么高。"司汤达只好对他说："说得是，你知道不知道昨晚公债收盘牌价是多少？"司汤达讲述之后感慨地说："遇到和我们如此不相同的人，同他们争论是危险的。"

我们今天也需要发这样的感慨吗？

学诗断想

李发模

一

诗，应是感情的风暴在灵魂的震撼。

我喜欢似银铃轻摇、清泉下山的自然流露，也喜欢像深谷回声、深潭幽静的雄浑、深沉。

诗的足迹，既要踏遍大自然的千山万水，又要能跨进灵魂的辽阔原野。大自然的山光水色固然美丽，而人心思索的画幅却也千姿百态。

阳光照耀着的露珠，是晶莹的，明朗的，难道能说太露吗？而月辉笼罩的山乡是恬静的，幽美的。难道能说是朦胧晦涩吗？

让感情的激流推动形象的木排竹筏吧！

让爱与恨捶打你的胸膛，那是生活的铁锤在冶炼你的诗句！

二

新诗呵，这位六十多岁的少女，刚从谎言的泥沼里爬起来，正在追求，正在向前！

她要脱掉陈词滥调的外衣，我们能骂她忘了"传统"吗？她在真诚地抒发自己的喜怒哀乐，能怪罪她"无病呻吟"吗？她倾心接受异国文化的熏陶，能非议她不守"贞操"吗？她再也不循规蹈矩，要大胆地闯自己的道路，难道能一律指责为"异端"吗？

不！她宁愿被偏见的荆条划破衣衫和皮肉，也绝不让诗魂再度空虚。

她是艺术，要有意境，有情趣，有形象。

她不能再成为政治的图解，她要揭示隐藏在人的灵魂深处的最真挚的热情，她需要的是情感、诚实、诗意。

她使人与人在感情上凝结起来，她使社会在感情的海洋上扬起理智的风帆！

一位青年诗友给我来信讲：现在有许多人反对所谓"朦胧"的诗，其中有些还是写了很多年诗的人，其原因是，真正的诗在冲击着他们的地位，取代他们的影响，使他们的思维方法（包括艺术构思）发生危机。……那些年中国特有的政治气候，造成了他们的诗风，值得同情他们的不幸……

我很赞成这种观点，与舒婷、顾城他们比起来，我显然是弱者，我很苦闷，写不出好诗，终究一天要被淘汰，但我不嫉妒他们，我深切地预祝他们成功！

关于诗

张学梦

1. 诗是时代的触角，心灵的雷达，它能捕捉到（感受到）生活里最微小最隐秘的变化，我是这样想的。

2. 没有新诗的危机。它不是工艺性产品。有些年月富有诗意，有些年月淡薄些，这毫不奇怪，像鱼汛，有淡季、有旺季。

3. 有人产生了危机感，有人却表现出勃勃生机，这主要是因为变革。新诗发生变革的时候无疑到来了。在一个变革的时代，新诗怎么会凝结不动呢？诗人不是琥珀中的昆虫。

4. 谁发现了时代的最新鲜的诗情，谁就诗思不尽。

5. （对新诗）不满、厌倦、苦闷、争论、争吵、分歧、分野，这都是好事，这是活力。

6. 我喜欢到生产力的发展去找新诗变化的根本的原始的原因。我的许多诗友激烈反对，但我坚持。由于交通的发达，无线电、通信卫星、世界市场、文化交流，地球缩小了，这样诗的空间、跨度、跳跃性，大了起来。

7. 随着科技的发展，生产力的提高，许多新的形象闯进诗来，比如，电子计算机、拖拉机、染色体、激光、粒子等等这些带有鲜明时代特色的形象及用语，必将挤掉"银锄""大锤""纺车"等这些小生产的形象。这是必然的，因为生活本身正在实现这个淘汰过程。

我试图用新的形象、新的语言写诗。

8. 由于同样原因，外国诗的影响将加强。必然地和我们的新诗"传粉""嫁接""杂交"，产生混血儿，冲击传统。但中国新诗的传统是撼动不倒的，吸收外来的东西变成自己的因素。传统要变化和丰富。

9. 我喜欢高声派，也喜欢"悄声细语"。我喜欢舒婷的那类诗，人情、人性、细腻的个人情感、情绪，这是一条宽阔的路子，多年来可以说还是一块处女地，将会有更多的诗人开垦它。

10. 要有个性。诗是最个性化的东西。每一个诗人都是独特的。一强调共性，像公文表格，诗就消逝了。

已经开始的是一个突出个性的时代，我这样认为。

11. 含蓄是好的，含蓄过分就朦胧，朦胧过分就晦涩，这是次要的，重要的是根源、内容。

一种思潮决定一个诗的流派。

现代新诗趋向"朦胧"——文化水平提高了，情感复杂了，细腻了，矛盾了，深沉了，流动性大了，越来越带有微观的性质。

12. 科学和理性不是诗的敌人。

形象思维和逻辑思维是分不开的。

饱含哲理的诗，生命力最强。

我不主张，非理性、非逻辑。

意象是美的。

13. 不管你的诗多么朦胧，陷进自我有多深，都是现实的产物。一代诗人都是一代的产儿。

14. 想变成一个什么样的诗人是不可能的。承认吧，你就是这种诗人，并且只能是这种诗人。

15. 我的诗的唯一来源是现实生活。

力图有独特的领域，感受、方法、语言、发现、角度等等。

诗人们用自己独特的乐器演奏着同一个交响曲，这交响曲的名字叫——我们这个时代。

16. 我有点儿怀疑那些不被别人理解的纯粹"自我表现"的诗的价值。人类进步，社会正义，祖国，人民，真善美，对理想和爱情的追求，这是重要的。

为未来人写的诗，没有在现实存活的必要。

17. 不要夸大诗的作用，不要期待所有的人都爱好诗。

18. 一群年轻诗人是在新条件下自然生长起来的，他们风格不同，分野很大，但其中有生命力的一定存活下来。

他们的变异是新诗的希望。

19. 我写自由诗，自由诗有利于思想情感的奔腾，因为没有跑线或辔头。

20. 老诗人在前进、变化，新诗人在产生，诗作不断发表，探索正在进行，没有危机，新诗正走向繁荣，独特风格在形成。

在变革时代，情感最丰富，诗意最浓厚，而且欢歌与悲歌都会产生。

诗和诗人

骆耕野

诗　人

正直才能发现不平，深刻才会认识不平，无私才敢呐喊不平。

是殉道者，然后是诗人。

有完整的人格，才有完整的诗。

诗人是纯真的孩子，又是浮沉的老人。

写诗是自我行为，发表是社会行为；诗人必须有自己的社会理想和政治抱负。

诗人借想象的翅膀，在无限的时空飞翔；因此，诗人是幻想家。诗人以执着的爱，追求最有价值的一切，因此，诗人又是理想家。

诗

诗是灵魂的剖白，读者是他的情人。

诗不是化石，不属于考古学。诗是掘自诗人心底的煤，给人间以光明和温暖。

诗是感情流。思想和情感，是水的分子结构。

像扇，诗通过主题的枢纽，伸展开无限广阔的生活。

诗的节奏是感情的节奏，更是性格和时代的节奏。

现代生活的基本节奏是蒙太奇，现代诗歌的基本节奏也是蒙太奇。

思想是轴，感情是诗的高能加速器。

感情的高度压缩，产生诗的爆发力。

诗情是奔突的岩浆，形式是喷火口。

最理想的形式，是根据气质和题材选择的形式。

内容相同的诗，可能因形式不同而产生质的差异。

形式也可能退化成鸵鸟的翅膀，如果不驮着自己的思想飞翔。

重复固有的形式是低能儿，模仿别人的思想是提线木偶。

诗是坚贞的爱，执着的追求，永无休止的劳动。

诗是历史面部上最强烈而又最细腻的表情。

我的看法

梁小斌

我们的诗对于"四人帮"的控诉，完全表现于一种家破人亡的感情，仿佛原来很清晰的世界，不知为什么被搅得浑浊不清了，诗人们对待这一"欺骗"，陷入了不可理解的迷魂阵之中，这说明我们的民族还不能作为自在民族完全站立起来。

我必须承认"四人帮"的那些理论也在哺育我，它也变成阳光，晒黑我的皮肤。我认为"四人帮"不是为了叫我们去死，而是为了让我们去活着，问题是像他们希望的那样去活着，变成奴隶而活着，这是我们断然不能同意的。

意义重大不是由所谓重大政治事件来表现的。一块蓝手绢，从晒台上落下来，同样也是意义重大的。给普通的玻璃器皿以绚烂的光彩。从内心平静的波浪中，觅求层次复杂的蔚蓝色精神世界。

"愤怒出诗人"成为被歪曲的时髦，于是有很多战士形象出现。一首诗如果显得沉郁一些，就斥为不健康。愤怒情感的滥用，使诗无法跟人民亲近起来。

现代诗需要有强制刺激的光。那些旧时的温和的深意，冷冰冰的动与静的和谐，必然要被无情地淘汰掉。热情的火，旋转的风，明快而大胆的曲线，维纳斯，咖啡，已经开始涌进现代诗的诗行。

"丑小鸭"变成一只美丽的天鹅。看来安徒生很懂得，从不美到美是一个生态自然过程，是一个需要有时间的历史现象。

愿诗歌艺术中任何感情的发展，也要注意一个过程，一个合情合理的过程。

单纯性是诗的灵魂。不管多么了不起的发现，我都希望通过孩子的语言来说出。

我认为诗人的宗旨在于改善人性。他必须勇于向人的内心进军，人的内心世界究竟是怎么回事，从现在起就开始认真探求吧，心灵走过的道路，就是历史的道路。

没有追求的人，是不需要什么新的形式的。新的内容，逼迫我去重新组合词汇，重新发现新的节奏，重新表现现代人的一种高级的痛苦和情感的新领域。

我热望去感动人，感动人是我最大的快慰。人类对于生活热爱的感情总是一致的。学识的大小不应该成为欣赏现代诗的障碍。从这个意义上来讲，晦涩不是新诗的方向。

诗的力量是哪里来的？我认为力量在于历史的真实。我歌颂真、善、美，我不是抱着主观的、急切的心情来歌颂，我不是环绕着它唱颂歌。我追溯美的起源，我发现人类爱美是一个古老的心理，我所热爱的美的事物，我的爱美的心灵，只要是有根据，有起源，它就消灭不了，而且还在不断成长着。"任何刽子手都不敢杀害我的爱美、善良、源远流长的灵魂。"《彩陶壶》就是基于这种想法而创作的。

就艺术讲，真正的解放还是艺术上的解放。或许，一个诗人的艺术观更能全面地、深刻地反映他对整个世界的看法，审美观难道不是世界观吗？

一个无所事事的人看诗，对象总是朦胧的。一个工人对待一个加工件的感觉应是清晰的，不然他就无法行动。但是，一个工人对待劳动的"成果"会产生喜悦，会产生朦胧的幻想，这种现象很能说明诗歌的所谓"朦胧"问题。

朦胧诗研究资料

颤 音

陈仲义

其一
为什么刀剪的两翼，
只能是现实主义和浪漫主义
我不相信
我相信枝丫会剪裁天空
闪电会剪裁云
云也会剪裁星

其二
为什么艺术的盛装
多为硝烟印染，火花镶边，
为什么诗的礼服
多用口号缝制，大话装潢
唉，生活穿起来
会显得沮丧而寒碜

其三
为什么丹红不能表现悲哀
为什么黛青不能表现欢乐
为什么太阳只配朱砂
除非消灭光线吧
我决定：不给丰收以金黄
不给希望以翠绿

其四
我想用雾代替流水
我想用泪代替星星
我想月光能充当火焰
即使失败了，我也心甘

因为我信仰：没有相同的沙砾

没有重复的叶子

其五

我不再逃避阴影，怀疑畸形，

我不再掩饰血泪，堵住呻吟，

我不再无视崩溃，遮盖丑行，

我不再拒绝噩梦，恐惧伤痕，

因为真实

已经武装了我的灵魂。

其六

你能禁止船舷与浪花接吻？

你能无视晨曦与山尖拥抱？

你能关闭峭崖宣泄的瀑布？

你能废止树梢窃窃的私语？

那么，你再抖开绳子吧。

把风捆住！

其七

诗呵，你美丽而温柔的少妇，

坚强些，勇敢些，独立些，

要是粗暴的政治丈夫，

对你还是那样无礼，那样专横，

那样随心所欲，不近人情，

你，狠狠地给他几个耳光！

其八

我是不装饰白昼的月亮，

我是不给黑夜留情的黎明，

我是背驮天空的翅膀，

我是一清见底的河涧，

我是深渊般的火山口，

我是无边的海平面。

其九

我喜欢诗在朦胧的云影下婆娑起舞，

也喜欢诗在悬崖险壁间攀登，

我把诗的舌头装在雷霆的嘴里，

也让诗的气管接通大地的肺叶，

我打开每个诗眼愿是窗口，

我开拓每个意境愿是发现。

其十

哪怕是睫毛眨动的一瞬，

哪怕是镭漫漫的衰期。

哪怕是早已凝固的冰流，

哪怕是加速器中的粒子波，

诗的触须呵，要揪住

它们各自独特的"轨迹"！

十一

真情是汹涌的海，

想象是帆，

当你转动构思之舵

——看准方向，

"灵感"的帆缆一拉呀，

船，就势如破竹……

十二

心与心的吸引，

心与心的排斥，

心与心的撞击，

会产生没有声响的霹雳，

会发射看不见的激光，

心的探索，是诗的使命。

十三

火箭太快了，韵脚追不上，

微波太密了，节奏难对口。

黑洞太大了，诗眼装不下，

激光太强了，格律变瘦弱，

要适应，要变革，

去保守，敢打破。

十四

早晨是剑，中午是树，

夜晚或许是灯柱，

直觉、幻想、膨胀、浓缩，

不同焦点、不同角度，

在"自我"独特的瞳仁里大胆变形

永远有写不完的妙处。

十五

她是位擅打扮却不浮荡的少女，

浓妆淡抹，重彩轻描，

何必硬性给她一套规定呢，

让她自由自在地选择吧，

连衣裙、波浪形、半高跟……

中山装、运动发、平底鞋……

朦胧诗研究资料

我要说的话

王小妮

　　A. 写诗，我总希望让人们立刻感受到我的原始性的冲动和情绪。而这就对诗的形式有多方面的要求，总归起来，我想是两个字："自然。"

　　B. 仅仅满足于诗歌的外表的华丽、优美或自然是远远不够的，我想应该追求诗的内在结构。思想的，尽可能大的凝缩度，争取获得诗的内容的最大容量。

C. 我想，好诗在于敢于、善于很好地、比较准确地揭示人的复杂的心理状态；人与人之间的关系，社会上的现实。粉饰、逃避它都是消极的，违心的，也就不可能是好的。

D. 作为我自己，我就写我熟悉的：我接触过的农民，我身边的青年。我希望我能写好他们——我们社会组成中的两个重要的成分。

E. 我觉得，做一个有艺术气质的诗作者很不容易，做一个思想者就更难，而要写好诗，这两点是不可缺少的。这两点在我就很不够，但，我仍旧愿意珍视自己的不同于别人的感觉，愿意不断地培养自己的思考习惯。

F. 我想，真正的艺术繁荣不在于急于确认某种写作方法为文学创作的主流，而应该是纷纷的、多彩的，每个搞创作的人都按自己——仅属于自己，或自己这样类型（生活经历，性格特征）的人的创作之路前进。

原载《福建文学》1981年第1期

关于所谓"朦胧诗"问题

陈敬容

传才同志：

两函先后奉悉。

译稿被友人拿去看，待送回再寄奉。

关于所谓"朦胧"诗的问题，我没有什么研究。但从少小以迄于今，凡所接触到的古今中外优秀诗篇，属于一目了然的大白话者确是极少。文学是语言的艺术，诗，更是精练的、形象化的语言的艺术。除开内容这个首要因素之外，表现方法上讲求精练、含蓄、留有余地、经得起咀嚼，恐怕也是古今中外优秀诗篇之所以优秀的一个重要原因。无论如何，诗总得是诗而不是分行散文或论文。

诗的易懂不易懂，很难说可以构成什么批评标准，因为"懂"的本身是附带着一定条件的。有些本来不懂或不十分懂的东西，当我们有意识地去接触它们，熟悉它们之后，就有可能懂得以至喜欢它们。不经见的事物不一定全都是怪物。我们搞四个现代化，不经见的新鲜事物还将会纷至沓来，我们对其中凡是有益无害的，应采取欢迎态度呢，还是拒之千里呢？

就说新诗吧，在二十世纪将结束，很快就要进入廿一世纪的现在，总不能仍旧按照我们古老诗教所谓"温柔敦厚"的要求，去追寻"怨而不怒""哀而不伤"之类的格调吧。假大空所导致的祸害，也不应当再重复了吧？闭关锁国的时代已经一去不返，面对着复杂的世界，广阔多样的生活，与许多国家的文化交流已成为自然而正常的需要。文艺上适当借鉴外国的表现方法，把它融进自己民族的新旧传统，只能使我们的文艺传统更为丰富。我们的音乐、美术等等，数十年来在这方面都取得了很大成绩，为什么唯独新诗反倒应该例外呢？

其实，若是完全没有向外国的借鉴，根本也就没有新诗的诞生。时至今日，"借鉴"竟成了新问题了吗？假若对于凡是"外来的"就一律抱有反感，不打算接触和熟悉，那，又怎么弄懂它？当然，过分的晦涩很少见谁提倡，也根本不应提倡。但是否只要自己或自己周围少数人不懂的，就都该算作朦胧甚至晦涩的呢？

至于舒婷的诗，我也读到过一些，虽然读得不多。不只是她的，还有好些青年诗作者的作品，也读到一些。总的感觉是，年轻一代勇于探索的精神是可贵的，应该得到善意的关怀和引导。前些时，《诗刊》专门为十几位青年诗作者举办了"青春诗会"，并在十月号刊物上为他们编出了一个特辑，就是关怀与引导的好例子。

另外，九月号《福建文艺》有一篇评论，题为《愿新人们走向成熟》，可供参考。

拉杂写了些不成熟的意见，就教于你和你的同志们。

顺便也请你了解一下，对我的一些诗，看过的同志们有无"晦涩"或"朦胧"之感？具体意见如何？谢谢！

再谈　祝

撰祺

敬容十月二十五日

原载《河北师院学报》1981年第1期

要理解和引导这些年轻人

牛　汉

传才同志：

你好！

你一再逼我谈谈对所谓"朦胧诗"的看法，我迟迟不作回答，是有原因的。我不想谈，或者说不愿意马上谈论这个并不简单的问题。我写了这么多年的诗，从来没有专门谈论过诗的理论，我也不大看。这当然是个很大的缺点，但一时改不过来。另外，我确实没有认真思考过这个难题，有人跟我提到，也只漫不经心地说两句很谨慎的话。批判一种带有倾向性的创作，要特别谨慎，不能一窝蜂扑上来，弄得像"阶级斗争"似的。我首先得多多看一些被指为写"朦胧诗"的年轻人的作品。看一个人的不行，要看十人八人的、看某人的作品，也绝不能只看挑出来的一两首作为"典型"范例的"朦胧诗"，要把人家的诗全部看过（尽可能）。这些年轻人大都是二十几岁的小青年，写作历史不长，一年之内，可能写出迥然不同的两种情调的诗，人家在探索嘛。不能在三五个年轻人探索中，指手画脚地教训人家，把这些年轻人说得一无是处。这种论风，五五年、五七年，以及后来的许多次文艺界的"阶级斗争"中出现过，非常容易伤害一个人的纯洁的心灵。要理解这些年轻人，要理解他们内心深处的抱负、探索的甘苦。

我看了舒婷的大约廿首诗，她可能就是一些评论家目为写"朦胧诗"的代表人物。但她的诗并不难懂，有一些很浓郁的带血带泪的生活气息。我去年秋天去过厦门，当地几个文艺青年（跟她很熟）向我讲过她的一些生活经历，对于祖国对于人民的命运，有着深切的诚实的感受。我以为或许她比某些评论家更了解我们的这个动乱多年的祖国。她关心祖国的前途。她写过一首歌颂祖国的诗，我觉得很感人，是真正的诗。她还写过《致橡树》那样深沉而具有巨大感染力的诗。最近一期《诗刊》上的三首诗，也不能说是"朦胧诗"，要实事求是地理解她的诗。她有她的写法，不同于老一辈诗人。江河的诗，我也看过一些，也是并不"朦胧"的。当然，有些年轻人，写爱情，写个人苦恼，写朦胧的梦想，有时情调较为含蓄，但是，我相信只要细细体味还是可以理解的。写爱情揪心的苦恼，还是含蓄点甚至朦胧一点好。他们不回避思想上的迷惑与苦恼，他们在认真地思考。对生活如此，对诗也如此。鲁迅《野草》中的散文诗，到现在还有人看不大懂，注家一人一说，不能说鲁迅的《野草》中的作品是朦胧的文字。

　　我想出现了这种现象，可能与历史、社会、现实中出现混乱的、极其深刻的矛盾的情况有关。要作科学的历史的分析。首先要了解这些年轻人，了解他们的作品，关心他们的成长。他们如有不足之处，要谨慎地引导他们前进。我的主要意思是，不要大惊小怪，如临大敌地把这些年轻人置于众矢之的的被告地位，要跟他们站在一起，诚恳地开导他们。

　　对不起，我只能这么随便说几句。我自己有一首《蚯蚓的血》，一个东北的读者来信说看不大懂，大概也有一点"朦胧"。诗，当然应当写得让人理解才好，百思不解的文字，不论诗，还是别的体裁的文艺作品，都不能说是好的。但是"朦胧"不能概括这些年轻人的全面情况，更不能概括他们的诗的本质。

　　匆匆，致
敬礼

牛汉　　一九八一年一月八日

原载《河北师院学报》1981年第1期

关于"朦胧诗"

臧克家

现在出现的所谓"朦胧诗"．是诗歌创作的一股不正之风，也是我们新时期的社会主义文艺发展中的一股逆流。

"五四"以来，中国新诗的诞生，就是要面向人民、面向人生。诗人站在时代前列，在反动统治的黑暗社会，揭露社会的矛盾，唱出人民的革命要求；在革命战争年代，作为时代的歌手和旗手，鼓舞人民冒着敌人的炮火前行。新诗在中国革命中发挥了重要作用，受到广大人民群众的喜爱。中国新诗的优良传统，一是有深厚的生活基础，二是反映时代精神，三是联系群众。所谓联系群众，就是在内容上反映群众的生活、思想和感情，在形式上能够为群众接受。自然这是指现代诗歌创作的主流。半个多世纪中产生的许多为人民传诵的、有进步思想性的诗歌，直到现在还有生命力，不断再版发行。二十和三十年代，也有人提倡脱离社会现实斗争，搞"为艺术而艺术"，是新诗发展中的逆流，三十年代就受到左翼的批判，那些唯美主义、形式主义、颓废主义的创作，只是当时在微少的一部分知识分子小圈子里有点影响，早就被人民摈弃。

现在的"朦胧派"，也有他们的理论。一曰，他们的诗艺术性高，你读不懂是你的事，自然有水平高的人欣赏。这就是说，他们写诗根本不是给广大人民群众看的。二曰，诗要抒发自己真实的感情，我对生活是这样感受的，就这样写。这就是说，他们写诗并没有考虑文艺有社会功能，我写我的，社会效果是不管的。你写你一个人的狭小感情，对社会有什么用处？你的感情颓废，效果就不好了。三曰，好诗难懂，一看就明白的不是好诗。他们举李商隐为例。其实，李商隐写了许多诗，千载流传的都不难懂。李白、杜甫、白居易等大诗

朦胧诗研究资料

人的许多诗，千古以来脍炙人口的名篇名句，都能传诵，人人明白。诗贵精练、含蓄，但并不等于晦涩，更不等于叫人不懂。

难懂的诗，有三种情况：一种情况是含意深刻。读者生活经验不同，一时不能全部领会和在感情上共鸣，这不同于晦涩；另一种情况是在反动统治之下，为了宣传进步思想，不得不采用隐晦曲折的笔法，公开暴露了要杀头；再一种情况就是朦胧怪诗，自己的思想空虚，没的可讲，才"朦胧"。

文艺要不要为政治服务？文艺作品总要发生社会作用的，这就离不开政治。《天安门诗抄》是革命的战歌，有的诗的艺术性并不怎么高，但它站在时代的最前列，反映人民的心声，吹起战斗的号角，是为政治服务的，它在群众中抄写、传诵，连"四人帮"用监狱和杀头都禁绝不了这些诗，现在我们正处在伟大的历史转折点上，建设现代化的社会主义国家是全国人民的共同目标，诗人写什么，写给谁看，应当是很清楚的。

这些问题，四十年代，毛主席《在延安文艺座谈会上的讲话》阐述得很清楚。由于我们的社会主义受到挫折，"四人帮"破坏了马列主义、毛泽东思想，有一部分人分辨不清真假马克思主义，产生了所谓"信仰危机"，对《讲话》，也怀疑和否定了，新月派、现代派都成了香的了。这股思潮，是"朦胧诗"产生的社会根源。

我们批判闭关锁国政策，学习外国先进的东西，是完全正确的。对外国的文艺，我们应该借鉴，学习那些对我们有益的东西，来丰富和提高我们的社会主义文化。外国的东西多得很，新和旧，先进和落后，要有一个识别的过程。门户开放以后，外国的东西一齐涌了进来，因为长久隔绝，一时我们还不能完全辨别，于是，有一些外国资产阶级腐朽落后的文艺思潮和流派，在我国也泛滥起来。这是"朦胧诗"等产生的国际方面的影响。十一月二十三日的《解放日报》有一则报道，我们有些人现在津津乐道的东西，在外国已经批判了；有些人现在学习的东西，人家已经抛弃了。学外国，要立脚在我们社会主义的立场上，要通过我们自己的民族形式。河北省承德办了个《国风》诗刊，他们提倡民歌体，就很受欢迎，听说一天收到八九十件来稿。许多老诗人、诗歌工作者对"朦胧诗"是不满意的，是重视民歌和中国古典诗歌的现实主义传统的。

我想写一篇文章：《内热外冷谈新诗》。内热，是说写诗的不少，发表的不少，评论的不少，争论也很热烈；外冷，是说在广大人民群众中的反应冷落，出版的诗集发行的数字很少，为什么新诗受到如此冷遇呢？这反映了我们当代的许多新诗如"朦胧派""晦涩派""意识流派""唯美派"，脱离了人民的要求，起了不良的影响。

原载《河北师范学报（哲学社会科学版）》1981年第1期

对《古怪诗论质疑》的质疑

——与丁力同志商榷

王纪人

最近丁力同志在《诗刊》上发表文章，不无讽刺地称某些青年诗作者的作品为"古怪诗"，批评有的评论工作者推波助澜，提倡"古怪诗论"。丁力同志颇为气愤地说，"这是误人子弟"。对于丁力同志的有关观点，我想表示一点异议。

丁力同志断言："我以为那种'很朦胧'和'让人不懂'的诗，不能为广大群众所理解、所接受、所欣赏的诗，当然是不好的诗，或根本不是诗。"这句话乍一听颇有道理，细细一想决非确论。事实上从古到今，从中到外，不是每首好诗都为人们所理解、接受和欣赏的。例如屈原的《天问》，两千多年来读得懂的人就寥寥无几，直至今天权威的楚辞专家尚未完全弄懂。那么能否据此就说《天问》是不好的诗或根本不是诗呢？"当然"不能。谁也否定不了《天问》在中国诗歌史上的崇高地位、它所具有的重要的历史文献的价值，否则适足以证明他的愚昧而已。再如李商隐的好些诗就是"很朦胧"的。他有首《锦瑟》，用一系列典故隐喻某种惘然若失的微妙感情，历来注家聚讼纷纭，莫衷一是。有说是悼亡的，有说是爱国的，有说是自比文才的，更有牵强附会出一个名叫锦瑟的侍儿或某贵人的爱姬的，说作者苦苦地怀念她。按照丁力同志的观点，这真是晦涩到让人不懂了，无疑是一首十足的"古怪诗"。那么请问：你承认不承认它是一首不坏的诗呢？不只古典诗词中有令人费解的好诗，在"五四"以来的新诗中，类似的情况也不乏其例。至于新近从西方翻译介绍过来的许多现代派诗歌，更是令我们丈二和尚摸不着头脑了，我们能统统不认账，说现代派诗根本不是诗吗？我们援引这些事实不是为了说明愈难懂的诗就愈是好诗，更不是为了鼓动青年专写隐晦的诗，而是要求读者和评论工作者实事求是地分析青年作者的某些作品，不要因为读不太懂而一棍子打死，那样有可能玉石俱焚，既埋没了好诗，也埋没了人才。有些同志正是出于这样的考虑，为新人新作辩护，说"读得懂或读不懂，并不是诗的标准"。丁力同志认为这是"古怪诗论"，我却认为有几分道理。恰切地说，读得懂或读不懂，是诗的大众化的标准，作为人民的诗人，应该力求使自己的作品为更多的群众读懂，但诗的大众化标准并不等同于诗的艺术标准，诗还有其他的美学要求。大众化的诗只能说明诗的通俗易懂，却不能说明诗的整个思想价值和艺术价值。我们常常看到一些诗，写的完全是大白话，既没有诗的哲理，也缺乏诗的激情和想象。这样的作品虽然文盲也听得懂，但说到底也算不上大众化，因为大众懂是懂了，却无可欣赏。这与其说是大众化，倒不如说是借大众的名目滥竽充数罢了。自己挤不出牛奶，反说大众只配喝白开水，这算不算"脱离人民群众"呢？在摆脱了封建的蒙昧主义枷锁之后，在今天的现代化建设过程中，整个中华民族的科学文化水准正在逐年提高，人民群众对于文学艺术的要求也愈来愈高。他们需要比原来的水准高一级的艺术品，也有可能接受更深刻、更丰富、更新颖的东西。在这种情况下，文学艺术家应该不断地充实自己，以适应他们日益增长的要求，并负起开阔他们的眼界、改良他们的审美习惯、提高他们的欣赏水平的任务。艺术造就了审美的大众，因此包括诗歌在内的一切艺术都有一个提高大众的任务，或者说"化大众"的任务。照我看来这是天经地义的，为什么丁力同志一提到"化群众"就嗤之以鼻，断定别人在搞"自视高深、故弄玄虚"的"货色"呢？

丁力同志是主张新诗在古典诗歌和民歌的基础上发展的，因此他似乎对"大胆吸收西方现代诗歌的某些表现方式"深表不安，称这样的诗为"古怪诗"，称这样的理论为"古怪诗论"。尽管他也表示借鉴和利用外国诗歌有益的艺术方法是必要的，但从他所列举的种种所谓"奇诡怪诞"的手法来看，他事实上对现代派的诗歌技巧作了全盘的否定。那么能向外国诗歌借鉴什么呢？或许指的是从古希腊一直到十九世纪欧美诗歌的技巧？但语焉不详。看来也不过是说说而已。事实上中国的新诗固然同古典诗歌有着无法割断的血统关系，但也输进了西方诗人的血液，否则就不可能造就出郭沫若、闻一多、艾青和何其芳。他们既是民族的歌手，也是世界文化的产儿。中国的新诗本来应该沿着这样一条路线发展下去，后来却人为地规定了一个"方向"，于是路子愈走愈窄。这个教训难道不该认真地总结一下吗？我认为在古典诗和民歌的基础上发展新诗是不足为训的，新诗应该立足于现代生活，直接继承和发扬"五四"以来的优秀传统，从古典诗、现代派诗和民歌中吸取多种营养，发展各种风格流派。这里需要着重指出的是，应该把现代派诗歌中没落颓废的思想成分同有益的艺术经验区分开来。现代派的象征主义和表现主义等诗歌表现方法可以弥补传统的现实主义方法的不足。由于历来我们对西方现代派的艺术抱虚无的态度和恐惧的心理，也由于动力定型和习惯影响，因此不可能要求老一代的诗人在这方面有多少突破，他们完全可以继续走自己的路。青年人由于自身的优点和弱点，决定了他们首先成为向西方现代派诗歌学习的探索者。在这方面青年女诗人舒婷是较有代表性的。她的诗歌追求内心的真实，通过心灵的多变化的表现，对现实生活作出个性化的反映。舒婷在抒情诗中塑造的自我形象是有一定典型意义的，我们从中可以看到青年一代在十年"文革"中受到的精神创伤、他们的反叛，以及在新的历史时期到来后他们如何逐渐摆脱因袭的重担，开始走上了希望之路。在艺术手法上，她的诗歌通过隐喻、象征和自由联想创造了清新独特的意象，深沉而委婉地表现了曲折前进的心灵历程。总的来说，舒婷的诗构思比较新颖，形式别具一格，比较善于把她自己从生活中探索得来的哲理和激发出来的情绪，通过大自然的形象传递给读者，舒婷的诗并非都是成功的，孤立地来看，有的诗比较低沉苍白，有的诗过于朦胧乃至晦涩；整体地看，题材比较狭窄，视野不够开阔。这些弱点曾经妨碍了她的诗作同更多的读者发生交流。去年和今年，舒婷相继在《诗刊》上发表了《这也是一切》和《暴风过去之后》，表明她正在努力使自己成为时代和人民的歌手。在这两首诗中，作者不再满足于表现自我，倾诉个人的情感，而是发出了更深沉、壮阔和高昂的音响。我相信像这样富有时代精神和明朗风格的作品，一定能够获得更多的读者，找到人和人心灵相通的道路。

对于一部分青年诗作者的有争议的作品，应该进行具体的分析：为什么会造成不易理解的现象？有没有主客观两方面的原因？哪些是可以肯定的？哪些是应该避免的？他们是否正在克服自身的弱点？他们对人生和诗的探索，有没有给诗坛带来了某些可宝贵的东西？在一种外来的形式刚刚借鉴过来的情况下，由于作者不熟练和读者不习惯而发生了隔膜，能否宽容一点允许它存在和发展呢？凡此种种问题，决不是用"古怪诗"或"古怪诗论"的棍子可以解决和回答的。我们确实有点担心：会不会误人子弟？会不会再一次误了中国新诗的发展？

原载《文艺理论研究》1981年第1期

说 "朦胧"

周良沛

在我的记忆里，三十年来，关于诗的问题，讨论得最热闹的，莫过于形式问题了。然而离开内容，空谈建立现代格律诗的企图，终于成为一张被诗人忘记服用的药方，最后不了了之。

今年，即有人耸人听闻地讲"新诗遇到危机"，随着，也就有空前热闹的关于新诗的"懂与不懂"和所谓"朦胧体"的争论。

在新诗不景气的情况下出现的这种热闹，对新诗持悲观态度的人似乎可以得到一丝安慰。这起码看到大家还在关心新诗。对新诗的前途，我是乐观的，可是这种争论，对新诗的创作是否能有所推动，我是怀疑的。在某些文章里，甚至把许多本来明白的问题反而搞得不明白了。

至于我自己，作为已经定型了的人，不论你说什么，还是你说你的，我写我的。即使我想跟着哪种理论实践，那也是随自己的思想、艺术趣味的转变而转变，不可能是靠谁的指点而拨动。

另一点，目前的争论是很激烈的，甚至有点火药味。但是各自的理论又常常是含混的，甚至还有互相矛盾的地方。

目前，争的所谓"懂"与"不懂"的问题，在提法上就值得考虑。就阅读水平来讲，一亿人就有一亿个标准。标准有亿万，也就等于没有标准。"朦胧体"是什么样的体？"现代派"在我国现在又是以什么特征为标志的诗派？

有人说，有的诗就是需要些朦胧的意境，读后给人余味。可是，我们不会忘记，朦胧的意境作为真正的诗来表现，也要用可感触的意象才能使朦胧的意境塑以成型，成为美的凝结和有硬度的体质，才能达到所需要的朦胧意境的表现要求。同时，诗只有形象的鲜明、表达的明确，才可能在丰富的内涵中给人余味。诗教中也早有这个名词：含蓄。如果抛开这些，我只能认为这些同志所谓的"朦胧""余味"，不过是要求语言的含混、意象的恍惚。把这作为艺术的追求，会不会有艺术呢？从亚里士多德的《诗学》起到我国现代的《诗论》，也早有理论和这方面的术语，为什么一定要说得那么别别扭扭？

"现代派"又是什么样的现代派呢？是三十年代的戴望舒式的诗派？是现代西方的颓废派，象征派？（目前还不见有人以此标榜）有的说是指西方的现代诗与其新的表现手法。若是这样，写《草叶集》的惠特曼，写《带触角的城市》的凡尔哈仑，写《穿裤子的云》的马雅可夫斯基，以至更近些的、我们熟悉的聂鲁达，他获得的诺贝尔奖金，就说明他在外国诗中的地位。可是，那些所谓学现代派的人，与上面所提到的这些诗人是没有什么共同之处的。

有人说的所谓现代派，一说是指对外国诗的象征手法与表现形式的学习。若是指学象征手法，不是搞象征主义，艾青的《向太阳》《火把》等等，从诗题起就有象征意义。然而它们却都是现实主义的杰作。冯至同志的"十四行"，虽然它的形式不能被更多群众所接受，而使作者放弃对这一形式的继续尝试，但为纪念鲁迅而写的等等篇章，人们却是不会忘记的。再如卞之琳的《断章》：

　　你在桥上看风景，

　　　　看风景的人在楼上看你。

　　　　明月装饰了你的窗子，

　　　　你装饰了别人的梦。

这样的诗，被人骂过，也被人捧过，我想，它最后还是将这样存在着。

可是，现在有些人所写的，不是这么回事。这些同志在这上面的争论，我除了在一旁看热闹，还不好表态。

记得有首题为《夜》的诗，一个说不知所云，看不懂，一个说怎么看不懂？多有诗意呀！一个说反对晦涩，一个说是提倡创新。所有的词汇在各人手里各有各的概念，各有各的用场。

这种争法，我不知道要达到什么目的。

这些同志，都在举着"百花齐放"的旗帜，却都认为自己的提法是发展的方向，是新诗的未来。这，实际上都是要以自己为主，或者是"我放了你就莫放”的“百花齐放”。

应该是先有创作，才有理论。

谁家的理论“正确”，就拿出实践这一理论的过硬作品来，用它来说服大家。光会指别人的鼻子不是强者。

我想起春天在广州，有的人在放《绵绵细雨》的录音后，加了一段评语：“这是多么空虚无聊的感情的发泄呀！这种颓废精神是种精神鸦片呀！”接着，再放一曲《爱的寂寞》，又加评语：“这是多么黄色堕落呀！”而相当多的听众，看着这个批判者怒发冲冠的形象，眨着眼睛微笑。在批判“堕落”的义愤之中，那些人仿佛正好陶醉在堕落里了。旅途上遇到几个老者，有人在放港台歌星的磁带，我听到这些老者在议论。一个说：“唱来唱去老是这个调子，没多大意思！”有的说：“毕竟比‘语录歌’好！”由此看来，能以“堕落”二字说明这一切吗？广州诗人韦丘告诉我，说一位出过几本诗集的部队诗人，曾把邓丽君的磁带都记下歌词来，他认为，那些歌词写得不健康、感伤，但是还没有我们报刊发表的某些情诗那么俗气！这一问题的提出，就更令人深思。从我个人来说，我很喜欢外国音乐，可是也很不喜欢这种酒吧间音乐。但是，我相信在没有更好的抒情的歌词与曲调可以淘汰它的时候，我不相信以上面说的那种方式可以把它批进坟墓。因为我们没有拿出好的抒情作品来，只好请朱逢博这样的歌唱家侧过头去唱四十年代上海十里洋场流行的《蔷薇蔷薇处处开》。据说，既可赚外汇，又可以抵制港台的流行歌曲。结果，在港澳销路不太好，又大量转内销。我现在住的饭店里，隔壁住着几位部队干部，我还没起床，他们的录音机就响着“好花不常开，……何日君再来”。是否这些歌被革命人听了就成了革命歌呢？未必吧！

这里，我说到歌曲，是因为歌曲和诗在这种情况下是两位一体的。况且，整个文化艺术都一样，没好的作品出来，要抵制、淘汰这样的文化是困难的。

好的作品的出现，被人接受、欢迎，不仅要作家本人努力，评论家、文学教学工作者，也应该是它的催生婆。

我们很多同志恐怕对青年诗人曲有源是不会陌生的。他的《打呼噜会议》《关于入党动机》等等火辣辣的政治讽刺诗，受到评论家的注意是理所当然的。可是，一位颇有资历的诗人兼评论家竟然说他的诗好就好在运用了“意识流”，这不是天大的笑话吗？这里，我得郑重声明，我不是对“意识流”本身提什么看法。中外古今的各种创作方法，都有借鉴意义。问题是把曲有源那样的诗说成是运用"意识流"的成功，只能说明他没有看或看不懂曲有源的诗。没有看或看不懂，写文章干什么？作品的力量，明明在于作者对现实清醒的态度，爱憎分明，表达有力，是用大家习惯的表现手法，与"意识流"何干？若认为"意识派"时髦，给它加上这项"桂冠"就可以标高作品的身价，那么，评论家把作品当商品，也就把自己当作了商品。这些都成了商品，文学对自己的拍卖就不可能有文学，评论的文字成了投机的赌注，更不可能有理论和学术。

对未来，对我们祖国，我是充满信心的。可是一个婴儿的诞生，母亲总有分娩的阵痛。在那场"文革"之后，道德、人性罩上了阴影，有一个创伤痊愈的过程，有一个思考过程。这之后，会出现好诗的。受了创伤的心灵，需要诗的抚慰，诗的振奋。

许多诗坛的新秀，也正是在历史给新诗这样的使命下出现的。去年，我读舒婷的《祖国啊，我亲爱的祖国！》是很感动的，读了顾城的"黑夜给了我黑色的眼睛，我却用它寻找光明"这样的诗句，我感到作者对生活的思考远远超过他的年龄。比起我学诗的时候，他们更有才气，起点更高。但是，顾城的《弧线》中"少年去捡拾一枚分币""海浪因退缩"而形成的"弧线"，我就不知所云了。刚才谢冕同志讲到一首显示了人的尊严的诗说："我孤独，因为我是人！"换句话说，她周围的，就不是人了。且不说我们脚踏在社会主义祖国的土地上，任何时代，任何制度下的诗人，这样对待广大人民，难道是值得赞扬的吗？他们一开始就能把自己的个性带进诗里而且能表现出来，这是十分可喜的。但是，评论家不是以诗论诗：过早地在评论中把他们当作一家来褒来贬，确实为时过早，害了他们。当他们在还不是很成熟时，硬以一家来树自己，就不免装模作样了。年轻人的可塑性是很大的。我们的评论就他们的诗指出那点好那点坏，该发扬什么克服什么，不就很好吗？一开始就视为一个流派的开拓者，捧的要把人捧杀，打的要把人打杀。这样对年青人，不是太粗暴了吗？

诗，还是应该写得让人看懂。不然写它干什么？有的说，只要表现自己。别人看不懂，你向谁表现自己呀？若是自己表现给自己看，睡到被窝里去表现好了，何必要写在稿纸上，还想方设法发表干吗？

一说诗要写得让人看懂，有人就把明确与含蓄对立起来，把"懂"作为"假大空"的同义语，含蓄与朦胧又混为一谈，这不是胡搅蛮缠吗？对自己所用的这些词汇所包含的概念都没确定，就卷起袖子打笔墨官司，为此而动的肝火和争论本身的意义，就值得怀疑了。对不懂的诗，当然可以不举手，这是各人不可侵犯的权利。但是，其原因又何在？顾工说这是两代人的美学鸿沟。我赞成各写各的，大家都在实践中接受检验。说这是两代人的鸿沟，我一万个不同意。屈原、李白、荷马、普希金跟我们隔了多少代呀？为什么他们的诗情都能与我们相通呢？有人讲贺敬之与郭小川同志的诗是好诗，可是八十年代读者怎么可能欣赏他五六十年代的作品？这种说法不对。好的文学艺术作品，从来不受时间、地域所限，这是常识。

　　我们听人介绍过波特莱尔的《恶之花》是在怎样的情况下产生的。我们也看过何其芳同志自己分析《预言》的文章。一般地说，诗的晦涩，是人的苦闷的象征。"四五"的诗，为什么不晦涩？那不也多是年轻人的作品么？不管你怎么说，也不管你怎么写，当一个人写到让读者感到不需要任何生活，凭所谓"生命的异化"，触觉的"擦痕"就可以写作，引起人们担心这条路是否康庄大道的忧虑就决不是多余的。

　　这些争论，也扩大到对新诗是以民歌还是别的什么为基础而发展的等等问题。

　　这些问题，诗人们不是已以自己的创作实践，各自寻找到了各自的解决办法么？

　　我相信，郭沫若的《女神》决不可能顶垮刘大白的《卖布谣》，艾青的创作成就很大，也不可能取代苗得雨。《王贵与李香香》《漳河水》是值得我们骄傲的，可是它能掩盖《向太阳》《给战斗者》《夜歌》《北游》及《十四行》《十年诗抄》的诗的光芒吗？就是戴望舒、徐志摩也不能因此而取消。若这些诗当中，只允许有一个绝对的胜利者，那新诗史是何等的单调贫乏啊。那样，即使可以看到一位诗霸（不是指一个人，也许是一个派）的威风，却更让我们看到这种贫乏带给我们民族文化的悲剧！

　　《国风》的创刊号上，臧克家同志的贺信上说"一味强调学外国，数典而忘祖"之说是令人遗憾的。"一味"当然不对，话的中心还是"数典忘祖"。我只想说一句，克家同志的《罪恶的黑手》为什么不用王老九的方式写呢？我们读者也不是"甘苦寸心知"么？

这就是我们的现实。诗也只有百花齐放。过去，我们都被文化专制主义专政，现在我们能够百花齐放时，为什么还要自己捆起自己的手脚，订出一个统一规格，搞一花独放呢？以自我为中心统一别人，就不可避免对别人也搞文化专制主义。

我们的同志管这些干什么？写诗的，只要写出来的是诗就行嘛。

诗要是诗，可不容易啊！

首先，在思想上总得有点真、善、美及使人向上的精神。

艺术上，一方说"一览无余，假大空"不是诗，一方说"像谜语、天书"不是诗，当中若没潜台词，在理论上全是百分之百地对。

我们不会忘记蒲风对新诗运动的贡献，他也多产，可是他可以留得下的那些"革命的"诗，还没有一生仅写过九十二首诗的戴望舒的多呢。就是蒋光慈的《乡情》也比他的"劳工们，起来呀"这类诗有生命力。

李金发的名字，新诗史上是不能不提的，但是也只能作为说明历史的展览品。他的《弃妇》永远不可能像《假若你不去打仗》那样唤起人的热情，也不可能像"轻轻的我走了，正如我轻轻的来，我轻轻的招手，作别西天的云彩"那样给人点美的感受。他的存在，既不可否认，他的存在，也决不是新诗的光荣。

历史上，这两方面的教训，今天都该记取。

关于晦涩，讲得多了，另一方面却注意不够。那就是"分行杂文"的问题。

有人叫它为"杂文诗"，我想，既成"诗"，有点杂文的锋芒是好的。但是，当它不是诗的时候，我认为还是叫"分行杂文"好了。

我们的时代，是有颂歌可唱的。当诗人的才华用以歌唱领导人的袜子，以至裤带时，他歌唱的热情，恰恰是造神的固执，这当然不能成诗。

我们的生活中，既有这样或那样的问题，有诗抨击时弊，也是理所当然。《在浪尖上》《将军，不能这样做》一直当作这几年新诗战斗的旗帜。

我们不要人云亦云，细细想想，同一个艾青写的《在浪尖上》与《光的赞歌》，谁更有思想和艺术的力量呢？

后者，对前者的思想已经概括进去，前者却不能概括后者。我们反对单纯的"配合"诗，对前者却还是从"立竿见影"来要求它，才在今天对它作出如此的艺术估价。

我不是否认《在浪尖上》也是艾青的好诗。但是在朗诵会上，当时掌声最响的，是：

政策必须落实！

经久不息的掌声，暴风雨般的掌声，就把朗诵打断了。我们都是过来人，当时，从天安门事件没平反到我们自己的问题没解决，一句"政策必须落实"六个字多鼓舞人心啊！怎么不鼓掌呢？《光的赞歌》这时朗诵，肯定不会有这效果，是否就可以确定比它次呢？离开全诗的艺术构思、思想锋芒，"政策必须落实"可就是最好的诗句？若把这时的掌声当作对作品的裁判，就很不好了。

我们反对生硬地"配合"任务，反对图解政治，反对"假、大、空"，反对晦涩，都是对的。可是也千万不要忘记在反对它们的同时，我们又从另一个角度，用另一种方式提倡了我们正在反对的东西！我们争得爱情诗被"四害"夺去的位置是好的，若写得比邓丽君的唱词还俗、还肉麻，这不也是对爱情本身的讽刺么？

新诗六十年，是越过无数险阻才走出这条路来的，今天我们前面还有困难，但我对新诗是乐观的。我们可以骄傲的六十年的新诗史，就是克服无数险阻大步前进的历史！

一九八〇年十一月二十日于昆明

（此文是作者在全国当代文学研究会第二次学术讨论会上的发言，本刊略有删改。——编者注）

原载《文艺报》1981年第2期

生活、书籍与诗

——兼答读者来信

舒 婷

外祖父竖起一根指头，引诱我学一首美丽的"儿歌"：清明时节雨纷纷。他念了两遍就进里屋去取香烟，出来时见我一只脚在门槛上跳进跳出，口中念念有词：借问酒家何处有，牧童遥指杏花村。他惊异之至，立即决定让我随外祖母到街道扫盲班去启蒙。每逢婶婶婆婆们考试，我总要搬张凳子，站在大圆桌边提示，同时响亮地喊着："别慌，姥姥，我来救救你！"老师置之一笑，她大概不相信外祖母的场场考满分和一个四岁顽童有什么关系。

小学三年级起我开始阅读课外书。我的座位也渐渐由后往前移，因为我的眼睛很快变坏了。我的不要命的书癖开始在家里造成恐慌。一发现我不在眼前，妈妈便到通道、门后、衣架下去搜索我，每次总能把我连同罪证一道捕获。舅舅、姨姨们都喜欢看书，书的来源五花八门，无论他们对我如何戒严，我对各个房间的偷袭总能成功。上初中时，我的借书卡上已全是长长的外国名字。班上有人问我：为什么净看外国书？答：中国书已看完了。于是专门开了班会整风，批判我的轻视民族文化。那时指的"中国书"是《敌后武工队》之类的。不过，《西游记》《三国演义》《聊斋故事》我也是滚瓜烂熟，那是外祖母每夜哄我上床时讲过无数遍的。

我的作文成绩一向很好。五年级时第一篇作文《故乡的一天》被当作范文评讲，黑板上抄满了"异想天开""树影斑驳"等我搜罗来的十几个形容词。老师很起劲，我也很开心。可怜后来我却要花相当大的气力去纠正滥用辞藻的坏习气。初一作文比赛我得了一等奖，初二学期考试我十分认真地完了卷，成绩却是47分，并且作为小资产阶级情调的典型。看来对我的作品的声讨，是十五年前就开始的。

十三岁以前我常常参加朗诵会，但除了课文和老师指定的节日之外，我不读诗。我至今尚不明白，当时怎么会想到写一首半文半白的五言短诗，发在校刊《万山红》上，还因此着实得意了几天。我的学历只有初中两年，这点点可怜的文化程度却是我的重要基拙，使我对语言的兴趣和训练自觉化。包括后来在农村时每天学五个生字，帮助我在表述时有更大的灵活性。我认为，倾心于语言艺术的人对语言本身缺乏通灵（敏感）和把握是致命的。"使诗人找到关于那几个唯一正确的字的唯一正确的安排方式。"（托尔斯泰）

学生时代像万花筒一样旋转：夏令营、生物角、歌咏比赛；未来和理想五光十色地闪烁在遥远的地平线上，仿佛只要不断地朝前走去，就能把天边的彩霞搂在怀里。我最初的朋友就是我的教师。跟着生物老师跳下潮湿的墓穴去采撷蕨类植物，从此我克服了怕黑的胆怯心理；每天午饭后在小山上的音乐室，我屏息望着音乐老师敏捷的手指，一条长满水藻的小溪似乎在他的指间流响；我怀念凤凰花盛开的校园路，地理老师常送我走到拐弯的地方，站在那七颗星子的照耀下，我至今还觉得那手的分量，沉甸甸地压在我的肩上；有次我大哭了一场，因为原来的班主任被调离到僻远的山区去，据说是惩罚他的"母爱教育"。

但是，老师，假如爱是你的罪名：是你朗诵的课文，黑板上抄写的词句，你课外辅导时的眼光和声音；假如爱是你教育的灵魂，那么，它仍是我今天斗争和诗歌的主题。

"当！"什么东西掉下来，打在我的肩上。我顺手一摸，是颗热乎乎的弹头。外面，我的戴着袖章的红卫兵战友正强攻物理楼，而我正在读雨果的《九三年》，这里也有攻击和守卫，苦难和挣扎，欺凌和愤慨，也还有真、善、美，我完全沉浸在文学作品所展开的另一个世界里，巴尔扎克的、托尔斯泰的、马克·吐温的。尽管还有噩梦，梦见十几公斤重的木牌，铁丝上渗出的血珠，屈辱在我尊敬的人的眼里变成阴暗的河流。我总是满头大汗从梦中惊醒，收拾些衣物和食品，送去给被监禁的家人，走进另一个充满呵斥、白眼的噩梦。

生活表面的金粉渐渐剥落，露出凹凸不平的真相来。只有书籍安抚我。

六九年我与我的同代人一起，将英语课本（我的上大学的梦）和普希金诗抄打进我的背包，在撕裂人心的汽笛声中，走向异乡。月台上，车厢内一片哭声。我凝视远山的轮廓，心想，十二月革命党人走向流放地时一定不哭的。我要在那里上完高尔基的"大学"。

生活不断教训了我的天真。然而这个人间大学给予我的知识远远胜过任何挂匾的学院。

挤在破旧的祠庙中，我听过吉他悒郁的相思；坐在月色蒙蒙的沙渚上，我和伙伴们唱着：我的家在松花江上；躺在芬芳的稻草堆里，听着远处冷冷的犬吠，泪水无声地流着……再艰难的日子都有它无限留恋的地方。我曾像我的伙伴那样，从一个山村走到另一个山村，受到各知青点的接待。我所看到和听到的故事，那些熟悉而又遥远的面影，星星一样密布在我记忆的天空。我曾经发誓要写一部艾芜的《南行记》那样的东西，为被牺牲的整整一代人做证。

于是，我拿起了笔。

那三年内，我每天写日记。回城之前我把三厚本的日记烧了。侥幸留下来的几张散页，后来发表在《榕树丛刊》散文第一辑上。

我拼命抄诗，这也是一种训练。那段时间我迷上了泰戈尔的散文诗和何其芳的《预言》，在我的笔记里，除了拜伦、密茨凯维支、济慈的作品，也有殷夫、朱自清、应修人的。

另外是信。写信和读信是知识青年生活的重要内容，是我最大的享受。我还记得我是怎样焦灼地在村道上守候那绿色的邮包，又怎样迫不及待地坐在小桥上读信。我给一位女朋友写了一首诗："启程吧，亲爱的姑娘，生命的航道自由宽广。"这首诗流传出去，为我赢得几位文学朋友。他们时常根据自己的兴趣给我送书来。我曾经花一个月时间关起房门读完弗·梅林的《马克思传》，又通读了毛选四卷的注解部分，虽然我从来不敬神；我还很困难地读了《美学简育》《柏拉图对话录》那样的理论，又很轻松地忘得一干二净。由于朋友们的强调，我还有意识地读了一些古典作品，最喜欢的是李清照和秦观的词，还有散文。

七一年五月我和一位学政治经济的大学生朋友在上杭大桥散步，他连续三天和我讨论诗与政治的问题，他的思想言谈在当时每一条都够得上反革命的名册。他肯定了我有写诗的可能，同时告诫我没有思想倾向的东西算不得伟大的作品。

"那草尖上留存的露珠儿，是否已在空气中消散；江边默默的小亭子哟，是否还记得我们的心愿和向往？"回到小山村之后，我写了这首诗给他。（《寄杭城》发表在《福建文艺》1980年第1期）

朋友，也许渔火已经漂流远去，古榕下我们坐过的石头已铺满深秋的白霜，但你的话我一直没敢忘记：没有倾向的作品算不得伟大的作品。

《寄杭城》是我已发表作品中年份最早的一首，但并不是我的第一首诗。不少青年朋友问我是怎样走上创作道路的，我却说了这么一堆废话。因为：假如没有友情（我的心至今仍像葵花朝向温暖一样觅寻着朋友）；假如没有酸甜掺半的山区生活；没有老师在作文本上清晰的批语；没有历史、绘画各科给我的基础如识；没有莫泊桑和梅里美的诱导；甚至要是没有外祖父的"儿歌"，很可能，我不写诗。

"撒出去，失败者的心头血；蠹起来，胜利者的纪念碑。"任何最微小的成功都包含着最大的努力和积累。

七二年我以独子女照顾回城，没有安排工作，产生一种搁浅的感觉。（多少年之后，我才明白，搁浅也是一种生活。）我常常在冷寂的海岸边彷徨："从海岸到巉岩，多么寂寞我的影；从黄昏到夜阑，多么骄傲我的心！"不被社会接受，不被人们理解，处于冷窖之中，感到"沉沦的痛苦"，但"觉醒的欢欣"正如春天的绿液一样，不引人注目地悄悄流向枝头叶脉。

这种觉醒是什么呢？是对传统观念产生怀疑和挑战心理。要求生活恢复本来面目。不要告诉我这样做，而让我想想为什么和我要怎样做。让我们能选择，能感觉到自己也在为历史、为民族负责任。

七三年我到建筑公司去做临时工，当过宣传、统计、炉前工、讲解员、泥水匠。我心甘情愿地一点一滴磨掉我的学生腔。听老师傅叙说生计艰难，和粗鲁的青工开玩笑，在汗水溅下滋滋响的水泥预制场上，操过铁锹，掌过震动器，夜班时我常常伙同几个淘气包摸到临近的盐碱田刨地瓜，就放在铁壶里烧。咸滋滋的煮白薯并不真的那么好吃，我高兴的是再没有人因为我的眼镜和挎包里的书而轻视我。使我能安静地利用午休那一个小时，躺在臭烘烘的工棚里，背垫几张潮湿的水泥袋，枕在砖头上看完《安诺德美学评论》。

我从来都认为我是普通劳动人民中间的一员，我的忧伤和欢乐都是来自这块汗水和眼泪浸透的土地。也许你有更值得骄傲的银桦和杜鹃花，纵然我是一支芦苇，我也是属于你，祖国啊！

我只是偶尔写诗，或附在信笺后，或写在随便一张纸头上，给我的有共同兴趣和欣赏习惯的朋友看，它们很多都已散失。也许有人要责备我没有写熔炼炉和脚手架的诗（我试写过，只是写得很糟）。是的，当我的老师傅因为儿子的工作问题在佛寺的短墙边跌卦，我只是和满山的相思树，默默含着同情，在黄昏的烟雨里听了又想，想了又听，我不会朝他读破除迷信的诗；我宁可在休息时间里讲故事，用我自己的语言，选择适当的情节，讲《带阁楼的房子》《悲惨世界》，并不天真到认为，我的诗能抵达任何心的港湾。

通往心灵的道路是多种多样的，不仅仅是诗；一个具有正义感又富于同情心的人，总能找到他走向世界的出发点，不仅仅是诗；一切希望和绝望，一切辛酸和微笑，一切，都可能是诗，又不仅仅是诗。

七五年，由于几首流传辗转的诗，我认识了本省一位老诗人，我和他的友谊一直保持到今天。首先是他对艺术真诚而不倦的追求，其次是他对生活执着而不变的童心，使我尊敬和信任，哪怕遭到多少人的冷眼。他不厌其烦地抄诗给我，几乎是强迫我读了聂鲁达、波特莱尔的诗，同时又介绍了当代有代表性的译诗。从我保留下来的信件中，到处都可以找到他写的或抄的大段大段的诗评和议论。他的诗尤其令我感动，我承认我在很多地方深受他的影响。

在那些日子，"1／2＋1／3＝1／5"的教师比比皆是，而我却连一名民办教师也争取不到。我又一次感觉到现实和理想那不可超越的一步之遥。"无限的大海，纵然有辽远的疆域，咫尺之内，却丧失了最后的力量。"我写了《船》，老诗人立即写诗回答："痛苦，上升为同情别人的泪！"这两句诗至今还压在我的玻璃板下。

痛苦，上升为同情别人的泪。早年那种渴望有所贡献，对真理隐隐约约的追求，对人生模模糊糊的关切，突然有了清晰的出路。我本能地意识到为人流泪是不够的，还得伸出手去。"如果你是火，我愿是炭。"当你发光时，我正在燃烧。鼓舞、扶持旁人，同时自己也获得支点和重心。

七五年前后的作品基本上是这种思想。这一年我在织布厂当过染纱工和挡车工，七七年调到灯泡厂当焊锡工，一直到现在。我的体质从小就弱，所做过的工作都相当累人，以至我痛苦地感觉到有时我竟憎恨起美丽温柔的鹭江水，因为它隔绝我，使我比别人要多花半个小时去赶渡船。上大夜班时，我记得星星苍白无力，仿佛失眠的眼睛，街灯刺球似的转动在晨雾里。不少人以为我养尊处优，所以当有位朋友在七六年写信给我："正是鼓浪屿的花朝月夕，才熏陶出一颗玲珑剔透的心。"我回答他："不知有花朝月夕，只因年来风雨见多。"

我写《祖国啊，我亲爱的祖国》时正上夜班，我很想走到星空下，让凉风冷却一下滚烫的双颊，但不成，我不能离开流水线生产。由于常常分心，锡汁淌到指间，燎起大大小小的水泡。这首诗被某诗歌编辑批驳为：低沉、晦涩，不符合青年女工的感受。看样子，只有"银梭飞舞"的东西才是青年女工的感受啰。

至今，我总还纳闷着：青年女工的感受谁最有权利判断呢？

我闭上眼睛，想起我作为一个青年女工度过的那些时辰。每逢月末晚上，我赶忙换下工作服，拧着湿漉漉的头发，和我的朋友们到海边去，拣一块退潮后的礁石坐下来。狂欢的风、迷乱的灯光，我们以为自己也能飞翔。然而幻想不能代替生活，既然我们不能完全忘却它，我们只有把握它或者拥有它。沉重的思索代替了早年那种"美丽的忧伤"，我写了《流水线》。

《流水线》已经挨过还将遭到不断的批判，就连肯定它的人也要留一个"局限性"的尾巴，因为"它没有焕发出改变现状的激情"。这不由得令人想起在一些名著的前言后序中常见到的我国理论家的发明：某作家无论多伟大，都有他的局限性。这些局限性千篇一律：看不到无产阶级的力量，没有找到革命道路，等等。然而，天才不是法官，不是巫师。艺术不是仙丹灵药。托尔斯泰说："艺术家的目的不在于无可争辩地解决问题，而在于通过无数的永不穷竭的一切生活现象使人热爱生活。"

我从未想到我是个诗人，我只是为人写诗而已；尽管我明确作品要有思想倾向，但我知道我成不了思想家，起码在写诗的时候，我宁愿听从感情的引领而不大信任思想的加减乘除法。

七七年我初读北岛的诗时，不啻受到一次八级地震。北岛的诗的出现比他的诗本身更激动我。就好像在天井里挣扎生长的桂树，从一颗飞来的风信子，领悟到世界的广阔，联想到草坪和绿洲。我非常喜欢他的诗，尤其是《一切》。正是这首诗令我欢欣鼓舞地发现："并非一切种子都找不到生根的土壤。"在我们这块敏感的土地上，真诚的噪音无论多么微弱，都有持久而悠远的回声。

我不想在这儿评论北岛的诗歌，正如我将不在这里品评江河、芒克、顾城、杨炼们的作品一样，因为我没有这个能力。但是，他们给我的影响是巨大的，以至我在七八年和七九年简直不敢动笔，我现在远不认为他们就是我们通常认为的"现代派"，他们各有区别，又有共同点，就是探索精神。而且据我所知，他们像我们这个时代许多有志气的青年一样，比较自觉地把自己和民族的命运联系在一起。他们的勤奋和富于牺牲精神使我感动。

现在常说的"看不懂""朦胧"或"晦涩"都是暂时的。人类向精神文明的进军决不是辉煌的阅兵式。当口令发出"向左转走"时，排头把步子放小，排尾把步子加大，成整齐的扇面形前进。先行者是孤独的，他们往往没有留下姓名，"只留下歪歪斜斜的脚印，为后来者签署通行证"。

一只金色的甲虫在窗玻璃上嗡嗡地呼救，我打开窗门，目送它冉冉飞往沸沸腾腾的桂花树。愿所有对自由的向往，都有人关注。

1980年12月7日

原载《福建文学》1981年第2期

朦胧诗研究资料

北京大学五四文学社诗歌组讨论"朦胧诗"

黄子平　整理

一九八〇年十月三十日，北京大学五四文学社诗歌组开了一个讨论会，与会者就有关"朦胧诗"的几个问题进行了讨论。

一、什么是"朦胧诗"？

一种意见认为是，"朦胧诗"就是那种难懂的诗，形象含混而不清晰，不是雾中之花，水中之月，而是无花之雾，无月之水，表现了诗人构思上的不成熟或故弄玄虚。

另一种意见认为，难懂的诗不一定都是"朦胧诗"。朦胧是一种美，而晦涩则不然。

又一种意见认为，"朦胧诗"这种提法本身就是朦胧的，在理论上是不科学的。因为很难划分朦胧、含蓄和晦涩。一首诗，看懂的人说一点也不朦胧，没看懂的人说它晦涩。在创作实践上则是有害的，因为诗往往只表现某种"只可意会，不可言传"的情怀，在一定的意义上，朦胧正是诗歌这种艺术形式的特殊要求。"朦胧诗"的提法极可能扼杀一切追求诗美的新尝试。

二、"朦胧诗"产生的原因

一种意见认为"朦胧诗"的产生是历史的简单重复，是"五四"以后"象征派""现代派"诗歌的回声。另一方面是由于国外文艺思潮的影响，是一种国际现象。香港1979年诗竞赛，第一名第二名都是"朦胧诗"。"朦胧诗"不是从中国的土壤里生长出来的，它违反了汉语本身的语言规律，是用汉语写出来的外国人的思维和句法。说"朦胧诗"与十年"文革"有关系，是片面的，"文革"的年代也可能出明晰的诗，晓畅的诗。

另一种意见认为，"朦胧诗"是十年"文革"这种特定历史条件的产物，是受伤的一代人的感情结晶。"对灰蒙蒙的天空我什么也不想说"，是灰但绝不是黑。标语口号式的陈词滥调令人厌倦，于是他们从一个极端走向另一个极端，跳过了"含蓄"，成为朦胧。这一点体现了时代特征。一旦社会生活正常化，"朦胧诗"可能消失。

又一种意见认为，这种诗不是历史的简单重复。"五四"新诗是思想解放的产物，当前的诗则是新的思想解放运动的产物，这是历史的螺旋上升。"五四"新诗的开拓者们，后来大都只写古体诗词了，在艺术形式上是倒退，反映了思想上的萎缩。用古老的艺术形式来掩盖苍白的思想，那些诗若用白话写一点诗味也没有。用白话写，用当代人的口语写，又要有诗味，这就需要创新和突破。正是思想解放促使了这一突破，旧的形式无法容纳新的思想。

还有一种意见认为，诗歌形式有它自身的发展规律，但受社会发展的影响和制约。唐诗、宋词、元曲，是句子字数上量的发展，"五四"新诗则是质的突破。从五十年代的田园牧歌，六十年代的豪言壮语，发展到今天的诗，同样是社会生活前进的要求。生活的节奏变快了，当代人的思想复杂了，感情丰富了，诗歌的表现手法也相应地丰富起来。要求当代人按照古诗或民歌那样写，是一种守旧的形式主义。没有"十年动乱"，诗歌形式上的突破或迟或早也会发生。当然以前的文艺政策束缚了艺术上的创新，经过十年"文革"冲破了这些束缚。

三、"朦胧诗"的美学价值和前途

一种意见认为，看得懂"朦胧诗"的人很少，《诗刊》的销路下跌就是证明，因此迫切需要开展一次"诗歌走向人民"的讨论。这种诗的社会作用较窄，远离政治，只限于抒发个人的心声，要广泛地反映社会生活，比如写农村，就不行。"朦胧诗"能否成为诗歌发展的主流，很难说。李贺、李商隐的诗比较朦胧，但也只是一个流派而不是主流。主流还应该是现实主义诗风。不中不西的诗歌不可能在国际上立住脚，具有民族特色的艺术品才能成为世界文学的珍品。

　　另一种意见认为，"朦胧诗"发展了艺术表现的手法，能够迅速地抓住当代人的感觉，马上糅合起来，表达出来。人的思想感情并不都是清晰的，有一种朦胧意识慢慢地凝聚成鲜明的形象或明确的概念，凝成朦胧意识的"核"，这种"核"与弥漫在它周围的朦胧意识之间的界限并不分明。人的情绪有时难于用单个的形象来表达，必须借助多种形象的跳跃、更迭、组合变幻。从而引起别人的朦胧意识的共鸣。"朦胧诗"能从众多的层次上反映人的精神活动，因而受到当代的青年人的欢迎，随着全民族文化修养的提高，会有更多的人欢迎它。"朦胧诗"应该争取叫人看懂，但决不满足于叫人看懂。这种诗能密切反映社会心理，有它的社会作用。马雅可夫斯基是一个反传统派的未来诗人，同时又是一个出色的革命鼓动家。列宁喜欢普希金而不喜欢马雅可夫斯基，但充分肯定他的诗歌的政治作用。诗歌应该在广阔的道路上自由地发展，不应该用现实主义的条条框框去要求它。"朦胧诗"并不独霸诗坛排斥其他诗派，它必须和许许多多新的诗派共同发展。

原载《当代文学研究参考资料》1981年第2期

新的美学原则在崛起

孙绍振

在历次思想解放运动和艺术革新潮流中，首先遭到挑战的总是权威和传统的神圣性，受到冲击的还有群众的习惯的信念。当前在新诗乃至文艺领域中的革新潮流，也不例外。权威和传统曾经是我们思想和艺术成就的丰碑，但是它的不可侵犯性却成了思想解放和艺术革新的障碍。它是过去历史条件造成的，当这些条件为新条件代替的时候，它的保守性狭隘性就显示出来了，没有对权威和传统挑战甚至亵渎的勇气，思想解放就是一句奢侈性的空话。在当艺术革新潮流开始的时候，传统、群众和革新者往往有一个互相摩擦、甚至互相折磨的阶段。

当前出现了一些新诗人，他们的才华和智慧才开出了有限的花朵，远远还不足以充分估计他们的未来的发展，除了雷抒雁之外，他们之中还没有一个人出版过一个诗集，却引起了广泛的议论，有时甚至把读者分裂为称赞和反对的两派。尽管意见分歧，但他们的影响却成了一种潮流，在全国范围内，吸引了许多年轻的乃至并不年轻的追随者。在他们面前，他们的前辈好像有点艺术上的停滞，正遭到他们的冲击。

如果前辈们没有新的发展和突破，很可能会丧失其全部权威性。谢冕同志把这一股年轻人的诗潮称为"新的崛起"，是富于历史感，表现出战略眼光的。不过把这种崛起理解为预言几个毛头小伙子和黄毛丫头会成为讲坛的旗帜，那也是太拘泥字句了。与其说是新人的崛起，不如说是一种新的美学原则的崛起。这种新的美学原则，不能说与传统的美学观念没有任何联系，但崛起的青年对我们传统的美学观念常常表现出一种不驯服的姿态。他们不属于做时代精神的号筒，也不属于表现自我感情世界以外的丰功伟绩。他们甚至于回避去写那些我们习惯了的人物的经历、英勇的斗争和忘我的劳动的场景。他们和我们50年代的颂歌传统和60年代战歌传统有所不同，不是直接去赞美生活，而是追求生活溶解在心灵中的秘密。梁小斌说："我认为诗人的宗旨在于改善人性，他必须勇于向人的内心进军。"他们在探索那些在传统的美学观看来是危险的禁区和陌生的处女地，而不管通向那里的道路是否覆盖着荆棘和荒草。正因为这样，他们的诗风有一种探险的特色，也许可以说他们在创造一种探索沉思的传统。徐敬亚说："诗人应该有哲学家的思考和探险家的胆量。"这倒是我国当前的一种现实，迷信走向了反面，培养了那么多的哲学头脑，闪耀着理性的光辉。他们的这种思考和传统的美学观念不同之处乃是徐敬亚所说的诗人甚至"应该有早于政治家脚步的探讨精神"。从习惯于文艺从属于政治家的文坛看来，这不免有点"异端"了。当革新者最好的诗与传统的艺术从属于政治的观念一致的时候，他们自然成了受到钟爱的候鸟。正因为这样，舒婷的《这也是一切》、梁小斌的《中国，我的钥匙丢了》等等，得到异口同声的赞许。但是，他们有时也用时代赋予他们的哲学的思考力去考虑一些为传统美学原则所否决了的问题，例如关于个人的幸福，在我们集体中应该占什么地位，人与人之间的和谐如何才能达到，分歧和激烈的争辩就产生了。它集中表现为人的价值标准问题。在年轻的探索者笔下，人的价值标准发生了巨大的变化，它不完全取决于社会政治标准。社会政治思想只是人的精神世界的一部分，它可以影响，甚至在一定条件下决定某些意识和感情，但是它不能代替，二者有不同的内涵，不同的规律。例如政治追求一元化，强调统一意志和行动，因而少数服从多数，而艺术所探求的人的感情可以是多元化的，不必少数服从多数。政治的实用价值和感情在一定程度上的非实用性，是有矛盾的，正如一棵木棉树在植物学家和在诗人眼中价值是不相同的一样。如果说传统的美学原则比较强调社会学与美学的一致，那么革新者比较强调二者的不同。表面上是一种美学原则的分歧，实质上是人的价值标准的分歧。在年轻的革新者看来，个人在社会中应该有一种更高的地位，既然是人创造了社会，就不应该以社会的利益否定个人的利益，既然是人创造了社会的精神文明，就不应该把社会的（时代的）精神作为个人的精神的敌对力量，那种人"异化"为自我物质和精神的统治力量的历史应该加以重新审查。在传统的诗歌理论中，"抒人民之情"得到高度的赞扬，而诗人的"自我表现"则被视为离经叛道，革新者要把这二者之间人为的鸿沟填平。即使从社会学的角度来看，社会的价值也不能离开个人的精神的价值，对于许多人的心灵是重要的，对于社会政治就有相当的重要性（举一个极端的例子：宗教），而不能单纯以是否切合一时的政治要求为准。个人与社会的分裂的历史应该结束。所以杨炼说："我永远不会忘记作为民族的一员而歌唱，但我更首先记住作为一个人而歌唱。我坚信：只有每个人真正获得本来应有的权利，完全的互相结合才会实现。"我们的民族在十年"文革"中恢复了理性，这种恢复在最初的阶段是自发的，是以个体的人的觉醒为前提的。当个人在社会、国家中地位提高，权利逐步得以恢复，当社会、阶级、时代，逐渐不再成为个人的统治力量的时候，在诗歌中所谓个人的感情、个人的悲欢、个人的心灵世界便自然地提高其存在的价值。社会战胜野蛮，使人性复归，自然会导致艺术中的人性复归，而这种复归是社会文明程度提高的一种标志。在艺术上反映这种进步，自然有其社会价值，不过这种社会价值与传统的社会价值有很大的不同罢了。当舒婷说："人啊，理解我吧。"她的哲学不是斗争的哲学，她的美学境界是追求和谐。她说："我通过我自己深深意识到，今天，人们迫切需要尊重、信任和温暖。我愿意尽可能地用诗来表现我对'人'的一种关切。障碍必须拆除，面具应当解下。我相信：人和人是能够互相理解的，因为通往心灵的道路总可以找到。"从理论的表述来说，这可能是有缺点的，离开了矛盾的同一，任何事物都是不存在的。但在创作实践上，作为对长期阶级斗争扩大化造成的人与人之间关系的恶化的一种反抗，它正是我们时代的一种折光。从美学来说，人的心灵的美并不像传统美学原则所限定的那样只有在斗争中（在风口浪尖）才能表现，谁说斗争能离开统一，矛盾不能达到和谐呢？因为据说有百分之五的阶级敌人，就应该对百分之九十五的人瞪着敌视的目光，怀着戒备的心理，戴着虚虚实实的面具，乃至随时准备着冲入别人的房子去抄家、去戴人家的高帽吗？在舒婷的作品中常有一种孤寂的情绪，就是对人与人之间这种关系的反常畸形的一种厌倦，而追求真正的和谐又往往不能如愿，这时她发出深情的叹息，为什么不可以说是一种典型化的感情？为什么只有在炸弹与旗帜的境界中呐喊才是美的呢？不敢打破传统艺术的局限性，艺术解放就不可能实现。一种新的美学境界的发现，没有这种发现，总是像小农经济进行简单再生产那样用传统的艺术手段创作，我们的艺术就只能是永远不断地作钟摆式单调的重复。梁小斌说："'愤怒出诗人'成为被歪曲的时髦，于是有很多战士的形象出现。一首诗如果是显得沉郁一些，就斥为不健康。愤怒感情的滥用，使诗无法跟人民亲近起来。"他又说："意义重大不是由所谓重大政治事件来表现的。一块蓝手绢，从晒台上落下来，同样也是意义重大的，给普通的玻璃器皿以绚烂的光彩。从内心平静的波浪中，觅求层次复杂的蔚蓝色精神世界。"这些话说得也许免不了偏颇，多少有些轻视战士和愤怒的形象在某种条件下不可替代的作用，但是他们的勇气是可惊叹的。他们一方面看到传统的美学境界的一些缺陷；一方面在寻找新的美学天地。在这个新的天地里衡量重大意义的标准就是在社会中提高了社会地位的人心灵是否觉醒，精神生活是否丰富。与艺术传统发生矛盾，实际上就是与艺术的习惯发生矛盾。在生活中，要提高人的地位，自然也有习惯的阻力，但是艺术的习惯势力比之生活中的习惯势力要顽强得多。因为在生活中，人们是以自觉的意识指导着人的思想和实践的，以新的自觉意识去克服旧的自觉意识，虽然也需要一个过程，但总是属于理性范畴，总是比较单纯。而在艺术中则不完全是理性主宰一切，它包含着感情。泰纳在《艺术哲学》中说："在一般赋有诗人气质的人身上，都是不由自主的印象占着优势"，"若要下一个明确的定义，就得肯定其中有个自发的强烈的感觉"。艺术的感情色彩使它有一种"不由自主的""自发的"一面，这一面有时还"占着优势"。长期的大量的艺术实践不但训练了艺术家的意识，而且训练了他的下意识或者潜意识。这样，使他的神经在感情达到饱和点的时候，依着一种"不由自主的""自发的"习惯，达到一种条件反射的程度。习惯，就是意识与下意识的统一。不论是一个人还是一个民族，养成自己独创的艺术习惯都是艰难的。意识和潜意识都是建立在长期经验基础上的。个人、民族、时代的美学独创性，都渗透在这种习惯之中。年轻的革新者要克服一种习惯的拘束，同时，要确立一种新的习惯。不论克服还是确立，光凭自觉意识是不够的。光凭自觉意识就是光凭概念，它同时要和那"不由自主的""自发的"潜意识打很久的交道。自觉意识不能完全战胜下意识，正如法国的语音学家可能读不好英语的重音一样，又如吴语区的语音学家可能说不好普通话中的卷舌的辅音一样。因为习惯是一种条件反射，形成了一种潜意识，是自觉意识不能管束的，它的存在就是反应固定化的结果，是很难变化的。恩格斯所说的传统的惰性在这里可以找到一部分注解。艺术革新，首先就是与传统的艺术习惯作斗争。顾城在《学诗札记二》中说："诗的大敌是习惯——习惯于一种机械的接受方式，习惯于一种'合法'的思维方式，习惯于一种公认的表现方式。习惯是感觉的厚茧，使冷和热都趋于麻木；习惯是感情的面具，使欢乐和痛苦都无从表达；习惯是语言的套轴，使那几个单调而圆滑的词汇循环不已；习惯是精神的狱墙，隔绝了横贯世界的信风，隔绝了爱、理解、信任，隔绝了心海的潮汐。习惯就是停滞，就是沼泽，就是衰老，习惯的终点就是死亡……当诗人用崭新的诗篇，崭新的审美意识粉碎了习惯之后，他和读者将获得再生——重新感知自己和世界。"也许把重新感知自我和世界当成革新者的任务并且痛快淋漓地宣告要与艺术的习惯势力作斗争，这还是第一次，因而它启发我们的思考的功绩是不可低估的。但是作为一种理论的表述，我们还是要禁不住吹毛求疵一下，这里多少有些片面性，透露出革新者美学思想上的弱点。因为习惯，即使过时的习惯，也不光是停滞的沼泽，它还包含着过去的成就和经验。当革新者向习惯扔出决斗的白手套时，应该像梁小斌那样："我必须承认'四人帮'的那些理论也在哺育我，它也变成阳光，晒黑了我的皮肤。"自然，我们可以说"四人帮"的理论不是我们的传统的习惯，但也不可否认它是我们传统和习惯的畸形化，人总是要在前人积累的思想材料和艺术经验的基础上前进的，前人提供的不可能都是正面的、积极的、健康的，但人类正是在这并不绝对完美的阶梯上攀登的。光凭一个人的才华，光凭自己的生活积累是成不了艺术革新家的。《儒林外史》中写了一个王冕，孤独地反复地画了好多年荷花，没有任何学习与参考的资料便卓尔成家，有了惊人的创造，从艺术理论上讲，这是不科学的。王冕的方法是从零开始的原始人的方法，用这样的方法是不可能创造出新的艺术水平来的。在创作实践中人们总是既要从生活出发，又不能完全排除从艺术出发的。西洋画从写生开始，中国画从临摹开始，都是反映了规律的一个侧面，二者是可以结合起来的。马克思说：人是按着美的法则创造的。就是说人在客观现成材料（素材）面前不是像动物那样被动的。美的法则，是主观的，虽然它可以是客观的某种反映，但又是心灵创造的规律的体现。在创作过程的某一阶段上，美的法则是向导，是先于形象的诞生的。它又不是抽象的理念，而是活在传统的作品和审美习惯之中的。要突破传统必须有某种马克思讲的"美的法则"，则必然从传统和审美习惯中吸取某些"合理的内核"。习惯只能用习惯来克服，新的习惯必须向旧的习惯借用酵母。不是借用本民族的酵母的一部分，就是借用他民族的酵母的一部分。只有把借用习惯的酵母和突破习惯的僵化结合起来才能确立起新的习惯，才能创造出更高的艺术水平，否则只能导致艺术水平的降低。目前年轻的革新者们自然面临着旧的艺术习惯的顽强惰性，但是如果他们漠视了传统和习惯的积极因素，他们有一天会受到辩证法的惩罚。不过问题的复杂性在于，他们似乎并没有忽略继承，只是更侧重于继承他民族的习惯。但是这种习惯与我国本民族的习惯的矛盾有时是很深的。虽然新诗史上大部分有独创性的流派，都和外民族独异的艺术刺激分不开，但是，即使其中的大诗人也还没有解决两个民族艺术习惯的矛盾，当这种矛盾激化到一定的程度，就会走向反面，产生闭关自守，全盘民族化的倾向。新诗的革新者如果漠视这样的历史经验，他们的成就将是比较有限的。不过，我们并不悲观，因为我们看到他们中的优秀代表并不像我们中的一些人认为的那样，以为自己已经掌握了历史发展的全部蓝图。他们有自知之明，他们知道自己还幼稚，舒婷在《献给我的同代人》中说：

> 为开拓心灵的处女地
>
> 走入禁区，也许——
>
> 就在那里牺牲
>
> 留下歪歪斜斜的脚印
>
> 给后来者
>
> 签署通行证。

探索既是坚定的，不怕牺牲的，又是谦虚的，承认自己的脚步是孩子气的。我们可以毫不迟疑地说，他们肯定会有错误，有失败，有歧途的彷徨的，但是，只要他们不动摇，又不固执，即使他们犯了错误，也是可以像列宁所说的那样，得到上帝的原谅的，同时，又会给后来者和他们自己留下历史的经验。——但是，这些经验是不是会浪费，就要看我们善于不善于总结使之上升到理论的高度并为他们所接受了。

1980年10月21日至1981年1月21日

原载《诗刊》1981年第3期

从《两代人》谈起

峭　石

在对诗歌创作进行纷纭的争论中，《诗刊》1980年10月号发表了顾工同志的《两代人》。读过之后，不禁引起了一些感触，骨鲠在喉，不吐不快。

文章题曰"两代人"。假若顾工同志谈的是自家私事，指的是血缘关系，那自然是无可非议的。但是，顾工同志在文章中自诩为诗的一代，同时把他的儿子顾城诩为诗的又一代。他的儿子"为他的诗，为他们这一代的某些诗，展开激烈的辩护"；他自己"在节节败退，看来和我相似的同代人在节节败退"。父子的争论变成了社会的争论，家庭的两代人代替了诗坛的两代人。但是，顾工同志能否代表一代，他的儿子能否代表又一代，恐怕还是一个未知数吧。

顾工同志对他儿子顾城的诗，到底读懂了还是没有读懂，他闪烁其词，并未明确。《长安》上发了某评论家一篇文章，吹捧顾城的诗。后不久，这位评论家在一次讨论诗歌创作的会议上表白说，顾城有些诗，他也没读懂。自己并未读懂，还要故作高深向别人推荐，这不是自欺欺人么？假若读不懂的诗就是好诗，那张天师的符咒就成了诗的精品了。

这里，涉及一个重要问题：我们要提倡的，到底是一个什么样的诗风？

是艰涩难懂吗？

顾工同志说他越来越读不懂他儿子的诗。但后来到底读懂了没有？他不说。话题一转，他说他儿子这些"读不懂"的诗，是提出了一个"新的课题"。言下之意，新一代诗风，就是这样。

我对近两年的诗，没有做过研究；但假若把艰涩不懂的诗风，当作一个"新的课题"，我认为是不妥当的。

据我所知，许多人对这两年的这类的诗的不满，重要的一点，就在这令人头痛的艰涩不懂上。诗创作的危机，大约和这不无关联。把这当作新货色来推销，读者大约是不买账的。

其实呢，说顾工同志没读懂他儿子的诗，那是不合乎实际的。他无非是说，怪不得你们读不懂我儿子的诗，我儿子的诗，是中国的现代派呀！

原来诗艰涩不懂的根儿，是别人不知道外国的现代派！而且，"新的课题"是研究现代派！新一代这种诗风是现代派！

假若艰涩不懂的诗是师法的现代派，那么，我认为，宁愿不要这个派，因为它首先带给我们的，是读不懂的灾难。

顾工同志大肆宣扬的现代派，貌似"新课题"，其实是一个旧货色。它在我国早就出现过，并非顾城的新创造。尽管顾工同志说"顾城是在文化的沙漠、文艺的洪荒中生长起来的。他过去没看过，今天也极少看过什么象征主义、未来主义、表现主义、意识流、荒诞派等等的作品、章句。他不是在模仿，不是在寻找昨天或外国的新月"，他只是和外国的现代派和中国出现过的现代派"心有灵犀一点通"罢了，但我仍认为，任何文学形式，大约都有它的借鉴和继承。顾城的现代派诗风不可能是凭空产生的。"极少"看过，并非没有；而且，除了直接借鉴之外，还可以间接接受影响。

对于外国文学中一切优秀的东西，我们都应该学习吸收，以丰富我们的创作。就是顾工同志提到的那些"主义"和"流""派"，也未尝没有可学的东西。但我觉得，有吸收，也有批判，才是正确的态度。我们学习外国的作品，决不是为了把自己的作品也变成"洋"的。外国人看中国文学，决不会因为中国的文学和他们的一模一样才感兴趣的，那样的东西，人家本来就有，何必你仿制的赝品？况且，你学得再像，能超过人家吗？因此，我不反对学外国的，而且欢迎学外国的，包括外国的现代派，我反对的是囫囵吞枣，生搬硬套，装模作样，照葫芦画瓢。事实上，中国自"五四"以来的新诗，已是吸收了外国营养的。可是，现在的某些新诗，不仅内容艰涩难懂，甚至连语法也是倒装的，或者是拦腰斩断的，或者是折叠式的，不仅拗口，还有无法读通的，这简直是对民族语言的亵渎。而且，对现代派也应该客观地评介，认为必须研究了现代派才能"表现整个现代社会、人生的重大画面"，未免偏颇。顾工同志愿意和他的儿子怎样学现代派、意识流，那是他自己的事，我只是希望他不要把自己的喜好强加给中国诗坛的"两代人"。

　　令人感到奇怪的是，顾工同志大谈外国这个"主义"那个"流""派"的时候，绝口未提中国诗的优秀传统，我们民族的诗的优秀传统。我认为，这"土"的传统，还是丢不得的。我们是中国人，是属于伟大的中华民族。我们既然生活在这一块土壤上，就要珍惜我们民族的感情，民族的语言，民族的形式，民族的传统，民族的喜爱。学习外国的优秀的东西，如果不和我们民族优秀的东西相结合，必将一事无成。

　　当然，我们禁锢得太久了，对外国的诗歌，我们了解得太少了，尤其是现代的。如今门刚开了一些，刮来了许多风，看见什么都新鲜，什么都想拿来。我认为这是个暂时现象。将来必定还是要走"洋为中用"这条路的。民族的东西，毕竟是个基础，少不得。如果把那些洋的奉为正宗，列为主体，那是不适当的。我们还是要我们民族的骄傲，民族的尊严。唐代的大诗人杜甫，难道没有用他的诗反映当时的整个社会、描绘人生的宏大画面吗？何以对洋人的就那么五体投地呢？而且，我们还得擦亮眼睛，提防把人家扔掉的破烂，也当宝贝抱在怀里！外国那些"主义""流""派"里，恐怕也有在外国已经不兴时的滞销货呢！

　　顾工同志确实在文章中提出了一个问题："怎样去更深入更深刻地理解新一代的心灵，新一代的追求，新一代的诗？"

　　问题是正确地提出来了，可惜答案不对。以为研究了外国现代派就能解决问题，那无异给沙眼抹紫药水：开错了药方。

　　由于经历不同，感受不同，对艺术的见解和追求不同，每一个诗人，都在用自己的眼睛看待生活，看待艺术。这是一种正常现象，也只有这样才有创造。即使顾城搞他的中国现在的现代派，也并非不可。但不能视之为整个青年一代的特征，或把一切青年诗人划归一个范围要别人取法顾城。诗应该首先给人以情感的美，意境的美，艺术形象的美，语言的美。它必须是健康的，必须是实在而具体的。灰色的，黄色的，颓唐的，悲观的，则是应该反对的。诗应鼓舞人们生活，而不能让人厌世；应该让人前进，而不应让人自杀，应给人以高尚的情操，不应给人以低级趣味。假若"戴孝的帆船，缓缓走过，展开了暗黄的尸布"是"美"的，顾工同志何以要"失望""沉郁"，"更爆发激怒"，"发出一连串弹雨般的训斥和质问"？再如顾城的《弧线》：

鸟儿在疾风中

迅速转向

少年去捡拾

一枚分币

葡萄藤因幻想

而延伸的触丝

海浪因退缩

而耸起的背脊

（载1980年第10期《诗刊》）

假若不是标题，我真不知道它说的是什么。而联系标题看诗，又不知道用这些形象说明"弧线"是何用意。如果认为"弧线"是一种"美"，那生活中的"弧线"太多了，蛇的爬行是弧线，苍蝇绕着碗口飞也是弧线，美吗？说是别的意思，这"谜"不太好猜；仅仅写出"弧线"，思想岂不浅薄？这像不像一种文字游戏？看来，这种诗风，算个什么样的"新课题"呢？仿佛像个翻新的旧课题：故弄玄虚的无病呻吟！

由此而想到的是对新涌现的青年诗作者的态度。对他们，要支持，但不要胡吹捧；要严肃，但不要打杀。不能一说好，缺点也成了优点；一说不好，优点也成了缺点。打不对，捧也可悲。也不要别人一提出什么，把"不理解"作为一面挡箭牌。我认为，还是实事求是一点的好，这对大家都有裨益。

一九八〇年十一月于咸阳

原载《诗刊》1981年第3期

评《新的美学原则在崛起》

——与孙绍振同志商榷

程代熙

近年来，一些年轻的诗歌爱好者带着他们第一批诗作走上了诗坛。由于他们的诗在表情达意、遣词造句的方式上与建国以来的新诗很有些不同，诗坛内外不免沸沸扬扬，议论纷纷。摇头者、点头者均有之。有的同志将他们视为诗坛上的"新的崛起"，更有如孙绍振同志，则从理论上入手，认为"与其说是新人的崛起，不如说是一种新的美学原则的崛起"。对于这些青年同志的诗，孙绍振同志的分析与解释，在多大程度上吻合他们的原意，我不在这里妄加评论。本文只是对孙绍振同志所阐述的那个"新的美学原则"及其有关的一些问题，提出几点不同的看法，以资展开进一步的深入讨论。

根本不是什么"新的美学原则"

孙绍振同志在文章里对他目之为"新的美学原则"作过这样提纲挈领的表述：第一，"不屑于做时代精神的号筒，也不屑于表现自我感情世界以外的丰功伟绩"；第二，"甚至于回避去写那些我们习惯了的人物的经历、英勇的斗争和忘我的劳动的场景"；第三，"不是直接去赞美生活，而是追求生活溶解在心灵中的秘密"。

马克思在给拉萨尔的信里批评历史剧《济金根》说："你的最大缺点就是席勒式地把个人变成时代精神的单纯传声筒。"马克思在这里批评的是文学创作中，特别是在人物形象刻画上的概念化和公式化，而不是反对文艺作品用生动的艺术形式去表现时代精神本身。孙绍振同志却与此相反，他说的"不屑于做时代精神的号筒"，其落脚点不在"号筒"，而在于"时代精神"。例如，他说的"不屑于表现……丰功伟绩""回避去写那些我们习惯了的人物的经历"，指的就是工农兵群众和知识分子的"经历"（换句话说，就是不屑于去描写人民大众的生活），特别是他们为社会主义革命和建设而从事的"英勇的斗争和忘我的劳动"。这一切都不是孙绍振同志的"新的美学原则"要表现的内容。诚然，在文学作品中，并不是只有塑造正面人物形象，直接描写人民的斗争才能表现出时代的精神风貌。有时，反面人物，逆历史潮流而动的人物也能反衬出时代精神的折光。例如，莎士比亚笔下的福斯泰夫，歌德同名历史剧的主人公葛兹·冯·柏里兴根，以及巴尔扎克《人间喜剧》里的那班贵族社会的男男女女。但这里有一个前提，就是要把这些生活中的过客放在如恩格斯说的"历史的必然要求"的背景上来描写。孙绍振同志的"新的美学原则"也不要求表现历史发展的这个客观规律。所以，我们说他不是"不屑于做时代精神的号筒"，而是根本不屑于表现我们这个新时期的时代精神。

把现实生活排除在诗人视野之外，因此值得诗人去表现的就只能是他的那个"自我感情世界"，并且诗人也就只是在这个世界里去"追求生活溶解在心灵中的秘密"。这"秘密"就是诗人"个人的感情，个人的悲欢，个人的心灵世界"。所以，孙绍振同志的"新的美学原则"的纲领就是"自我表现"。

孙绍振同志在文章里写道："传统的诗歌理论中'抒人民之情'得到高度的赞扬，而诗人的'自我表现'则被视为离经叛道，革新者要把这二者之间人为的鸿沟填平。""抒人民之情"，说的是诗人把他自己的感情同人民的感情水乳交融地浑然在一起，如："朱门酒肉臭，路有冻死骨。"涅克拉索夫说："世界上再没有比缪司和人民的联盟更牢固更美好的了！"至于"自我表现"，叔本华说："世界是我的表象"，"世界是我的意志"。反过来说，就是：我的表象是世界，我的意志是世界；也就是谓：世界就是我，我就是世界。这个思想到了意象派批评家头脑里，就成为："艺术也只能在艺术中找到它的他我（alter ego）。"这个"他"指的是艺术，因此"他我"就是艺术的"自我"，也就是艺术家的"自我"（ego）。

由此看来，"抒人民之情"和诗人的"自我表现"，这是两种相互排斥的艺术观。孙绍振同志说可以把它们之间的鸿沟填平。怎样填平呢？他说："我们的民族在十年'文革'中恢复了理性……当个人在社会、国家中地位提高，权利逐渐得以恢复，当社会、阶级、时代，逐渐不再成为个人的统治力量的时候，在诗歌中所谓个人的感情，个人的悲欢，个人的心灵世界便自然会提高其存在的价值。"（着重点为笔者所加）社会、阶级、时代是怎样成为，又是怎样逐渐不再成为个人的统治力量，以及这个"统治力量"是怎样的一种统治力量，它统治的又是些什么，文章语焉不详，我们只能根据上下文略有所悟。孙绍振同志的意思是说：十年"文革"的结束，标志是"社会战胜野蛮，使人性复归"。生活中人性的复归，就"自然会导致艺术中人性复归"。直截了当地说，孙绍振同志是企图用人性来填平"抒人民之情"和诗人的"自我表现"之间的那道鸿沟。我们丝毫不反对艺术表现人性。我们关心的是艺术家的人性、诗人的人性和人民大众的人性是否相通，或者是否基本相通。如果诗人的人性和人民大众的人性南辕北辙，或者诗人根本不关心人民的痛痒，则不管诗人个人的感情如何地丰满，他个人的悲欢如何地非比寻常，甚至把他个人的心灵世界全部敞开，也终因和人民大众缺少"灵犀一点"，而不能相通。文学史上倒有不少那样的诗，既没有"为民请命"，也没有"抒人民之情"，相反，排遣的完全是诗人个人的情怀，却为人民所接受：

> 君问归期未有期，
> 巴山夜雨涨秋池。
> 何当共剪西窗烛，
> 却话巴山夜雨时。

读李商隐这首小诗，你不能不同情诗人因秋雨所阻，滞留客乡，怀念妻子或者亲友的寂寞心情；当你想到雨过天晴，诗人首途返回故里，同亲人秉烛窗前述说那天"巴山夜雨"的情景时，你就不由得会同诗人一起共享那份欢乐。尽管诗人在这首诗里抒发的完全是他个人的感情，描写的是他个人的悲欢，却因其与人们的生活经历息息相通，所以它能引起读者的共鸣。

孙绍振同志置这些条件于不顾，认为只要诗人在诗里写出了他的人性，就能填平那道鸿沟。他引一位青年同志的话说："人啊，理解我吧。"孙绍振同志把"理解诗人"当成是填平鸿沟的重要手段。把话说得白一点，这不是在填平鸿沟，而是硬把诗人的"自我表现"强加给读者！其实，有些诗，我们不能接受它，并不是不理解它；相反，倒是理解了它，而不能接受它。西班牙现代著名超现实主义画家达利，在1955年独裁者佛朗哥遭到全世界人民的正义声讨时，写了一首《为镇压人类的一切自由而奋斗》的诗，公开支持佛朗哥及其法西斯政权。达利在这首诗里把他甘心与世界人民为敌的思想感情暴露无遗。像达利这样的反动阶级的人性同全世界人民大众的人性无论如何是和谐不起来的。我们举这个极端的例子，不过是为了把问题的实质揭示得更加鲜明、突出而已。

大约在一个世纪以前，也就是在19世纪80年代，西方文学中的浪漫主义由于越来越脱离现实生活，越来越趋于胡编乱造，而成为强弩之末。浪漫主义文学成了在文学中制造怪物的同义语。例如，莫泊桑在1883年的一篇文章里就曾借用贺拉斯《诗艺》里一段谈论艺术想象的名言来比喻浪漫主义文学的一蹶不振之状："把一个美女的头装在马身上，用各色羽毛覆盖住这个动物，并用一条丑陋的鱼尾巴把它装扮完成；也就是制造出了一个怪物。"而结论是："所有一切不符合生活真实的东西都是对生活的歪曲，都意味着变成某种怪物。由此不难肯定，想象的文学（按：指浪漫主义文学——笔者）只能产生些怪物。"此时，现实主义又受到追求赤裸裸真实的左拉自然主义的严重的挑战，陷入进退维谷之中。正是在巴尔扎克的现实主义传统遭到严重削弱的情况下，恩格斯在1888年的一封私人信里对巴尔扎克的现实主义在文学史上的重要地位及其最重大的特点作出了非常深刻的阐述，并且指出巴尔扎克是"比过去、现在和未来的一切左拉要伟大得多的现实主义大师"。

当时，欧美一些资产阶级和小资产阶级的文学家、艺术家，一方面迷惘于资本主义社会的一环套一环的重重矛盾，找不到出路；另一方面他们又十分反感"邈邈感伤主义"，即浪漫主义文学和那被他们视为"躲在现实的硬壳里"的所谓"现实主义"。于是他们就把柏格森、叔本华、弗洛伊德、克罗齐的哲学和美学思想，以及威廉·詹姆士的《心理学原理》当成是一块安身立命的绿洲。从上世纪末和本世纪初起，在西方文坛和艺坛上像走马灯似的相继出现了诸如象征主义、意象主义、原始主义、野兽主义、立体主义、未来主义、达达主义、超现实主义、意识流、存在主义、新浪潮、荒诞派等等各种名目的文艺流派，即我们统称之为的西方现代主义文艺。这些形形色色的现代主义文艺虽然有着它们各自表现手法上的特点，但在文艺思想上却存在着某些共同的东西。例如，第一，西方现代主义的文学家、艺术家几乎都把他们的"自我"当作唯一的表现对象，说得具体一点，把文艺作为表现他们资产阶级、小资产阶级个人主义及无政府主义思想（即否定理性）的唯一手段。他们不满于生活的牢笼，但在行动上却使自己龟缩在"自我"的深处。第二，由于他们有意识地排斥现实世界的客观性，所以他们总是天马行空似的力图通过象征、意象、潜意识以至于梦幻来表现他们的"自我"。现代主义的文艺作品中的形象，有的写实感很浓，有的则又抽象得扑朔迷离，还有的是写实与幻景交错。但不管是前者还是后者，它们着意表现的并不是现实，而是作家、艺术家头脑里的个人的主观意识。所以朦胧、荒诞、恍惚、晦涩，几乎成了西方现代主义文艺的一个共同的特点。第三，西方现代主义文艺是在资本主义社会的乐观主义已经在相当一部分知识分子中发生严重动摇的时刻破土而出的。如果说T. S.艾略特——此人宣传文艺"表现自我"甚力，曾创办《自我主义者》（The Egoist 诗歌杂志）——的《荒原》写的是"站在毁灭因素边缘"的"一种完全失掉信仰的心境"（英国现代批评家斯·斯本德语），那么到了两次世界大战前后，则进一步陷入了毁灭的绝境。贝克特的《等待戈多》，并不是如有的同志所分析的那样，说人类还有希望，而是宣告根本没有希望。最近二十年，西方资本主义的高度物质文明在人们的精神世界里依然留下了一大片空虚。本文无意对有近百年历史的西方现代主义文学作一次面面观，也无意数落它的各种败迹作为把它扔进废纸篓去的口实，这里列举它的三点特色（当然不是说只有这三点），只是为了说明孙绍振同志的"新的美学原则"倒是步了它的脚迹；至少在某些方面可以这样说。

人的价值标准

孙绍振同志在文章里写道："如果说传统的美学原则比较强调社会学与美学的一致，那么革新者则比较强调二者的不同。表面上是一种美学原则的分歧，实质上是人的价值标准的分歧。"接着他又说，"既然是人创造了社会，就不应该以社会的利益否定个人的利益，既然是人创造了社会的精神文明，就不应该把社会的（时代的）精神作为个人的精神的敌对力量"；所以结论是："个人在社会中应该有一种更高的地位"。

这是孙绍振同志的"新的美学原则"的立脚点。

从上面的引文里，我们知道了孙绍振同志心目中的人的价值等于个人利益，或者等于个人的精神；因此那个衡量"人的价值""个人的利益"或者"个人的精神"的标准就是"人的价值标准"。而这个"人的价值标准""不完全取决于社会政治标准"。因为它与追求一元化的政治不同，不必"强调统一意志和行动"，"不必少数服从多数"。

这是孙绍振同志向我们提出的一个非常严肃，因而必须认真对待的理论问题，同时也是一个现实问题。

他在文章里说，社会是人创造的，"就不应该以社会的利益否定个人的利益"。这句话只说对了一半，还必须作如下的补充：既然社会是它的全体成员共同创造的，因此就理所当然地不允许任何个别成员把他个人的利益置于社会利益之上。对待社会精神文明，也应该是这个道理。

打一个粗浅的比方：我们这个国家好比是一条大船。由于领导工作上的一些错误，特别是林彪、"四人帮"的十年作乱，这条船被弄得百孔千疮，危机四伏。不光个人利益，而且首先是国家、民族的利益都遭到了难以估量的损失。在粉碎"四人帮"之后，拨正了航向（落实了各项政策），国家的利益和个人的利益得到了法定的保障。这时，最大的利益就是安定团结，同舟共济。只有这样才能保证这条船顺利地驶向共产主义的远方。倘若不是这样，且不说人人，也不说什么多数，只消少数分子任意胡来，我行我素，结果就会招来船毁人亡的惨祸。这难道是什么深奥的道理么？！所以我们的观点是：个人利益固然不得随意否定，但社会利益必须得到第一位的保障。

马克思把社会生产分为两大类，即：物质生产和精神生产。前者创造物质文明，后者创造的是精神文明。物质文明诚然是精神文明的条件，但精神文明又对物质文明起着强有力的积极作用。因此也可以说它们是互为条件，相辅而又相成的。

十年"文革"也是我们这个社会的精神文明所遭到的一次浩劫：人妖颠倒，世风败坏。在着手"四化"建设的同时，建设社会主义的精神文明，已成了当务之急。社会主义的精神文明虽然可以表现在各个方面，例如文学艺术，但是说到底，还是集中地表现在具有共产主义革命理想和高尚道德情操的社会成员身上。根据马克思主义的美学原则："毫不利己，专门利人"的人是美的；反之，就是丑的。

　　她用带血的头颅，

放在生命的天平上，

让所有的苟活者，

都失去了

——重量。

　　　　——韩瀚：《重量》

这首小诗写的是烈士张志新。短短四句，什么是美，什么是丑，一目了然。

孙绍振同志说"不应该把社会的（时代的）精神作为个人精神的敌对力量"，这句话相当含混。张志新烈士用她的生命来捍卫无产阶级的事业，她个人的精神境界和我们社会的精神文明是和谐一致的，而那班迫害她的家伙的精神境界却是腐朽、卑下的，并且与我们社会主义的精神文明是敌对的。

现在我们再来说什么是"人的价值"和"人的价值标准"。歌德有两段话讲得很好，他说："一个人怎样才能认识自己呢？绝不是通过思考，而是通过实践。尽力去履行你的职责，那你就会立刻知道你的价值。""可是你的职责是什么呢？就是当前现实的要求。"歌德说得很清楚：个人的价值，就表现于他对社会的现实要求所应尽的职责；检验人的价值的客观标准，就是看他是否在行动上履行他的社会职责，以及履行到什么程度。

孙绍振同志把"人的价值"，仅仅归结为"个人利益""个人的精神"，而衡量"人的价值标准"又只是"个人的幸福在我们集体中应该占什么地位"，以及"个人的感情，个人的悲欢，个人的心灵世界"在艺术上得到了怎样的反映。真是除了个人，还是个人。个人成了一切，成了至高无上的东西。现在我们总算能够理解他说的"社会、阶级、时代逐渐不再成为个人的统治力量"这句话的真意了，那就是：或者把个人置于社会、阶级、时代之上，或者将它们置之度外。总之，文学完全是作家的私事，与社会、阶级、时代无关，而不是如高尔基所说，文学"永远是时代、国家、阶级的事业"。把孙绍振同志的美学原则的这个出发点和它的纲领——"自我表现"联系起来，一套相当完整的、散发出非常浓烈的小资产阶级的个人主义气味的美学思想就赤裸裸地显示了出来。

美的规律问题

孙绍振同志在从各个方面阐述了他提出的以"自我表现"为核心的美学原则之后，又对美的规律问题作了简略的，但却是原则性的说明。

他开宗明义地写道："美的法则，是主观的，虽然它可以是客观的某种反映，但又是心灵创造的规律的体现。"在这段引文的前后，他两次提到马克思，一次曰："马克思说：人是按照美的法则创造的"；另一次曰："要突破传统必须有某种马克思讲的'美的法则'"。

美的规律问题说来话长，这里只能扼要地谈谈马克思对美的规律的说明：

> 诚然，动物也生产。它也为自己营造巢穴或住所，如蜜蜂、海狸、蚂蚁等。但是动物只生产它自己或它的幼仔所直接需要的东西；动物的生产是片面的，而人的生产是全面的；动物只是在直接的肉体需要的支配下生产，而人甚至不受肉体需要的支配也进行生产，并且只有不受这种需要的支配时才进行真正的生产；动物只生产自身，而人再生产整个自然界；动物的产品直接同它的肉体相联系，而人则自由地对待自己的产品。动物只是按照它所属的那个种的尺度和需要来建造，而人却懂得按照任何一个种的尺度来进行生产，并且懂得怎样处处都把内在的尺度运用到对象上去；因此，人也按照美的规律来建造。

这是马克思在《1844年经济学哲学手稿》里的一段著名的论述。孙绍振同志所谓的马克思讲的"美的法则"，就出自这段话，但他的解释完全违反了马克思的本意。

在上述引文里，马克思把动物的生产和人的生产从五个方面进行了对比分析，如：（一）动物的生产是片面的，人的生产是全面的；（二）动物进行生产，是为了直接满足自身肉体的需要，人则不受这种需要的支配；（三）动物只生产自身，即只是为了延续它的生命，人却生产整个自然界；（四）动物不能自由地对待自己的产品，人却可以；（五）动物只能根据它本身所属的那个物种的尺度和需要来生产，人却可以按照任何一个物种的尺度来进行生产。下面，我们只就第五点来些作适当的说明。

蜂房是蜜蜂进行生产和居住的巢，蜜蜂也只是按照它这个物种的尺度和需要来营造它的巢。蚂蚁掘穴而居，也只是按照它这个物种的尺度和需要来经营。旁

中国当代文学史资料丛书

的物种，例如海狸，就不会在蜂房和蚁穴里居住，因为那违反了它的物种尺度，当然就不适合它的需要。人不光能根据人种的尺度和需要建造住房，人还可以根据某种需要，比方科学研究的需要，按照蜜蜂这个物种的尺度来制造蜂房。所以马克思说人的生产是全面的。这里需要指出的是，人在制造蜂房的时候，只能根据蜜蜂营造蜂房的尺度，这就是马克思说的对象的"内在的尺度"。这个"内在的尺度"是客观地存在于对象身上的。因此人只能认识、掌握和运用这种"内在的尺度"，而制造不出任何一种对象的"内在的尺度"。很清楚，马克思指出人"按照美的规律来建造"，就说的是人是按照客观规律行事的。我们从事物质生产，就必须遵守物质生产的客观规律；同样，我们进行精神生产，就必须遵守精神生产的客观规律，又如，艺术生产的规律，也是一种客观的规律。孙绍振同志说"美的法则，是主观的"，是对马克思的上述论断的极大的歪曲。孙绍振同志又补充说"虽然它（指美的法则，即规律——笔者）可以是客观的某种反映，但又是心灵创造的规律的体现"，也同样是错误的。人的心灵制造不出任何一种客观规律。孙绍振同志的这个补充，是典型的二元论。

为了使我们讨论的问题深入一步，不妨再认真地领会一下马克思在《资本论》第五章《劳动过程和价值增殖过程》中的这段话：

> 蜘蛛的活动与织工的活动相似，蜜蜂建筑蜂房的本领使人间的许多建筑师感到惭愧。但是，最蹩脚的建筑师从一开始就比最灵巧的蜜蜂高明的地方，是他在用蜂蜡建筑蜂房以前，已经在自己的头脑中把它建成了。劳动过程结束时得到的结果，在这个过程开始时就已经在劳动者的表象中存在着，即已经观念地存在着。他不仅使自然物发生形式变化，同时他还在自然物中实现自己的目的，这个目的是他所知道的，是作为规律决定着他的活动的方式和方法的，他必须使他的意志服从这个目的。

马克思的这番话至少说明：

第一，人所从事的物质生产和精神生产活动是一种有目的的、自觉的活动，而且是受客观规律制约的。因此，艺术创造活动和审美活动也是一种有目的和自觉的活动。孙绍振同志在文章里说："长期的大量的艺术实践不但训练了艺术家的意识，而且训练了他的下意识或者潜意识。"（着重点为笔者加）这实际上否定艺术创作是有目的和自觉的活动。所以，他否认艺术规律的客观性。

第二，人类的劳动产品，不管是物质产品还是精神产品，都体现了人对客观世界的认识，对人的自身的认识。这种认识，在艺术生产上就表现为人对世界的艺术掌握。因此，人的劳动产品反过来就丰富了人的物质生活及精神生活，这就是劳动产品的功利性。马克思的这个观点就驳斥了孙绍振同志说的"感性（按：指艺术作品中表现出来的感情，即艺术家的感情——笔者）在一定程度上的非实用性，亦即非功利性"的论点。

第三，马克思在上引的那段话里说，建筑师"用蜂蜡建筑蜂房以前，已经在自己头脑中把它建成了。劳动过程结束时得到的结果，在这个过程开始时就已经在劳动者的表象中存在着，即已经观念地存在着"。这段话的内涵非常深刻，对于我们所讨论的问题也非常重要。这段话有两层含义：一是说在建筑师头脑里，即观念里存在的那个蜂房的表象，是现实中蜜蜂制造的那个蜂房的产物。就是说，没有现实世界存在的蜜蜂的蜂房，在建筑师的头脑里也就不会有关于蜂房的观念。这里说的依然是存在决定意识，意识不过是被意识到了的存在。其次是说，建筑师的主观能动性在他制造蜂房的劳动过程中起着非常巨大的作用。蜜蜂造蜂房靠的是它的本能，建筑师主要凭借的则是他的智力（认识对象世界的能力）和技能。这是他在劳动实践的过程中获得的。属于这一类的例子，我们还可以举出很多，例如，物质决定精神，经济基础决定上层建筑，社会存在决定社会意识，等等。但是精神、上层建筑、社会意识又同时对物质、经济基础和社会存在起着巨大的反作用。上述两层含义是相互联系在一起的，不能任意加以割裂。如果只承认前者，就会导向机械唯物论；倘只承认后者，又会走向主观唯心论或者客观唯心论。马克思主义的方法论要求人们在从事物质生产和精神生产的活动中把客观和主观辩证地统一起来。

所以，马克思主义的美学原则既强调艺术规律的客观性，又十分重视艺术创作中艺术家的主观因素。艺术作品中真实地反映出来的现实世界，就是艺术家用自觉的艺术想象的方式加过工的现实本身。

由于孙绍振同志把艺术规律说成是艺术家心灵创造的产物，否认艺术规律的客观性，就使得他提出的那个美学原则具有相当浓厚的唯心主义色彩。

孙绍振同志的文章里还有一些值得商讨的论点，就不在这里一一说了。本文所说的三点，也只是我自己的一些粗浅的看法，希望得到孙绍振同志及别的同志的批评指正。

原载于《诗刊》1981年第4期

中文系讨论"朦胧诗"

月亮　长华　整理

一九八一年四月十八日，河北师院中文系部分师生召开了一次座谈会，与会者就有关"朦胧诗"的问题进行了讨论。

一、"朦胧诗"不是一个科学的概念

一种意见认为，"朦胧诗"不是一个科学的概念。在当前文艺界的讨论中，有人实际上指的是涩晦诗或古怪诗，因而称之为"逆流"；有人指的是青年诗作者有新特色的诗，因而称之为"崛起"。他们认为"朦胧诗"的提法，不能概括当代青年诗作的特点。青年诗作者各有各的特色，有的诗并不朦胧，有的诗思想感情也是健康的，不要一概而论。反对晦涩、古怪，就说反对涩晦、古怪，赞成创新、探索，就说赞成探索、创新，不能笼统地称之为"朦胧诗"。讨论会上，有人称为"创新诗""探索诗"或"青年诗作"。

一种意见认为，朦胧是一种风格，也是一种美。朦胧不同于晦涩和古怪。我国古典诗歌中有其传统。如果"朦胧诗"指的是这种朦胧风格的诗，在百花齐放的社会主义诗歌园地里，也可以让其开放。问题在于用这种形式表现的思想内容是否符合四项基本原则。有些诗虽然朦胧一些，抒情还是真挚动人健康进步的，这就应该鼓励；也有些诗思想内容确实不健康，这就应该帮助和引导。争论不要局限在风格——形式问题上。

二、关于当代青年诗作

一种意见认为，这些青年诗作是十年"文革"后的时代的产物，他们抒发这一代青年内心的感受，在诗的内容和形式上都有所突破，他们关心社会，关心人生，在追求，在探索，要求对现实的重新认识。他们的诗作不但是对假、大、空的否定，也突破传统的和五六十年代的诗歌形式，在寻求一种能够表现他们复杂矛盾的内心感受的形式。他们的诗和李金发以及外国现代派诗是有严格区别的，是当前时代的产物。他们会随着时代的前进而进步和成熟。

另一种意见认为，一些青年诗作者内心空虚、思想迷惘，不了解中国社会，不理解"我"以外的人民，只能写自己的感觉、知觉、幻觉甚至错觉，写自己的小情趣。这些表现在诗里就会形成朦胧、晦涩，甚至缺乏完整的形象或不知所云。

一种意见认为，对青年诗作者既不要打杀，也不要捧杀。孙绍振提出的"新的美学原则的崛起"说，不符合青年诗作的实际，在理论上也是荒谬的。他的所谓"新的美学原则"的实质，是不要反映先进的时代精神，不要反映人民大众的斗争和生活，不要为人民、为社会主义服务，不要马克思主义美学原则，是资产阶级艺术理论的再现。

三、关于表现"自我"

一种意见认为，抒情诗应该表现"自我"，而且不应该有"大我"和"小我"之分。抒情诗对现实的反映应是通过抒发诗人自己的主观世界而实现的，抒情诗理当有鲜明的抒情个性和浓重的感情色彩。无数个"我"组成整个社会，诗人只有在诗中成功地写出"自我"，才能真实地反映社会和人生。

另一种意见认为，诗中表现"我"，不应是脱离现实的单纯的个人情感，而必须体现时代精神和广大人民群众的思想感情，表现"自我"和抒人民之情、抒时代之情，应当是统一在一起的。如果只强调前者忽略了后者，诗必然脱离现实、脱离人民，变得苍白无力。目前的某些青年诗作者和诗歌评论家正是忽略了后者，只强调了前者。

有的同志还强调，作诗首先要解决做人问题，解决世界观和人生观问题，鲁迅先生说的从喷泉里流出的都是水，从血管里流出的都是血，至今仍有现实意义。

原载《河北师院学报》1981年第2期

从"朦胧诗"谈起

一

　　"百花齐放"这是一条英明的政策，为了实行这一条政策，中国人民交付了极大的代价，多少人为了它牺牲了生命。

　　普天下何止百花，千万种花也不止！凡是花都有放的权利。花的生命就是放。

　　有些是好花，有些是香花；有些是不好看的花，但是很香；有些花既不好看，又不香；有些是观叶植物，叶子像花而非花，也很美；有些是盆景，歪歪扭扭，老态龙钟。

　　谁也不会把狗屎当作花；谁也不会把鼻涕当作花。

　　人的爱好是多样的，复杂的，固执的。

　　但是，也是善变的。

　　有人喜欢读格律诗，有人喜欢读民歌体的诗，有人喜欢读自由体的诗，有人喜欢明快的诗，有人喜欢朦胧诗。

　　也有人什么体的诗都不喜欢。有什么办法呢？

　　在不妨碍别人的时候，各人选择自己所喜爱的。

当
代
中
国

168

资
料
丛
书
文
学
史

二

世界上存在着朦胧的东西，有许多事情看不清楚，也有许多事情使人难于理解。于是出现了朦胧诗。

有人写雾，美国的桑德堡写的《雾》：

踮着小猫的脚步

雾来了。

它一弓腰

坐了下来

瞧着港口和市区

又走开了。

有人写雨，戴望舒写的《雨巷》（略）。

有人写月光，李白的《静夜思》（略），有人写梦（略），有人写"梅子黄时雨如雾"。都可以写得朦胧，只要写得好，写得美，都应该赞赏。

白居易写《花非花》：

花非花

雾非雾

夜半来

天明去

来如春梦几多时

去似朝云无觅处

写出了飘然若仙的感觉，不是很美么？

就以舒婷为例，她的《在潮湿的小站上》《车过园坂村》《无题》《相会》都是情诗，写得朦胧，出于羞涩。例如《无题》：

（上略）

"你怕吗？"

我默默转动你胸前的纽扣。

是的，我怕。

但我不告诉你为什么。

（上略）

"你快乐吗？"

我仰起脸，星星向我蜂拥。

是的，快乐。

但我不告诉你为什么。

（上略）

"你在爱着。"

我悄悄叹口气。

是的，爱着。

但我不告诉你他是谁。

这样一首诗，只有"星星向我蜂拥"一句比较费解外，全诗都是明白易懂的。这样的朦胧诗，人们还是可以接受的。

朦胧诗作为一种文学现象，不足为奇，反对它也没有用。

奇就奇在有一些人吹捧朦胧诗，把朦胧诗说成是诗的发展方向。

好像离开了月亮就不能生活，离了雾就不能存在，离了雨就不能呼吸，离开朦胧就不能写诗。

朦胧诗的提倡者说："三十年来中国文学的没有流派，文学形式上基本没有发展，瘟疫般的雷同化、公式化、概念化的局面再也无法维持下去了。"真的像瘟疫吗？

"一些革新者大胆地触犯了这些传统的美学趣味和欣赏习惯""处于危机状态的诗歌的抗争和追求"。"表达了一种美丽的童话般的'纯净的美'，表达了对人类美好理想的追求。"

朦胧诗的提倡者说："这是崛起的一代"，"一批同样年轻而富于探索精神的无名诗人"，"纯熟地把现代派意象的技巧，化为自己的血肉，用来表达当代中国的现实和中国年青一代的心灵"，"是思考的一代的心声和脉跳"，"是对自我的本质的认识和对异化热情的抛弃"，"在冲决固有的诗歌美学观念上，"必汇成一股新的潮流"，"一个转折"，"一种新型的诗歌出现了"，"这是一场革命"。

甚至大声疾呼：

"不能理解新的一代，就不能理解青年的诗；不能理解青年的诗，就不能理解我们的时代"；最后得出的结论："中国新诗的发展前途就是朦胧诗。如果说读者读不懂朦胧诗，那是读者的耻辱。"

蒙受耻辱的人太多了。

朦胧诗的提倡者说朦胧诗的特点：

"朦胧的意象，零碎的形象构图，富于运动感的急速跳跃，交叉对立的色彩，标点改进和'语法'的'主观化'，哲理和直觉的单独表现溶合，象征隐喻的手法和奇特的语言结构"；

"通过包括'朦胧'的各种'情绪'、直觉、感觉描写去影响现代人的心灵""用诗的艺术特质去把握世界"；

"追求艺术的含蓄和进入人的内心，尝试用意象的技巧来表达内心难以描摹的情绪"；

"追求表现人的内心"；

"首先记住为一个人而歌唱"；

"有我则存，无我则亡"。

他们理论的核心，就是以"我"作为创作的中心，每个人手拿一面镜子只照自己，每个人陶醉于自我欣赏。

这种理论，排除了表现"自我"以外的东西，把"我"扩大到了遮掩整个世界。

事实上，浪漫主义的诗歌，大都是写自己的。

裴多菲的诗："生命诚可贵，爱情价更高，若为自由故，两者皆可抛"，在写自己的观点。为争取祖国的独立和自由。

徐志摩写的情诗，把"别拧我，疼！"也写进去了。他也在写自己。这不是就有两种"自我"吗？

三

从一首诗说起。

这首诗的作者是顾城，一个年轻的诗人，这首诗的题目叫《远和近》。

你，

一会看我，

一会看云。

我觉得

你看我时很远，

你看云时很近。

这首诗引起了争论。有的人看了之后说："谁能从这里感受到什么美呢？至于它的含义，看来不过是在慨叹你我之间貌合神离，也不见得'纯净'。"

也有人说："模棱两可的思绪只能闪进缥缈的境界中。""这个'我'是什么情感呢？是恋人失恋的厌倦呢？还是朋友间感情破裂的怨恨呢？或者是'我'的毫无根据的察言观色而产生错觉和臆断？"

最后说："一首小诗使人费尽九牛二虎之力也不得其要领，真是误人子弟。"

"崛起论者"的意见则完全相反：

"我觉得'你看我时很远，你看云时很近'是点明了'我'的主观感觉和感受，用象征的手法说明了人与人之间近在咫尺，却存在各种隔膜和不可逾越的鸿沟；人与云，人与大自然却能沟通感情，觉得亲切，融洽。人本来是自然的一部分，人必须消除自身的异化，达到复归。短短的六行诗用远和近的象征表现了物理距离和感情距离的对立，表现了对包括长期阶级斗争扩大化所造成的人与人的关系的声讨，对共产主义理想的向往。""它表达了一种美丽的童话般的'纯净的美'，表达了对人类美好理想的追求。"

这样的截然不同的两种看法，两种理论，究竟哪一种更合乎科学呢？还是两种都不科学呢？

这只能说明诗所给人的东西不多，读者只能从它的六句话里去猜想，评论家也只能各人在做各人的文章。不知道作者看了这两种文章之后，究竟有什么感想。

中国
当代
文学史
资料丛书

四

从绘画上的抽象派谈起。

绘画上的变形、雕塑上的变形，在艺术上是许可的。要求的是全幅画面上的和谐与统一。

现在所流行的抽象派的绘画和雕塑，离开形体的美，甚至达到难于理解的程度。这是资本主义世界的产物。邹荻帆写的诗《别特西》，以猩猩别特西的绘画来讽刺现代派的绘画：

　　哦，绅士们用猩猩做旗帜，

　　要艺术家向禽兽看齐！

在北京星星画会上展出了的作品，由于好奇，吸引了大量的观众。里面有些画叫人看不懂，问我怎么办。我说："请画家自己解释一下。"

但是有一种很流行的理论："你自己以为是什么就是什么。"用不到画家来解释。

蒙古诗人查干问一个上海诗人写的一首诗："你给我讲讲这首诗是什么意思？"

那个诗人说："我自己也不知道是什么，就这样写了。你以为是什么就是什么。你怎么理解都行。"

这是典型的虚无主义的理论。

这样就要求我们善于把有意识的变形与画不准轮廓区别开来。

另外有一种现象：思想不明确，口齿不清楚，不可能通过明确的语言表达明确的思想。

胡思乱想、苦思冥想、奇思怪想，把不能联系的东西拉扯到一起。

或者是没有谜底的谜语，清来清去，原来里面是空的；以残缺不全为美，畸形的、怪胎、毛孩子；像在开化装舞会，出现了许多蒙面人。

这样就要求我们善于把口齿不清的与表现含蓄的诗区别开来。

有人说："西方的恶魔侵入了中国诗坛。"

我们并不反对向外国学习。我们的新诗，从它诞生的一天起，都是大量地吸取外来的影响的。我们也可以从许多中国诗人的作品中看出了受许多外国诗人的影响的痕迹。

我们反对的是抄袭外国。反对的是：只要外国的诗都是好的。我们要引进的是外国的先进技术，不要引进那些在外国都已经抛弃了的破烂。不要拿外国的东西来吓唬人。

外国人写诗给外国人看，外国人并不是为中国人写诗。外国人也不会把谁也看不懂的诗当作好诗。在美国看一个得奖的诗人，他说他的诗卖了三年卖掉三千册，在他认为是卖得多的了。

有的诗看一遍，不懂，看两遍三遍才懂，最后领会是好诗。只是看懂它太费时间了。

有的诗，看上多少遍也不懂，只能猜来猜去，谁也猜不准，徒叹命苦——文化水平太低。

首先得让人能看懂。

这是我一贯的主张。尽管有些人不同意——写看不懂的诗的人不同意——我还是坚持着：首先得让人能看懂。

人为什么说话，无非是为了叫人理解，决不是为了让人误解。语言的作用，是为了表达每个人的思想感情，喜怒哀乐，愤懑与不平。

当然，诗好坏，不能以看得懂与看不懂作为衡量的标准，也不能以为人理解的程度作为衡量作品的价值。

容易懂的诗，不一定就是好诗；不容易懂的诗，也不一定是坏诗。

朦胧诗的说法并不科学。朦胧诗的界说：写朦胧境界的诗；诗风比较朦胧的诗。把所有难懂的诗一概叫作朦胧诗也不是科学的态度。

首先把朦胧诗与难懂的诗区别开来。

难懂的诗，可分为几类：

现在写朦胧诗的人和提倡写朦胧诗的人，提出的理由是为了突破，为了探索；要求把诗写得深刻一点，写得含蓄一些，写得有意境，写得有形象，反对把诗写得一望无遗，反对把诗写得一目了然。反对把诗写成满篇大白话。这些主张都是正确的。

有些诗，联想奇特，寻找概括力比较强的语言；要求精练，去掉一些可以省略的字眼；写得跳跃。例如古诗里也有费解的：

曲终人不见

江上数峰青

又如：

采菊东篱下

悠然见南山

这样的诗，可以意会，不可以言传。但是，这样的诗，只能供给文化程度比较高的人欣赏，广大的人民群众很难理解。

现在出现的朦胧诗，其中有不少诗写得难懂，正如反对者所说的：

"意境的缥缈迷蒙，形象的七拼八凑，想象的漫无边际，情感的无端跳跃，还有什么'交叉对立的色彩'等等。"

"反映现实不深，思想不高，感情不强，诗味不浓、语言又矫揉造作。"

"一点浮浅的观念，一缕平庸的情思，一丝缥缈的幻觉。"

"生活底子浅薄，思想感情浮泛，却故作高深，从自然界中搬云弄雨，在书本上查经引典，把奇怪虚幻的东西排列成诗。"

香也朦胧，臭也朦胧，如在五里雾中……

真理应该让大家能理解。

有些诗，连高级知识分子也看不懂，写给谁看呢？

至于编者发表难懂的诗，是为了迎合一部分读者的心理：以为难懂的诗才是好诗。

编者有责任把最好的东西介绍给读者。编者也有责任把不好的诗送还给作者。有些诗，不是个别的句子难懂，而是全篇都是谜语，竟也发表出来了。

六

未来是属于年轻一代的。

我们面临的是怎么样的一代人？是的，"每个人都在这场浩劫里经历了各自不同的灾难与痛苦"。

林彪、"四人帮"，"文化大革命"，什么都干了。他们先来一个"造神运动"："三忠于四无限""早请示晚汇报""跳忠字舞"，最后是十年"文革"。

现在还年轻的整整一代人，二十岁到三十岁的一代人，上山下乡、插队、失学、失业、待业；他们没有受到革命的传统教育，甚至没有受到正常的教育。有些是在饥饿里长大的。

他们亲眼看见了父兄一代人所遭受的打击。有些人受到了株连。这是被抛弃了的一代，受伤的一代。

他们在无人指引下，无选择地读了一些书，他们爱思考，他们探索人生……

他们对四周持敌对态度，他们否定一切、目空一切，只有肯定自己。

他们为抗议而选择语言。

他们因破除迷信而反对传统；他们因蒙受苦难而蔑视权威。这是惹不起的一代。他们寻找发泄仇恨的对象。

他们中间有一些人很骄傲。

"崛起论者"选上了他们。

他们被认为是"崛起的一代"。

但是，未来终究是属于年轻的一代人的。

江山代有才人出，各领风骚数百年。

开辟了的道路要有人走下去。时代在前进，一切新的、健康的、光明的，一定要取代旧的、腐朽的、黑暗的。要使他们成为可信赖的一代。成为新的战斗的一代。只要认真探索，总会有成就。在走向成功的道路上，却要谦虚谨慎，千万不要听到几个"崛起论者"信口胡说一味吹捧的话就飘飘然起来，一味埋头写人家看不懂的诗。盲目射击，流弹伤人。

有人说："我的诗现在你们看不懂，不喜欢，不要紧。我相信将来——我们的下一代，一定会看得懂、会喜欢它的。"

有这种预见是好的。不过，你为什么不让同代人看得懂，也喜欢它呢？让大家都看得懂，都喜欢它岂不更好吗？

七

评论家的工作。

长期以来，评论家，我说的是一些平庸的评论家，专爱做两件事：不是捧，就是打。

还有第三件事，就是看准了谁挨批了就赶快表态。

平庸的评论家，不愿意做细致的、实事求是的、耐心研究、耐心分析的工作。要说某人好，就是好到天上，说得天花乱坠。把明明是缺点也说成优点。

据说有这样的评论家，凡他所指的都是方向，而他所指的方向是经常变换的。也有人说"朦胧美是规律"，把所有写得明朗的诗都看成违反规律的了，希望整个世界烟雾弥漫。难道是这样吗？

原载《文汇报》1981年5月12日

朦胧诗研究资料

有感"新的美学原则"的"崛起"

周良沛

早在孙绍振同志的《新的美学原则在崛起》（以下简称《崛起》）出现之前，"崛起"之说就在诗歌界闹腾一年了。去年十一月，有个大学中文系出版的刊物《崛起的一代》就以"崛起"的姿态，对六十年的新诗，不仅是虚无主义地否定，而且是搞人身攻击，指名道姓地骂街。对以不少好诗丰富了新诗宝库的艾青同志，也说："你在我们当中挤来挤去干什么？我们要送你上火化场，再开进我们浩浩荡荡的诗歌新军，去拆你们的庙！"与此同时，又有这个刊物当中的人向艾青同志写了唱赞歌的信，对着刊物上杀气腾腾的语言，这信就未免写得太肉麻了。

孙绍振同志在《崛起》一文中，推出舒婷，做"崛起"的代表人物，因此，他在《福建文学》一九八〇年四月号上谈舒婷创作的《恢复新诗的根本传统》，也可以用来作《崛起》理论的注释与补充。我引的孙绍振的话，也完全出自这两处。

当然，孙绍振同志寻找体现自己崛起的美学原则的诗人，自然不会是那些没有引人注目的作品而空称自己为"崛起的一代"的"诗人"，他将读者的注意力引向舒婷也并非偶然。从舒婷同志答读者的文章中知道，她从小好读，在十年"文革"中，目睹的世事，内心的磨难，都在她忧郁的沉思中化为真切的诗情。她的作品一开始和读者见面，就不仅以诗情的真挚动人，也以明显的不同于一般初发表作品的作者的艺术修养而引人注目。我们现在看到她公开发表的作品，绝大部分写于十年"文革"之中。那个时候，一个除了还有内心的尊严、骄傲，已失去任何自卫能力的女孩子，在她的诗里流露出一种孤寂情绪，以至新作中还见它的余绪是毫不为怪的。这是当时不正常的社会生活及人与人的关系的不正常，在作者心灵、在作者笔下的伤痕，决不能作为艺术上美的追求的结果。完全撇开人们对她作品中的思想倾向的争议不论，光从艺术上讲，若不看到她笔下的题材、意境、表现手法在愈来愈多地重复自己，艺术和思想一样不能开阔一步的弱点，也是艺术上的短见。新诗史上，较多地吸取了欧美现代派的表现技巧的诗人，他们苦于对人生的思索，感情比较内向；他们注重技巧，结构和立意都一样严谨；有的笔触婉约，有的写得沉郁或近似哲学的冥想；他们倾向艺术，但艺术的天地也是随着感情的天地不够宽广。从戴望舒、卞之琳到后来的王辛笛、抗约赫（曹辛之）、穆旦、杜运燮、唐祈、唐湜、袁可嘉、陈敬容、郑敏等，大抵如此。当然，他们并不可能完全一样，就是公开打出旗号的伙伴，"新月"的闻一多与徐志摩在为人与为诗上，也还有很大的差别，一个有才能的诗人的作品，在风格统一的前提下，同样需要艺术上的多样。何况不同时期的不同的人呢。若是这样看，就可以见到舒婷的这条诗路上，是早有先行者的。她不是无源的水，从云雾中"崛起"。她在练笔时，就得到蔡其矫同志的具体帮助，她的《致橡树》在一个非正式的刊物油印出现，艾青同志就给予肯定，《诗刊》予以转载。今日她成为孙绍振眼中"代表着我们的未来""像是横越我们头顶的桥梁"的人物，若要失去大家在思想和艺术上的帮助，也不可能健康成长。从女诗人陈敬容、郑敏之后，由于我们都熟悉的情况，中间整整有三十年没有她们这样的诗人与作品露过面。舒婷和她作品在这时能出现，不是靠她"冲击"而来，而是我们的政策在文艺上能够正常地百花齐放，舒婷的诗也就开花了。若谁幻想把自己的美学观作为"我们的未来"而赐封舒婷为新诗皇后，实际上搞自己的一花独放，那就只有陷于历史的倒退。

舒婷的诗的问题，是个很复杂的社会现象与艺术现象，应有专文来谈，但要谈孙绍振的论点无法不提舒婷。必须说明，孙绍振为了取己所需，首先就不公正地对待了舒婷。提出她为"不屑表现自我感情世界"之外的世界的头面人物时，不提她在七五年写的《春夜》中所说的"几时你不再画地自狱，以便同世界一样丰富宽广"的诗句，不提她在七五年写的《秋夜送友》中讲过"因为我们对生活想得太多，我的心呵，我的心呵才时时这么沉重！"。尽管这种情感表现得太微弱，我们也应该与她共勉，都不要陷入"画地自狱"的境地。

这三十年，新诗是有成绩的，谁也否认不了，毋庸讳言，当中问题也不少。庸俗社会学的影响，就是在十七年中，也使该在这个时代产生的史诗没能产生。十年"文革"，帮诗学把中外古今的各种怪论都结合起来发展到登峰造极的地步。除了思想上造神、艺术上公式化概念化的东西外，那是没有诗的时期。是人民自己首先以《天安门诗抄》突破了帮诗的统治，随着，李瑛的《一月的哀思》、柯岩的《周总理，你在哪里？》、艾青的《在浪尖上》、贺敬之的《八一之歌》以及邵燕祥、蔡其矫、张志民等等许多新老诗人的新作源源而至，给我们人民带来了一个诗歌的春天。这时，有些诗对帮诗学的影响还摆脱得不彻底，还有这样或那样的缺点，但是，这是"五四"后新诗的一次复兴，讲"崛起"，这才是新诗真正的崛起。而诗的解放是随着我们人民的第二次解放而解放，决非天上飞下几位天使以"崛起"拯救了新诗。这一诗史，是篡改不了的。

孙绍振同志"崛起"的美学原则是："不屑于做时代精神的号筒"；"不属于表现自我感情以外的丰功伟绩"；"回避……我们习惯了的人物的经历、英勇的斗争和忘我的劳动场景"；"不是直接去赞美生活，而是追求生活溶解在心灵的秘密"。

首先，我想起孙绍振自己写的诗句："面对父辈的业绩，能不扪心自问：七十年代，你怎样把英雄的道路延伸？"诗，不敢恭维，思想上的追求，却不难解答。舒婷的《祖国呵，我亲爱的祖国！》

> 我是你簇新的理想，
>
> 刚从神话的蛛网下挣脱；
>
> 我是你雪被下，古莲的胚芽；
>
> 我是你挂着你眼泪的笑涡，
>
> 我是新刷出的雪白的起跑线；
>
> 是绯红的黎明
>
> 　　正在喷薄；
>
> ——祖国呵！

孙绍振同志称赞上面这些诗"想象大胆到把客观世界的精粹细节直接变成了自我形象的组成部分"，却忘了这种艺术现象不单是由艺术手法形成的，是和作者的感情和时代融合而相连的。这首诗，在舒婷的作品中更易为人接受、称道，也是因为比起作者其他作品，在这首诗里作者的艺术随思想跨出了自我的天地一步。

是的，我们不应该强求一个作家写他不熟悉的生活、题材，甚至以行政命令叫人写某个斗争、某个英雄。但是，贺敬之同志能写、想写，写出了人所称道的《雷锋之歌》，塑造了英雄的光辉形象，是否就触犯了"崛起"的美学原则，该放逐敬之同志出"崛起"的诗国？须知，我们国家，我们民族的光荣历史，正是人民的英雄故事合成的。有的英雄主题被人写失败了，并不能因此诅咒英雄的主题是诗园的瘟疫。失败的诸多原因中，主要的怕还是诗人对英雄不熟悉不了解所造成。

诗的多样，是人生的多样决定的。一听这"不屑"写，那"不屑"写，我就想起"题材决定论"只能写这，只能写那的调子。不论各自用的什么语言，耍的什么花招，对作家来说，都是在题材上为我们设置禁区，都是捆住手脚的绳索。

文学史上的许多事实告诉我们：重要的不是写什么，而是怎么写的问题。梁山泊的好汉，既可以写成《水浒》中的农民起义英雄，也可以写成《荡寇志》中的土匪。就是莎士比亚的《奥赛罗》，不同的演员在舞台上既可以把他解释为嫉妒的典型，也有演成种族歧视的受害者的悲剧人物。

作家由于生活经历、艺术修养和趣味以及诗的气质的不同，确实有个善写什么，不善写什么，想写什么和不想写什么的问题，这和从美学原则上叫人"不屑"写这"不屑"写那是两码事，前者是有路，作家行使他们选择权的问题，后者是断路，你想走也不让你走的问题。何况，这"不屑"的几个方面，是我们这个制度下的生活主要面，它与亿万人的理想、前途、友谊、爱情、个人的沉浮、家庭的哀乐相关，诗中的"自我"能离开直接关联个人命运的生活而成诗么？舒婷的《流水线》不也是写劳动么？孙绍振为什么又不提呢？

将孙绍振"既然是人创造了社会，就不应该以社会的利益否定个人的利益，既然是人创造了社会的精神文明，就不应该把社会的（时代的）精神作为个人的精神的敌对力量"的美学原则，和"不是直接赞美生活，而是追求生活溶解在心灵中的秘密"的两项"崛起"原则放在一起看，这玄乎的美学，对任何一个在这块土壤生长的人，也就不玄乎了。

我们生活中，确实有许多矛盾，有很多问题，过去的错误路线留下的后遗症，撂下一些要我们收拾的烂摊子。骆耕野的《不满》写道"不满像舰队告别港湾的头一阵笛鸣哟，不满像雄鸡向往黎明的第一声啼唤"之后，又说："我是规划，锁在保险柜里多么窒闷，我要走下蓝图，我要和新兴的工地团圆；我是革新，躺在功劳簿上多么可耻，我要摸索新路，我要攀登纪录的峰巅，我是政策，我不满蹒蹰的'伯乐'，为什么不立刻启用朝野的遗贤？！我是创造，我不满夜郎自大，快为我大开与世隔绝的门闩……"人们读了这样的诗，认为诗人说出了自己心里的话，想奋发图强，强烈要求落实政策，改变落后面貌。这和"不该把社会的（时代的）精神作为个人的精神的敌对力量……"的原则是绝然不同的。在目前国家遇到困难，前进遇到阻力时，个人与集体的关系没处理好，挫伤了个人的积极性是不对的，但把个人摆在社会、时代的对立面，以自我为中心，那到底是谁要跟谁"敌对"？这是美学原则，还是政治宣言？对个人的正当权益、尊严的损害的力量，应该毫不留情地反击；但是在保卫自己的权利时，任何人在任何时代、任何社会，也都有对社会不容推卸的义务。诗人写诗，更不容置诗人的责任于不顾，否则，诗中的"自我"也就失去任何美学价值。孙绍振在特别强调抒情诗中的"自我"作用，又把美学归纳为这些原则时，恰恰这也是他"不屑"提及的。

写诗的人都知道，不从自我出发是写不出真诗的。"自我"一旦成诗来表现，就无法不让它表现出自己的倾向性与社会意义。国际上现代著名的智利诗人巴勃罗·聂鲁达，在西班牙战争时期，他在《我作些解释》中，当人们问到他过去写的罂粟、丁香、细雨、鸟语到哪里去了，为什么要直骂卖国贼，写"连豺狼都不容的豺狼，荆棘都唾弃的石头，毒蛇都憎恨的毒蛇"时，他答道："你们来看街上的鲜血，来看鲜血在街上流淌！"这一"解释"，不仅是聂鲁达对自己的解释，也可以看作对诗中的"自我"的倾向性、美学原则的解释。诗中的"自我"是不可能离开客观的、物质的世界而在真空中现出诗的个性。任何人要与这世界活鲜鲜的生活隔绝，怕只能是"画地自狱"。任何一位诗人，在"不屑"表现自我世界以外的生活，又陶醉于"溶解在心灵的秘密"时，这个"自我"不只能是主观唯心的自我扩张与自我欣赏么？

孙绍振在论舒婷时说："难道我们因为她不是号手而否认她的作品是诗吗？"我也不禁想反问："除了舒婷式的作品，你是否承认还有诗呢？"知情者都知道：许多同志帮助舒婷的写作所付出的精力，比一味捧杀的"爱护"有意义得多。否认舒婷的作品是诗，可以说是无知，有人不喜欢她诗的格调，提点意见，是正常的，有的意见也是对的，这些意见的存在并不等于否定了她的作品是诗。反过来，是否不符合"崛起"美学的、非舒婷式的诗就不是诗呢？

我并不认为艺术中的生活只能实写，根据题材与艺术处理上的需要，诗人也可以写"溶解在心灵中的秘密"。但是，是否热爱生活、赞美生活却是决定一个人是否是诗人的基本条件。若不是作为写作上艺术处理的具体问题，而奉行"不去直接赞美生活"的原则指导写作，也就不必写了。生活，人民，永远是支唱不完的歌。就是天昏地暗，生活依然值得歌唱。屈原既知"路漫漫其修远兮"，还是要"吾将上下而求索"；艾青的"为什么我的眼里常含泪水，因为我对这土地爱得深沉"的诗句，为什么一读难忘？"洒洒祭雄杰，扬眉剑出鞘"，不也是对有幸活在今日而又不幸遇过浩劫的人的赞歌？就是写山水风景，"情样的深哟梦样的美，桂林的山来桂林的水"也是诗人贺敬之毫不掩饰自己赞美生活的热情，诗才有了生命。拜伦的《唐璜》不是把生活溶解成心灵的秘密，倒是把生活剥开来，摊出来给人看，从宫廷到街巷，通过各种人物的活动，剖析了那个社会。这些诗显然不符合"崛起"的美学原则，但它却自有不能否认的美学价值。章益德同志这样写戈壁的风：

> ……从浓黄浊重的飞沙中，临摹它的肌色；
>
> 从纷乱披垂的枝条中，描绘它的乱发；
>
> 从轰然飞逝的沙雾中，勾勒它的背影；
>
> 从狰狞怪谲的乱云中，想象它的脸相。
>
> 从急旋的冲天沙柱中，
>
> 勾勒出它自天垂落的袖管；
>
> 从遮天蔽云的尘雾中，
>
> 速写下它拂天而过的大氅。

只写"溶解在心灵中的秘密"，能让读者这么真切地看到戈壁上的风么？"崛起"的美学在此该用什么对付？

从这里来看所谓的"自我"与"心灵中的秘密"，就知道所谓"崛起"说无非就是让人躲进不见人间烟火的、主观唯心的"自我"的甲胄里，去溶解心灵的秘密。不论"深入"到离世的沼底，还是"崛起"到诗的天国，不论以"左"得可爱的面孔，还是以右得出奇的手法，都是把新诗赶进到没有生活的

朦胧诗研究资料

空气的主观唯心的天地，叫她在那里窒息而死。

　　新诗有条大道，生活本身就是条大道，拒人民的生活与斗争于新诗之外，要新诗为人民、为社会主义服务就是一句空话。当艺术上只有一种"崛起"的新诗时，它也就当仁不让地取代了人民所要的百花齐放！这是和社会主义的美学和现行的、给诗人以广阔天地的文艺政策背道而驰的。

一九八一年四月六日

原载《文艺报》1981年第10期

时代的进步与现代诗

吴思敬

在二十世纪八十年代的中国，一股现代诗的潮流，正在冲击着诗坛。

面对这股潮流，大声叫好者有之，困惑不解者有之，激烈反对者亦有之。

因此，阐明时代的进步与现代诗的关系，以澄清种种误解，在当前就很有必要了。

现代诗是诗歌现代化的产物。诗歌现代化则是就新诗的发展趋势而言的，它意味着对我国传统诗歌包括在苏联美学理论影响下出现的某些定型的新诗的突破，意味着对古今中外诗歌珍品包括现代流派诗歌的借鉴，意味着艺术个性艺术风格的多样化和创作方法艺术流派的多元化，意味着以现代化的艺术语言反映现代中国社会的时代精神，反映现代中国社会的生活节奏，反映现代中国人的思想风貌和心理情绪。

大概现代诗或诗歌现代化的提法中有"现代"二字吧，有些人往往把它与西方的现代派等同起来，视同洪水猛兽，连连摇头。其实，这里面有很大的误会。过去虽无诗歌现代化一说，但仔细考察一下，尽管具体含义不一，其实每个时代都有每个时代的"现代化"。对汉魏以来的五言古体诗说，唐朝的近体诗是"现代化"，对西方十九世纪的浪漫主义诗歌说，象征派的兴起是"现代化"；对我国的古代诗歌说，新诗的出现是"现代化"。新诗本身是现代化的产物，而今天随着时代的进步，它又需要进一步的现代化。郭沫若早在新诗诞生的初期就曾说过："古人用他们的言辞表示他们的情怀，已成为古诗，今人用我们的言辞表示我们的生趣，便是新诗。再隔些年代，更会有新新诗出现了。"（《论诗三札》）诗歌现代化的提法反映了诗歌要随时代的进步而不断变化的规律，它所要建立的现代诗就正是郭老所预言的那种"新新诗"。

马克思主义认为："文学、艺术等的发展是以经济发展为基础的。"（恩格斯：《致符·博尔吉乌斯》）任何时代的诗歌归根结底是这一时代社会生活的反映，是受这一时代生产力发展水平所制约的。

当前世界社会生产力的发展是有目共睹的。以电子技术为中心的世界工业革命，带来了现代科学技术的迅猛发展。蛋白质可以由人工合成，婴儿可以在试管中诞生，人类开始飞出地球，电子计算机能够作诗谱曲……总之，社会运动的节奏，比起小农经济时代的"日出而作，日入而息"不知快了多少倍，陶渊明所赞叹的"暧暧远人村，依依墟里烟"的田园时代已经一去不复返了。可以毫不夸张地说，近二十年科学技术划时代的发展是真正震撼世界的革命力量，它必将推动包括文学艺术在内的整个意识形态的大发展、大变化。

生产力和科学技术的迅猛发展，引起了人们思维能力的变化。人类的思维要依赖特殊的物质——大脑，又要以对这个世界的了解，即各种客观事物的信息为基础。离开感性的知觉和表象，思维就没有内容，但又不能把思维只归结为感性的表象和映象，因为它还具有抽象活动的能力，能借助科学的概念概括各种感性材料形成某种认识。由于工业化电子化时代生活节奏的加快，由于交通通信工具的高度发达，世界上国与国、地区与地区之间空间距离的相对缩小，人们收到的各种客观事物的信息成千成万倍地增长，人们思维的深度和广度以及抽象活动的能力都是过去的时代根本不能比拟的。对艺术家来说，艺术的联想本来就是天马行空、飘忽不定的。社会越前进、文化越发达，这种联想的频率就越快，联想的内容也就越丰富，而且还往往借用事物之间偶然的相似关系，从这一概念飞跃到另一概念，有时甚至把表面看来风马牛不相及的概念组合到一起，产生出现实生活中所没有的、新颖奇异或似是而非的物象。正像法国哲学家李博指出的那样："这种不稳定的、波动的、式样繁复的方法——能造成一些最意想不到的、最新颖的组合。"（《论创造性的想象》）既然这种不同概念的快速组合在现代人的思维活动中越来越司空见惯，那么某些诗人为了捕捉微妙的感觉，为了表达主观的情绪，尝试运用抽象变形、意象暗示、隐喻通感、省略跳跃等艺术手法，不是用具体物象、不是用直射，而是用心灵感觉、用曲折暗示的方法来反映客观现实，不也就十分自然了吗？

生产力和科学技术的发达，以及随之而来的人们思维能力的变化，不断推动着新的艺术形式与艺术流派的出现。铜版画是在化学上发现了酸对铜的腐蚀能力后出现的，印象派则是建立在光学上对色谱分析的基础上的。到了现代，随着科学技术的发展，艺术更是受到了严重的挑战。面对着彩色胶卷、立体摄影的冲击，艺术家再也不能停留在仅只是逼真地摹写客观事物的具象了，而是打破了传统的透视关系，集中表现自己对客观事物的独特感受。他们在光线、颜色和构图上做出种种探索，画面趋向单纯化，有时甚至出现了一些过于简略的不能充分表现具体物象的符号。生产力和科学技术的发展，抽象思维的发达，造就了一批有独创精神的现代艺术家，同时也造就了一批能欣赏现代艺术的观众。

粉碎"四人帮"，特别是党的三中全会以来，我国的文学艺术在进行着思想内容上的探索的同时，也在进行艺术语言的革新。例如：青年画家的"星星美展"，以大胆的变形表现强烈的情绪，一新观众眼目；青年雕刻家王克平受法国"荒诞派戏剧"的启示，创作了自己的"荒诞木雕"，"意识流"在电影、小说中的运用，使艺术触角深入到了人的心理感觉的内层；《屋外有热流》等话剧则冲破了时间和空间的限制，在戏剧舞台上开了新生面。这说明，随着时代的前进，各个艺术领域都在变化，都在面临着一个艺术语言的现代化问题。诗歌现代化不过是整个艺术领域现代化的较为敏感的一翼而已。

如前所述，诗歌现代化所要建立的中国现代诗就是郭老所预言的"新新诗"。这种现代诗当然要继承传统，但也有别于传统。同传统的诗歌比，它将更侧重内心世界的开掘。自从亚里士多德以来，模仿说对传统艺术有着根深蒂固的影响。但是，随着社会历史的发展，人们的精神世界已越来越丰富复杂，人们的内心生活在整个生活中的位置越来越重要。在这种情况下，艺术家们往往不再满足于更多地对外界事物的模仿，而致力于人的内心世界的开拓。宗白华教授在最近的一篇谈美学的文章里，引用一位西方美学家的话说：现代的一切艺术都趋向于音乐。这是颇有道理的。在所有的艺术形式中，可以说音乐是最不善于模拟客观事物的具象，而最善于直接抒发作者的内心感受了。现代艺术尽管异态纷呈，甚至彼此互相抵牾、互相反对，然而却有个共同倾向，那就是：不是着重表现外部世界，而是着重表现内心世界。面向世界与面向内心，表面上相反，而实质是统一的。因为内心世界不管多么错综多变、光怪陆离，归根结底是客观现实的反映。

向内心开掘的特点决定了现代诗要使用不同于传统诗歌的艺术语言。某些现代诗人处在疾驰的现代生活的旋涡之中，在这异化的世界上，他们总是心潮难平，想摆脱因袭的桎梏，所以他们往往从物象的常态中颖脱而出，从心所欲地表现自己的内心。他们从现实中感觉到的东西，不再按自然状态重现，而是把它们打破、敲碎、切细，经过头脑的自由组合，形成一幅理想的画面。这种自由组合"有赖于两个基础。有时它依靠知觉所提供的不确切的相似：例如云变成山，山变成怪异的动物，风声变成哀怨之声，等等。有时则是感情的相似占主导：知觉中的事物激发起某种感情，转而成为这种感情的标记、象征或可塑之形象：如雄狮代表勇敢、猫代表狡猾、丝桐代表悲哀等等。无疑这一切都是谬误的、主观臆造的，然而想象的作用就在于创造而不在于认识"（李博：《论创造性的想象》）。这里说的"想象的作用在于创造而不在于认识"这句话，可以作为我们了解现代诗的艺术语言的一把钥匙。在现代诗中，诗人按自己的意志塑造了一个具有艺术真实的世界，它不同于客观世界的常态，又同客观世界相呼应。如果我们把客观世界比成山上的岩石，那么现代诗好比用开出的石方构成的建筑，如果把客观世界比成树根，那么现代诗就好比树冠。石方构成的建筑不同于岩石，树冠也不同于树根，然而石方来源于岩石，树冠来源于树根。现代诗由于同传统诗有不同的面貌，读惯了传统诗歌的人可能会觉得它"古怪"，实际呢，现代诗为诗人艺术想象的驰骋提供了广阔的天地，透过"古怪"的外表，我们能感觉到诗人神经的震颤，思绪的搅动，能更清楚地看到诗人那颗不断求索的真诚的心。

随着时代的变化，艺术语言总要不断变化、不断出新。但是新的艺术语言的出现不等于是对旧的艺术语言的完全否定。新、旧之间往往有着内在的联系。抽象、变形、象征等现代艺术的常用手法，其实既不古怪，也不神秘，在艺术发展史上，它们早就出现了。古代铸鼎上的云纹不是从云彩中抽象出来的吗？国画的写意不是一种变形？金字塔的造型不是一种象征吗？实际上抽象与具象、写实与变形、直说与象征往往是互相交叉、互相补充、互相转化的，谈不上哪种是高级、哪种是低级。诗人只要有表达内心的激情，创造新的意境的需要，恰当地选用就是了。现代诗为了满足读者的多种美感享受，必将通过各种途径丰富自己的艺术语言。古典诗词、民歌、六十年来的新诗、外国的现实主义、浪漫主义以及各种现代流派诗歌的表现手段，只要还有生命力，就一律拿来，为我所用。认识世界、表现世界可以有多种方法：可以忠实地摹写自然，让自然以其本来面目感染读者；也可以打破客观世界的常态，通过诗人的自由想象和组合，创造一种理想的境界。美是丰富多彩的，通向美感的道路也不只一条，为什么非得堵死一条不可呢？

诗歌现代化是不是要割断传统，否定传统？不是。传统是客观存在，是谁也割不断，谁也否定不了的。没有"五四"以来的新诗，就没有今天的"新新诗"或"现代诗"，没有先辈也就没有今天的我们。在诗歌现代化的进程中，无疑要尽力吸收传统中有生命力的东西。不过我们不应把传统看成僵死不变的，更不应让它成为包袱压得我们透不过气来。传统的长河要有源源不绝的活水流入，才不会枯竭和凝固。每个原理都有它出现的世纪。任何艺术，不管它在历史上曾放出何等光彩，都有个"老化"问题。任何艺术大师、任何艺术高峰都是时代的产物。跨越时代的艺术楷模是不存在的。当前诗歌领域出现的新情况、新变化、新问题，在我国传统的文论诗论中，在长期以来在我国流行的苏联美学理论中找不到现成的答案。别林斯基说得好："我们的理想不在过去，却在将来，以现实为根据。只许前进，不能后退，不管过去有什么东西吸引我们，它总是一去不复返了。"（季莫菲耶夫主编：《俄罗斯古典作家论》上卷）英国诗人杨格也说："在遵照自然和健全的理性范围内，尽管大胆和古典作家分庭抗礼，愈和他们相异，愈能和他们达到同等的优越成就。"（《论独创性的写作》）我们承认传统、尊重传统，然而我们却要不断地打破传统，特别是在社会生产力发生巨大变化，文学面临重要的突破和变革的时候，我们首先要强调打破，强调同古典作家分庭抗礼。就拿传统的创作方法和艺术流派来说，它们总有个发生、发展、衰落、消亡的过程。旧的创作方法、艺术流派的衰亡过程中，新的创作方法、艺术流派便会应运而生了。对任何一种创作方法、艺术流派我们都不能喊万岁，包括现实主义在内。有人断言：不论是过去，今天，或是明天，现实主义都是主流。这里对明天的断言未免绝对了些。从我国诗坛看，现实主义过去是主流，今天是主流，今后相当长一段时间内还可能是主流，但从长远看，它也会老化，也会衰亡，也会被新的创作方法和艺术流派（不限于一种）所代替。而那种新的创作方法和艺术流派也不是永恒的，又会被更新的所代替。正是在这种生生不已的不断否定、不断交替中，艺术才得以发展和进步。

诗歌现代化会不会化到西方现代派去？不会。当然，在诗歌现代化的过程中，诗人在观察生活、提炼诗意时，可能会与西方现代派"心有灵犀一点通"，有某些不谋而合之处，有时也会吸收西方现代派的某些手法，这是不可避免的，也是人类共同的思维规律使之然。然而从总的方面看，西方现代派与我国诗歌有不同的文化传统、不同的历史背景、不同的民族心理、不同的哲学基础。西方现代派出现在垄断资本主义形成的时代，是在高度发达的物质文明和人在资本主义制度下极度的精神苦闷的产物。现代派文学同传统文学相比，不仅仅是艺术语言的改变，从根本上说，更是对人、对世界的基本看法的变化。现代派否定一切传统观念，不承认有科学真理，不承认人的存在价值，不认为人能够认识世界、掌握世界、掌握自己的命运。他们的宇宙观、艺术观与我们全然不同。对西方现代派我们必须坚持实事求是的科学态度，既不能胡吹乱捧、全部吸收，也不能盲目排斥、一笔否定。他们的虚无主义思想、悲观失望的情绪、颓废变态的心理、先验的唯心主义哲学等等，是我们所不取的。但是这并不妨碍我们吸取他们哲学思想的合理因素以及新鲜而有生命力的表现手段来为我所用。他们所提出的心理现实主义以及思想知觉化、意象叠加、自由联想、多层次结构等手法，对于丰富我国诗歌的表现手段，颇有参考价值。正如墨西哥著名壁画家大卫·西盖罗斯在一九五六年访华时所说："野兽主义的色彩，立体主义的形，表现主义的感情，未来主义的运动，超现实主义的想象，都应该成为创造现实主义艺术的组成因素。"在三十年代，西方的有些进步作家在思想倾向和艺术观上同现代派很不一致，但却采用了现代派的某些写作技巧，到今天，现代派对现实主义及其他流派的渗透和影响就更大了，然而现实主义等流派还是在独立地、健康地发展着。可见吸收了现代派的某些特长，不会变成现代派，正像人吃了牛羊肉不会变成牛羊一样。那种认为中国诗歌的现代化必然会导致西方现代派的复制与翻版是没有道理的。到目前为止，我们看到的较有影响的勇于探索的青年诗人，尽管存在着这样或那样不足和弊病，但还没有一个是原封不动地专把西方某一现代流派照搬过来的。就以外国的影响而论，他们身上既有拜伦、雪莱等浪漫派诗人的影响，又有庞德、艾略特等意象派诗人的影响，更有马雅可夫斯基、聂鲁达等革命诗人的影响。他们不是亦步亦趋地步西方现代派的后尘，也不是钻进了与世隔绝的艺术之宫进行纯形式的探讨，而是力求从博采众长中建立自己的风格，为建立中国的现代诗而作出的努力，应予肯定。

最后说明一下，诗歌现代化所要建立的这种"新新诗"或现代诗，只不过是诗歌百花园中的一丛，它只要求给它以生存和发展的条件，而丝毫没有排斥其他品种之意。在今后的诗坛上，希望现代诗与各种风格各种流派的新诗，包括民歌、旧体诗词，都能够自由开放，争奇斗艳，让读者去决定弃取，让时间来作出结论。

原载《诗探索》1981年第2期

"朦胧诗"与"一代人"

——兼与艾青同志商榷

读了艾青同志《从"朦胧诗"谈起》一文（见一九八一年五月十二日《文汇报》），有几点想法，现谈出来与艾青同志商榷，并就正于广大读者。

也从"朦胧诗"谈起

中外文学发展的历史证明，任何一种艺术思潮和流派的产生，都有其时代特征、思想渊源和美学基础，表面上看起来是几个作家、诗人标新立异的文学现象，从社会与文学发展的长河来看，却总是"应运而生"的。

浪漫主义作为一种思潮兴起，是由于资产阶级革命的进一步深化。为了冲破封建残余的束缚，以直抒诗人胸臆为特征，歌颂理想，歌颂自然风光，歌颂普通人性美的浪漫主义，终于取代了古典主义的正统地位。

现代派文学的产生，同样有其时代特征。十九世纪末二十世纪初，人们感到：浪漫主义的豪放激昂和后期现实主义对具体生活的描摹，已经不能真实地反映人们社会心理的本来面目，于是，以"强调用具体的形象直接表现复杂矛盾的内心生活"的现代主义第一大流派"象征派"，才风靡于当时的欧美诗坛。

由此可见，一种文学思潮与流派的兴趣，总是首先形成了一种观念，这种观念，好比一颗种子，只有社会给了它萌发与生长所必需的阳光水分和土壤，它才有可能长成一株植物。这里，周围的人们对这种艺术观念的补充、完善和发展是相当重要的，没有这种补充和发展，就不会形成一种有社会意义的艺术流派；而这样一种思潮和流派一经形成，则正说明了一种反映相当一部分人思想感情的新的时代精神也已经形成。

既然所谓"朦胧诗"已经在我国诗坛产生深刻的影响，那么我们要研究这个文学现象，就应该从分析它的时代特征、思想渊源和美学基础入手，如果抛开这些具体的客观条件，势必会导致形而上学的分析方法。

这些作品的作者们都属于现在的青年一代。这一代人生长在社会主义的新中国，对党和祖国有着真挚的赤子之爱。他们从小受到的都是革命理想和革命传统的教育，因此，他们坚信前途是美好又美好，平坦又平坦的。在"文革"初期，他们响应"号召"，怀着一腔正义参加运动，并做了不少幼稚、愚蠢的事情。然而他们终于认识到，自己被一伙野心家们利用了。受人欺骗之后，当然是痛苦的，他们开始苦闷，犹豫，在沉沦与进取的道路中间徘徊；少数人在生活的中流里像泥沙一样沉没了，但是越来越多的人，却相继扬起了思考与求索的风帆。作为思索的一代，他们新的思想无疑要表现、要抒写，他们终于寻找到了一种适合予他们自己的新的抒情方式，于是，我们开始越来越多地见到这种风格的诗句："黑夜给了我黑色的眼睛，我却用它寻找光明。""狂风掠去梦中的财富，却留给我一笔思考的遗产。"他们认识到，"十年文革"，实际上是"以太阳的名义，黑暗在公开掠夺"，他们有这样的决心，"为开拓心灵的处女地，走入禁区，也许——就在那里牺牲，留下歪歪斜斜的脚印，给后来者签署通行证"。这些诗歌，与"文革"前和"文革"期间的作品风格，显然是全然不同的，但它们孕育于我国的社会生活之中，出自我国诗人之手，用的是汉语的思维方法与表达方式，它们不属于我们民族，又属于谁呢？如果说，它们与外国某一诗歌流派有某些相似，或受了它们的某些影响，那只能说明，它们产生的客观条件有某种相似之处，完全是"不期而遇"。因此应当说，既然已经涌现了一大批乐于用这种风格进行创作的诗人，既然有相当一部分读者对这些作品抱有浓厚的兴趣，既然这些作品得到了不少评论家的推荐，就充分说明，作为一种诗歌流派，这些诗人和他们的作品的存在和发展是完全合理的。

然而，艾青同志的文章，却只是简单地罗列了几条这些作品在表现手法上的个别特点，把它们抽象出来，然后就利用反对派的现成言辞——以一种与其完全不同的艺术价值尺度加以衡量，断言这些诗是"畸形的、怪胎、毛孩子"：根本没有考察这一诗歌流派产生的时代原因和美学基础，就宣告这是

"西方的恶魔侵入了中国诗坛"。甚至仅以一首六行小诗，就来囊括整个这一文学现象；以一小段评论文字，就来否定所有与自己艺术见解不同的评论文章。这种弃其主体内容于不顾，攻其一点不及其余的评论方法，难道能够得出正确的结论吗？

关于诗歌中的"自我"

长话短说。

先让我们来看这首诗：

> 一棵树，一棵树
>
> 彼此孤离地兀立着
>
> 风与空气
>
> 告诉着它们的距离

这是艾青同志的作品《树》。可能有的同志会以为这是一首"朦胧诗"，不错，这首诗与当前青年诗人的一些作品是属同种风格的。

那我们是否可以这样发问：空气、风、树木都是无生命的，风和空气怎么会告诉树之间的距离呢？树之间，又怎么会感到"彼此孤离"呢？——略有艺术审美经验的人都不会提出这样的问题。这是因为，艺术创作过程本身，是诗人充分发挥自己的审美感受能力，进行创造性想象的过程。我们知道，每一种审美规范都具有主观和客观两个方面，而美感之产生，也总是来自于主体与客体之间的关系，因此，艺术美感的性质，决不属于纯粹客体的性质，而是二者的结合，其中，诗人的主观因素又是起主要和决定性作用的。从李贺的"昆山玉碎凤凰叫，芙蓉泣露香兰笑"、杜甫的"感时花溅泪，恨别鸟惊心"等名句中，我们都可以看到诗人主体的决定作用：凤凰叫、香兰笑、花溅泪、鸟惊心等等，都不是凤凰、香兰和花鸟这些客体本身的特性，而是诗人的一种主观活动，是诗人为了表达自己的主观心境，对这些客体所取的一种态度，即：把没有思想感情的客观对象人格化，像对待人一样，注视它们，观察它们，解释它们。因此，客体事物经过诗人的艺术创作过程，进入诗的艺术之中，已不再是原有的，纯客观的事物了，而成了包含着诗人的主观感受，表现诗人主观寄托的"媒介"。那么这是不是像艾青同志指责的那样"以'我'作为创作的中心"呢？回答可以是完全肯定的，因为没有诗人，根本就不会有诗歌产生；如果艺术创作的过程不是以诗人为中心，那对《树》中的诗句该如何解释？

值得指出的是，这种艺术创作中，诗人们"自我"的主观决定作用，与政治上的所谓"个人至上""个人高于一切""资产阶级个人主义"等概念，完全是风马牛不相及的，轻率地把它们等同起来是荒唐可笑的，也是不科学的。

当然，作为一个诗人，他既有社会性的一面，又是有自己独特个性的"这一个"，他既可以写自己对整个社会生活的感受，也可以写自己个人的友谊、爱情、欢乐、忧伤。就像舒婷既写《祖国呵，我亲爱的祖国》《暴风过去之后》，也写《致橡树》《秋夜送友》，顾城既写《一代人》《红卫兵之墓》，也写《别》《感觉》一样。艾青同志不是也既写了《在浪尖上》这样有较大社会容量的作品，也写了《赠女雕塑家张德蒂》这样纯粹是个人友谊的作品吗？白朗宁夫人著名的十四行诗和李商隐脍炙人口的无题诗，写的都是个人的情思，难道可以说他们是"手拿一面镜子只照自己"，"排除了表现'自我'以外的东西，把'我'扩大到了遮掩整个世界"吗？

尽管诗人是按照"我"对生活的独特感受来描绘生活，但整个人类的情感却是惊人地相通的，因此如罗丹所说："对一个人非常真实的东西，对众人也非常真实。"当然，并非人的一切感受都可以作为审美感受，这一点，真正的艺术家、诗人，自有他们的审美尺度；而艾青同志文中提到的徐志摩的那几句诗，根本不属于我们当前的时代，在这一代青年人的作品中，也决看不到这种格调的"情诗"，因此，艾青同志在文章中列出此诗来，不知究竟要说明什么。

如何理解"看不懂"？

自从所谓"朦胧诗"闯入诗坛后，一些同志感到"看不懂"，现在艾青同志也这样认为：

"有的诗，看上多少遍也不懂，只能猜。""有些诗，连高级知识分子也看不懂，写给谁看呢？"

其实，一种新的诗歌流派刚一出现，由于从形式到内容都与传统的表现手法有很大不同，为一些读者所不能马上接受，这种现象在文学史上是常见的。因为对艺术作品的欣赏，需要读者主观心理的积极配合，而长期只欣赏一种艺术流派的作品，其美学规范，反映在人们的心理知觉上，无论是内容的选择，构思的角度，还是具体的表现技巧，都会逐渐形成某种整体上的欣赏习惯，接受一种固定的艺术方法时间愈久，这种欣赏习惯就跟着越固定，用一句大致近似这种情况的大白话来说，就是所谓"先入为主"。心理学上把这种现象叫作"定位期待反应"，并把它作为人的心理活动的普遍规律。这种"定位期待"是在多年习惯的基础上形成的。

多年来，传统的美学规范占统治地位，大家接触到的都是直观、具体、激情外露、不用深思、不需读者艺术再创作就可以懂得的作品，因此已对这种作品形成相当牢固的"定位期待"，这样，当一种与其迥然不同——不是直接表现激昂澎湃的情感，而是用一幅幅具体的图画，暗示、烘托、象征诗人内在的思想感情，这样一种全新的诗歌形式突然出现于读者面前时，一般的人在欣赏的心理知觉上，显然是不习惯的，显然要发生"不顺口""不舒服""读不懂"，甚至于气恼起来的情况。就以这次讨论中被提到的第一首"朦胧诗"《秋天》为例：

> 连鸽哨也发出成熟的音调，
>
> 过去了那阵雨喧闹的夏季。

这首诗表面在写大自然中的秋天，实际上却是在写经过"十年文革"这"阵雨喧闹的夏季"，我们今天的祖国。这首诗可以说并不难懂，但由于它不是直白地表露情感，而是在诗中还有一层象征的意义，因此对于已经形成固定的欣赏习惯的同志来说，仍会感到"不顺当""别扭"。

至于一部分从事于诗歌工作的同志，也不欣赏这些作品的现象，应该说是更容易理解的。因为这部分同志不但有上述那种共同的原因，而且他们本身就从事诗歌创作或理论工作，对诗歌的艺术规范有一套自己既定的观点，欣赏习惯也就比一般读者更为牢固。因此，评价诗歌作品时，会自觉不自觉地带有自己的艺术偏见。这种偏见是各方面的，包括对诗歌内容认识价值的判断和对艺术方式的审美感受。

是的，任何人都希望自己的作品能为同代的读者所理解，但是作为一个真正的艺术家、诗人，却决不会仅仅为了投合读者传统的欣赏习惯，而放弃真理，放弃自己应有的艺术追求。

艾青同志在文中还以"真理应该让大家能理解"来批评"朦胧诗"，然而他忘了：艺术作品，不是理论文章；人们感性的审美活动，也根本不同于理性的论证说理，它们有各自的认识规律。况且，即便是真理也并非人人都会理解，起码不会是所有的人都能够同时理解，这已为人们的常识所尽知。远的不说，就"实践是检验真理的唯一标准"这一马克思主义认识论的基本原理，在当年的思想解放运动中，不就为许多同志所不理解，以至于相当执着地反对过吗？

原载《文汇报》1981年6月13日

朦胧诗研究资料

在京部分诗人谈当前诗歌创作

高洪波　郭小林　整理

目前，诗坛上的论争颇为活跃，围绕着"朦胧诗"和与其有关的"美学原则"的问题，许多报刊发表文章，一批诗人、理论工作者踊跃介入，形成了一种可贵的争鸣气氛。最近，我们走访了在京的几位诗人，请他们就目前诗坛关心的问题，漫谈自己的意见。现辑录如下，以飨读者。

艾青的担心和忧虑

艾青不久前在《文汇报》上撰文，对一些青年作者中存在的故作艰深而其实空泛苍白的创作倾向，提出了批评。话题从这里谈起，他说：《文汇报》上的那篇《从"朦胧诗"谈起》，是根据我在北京图书馆的一次讲话整理的。发表之后，我收到了许多诗人热情的来信，都非常支持。

正面支持我的人很多，但有一批青年却集中火力攻我，想把我孤立起来，把李瑛、公刘、孙静轩拉过去。这些人的能量很大，贵州、福建、北京都有。有些人不明真理，跟着他们起哄。对我个人起哄没什么，我担心把诗坛搅得一团糟。"十年内乱"，使一些文学青年染上了不良风气，不客气地说，这是一些诗坛的"打砸抢"派。他们一面抄袭我的作品，一面又要把我送进"火葬场"。比如那首有名的诗"生活——网"，其实源自我的《火把》。原诗是："生活是一张空虚的网，张着要把我捕捉。"在世界上，再没有比否认一切更容易的事了。

诗，不是谜语，要让人看懂才行。我最近看到海外诗人在美国爱荷华参加"中国周末"的发言，很受启发。他们说，台湾诗坛被现代派统治了二十年，现代派对诗提出三点要求：

第一，强调"横的移植"。实际主张全盘西化、排斥民族精神与民族风格而盲目反传统。

第二，强调所谓"主智"的倾向。事实上要排斥诗的抒情本质，排斥健康的积极的浪漫主义精神，造成一种颓废的专作字句变化的文字游戏。

第三，强调"诗的纯粹性"。事实上要使诗人摒绝对社会的关怀、排斥现实主义的精神而进入一种所谓超现实的晦涩虚无状态。

现在台湾诗坛一些有识之士已经意识到这是走进了死胡同里，开始回到现实主义的道路上。我们的新时期诗歌，不能步人家后尘，走进现代派的死胡同里。

公刘强调现实主义

在北海公园附近的一个幽雅的小院里，记者访问了大病初愈的公刘。他开宗明义，首先表明了对当前诗歌界这场论争的看法。他说：我不想卷入这场混战。这次争论看来效果不好，不是填平"代沟"，而是加深展宽了这个鸿沟。争论的双方事先也没有想到结果会这样。这场争论至少是对整个诗歌事业的发展不利，对诗歌队伍的团结不利。希望能停止争吵，希望大家心平气和。

说到"朦胧诗"，我觉得"朦胧"这个概念的定义不够科学。朦胧有时是一种美，有时就不美，但作为一种规律讲就不行，把它当成原则就荒唐了。

"朦胧诗"作为一种流派应当允许存在，但我从未提倡过它。我还是主张现实主义的。我很赞成骆耕野、曲有源、王家新等青年诗人的探索。对朦胧派的观点，也不必急忙来围攻。年轻人写的"朦胧诗"也不能一概否定，其中也有可借鉴的，如创新精神，有新意，这些地方值得学习。我不是说这一代中就一定可以出莎士比亚、普希金，但两代诗人应当互相学习，年青人不要太狂，老年人也不要自以为是里程碑，不可超越。

我很想就"朦胧诗"的问题写一篇文章，但又怕卷入，拔不出腿来。我主要想针对顾城的诗，因为他近来发展了我所不赞成的倾向。我很失望。我写文章是为了帮助他。特别是他在诗中把长江比作"尸布"，怎么可以这样比喻？这是耻辱。中国人民吃长江黄河的奶长大的，谁见到长江黄河不以祖国山川的壮丽为荣呢？谁也没听说印度人诬蔑恒河，埃及人诬蔑尼罗河，连美国人还把密西西比河比作母亲的河呢。

我在《仙人掌》一书的后记里对"朦胧诗"发了言，谈了四个问题，所以今天就不多谈了。

历史的发展证明，现实主义必然是主流。"五四"以后的现代派在实践中碰了壁还是不得不回到现实主义上来。像戴望舒、闻一多早期搞唯美主义，最后仍回到现实主义的道路。现在有些诗写得太实，缺少想象。但是也有的诗写得太虚，以为那就是浪漫主义。其实，从抽象到抽象，从意念到意念，恐怕也不是浪漫主义。现在应当提倡正确的浪漫主义。过去和现在有些人这么搞都不是浪漫主义。将来会产生报应，就像过去搞新民歌运动有过的报应一样。其实，没有浪漫主义就没有诗。浪漫主义与现实主义并不矛盾，浪漫主义是理想，鼓舞人们向前。

关于诗坛的争论我还有一点意见，就是有些人文风不好，使人反感。有些人借谈诗吹捧自己的儿子，真是世风日下。旧社会也没有这种搞法。把自己说成是老一辈的代表，他儿子是新一辈的代表，说自己在儿子面前节节败退，谁让你代表了？我看了很生气。我从不认为有什么节节败退，至少应该是并肩作战么！这是教子无方，不是真正为他好。也有极个别的青年乱骂人，狂得不得了，以打倒别人来使自己出名，这非常不正派。这说明在一些年轻人头脑中，"文化大革命"的极"左"的流毒，还没肃清。

张志民认为对朦胧诗要宽容、疏导

正在病中的张志民一扯起诗歌问题，就侃侃而谈，他说：我认为"朦胧诗"这个概念不准确、命题不科学。这些年轻人刚开始写作，将来还会发展、变化。而且他们的作品不是都看不懂。在追求艺术表现和丰富的想象上，我看都值得写别的诗体的诗人学习。

当然，特殊的历史条件造成了一些青年的狂妄，但我们要宽容和疏导。许多现代青年一无所求，脑子一片空白，比起他们来，这些青年诗歌作者还是比较好的。总之，老诗人对年轻人幼稚的地方要给予谅解，年轻人对老诗人要尊重和信任。这样诗才能发展，才会出现适应时代的新的东西。

关于诗的主张，我这个人读书很杂，从不忌口。民歌、新诗、翻译诗，只要好的我就学习。我主张雅俗共赏。大凡历史上传诵的诗都是雅俗共赏的。有人认为大多数人喜欢就是"俗"的、低的。这看法不正确。别以为只有少数人才会吃"细点心"，老百姓只配啃窝头。我们的诗歌，要争取让大学教授和工人农民都喜欢看才好。但做到这点不容易，因为文学欣赏是一种精神活动，谁也无法强迫。

臧克家强调诗要有时代精神

臧克家这位身高体瘦的著名老诗人，因年迈有病，已居家读书，很少出门。记者去访问，他立即畅谈起来。

我对"朦胧诗"也不是一概反对，我能接受的有这样四种：

一、内容深奥，初看不容易明白，如闻一多的《死水》，就有多种解释。

二、由于读者自身生活经验不足，所以就会看不懂；其实是有内容的，等到生活经验够了就能看懂。

三、旧体诗词中也有些"朦胧诗"，主要是用典太多，如李商隐的《曲江》等诗。

四、为了避免惹乱子，故意写得朦胧。

但现在有些"朦胧诗"却是空虚的、颓废的，不少表现出一种个人的渺小的感情。我不赞成。

创作方法上我赞成多样。但无论诗、文艺作品，一定要有时代精神，要有思想性、人民性——过去说是同情人民，现在说是要站在党的立场上，要爱党、爱国、爱社会主义，鼓舞人民团结一致，全力以赴地奔向一个共同的目标。

在表现形式上，我还是坚持"五四"以来的现实主义传统，也不反对浪漫主义。浪漫主义也是以现实主义为基础的。

现在有些青年人太狂妄，否定一切，老子天下第一。我认为对青年要大胆培养，严格要求，否则不能进步。我要奉送青年四句话，是我在东北一个刊物上的题词："青年是宝藏，青年是黄金。宝藏要挖掘，黄金要熔炼。"有的青年人出了一本书就大谈创作经验，而茅盾到了晚年写文章，还"自悔少作"，像他这样才是伟大的谦虚。

我要强调生活。没有生活就没有作品，光凭灵感不行。还是要学习：向生活学习，向传统学习。我们现在的青年学习不够，有一种脱离生活和时代的倾向。还是要有反映时代的鼓舞和振奋民族精神的作品，而朦胧派那些颓废无聊的、让人看不懂的东西就是要反对。

现在要学习外国，这我不反对，但由于经过"文革"十年的封闭，很多青年一开放就放过了头。对外国的东西应有实事求是的态度，有的好，有的不好。"五四"时期凡有影响的作家，大都受过外国文学的影响，我们对他们的评价要适当，如对徐志摩、戴望舒的创作要区别前期和后期，不能一概而论。

还有，要反对文坛上的宗派主义，现在有些风气很不好，互相吹捧，批评不得。作家不能拉帮结派，作家首先应当是一个公民，其次才是作家。

田间说：让诗走到群众中去

我们来到著名老诗人、河北省文联名誉主席田间在北京的寓所，他把我们延至上房，自己顺手拿了一个小竹板凳坐下，他说：关于"朦胧诗"，我还摸不太准。不过我想，将来哪种形式能存在下去，恐怕不取决于任何诗人、任何评论家，而是由历史来决定。总的来说，还是要决定于内容，即世界观，对人生的认识。诗歌如果在思想上政治上提不高，别的就都谈不到。

我的诗歌主张：力求写得通俗一点，让诗走到群众当中去。要尽可能地让群众懂得，不能只让少数人看。这就是所谓大众化、民族化的问题。马雅可夫斯基说的"诗到广场上去"，就是让诗到群众中去，我是牢牢记住的。尽可能为群众所喜爱，当然不是要简单化。这里就有个写诗要不要深入生活，有个思想感情、世界观和群众的关系的问题。群众有很多东西我们不了解，需要我们去熟悉。

我希望诗是积极的，是引导人们前进的。也希望多样化，反对简单化。我写了近五十年诗，体裁多种多样。对一个诗人来说，也许某个时期某种形式是适合的，要允许诗人们探索，但大体应有一个固定的风格，不能随风转。有的人就是跟风转，一会儿这样，一会儿那样。孙绍振的理论我是反对的，他否认诗人应做时代精神的号角，哪一个大诗人不是时代的号角？号角有什么不好，只要不是空洞的，不是像列宁批评过的"政治的噪音"就行。其实，连"朦胧诗"也是号角，是他们那一群人的号角。

中国是诗的大国，应该有高质量的诗出现，六中全会已经开过了，希望能出现时代的强音。诗不能与时代分开。鲁迅批评过那种拔着自己的头发想离开地球的人，那是想脱离时代的人。在形式多样化的前提下，还是要为时代歌唱。还是要为人民服务、为社会主义服务。我们是革命文艺工作者，不能不注意这一点。"朦胧诗"能为人民服务吗？能为社会主义服务吗？社会主义要不要这个东西？诗如果只写给自己看，或只写给写诗的人看，那是远远不够的。文艺是有阶级性的，不能因为古代有"朦胧诗"，现在也就非有不可。

许多"朦胧诗"的作者可能对自身还很朦胧，这是理论上的混乱造成的。

最后，我认为要想更好地为时代歌唱，就必须熟悉生活、体验生活。这也是脑力劳动者和体力劳动者互相学习的问题。

阮章竞提出诗必须与人民息息相关

一个炎热的下午，阮章竞同志在寓所接待了我们，案头摆满了长篇小说《群山》的草稿。他风趣地说：

我在跟时间赛跑，如今是灯油熬尽燃灯芯子。我们这一代人，有责任把自己经历过的时代写出来，哪怕铸出几块铁坯、钢锭，让别人加工也行。

当前的诗作，我读的不多，没有什么发言权。总感到脱离生活、自我欣赏的诗太多。这些诗虽然有一定技巧和艺术表现力，但解决不了任何问题。对于一个诗人，世界上所有的事仿佛都与己无关，清高孤傲，超然于社会生活之外，那又何必把诗发表出来，又何必强加于人呢？！

无论如何，诗歌应引导人们向往光明、向往美好的事物，应能鼓舞斗志、鼓励人们参与开拓道路的工作，我不同意那种宣扬个人主义情绪和对社会不负责任的作品，因为它们客观上起到"精神污染"的作用。

"朦胧诗"是不足取的。但作为一种流派，或是写一点抒发个人隐晦情感的诗、要求表现自己的诗，也没什么了不起。在古今中外诗歌史上，都有让人一下子不理解的诗。过去我们要求太严，卡得太死。比如要求一片红色，就连桃红、粉红都不行，非得鲜红。就这个意义上说，写一点也未尝不可。但是把它们强调得不得了，仿佛过去的诗都不行，只有"朦胧诗"才是诗，这如果不是狂妄，便是无知，至少不知道历史的进程。

中国新诗的发展，经历过一个痛苦的阶段。我们这些最初不是以诗人，而是以战士的身份出现在诗坛的。当时写的诗，台上朗诵，战士们在台下笑，因为小知识分子味太浓了，人家以为诗人在发神经病。起初有的诗人埋怨群众不理解自己的艺术，文化水平低。其实文化低还不是社会造成的！如果我们的主张当时不能为群众所接受，如果没有老百姓的支持，战争就打不赢。

我坚信，不管有多少人搞"朦胧诗"，真正能留下来的还是代表历史前进方向的作品。历史上辛弃疾和陆游之所以有那么大影响，全在于强烈的爱国主义感情。现在青年中有一种万事皆空、看破红尘和及时享乐的思想，而且不相信一切，包括马列主义。我们的诗人、文艺工作者要帮助这些青年振奋精神，树立理想。

诗的形式不必限制太死，可以多种形式并存。否定新诗学习民歌和古典诗词，或是绝对肯定必须走向民歌、古典诗词学习的道路，我看都不行。我从一九三九年起就搜集民歌，对民间的东西很有感情，但用民歌写政治抒情诗、写工业题材却毫无办法。还是毛主席那句话：要创作具有中国作风、中国气派，为中国老百姓喜闻乐见的作品。如果我们的诗歌离开了中国国情，脱离了人民，结果将是十分可悲的。

李瑛说：诗的最高规范是生活

我们走进了《解放军文艺》社一间普普通通的办公室，诗人李瑛和我们闲谈起来。他说：

现在前方在流血，国境上敌人不断骚扰，斗争很艰苦。我们应该给战士们写些什么？怎样鼓舞他们的斗志？这是每一个革命的文艺工作者面临的问题。我认为应该提倡一下爱国主义军事文学，现在并不是没人看军事文学作品，而是没人提倡。

我到过前线，接触过我们经过"十年动乱"之后成长起来的新一代，他们决不是迷茫和颓废的一代，而是很可爱的一代。对于战士，你不去接触，就无法了解。

我认为，诗的最高规范是生活。作品就是对生活的一种解释——一种称赞或一种批判。诗应该真实地、本质地、深刻地反映生活，诗应该代表人民的意志，表现人民的愿望，传达人民的呼声。不了解人民和生活，便不会有诗。

生活有各种方式。参观访问固然可以接触生活，但显然不够。我自己每年都要到边防部队走走，我不怕苦，哪里山高我去哪，也不怕死，子弹飞的地方也敢上，坐在办公室里我写不出诗。要长期地、无条件地深入到生活中去，而不是浅尝辄止。

我个人本事不大，但能用自己的笔为战士做一点工作，帮助他们理解生活，战胜艰苦，能在战斗中给他们增添一点力量，就很满足了。不久前我从报纸上看到一篇文章，讲一位自卫反击战的战斗英雄，参战前抄了我的一首诗《关于生命》，背诵了下来，给了他很大的力量和勇气，解决了关于生死荣辱等问题，立了功，入了党。这个消息使我很欣慰，这是文艺工作者最高的奖赏。

对一个诗人来说，诗就是他的生命。但现在许多诗人碰到一个苦恼的问题：诗集印数太少，出版后毫无反响。并不是群众不需要，我常常接到全国各地的来信，有时一天二十多封，这都是些青年战士、工人、教师，除了谈诗的问题，就是托我买诗集。我的许多星期日都用来回信。

现在热闹的是诗歌理论战线，冷落的是新华书店的诗集栏。有一位很有影响的老诗人，把自己几十年的诗精选出一本诗集，想不到才发行三千册，实在让人寒心！就我个人的诗集来说，五十年代印数也比现在高，而当时才四亿五千万人口，现在——十亿！这个问题不是我个人的苦恼，而是共同的，是一个关系到党的文艺事业能否繁荣的带普遍性的问题。希望《文艺报》呼吁一下。

邵燕祥呼吁发展正常的文艺批评和健康的诗歌创作

《诗刊》副主编邵燕祥在繁忙的编辑工作中抽出时间和我们进行了交谈，他说：孙绍振同志的文章的发表和讨论是件好事，把去年的讨论深入了一步。我个人希望讨论应当做到：

一、密切结合我们诗歌创作的实际，提出问题，回过头来又促进创作。我

朦胧诗研究资料

喜欢看的评论文章是理论结合具体作品的，怕看从概念到概念的空洞文章。去年我们《诗刊》上发的文章有个缺点，就是没有针对具体作品来谈，结果好像是让读者捉迷藏。

二、采取科学态度讨论问题，冷静地争辩。说愤怒出诗人是可以的，我们不反对笔端带感情，但写理论文章毕竟与写诗不同，不要用感情、感想代替科学。

三、迫切感到我们都应更好地学习马列主义的文艺理论。有些分歧就是因为争论的双方在一些基本问题上没有共同语言，或者是各做各的解释。当然，也还有些批评文章本来就离开了马列主义的美学原则，使用的也不是马列主义的美学概念。西方的美学理论也要学，但要有个基本的立足点，要立足于马列主义的美学立场上。还要向中国古典文艺理论取经。有同志建议，我们社会主义的文艺理论工作者应当有雄心壮志，写出一本中国的《诗学》。现在我们还没有形成一套完整的诗歌理论。这一点，我们不如美术界，美术界在绘画上的写意与写实、似与不似等方面谈得就比较透。有的青年说："你的诗不行，太实了。"其实，实和虚都是允许存在的。我们现在有的争鸣是浪费了这个时代给予我们的争鸣的权利，而这种权利本来就不够充分。我们大家都需要在认识论上统一思想，我们的水平有待于提高，我们的态度有待于端正。

四、应当强调团结。开创、发扬一种正常的民主空气、讨论空气。讲文明的核心就是尊重别人，文化人在文明方面应当带头。文坛也应当像政治上一样，消除山头，消除门户之见，在为人民服务、为社会主义服务的大方向上团结起来。特别是青年问题，是个很敏感的问题。我们不能凭年龄划分集团，应当具体分析，应当尽一切努力加强几代作家之间的了解和互助。对那些极个别品质不好的青年，我们写文章时大可不必提他，提他反而抬高他，这是他的一种手段，你理他你就上当了。有位老诗人多次对《诗刊》提意见，说是《诗刊》捧出了十七个小诗人。我觉得对青年的创作成绩还是应当给予鼓励。同时，对某些不健康的东西应当批评指导。比如那些消极的、悲观的，对生活失望的、绝望的，有些尽管是发自真情的，也有些是无病呻吟，这些都是不健康的。还有一种反社会倾向，把个人与社会，个人和群众对立起来或隔离开来，也属于不健康的倾向。这里，有些是由他们自己的生活状况、思想状况决定的，有些是读了西方的一些东西来简单的模仿。

我觉得，健康作为文艺作品的一个标准，既是指的思想内容，也是有艺术内容的，包括审美观点、情趣等等。只要健康都是百花园中的花。车尔尼雪夫斯基说：健康即是美。要求文艺作品符合健康的标准，就有助于我们的生活和安定团结。不健康的文艺作品确实有害于青少年的身心健康。

　　当然，因为"健康"尚无明确的界说，要提防会不会有人动不动用"不健康"来打棍子。

原载《文艺报》1981年第16期

沿着为社会主义、为人民的道路前进

——为孙绍振一辩兼与程代熙商榷

江 枫

孙绍振同志的《新的美学原则在崛起》（下简称《崛起》）发表于《诗刊》今年三月号时，编者曾加按语宣布："编辑部认为，当前正强调文学要为人民服务、为社会主义服务，以及坚持马克思主义美学原则方向时，这篇文章，却提出了一些值得探讨的问题。"程代熙同志发表于四月号《诗刊》的《评〈新的美学原则在崛起〉》（下简称《评》）显然试图论证那个"却"字，但是这个"论证"，不能令人信服。

《崛起》是一篇述评，对某些年青诗人在美学领域内的探索作了扼要的介绍，也提出了自己的看法。前者为述，后者为评，虽然互相交织，但是在作严肃的评论时，却不可不加区别，更何况《崛起》对所述并未全盘肯定。

《崛起》一文，固然有一些提法不尽妥善，对于不尽妥善的提法我不尽同意。但是，热情支持探索的态度我支持。因为，这种探索的目的正是为了使诗歌能够更好地为社会主义服务、为人民服务。

不过，对于青年人最有益的支持应该是有分析、有引导的支持。《崛起》的弱点在于支持有余而分析、引导不足。但是，无论如何，也不像程代熙同志《评》文所说的那样："孙绍振的美学原则"是"步西方现代主义文艺的脚迹"，"是一套散发着非常浓烈的个人主义气味的美学思想"，"具有相当浓厚的唯心主义色彩"。

我不想为《崛起》全面辩护，也不准备对《评》全面议论，仅就目前理解所及，对几个问题提出一些粗浅的看法，以就正于《评》和《崛起》的作者、《诗刊》的编者和广大读者。

不能证明是步西方现代派后尘

《评》文第一节，标题是"根本不是新的美学原则"，结论是，"步了西方现代主义文艺的脚迹"。这一结论，是由包含下述两个前提的一个三段论式中推导出来的：小前提，孙绍振主张与"抒人民之情"相对抗的"表现自我"；大前提，西方现代派是主张"表现自我"的文艺。

为了论证第一个前提，《评》文首先是偷换概念，硬把孙绍振之所述认定为孙绍振的主张，然后，又篡改孙绍振的之所述而举出了以下的例证："例如，他说的'不屑于表现……丰功伟绩'、'回避去写我们习惯了的人物的经历'，指的就是工农兵和知识分子的'经历'，（换句话说，就是不屑于去描写人民大众的生活），特别是他们为社会主义革命和建设而从事的'英勇的斗争和忘我劳动'。"

姑不论这样的例证能否证明《评》的论断，即使能，这也已是经过了篡改的伪证。只须对照原文，便可清楚地看出，其基本内容为"他们……不屑于表现自我感情世界以外的丰功伟绩……甚至回避去写那些我们习惯了的……经历……场景"的句子中，重要的限制性定语被删掉了，却增添了可以引申出敌视人民、敌视社会主义含意的词句。

经过这种篡改的"例证"如果还能证明什么，就只能证明，不经篡改就无法证明预定的结论。

而另一个前提也难以成立。

程代熙同志在叙述了西方现代主义文学的源流之后，把统称为现代主义的各种流派"在文艺思想上的共同特点"归纳为：第一，"都把他们的'自我'当作唯一的表现对象"，第二，"总是天马行空似的力图通过象征、意象、潜意识以至于梦幻来表现他们的自我"，第三，T. S. 艾略特及其作品《荒原》就是这种文学的例证。并说这位艾略特"曾创办《自我主义者》"，因而断言"此人宣传文艺'表现自我'甚力"。这是望文生义又兼张冠李戴式的议论。

举艾略特为西方现代派文学的代表作家是有理由的，因为他一向被公认为西方现代派文学大师。但是说他创办过《自我主义者》并主张"表现自我"，却纯系不实之词。因为艾略特在那家杂志作为雇员工作时（1917—1919），不过是个助理编辑，到《荒原》（1922）发表而声名鹊起之后，才创办了他自己的刊物《规范》（Criterion）（1923—1939）。他所主张的恰恰不是"表现自我"，倒是"非个人"（impersonal）的原则。

他在《传统与个人才能》一文中写道："诗人没有一种可以表现的'个性'，而只有一种媒介物，而不是个性。"他自己就把这种主张称为"'与个人无关'的诗的理论"。他认为："诗并不是表达个性，而是避却个性。"（见《外国文艺》1980年第3期）——尽管他自己在实践中也未能做到。

可见，"表现自我"并不是西方现代主义各派的一般特征和共同特征（倒是浪漫主义的重要特征之一），而以那位艾略特为例，既证明不了西方现代派主张"表现自我"，也证明不了孙绍振在步西方现代派的后尘。

程代熙同志的评论旁征博引，真可谓琳琅满目，但是，所引多片言只语，这里的所引失实，就不能不给那些从未注明出处的引述也投下可疑的阴影。

表现自我与表现历史发展的必然规律

程代熙同志在评论中旗帜鲜明地反对表现自我，而主张表现历史发展的必然规律。

但是，没有自我就没有诗。

艺术，总是艺术家借助于一定艺术媒介表现他对生活或某一对象的认识和评价。没有认识和评价的主体，也就不会有艺术。这种认识和评价又总是浸透其主体的个性：显现出他所独有的倾向、情趣和各种精神素质。没有个性的艺术品，严格说，不是艺术品。艺术不能不在表现客体的同时表现主体。

诗，尤其是抒情诗，更应该说，没有不表现自我的，而不论其作者属于什么流派，在主观上是主张还是反对表现自我，也不论其题材是否局限于个人的经历和悲欢；即使是写国家兴亡、民族命运，也总要表现出作者各不相同、自有其鲜明个性特征的气质和面貌。

尽管我不能同意程代熙试图但未能证明的，说孙绍振主张表现那种把个人利益置于社会集体利益之上、与人民相对抗的自我的论断，但是，我倾向于认为，孙绍振强调并支持：诗，可以而且应该表现自我。

问题不在于表现不表现——因为表现无可避免——而在于怎样表现以及表现什么样的自我。与其不可避免地、不自觉地表现自我，就不如承认其必然而加以美学上的探讨，以发现和掌握其规律。

程代熙同志正确地区别了与人民一致的自我和反人民的自我，却又不正确地坚持："抒人民之情与表现自我是两种互相排斥的艺术观。"

在以往，特别是那个"十年"，流行的倾向总是主张用"我们"代替"我"，用"大我"否定"小我"，用"人民"取消"个人"。凡是这样做的，就被誉为"抒人民之情"，凡是试图唱出自己独特的感受和声音的，就会因为"表现自我"或"自我表现"而遭到贬斥。

这种倾向摧残诗歌：不仅限制了题材的选择和艺术技巧的探索，而且由于以共性否定个性，就不能不使诗歌沦为概念和公式的牺牲。影响所及，曾经有过一个时代，主要由颂歌、战歌和政论性的抒情诗占领诗坛，一般的抒情诗则不得不处于悒郁和窒息的状态。

但是，事实证明好的战歌、颂歌和政论性抒情诗，也要求有鲜明的个性，也不能不表现诗人的自我。因此，一般地反对有个性的"自我表现"，也使这一类诗的创作受到损害。

《崛起》提到："传统的诗歌理论中'抒人民之情'得到高度的赞扬，而诗人的'自我表现'，则被视为离经叛道。"这里，"传统的诗歌理论"这一提法不够准确，实际所指乃是三十年来的一种倾向。在人民解放了的新中国，符合艺术规律的"抒人民之情"的佳作受到高度赞扬，是理所应当的，但是把"自我表现"一概视为"离经叛道"，却不正常。因此，《崛起》所说"革新者要把这二者之间人为的鸿沟填平"，尤其是在今天，也同样理所应当。

《崛起》的作者对年青的革新者满怀着同情，所以他能善意地理解他们，他不仅注意到他们的不满和难免偏激的不驯服姿态，也看到了他们孜孜不倦的追求，特别是为了填平上述那道鸿沟而作出的建设性努力。他指出在美学领域里的那种对立是个人与社会分裂的反映，是一个时期阶级斗争扩大化的后果。他引述舒婷所说的"人啊，理解我吧"，并且指出："她的哲学不是斗争哲学，她的美学境界是追求和谐，她说：'我通过我自己深深意识到：今天，人们迫切需要尊重、信任和温暖，我愿意尽可能地用诗来表现我对'人'的一种关切，……我相信人和人是能够互相理解的，因为通往心灵的道路总可以找到。'"这种追求，我相信，对于建设一个和谐的社会主义社会，对于使"表现自我"和"抒人民之情"达到和谐一致，都具有不可低估的积极意义。

但是《评》的作者，竟会把这种追求理解为："不是在填平鸿沟，而是硬把诗人的'自我表现'强加给读者！"不能不令人感到吃惊。

《崛起》在谈到传统和审美习惯时提出，要从中吸收某些"合理的内核"，略嫌不足的是未能明确指出，"抒人民之情"和"反映时代精神"仍然是这个"内核"的重要部分，歌唱人民，做人民的歌手，仍然是每一个诗人值得追求的崇高目标、值得自豪的光荣使命。

固然，诗人必然表现自我，也有权只写"溶入"诗人"自我感情世界"的生活和事物，甚至有权写他纯个人的哪怕是刹那间的感受，但是，如果他的这个"自我"和人民格格不入，他的这个"感情世界"过分狭小而容不下人民的悲欢，这样的诗人就不会有出息，更不用说有可能伟大。

既然是社会承认的丰功伟绩，既然是人民命运所至的英勇斗争和忘我劳动，也就是社会和人民认为是美的；一个认识到没有人民的地位就没有诗人自我的地位而又愿意以诗歌为其事业的有志诗人，就应该去熟悉、理解，使之"溶化在心灵中"，而以并非"习惯了的"、"公式化的"、绚丽多彩、富于个性的方式，为之歌、为之颂。

我相信，这样的"表现自我"一定能为创造美好的社会主义精神文明，丰富人民的精神生活作出贡献，而不能斥之为个人主义的自我扩张。

程代熙同志在指责孙绍振同志支持"表现自我"的同时，还指责他的美学原则"不要求表现历史发展的……客观规律。所以，我们说他不是不屑于做时代精神的号筒，而是根本不屑于表现我们这个新时期的时代精神"。

其根据似乎是未曾提及。但是，未提从来不等于不要，更不等于反对。即是"不要求表现"那个"历史发展的客观规律"，也怎能就"所以"说他"不屑于"而且是"根本不屑于表现我们的"是"又特别这个新时期的时代精神"呢？这个"所以"是非逻辑的，前后两个判断没有必然的因果关系。

但是，如果孙绍振竟然"要求"了，那又会是一种什么样的要求呢？诗，尤其是抒情诗，又能怎样来满足这一要求呢？不妨就以程代熙认为是为"人民所接受的""能引起读者共鸣的"，李商隐的那首诗为例：

君问归期未有期，巴山夜雨涨秋池。

何当共剪西窗烛，却话巴山夜雨时。

试问，这首诗是否表现了、怎样表现了以及表现了什么样的历史发展的必然规律？

诗，固然是文学，但不同于小说、戏剧之类。同样是诗，抒情诗又不同于叙事诗、诗剧之类。虽然同样是语言艺术，却又各有其不同的特点和规律。对叙事诗、诗剧之类提出类似于对小说、戏剧的要求，容或可以，但是要对包括抒情诗在内的诗一概要求表现历史发展的客观规律，那也就太难为它了。

抒情诗，通常是通过抒情主人公也就是那个"自我"的精神面貌以及一个、一群乃至于全社会抒情诗人具有一定数量和质量的创作整体来反映一个时代的精神和社会风貌的。

如果唐代只有李商隐这么一位诗人，而他又只留下了上引的那么一首诗，通过这首诗，我们除了能够知道作者是一位笃于琴瑟之情或手足之谊的文人以及他所处的是一个点蜡烛的时代以外，便会一无所知。尽管如此，连程代熙同志也没有说它不是好诗。

杜诗之有诗史之称，是就其整体而言，但也很难说是表现了什么必然规律。李诗没有诗史的美称，却也并未因而丧失其千古不朽的艺术价值。

可以要求诗人在创作中注意体现时代的精神，但是，切不可一般地要求诗"表现历史发展的客观规律"。因为，这不是诗之所长。

马克思主义美学体系要在探索中发展与完善

至于美学，历来不同的哲学家和美学家对美以及对审美对象和审美意识持有不同的见解，甚至存在着相互对立的学说。马克思主义哲学为美学提供了理论和方法的原则，使我们有可能在美学领域探索本质和规律。但是，这种探索显然还没有最后完成。即使形成了马克思主义的完整美学体系，这种体系也只能像马克思主义本身一样，不会是一劳永逸、自我完成的封闭体系，仍会要求作不断的探索和在探索中发展、充实、臻于完善。急于给自己不赞同的观点扣哲学帽子是于事无补的。

不能因为孙绍振使用了"美的法则，是主观的法则"和"心灵创造的规律的体现"这类措辞，就断言他是"典型的二元论"，乃至于"有浓厚的唯心主义色彩"。虽然这些提法可能会引起理解上的歧义。

提到法则，当然是指不依人们意志为转移的那种规律性的关系、联系和过程。美的法则是有关人们审美活动、审美意识的规律，而审美活动和审美意识，离开了审美主体就不可思议，因此，美的法则是涉及主观的法则。而人的主观，作为大脑这种物质的功能和属性，作为认识的客体，也是客观存在，也有规律可寻。不能因为说美的法则是主观的法则就斥之为唯心主义。正像我们不能因为马克思在程代熙所引的那段文内说过劳动者的目的"是作为规律决定着他的活动的方式方法的"而作出不适当的论断一样。目的，显然是主观的。

孙绍振在文章里说："长期的大量的艺术实践不但训练了艺术家的意识，而且训练了他的下意识或者潜意识。"我认为完全正确。而程代熙却说："这实际上否定艺术创作是有目的和自觉的活动。"这已经显得武断。他又进一步说："所以，他否定艺术规律的客观性。"我认为，无论从逻辑或从事理上来看，都不能这样"所以"。

今天，潜意识的存在和作用，已经从思辨的领域进入实验的领域，已经成为可以作出科学考察的对象。有过一点创作实践经验的人都可以体会到潜意识在创作过程中所起的活跃作用。举凡"不由自主""情不自禁""浮想联翩"……以及艺术的"潜移默化"作用之类，虽不就是潜意识本身，但都涉及潜意识。

艺术创作遵循形象思维的规律，是以自觉意识为主导而和潜意识不断相互作用的过程。在这里我也想引一下普列汉诺夫提到过的，别林斯基"曾经认为不自觉性是任何诗的创作的主要特征和必要条件"（《古典文艺理论译丛》第八集）。这倒并不是想要借用别林斯基的"权威"。我引述，只是为了表明，一个在文艺创作规律方面作过长期深入探索的俄国人，也早已注意到有一种"不自觉性"的存在。

不仅创作，在欣赏艺术品、欣赏诗歌时，潜意识也起着活跃的作用，其活跃程度影响到我们审美感受的丰满与否。实事求是地承认潜意识的存在和作用，既有利于美学规律的探索，也有利于美学教育的设计。

马克思固然指出了人的生产和动物生产的差异，但是不能把有关的论述生硬套用到艺术创作上来。因为人的物质生产和精神生产，特别是艺术创作之间，也有差异。美学不会归结为工艺学。

附带提一句，程代熙同志在行文中还表现出对于"象征、意象"之类抱有恶感。但是离开了象征和意象，怎么还能有诗呢？有，只能是标语、是口号。

限于篇幅，就不展开论述了。可以指出的是，"意象"一词译自"image"，而意象也就是呈现在我们意识屏幕上的形象。而我们通常所说的形象思维，也就是意象思维。

切不可在讨论展开之前就仓促结论，从而堵塞其前进道路。苏联李森科学派过早宣判摩根·魏斯曼基因说遗传学为形而上学伪科学的学霸行径，已经成为科学发展史上的笑柄，而且危害过苏联遗传科学研究的健康发展。这样的教训值得记取，可谓殷鉴不远。

如果我们不忘，马克思主义曾有三个来源；如果我们牢记，我们的事业需要宏大的队伍。也许，在讨论中就可以多一些切磋琢磨的气氛，在批评和反批评时就会多一些相濡以沫的精神。这样，大概也才符合双百方针，而有利于推动我们的文学、艺术和美学研究工作沿着为社会主义服务、为人民服务的方向前进。

一九八一年四月　北京

本文全部着重号均为笔者所加。

原载《诗探索》1981年第3期

请允许我们说话

纪 川 许 洁

我们是青年，是现时代土地上成长起来的青年。我们要为自己争得那本该属于我们的权利：我们也是群众！是现时代中国极普通的群众！我们喜欢读"五四"以来的新诗，尤其喜欢读粉碎了"四人帮"、批了自五七年后就存在着的极左思潮以来的新诗。我们如醉如痴、共鸣不已——是干渴夏日的阵雨，是人与生活终于相聚相会所激起的悲切、狂喜和雀跃！我们从新诗这块梦境中看到了太阳的全部光辉，看到了生活所具有的全部真实的品格：思索、激愤、痛苦、沉吟，但又抬头远望了，而且开始迅跑了，直跑向通往未来的广阔原野！可是，有人却在一旁叫喊："新诗面临危机！"

"危机？"这倒使我们"朦胧"了。

你是不是说内容上的"危机"？那我们此刻仍在我们心胸间奔突激荡的共鸣难道是错觉？难道科学的唯物论的反映论（诗一经刊出即是客体）对我们就不灵？！你是指形式上的"危机"？有了新内容岂会没有新形式？形式被现时代生活内容所决定，因而变得新奇了、出格了。难道能再现新内容，能够引起我们强烈共鸣的新形式不正是好形式？！

只要生活复兴了，新诗必然复兴！而这个再度复兴的新诗的本质特征就是"现代化"！现代化了的题材、主题、形象以及现代化了的激情，而这些则必然找到、必然产生与过去时代大不相同的语言、韵律、节奏——形式！

也许你说："'朦胧'诗不就是'面临危机'的明证吗？"很好，我们也正想谈谈"朦胧诗"。什么叫"朦胧诗"？有人形容为"如坠五里雾中，不知所云"。如果一首诗被写成这样，那早该送它一个休止符，而且越快越好。可是我们所疑惑的是，被唇枪舌剑、批驳不已的"朦胧诗"到底是指哪一些诗呢？你们把"朦胧诗"当帽子，那么被这顶帽子罩住的是些什么？目前不少出面"引导"的婆婆，都好学当年兵败赤壁的曹操，只听见草船里孔明的小鼓儿一敲，就立即向"五里雾中"乱箭齐发，什么恶谥都来了，后又是确诊，又是开药方，有的甚至还骂街：这样的诗"只撕来上茅厕！"（见《诗探索》1980年第1期第15页）。"批"也罢，"撕"也罢，可你们总该点明要批要撕的是哪些诗，你们反对"朦胧"，首先自己不要朦胧！

令人高兴的是，有一位方冰同志在他的"劝世"文章中援用了例子。（见《光明日报》1981年1月28日第4版）他把《远和近》《生活》等四首诗列举出来，作为"朦胧诗"的代表，斥为："不只是语言形式上的朦胧，首先是思想认识上的朦胧，内容上的朦胧"；"怎么也读不懂"，"其实不能算诗！"并且论定：这是由于作者"看不清前途究竟怎样，于是便朦胧起来"，"是作者对于生活失去坚定的信心，追求自由化"。这样的诗"是脱离集体的、脱离社会的、无限膨胀的自我表现"，同时又是盲目模仿外国的结果，因此不能被广大中国人民群众所接受。且慢，如果这两首诗果真代表了"朦胧诗"的话，那么，所有的方冰们对"朦胧诗"的责难都将落空！也即是说，你们用来讨伐"朦胧诗"的种种罪名，包括那些最轻微的罪名，诸如看不清生活本质、人民群众看不懂等等，都安错了对象！试问，我们青年是不是属于中国的人民群众？你根据什么说我们群众不懂？是不是根据"你即代表全体群众"？事实上这两首诗的意思既浅又深，它引起了我们强烈的共鸣！

> 你
> 一会看我
> 一会看云，
> 我觉得
> 你看我时很远
> 你看云时很近。
> ——《远与近》

难道不是这样吗？我、你、他，我们之间的关系被"十年动乱"扭曲了，荼毒了，童年时代的赤诚不得不裹上了猜疑、防备、算计、窥测的铁衣。可是，这些毕竟不是原来的我们呵！在你"看云"的一瞬间，我忽然见你露出了当初的、真正的"你"，热情、眷恋，此刻，我们的心靠得多近呵！可是，一回到现实中，一回到与过去交织的现在，"你"冷了，瞬间不见了，此刻，我又是多么委屈呵！这些难道不是我们生活中常见的、典型的真实吗？这些情形我们怎么会不懂，它的"朦胧"又在哪里？这样的"自我"难道不该表现吗？马克思赞美人类童年的魅力，我们祷愿儿时的赤诚，这又有什么不好？不是说所有的文学样式都应该反映现时代的现实生活、要写出真情实感吗？在反映旧中国社会生活的《日出》第一幕里，当堕落了的陈白露看见窗上的白霜，她忽然高兴了，对方达生嚷道："我顶喜欢霜啦！你记得我小时候就喜欢霜。你看霜多美，多好看！（孩子似的，忽然指着窗）你看，你看……"而一直对她怀着不解甚至厌恶情绪的方达生，这时则微笑着说："今天我看了你一夜晚，就刚才这一点还像从前的你。"这是在写话剧。如果曹禺要把方达生的感触写成诗，那岂不是"你，一会看我，一会看霜。我觉得，你看我时很远，你看霜时很近"？这样的感触以及再现它的诗，朦胧在哪里呢？我们，生活在今天的现实中的人民群众不会不懂的另一首：

　　《生活》

　　网。

在方冰同志看来，全诗只有一个字也算是罪名。有话则长，无话则短。人家已把全部意思说完了，为什么不能一个字？雨果给出版商询问《悲惨世界》怎么还未出版的信通篇只有一个"？"，而出版商附回信则只有一个"！"，告诉作者：快了，马上出书！我们的方冰同志是不是也要怒斥"这根本不是信"呢？况且"文革"前，诗歌评论界不是对"《蛆虫》：战争万岁"这样一类诗从内容到形式都给予过好评吗？怎么今天变卦了呢？至于《生活》一诗思想内容，方冰同志也斥为"很难理解""古怪"，甚至扣上"追求自由化"、对现实不满的莫须有的政治帽子。"生活：网"，我们强烈、多彩而又严峻的生活确是这样：对年轻的姑娘、小伙，她往往意味着爱情之网；对立志改革、忙于扭转被动局面的厂长、书记，她又往往是必须冲破的关系之网，困难之网；而对于被开庭公审的林彪、江青反革命集团首犯以及一切人民的敌人，生活不恰是严正的恢恢法网吗？"生活：网。"一诗以极凝练的形式给读者提供了联想的广阔空间，表现了作者对于生活本质方面的某些理解，这不是很好吗？怎么会是"不只是语言形式上的朦胧，首先是思想认识上的朦胧，内容上的"朦胧呢？如果"朦胧""很难理解"，那你怎么又懂了，并且根据你这个"懂"给人扣上"追求自由化"的政治帽子呢？

我们感谢方冰同志的举例，使我们对所有"空对空"的"引导"文章不再一味朦胧，并且知道许多人对"朦胧诗"的责难往往是"无的放矢"或"矢不中的"！

我们喜欢读近几年来的新诗，为这些诗一扫过去的"一步三摇""哼哼唧唧"，（就更不要说"十年动乱"中的"假、大、空"）为这些诗富有现时代的炽烈的激情与深沉蕴藉、警拔鲜明的形象、意象以及表现现时代生活而赋予的音韵、节奏等等喜不自禁。我们说：这样的新潮尽管与其他任何社会运动一样，也会出某些劣品，但就其整体来说，她却是有希望的，因为她紧紧跟上了飞速发展的生活！有些诗在内容与形式两方面都有新的探索，被人冠以"朦胧"是一种误解、曲解。

给灰姑娘和丑小鸭留下一块小小的园地吧！

原载《诗探索》1981年第3期

关于"朦胧诗"来稿综述

余　磊　整理

文艺界展开"朦胧诗"的讨论以来，本报已收到读者来信来稿三十八篇，其中，对"朦胧诗"总体肯定的有二十二篇，总体否定的有十篇，部分肯定或否定的有六篇。为了使这个问题能深入地进行讨论，我们将来信来稿的基本内容摘要综述如下：

一、关于"朦胧诗"的概念

一种意见认为，"朦胧诗"即晦涩、模糊、难懂之诗。上海汪纪鹤说："诗坛上出现了一些意境扑朔迷离，形象七拼八凑，情感捉摸不透的诗歌"，"大家称它为'朦胧诗'"。湖北陈国梁说："它在形式上是自由体，内容上却给人一种模模糊糊、朦朦胧胧的感觉"，"读这样的诗像猜谜语一样"，因此取名"朦胧诗"，或称"怪诗"。上海松江赵德馨认为，它是"声无韵律、句不成行，以其昏昏（而欲）使人昭昭的败类"。

另一种意见认为，"朦胧诗"的"朦胧"，只是一种艺术特点、艺术风格与表现手法，并非诗的本身。四川孙静轩说："朦胧，只不过是一种艺术的特色，或者说是一种手法。"它"既非一体，又非一派"。上海柴善庆指出："朦胧"的"并非是诗，而是对诗之理解的朦胧。诗本无什么朦胧，从古到今，只有限于读者的阅历而感觉朦胧罢了，一旦增强了自己的阅历，这种感觉上的朦胧就一扫而去"。

还有一种意见认为，"朦胧诗"与"古怪诗"是有"本质区别的"。江苏时萌说："朦胧美是客观存在"，"真正体现朦胧美的诗篇确有其美学价值"，这就是"朦胧诗"。但有些"晦涩的诗，苦思冥索以至头昏脑涨还是一知半解"，这只能名之为"古怪诗"。

二、关于"朦胧诗"的由来

一种意见认为，"朦胧诗"，是"朦胧思想的产物"。兰州段平说："十年浩劫，阶级斗争的'异化'结局，使'造反'者迷失了方向，好像美梦初醒，人间的一切都求之难得"，因而"对生活失去信心"，这样的青年写起诗来能不朦胧吗？朦胧思想朦胧诗，这是顺理成章，不足为怪的。四川孔祥友认为："一些青年作者缺乏火热的工农业方面的生活，更没有对'四化'的真情实感，有的同志仅有青年学生的梦幻，所以只能写出这种分行的散文，甚至不能说是一篇通顺的散文。"江苏时萌认为，在表现手法与技巧方面，"朦胧诗"，也不是"新的崛起"，而"不过是走老路而已"。它"实则与吴梦窗那种'七宝楼台'式的词相近"。并让人"想起了曾经盛行于本世纪初的英美青年诗人组成的'意象派'"。

另一种意见认为，"朦胧诗"是社会与艺术历史发展的必然结果。湖南诚求说："朦胧诗始于近两年，而且声势浩大，完全是时代的需要。"他说："二十世纪八十年代，中国发生以思想解放运动为标志的时代巨变，这是中国历史上一次意义深远的重大变革。然而，中国科学技术和精神文明很不发达，几千年的封建枷锁和几十年思想的禁锢仍然束缚着人们。面对这复杂的社会现状，我们在文艺方面不得不进行新的探索，寻求新的表现形式。"上海殷玉良、史益华、邵敏等三人说："爱思考，是青年一代的特点"，在"朦胧诗"中，"突出地表现了年青一代冷峻的思考"。上海陈言认为，在内容和形式方面，"朦胧诗"虽有"古典诗歌和外来诗歌影响的痕迹"，但它的"诞生也是新诗变革的产物，诗坛的一些新人本着不断求索精神，对改革旧诗风，探求新的表现方法作出了努力"。另有不少作者认为，"朦胧诗"是对"假、大、空"诗歌的一种反动，也是对"僵化的思想、陈旧的套式的叛变"。

此外，也有人从心理学角度，探索了"朦胧诗"产生的根源。上海吴亮肯定"朦胧诗"所表达的"朦胧的意境、想象的芜杂、联想的奇特、怪诞"以及"不惜以令人耳昏目眩的词语拼凑使诗变得暧昧不清"，他说："为什么不可以呢？人们的日常意识并不总是有条理的，而经常是紊乱的、随意的，再则梦魇又老是光顾，朦胧诗的心理渊源就在于此。"

三、关于"朦胧诗"的社会效果与影响

一种意见认为，这种诗"胡闹""没价值"，背离了现实主义诗歌的优秀传统，从而提出"中国的新诗向何处去？"的问题。上海石鸿泉说：所谓"朦胧诗"，"简直在胡闹！好像过去西方画派，把各种颜色打翻在画布上乱涂一通"。湖北陈国梁说："朦胧诗"的发表，"浪费读者的金钱、青春"，"诗是艺术，本来要给人以美的享受，可是读这样的诗受洋罪，简直是一种痛苦"。四川孔祥友则指出，"朦胧诗"，"掩盖不了它的致命伤——游离'四化'之外"。南京王德安在肯定"朦胧诗"应在"诗歌的百花园""占一席之地"的同时，也指出有些"朦胧诗"，"读者微乎其微"，"人民不愿与之为伍"，"似此，于国何益，于民何益，于'四化'何益"？

另一种意见认为，"朦胧诗"的社会效果在于促人"联想"与"思考"。湖南诚求说："朦胧诗人不想强求于人，他们的创作意图和主题思想不打算让读者去理解和把握"，它"只要读者根据自己的生活经验去联想，在联想的过程中体验、品嚼而得出结论，从而自己去净化自己的灵魂，鼓舞自己的斗志"。上海殷玉良等三人也认为，"朦胧诗"，"往往不是用明晰无误的语言告诉读者它所思考的东西。但这并不意味着这些诗'什么也没有'"，"而是为了留有充分的空间给读者去驰骋想象，让读者在作者的创作后，根据自己的生活感受去进行再创作"。希望读者"也去思考"。因此，他们认为，"朦胧诗是我国当代诗歌主流中的一个支流，而绝不是什么'逆流'"。"不能武断地说它就是诗的发展方向，但它却从一个侧面反映了诗歌发展中的某种态势。"新疆李景迅认为，引不起读者"兴致"的，"决非诗坛出现了朦胧诗，倒是多年来，许多新诗太不朦胧，太散文化，立意肤浅，形式平庸。而朦胧诗恰巧在这方面敢于独树一帜，大胆探索，为克服新诗的缺陷作出了可喜的尝试"。

四、关于对“朦胧诗”应持的态度问题

不少来信来稿，也涉及对“朦胧诗”的态度问题。

杭州夏燕平认为，“朦胧之风不可长”，“因为它没有生长的土壤”。有的则认为，应对“朦胧诗”取“引导”和“宽容”的态度。而不应把“朦胧诗”视作“中国现实主义诗歌传统的一股逆流”。江西江南雨指出：“探索是可喜的、可贵的。”评论家和老诗人应该“引导朦胧诗作者走向人民、走向生活，走向时代，走出狭小胡同，奔向无限广阔的天地”。新疆李景迅认为：“作为诗歌的一种流派，一种风格，还是应该给它以一席之地”。即使是对“使少数人受毒害”的“逆流”，“也还是以疏导为好”。湖北屈晓宇说：分析和评论文学现象要“采取充分说理的、具体分析的、科学的、辩证的态度”。“有生命力的，哪怕是九天狂飙也无可奈何；无生命力的，用不着人为地去呼唤‘雄风’”“何必对‘朦胧诗’如此‘深恶痛绝’呢”？上海殷玉良等三人说：“每个人都有自己的审美观，也有权利爱自己所爱的，恨自己所恨的。但同样无疑的是，每个人也有义务尊重他人的基本权利。”不能“随随便便以‘人民的名义’”，对文艺现象进行“宣判”。南京王德安主张，围绕“朦胧诗”争论的双方，最好“放下各自手中的高音喇叭，互相观摩学习，把自己的缺点补上”，这也叫“扬长避短”。

原载《文学报》1981年第13期

道路：扇形地展开

——略论近年来青年诗作的美学特点（节选）

黄子平

一

　　笼统地描述一座树林毕竟容易些，尤其是当它罩着重重"朦胧"之雾的时候。"只见树木，不见树林"当然是不对的，可是"只见树林，不见树木"也未必能获得正确的认识。困难在于我们面前的每一株树都有着自己倔强的身姿，正是它们每一片叶子的摇曳和歌唱组成了一整座树林阔大的呼吸。同一尺度的"修剪"也许会挫伤它们的生机，而一视同仁的"施肥"也可能造成某种于事无补的"疯长"。诗歌理论要避免偏颇，只有通过对崛起的新诗进行必要的"历史的和美学的"分析。

　　我们所面临的题目使我意识到，如果不事先放弃从"唯一的"或"固有的"美学定义出发，就会在过程的每一步都陷入非常可笑的困难境地。新诗以前所未有的纷繁复杂的丰富性呈现在我们面前，它们在我试图划定的那些个格子之间跳跃着，从一个格子窜到另一个格子，不肯就范。这正是新诗使人感到困惑不解的原因。这也许是新诗"从娘胎里带来"的一种素质。闻一多说："在这新时代的文学动向中，最值得揣摩的，是新诗的前途。"[①]郭沫若说："不定型正是新诗的定型。"[②]新诗表现为一种"流动着的现实"，好像无数条以新鲜的声音歌唱的小溪，只有大海一样宽广的胸怀能够容纳这一现实。[③]

　　三十年来新诗问题的争论大都滞着在它的"外形式"上，尽管这些形式也"积淀"着内容，有时甚至是相当吓人的内容，（例如：自由诗——小资产阶级的，格律诗——无产阶级的；或者，民歌体——人民大众的，长句子——洋腔洋调，等等）。近年来青年诗作的崛起便使得新诗的争论跨进了一大步，尽管"朦胧诗"这个词的发明和使用是如此朦胧而不科学，争论毕竟接触到了诗的"内形式"，即"有意味的形式"，因而是美学意义上的争论了。

罗列无法阐明丰富性。把一个个青年诗人的艺术个性和美学风格都排列出来是不可能也没有必要的，（他们中有些还没有形成自己成熟的风格，有的仍在不断地"突破自己"）。本文的任务是从美学角度探讨一代人在诗的领域里怎样展开自己扇形的道路，以及为什么会有这样的展开，从中找出规律性的东西。我认为，道路是在对传统的反叛和继承这两条扇柄之间展开的；这一展开从总体上显示了这一代人从外部生活到内心世界的丰富性；对这一丰富性能够进行"集大成"式的把握的诗人，才有可能深刻地理解，艺术地表现我们的时代，实现时代对这一代诗人的要求。

二

任何时代的一代新诗风，其开端都是以强烈的"否定"为主要特点的。

> 告诉你吧，世界
> 我——不——相——信！
> 纵使你脚下有一千名挑战者，
> 那就把我算做第一千零一名。
> ——北岛《回答》

这是写于1976年血洗天安门广场之后不久的诗句。不平而悲愤的诗人喊出了与全民族共通的抗议，当然否定中也包含着肯定：既有"海洋的决堤"，也有"陆地的上升"，天空中既"飘荡了死者弯曲的倒影"，也缀满了"新的转机和闪闪的星斗"。然而对整个旧世界的怀疑的目光却是毫无疑义的。这是十年"文革"在一代人心底积聚的熔岩的喷发，这是一个潮头刚退，一个潮头刚起，霍然断开两个潮头时溅起的浪花。无论从时代对新诗的要求来说，还是从新诗自身的发展过程来说，一代诗风的崛起，由否定来开始它的历史进程，都具有必然性。整整十年，中国"没有诗歌"。"诗歌"是有的，但都不是真诗。六十年前刘半农用来描述"五四"前夕旧诗坛的两句话，竟又成了此时此地的精彩写照："现在已成假诗世界。……无非是不真二字，在那里捣鬼。"④
假诗自有假诗存在的合理性，但是到了现今的中国，它与其他虚假的一切一样
失去了历史的依据。高伐林写道："我是在造神运动中走上诗坛的——如果那
也可以叫'诗坛'。的话，我被人愚弄，我也去愚弄人。当我回头再找最初的
诗时，发现它们在诞生的那天早上已经断气了……我悲伤。我不得不吃力地思
索：这是怎么回事？难道，在现代中国诗注定是短命的？生命之树不是长绿
吗？它的果实——诗呢？"⑤在否定中思索，这是一代人的特点，也是一代新
诗风的特点——至少在它的开始阶段是这样。

徐敬亚的话更能表达一代人这些年里的心灵历程："曾经有那么多年，
我跟在虔诚的朝圣者们中间，默默地走，失去了思想，也失去了声音。忽然有
一天，我觉得这时代是属于我们自己的了。生活从凝固走向跃动，一切都在怎
样地转换呀！我永远不会忘记：在我重新降生的几年里，我头脑中掀荡起的思
想风暴，……我那辗转的十年，我绕着圈子走过的每一个角落……我用粗糙的
心，抚摸了生活的每一道坎坷。身边那些最普通的人们，把痛苦和沉思一起压
入我的胸膛，我年轻的灵魂沉重起来。生活的巨大问号和诗的强烈冲动，放大
了我狭小的心，一切都在我的眼前动起来……"⑥

历史在否定之否定中前进，既然政治生活中那粉碎性的一击推动了整个停
滞的社会。那么，新诗以否定开始自己新的历史行程就是理所当然的了。关键
在于：否定了些什么？

我觉得，由于每一个青年诗人的经历、气质和艺术追求等等的不同，他
们的否定各有其不同的侧重点，但是，他们共同的一点无疑是对假诗的深恶
痛绝。连刚刚中学毕业拿起笔学写诗的才树莲，也有着如此朴素而又坚定的认
识："我是农民的女儿，和爹妈一块种庄稼。写诗，我不能全部歌颂，我要说
真话。"（《我说真话》）说真话，几乎成了一代诗人最基本的要求，是对诗
风的要求，更是对诗人人格的要求。尽管"说真话"同样是老年、中年诗人的
共同要求（艾青写了《诗人必须说真话》，公刘写了《诗与诚实》），但是对
于青年诗人来说，这更具有生死攸关的性质。最基本的常常是最重要的。对假
诗的否定是扭转诗风的根本前提，唯有如此，我们才可能在新诗中袒露这样多
各各不同的真实的艺术个性，也才有如此五彩缤纷的当代人内心世界的丰富
性。因为是真情实感，就不仅仅是欢乐、豪放、明朗、昂扬，还有愤懑、悔

中国当代文学史资料丛书

恨、沉郁、悲愁，还有苦闷、彷徨、寂寞、感伤。一时代有一时代的喜怒哀乐，唯有说真话才能使诗歌成为当代人情感的真实历史。丰富、复杂的真情实感，当然有丰富、复杂的表达方式。

于是，从最基本的要求出发，从内容到形式，否定的特征全面地表现出来了。

> 我的影子，
>
> 被扭曲，
>
> 我被大陆所围困，
>
> 声音布满
>
> 冰川的擦痕，
>
> 只有目光
>
> 在自由延伸……
>
> ——顾城《爱我吧，海》

有谁这样写过高山！这样多的诗以见所未见的模样涌现，新鲜而又令人激动，令人失去了平静，也令人气闷乃至气愤。"看不懂！"这是最直觉的反应。"李金发！"这是最便当的就近取譬。这是两点值得青年诗人注意的警告，各有侧重点但又互相联系。一是此时此地的读者的欣赏习惯，一是历史上对传统作了一次失败的反叛留下的教训。

青年诗人们的反应是敏感而又清醒的。"我的诗有人看不懂吗？那有什么办法呢？读者是有层次的，谁说诗只有一种？"⑦（杨炼）这只是一种带有充分合理性的偏激。更多的是希望人们看懂。"诗人不必夸大自己的作用，更不必轻视自己，他正从事着艰苦而有意义的创作，让美好的一切深入人心。"⑩（北岛）"人啊，理解我吧，……障碍必须拆除，面具应当解下。我相信：人和人是能够互相理解的，因为通往心灵的道路总可以找到。"⑧这里讲的不仅仅是诗，但首先是诗。青年诗人面临着至少在表面上看来是互相冲突的两个任务：一是艺术的创新必然要冲破旧的审美习惯，二是让新的艺术作品（从内容到形式）尽快地"深入人心"。李金发的失败了的探索其积极方面的意义就在于此。然而李金发当年和者盖寡，现今的"朦胧诗"却一时有趋之若鹜之势。这证明了历史并没有简单地绕圈子，而是处在上升的螺旋之中。我们必须从另一个角度来看看新诗的崛起，即在它的发展过程中越来越明显的肯定的方面。

骆耕野的《不满》，写于1978年底，与本节开头所引的《回答》相距不到两年，这首诗以更充分的篇幅展开了同样是属于否定的主题，但其否定的冲击力已大大减弱，否定更多地与肯定相联结，"不满"是憧憬和创造的同义词了。这当然是由于社会政治生活的转机给了我们无限的希望的缘故。

像鲜花憧憬着甘美的果实，

像煤核怀抱着燃烧的意愿；

我心中溢满了深挚的爱哟，

对现状我要大声地叫喊出：

——"我不满"！

一代人的否定不是冷漠的、虚无主义的扫荡，而是在劫后的废墟里清理自己的基础，寻求一切能够为我所用的材料（无论是土造的还是引进的），按照自己对现实生活的梦和深挚的爱，搭起新的脚手架。他们并不蔑视传统，只是对传统有自己的看法罢了。任何卓有成效的否定都来自对否定的对象有深刻的理解。"传统是长风，从涓涓细流到汪洋大海，不断容纳，不断扩展，不断改变，才能奔腾澎湃。"⑨（杨炼）"民族化不是一个简单的戳记，而是对于我们复杂的民族精神的挖掘和塑造。"⑩（北岛）在他们看来，传统不是一个一成不变的固定概念，而是一个不断地否定、淘汰和不断地补充、丰富和创新的历史进程。

我们继承，也否定，

我们是新时刻表的

开端，

我们将腾越过一切纪念碑的尖顶，

登上苍鹰也无法企及的高度，

宣告

青春的纪元，

让崭新的个性

崭新的风格

走向晨曦，

走向世界。

——张学梦《前进，二万万！》

无论否定和肯定，都是为了变革和创新，因而都应该是富有创造性的。每一个青年诗人都在这两条"扇柄"之间寻找属于自己的独特的道路。否定了些什么，肯定了些什么，在每一个诗人那里都是具体的，相互之间有着许多微妙的区别。

全文大约8000字，此处节选的是原文的第一部分和第二部分。

注释：

①闻一多《文学的历史动向》。

②郭沫若《文艺论集》。

③相当多的中年诗人注意到了并且强调了这一"流动的现实"："需要各种诗人。需要各种诗。始终只写一种诗体，是骗子；始终只写一种题材的人，是傻子；始终拿一个尺度来衡量一切诗歌的人，是无可救药的棍子。"（蔡其矫）"不论什么流派的诗，不论什么风格的诗，只要它能在精神境界上给我以滋养，只要它能在艺术上给我以美的享受，我都赞赏。不论什么题材的诗，不论什么形式的诗，只要它是创造性的成果，只要它是严肃实验的贡献，我都尊重。"（吕剑）"新诗到了从狭窄的弯弯曲曲的胡同中，走出的时候了。我赞成多方面的探索，赞成各种风格和流派的竞争，甚至赞成来一点加引号的唯美主义和形式主义。"（沙白）"当前中国诗坛上涌现出许多有才华的青年诗人，他们的崛起，标志着中国的新诗进入了一个新的历史时期。我认为新诗属于勇于探索、追求和开拓的青年一代的。我们四十年代和五十年代成长起来的诗人应当向他们学习，有勇气否定自己该否定的东西。"（孙静轩）见《百家谈诗小札》，《诗探索》1981年第4期。

④刘半农《诗与小说精神上之革新》。

⑤⑥⑧《青春诗会》，《诗刊》1981年第10期。

⑦⑨杨炼《我的宣言》，《福建文学》1981年第1期。

⑩《百家谈诗小札》，《诗探索》1981年第4期。

原载《诗探索》1982年第4期

朦胧诗研究资料

关于"新的美学原则"问题的讨论

白　烨　整理

关于"新诗的美学原则"问题的讨论，是由孙绍振同志发表于1981年第3期《诗刊》上的《新的美学原则在崛起》一文中提出的若干问题而引起的，目前讨论仍在继续和深入。除《诗刊》外，《文艺报》《诗探索》等报刊还发表了若干文章，程代熙、敏泽、洁泯、李元洛、周良沛、朱晶、江枫、付子玖、黄后楼等同志发表了自己的意见。讨论不仅关系到怎样看待诗坛新人在诗探索中的一些现象，还涉及了文艺理论和美学理论中的有关问题。

是否崛起了一种"新的美学原则"

一种意见认为，当前出现的一些新诗人，在艺术探索上，正在冲击着他们的前辈，与其说这是新人的崛起，不如说是一种新的美学原则的崛起。这种新的美学原则不能说与传统的美学观念没有任何联系，但对传统的美学观念常常表现出一种不驯服的姿态。他们不屑于做时代精神的号筒，也不屑于表现自我感情以外的丰功伟绩。他们甚至于回避去写那些我们习惯了的人物的经历、英勇的斗争和忘我的劳动的场景。他们和我们五十年代的颂歌传统和六十年代的战歌传统有所不同，不是直接地去赞美生活，而是追求生活溶解在心灵中的秘密。①

一种意见认为，根据"新的美学原则"论者所概括的一些新诗"不屑于做时代精神的号筒""不屑于表现自我感情以外的丰功伟绩"等方面来看，这些创作追求根本不是什么新的美学原则。他们主张与"抒人民之情"相对抗的"表现自我"，这丝毫没有"新"奇的地方。西方现代主义的各种流派在文艺思想上有一个共同的特点，这就是都把他们的"自我"当作唯一的表现对象，总是天马行空似的力图通过象征、意象、潜意识以至于梦幻来表现他们的自我。人们不难看出，所谓"新的美学原则"，不过是步了西方现代主义文艺的脚迹而已。②

一些同志还认为，"新的美学原则"论者表面上是在总结所谓"崛起"的一批诗坛新人的创作经验，使其上升到理论的高度，其实不过是将自己个人的观点强加于这批诗坛新人的头上。虽然由于种种主客观原因，在诗坛新人中，有的沉迷于渺茫的"梦"，"最纯净的美"，有的宣称自己"有早于政治家脚步的探讨精神"，在思想和艺术的探索中表现出不成熟的弱点，但彼此情况不尽相同，各个人创作的前后期也有变化，即使是同一个时期创作的作品，也时优时劣、参差不齐。他们的"青春诗论"，也是正误羼杂、良莠不一的。然而，从整体上说，从主流上说，他们的创作决不像"新的美学原则"论者所说的那样远离时代和人民，而是在探索中努力注意自己与人民的心灵相通，重视诗的社会效果，多数人有着方向较为明确的追求。有的同志不顾这些年轻作者成功的艺术实践，无视他们创作中的积极因素，反过来对于他们中某些人一时误入神秘主义、颓废主义的泥淖，却拼命地鼓掌嘉许、直捧上天，这样做的结果只能使他们更加误入迷途，从而断送他们的艺术生命。③

表现自我与抒人民之情

一种意见认为，一些诗坛新人们的诗风有着一种探险的特色，或者可以说是在创造一种探索沉思的传统，这就是他们勇于向人的内心进军，探求那些在传统观念看来是危险的禁区和陌生的处女地，而不管通向那里的道路是否覆盖着荆棘和荒草。传统的诗歌理论中，"抒人民之情"得到了高度的赞扬，而诗人的"自我表现"则被视为离经叛道，革新者要把这二者之间人为的鸿沟填平。④

一种意见认为，那种极力把自己关在"自我感情世界"的小天地里的诗风，是与社会主义时代很不相称的，也是根本不值得推崇的。诗人可以用多种多样的风格去创作，"溶解心灵""探险""沉思"都应该是可以的，但不能回避时代、回避现实，必须对社会生活，对我们的时代有自己的态度。在我们今天的时代，新的转折时期要求作为上层建筑的文艺以鲜明的时代精神对巩固和发展我们的社会主义事业发生良好的作用。一个有进步思想、有才能的诗人，在这样伟大的事业面前，只潜首于一种"自我感情世界"的狭窄天地里，是不可想象的。表现时代，对祖国伟大事业的强烈的信仰，正是我们的美学原则中所最不能缺少的因素。如果我们诗人的心灵排除了最美好的时代感，那么，我们诗人的心灵将是苍白的。⑤

另一种意见认为，当前诗坛上一些新人的作品，其内容表面上纯粹是写个人的内心世界，实质上却与外部世界有着千丝万缕的联系。表现内心世界不一定非要回避现实生活的客观场景，二者不是相互排斥的。只要人的心灵不向现实世界关闭，它必然能为创作提供无穷无尽的素材，因为人的内心世界归根结底是现实生活的反映，也是社会生活的内容之一。因此，着力于内心世界的表现，无疑地应该在文艺创作中占有重要的一席之地。这里边，重要的是诗人的思想感情是否与人民的思想感情相合拍。从水管里流出的必定是水，从血管里流出的必定是血。因此，我们在主张诗歌也可以追求内心世界表现的同时，应该指出诗人自我改造的重要以及深入生活、不断丰富自己心灵的重要。心灵是块土地，可以播种，但要它有丰硕的收成，还须耕耘、灌溉、除草和除虫。应该把诗歌的"自我表现"同个人主义的"自我表现"区分开来。⑥

人的价值标准的分歧

一种意见认为，传统的美学原则比较强调社会学与美学的一致，诗歌革新者则比较强调二者的不同。表面上是一种美学原则的分歧，实质上是人的价值标准的分歧。在年轻的革新者看来，个人在社会中应该有一种更高的地位，既然是人创造了社会，就不应该以社会的利益否定个人的利益，既然是人创造了社会的精神文明，就不应该把社会的（时代的）精神作为个人精神的敌对力量，那种人"异化"为自我物质和精神的传统力量的历史应该加以重新审查。⑦

一种意见认为，照最普通的理解，在社会主义社会，社会利益和个人利益在某种情形下会有某些矛盾和不协调处，但在根本利益上是一致的，不应当发生势不两立、不可调和的情形。虽然说十年"文革"中人的地位遭到了可怕的蹂躏，但这不能归罪于我们的社会，因为社会也处在一种被蹂躏的不幸境地，这是历史的悲剧，是一个已经过去了的社会主义历史发展中的一个曲折。总的来说，社会主义制度代表了人民，在这个制度下，"个人的幸福""个人的利益"都是和社会主义密切地联系在一起的。政治动乱，生产下降，就没有什么个人的幸福和利益可言；安定团结，生产上升，是保证个人的幸福和利益的根本前提。从这样一个总的精神出发，我们不难发现所谓"既然是人创造了社会，就不应该以社会的利益否定个人的利益"的说法，是很不完全的，至少还需要作如下的补充：既然社会是它的全体成员共同创造的，因此就理所当然地不允许任何个别成员把他个人的利益置于社会利益之上，对待精神文明，也应该是这个道理。考察"人的价值标准"，有一个基本的出发点，那就是，只有在巩固了代表无产阶级和全体人民根本利益的前提下，个人的利益、幸福才能得到确认和保证。对于个人来说，衡量他的价值的客观标准只能是看他是否在行动上履行了他的社会职责以及履行到什么程度。把"人的价值"仅仅理解为"个人的利益""个人的精神"，就会把个人置身于社会、阶级和时代之上，或之外；这种观点表现在文学艺术上，就必然只把文艺当成个人的私事，与社会、阶级和时代完全无关，这种论点是极其错误的，也是人们不可理解的。⑧

美的法则是什么

有的同志在论述诗坛新人的艺术突破问题时指出，美的法则是主观的，虽然它可以是客观的某种反映，但又是心灵创造的规律的体现。在创作过程的某一阶段上，美的法则是向导，是先于形象而诞生的。它是又不是抽象的理念，而是活在传统的作品和审美习惯之中的。要突破传统必须有某种马克思所讲的"美的法则"，则必然从传统和审美习惯中吸取某些"合理的内核"。⑨

许多同志不同意上述看法，他们认为，马克思主义的方法论要求人们在从事物质生产和精神生产的活动中，把客观和主观辩证地统一起来。我们在美学原则上，既应强调艺术规律的客观性，又要重视艺术创作中作家的主观因素。艺术作品中真实地反映出来的现实世界，就是艺术家用自觉的艺术想象的方式加过工的现实本身。所谓"美的法则是主观的"说法，否定了艺术生产的规律是一种客观的规律，而美的法则"可以是客观的某种反映，但又是心灵创造的规律的体现"的说法，更是一种典型的二元论。

有的同志还对"从传统和审美习惯中吸取某些'合理的内核'"的说法表示不同意，认为对传统的艺术经验和习惯否定过多，失之于偏激。⑩

注释：

①④⑦孙绍振：《新的美学原则在崛起》（《诗刊》一九八一年第三期）。

②程代熙：《评〈新的美学原则在崛起〉》（《诗刊》一九八一年第四期）。

③付子玖、黄后楼：《认清方向，前进——评〈新的美学原则在崛起〉及其他》（《诗刊》一九八一年第八期）；《莫将腐朽当神奇——评〈新的美学原则在崛起〉》（《诗探索》一九八一年第三期）。

⑤洁泯：《读〈新的美学原则在崛起〉后》（《诗刊》一九八一年第六期）；李元洛：《是什么"新的美学原则"——与孙绍振同志商榷》（《诗探索》一九八一年第三期）。

⑥陈志铭：《为"'自我'表现"辩护——与程代熙、孙绍振同志商榷》（《诗刊》一九八一年第八期）。

⑧见程代熙、洁泯的文章。

⑨见孙绍振的文章和江枫的《沿着为社会主义、为人民的道路前进——为孙绍振辩兼与程代熙商榷》（《诗探索》一九八一年第三期）。

⑩见程代熙的文章。

原载《飞天》1982年第9期

中国当代文学史资料丛书

实事求是地评价青年诗人的创作

朱先树

粉碎"四人帮"以来，随着诗歌的发展和繁荣，一批青年诗人也步入了诗坛。我们必须坚持马克思主义的辩证唯物主义观点，对他们的创作作出实事求是的评价，这对促进诗歌更加健康地向前发展，是具有重要意义的。

一

对部分青年诗人创作的思想倾向的评价虽然很不一致，但有一点似乎相同，就是都从各自不同的角度认为他们的诗存在着脱离现实、脱离人民的倾向。有的同志认为，部分青年诗人的作品内容空虚、语言晦涩，当然是指的这种倾向。就是那些充分肯定青年诗人创作的评论者也认为，青年诗人创作的最大特点似乎就是"他们不屑于做时代精神的号筒，也不屑于表现自我感情世界以外的丰功伟绩……"如此等等。我认为这种简单的概括和评价是不完全符合青年诗人的创作实际的。

应该说，近几年来，由于社会思潮的纷繁复杂，在诗歌创作中，特别是在年轻的诗人的创作中，也表现了极为复杂的情况。同样的年龄，甚至一个人的不同时期，由于社会经历和个人遭际的不同，表现于诗的个性特点和诗的内容方面，都形成了迥然不同的情况。就公开在报刊上发表的部分作品来看，傅天琳、才树莲、叶延滨、陈所巨、高伐林等人，他们的创作可以说基本上是忠于生活的。舒婷、北岛、江河、顾城以及上述作者中的部分人的近期作品，在艺术表现方法上，出现了较为大胆的探索，也出现过一些能为广大读者理解和接受的好诗。他们的作品在广大读者，特别是青年中有一定的影响。这是问题的基本方面，是应该充分加以肯定的。

另外，我们从部分青年诗人的写作宗旨和创作实践看，他们大都还是自觉地遵循着马克思主义的美学原则，体现或接近现实主义的创作方法。如叶延滨讲："在生活中，我得到的毕竟比失去的多，我得到过许多欢乐，像海接受过最多的阳光；我尝过深深的痛苦，像海的每一滴水都是苦涩的；正是生活之风赋予我海样多的波涛——爱和恨掀动的感情。"他的组诗《干妈》《冰下的激流》等，都是对我们的时代和人民的深情的赞歌。才树莲讲："农村是我写作的土壤和源泉。我就像田野上的庄稼，要把根子扎到土壤的深处。"她的《乡情三首》等都是直接写农村生活，写党的政策在农村的落实带来的巨大变化。江河也讲："我的诗的主人公是人民……我和人民走在一起，我和人民有着共同的命运、共同的梦想、共同的追求……我最大的愿望是写出史诗。"他的《纪念碑》正是人民革命斗争历史的英雄颂歌。另外如舒婷的《祖国啊，我亲爱的祖国》《致橡树》，顾城的《歌乐山诗组》等也是青年创作中的优秀作品。

当然，青年诗作中也有一部分作品，表面看的确不是直接歌颂和描写社会生活和人民的英勇斗争，而是通过心灵的折光来反映社会生活和人民的感情。如梁小斌的《中国，我的钥匙丢了》《雪白的墙》，就写出了一代青年人由于"十年动乱"后一朝惊起，产生了暂时的迷茫这种真实的心理状态，同时也表现了他们不甘沉沦而奋勇追求的坚毅决心。这一类诗，虽然也可以说是描写"生活溶解在心灵中的秘密"，但同时也是对一代有志气有理想的青年人的颂歌。

值得注意的是，在少数青年的诗作中的确也出现了一些"不屑于表现自我感情世界以外的丰功伟绩"的作品。这类作品概括起来可以归为：一是追求"复归自然"，一是"表现自我"。

（一）关于"复归自然"

对所谓"复归自然"这种美学理想的追求，当然不是指一般的描写和表现自然美的问题，而往往是对现实失去信心、不满而又无力改变现状的一种消极处世思想的反映。少数青年诗人从"十年动乱"中走向社会，看到的更多是社会的消极面，这往往使他们产生对尘世的厌恶和对生活取冷眼旁观的态度。在他们眼里："崩坍停止了，江边高垒着巨人的头颅。戴孝的帆船缓缓走过，展开了暗黄的尸布。"有人说，这类诗犹如一个失恋的青年，怅然地走在旷野中，喃喃地诅咒着什么。这种反常情绪使他们感到了身躯被扭曲的痛苦，信仰的金字塔崩坍了，心境空虚，就希图去寻找一种远离尘世的寄托，这就是对所谓"纯净美"的追求。有的青年诗人说："我爱美，酷爱一种纯净的美，新生的美。我总是长久地凝望着露滴，孩子的眼睛，安徒生和韩美林的童话世界，深深感到一种净化的愉快……我生活、我写作、我寻找并表现美，这就是我的目的。"这种虚幻的美学追求体现在创作中，如《远和近》：

> 你
>
> 一会看我
>
> 一会看云
>
> 我觉得
>
> 你看我时很远
>
> 你看云时很近

据作者自己解释："《远和近》很像摄影中的推拉镜头，利用'你'、'我'、'云'主观距离的变换，来显示人与人之间习惯的戒惧心理和人对自然原始的亲切感。这组对比并不是毫无倾向的，它隐含着'我'对人性复归自然的愿望。"正是因为有了这种所谓"复归自然"的愿望，他们才去追寻一种远离尘世的净美，总爱在自己也看不清的虚景中去寄托自己的情怀。于是蓝烟紫雾、流水行云，甚至一个气泡、一道弧线都会引起他们的诗的敏感，但又说不清这种敏感到的内容是什么。这种称之为"纯净美"的境界，实际上只不过是一种精神上无法解脱的矛盾交错的暂时统一。

（二）关于"表现自我"

应该说明："表现自我"现在已经是被用得很乱的一个命题。人们在谈到"表现自我"时，似乎都有着自己特定的内容和所指。如果说"表现自我"是指诗人要有自己的声音，自己的艺术个性，自己对生活的特殊发现和表现。反对过去所谓"假、大、空"诗风，以提高诗歌创作的艺术质量等等，则是有一定积极意义的。

但是，诗歌总是社会生活在诗人头脑中反映的产物。因此，创作只能是从生活出发，但同时又有着诗人对生活的特殊的发现和表现；所谓"诗中有我"就是这个意思。而"表现自我"如果作为一种文学主张，我认为则是不科学的。从理论上讲，"表现自我"就意味着把"自我"当作唯一的存在而把它作为创作的对象和出发点。这就颠倒了主客观关系，违背了马克思主义的认识论。从创作实践看，由于这种理论不能真实地反映创作与生活的实际关系，也很容易使人产生片面的理解，而把"自我"和生活隔绝起来，使诗人放弃自觉地为社会主义为人民而创作的社会职责。

就一些青年诗人的本意和有的理论家的论述看，"表现自我"是作为一种文学主张来提出的，不同于通常说的"诗中有我"。因为据说这"自我"既是"现代新诗的内容"，并"具有现代青年特点"，而与过去诗中的"我"是不同的。他们认为："过去的文艺、诗，一直在宣传另一种非我的'我'，即自我取消、自我毁灭的'我'。如'我'在什么面前是一粒沙子、一颗铺路石子、一个齿轮、一个螺丝钉。总之，不是一个人，不是一个会思考、怀疑，有七情六欲的人。"这些话如果是针对过去创作中的某种绝对化现象而发，那是可以理解的。但是，从集体主义的要求来看，从个人与社会的关系，以及我们每一个人在社会中的作用来说，个人恐怕都只能是一粒沙子，一颗铺路石子，一个齿轮，一个螺丝钉。人当然是有七情六欲的，但人的一生如果真正起到这种作用那就将是无愧无悔的。而否定这种作用，岂不就意味着自己希望从"普通人"中脱离出来成为"超人"吗？具有"献身的宗教美"的"机器人"当然是不好的，但夸大自我，搞自我扩大、自己膨胀，则只能堕入资产阶级极端个人主义的泥坑。

从创作上看，少数青年诗人崇尚"表现自我"的主张，抽象地谈论"人"，谈论什么"人的价值""人的尊严"，以及"人性复归"，而又不愿或不能对这些口号本身作具体的实事求是的分析，就希图一下子拿到我们的现实生活中去实行。有一首《流水线》的诗写"我们从工厂的流水线撤下，又以流水线的队伍回家来"，"我"所感到的是"小树在流水线上发呆"，"小树都病了，烟尘和单调使它们失去了线条和色彩"，"星星的流水线拉过天弯"，"星星一定疲倦了"，"一切我都感觉到了，凭着一种共同的节拍，但是奇怪，我唯独不能感觉到我自己的存在。仿佛丛树与星群，或者由于习惯，或者由于悲哀，对本身已成的定局，再没有力量关怀"。这里提出的是劳动异化对人性发展的阻碍问题。在资本主义社会里，这种情况是无可更改地存在着；社会主义的目的应该说正是为了改变这种不合理状况的。但是，在我国生产条件还比较低下的情况下，为了消除这种不合理的状况，我们还要在这种状况下坚持英勇地劳动。如果为了要感到"自己的存在"而厌恶劳动，岂不是连个好公民都不够格了吗？还有什么主人翁精神可言呢？在我们今天的社会里，表现这样的"自我"，歌颂这样的"人"，实际上是不会有什么价值的。当然，在公开发表的作品中，这样的诗作还是极少数，但它的确反映了部分青年诗人思想认识上的混乱。而在那些他们自己编选刻印、内部出版的刊物和小册子中，这类"表现自我"的东西就多了。他们时而是"昂起我高贵的头颅"傲视一切，时而又在生活的碰击面前哀叹人生只是"一个在空中飘来飘去的气球"，甚至最后向往"走向黑暗，拥抱死亡"，如此等等。这种倾向是应该引起我们重视的。

总的说来，这几年步入诗坛的一些青年诗人多数都是很有才华的，都写出过一些好作品。但是，由于思想认识的幼稚、偏激，他们在创作中产生了一些不良倾向。他们只要能够努力学一点马列主义的基本理论，面向广阔的现实生活，在自己已经取得的创作成绩的基础上，扬长避短，步子是可以越走越稳当的。

全文大约7700字，此处节选的是原文的第一部分。

原载《诗刊》1982年第10期

崛起的诗群

—— 评我国诗歌的现代倾向

徐敬亚

一、新诗现代倾向的兴起及背景

我郑重地请诗人和评论家们记住一九八〇年（如同应该请社会学家记住一九七九年的思想解放运动一样）。这一年是我国新诗重要的探索期、艺术上的分化期。诗坛打破了建国以来单调平稳的一统局面，出现了多种风格、多种流派同时并存的趋势。在这一年，带着强烈现代主义文学特色的新诗潮正式出现在中国诗坛，促进新诗在艺术上迈出了崛起性的一步，从而标志着我国诗歌全面生长的新开始。

（一）诗歌自身审美价值的凸现

二十世纪七十年代末，中国上空升起了现代化的信号。社会主义思想的复归，禁锢社会生活和社会生产的锁链的崩裂，同时在外界现实和人民心目中急遽进行。社会涌起了新的心理浪潮，作为精神价值存在的诗歌艺术，受到了社会审美力的猛烈冲击。

新诗，这个在"十年动乱"中几乎被异化到娼妓的艺术生命，尽管在一九七七至一九七九那起死回生的三年中得到了奇迹般的苏醒，尽管"五四"以来的艺术传统几乎全面地得到了恢复，使新诗在一九七九年出现了六十年来少有的繁荣局面，但在复杂的社会心理面前仍然显得相当软弱。短短几年！觉醒了的诗人们又目睹了大量诗篇昙花一现的衰亡史。一篇篇作品，今天翠绿，明天枯黄，不能不使人深思。当直接干预生活的政治性兴奋消逝之后，敏感的诗人们便把思考的方向逐步转向了诗歌本身。一九八〇年初，正当诗歌理论界还仍在诗的外围作战的时候，刊物上已经开始零星地出现了引人注目的、角度新颖的诗。

艺术的变革，首先是内容和情感的更新。诗要发展，必须首先取得艺术思考的权利，必须确立诗在生活中正常的地位。经过一九七九年猛烈的思想解放运动，诗歌内容的转移完成了最初的一步，接下去的脚步——就是"艺术"！

生活的否定力是巨大的。在几亿人经历了对社会的重新认识之后，平庸、雷同的诗情和陈旧的形式，再也引不起读者们新鲜的审美冲动。那些廉价的诗情崩塌之后，大量诗歌的艺术价值就所剩无几。社会的审美力变得这样苛刻，人们对于诗的艺术形式产生了一种具有破坏力的期待（这种期待的力量同样是巨大的！）。于是，中国的诗人们不仅开始对诗进行政治观念上的思考，也开始对诗的自身规律进行认真的回想。

进入八十年代，诗，带着一种艺术上的沉思与苦闷……

（二）一种新鲜的诗，出现了

从一九七九年起，人们就已经感到：中国新诗的这次复兴，不会再是简单的恢复。那时，在诗坛的合唱中，就已经出现了某些不谐和的音符。这些诗，角度新颖，语言奇警，结构不凡。当时，由于它们混杂在喷发出来的潜流式的诗群中，人们又处于高亢的激奋期，沉溺于内容与情调上的兴趣之中，当时的诗歌界还不可能对这些诗作出艺术上迅速的反应和深入研究。它们当时出现的频率较小，多数散见在各地新涌现出来的地方刊物上，人们并未在意，顶多也不过是说：似乎青年们在写一种古怪的诗。

代表我国新诗近年来现代倾向的第一首公开发表的诗是《回答》——在歌唱"四五"运动的高潮中，它被刊登在《诗刊》七九年三月号上。之后出现的《致橡树》《这也是一切》《祖国呵，我亲爱的祖国》《不满》等与之先后呼应。

一九八〇年起，这些诗引起了诗歌界以至整个社会的注意，并且在青年们中风行。

那么，它最先引起人们注意的特点是什么呢？

扑面而来的时代气息，痛切中的平静，冷峻中的亲切。时代的大悲大喜被他们转换成独白式的沉吟。感受生活的角度与建国以来的传统新诗迥然相异——诗中，细节形象鲜明，整体情绪朦胧；内在节奏波动性大，类似小说中的意识流手法；结构奇兀闪跳，类似电影中的蒙太奇；语言，似乎可以擦亮读者的眼睛；一个平淡、然而发光的字出现了，诗中总是或隐或现地走出一个"我"！

（三）不可遏止的现代文学潮流

十九世纪末到二十世纪初，在西方各国出现了一个普发性的艺术潮流。各种艺术种类都发生了新的变化：小说中的意识流；电影中的无情节；音乐中的无调音乐；戏剧中的荒诞手法；美术作品中的抽象。诗歌……在这个历程中出现了新的众多流派。这股潮流统称为"现代主义"艺术，广泛蔓延，一百多年来，仍绵绵不绝。

这种以反古典艺术传统面目出现的新艺术，注重主观性、内向性，即注重表现人的自我心理意识，追求形式上的流动美和抽象美；他们反对传统概念中的理性与逻辑，主张艺术上的自由化想象，主张表现和挖掘艺术家的直觉和潜在意识。我认为，这是继文艺复兴和浪漫主义运动之后，在世界范围内文艺的一次重大变革，是人类物质文明发展到一个特定阶段的产物。正如资本主义经济的兴起带来了文艺复兴一样，现代艺术的出现，是现代生产方式和生活方式的必然结果。

过去，我们总是强调它是资本主义走向没落时的精神产物，对它艺术上的合理性几乎没有进行研究和分析，致使我们三十年来对西方艺术的整体认识，仍停留在一百多年前的浪漫主义时期。如果说，我们过去的惊愕（包括愤恨）在它诞生之初还有一些道理的话，随着时代的发展，今天还重复那句老话，就难以说服现代的青年人。

人类的艺术，要不要千秋万代地圃限在现实主义与浪漫主义之中？要不要，或者可不可能，逐步地脱离"具象艺术"走向"抽象艺术"？再退一步说，允不允许出现一点"抽象艺术"——这不仅是对世界艺术的估价问题，也关系到我国文艺发展道路，关系到如何认识当前作品中已经出现的现象。

中国现代艺术的萌芽，可以追溯到本世纪二三十年代。当时的中国，各种艺术品种刚刚草创，刚刚脱离文言的白话文学还带有封建主义古典艺术的病态！以后的外族入侵、国内动乱，终于使中国现代诗歌产生的一点点可能性遭到泯灭。

七十年代末、八十年代初，在中国，每一扇艺术大门中都涌出了新的变化：小说、美术、电影，包括诗，都泛起了现代艺术的新萌芽。时代的指针告诉我们，艺术总要发展，不仅数量上！

（四）新诗艺术，从第六十一年全面起步

新型诗歌的出现，震动了按照习惯道路安步当车的诗坛。近年来，各种风格的诗人都在探索，有些人试图在"古典＋民歌"的基础上对新诗进行改良，但却久久地苦于徘徊，几乎没有一点儿突破。旧的手法落伍了——同一形式经过几辈人无数次地冥思苦想，再也难以有什么新鲜的突破。

青年，成了新倾向的热烈追求者和倡导力量。中国诗坛找到了一种新形式的喷发口，全国涌现出了一大批青年诗人：北岛、舒婷、顾城、江河、杨炼、梁小斌、王小妮、孙武军、傅天琳、骆耕野……同属于这一倾向的年轻人名字可以排出一串长长的队形。中年诗人蔡其矫、刘祖慈、孙静轩、雷抒雁、刘湛秋、顾工、公刘、李瑛等都程度不同地属于这股新诗潮中的涌浪。在全国各大学及大城市的青年工人中形成了一批创作群。

有人说，一九八〇年中国诗坛是平静的，甚至说是停滞的。这无论从创作和评论哪方面讲都不能成立。这种忽视诗的艺术变化，而仅凭诗的声音大小强弱和呼声高低来作裁决的功利性判断，只能说是拙劣评论者的一种伪审美。如果说七九年新诗主要在内容上得到了成功，那么一九八〇年，诗则获得了艺术上的全面进取，这是一次新鲜萌芽的丰收。记住吧，一九八〇年，尽管是噪乱的、富于争论性的一年。

二、新倾向的艺术主张和内容特征

任何艺术流派的兴起，都必然是以新的角度对生活、对艺术的一次新理解，必然是对彼时代人们心理的某种反映。七十年代我国思想猛烈的变革性冲动，给予了艺术革新者以足够的勇气，催动了一代人艺术感觉的觉醒。一批青年人最先起来，撼动了我们过去不敢怀疑的一系列诗歌理论柱石——这是产生新鲜诗歌的前提与条件。

目前，由于各种原因，青年及部分中年诗人，还没有更多机会发表和形成自己完整的艺术理论，他们的主张更多地还是靠诗来作宣言。虽然目前这种倾向还呈现着多种流派的共孕现象，但绝大多数人在很多根本问题上表现了相当惊人的不约而同性。他们共同地向没有脚印的地方走，共同地把"古典＋民歌"派作为区别对象。

（一）艺术主张

1. 对诗歌掌握世界方式的新理解

"艺术反映生活"，这是我们多年来恪守不变的现实主义原则。但如何反映呢？长期以来，我们对此原则作了教条主义式的理解，"反映生活"变成了单纯地"描写生活"：

> 头上
>
> 焊火喷光！
>
> 脚下
>
> 风铆铿锵！
>
> 一片沉雷闪电中
>
> 我们挥汗造桥梁。

在六十年代，诗就这样成了"镜子"。成了一味映照外在世界的镜子，而八十年代的青年诗人说："诗是一面镜子，能够让人照见自己。""诗是诗人心灵的历史""诗人创造的是自己的世界"——这是新的诗歌宣言！代表了整个新诗人的艺术主张。他们认为诗是"人类心灵与外界用一种特殊方式交流的结果"，认为"反映表面上的东西，成为不了艺术"。这样，就从根本上否定了对生活进行照相式简单写实的传统诗歌。请对照两段诗：

> 呵，小小的红水河……
>
> ……………
>
> 你在祖国南疆的山区中前进。
>
> 你在崇山峻岭的峡谷中奔波，
>
> …………
>
> 你竟比黄河还要黄，
>
> 你竟比怒江还要恶。

在传统新诗中，是不加入多少主观因素的。外界有什么样的色彩、形态，诗中就写什么样的色、形。黄的就是黄的，奔流就是奔流。那么新诗人怎么写呢？

> ……河水，揉动着粗大的琴弦
>
> 一群小山在阴险地策划着什么
>
> 我瘦长的影子被狠狠地打倒在地上
>
> …………
>
> 淡青色的拂晓
>
> 世界停在一个特写镜头里

　　同是写河写水，后者完全是诗人的自我感受。读者从诗中感受到的不单纯是山山水水的世界，而是诗人躁动不安的情绪。那揉着琴弦的河水，就是诗人自己的化身。这样，他们就彻底脱离古典主义的模仿性描写和浪漫主义的直抒胸怀，力图在物我之间造成新的存在物——这是对诗歌掌握世界方式的认识的根本转移，冲破了现实主义的画框，使那些被感情浸泡过的形象，依诗人的情感，组合新的形象图，而轻视真实的描写。正是依据这个原则，北岛才在《回答》中唱道"在镀金的天空中，漂满了死者弯曲的倒影"；舒婷对你说："凤凰树突然倾倒，自行车的铃声悬浮在空间"；江河才写道"硝烟从我们的头上升起，无数破碎的白骨喊着随风飘散，惊起白云"（注意！这些都不是想象，而是对外界景物的现实感觉）。一种新鲜的诗歌主张一经获得实践，必然会促进诗的新化。心灵与自然之间的门一打开，世界便不再单调。同一件平淡的事物，因千差百异的心灵而变得五色缤纷。同样一条河可以写出一百种颜色、一百种流动的形态。把诗从"图画美"提高到"诗美"，这就从根本上恢复了它的活力！

2. 强调诗人的个人直觉和心理再加工

　　一位青年诗人这样理解诗的创作过程："诗是非常独特的领域，在这里寻常的逻辑沉默了，被理智和法则规定了的世界开始解体。色彩、音响、形象的界限消失了，时间和空间被超越，仿佛回到了宇宙的初创期。世界开始重新组合，于是产生了变形……诗人通过它洞悉世界的奥秘和自己真实的命运。"这里，夸张显然是强烈的！但作者的用意却是明朗的。他强调了诗人对外界现实主观驱使力，强调了艺术创造者主体对客体的重新组合作用。他突出强调了人类思维对自然形象再支配的主观权利，甚至向理智和法则挑战。这些青年人主张表现"思想深处的熔岩";表现"高速幻想";表现"思绪搅动的灵魂";他们追求"意象直觉感";主张"向人的内心世界进军";甚至主张探索诗人"潜意识的冲动";主张调整我们民族对诗的"感受"心理和"鉴赏心理""改造中国诗人的气质"——年轻的诗人们免不了说一些过头的话，而且应该说这样零碎地摆出一些断想式的摘句并不能完整地再现他们的"理论"。他们并不是要脱离生活，而是要求以一种新的方式组合生活。这就使得他们的诗：抒情方面同传统的理性诗、在描写方面同情节诗大相径庭——比理性十足的诗更富于外在形象感；比情节性很强的诗更富于心灵色彩。因此，这些诗人笔下出现的是被诗人重新点染过了的形象，是被人类的心灵（这是第二颗太阳！）重新照亮了的世界。这样的倾向无疑更从总体上符合诗的本质特点，即心灵性。

3. 注重诗的总体情绪

不懂！——这是一些人对某些青年诗的审美判决。他们常常不明白，为什么诗中跳出了很多无关的形象？为什么诗的结尾不点题而不了了之？这，恰恰是反映了人们之间不同的诗论主张。青年们认为：诗是人类生命的强辐射，是诗人情绪的扩张。一首诗重要的不是连贯的情节，而是诗人的心灵曲线。一首诗只要给读者一种情绪的感染，这首诗的作用就宣告完成——所以他们有时在诗中便割断了顺序的时间和空间，根据表现内心感情的需要，随意地选择没有事件性关联的形象。他们的诗往往细节清晰，整体朦胧，诗中的形象只服从整体情绪的需要，不服从具体的、特定的环境和事件，所以跳跃感强，并列感也强。这一点有些像法国印象派画家莫奈，只注意表现光线的效果，至于画面的具体内容倒无关紧要。他们轻视诗的情节性（因为这并不是诗最擅长的、独特的），轻视明朗化的理性表白（致使很多有着陈旧欣赏习惯的读者们等待诗的结尾"拔高"、等待作者站出来"点题"的期望遭到失败，于是乎，就不懂！）。应该客观地认为：作为一种诗歌主张，是完全可以成立的！他们运用这种主张创造出来的诗，在实际上确实也吸引了与他们有着同样的审美期待的读者们。当然，他们表现力的完美化与一部分落伍的读者审美趣味的转移与提高将同时艰难地进行。

（二）内容特征

1. 一代中国青年的脚步

青年们写出了超过我们传统认识的"古怪诗"，正是因为中国社会曾经出现过一段令我们"不懂"的"古怪的生活"。

青年——这就是几乎全部青年诗的主题指向。关于青年诗的整体内容上的特征，谢冕同志曾做过相当准确的概括——他们对过去生活的回答是四个字：我不相信！（这同西方现代诗歌是具有相似的主题倾向的）；对于未来的生活是无所羁绊的"渴望与追求"！（这又是十足的中华民族的血气）；他们诗的主调是"希望"与"进取"。我这里只想说，这批青年诗为我们留下了十几年中我国青年徘徊、苦闷、反抗、激愤、思考、追求的全部脚印——读他们的诗感觉到有"一代人正在走过"的历史进程感！从北岛的《回答》《雨夜》到杨炼的《耕与织》《走向生活，我的诗》，他们展示出了我国年轻一代痛苦而坚韧的步伐。为我国文学史提供了一整套当代青年史诗般的心灵图画，留下了受屈辱、受损害，然而却是压不倒也更骗不了的年轻灵魂们的形象。

青年诗中的"整体青年形象"是什么呢？在中国当代文学史上，有两首相映成趣的诗可以为我们做出全面的回答——北岛的《一切》和舒婷的《这也是一切》。很多人曾把这两首诗作为两种不同的青年形象理解，那是不了解青年诗人，更不了解当代青年！这两首诗对于全部新诗人创作思想来说是典型的，是一代人心目中统一信念的两束折光：对假丑恶的彻底背叛与对真善美的执着追求，相辅而又相成地构成了绝大多数青年读者的主题基调——一个把它的一半，即对旧世界的否定排列成十四个"一切"；另一个把另一半，即对正义事业的坚信组成了十三个"不是一切"（例子从略）。

2. 诗中出现了"自我"

如何表现社会心理呢，在八十年代！

每一个敏感的诗人都不能不发现：时代变了。今天，一代人的审美理想和标准变得不可琢磨。一些昔日放着光辉的美丽词语，在读者的眼里引不起一点回光。过去我们含着泪唱出来的歌变得那样廉价。人们变得实际起来。一本正经地高谈阔论总是显得像个傻瓜，振臂高呼或指手画脚地训斥人的诗令人生厌。诗人稍不注意，就会被指脊梁……

一些中青年诗人开始主张写"具有现代特点的自我"，他们轻视古典诗中的那些慷慨激昂的"献身宗教的美"；他们坚信"人的权利，人的意志，人的一切正常要求"；主张"诗人首先是人"——人，这个包罗万象的字，成了相当多中、青年诗人的主题宗旨。他们的"自我"，是一个个普普通通的中国现代公民。

我认为，在目前世界上纯粹的个人心理是没有的。第一，随着科学技术的发展，空间和时间都在缩短。社会越来越趋于整体化。作为社会个体细胞的单个人，每一点感受都会有程度不同的社会性（哪怕很少），即形成了诗的社会应和性；第二，从每个人的角度看，社会化了的"人"的凸现，甚至使集团性的意识观念直接侵入到人的潜意识之中，使人们无形中表露出来的本能性冲动都带有很多无形的影响，即浸泡着全部个人意识（外在的、内在的）的那种时代感。这样，社会的、个人的时代局限（或时代的赋予、哺育）决定了我们的"自我"必然带有较强的历史感、民族感和普遍人性。

于是，他们的"自我"深深地回顾中华民族的骄傲和耻辱，共同地呼喊着中国人民的心声。这种具有扩张性的"自我"，有着强烈的社会感染力度！

3. 两种"自我"

重视"人"的自身心理内容，同时又重视"人"与外界的关联和差异，应该是广义上的"诗情"。

有的新诗人把社会上的人分为两种：一种是"意识到了'自我'的存在"，能够"能动地创造社会、改造社会，而不是被社会改造的人"；另一种是"感受不到自己作为'人'（应该获得人所应有的一切权利）而存在着的人"。这种分析出现在中国社会全面变革的今天，对于诗歌来说是意义重大的。请对照一下同发表在一九八〇年又同是写石匠的两首诗——《星星》上刘不朽的《访峡中老石匠》和《诗刊》上王小妮的《碾子沟里，蹲着一个石匠》（诗句例略）。同是描写外界生活，可以看出后者的笔触更深刻、更凝重。

4. 复杂主题

打破五六十年代那种"开头描写""中间铺陈""结尾升华"的传统诗歌套式——是新诗人们对主题新处理的思考和探索基点，这一点与另一类诗人的区别是明显的，请看一看同在八〇年出现的诗：

齐崭崭，黄澄澄

　　下连碧野，上接青云

　　……

　　我们从中看到了什么？

　　一颗颗闪光的汗珠

　　那是社员透明的心……

　　且不说这种诗情怎样，单是主题就简单得令人难以忍受！全诗的题旨不外建立在一个比喻的基础上（而且是老而又老的比喻！）：草垛高，草垛里有汗珠——汗珠是社员的心。这种清水煮白菜式的主题，这种起承转合式的老调足以败坏了我们一万首所谓的"诗"！

　　显然，没有主题上的变异和深化，诗，就不能再前进半步。于是重暗示、重含蓄的诗歌主题处理出现了；多层次、多侧面的主题出现了；"多种意念综合"的主题显现办法出现了；由矛盾心理、交错感情构成的立体型主题出现了；由于写直觉，由于运用象征手段在诗的第一主题后面，诗的第二主题也出现了；这一系列复杂主题、抽象性主题，由于它们的不特指性，就对读者产生了一种从感情上，而不是情节上的吸引。不是理性十足的指导，而是感染！是辐射！是让读者思考、选择！所以，审美的范围就变得海阔天空。

三、一套新的表现手法正在形成

　　诗坛上，升起了新的美。

　　于是，通向"美"的道路，就第一次出现了无数种可能性。无数！而不是唯一。

　　如果说新诗六十年来只走过一条路的话，那么艺术的领域简直可以称为有一千条路的无边原野。正如中国人哼了几千年佶屈聱牙的古调子，世界上大多数先进国家都很早先后脱离了古典主义迈向现代艺术领域一样——当我们新诗伴着苦难的民族，走着一起一伏的曲线时，六十年来，世界诗坛涌现了无以数计的流派。是的，我们今天才发现诗歌的道路竟那么众多！而我们新诗的足迹总是单线条。如果说前三十年还可以得到原谅的话，建国以来我们不能不对静止单一的局面感到惭愧。三十年来，我们究竟在形式上有多大突破和创新？倘大国度，偌大诗坛，产生了多少有独创性艺术主张和艺术实践的诗人或流派？我们严重地忽视了诗的艺术规律，几乎使所有诗人都沉溺在"古典＋民歌"的小生产歌吟者的汪洋大海之中。可以说，三十年来的诗歌艺术基本上重复地走在西方十七世纪古典主义和十九世纪浪漫主义的老路上。从五十年代的牧歌式欢唱到六十年代与理性宣言相似的狂热抒情，以至于到"文革"十年中宗教式的祷词——诗歌货真价实地走了一条越来越狭窄的道路。从建国初我们就没有铺开更宽的艺术发展局面。在这点上过多地责难艺术家，甚至政治家，都是苛刻的，我们民族的确是背负着太多太重的因袭负担。但是，如果在一切都开始出现转机的今天，我们仍然不清醒地认识已有的荒凉，不扶植珍贵出现的新艺术萌芽的话，将来的子孙们便有理由给予我们以更加激愤的痛骂。

当前，对诗歌现状，有些人提出"崛起"；有些人奋起反对。其实"崛起"并不神秘，崛起就是突破！就是猛烈地前进一步。也许有些人不赞同诗坛出现了新流派，甚至不承认出现了新的倾向性诗潮，但是任何人都不能不正视新诗在艺术表现手法上的变异、变革和突破。前进，是不可否定的，至于前进的幅度，可以充分讨论。三十年来，我们不缺乏惊心动魄的辩论和斗争，我们缺乏的是对诗歌艺术的科学探求。今天，面对一大批新鲜的诗篇，我们完全可以说它们已经形成了一整套独特的表现手法，促使新诗在结构、语言、节奏、音韵等方面发生了一系列的变革。

（一）以象征手法为中心的诗歌新艺术

1. 象征。对于我们来说，象征并不是完全陌生的。但大量地出现在诗中，特别是以整体性的结构出现在中国诗歌中，却是新诗史上的鲜见。

这一小部分，我的例子首先用北岛的一首诗《迷途》为例，这是被称为典型的"朦胧诗"。全诗如下：

沿着鸽子的哨音

我寻找你

高高的森林挡住了天空

小路上

一棵迷途的蒲公英

把我引向蓝灰色的湖泊

在微微摇晃的倒影中

我找到了你

　那深不可测的眼睛

象征手法与比喻手法的根本区别，在于比喻中"喻体"与"喻本"的同时并列出现于诗中。如说"美好的召唤"像鸽子的哨音，"召唤"与"哨音"的比喻关系就是明朗的。而在象征手法里，却隐去了被比的事物，诗人只写"沿着鸽子的哨音"，这样就使被比的原体有了一种随意性，这一点正是我国读者所不习惯的。过去我们的诗中偶然也出现象征，但多是小型字句、个别诗行。而今天，在青年诗中象征常大量出现，甚至整首诗都借用象征的题旨。（《迷途》诗中以"哨音"象征天使般的召唤；以"森林"象征遮挡目光的障碍因素；以"蒲公英"象征共同追求的同伴，或者如同哨音一样的外来引导性力量；以"湖泊"象征追寻的归宿；其中"你"和"眼睛"双重象征着理想物的化身。）

象征手法起于李普斯的"移情说"——诗人把自己的生命信息输送到无理智、无思维的外界之中，心中翻滚的色彩喷出来染遍对应景物。读者隐掉景物的实体，感受到的是诗人的色彩与情绪，这就是象征手法的美学意义。象征是经济的，以《迷途》为例，全诗分为三个部分，分别写了追求、被阻和结局的三个阶段，用九行诗完成了一个追求的全过程。如果用写实手法写具体情节，就一定冗长得多、浮浅得多。

象征手法打破了真实描写和直抒胸臆的传统表现方式。它像一道只写出等号一边的方程式。诗人只排出一组组的字母和符号，读者可以把自己的感受代入其中，因而会因读者的不同而产生无数个"解"。这种抽掉了具体描绘、具体感受的诗的不特指性，极大地增强了诗的含量和情绪宽度。

象征手法的运用，带来了诗人们抒情角度的转移。舒婷的"我是痛苦，是悲哀"、骆耕野的"我是年迈的城镇，我是拘谨的生活"等诗篇开了这种抒情角度的先河。之后，各种各样的"我是××"大量出现。由于这种方法较为简单，只要以象征物作为抒情出发点就可以了，对新手法开始尝试的诗人，都开始这样做。李瑛的《我骄傲，我是一棵树》，雷抒雁的《不死的普罗米修斯，是我》，说明了这种方式的盛行。但对象征手法运用得巧妙而复杂的却仍是几位青年诗人，他们开始更加零碎而虚幻地在诗中运用。如王小妮的《风还在响》中老头的"棉帽"。孩子们的"纸屑"都是表现第二主题的深层象征物；而梁小斌的《雪白的墙》《中国，我的钥匙丢了》属于事件性象征；江河的《纪念碑》则不把诗停留在单一的象征类比上，他诗中"我"的虚实结合，隐来隐去；北岛的总体象征较多，如《五色花》《雪花·微笑·星星》，但也有与顾城相似的细碎意象性象征，如《一束》《结局或开始》。中老诗人近年来也有含象征手法的诗出现，如孙静轩的《我们是大运河的子孙》和蔡其矫的《距离》等。

象征手法由于它的暗指性，适于表达多层主题和复杂感情，适于表达抽象的意识和情绪，在使用中与其他手法交错起来，构成了诗的朦胧美。目前，这种手法还有待于总结归纳，那首曾引起争论的"令人气闷"的《秋》，其实主要就是运用的此种手法。

由于篇幅，对其他手法我只作一下概述，并全以舒婷的诗为例。

2. 视角变幻，使诗歌的创作在描写与抒情两方面出现了变异。描写，如《兄弟，我在这儿》的场景跳跃不定指；《往事二三》以意识切割回忆，被描写对象呈零零碎碎的并列展现。抒情，如《中秋夜》《赠别》中抒情行节与景物描写的剪辑交杂，很少大段抒发，将感情化为精致的蒙太奇单位，以一二行的数量与其他内容交叠、缭绕起来。总之，诗人运用的不再是单一的长镜头，而是长短镜头结合、大小镜头结合，甚至特写镜头的穿插、变幻。

3. 变形手法，打破时空的固有顺序。如《回乡》中往事与现实的交错出现（时间上）；《往事二三》中"桉树林旋转起来，繁星拼成了万花筒"（空间上）；以及"石路在月光下浮动"（将诗人感觉外化出来，改变了对事物原有状态的摹写）等。

4. 表现感觉及意识的原始状态或特殊阶段。即表现直觉和幻觉，如《往事二三》中未经理性加工，直接并列出现的六个单独形象（克罗齐称为直觉品）；表现幻觉、错觉：如《路遇》中，"凤凰树突然倾倒"是一瞬间直觉与错觉的交杂。

5. 通感。这种手法的宗旨是扩大感官的审美范围，达到各种感觉的互相流通和补充。如《四月的黄昏》中，"绿色的旋律"（声、色交融）；《落叶》中"残月……漂在沁凉的夜色里"（触觉、视觉结合）。

6. 虚实结合。这是使用较广泛的手法。诗行间：如"我是水车、矿灯"（实）与"我是理想，我是希望"（虚）；句法上如"波涛与残冬合谋"。

以上这些手法的较大量出现，确是近年来的事。目前，在我国象征手法实用性较强，其他手法，尚正在探索与尝试之中。

（二）跳跃性情绪节奏及多层次的空间结构

也许因为我们是一个老实憨厚的民族，过去我们的诗总是连贯、单一得如同我们起起伏伏的长城。它的基本结构特点，借用一句小说家们的术语，就是"情节性结构"。

现代生活的节奏在加快，诗的结构必然要随着人们的思维的复杂化、立体化而更新。江河和杨炼两位强情绪型的青年诗人，在这方面做了开创性的努力。看江河的组诗《从这里开始》中的一段开头：

> 我不是没有童年，茂盛，青春

> 即使贫穷，饥饿
> 衣衫破碎了，墙壁滑落着
> 像我不幸的诞生

> 沉闷

> 被暴发的哭声震颤
> 母亲默默的忍受有了表达

他简直是在随意地划分着段落，哪里有什么固定的分节、字数和韵脚，这一系列的诗的外在束缚都在他的一往直前的情绪辐射中纷纷飘落：

> 我记下了所有的耻辱和不屈
> 不是尸骨，不是勋章似的磨圆了的石头
> 是战士留下的武器，是盐
> 即使在黑夜里也闪着亮光
> 生命和死亡没有界限
> 只有土地，只有海洋
> 是告别的时候了
> 是交换凯旋的许诺的时候了

美，必须是"和谐"的，然而对和谐含义的理解也在演变。新的和谐，总会在不谐和的缝隙中出现，促使人们对美产生新的捕捉能力。

诗在结构上的大跨度跳跃与诗行组合上的分解、扩展，是近年来诗人们打破单一性诗情和想象线索而造成的形式突破。

为了避免因举例而引起的本文内容的繁杂，请大家读一下江河的组诗《纪念碑》、北岛的《结局或开始》、赵恺的《我爱》。这里我只举出雷抒雁的《人的颂歌》中的几行：

……

都是这沟回里波动的水

没有美

我创造美

我将创造一个星体

新诗的跳跃力在增强！诗行与章节之间出现了新的内在关系。如断层推进式的（赵恺的《我爱》、舒婷的《也许》），并列式的意象组合（顾城的《弧线》），以及运用较多的隔节反复的形式（如孙武军的《回忆与思考》等）。

意识流的手法开始出现在诗中。如王小妮的《假日·湖畔·随想》，用心理感觉来串联结构。再看这样一段诗：

玻璃渣子，他再也不用跪啦

（那一天早晨，他又起来浇花）

专案组的牌子，像叶子一样换啦

（那一夜，只有鞭子和他对话）

运用括号，将两件事并行排列，造成几条线索的同时推进，这也是一种新的结构方法。

这些块状诗歌结构办法，其内部粘合力靠的不是事件的客观情节性，而是靠感情流动和逻辑性。

关于诗中的内部空白。

他们诗中出现的往往不是连贯的线，而是断续的点，诗中的空白在明显增多。在江河的段落之间、在杨炼的行句之间、在顾城的意象之间、在梁小斌精巧的片断场景和王小妮印象诗的心理波动之间都出现了很大的空隙地带。这是

中国当代文学史资料丛书

相信读者欣赏力量的表现。因为诗中最能产生美感的，往往是读者结合自己的想象画出来的图画，作者涂得越满，诗便显得越单调、越定型。现代诗，不应该是黏稠的一块，而应该是跳动的圆点和落差悬殊的阶石，隐在诗后的才是作者感情潜在的连续性。现代读者是有着极巨大期待的（这种审美期待有时会造成强大的否定力量）。有相当数量的诗，就是在读者焦急地跟作者一起爬行的中途被放弃和否定的。而诗中的空白反而会成为读者思维运动起来的启动器。

应该指出，大幅度跳跃，多数是作者精确选择后的结果。

中国诗坛，经过一段长长的整齐排列，诗需要新的组合。实践证明，中国的方块字是富于跳跃感、适于立体结构的。

> 我们结识了。红河
>
> 蔚蓝色地在黑土地上流过
>
> 太阳和星星睡在我们的怀里
>
> 闪闪发光。颤动着金碧辉煌的梦
>
> 点点白帆像纯洁的姑娘们伴随着我们

青年们在探索着。有时他们翻来覆去地尝试新形式，如同频频变换睡眠姿势一样。

（三）新诗建筑上自由化的新尝试

自由化，是新诗走向现代化的必然脚步。自由——格律——自由，这就是循环着的全部起伏。格律化，需要概括的力量；自由化，则需要勇气、才气与魄力，尤其是在一次长期禁锢之后。

新诗在打破中国古典传统格律之后，几十年来，又形成了新的格律——即四行式的新形式。这种四行一节的形式继承了古典诗歌的基本结构单位，又吸收了西方自由诗的诗行内的节奏美而形成的。但说到底还只是一种现代诗歌的雏形。可以认为它是五七言绝句的现代口语翻译形式。

在几十年的新诗史上，一直存在着自由化与格律化的斗争与竞争，完全开放式的新诗形态从郭沫若起就表示出了自由抒发的优势。解放后，由于我们强调了学习民歌，由民歌的传统节奏、韵律带来的四行一节的形式就越来越泛滥（包括一些变体，如二、三、五、六行一节），造就了千百首四平八稳的诗，在一定程度上对诗形成了一种束缚。新的创作倾向对此作了相当猛烈的冲击，基本冲开了一个大缺口，现代人的情感流动起来了，出现了一批不拘格式，不讲严谨排列的新型诗（例子略）——诗行忽长忽短；每节有多有少，章节安排几乎无规律可循，一诗一样。这种自由格式适于表现各种型号的情绪，如果一概置入到四行一节的诗中，就一定会失色。如：

> 这里有沟鳞鱼，有恐龙，
>
> 有巨象肋骨，树叶和草丛，
>
> 有波涛起伏的旋律，
>
> 旋律中小鱼在快乐地游泳；
>
>
> 还有某一天的落霞残照；
>
> 还有某一次的雨后飞虹；
>
> 还有盘古的巨斧，后羿的镞，
>
> 或者，还有不死的胚芽准备滋生……

像这样自由舒展的并列叙述，有必要一定按照四行一节切割开来吗？中间有必要空一行吗？很明显，"四行体"，妨碍了思想的连贯性，中间又几乎生产不了跳跃感。

近年来的诗歌建筑真是五花八门！四行一节、四行一节的小火车式的运载感情办法已经在瞠目结舌。

为什么会出现这种倾向呢，道理何在？

我认为，写新诗不能像古代人那样依一定格式填词。现代人的感情波动性大，逻辑关系强而多变。诗，作为感情流动后的文字定型，建筑结构要依存于诗的内在情绪，即遵从于诗人的内心节奏。用文字方砖修筑心灵曲线，或起伏，或断裂，外化出来才是真正的诗的形式结构体。简单地图解一下：

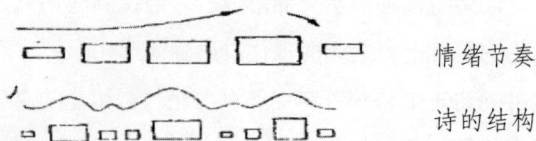

情绪节奏

诗的结构

情绪的起伏造成了结构上相应的长短大小变化，而如果像下面这样就会多么不和谐！

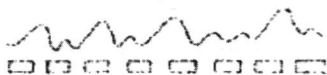

波动起伏的情绪曲线
规整一致的四行一节结构

固定不变的行、节、段，适于叙事性较强的诗。

至于格律，将来是一定会形成一些的，但那是以后的事。目前的创新在于突破，在于尽多、尽丰富地展示。值得人高兴的是，很多诗人正从"诗匠"的心理中解脱出来，自觉地按照诗的内在节奏布局章节。

（四）韵律、节奏及标点的新处理

传统的诗的韵律正在被打破。三十年代艾青等人单枪匹马做的事，今天已随处可见。戴望舒说过的，诗的韵律不在字上，而在情绪和诗情上，今天才有了更广泛的实践。

总的看，建国以来的多数新诗，包括自由化了的新诗，基本上没有脱离古典诗词和民歌的脚韵规律的支配。即使贺敬之的阶梯式，形式变了，押韵的方式没有变（由两个大节奏，或由四个大节奏组成）。而现代诗的声律特点，在于依从诗行内在的旋律，不借助外在的脚韵的声音循环美。

在现代社会，一部分诗已由"听觉艺术"转向"视觉艺术"，促使诗去寻找新的声律手段，尝试新的审美媒介的创造。创作实践证明，我们再不能把"分行"和"押脚韵"作为诗的唯一特征了。必须重视诗的各种内在美，包括诗行中的声音美。今天看来，似乎脱离开传统音律的束缚，也完全可以创作出优秀诗篇。否则，为什么江河的《纪念碑》组诗，完全没有一致的韵，完全没有定规的字、行数和循环的声音节奏，而竟那样深沉、凝重？！

当前，完全打破脚韵的诗很多，除艾青、蔡其矫等老诗人外，一批青年在写着没韵的或 "半韵"（基本没有一致的韵，间或有几个重复共鸣的尾字，如梁小斌的《金苹果》）的诗。

有一些小型或超小型诗的出现，把传统诗律赖以存在的理由冲淡到近乎消失的程度（比如三行、二行，甚至一个字的诗！）。诗正在思索着附加给诗的声音珍珠——也可以说是声音锁链的韵的规律，究竟应该怎样佩带？无韵的美把创作功力从每行的最末一字伸向诗行内部而带来的新成功！由于抛开了尾韵而带来的"视觉艺术"而不是"听觉艺术"的特有魅力——正在从一些中青年诗人笔下向外传播……

节奏。主张口语化，重描写的新诗人们的作品，形成了"自然""清丽"的节奏主调，另一类强情绪型的，变形较大的诗人形成了短促、顿抑和凝重的特点。总的看来他们的节奏徐缓、沉稳，起落较小，有一种淡淡的平静，并没有振臂高呼的旋律。读他们的诗，感受其间的节奏美，总使我想起很多现实中的青年：表面平静，甚至有些冷漠，但内心却总有一种东西流动着，流动着。

标点符号，作为诗的分界物，标点主要有两个作用。1. 指示停顿（包括指示停顿的时间）；2. 标志感情色彩或语气。

在现代诗歌中，标点符号作用的被忽视，我认为具有一定的合理性。诗，是分行的文学样式。分行排列，这就在很大程度上减弱了标点的停顿功能。再则，现代诗歌注重诗意的不定指、暗示和抽象性。有时，一些标点难以准确标出，而要求读者去体味，随意而安。所以"句号"与"逗号"在现代诗中遭到一定程度的抛弃，实在是一件很节约的事情。

如前所说，随着人与人之间交往的日益工具化，诗，越来越多地由"听觉艺术"转为"视觉艺术"。有些诗，由于内在的复杂性，难于诉诸朗诵，只能平面排列，以固定的书写印刷形态保持"诗意"。从这个意义上说，相当多数具有现代倾向的诗人舍弃标点，首先是相信读者的文学素养，为了扩大诗的不定指含义；另一个目的，恐怕也是为了取得诗的排列美——一种干净、素洁的美感。他们中有的人全部不用！（甚至在诗行中的空白处也不用标点）多数人保留了标志感情的问号、叹号、破折号和删节号，这确实使诗的排列产生了一种纯净的美，而且似乎并没有因为标点的丢失而带来欣赏上的困难。

四、新诗发展的必然道路

现代倾向的兴起，在新诗历史上是意义重大的。它在我们多年的空白地带留下了新鲜的脚印，使被撂荒多年的某些艺术领域焕发了一片淡淡的新绿。

（1）在短短几年中，产生了一批较为一致的典型作品；（2）提出了一些诗歌里过去不曾注意的艺术主张；（3）形成了一套与传统新诗不同的表现手段；（4）涌现出一批有胆识、有才气、有独立艺术性格的创作群；（5）在读者中，特别是青年和知识界中，产生了较大的轰动和影响；（6）他们的创作打破了沉闷的空气，引起了理论界和整个社会的关注，促进了新诗研究工作的进程，带动了一部分最敏感的艺术力量，启发了一代文学青年的艺术感觉。他们的创作表明了新诗道路的其他可能性，在诗坛上争得了具有权威性的一席地位。这股具有现代倾向的新诗潮，与同时在中国兴起的其他艺术门类中的现代萌芽一起，归入了东方和世界现代艺术潮流。

新倾向的发展充满艰难。"不懂！"是社会一再喊出的惊异的抗议之声。一些人说它是二三十年代的"沉渣泛起"，一些人说它是从西方诗歌中拾来的破烂货，不给予它以"创新"和"探索"的称号。而这——是不公正的。

（一）它，是中国的

作为一种创作倾向，它经过了较长时间的孕育。最早的源流可以追溯到一九七六年的天安门诗歌运动。从全国范围看，有着惊人的不约而同性——而且，值得新诗研究者们注意的是，它的发生不是在中外文化交流的繁盛时期，恰恰是在我国文艺道路最狭隘之时，在闭关锁国的禁锢年头。新倾向的主要力量——一批青年，在文化生活极其贫乏的境地里，甚至在中国的土地上总共没有几册外国诗集流传的情况下，零星地，然而是不约而同地写着相近的诗，就连那些在中外古典主义和浪漫主义诗人作品的熏陶中成长起来的中老年诗人们，也在写着相近格调的诗——一种新的诗潮就是这样在"帮派诗"和"红色诗"的充斥、横行中带着一种必然性生长起来。

研究和评价任何艺术潮流，我们都应该面对它的真正灵魂——主导思想倾向。不能仅凭艺术手段上的凤毛麟角作轻率的归类。的确，在艺术手法上，它们与西方现代诗歌有相当程度的契合（注意：是契合）。主要艺术主张是表现"自我"。但他们的"自我"是什么样的"自我"呢？只要稍作一下对比，我们就可以毫不犹豫地说，它是中国的！在他们的诗里有对十年非人生活的控诉；有对于几千年民族艰苦历程的痛苦回味；有对于人性解放的追求与呼吁；有对于现代生活方式和生产方式的憧憬。一句话，纵贯在一代新诗人笔下作品中的主导精神是民族自强心，诗中的"自我"形象是要鞭笞黑暗！要葬埋过去！是要"重振民族"的新一代中国青年总体形象（例子略）。这批新诗人伴随着民族本身经历过一场苦难（"十年动乱"范围之广，使任何一个青年都难以躲避）。中国社会生活特殊一致的整体化使他们诗中的"自我"强烈地受到民族潜意识的影响。他们的"自我"是个人对一代人的兄弟般呼吁！是以民族中的一代人抒发对外在世界的变革欲的面目出现。这与西方现代诗歌中，那种在大生产高度发展，造成一定程度的个人与社会脱节对抗的"隐私式的自我心理"截然不同。西方诗人多是从游离于社会旋涡之外的纯个人角度来抒写。而中国新诗人却是从阶级（这方面较少）、民族、国家或至少从"一代人"的角度来写诗，绝大多数诗人的"自我"都具有广义性。这种状况也许是我国现代主义文学发展初期的特征。但我们不能忽视我们民族几千年道德观念和文学传统对青年们的无形哺育和制约。

从诗的表面上看，他们对我国古典诗歌和民歌取排斥态度，但他们却无形中继承了这一文化传统的灵魂——我们古代文化中那种"耿直、刚烈、鄙薄功名，蔑视权贵，威武不屈，贫贱不移，献身真理与正义，热爱生活，珍重友谊的中国诗歌中最可宝贵的精神基调"（以上引文见公木《中国古典诗歌中的现实主义与浪漫主义》），并吸收了民歌中温暖、乐观、明朗的色彩。使他们的诗在人和社会、人与自然、人与自我、人与他人的四种关系上根本区别于西方，主调上保持了中华民族的韧性，在他们的诗中，希望的火一天也没有熄灭。从诗中那种与黑暗势力彻底对抗的姿态和与封建意识彻底决裂的内容倾向上看，更具有东方诗歌、拉美诗歌和黑人诗歌的一些特征。

从艺术上看，新诗的这种新发展，是中国诗歌自身发展的一步必然。写印象诗的王小妮并没有读过克罗齐的《美学原理》，诗中却有大量的直觉描写；写《我说真话》的才树莲并不熟悉和欣赏西方的自由体诗，却有打破约束的诗的自由排列；江河的《纪念碑》不同于西方任何一个诗人的作品——难道我们有些理论家，真的就不相信中国这块土地能产生出自己的艺术？难道一切新出现的手法（尽管有些是外国人先创造出来的、总结出来的）就一定是"破烂货"，就一定是从西方捡来的吗？！

中国，曾经历了怎样的民族痛苦呵，十年中，人民失去了正常思维，人性异化几乎达到了人类前所未有的程度。人们不知为了什么……自己打倒自己，狠斗灵魂……在中国这块土地上几乎熄灭了一切人性的火焰！这样大的社会动乱，这样众多的心灵扭曲，不能不形成强大的心灵冲决力量，不能不在这一基础上爆发文学革命！诗，作为人性的最亲密的朋友，作为心灵与外界最直接的连通线，不能不发生转折性的变革！正是那些"吹牛诗""僵死诗""瞒和骗的口号诗"将新诗艺术推向了不是变革就是死亡的极端！才带来了整整一代人艺术鉴赏的彻底转移——这是新诗自身的否定，是一次伴着社会否定而出现的文学上的必然否定。

在艺术主张、表现手法上，新倾向主张写自我，强调心理；手法上反铺陈、重暗示，具备较强的现代主义文学特色，但他们的创作主导思想从根本上讲，没有超越唯物主义反映论。它们突破了传统的现实主义原则，表现了反写实、反理性的倾向，但他们反对的只是传统观念中的单纯写实，他们反对的理性只是那种对诗的生硬的政治性附加，他们的主题基调与目前整个诗坛基本是吻合的，有突出区别的只是表现方式和手法，即使顾城、北岛、舒婷、江河等走得较远的青年诗人的作品中逻辑线索也都相当清晰；他们注重视觉的图画、听觉的波动、触觉的形态等等在意识的流动中流动。这与李普斯的"移情说"共鸣（仅是共鸣！），但却与他影响西方文学的"艺术的催眠性"区别如云泥；他们强调诗人的直觉，甚至出现了写瞬间心理的诗，但在本质上与克罗齐的"直觉即表现，即艺术"的极端性主张根本不同，诗中都有较强的理性加工痕迹；他们朦胧地主张潜意识，但这种主张在诗中体现不多，他们的思维图像尚且是理智的飘线，实感性较强，没有出现西方现代诗人中的随意性想象；他们主张感情的跳跃和意识流动，但表现在诗中，只是结构的剪裁和推进的幅度稍大一些，至多也不过是出现一点点游离于主旋律的句子，基本上是把理性式的构思通过一些变化表现出来，而在以弗洛伊德的潜意识学说为中心的精神分析基础上产生的某些西方现代作品则主张"文学即梦幻"，二者本质不同。

在艺术与生活的关系上，他们反对写实，但不主张脱离生活；他们突出地强调诗的审美作用，但并不否定诗的教育作用，相当多数的新诗人强调诗的社会功利价值，主张"诗人应是战士"，大量作品具有强烈地侵入生活的锐气，一些象征诗、意象诗都富于社会振动性，一些叙事型诗中，灌满了人道主义的呼声。

在语言、节奏、韵律等方面，他们的诗都不超过现代汉语、现代口语的规范标准，那么我们对于本部分的小标题和论点，还有什么质疑的呢？！

（二）它，是今天的

二十年代是新诗发轫的年代，而三十年代则是全面铺开的生长期。在研究今天现代倾向的时候，我们不会忘记当年新诗中出现的现代萌芽。但它太幼小了，当时的中国并不具备全面产生现代主义文学艺术的应然性。"新月派"和"现代派"的诗人多数是社会的中上层人物，他们真正的艺术启蒙时期，多

261

朦胧诗研究资料

数是在国外度过的。他们中的很多人，带回了新的"芦笛"，但对当时产生这些诗歌的哲学、美学基础和社会因素缺乏了解（时代的距离太近了）。回国后看到的经济落后、政治混乱的局面，他们本身与半封建的中国有一种不协调关系，他们的"自我"与当时这个国家的多数人民并不吻合。诗的主导思想上脱离现实，诗的情调上表现了空幻的自怜和哀怨。这种总体自我形象的干瘪和软弱，使他们的诗缺乏饱满的中国人的感觉，他们强调"真实的感情是诗人最紧要的"，"我们写诗，只是我们喜爱写"，所以他们诗中只出现了一些外在性的自我表现——诗的跳跃不足；意象的心理色彩不强；象征多停留在比喻的基础上；感觉表达也直白，并未真正达到诗人心灵丰富的暗示性展现；语言半文半白，节奏、韵律都较为拘谨。总之，在诗的感受角度和表现手段上基本没有冲破平铺直叙的总框子。像他们自己说的那样："练拳的人不怕重铅累坏两条腿，自由的重累是日后轻腾的准备。"他们力图建立新诗格律化的努力并不很成功反而束缚了手脚。或许他们发展下去，可能更自由，会逐步地"轻腾起来"。但后来由于外族入侵，政治局势的动荡，冲垮了他们的小天地。这种孱弱诗情的泯灭有一定的正常性，但他们写"自我"的主张和艺术尝试是有益的。因此，"新月派""现代派"脚步的中断，并不能证明他们试图使用的一套艺术手法的失败。

八十年代的青年（包括中年）最可贵之处在于他们与社会的血肉相连。作为一代人，他们与这个时代一起走过来。他们的"自我"符合中国社会走向现代化的总趋势。他们的感觉方式适于现代手法。

这一代新人接续了二三十年代诗人的探索，但主要是接续了他的艺术部分。在对社会、对民族、对人生的认识上，昔日的那批青年诗人也许恰恰是放大了中华民族的劣根性的一面，中华民族最本质的阳刚之气则更多地奔流在今天的青年诗人身上笔下。无论是对黑暗的揭示和对未来的希望，新一代诗人显然都更深刻、更明确——有一种彻底抛弃几千年的因袭，全面走向现代社会的现代感。两代人的差异是明显的。这种差异是六十年来中国社会变迁、进化的反映。而新诗人们运用的一套新的艺术手法，更是过去的诗人们不可企及的。从某种意义上说新人们的探索已相当深入，不仅超过六十年前的新诗，超过本世纪初的西方诗歌，而且有一部分作品已经达到了足以登上当代国际诗坛的水准。

（三）新的，就是新的

一种新的艺术倾向的兴起，总是以否定传统的面目出现，总是表现反对原有旧秩序的强侵入！这就足以触动社会的全部惰性。铅一样的旧秩序常常产生一种自我防御性的本能排斥。

在艺术上，我们有一种顽固的不愿承认新生的习惯，不情愿献出掌声，不习惯把新生命同艺术发展的方向连在一起，而总善于用旧的、熟悉的认识水准把它同过去发生过的文艺现象作生硬的类比，贴上陈旧的标签——这是一种很恶劣的、鼠目寸光的判别方法！

任何艺术新芽的拱起，总会坐落在昔日优秀文化遗产的土地上。遗传和借鉴，如同婴儿屁股上的胎印迹一样正常而又正常。难道因为是外国人使用过的，中国就永远一定不能使用？中华民族的艺术，难道只有两种可能：或是因袭传统，或是绕开外民族艺术？况且任何艺术的移植、再生，难道还会再是一成不变的重复吗？吹过中国大陆的风都会带有中国的泥土气息！更何况，它是产生在我们自己的土地上呢？！

中国社会整体上的变革，几亿人走向现代化的脚步，决定了中国必然产生与之适应的现代主义文学。中国新诗自身的内在矛盾也决定了新诗的这次变革。现代倾向的兴起，绝不是几个青年人读了几本外国诗造成的，它，产生于中国最新的现实生活，是天安门诗歌运动的直接产物；是"五四"新诗的一个分支的复活；是三十年代新诗探索的继续；也是五十年代民歌道路失败后的再次尝试。是我国新诗发展的一段正常衔接。或早或晚，这种现代倾向总要出现，不在今天，便在明天；不由这一代青年开始，也要由下一代青年人开始。这是毫无疑问的。

五、新倾向的发展前景及对诗的断想

作为一种文学现象，我国新诗中的现代倾向，已经大面积涌起。目前，已走完了作为草创期的第一步。

像宇宙中的万有引力规律一样，文学上一种新诗倾向和流派的兴起，必然刺激和影响原来的艺术体系和秩序。它的出现，牵动了诗坛的全局，建国以来第一次，诗歌界出现了两种类型诗的艺术竞争。

新倾向将继续发展下去——有土壤（变革的、走向现代化的社会生活），有根基（鲜明、独特的艺术主张）；有生机（顽强执着的艺术追求。目前的创作实践与其诗歌主张的差距）；有果实（一批有鲜明标志的作品。强烈的反响和回应）——这一切都决定了新倾向批评不倒、遏止不了的发展趋势！目前，作为它的发起者和主要推进力量的一批青年诗人正处于创作的旺盛阶段。一大批更多的无名诗人（各省中都有）正处于艺术的形成期，随着这批"第二梯队"的成长，这个队伍还有进一步蔓延的可能。

（一）自身的现状和趋向

作为一种全国范围的创作倾向，它是复杂的，内部并不统一。在内容上，一部分诗体现出了西方资本主义上升时期一些人文主义的要求和个性解放的色彩；一部分诗则与世纪初和一、二次大战后英法诗歌中反映复杂心理的作品相共鸣——表现在艺术上，强有力的宣告之声与低低的倾诉、淡淡的勾描、徐缓的内心独白，基本形成了两大类不同的风格基调。

严格说，新倾向目前似乎出现了一种初创期过后的短暂间歇。一部分诗中形象的范围过于狭窄，"星星""月亮""天空""风""花草""鸽子"等自然名词偏多，社会生活的实感性形象较少。表现"十年动乱"，新倾向笔力雄健，反映新时期人们的心理，则有些软弱。纵观整个新潮流，优秀的探索者、创新者仍然不足，模仿者、追逐者过剩。从形成独特艺术风格的流派的角度说，他们的艺术主张还不够集中鲜明，创作上缺乏共同性的联合和交流。当然，这一切都有着很多社会原因。

它的内部，还有待于分化。（1）他们中的一部分可能将继续走向远方，探索"潜意识""直觉""纯个人感受"和"反理性"诗等更偏僻的道路。这部分人的作品可能短时期内很少被社会承认和接受，并且为数戋戋，但却是这种倾向最引人注目的动向。（2）另一部分人可能与新诗的少量传统手法融合，在社会和理论界的接受范围内作中西结合的尝试。（3）也有些人可能从中分化出去，归入传统。（4）与此同时，传统风格中一些人加入进来，顺（2）（3）之间的边缘处活动。很有可能的是，从后面几种情况中发展起来一种第三者的力量，更适于中国的情况，在短期内这是较有希望获得掌声的。

（二）两类诗、多流派的长期共存

具有现代倾向的主干部分，在中国目前的情况下，是一种超现实、超生活的现象，不仅超过最多数的农民，而且超越了相当多的知识界，使带有惰性的民族欣赏习惯对于作品实感性的要求和期待得不到满足。当然，更多数的读者，对一成不变的传统诗更不会满足。双方都是坚定的，都各有基础与读者。虽然归根结底，现代倾向要发展成为我国诗歌的主流，但需要漫长的时间。长期共存，才是客观的估计。

（三）中国诗坛，应该有打起旗号称派的勇气

艺术世界是一个最欢迎独特的新鲜创造的领域。它本身，当然是不惧怕并憧憬着竞争的。

无论从哪一个流派来说——在这样大的一个国家里写诗，诗人应该有自己坚毅的艺术个性，应该有自己独到的观察方式、感受和表现方式。在走向共同归一的审美终点之路上，应该走着独立探索的诗人群，如同在几部轮唱中，不相濡以沫。艺术的金牌永远属于个性。

目前，新诗人们有形成流派的可能性。三十年来，我们几乎失去了这种希望。我们总希望出现多种风格与流派（"百花齐放"！），但过去我们忽略了形成流派、风格的一些必要前提：（1）独特社会观点，甚至是与统一的社会主调不谐和的观点。对于诗来说，意味着多种感受角度。（2）独特的艺术主张，甚至是敢于打破"永恒答案"的主张。这包括开拓诗的新领域。（3）对审趣味和鉴赏理想的特殊要求。这要求社会在诗未被大量理解前给予保护，给予其以进一步舒展发挥的权利。离开了这几点，要求多种风格流派，不是假流派就是纸上谈兵。

当前，对于新诗现代倾向的某些题旨内容和某些艺术主张应该给予宽容；对于创作与欣赏之间的矛盾，应给予积极的解释。而后者是不难做到的。

我们应该珍惜这股新的创作潮流，在长期以来单一性的艺术熏陶中，能带着自己的个性顽强地挣脱传统走出来的新一代诗人是多么难能可贵。像我们这样大的国家，应该有众多的诗歌流派，应该允许一部分人高出社会的普遍水准，走向远方探索（如同科学技术领域里，一时并不能普及，但却一定应该试验的某些尖端技术一样）。任何流派，都允许存在，只要它本身具备存在的理由与足够的力量。

（四）现代诗歌中的现实主义质疑

中国现代诗歌的出现，使人们对诗歌创作中的现实主义原则产生了动摇。

"现实主义"这个词最早从法国起源后，一百多年来，它被加上了各种各样的修饰前提而流行于世界艺术领域。如"原始现实主义""精神现实主义""批判现实主义""超级现实主义"和"反现实主义"等等。"社会主义现实主义"和"革命现实主义"是苏联和我国文艺界最响亮的口号。

　　现实主义（依我国学术界的认识）的原则是"再现典型环境中的典型人物"，手法是"细节真实"。究其本源，它的提出是旨在否定自然主义，而提倡"典型性"；后来又以主张揭示"自然美"，即"真实性"而与浪漫主义的"心灵美"相对抗。"再现外界真实"是现实主义的灵魂，它的真谛是"隐蔽艺术家自己"。

　　诗歌，作为心理因素最强的艺术手段（狭义上的诗，并不包括叙事诗），与现实主义描写外部生活的特征是根本对立的。现实主义的出现和命名，不是抽象了诗歌创作的经验提出的，主要是对小说叙事性文学样式创作方法的总结。诗中的现实主义界限是最模糊的。写实性描写，只能是诗歌艺术初期阶段的特征。严格说，诗歌创作中似乎从来不存在标准的现实主义原则。

　　长期以来，"现实主义"——已经从它最初的固有含义中异变出来。我们所理解的和常提起的"现实主义"已经成了面向生活、展示生活的代名词。而人们恰恰忘记了，从生活出发与再现生活并不是一回事！同样，我们往往不敢正视：表现心灵与从生活出发其实并不完全矛盾！

　　那么，现代诗歌中的现实主义呢？

　　现代诗歌，将在一定程度上排斥所谓的"现实主义"创作方法。如前所说，十九世纪末以来，人类艺术进入了一个新的阶段。如果按照生活在十九世纪前期的黑格尔的分析法——把人类艺术的发展分为象征主义、古典主义与浪漫主义时期的话，那么可以说在他之后，人类艺术目前早已进入第四个时期；现代主义时期（黑格尔的分段法并不十分科学，如他指的象征艺术主要指东方古代艺术，并由他的"美是理念的感性显现"出发推崇古典主义艺术，等等）。西方现代主义诗歌的理论是根本否定"现实主义"原则的。如果说与之要一点儿联系的话，那么就是它追求的是人类心理上的真实。

　　有人说，心理真实，也是现实主义的范畴。那么我只好苦笑了！如果现实主义能包罗万象，成了包治百病的大丸药，和变色龙一样的创作标签。那，还有什么真正意义上的作为一种创作方法的现实主义？！

如果一个概念，可以应用于一切现象，如果一个名词的含义，可以做任意性的改变——这个概念或名词的特指性就会消失，这个专门术语的存在价值就值得重新考虑。

现实主义，不可能是人类艺术创作方法的天涯海角！现实主义不可能作为目前我国艺术创作的唯一原则。诗，尤是！

（五）诗之路

任何事物，只有在其自身的基础上发展，才可能是伟大的。一个民族是这样，一种文学样式也是这样。那么，中国新诗最直接的基础是什么呢？不是古典诗词，也不是民歌，而是"五四"以来在外国诗歌影响下发展起来的已经现存着的宽厚的肌体，古典诗词和民歌只是在它形成之初早已脱落的胚胎。

对我国古典诗词和民歌，新诗是要继承的，但主要应该继承其中的民族气质、民族性格和民族精神。对于现代中国来说，无论是以封建政治道德和小生产经济为基础的古典诗词艺术，还是以封建田园牧歌为特征的民歌艺术（我国以市民生活为基础的民歌较弱），二者都不能成为新诗未来的发展基础。但二者在广大基层人民中又将有着非短时期的深厚影响。从今天到明天，艺术负有衔接起人民鉴赏力由低级到高级的发展转变阶段的任务——但这似乎不应该由"诗"全部承担。

我国有着众多的曲艺形式，完全可以代替这个任务。作为诗的整体，是否可能分化，一部分，或主要一部分去寻找更适合现代生活、更适合于"诗"的本质特征的表现形式，寻找更高的审美样式和途径，适应更高一级的欣赏需要。而另一部分则完全可以在"古典＋民歌"的基础上发展，是否可以与曲艺或演唱等形式相融合，出现一类半诗半歌的形式。这不是诗的堕落，恰恰是适应民歌欣赏需要而出现的品种上的分化，即艺术体裁的丰富性。

百花齐放，也应该合理的排斥。不应以此妨碍艺术的竞争和淘汰。从艺术本身的发展角度看，百花齐放只能是一种手段。任何社会阶段必然有一种最适合于它的艺术表现形态。

中国新诗的未来主流，是"五四"新诗的传统（主要指四十年代以前的）加现代表现手法，并注重与外国现代诗歌的交流，顺这个基础上建立多元化的新诗总体结构。

结束语

文学的前进是波浪的涌进。即使有的波浪消失了，它的余波也会无形、无限地伸展。一种文学现象既已出现，它就一定在影响全局，在启发下一个时期的文化新人的艺术感觉……

今天，正握着笔的诗人们是光荣的、沉重的——后代人和未来的新艺术在多高的一层波浪中涌现，在相当程度上取决于今天人们的努力，取决于为他们建筑起一层多高的阶石。今天勇敢的碰壁，可能予明天那些怯于迈步探求的人以一点旋风般的勇气。

走下去！前面什么也没有，甚至没有脚印，没有道路。追求早已注定，开端已经降临。走，仿佛带着使命。

每一支笔和每一个夜晚，都不会是徒劳无益的，大地默默地收下他们的果实，并记住那响亮、上升般的名字——崛起的一代！

一九八一年一月于吉林大学

一九八二年九月删改于长春

原载《当代文艺思潮》1983年第1期

"朦胧诗"问答

顾 城

问：请你讲讲什么叫"朦胧诗"，它们比较共同的东西是什么？

答："朦胧诗"这个名字，很有民族风味，它的诞生也是合乎习惯的。其实，这个名字诞生的前几年，它所"代表"的那类新诗就诞生了，只不过没有受过正规的洗礼罢了。当人们开始注意这类新诗时，它已经度过压抑的童年，进入了迅速成长的少年时期。它叫什么名字呢？不同人从不同角度给它起了不同的名字：现代新诗、朦胧诗、古怪诗……后来，争论爆发了，必须有一个通用的学名了，怎么办，传统的办法是折中，"朦胧诗"也就成了大号。

我和一些诗友们，一直就觉得"朦胧诗"的提法本身就朦胧。"朦胧"指什么，按老说法是指近于"雾中看花""月迷津渡"的感受；按新理论是指诗的象征性、暗示性、幽深的理念、叠加的印象、对潜意识的意识等等。这有一定道理，但如果仅仅指这些，我觉得还是没有抓住这类新诗的主要特征。这类新诗的主要特征，还是真实——由客体的真实，趋向主体的真实，由被动的反映，倾向主动的创造。

从根本上说，它不是朦胧，而是一种审美意识的苏醒，一些领域正在逐渐清晰起来。

问：据你说"这类新诗"的特点是"趋向主体真实和倾向主动创造"，"一些领域正在逐渐清晰超来"。可是，我却听到一些人说，它们的主要特点是难懂。你对"懂""不懂"是怎么认识呢？

答：懂，说得文一点，就是理解。

我觉得对于诗和人的理解从来就不是一件简单的事。它是由作者和读者两方面来决定的。这两方面，包括着许多内容，其中主要的有：审美的阶段性、审美的方式（标准）、客观的生活、主观的天性，以及作者在表现瞬间的成败。

先说审美的阶段性。

凡是懂点基本理论的人都知道，审美观并不是一个铁铸的度量衡。它是一种随着人类进步、个人成长而不断发展的意识；作为人类来说，它是一条不断扩展的河流；作为正常的个人来说，它是一棵不断生长的树木。

在我热爱小人书的年代，也曾翻到过惠特曼的书。当时我很吃惊，这是疯子，说话前言不搭后语。那为什么又印出来了？印的人也疯了？

当然，后来渐渐理解了，从《小溪流的歌》到《长长的流水》，从欧·亨利到杰克·伦敦到雨果，到罗曼·罗兰，到泰戈尔……当我再看《离骚》和《草叶集》时，我震惊了，和小时不同，是一种被征服的震惊。

我去问过我的诗友们，发现也是一样，每个人在一定时期、一定审美阶段，都有一个到几个偏爱的作品，这种偏爱是变化的。最后的喜爱对象，总是越来越趋向人类所共同承认的东西。而这些作品（除儿童文学外）并不是在上小学时，就能理解的。

这是正常现象。

除了审美的不同阶段造成"不懂"以外，不同的审美方式、不同的美学观念也能造成理解上的距离，有些是属于正常共存，有些则是"动乱年代"留下的实用主义意识。这种畸形意识，就是用我们民族传统的审美观念来衡量，也不能说是正常的。

在"四人帮"时期，人们已经养成了一个习惯，好像文艺只是印得漂亮点的政策说明书，是近乎起扫盲作用的"多种形式"。诗呢？也变成了给社论装韵脚的竞赛活动。后来，好了些，从"四五"运动起，诗开始说真话，诗开始有了恢复和发展的可能。很快，在反映社会问题上，有了突破，诗有了某些独立的社会价值，这是令人兴奋的。但一切就到此为止了吗？人，还有另外一些领域。在这些领域里，我们的祖先耕种过，收获过，他们收获的果实，已经在人类的太空上，变成了永恒的星星。但在前几年，这些领域却大半长满了荒草。这些领域就是人的心理世界，伟大的自然界和人类还无法明确意识的未来世界。

这些领域需要重新开拓、扩展，中华民族的生命力必须表现，于是，有了探求者。他们敬慕古代的诗星，却没有重复过去的耕耘方式；因为重复不是艺术劳动。他们带着强烈的创造愿望，表现着新一代的需要和理想。（所谓"朦胧诗"正是他们的表现方式之一。）

为什么喜欢所谓"朦胧诗"的大半是青年。

为什么许多读书并不很多的青年的心，会通过所谓"朦胧诗"在遥远的地方共振？

完全是超现实的直觉吗？不！更重要的，是一代青年的共同遭遇、共同面临的现实、共同的理想追求。

当然，追求是要付出代价的，在艺术上寻找新路时，迎接你的荆棘将永远多于花朵。但是，一个民族必须有一些这样的人去献身，因为在这样的人中，终究有一些会沿着同伴用失败探明的航线，去发现新的大陆和天空。

我们在付出了巨大的代价之后，已经开始懂得：政治不能代替一切，物质也不能代替一切。一个民族要进步，不仅需要电子技术和科学管理，也需要高度的精神文明，这其中包括建立现代的新型审美意识。美将不再是囚犯或奴隶，它将像日月一样富有光辉；它将升上高空，去驱逐罪恶的阴影；它将通过艺术、诗窗扇，去照亮苏醒或沉睡的人们的心灵。

为了下一代比我们更高大，我们需要更多、更大、更洁净的窗子。

原载《文学报》1983年3月24日

我们应当举什么旗，走什么路？

——同徐敬亚同志讨论几个问题（节选）

晓 雪

伴随着伟大的思想解放运动，我们的新诗在生机勃勃地向前发展着。

在新诗的发展过程中，这几年确实出现了被称为"新的崛起"的一批诗作。这是特定的历史条件下的产物，有它的必然性、时代性和社会根源。在思想内容上，它反映了一部分青年人怀疑、苦闷、迷惘的精神状态和被扭曲的心理，虽有些消极却也照出了时代的伤痕，有一定的存在价值。在艺术形式上，它蔑视民族传统，强调大胆创新，对过去存在过的标语口号式倾向和假、大、空的流风作了有成效的冲击，但又似乎走向了另一极端，由片面学习西方现代派的表现手法而明显地排斥民族化和群众化。

这是新时期在我国新诗发展道路上出现的一种值得研究的复杂现象。徐敬亚同志的《崛起的诗群》一文，对这一复杂的文艺现象进行了研究和总结，这是值得重视，应当欢迎的。《诗群》一文中确也有一些好的分析和有益的见解，但作者通过研究和总结提出的许多重大理论问题、原则问题，却是我们不能同意，必须讨论清楚的。

《诗群》一文提出的问题很多，这里仅从以下三个方面，发表一点个人意见。如有不当之处，希望得到指正。

坚持革命现实主义，还是提倡现代主义？

徐敬亚同志在《诗群》一文中，一开头就宣告："我郑重地请诗人和评论家们记住一九八〇年……在这一年，带着强烈现代主义文学特色的新诗潮正式出现在中国诗坛，促进新诗在艺术上迈出了崛起性的一步，从而标志着我国诗歌全面生长的新开始。"（着重号是原有的。）

这种"新诗潮"，"感受生活的角度与建国以来的传统新诗迥然相异"，标志着"对诗歌掌握世界方式的认识的根本转移"，"带来了整整一代人艺术鉴赏的彻底转移——这是新诗自身的否定，是一次伴着社会否定而出现的文学上的必然否定"。

这种"新诗潮"，"轻视真实的描写"，既"冲破了现实主义的画框"，"突破了传统的现实主义原则，表现了反写实、反理性的倾向"，又"彻底脱离了古典主义的模仿性描写和浪漫主义的直抒胸怀"，从而"表明了新诗道路的其他可能性"。它走的是同"五四"以来中国新诗六十年所走的道路"迥然相异"的另外一条道路。

这种"新诗潮"或"新倾向"或"现代倾向"，"高出社会的普遍水准"，主张写"自我"，写"具有现代特点的自我"，主张写"诗人心灵的历史"，写"高速幻想""思想深处的熔岩"和"思绪搅动的灵魂"，"向人的内心世界进军"，"甚至主张探索诗人'潜意识的冲动'"，去追求什么"意象直觉感"，等等。总之，它在"整体朦胧"中完全抛弃了"艺术反映生活"这一"我们多年来恪守不变的现实主义原则"和唯物论的反映论，而主张写"潜意识"和"纯个人感受"。

大概徐敬亚同志也估计到，他概括和鼓吹的这么一股"新诗潮""新倾向"，实在过于玄乎，不大容易为大多数人所接受，所以他一方面断言"现代倾向要发展成为我国诗歌的主流"，一方面也指出这种实践他的"新的诗歌宣言"的倾向，"在中国目前的情况下，是一种超现实、超生活的现象，不仅超过最多数的农民，而且超过了相当多的知识界，使带有惰性的民族欣赏习惯对于作品实感性的要求得不到满足"。

这样一种"反写实、反理性""超现实、超生活"的"现代倾向"，是否真的已经在中国诗坛上"崛起"而形成一股不可阻挡的"现代主义新诗潮"？它是否有可能"发展成为我国诗歌的主流"？徐敬亚同志通过分析和总结这种"现代倾向"而提出的现代主义文学道路，难道不正是一条脱离时代、脱离生活、脱离人民的、违背唯物论的反映论的唯心主义道路吗？

我不知道徐敬亚同志根据什么，竟分析出一九八〇年在中国新诗发展史上具有如此重大的划时代意义？看不出"带着强烈现代主义文学特色的新诗潮"，以及它"促进新诗"迈出的"崛起性的一步"究竟表现在哪些方面？更不理解何以见得"我国诗歌"到一九八〇年才"开始""全面生长"？

如果说这股"新诗潮"就是指的"几乎全部青年诗"，那么这几年涌现的成百上千的我国各民族青年诗人的作品，当然不能说它们的"主题指向"或"整体内容上的特征"，就是"对过去生活的回答是四个字：我不相信！"，也不能说它们是"反写实、反理性""超现实、超生活"的。这一点，只要稍微注意一下近几年"几乎全部青年诗"的读者，都会看到，这些"青年诗"中的大多数是好的，它们恰恰是从现实生活出发，反映了青年一代对时代的思考，对生活的希望，对未来的向往，因而它们的"主题指向"或"整体内容上的特征"，总的说是健康的、积极向上的。

如果这股"新诗潮"，就是指徐敬亚同志文章中列举的那一大批青年诗人和中年诗人的诗，那也不能说明问题。《诗群》说："中年诗人蔡其矫、刘祖慈、孙静轩、雷抒雁、刘湛秋、顾工、公刘、李瑛等都程度不同地属于这股新诗潮中的涌浪。"这是很荒唐的。因为大家知道，上述中年诗人尽管成就不一，思想艺术上的追求各有特点，但他们同徐敬亚同志所概括出来的那种写"直觉""潜意识"的"超现实、超生活"的倾向，实在是风马牛不相及。就拿《诗群》一文作为"新倾向的热烈追求者和倡导力量"列举出来的，包括舒婷、杨炼、梁小斌、王小妮、孙武军、傅天琳、骆耕野等在内的那一大批青年诗人来说，他们的情况也很不一样，有的可能写过一些朦胧诗，但他们的主流仍然是好的，他们的脚步毕竟走在我国新时期的现实的土地上。他们的大多数诗作表明，他们不是去探索什么"潜意识的冲动"的现代主义新诗潮的倡导者，而是走在现实主义道路上的"新生活的歌者"。他们立志"要更深地了解社会，了解时代"，用自己的诗"体现出生活中的美，人们心灵中的美"；他们努力"在生活中寻求和表现美好的东西，并激昂地鞭挞丑恶"。他们要唱那种"像海那样激昂、又像海那样深沉"的歌，使自己的歌"和我们的时代一同前进，而不是被时代抛弃"。

就拿《诗群》一文作为"新诗潮"和"现代倾向"的代表作提到的《致橡树》《这也是一切》《祖国呵，我亲爱的祖国》《不满》等诗来看，它们并没有"整体情绪朦胧"，没有"反写实、反理性"，没有"超现实、超生活"，没有从"反对传统概念中的理性与逻辑"出发，而去"表现和挖掘艺术家的直觉和潜在意识"，而是以独特的构思和激情的声音，这样那样、或强或弱地喊出了人民的企望和要求，喊出了人民对贫穷落后的不满，对封建主义的痛恨，对"四化"远景的向往和对伟大变革的呼吁。骆耕野的《不满》就是如此："我不满步枪，不满水车，不满帆船，我不满泥泞，……我抗议马拉松会议，以时间的名义，……我控诉宗教式的软禁，以真理的呼喊……""谁说不满就是异端？谁说不满就是背叛？……呵，谁说不满是背弃拔类出萃的先人？呵，谁说不满是亵渎德高望重的圣贤？……呵，不满正是对变革的希冀，呵，不满乃是那创造的发端。"从这样的诗里，我们看到和感到的绝不是什么"反理性""超生活"的"诗人潜意识的冲动"，而是时代和人民的脉搏的跳动。这能说是既突破了"现实主义原则"，又"彻底脱离了""浪漫主义的直抒胸怀"，而"带着强烈现代主义文学特色"的诗吗？

不错，这些"青年诗"中是引人注意地出现了"我"字，甚至可以说比较突出地出现了诗人的"自我"。这无疑对过去确实存在过的公式化、概念化、标语口号化的倾向和假、大、空的流风，是勇敢的冲击，对我们的诗人发展自己的艺术个性、对整个新诗创作的发展繁荣和多样化，都起了明显的积极作用。但这个"我"，并不一定要绝对排斥"振臂高呼"和"一本正经地高谈阔论"，更不应当是"背对现实"，远离时代和人民的"超现实、超生活"的"超人"，而应当是面对现实、立足生活、反映时代和歌唱人民的。即使是徐敬亚同志把它作为现代主义新诗潮代表作提出的舒婷的《致橡树》等诗，也并没有把诗中的"我"、诗人的"自我"，同时代、同生活、同人民脱离开来，而恰好相反，诗人是通过她那鲜明独特的"自我"（艺术个性），通过"我"的个性化感受，表达了她对时代生活的思考和对祖国人民的热爱。"我如果爱你——绝不像攀援的凌霄花，借你的高枝炫耀自己，我如果爱你——绝不学痴情的鸟儿，为绿荫重复单纯的歌曲，……我们分担寒潮、风雷、霹雳；我们共享雾霭、流岚、虹霓，仿佛永远分离，却又终身相依。这才是伟大的爱情，坚贞就在这里：爱——不仅爱你伟岸的身躯，也爱你坚持的位置，足下的土地。"（《致橡树》）"不是一切大树／都被暴风折断，／不是一切种子／都找不到生根的土壤，／……不是一切火焰，／都只燃烧自己／而不把别人照亮；／不是一切星星，／都仅指示黑夜／而不报告曙光；／不是一切歌声，／

都掠过耳旁／而不留在心上。／不，不是一切／都像你说的那样！／……一切的现在都孕育着未来，／未来的一切都生长于它的昨天。／希望，而且为它斗争，／请把这一切放在你的肩上。"（《这也是一切》）

这完全是"站在广阔的地平线上"的人写的诗，完全是在我们伟大时代的现实生活土壤上"生长"出来的诗。它带着当代青年的思考、希望、追求、爱情和青春的活力。它有"振臂高呼"的激情，它甚至还有一点"浪漫主义的直抒胸怀"，就是没有突破"现实主义的画框"，没有什么表现"潜意识冲动"和"纯个人感受"的现代主义特色。让我们再看《祖国呵，我亲爱的祖国》：

> 我是你簇新的理想，
>
> 刚从神话的蛛网里挣脱；
>
> 我是你雪被下古莲的胚芽；
>
> 我是你挂着眼泪的笑涡；
>
> 我足新刷出的雪白的起跑线；
>
> 是绯红的黎明
>
> 　　　正在喷薄；
>
> ——祖国呵！
>
>
> 我是你的十亿分之一，
>
> 是你九百六十万平方的总和；
>
> 你以伤痕累累的乳房
>
> 喂养了
>
> 迷惘我、深思的我、沸腾的我；
>
> 那就从我的血肉之躯上
>
> 去取得
>
> 你的富饶、你的荣光、你的自由
>
> ——祖国呵，
>
> 我亲爱的祖国！

这个"迷惘的我，深思的我、沸腾的我"，是诗人自己，是舒婷的"我"，也是一代青年的"我"。她既是祖国的"十亿分之一"，又是"九百六十万平方的总和"，她是和时代、和人民、和生活密切联系的。这样的诗表现的绝不是"意象直觉感"和什么"潜意识的冲动",绝不是"诗人情绪的扩张"和什么"整体朦胧"的"纯个人感受",而是从一个独特的角度,抒发了当代青年对我们饱经忧患的社会主义祖国的强烈深挚的爱情。这样的诗,又怎么能算是"现代主义新诗潮"的代表作呢?

当然,像徐敬亚同志所论述的那样,作为"一种超现实、超生活的现象","高出社会的普遍水准","不仅超过最多数的农民,而且超过了相当多的知识界"的诗,这几年确实出现过,那就是"网"那样一个字算一首诗、谁也猜不透是什么意思的作品。它使人如坠云里雾中。我们在文章开头提到的被称为"新的崛起"的那类诗中,也有谁也看不懂,因而只好称之为"高出社会的普遍水准"的作品。但那毕竟是很少很少的,它不仅在我国整个诗坛上只占极小的一点地位,而且在近几年"全部青年诗"的河流中也不过是一条很小的支流。由于它片面学习西方现代派之类的表现手法而排斥民族化、群众化,由于它在思想内容和艺术形式上的缺陷,谁也看不懂,由于它"不仅超过了最多数的农民,而且超过了相当多的知识界",广大读者无法理解、不能接受、更谈不上喜闻乐见,因而它不可能有更大的发展前途,更不会"成为我国诗歌的主流"。

反映了一部分青年怀疑、苦闷、迷惘情绪的诗,有许多是可以看懂的,是照出了时代的伤痕的,所以也不能说它是"超现实、超生活的现象",不应列入"反理性""反写实""轻视真实描写"的"现代主义新高潮"。所以我认为,为数极少的正式发表出来的那么一点写"纯个人感受"的或谁也看不懂的诗,不能说已经成为"潮"。说一九八〇年开始,像徐敬亚同志所概括的那样一股"带着强烈现代主义文学特色的新诗潮",已经"正式出现在中国诗坛",似乎也有点言过其实,至少不完全符合实际。

实践是检验真理的唯一标准。人民群众(广大读者)是艺术品成败和有无生命力的最权威的评判者。在新诗发展的道路上,诗人们完全可以而且应当作各种各样的探索。有些诗人写一点朦胧诗,甚至写一点"超现实、超生活""反理性、反写实"的谁也看不懂的诗,也是可以的。问题不在于可不可以有一点这样的诗,而是在于徐敬亚同志的《诗群》一文,据此提出了"新诗道路的其他可能性",据此作出理论上的概括,而要求我们要实现"与之适应"的一系列根本转移,包括"审美趣味的转移""对诗歌掌握世界方式的根本转移"，以及"整整一代人艺术鉴赏的彻底转移"。转移到哪里去呢？转移到与"五四"以来中国新诗的革命现实主义传统完全背离的道路上去，转移到"超现实、超生活"、写"潜意识冲动"和"纯个人感受"（即脱离时代、脱离人民）的现代主义（即唯心主义）文学道路上去。这，我们当然是绝对不能同意的。

诗，是时代的感情，人民的声音。我们的新诗一定要继承和发扬"五四"文学的革命现实主义传统，沿着为人民服务、为社会主义服务的广阔道路前进，才能不断地走向新的更大的繁荣。

一九八三年四月七日　昆明

全文约10000字，此处节选的是原文的第一部分。

原载《当代文艺思潮》1983年第4期

对《崛起的诗群》的反应综述

佚　名

徐敬亚《崛起的诗群》一九八二年八月在辽宁师院的《新叶》上发表之后，一九八三年一月甘肃的《当代文艺思潮》转载了这篇文章，引起文艺界广泛注意。人们认为，这篇文章，是继一九八一年三月在《诗刊》上发表孙绍振的《新的美学原则在崛起》之后，又一篇引起了很大反响的提倡现代派艺术的文章。为此，《当代文艺思潮》编辑部一月七日在兰州，一月十日在北京与文联理论研究室联合召开座谈会，对于新诗的前途、现实主义传统等问题初步交换了意见，进行了广泛的讨论。

冯牧同志在一月十日会上讲了话。他说：走社会主义道路还是走另外的道路应是我们讨论的问题的实质。《当代文艺思潮》发表徐敬亚的文章，并不等于同意文章的观点，而是为了讨论。

座谈会后，出现了不少对徐敬亚文章反应的评述。《当代文艺思潮》一九八三年第三期发表了三篇文章：缪俊杰的《发展还是排斥——就现实主义问题与徐敬亚同志商榷》；高平的《罕见的否定·弯曲的倾向——读徐敬亚同志的〈崛起的诗群〉笔记》；孙克恒的《新诗的传统与当代诗歌——兼评〈崛起的诗群〉》。《文艺报》一九八三年第三期发表了杨匡汉的《评一种现代诗论》；第四期上发表了缪俊杰的《关于文艺革新问题的思考》。《光明日报》一九八三年五月五日发表了戚方的《关于"一字诗"以及对它的"摇头"》。

座谈会及写评述的同志们凭着对青年作者徐敬亚的爱护态度，提出了一些中肯的意见。现归纳如下：

一、关于现实主义传统

　　这个问题是各篇评述文章以及座谈会的发言涉及最多的问题。对徐敬亚提出的反传统，大家一致反对。

　　缪俊杰说：现实主义是丢不得的。他用现实主义在文学发展中的地位和对文学创作的意义和价值，肯定了现实主义创作原则。文章列举中国文学史上的《诗经》、屈原、"七子"、李白、杜甫、白居易、宋诗人等说明现实主义在诗歌传统中是一贯的，现实主义原则在诗歌中是不可动摇的。他认为，典型化也适用于叙事诗，《崛起的诗群》对现实主义的艺术原则十分简单化了。第一，《诗群》认为现实主义的"手法是细节真实"，这是不全面的。按恩格斯的话讲，还应塑造典型环境中的典型人物。用"手法是细节真实"来概括现实主义真实性的要求是不符合现实主义的原意的。第二，认为现实主义是以主张揭示"自然美"（即真实性），来与浪漫主义的"心灵美"相对抗，这也是与浪漫主义的内涵不相符的。把"自然美"与"心灵美"对立起来，也没有揭示现实主义的精神实质。最后，他谈到对待现实主义的态度时指出：对现实主义不应排斥，而应发展，现实主义是发展的，把它的发展、变化嘲笑为"成了包治百病的大丸药，和变色龙一样的创作标签"，就有点过分了。

　　北京座谈会的同志认为：徐敬亚对待传统的态度是虚无的，否定诗歌的民族传统、革命文学传统、现实主义文学传统，这是十年"文革"后，"三信"危机在文艺上的反映。

　　高平说：对现实主义传统，徐敬亚偏激到了不顾基本事实的程度。不能在社会主义精神文明的建设工地上筑造象牙之塔，不能"冲破了现实主义的画框"去钻进"整体朦胧"的瓶子。

　　兰州座谈会上杨文林同志指出：现代倾向的新诗是思想解放运动的产物；它可以探索自己的新路，但不应有排他性；它的主流不能脱离现实主义的轨道来运行。

　　杨匡汉认为：艺术传统充满活力，它有如一条长河，新泉不断涌入，不应也永不会割断。《诗群》一文对我国诗歌传统采取了几乎打倒一切的态度。将古典诗歌不加区分地一律视为"以封建政治，道德和小生产经济为基础"的怪胎进行嘲笑，把民歌不分青红皂白地当成"封建田园牧歌"予以训斥；把本世纪四十年代开始的、在《讲话》指引下开创的一代诗风，不加分析地统统看作"小生产歌吟者的汪洋大海"，进而又把源远流长的我国诗歌中的现实主义精神与传统，称作"变色龙一样的创作标签"并要求彻底否定，这不仅是轻率，而且是近乎荒谬了！

二、关于现代倾向

对于这个问题，意见比较分歧。现代派的诗能否成为我国诗歌发展的方向，有的同志认为可以，但现在还不是时候；有的同志认为不可以，因为现代派的艺术是资产阶级的，不能接受，更不能成为我国新诗发展的方向。

孙克恒同志认为：《诗群》中当代诗歌与新诗传统的关系，论点既矛盾又混乱。诗歌的"现代派"倾向就是反传统。我国各类诗歌，从整体上看，都面临一个走向现代的问题。现代的诗，应该成为能够促进我们国家和民族在精神上走向现代的艺术品。这种现代诗情，既来源于被诗人明确意识到的社会使命感，也是新诗传统在新时期进一步延续的结果。现代倾向发展成为我们诗歌的主流，为时过早。创立现代新诗体，也是诗歌"现代倾向"所涉及的一项重要内容，尽管肯定是一个十分缓慢的长期渐进的过程。

兰州座谈会的张锐说：强调自我，不是强调"唯我主义"，它有一定的合理性。民族形式的核心是民族气质。借鉴现代派的手法，要用马克思主义的观点分析它。

北京座谈会的同志认为：现代派诗歌与共产主义格格不入，徐敬亚的世界观、文艺观都有偏差，与我们"统一的社会主调""不谐和"。

缪俊杰说：《诗群》的创作主张，就是不同意艺术反映生活这个原则，而是主张艺术"表现自我"。试想社会主义文艺，如果排开表现社会生活，排开反映我们伟大时代，排开为广大人民群众所关注的事物，只注意"表现自我"，只把"自我"表现成世界的"主宰"，只注意去表现蓝手帕掉下来的那种美，只注意创造"自己的世界"，这种文学又有什么社会意义呢？

他接着又说：发展现代派文艺的同志，一方面要向权威和传统挑战，甚至要抛弃传统；另一方面却又对西方现代派艺术的一些手法绝对崇拜。他们认为，现代派艺术中的反传统的特点，如小说中的无思想、无情节、无人物，音乐中的无调性、无乐音，美术作品中的抽象，主张全力表现人物的直觉和潜意识，以及摈弃文艺创作的典型原则，等等，"是继文艺复兴和浪漫主义运动之后，在世界范围内文艺的一次重大变革，是人类物质文明发展到一定特定阶段的产物"，这是对本来就有很大局限性的东西的盲目崇拜和模仿。现代派的艺术是来自资产阶级的，表现社会主义时代的社会生活，表现我们时代的矛盾，表现新时代的人物，不可能照搬资本主义制度下那种特殊范围内的表现生活方式。文艺的创造与发展，要尊重文艺大众化的原则。我们的社会主义文艺是为人民服务，为社会主义服务的，应该充分注意我们这个国家，我们这个时代的广大人民群众的审美趣味和审美要求，真正创作出为今天的群众所喜闻乐见的具有中国作风和中国气派的作品来。

兰州座谈会的汪玉良说：不能把新诗的现代倾向当作主流和旗帜，它本身也在分解，我们要从生活中发现和寻找新的美。

三、关于诗的本质

杨匡汉认为，徐敬亚把诗的本质视为"心灵性"，"一首诗重要的不是连贯情节，而是诗人的心灵曲线。一首诗只要给读者一种情绪的感染，这首诗的作用就宣告完成"。是的，诗确以抒情性的强烈为重要特征，诗美乃是感知、理解、意愿、想象等多种心理过程以情感为中介的综合统一。但是，一首诗是否仅仅是诗人个人的一种情绪的宣泄？诗是否是一种"意象直觉感"呢？我以为，情绪并不直接等于诗美。只有当情感的可能性由于外物形式的触引，融进某种具有历史和社会的内容而被激发并变为现实性的时候，方可产生美感，加之参与诗人独特的评价而进入诗的领域，其深层结构是深刻而典型的思想感情。因之，个体和整体的统一，特殊与一般的统一，是审美活动，也是诗歌创作的本质因素。只有在这种统一中，个人的情绪和感觉才能超脱其狭隘性和单向度，成为真正美学意义上的情感世界，既是客观世界在诗人心中的反映，又是诗人的灵感向客观的推移，从而达到歌德所揭示的对于诗的"在特殊中显示一般"的"质"的规定。抛弃了典型化，情绪的支离破碎只能产生支离破碎的艺术，这种现代倾向将是对艺术规律的破坏。

戚方对"一字诗"《生活——网》提出了与《诗群》不同的看法。他说：

"一字诗"不但在内容上无法加以理解和把握（正由于对它可以作"一千种"解，因此也就谁也难以理解），而且在实际上也就取消了诗歌存在的基本形式，因而不再是诗歌了。这就像画不出任何图像和线条，把白色或黑色画布直接拿去展览的"绘画"，显不出任何影像的"电影"一样。这不是艺术上的"创新"，只是对艺术规律的一种破坏。所谓"一字诗"，实际上也就是对诗歌的取消和否定。

原载《文学研究动态》1983年第9期

在"崛起"的声浪面前

—— 对一种文艺思潮的剖析（节选）

郑伯农

一、诗歌理论的三次"崛起"

诗歌是很敏感的地带。每当兴起一种新的社会思潮，诗歌往往领风气之先。在"五四"新文化运动中，诗体解放是文学革命的先声。一九七六年春天的天安门诗歌运动，揭开了我国新时期文学的序幕。进步的思潮会迅速地反映在诗歌上，病态的思潮也会迅速地反映在诗歌上。法国波特莱尔于一八五七年问世的诗集《恶之花》，开了西方现代派文艺的先河。近几年来，在我国文坛"崛起"的所谓"新的美学原则"，其旗帜也是首先从诗歌界打出来的。

"我郑重地请诗人和评论家们记住一九八〇年，这一年是我国诗歌的重要探索期，艺术上的分化期，……带着强烈现代主义特色的新诗潮正式出现在中国诗坛。"好！那么我们就来看看，这股现代主义的"新诗潮"是怎么"崛起"的吧！

一九八〇年五月，谢冕同志在《光明日报》发表《在新的崛起面前》一文，第一次发出了"崛起"的声音。这一年十二月，他在《诗刊》发表《失去了平静以后》一文，进一步阐述了自己的主张。谢冕同志的文章主要是阐述中国新诗的发展道路问题。那么，为什么需要"新的崛起"呢？据谢冕同志说，中国新诗的处境是很不妙的，"经过长时期梦魇般的挫折"和"令人窒息的重压"，已经"失去了平静"，直到八十年代伊始，仍然盛行着"偏狭的诗的观念"。充斥着"内容平庸形式呆板"的诗作。他进一步断言，新诗"六十年来不是走着越来越宽广的道路，而是走着越来越狭窄的道路"。"中国诗歌自五四以来没有再出现过五四那种自由的、充满创造精神的繁荣。""在五四的最初十年里，出现了新诗历史上最初一次（似乎也是仅有一次）多流派多风格的大繁荣……可惜的是，当年的那种气氛，在以后长达半个世纪的时间里，没有再出现过。"请注意六十年这个年限，它上溯五四运动下至党的十一届三中全会之后。在文章作者看来，作为中国新文化的一个重要组成部分的革命新诗，六十年来走着每况愈下的道路，已经到了再也不能令人容忍的地步了。既然历史已经"证明"此路不通，就需要改弦更张。那么，新诗的出路在哪里呢？谢冕同志把希望寄托在写某种"古怪"诗篇的青年诗人的身上。他在猛烈抨击六十年来中国新诗传统的同时，对近几年来出现的一批"大胆吸收西方现代诗歌的某些表现方式"的"古怪"诗篇及其作者进行了热烈的赞扬。尽管谢冕同志也泛泛地讲到他们还存在着偏颇，但对他们的评价之高是令人惊讶的。他认为他们是诗坛的"主要的冲击力量""大有希望的新崛起""新的诗潮"的主要代表，甚至说，"群星已在前面闪耀"，"若是真理掌握在他们的手中，则我们也不可以拒绝接受引导"。他用充满鼓动性的语言写道："我们已经跨出了地狱之门"。"当今的使命，是敢于向'万神之父'宙斯的神圣戒令挑战，释放出那深藏盒底的'希望'来。""播多拉的盒子里装的不全是灾害，也深藏着对人类说来是最美好的东西——希望。"

继谢冕同志之后第二次发出"崛起"呼号的是孙绍振同志。一九八〇年九月，他在《诗刊》发表《给艺术的革新者更自由的空气》一文，提出了和谢冕同志相类似的观点。他发表于《诗刊》一九八一年第三期的《新的美学原则在崛起》，则是一篇带有纲领性的文章。孙绍振同志称赞谢冕同志"富有历史感，表现出战略眼光"。同时也补充和发展了谢冕同志的观点。他认为"把这种崛起理解为预言几个毛头小伙子和黄毛丫头会成为诗坛的旗帜，那也太拘泥于字句了。与其说是新人的崛起，不如说是一种新的美学原则的崛起"。和谢冕同志一样，孙绍振同志也抨击了新诗传统。不过，他没有把时间拉长到六十年，而是说，"二十多年来，我们的读者的趣味不是更宽容了，而是越来越狭窄了"。孙绍振同志在理论上迈出的新步子就在于把所谓"新的崛起"明确概括为一种"美学原则"的崛起，也就是一种文艺思潮的崛起，并且为这种"新的美学原则"勾勒出一个基本轮廓。他认为"艺术创新要进行到底。便不能不以异端的姿态向传统挑战"。需要"以外来的美学原则改造我们新诗"。这种"外来的美学原则"概括起来有两点：一、诗歌创作应当"表现自我"。因为"在年轻的革新者看来，个人在社会中应该有一种更高的地位，既然是人创造了社会，就不应该以社会的利益否定个人的利益，既然是人创造了社会的精神文明，就不应该把社会的（时代的）精神作为个人的精神的敌对力量"。二、诗歌创作应当实行反理性主义。因为"艺术的感情色彩使它有一种'不由自主''自发的'一面，这一面有时还占着优势"，"光凭自觉意识就是光凭概念，它同时要和那'不由自主的''自发的'潜意识打很久很久的交道"。

　　第三次发出"崛起"呼号的是徐敬亚同志。一九八一年一月发表于《福建文学》的《生活·诗·政治抒情诗》一文，阐述了他对诗歌的初步看法。一九八三年一月，他在《当代文艺思潮》发表《崛起的诗群》一文，这篇文章长达两万数千言，十分明确、十分系统地提出一整套诗歌主张。和前几位"崛起"者一样，徐敬亚同志也对中国新诗传统进行了猛烈的抨击，其态度之放肆，否定之彻底，则是前人所望尘莫及的。他十分轻蔑地问道："三十年来，我们究竟在形式上有多大突破和创新？偌大国度，偌大诗坛，产生了多少有独创性艺术主张和艺术实践的诗人或流派，……从五十年代的牧歌式欢唱到六十年代与理性宣言相似的狂热抒情诗，以至于'文革'十年中宗教式的祷词——诗歌货真价实地走了一条越来越狭窄的道路。"他的否定当然不仅限于形式，首先还是内容。在他看来，三十年来中国诗坛"充斥""横行"的是"帮派诗"和"红色诗"：后者同样是令人深恶痛绝的，应当和"帮派诗"一起扫除掉。他说："正是那些'吹牛诗''僵死诗''瞒和骗的口号诗'，将诗歌推向不是变革就是死亡的极端！"徐敬亚同志明确地提出，新诗的出路就在于发展现代主义倾向，"归根到底，现代倾向要发展成为我国诗歌的主流"。"这股具有现代倾向的新诗潮"，将与"在中国兴起的其他艺术门类中的现代萌芽一起，归入东方和世界现代艺术潮流"。按照徐敬亚同志对黑格尔理论的"发展"，人类艺术经历了"象征主义""古典主义""浪漫主义"这三大阶段之后，必将进入最后一个阶段——"现代主义时期"。"现代主义"乃人类文艺的最高阶段，乃当今世界不可阻挡的潮流，"或早或晚，这种现代倾向总要出现，不在今天，便在明天，不由这一代青年开始，也要由下一代青年开始。这是毫无疑问的"。值得注意的是徐敬亚同志的文章在若干方面已经超出了讨论文艺问题。什么新诗潮的出现是"伴随着社会否定而出现的文学上的必然否定"呀！什么对生活的回答是"我不相信"四个大字呀！什么要有"与统一的社会主调不谐和的观点"呀！等等，这是仅仅表达了某种文艺观点，还是也表达了某种社会观点呢？人们不难对此作出判断。

可以看出，从《在新的崛起面前》，到《新的美学原则在崛起》，到《崛起的诗群》，这三次崛起一浪高过一浪。徐敬亚同志文章的发表，则把这场崛起推向高潮。有人认为这篇文章是"中国的现代派宣言"，有人认为它是"投向中共诗坛的一枚炸弹"。尽管三篇文章作者的具体意见并不完全一样，他们各自都不能为别人的文章承担责任，但他们在下列基本观点上是共同的：都否定中国的新诗所走过的道路，主张改弦更张；都要求中国的诗歌步西方世界的后尘，发展"现代"倾向。他们的观点都有一批拥护者，代表了不少人的意见，形成了完整的理论，并且拥有若干代表性的作品。可以说，已经形成了一股值得重视的文艺潮流。用徐敬亚同志的话来说，这是形成了一股"新诗潮"。

"崛起"者们是以挑战的姿态出现的。谢冕同志认为"分歧是巨大的"，他号召向"宙斯"的"戒令"挑战。孙绍振同志认为"矛盾尖锐化了"，他宣称"革新者向习惯扔出了决斗的白手套"。徐敬亚同志认为诗歌已经到了"不是变革就是死亡"的境地，诗人应拿出"冒险家的胆量"来闯荡一番。面对这股汹涌澎湃的潮流，我们应当采取什么态度？是应声附和，还是保持沉默，还是迎接这场挑战？我以为我们不能沉默，应当郑重地回答这场思想理论上的挑战。"崛起"者们提出的不是小问题。如何对待六十年来的革命新诗传统，如何看待今后新诗的发展道路？是摒弃传统，走西方现代主义的道路，还是继承革新"五四"以来的新诗传统，走具有中国特色的社会主义文艺道路？这是关系到诗歌要不要坚持为人民服务、为社会主义服务的方向，要不要坚持社会主义旗帜的重大问题。这也不仅仅是一个诗歌领域的问题。事实上诗歌界的这股潮流已经对整个文艺领域发生了影响，或者说，它和其他文艺领域的相近似的主张已经在相互影响、相互助长。正如徐敬亚同志所说的："现代倾向的兴起，绝不是几个青年人读了几本外国诗造成的，它，产生于中国最新的现实生活。"尽管它不是中国人民现实生活和思想愿望的正确反映，但产生这股潮流确实有深刻的社会历史原因。所以，应当认真地关注，认真地研究这股文艺思潮。

··········

五、社会主义，还是现代主义

我们在文章的开头说到，诗歌的"现代主义"倾向已经形成了一股潮流；徐敬亚同志也不遗余力地提醒人们，必须重视这股带有强烈现代主义色彩的"新诗潮"。出现这样一股潮流，不是某几个人主观意志的产物。我们在剖析这股思潮的时候，不能不频繁地引用徐敬亚等同志的观点，但是如果认为这股思潮完全是几个诗歌理论家提倡的结果，那就夸大了他们的作用。

党的十一届三中全会以来，党中央领导开展了波澜壮阔的思想解放运动。这场运动清算了"文化大革命"的错误，也批判了早在"文化大革命"之前就已经出现的"左"的指导思想。应当承认，我们的诗歌曾经长期受到"左"的指导思想的影响，的的确确存在着不可忽视的弱点：它有过公式化、概念化的毛病，有过狭窄化的毛病。毛泽东同志一九六五年在给陈毅同志的信中说："诗要用形象思维，不能如散文那样直说。"这正是针对我们某些诗歌不够含蓄、不够凝练、太直、太露的弱点而发的。徐敬亚等同志是以解放思想的姿态出现的，这些同志确实抓住了新诗的一些弱点。他们把这些弱点无限夸大，以至从根本上否定了"五四"以来新诗所走过的革命道路，这是我们完全不能同意的。那么，能不能认为这股思潮就是在批判"左"的错误中出现的一股偏激情绪，就是对长期"左"的错误的一种惩罚呢？虽然包含有上面这样的因素，但问题远远不止于此。为什么一些同志在猛烈抨击新诗传统和现状的时候，偏偏要大力提倡走现代主义道路呢？为什么不仅诗歌界，其他文艺领域也有人不约而同地竭力主张走现代主义道路呢？一位作者说，某些青年作者并没有读过多少现代主义的书，但常常"无师自通"，对现代主义的东西一拍即合。这确实是值得我们深思的问题。

西方资产阶级处在上升时期的时候，是崇尚理性主义的。正如恩格斯所说的，资产阶级启蒙学者"把理性当作一切现存事物的唯一裁制者，他们要求建立理性的国家、理性的社会，要求无情地铲除一切和永恒理性相矛盾的东西"。随着资产阶级取得统治地位，资本主义矛盾的逐步尖锐化，理性的诺言落空了，"自由、平等、博爱"的理想国幻灭了，人们逐步对理性失去了热忱，代之而起的是形形色色的反理性主义哲学。特别是经历了两次世界大战的大动荡，反理性主义更是像洪水一样在欧美泛滥开来。西方现代主义文学是以反理性主义为思想基础的。如果说，和理性主义紧密联系的古典主义文学对人生充满着期望与追求，那么，和反理性主义密不可分的现代主义文学则对人生充满着幻灭与厌倦。他们把世界比作一个偌大的荒原，把社会比作一堵永远穿不透的墙。艾略特在《空心人》中写道："这世界就是这样崩溃的，不是轰隆一响，而是唏嘘一声。"这股西方现代主义的哲学思潮和文艺思潮之所以能在今天中国的一部分人中引起一阵"热"，是有着内部条件的。正如胡耀邦同志所说的："在革命遭受挫折的时候，有些人产生思想混乱，甚至发生动摇，这没有什么奇怪。"十年内乱的严重破坏，使一些人的思想受到严重的扭曲。他们"看破红尘"，对马克思主义产生了动摇，对社会主义事业丧失了热忱，甚至认为什么政治斗争、革命斗争，不过是一笔谁也弄不清的糊涂账，不过是一场噩梦……对于这些同志说来，西方现代主义思潮无疑是最对胃口的精神需要品。徐敬亚同志在《生活·诗·政治抒情诗》一文中曾经这样地描绘他自己和一些同道者的思想状态："人们疲倦了，善良的心灵疲倦了。一切都疯狂地旋转过了，一切又仿佛突然地停了下来，社会，消耗了过多的热情，一种大动乱之后的社会疲劳感和惰性在滋生、蔓延。"一位小说作者曾经说："随着揭发'四人帮'斗争的深入，我知道了许多原来不知道也不能想象的事情。猛然间，我感到心中的神经在摇晃，精神的支柱在倒塌。"类似这样一种精神状态，一拍即合地接受西方现代主义思潮，是完全顺理成章的。徐敬亚同志把"新诗潮"和"现代化"紧密地联系起来，说它植根于中国的新的现实生活。我觉得，它和社会主义现代化扯不到一起，但和当前的社会生活确有密切的联系。它不是纯粹的舶来品，而是十年内乱后遗症和对外开放带来的新问题相结合的产物。十年内乱后遗症的存在为现代主义思潮提供了传播的土壤，现代主义思潮为思想迷惘的人提供了精神药方。于是中国式的现代主义"诗潮"就应运而生。

邓小平同志在一九八○年曾经指出："我们国家的面貌比之林彪、'四人帮'横行时期已经发生了根本的变化。全党、全军和全国各族人民，在党中央的正确领导下，对于我们伟大社会主义祖国的前途，重新充满了希望和信心。谁要是不充分估计这一切。谁就要犯极大的错误。"一年多之后，他继续指出："一部分青年人对社会的某些现状不满，这不奇怪也不可怕，但是一定要注意引导，不好好引导就会害了他们。近几年出现很多青年作家，他们写了不少好作品，这是好现象。但是应该承认，在一些青年作家和中年作家中间，确实存在着一种不好的倾向，这种倾向又在影响着一批青年读者、观众和听众。坚持社会主义立场的老作家有责任团结一致，带好新一代，否则就会带坏一代人。"今天，重温这些语重心长、一针见血的话，是非常有必要的。

当前，文艺界正在展开关于如何对待西方现代主义思潮的讨论，诗歌问题是这场讨论的重要组成部分。我认为，这是实行对外开放政策之后一次十分重要的思想交锋，是抵制还是接受西方资产阶级思想侵蚀的严重交锋。什么诗歌的"现代倾向""马克思主义的现代主义"，这些口号提出的是如何对待西方资产阶级思潮的问题，也就是举社会主义文艺旗帜还是举现代主义文艺旗帜的问题。我们必须坚定不移地实行对外开放政策，故步自封是没有出息的，闭关锁国是十分愚蠢的。我们需要吸取外国文化中一切有益的养料，包括西方现代文艺中的一些养料，但是决不能无批判地兼收并蓄。吸收外国的东西是为了发展我们自己的社会主义文艺，决不是要让我们的文艺成为西方文化的一个分支。我们的文艺要走自己的具有民族特色的社会主义道路，决不能跟在西方现代主义文艺的屁股后头跑。搞什么"表现自我""反理性主义"，只能使文艺走向邪路。用西方现代主义的观点来对待社会主义社会，用他们解释资本主义社会那一套来解释我们的社会现象，从而得到怀疑一切、不满一切的结论，更会涣散人心，给社会主义事业带来巨大的危害。讨论是带有原则性的，不应该掩盖分歧，回避矛盾，应当通过摆事实、讲道理，把原则是非搞清楚。讨论不是为了整治某个同志，而是为了弄清是非，提高思想，团结同志，从而共同消除十年内乱的消极后果，解决对外开放所带来的新问题。

徐敬亚同志在《崛起的诗群》一文结束的时候写道："走下去！前面什么也没有，甚至没有脚印，没有道路。"不！我们的前面有一个明确的目标，这就是建设高度繁荣的社会主义精神文明，攀登无产阶级的文艺高峰。更高地举起社会主义文艺的旗帜，坚定不移地向着这个目标前进，我们一定能够结出丰硕的果实。如果背离这个目标，拿起西方资产阶级的东西当作自己的旗帜，那么，尽管有什么"旋风般的勇气""勇敢的碰壁"精神，到头来，只能种出扎手的荆棘，种出难以下咽的苦果。

本文系在重庆诗歌讨论会上的书面发言，原载《诗刊》1983年第12期，又载《当代文艺思潮》1983年第6期。全文大约17000字，节选后删去了原文的注释。

《文学评论》编辑部召开座谈会讨论有关诗歌发展和"现代派"的问题

《文学评论》编辑部

《文学评论》编辑部于1983年9月5日,邀请文学研究所部分同志就徐敬亚的《崛起的诗群——评我国诗歌的现代倾向》一文进行座谈。现将会上的主要观点简介如下:

鲜明的主旨

《诗群》发表在《当代文艺思潮》八三年第一期上,全文约二万八千字,涉及诗歌创作许多方面。尽管《诗群》的概念混乱,有些观点前后矛盾,但它的基本思想还是鲜明的。座谈会上,有的同志把它归纳为:1. 提倡现代主义,对现实主义采取冷嘲热讽的态度,主张以现代主义来代替现实主义;2. 在思想上,主张允许与社会主调不和谐的观点存在;3. 对诗歌的民族传统的轻蔑和否定;4. 对群众的艺术欣赏能力的贬低和轻视;5. 对"自我"的过分肯定。总起来看,它有一定的代表性,文艺理论界需要科学地回答、阐释这些问题,同时也就可以澄清它引出的混乱。

缺乏依据的预言

《诗群》说,中国社会整体上的变革,决定了中国必然产生与之相适应的现代主义文学,现代倾向要发展成为我国诗歌的主流。有的同志认为,《诗群》对诗歌未来发展趋向的这种估计,缺乏必然性的依据。文学的内容和形

朦胧诗研究资料

式都应该多样化，如果现代主义的某些手法比过去的传统手法确有所丰富，我们当然可以批判地吸收。但说现代主义将取代现实主义和积极浪漫主义，形成现代主义独霸天下的局面，在理论上站不住脚，即使从《诗群》所举的例子来看，也还看不出它的可能性，尤其在中国。这几年出现的一些作品，例如，《绝对信号》《黑骏马》《绿叶》《春之声》，虽然借用了现代派的某些手法，但其整个精神则是现实主义的。西方有的作品，例如《推销员之死》，也有很强的现实主义精神。可见，现实主义并没过时，它在吸收其他创作方法一切有用的东西的过程中，会葆其强大的生命力和永不消失的艺术魅力。有些青年作者把现代派的理论作为思想武器，在作品中表现出对社会的冷漠感失望感，觉得别人都不理解他，"众人皆醉我独醒"。根据现实调查和了解，从整个说来，群众是不承认这些作品的价值的。这也从另一方面证明，全盘照搬现代派是行不通的。现实主义当然要深化，要发展，但决不是蜕变为现代主义。现实主义作为一种创作方法，应该提倡，不应排斥，应该使之发展，不应抛弃。

对唯物史观的偏离

《诗群》力图确立艺术价值的观念，寻找诗如何表现社会心理，如何掌握世界的方式。它认为，中心就是"自我"，于是，它强调心灵性、内向性、主观性、自我性。有同志指出，找到艺术生产的中介——艺术生产者，这是对的，但对这个中介，对"自我"怎么看，就值得研究了。现实主义作品中的"自我"是以承认别人的价值为前提的，而现代派作品中的"自我"则完全相反。《诗群》说，人的任何感受都有社会性和时代感，都可以写。这是形而上学的机械论。人的社会属性分为若干层次，自然属性（例如，本能性的冲动）是社会性中的最低层次，它里面就没有多少富有深刻意义的社会性和鲜明的时代感，况且在阶级的社会里，人要受阶级因素的影响，人的感受也就不一定都准确。《诗群》用抽象的"一般"代替了具体的分析，抽掉了"中介"的复杂情况。照此推论，诗人不必深入生活了，不必改造主观世界了，不必对"自我"感受作选择和加工了，只要写"自我"的任何感受，都会成为好诗。《诗群》赞成把社会上的人分为两种："意识到了'自我'的存在"，能够"能动地创造社会、改造社会，而不会被社会改造的人"以及"感受不到自己作为'人'而存在着的人"。《诗群》赞扬前者，要求诗歌去歌颂前者。马克思主义认为，人与环境是互相影响、互相改造的，不可能存在不被环境改造的、凌驾于一切之上的超人。《诗群》主张的人的价值观以个人为出发点，而个人又与社会、与群众对立。这就失去了客观生活的制约性，偏离了马克思主义的唯物史观。

民族虚无主义的表现

《诗群》把我国古典诗词一概说成"是以封建政治、道德和小生产经济为基础的"，民歌"是以封建的田园牧歌为特征的"。有的同志谈到，这个结论实在太轻率和无知了，不客气地讲，这是丧失了民族自信心和自尊心。诚然，古典诗词和民歌有封建性的糟粕，但更重要的，还有民主性的精华，大量的古典诗词和民歌真实地反映了特定时代的社会面貌，表达了人民群众的疾苦和愿望，有强烈的现实性、战斗性和人民性。列宁早就作出过每个民族文化里都有"两种民族文化"的著名论断。无产阶级的文学艺术在经历了对诸如"无产阶级文化派"的左倾幼稚病的批判和"四人帮"的极左路线的清算之后，《诗群》又来提倡在不要民族传统的前提下，实际是在"废墟"上重建新的诗歌，这是很荒谬的。虽然，"古典加民歌"不是诗歌发展的唯一道路，但也是一条道路，甚至是一条主要的道路，因为它易为广大群众喜闻乐见，符合我们民族传统心理和欣赏习惯。建国三十年中，贺敬之和郭小川是很有成就的两位诗人，从他们的诗作可以明显发现受到民族传统诗歌很深的影响，《三门峡》《林区小唱》等诗篇，反映了我们民族感情和气魄。这说明，"古典加民歌"这条路是走得通的。"五四"以来许多新诗并非同古典诗词断绝了一切关系，新诗中的许多手法是从我国古典诗词中借鉴来的，不是全然从外国现代派那里引进的。屈原作品中的象征，唐诗中的意象，王维、李贺诗中的通感，李商隐诗中的多层次时空结构，李白诗中的跳跃性，等等，新诗也继承和发展，不能把它们说成非现代派莫属。如果否定所有的古典诗词和民歌，把民族的东西都丢掉，很难设想可能创造出具有中国特色的诗歌。

几个年轻诗人就能代表诗的发展方向吗？

《诗群》对几个年轻诗人给予很高的评价，把他们当作"崛起的诗群"的杰出代表，而且以此作为立论的根据和出发点。有的同志对此作了分析，认为应该实事求是地估价他们的成绩不足，不能硬把他们抬高到诗的"方向"的高度。舒婷的诗以浪漫主义为基调，有的带有感伤色彩；顾城的诗采用了较多的意象，但有的显得破碎；北岛的一些诗包含着一种孤傲的情绪；江河的诗似乎较为扎实一些。难说他们几个人就是年轻诗人的代表，更不能说他们的诗就代表整个诗坛的发展方向了。只有具体细致地、恰如其分地指出他们的长短优劣，才有说服力，才能为读者认可，也才会对诗人的健康成长有好处。

当代审美信息的主潮是什么？

《诗群》竭力推崇有现代倾向的诗，说这些诗引起了诗歌界以至整个社会的注意，特别在青年中风行。有的同志根据自己耳闻目睹的现象，不同意把当代群众的审美需要的主潮归结为现代派的诗。对现代派的诗或有现代派倾向的诗，青年人不是都喜欢，他们大多对激昂的、向上的、健康的诗感兴趣。我们不要把并非最好的精神食粮鼓吹为最好的东西，硬塞给读者，然后又代表群众来宣称最愿意吃这样的东西。《诗群》还为读者"不懂"的诗辩白，指责对一些"朦胧诗"不懂的读者是审美趣味的"落伍者"。这对群众，对群众的艺术欣赏力太不尊重了。诗是一种审美的东西，要传达人们可以相通的、带有一定普遍性的感情，因此，起码要让人懂；让人不懂的诗，不符合艺术的本质和艺术创造的目的。不反对诗有某种朦胧性，但也应有某种确定的东西，诗是确定性与不确定性的统一。有的诗很晦涩、费解，摸不透作者到底要表达什么意见，这样的诗的社会价值就很可怀疑。如果一首诗只有几个人看得懂，甚至文化程度较高和专搞文学研究的人也不懂，它又好在哪里呢？还说这是最高级的，是方向，这就把广大群众排斥在艺术欣赏的大门之外了，文艺的"为人民服务，为社会主义服务"的方针就无法真正贯彻执行了。

原载《当代文学研究参考资料》1984年第2期

关于诗的对话

——在西南师范学院的讲话（节选）

柯 岩

能有机会到重庆来，和重庆的青年朋友们就当前诗歌发展中的某种思潮交换一下意见，在我，是十分高兴的事。重庆是有红岩的重庆，有着深厚的革命诗歌传统；四川又是出大诗人、大作家的地方，红岩青年必将是很好继承与发扬革命传统和革命诗歌传统的、大有作为的一代。我愿向在座的同志们很好地学习。

1980年《诗刊》在北京举办"诗人谈诗"讲座时，曾有人当场问我："允不允许朦胧诗存在？"我回答说："当然允许。不但允许，我们《诗刊》还发表几首呢！但坦白地说，也只能发表很少的一点点，因为朦胧诗永远不该是诗歌的主流。朦胧虽然也是一种美，但任何时代都要求自己的声音，只有表达了人民群众思想感情和自己时代声音的歌手才会为人民所拥戴，为后世所记忆。"当时我举了杜甫、歌德、裴多菲和郭小川的一些诗做例子，最后说："现在的问题远不是我们不允许你们存在，而是你们不允许我们存在了。"我这样说，是因为当时那种从根本上否定我国新诗现实主义传统的论调已在抬头，正在"崛起"。已经有人公开说在××、××之前的，都不能称之为诗了，等等。于是，我不无讥讽地说："但是，人民承认的东西是任何人也否定不了的，任何人也达不到不允许别人存在的目的。江青可谓权大了吧，但她也只敢提出'三十年空白'。结果怎么样呢？不是'一旦阳光从高空洒落，该复活的就一起复活'了吗？你们中的有些人为什么竟要拾她的余唾呢？你们在艺术上标榜朦胧，但在思想倾向上未免太不朦胧了吧！"当时哄堂大笑，大多数青年热烈鼓掌。可见，真正持那种观点的，即使在青年中，也是极少数的同志。当然，当时也有人说我把问题提得太尖锐了，说是"赤膊上阵"了。

从那时到现在，整整三年过去了。现在情况怎么样了呢？应该说，问题似乎比那时更严重了。从1980年开始的三次"崛起"，许多文章，观点越来越不朦胧，越来越古怪。从《在新的崛起面前》《失去了平静以后》《新的美学原则在崛起》到徐敬亚同志的《崛起的诗群》，不但认为新诗六十年"走着越来越狭窄的道路"，应该"以外来的美学原则改造我们的新诗"，提出诗歌创作的反理性主义，"自我"就是一切，"不屑于表现自我感情之外的丰功伟绩"，"不屑于做时代精神的号筒"，并把某些青年中的迷惘与思想混乱，概括为"我不相信"四个大字的生活态度，不但把挑战的目标对准了无产阶级文艺传统，甚至公开提出要允许"与统一的社会主调不谐和"的观点。

至此，出乎我们许多好心同志的意料，问题早已超出了什么"形式"及"流派"之争，明白无误地跨出了"文艺观点"的界限，表达为鲜明的社会观点。无怪乎有人认为这是"中国现代派宣言"，甚至有人幸灾乐祸地高呼：这是"投向中共诗坛的一枚炸弹"。

这样说，是像我们至今仍大喊"宽容"的一些同志所说是"夸大其词"，或是"大惊小怪"了吗？不，"崛起"论者确实是以轻蔑的挑战姿态出现的。他们之中有的人在欢呼"新星在前面闪耀"时，认为"当前的使命是敢于向'万神之父'宙斯的神圣戒令挑战"；有的人也说"矛盾尖锐化了"，宣称"革新者向习惯扔出了决斗的白手套"；徐敬亚同志更是在他洋洋洒洒的几万字长文中全面否定了新诗的革命传统，提出诗人应拿出"冒险家的胆量"闯荡："不是变革就是死亡。"

与之相伴的，是许许多多勇敢分子的"新诗六十年空白论"，"中国只有三个半诗人——戴望舒、徐志摩、李金发和半个何其芳"（后来不知什么人把李金发换成了胡适，并把胡适冠于首位，成了三个半诗人——胡适、徐志摩、戴望舒，我们所尊敬的前辈诗人、老师何其芳仍被他们称为半个，并且是参加革命前的半个），"中国根本没有诗歌"，"中国的新诗从零开始"，"从我开始"……

这股思潮表现在诗歌的创作实践上，是诗风大变。脱离生活，脱离人民，吟花弄月，无病呻吟，浅入深出，自我高于一切的诗歌一下子充斥了诗坛。

许多刊物以大发朦胧诗和所谓的"纯艺术诗"为时髦，当然，美其名曰"宽容"。在这种"宽容"下，不但报刊上流行着群众概括为"星星月亮满地跑，小花小草眯眯笑，情哥情妹梦中梦，夜莺声声唤怪鸟"的局面（前三句好懂，第四句中的怪鸟也者，是读者讥讽有些诗中出现了许多中国根本无人见过的西洋鸟也）。同时还出现了一些政治倾向不好，借"朦胧"和"纯艺术诗"为名，而在政治上丝毫也不朦胧，甚至完全抛开了艺术的政治诗。许多坚持新诗革命传统的搞理论或创作的同志，却经常受到轻蔑的嘲笑，被人嗤之以鼻，他们的作品常常很难发表，甚至根本发不出去。

公平地说，大多数如此这般的作者与编辑，只是把它当成了流派之争，或是但求发表，或是迎合时尚，或是"皇帝的新衣"。但少数"崛起"论者及他们狂热的追随者们却真正是以一种"你死我活"的姿态来进行决战的。无怪乎当一些老诗人对此提出异议时，某些青年明目张胆地诅咒他们"早该死了"，写匿名信要把艾青同志送火葬场，等等。这里无须解释，这种诅咒只是一种幼稚的愚蠢，因为鲁迅先生早就说过：没有人因骂倒了别人而自己成为文豪的。这里我想说的只是：我倒是同意"崛起"论者们对形势的描绘，矛盾确实就是如此这般的尖锐。

我们诗坛的老将艾青同志、臧克家同志对此早有过旗帜鲜明的表态。艾青同志说："古怪诗并不可怕，可怕的是古怪评论家；崛起的不是年青诗人，'崛起'论者借'崛起'崛起自己。"臧克家同志针对如此尖锐的现实，也公开提出："整个文艺工作成绩很大，但就理论而说，目前诗歌战线已到了需要'三保卫'的时候了——保卫自'五四'以来的左翼文学；保卫现实主义传统；保卫党的领导。"田间、阮章竞、鲁藜等同志也都批评了《诗刊》旗帜不鲜明，分别就此发表了讲话及文章。

他们不愧是我国诗坛上驰骋沙场的老将，几十年的斗争经验教会了他们透视人生。那么，我们呢？我们该怎么办？是视若不见，无动于衷，继续节节退让呢？还是应该挺身而出，迎接这场挑战？！

我以为我们：作为社会主义国家的公民，诗歌战线上的战士；作为信仰马克思主义的共产党员，我们无权袖手旁观，保持沉默。当然，我们不会像外国人那样接过扔来的白手套去进行决斗；我们也不会像"四人帮"和某些"左王"那样，必欲置人于死地而后快；甚至我们也不会像这次挑起论战的"崛起"论者们那样，采取那样放肆与轻蔑的态度，而只是要郑重地回答这场思想理论上的挑战。我们的办法是：更高地举起社会主义诗歌的旗帜，明辨是非，分清思想，通过文艺批评、批评和自我批评，团结一切可以团结的力量，壮大队伍，繁荣创作，开创诗歌事业的新局面，以争取新诗无愧于"五四"的革命传统，无愧于时代对我们的召唤和人民对我们的期望。

我不是搞理论的，理论界有越来越多的同志正奋起投入这场论战。这次重庆诗歌讨论会上，北京的郑伯农同志做了重要书面发言。四川的尹在勤、竹亦青、吕进同志也都做了很好的发言。我只能结合当前一些新诗的创作实践谈这样几个问题：

一、我们究竟为什么要写诗？

二、好诗、传世之作及"与世界对话""为未来的人写作"。

三、世界观对创作的制约作用，并谈"代沟"。

一、我们究竟为什么要写诗？

还是从1980年那次"诗人谈诗"说起。那次一共是十个讲座，分别由十个人主持，半场讲课，半场回答问题。什么问题都可以提，空气很活跃的。在我的那场众多提问中，有这样一张条子："允不允许只为一个人写诗？或只为几个人写诗？"我回答说："当然允许。不过可不可以允许我也给你提提建议呢？如果你真是只给一个人写的，你何不直接交给他本人或请人转交呢？如果你真是为几个人写的，那么复写一下或油印一下不更省事么？就不要再去麻烦编辑部或印刷厂了，现在搞四化，大家都很忙。"当时又是哄堂大笑，气氛很友好，当时还不像后来"扔白手套"时那样剑拔弩张。问题好像一个笑话似的过去了。但这个问题却始终沉甸甸地留在我的心里：我们究竟是为了什么写诗的呢？！当然，古今中外，世上有多少写诗的人，就有多少种写诗的动机和方法。正像托尔斯泰在《安娜·卡列尼娜》里借他的人物之口说的："如果世上有一千个人，我想就会有一千种爱情。"是的，每个人都以自己的方式爱人。每个人也都以自己的方式写诗：有的人忧国忧民，有的人愤世嫉俗，有的为了光宗耀祖，有的为了显身扬名，有的为应制，有的为考试，有的为了追求时髦，有的为了寻求出路，有的言志，有的抒情，有的甚至是吃饱了饭没事做，附庸风雅……我想，这都是允许的。如果你写诗只是你个人的一种业余爱好，如同人们爱好读书、下棋、打球、跳舞、爬山、游泳一样，每个人都有他的自由。但是，如果你的诗还要发表，问题就不那么简单了：你要去产生社会影响，社会就难免要对你做出回响；你要去干预生活，生活就自然要干预你。

我们是马克思主义者，我们从来旗帜鲜明地申言：我们的奋斗目标是共产主义。我们也从不讳言革命的功利主义。目前，我们正在建设社会主义，中国人民正在为振兴中华、实现四个现代化而英勇奋战。党的十二大明确提出要进行"两个文明"的建设。那么，自然，我们衡量一切事物的标准都应以此为出发点。诗歌能例外么？诗歌应该例外么？诗歌应该游离于生活之外，并且不受社会实践的检验么？

我们提出，诗人应该有社会责任感，这，难道是过分的么？

"崛起"论者蔑视我国的革命历史，蔑视我们的现在，把一切与革命、与人民群众生活有关的都斥之为"红色诗""假、大、空"，是能够允许的么？我承认，由于过去"左"的错误的影响和"四人帮"对文艺的摧残，诗歌中是出现过某种公式化、概念化，出现过"假、大、空"的现象。但是，难道事情真是像"崛起"论者们说的那样，我们的新诗六十年来只是一片空白么？我们"五四"以来新诗的道路真是越走越窄，直到崛起者们出现，才走出"地狱之门"么？我们不曾有过郭沫若、闻一多、萧三、冯至、何其芳、卞之琳、臧克家、艾青、田间、柯仲平、李季、魏巍、闻捷、方敬、鲁藜、严辰、邹荻帆、绿原、曾卓、苏金伞、阮章竞、郭小川、戈壁舟、张志民、李瑛、蓝曼、纪鹏、柯原、韩笑、公刘、未央、邵燕祥、梁上泉、流沙河、周良沛、傅仇、陆棨、周纲……这诸多的诗家和他们的诗篇么？不曾有过令人刻骨铭心的《烈士诗抄》；不曾有过白花如雪的天安门诗歌运动么？不，一切都曾有过。"假、大、空"的诗句也曾有过，但它们在当时就不曾真正激动过人心。如果因为在长达六十年的新诗运动历史中出现过某些浮夸的作品，出现过《小靳庄诗选》《西四北儿歌》之类的赝品，就公开嘲笑和彻底否定无产阶级诗歌传统；那么，这种做法和江青们因为我们文艺工作中曾有的某些缺点与错误，就把所有不跟他们走的作家与作品一笔抹杀，一起打成黑帮和毒草，不就有了异曲同工之妙了么？原来"崛起"论者们也还是"只此一家，并无分行"的老一套战法啊！原来他们大叫"宽容"只是以此捆住别人的手脚，好由它一家去为所欲为，去任意篡改新诗的历史，去随心所欲地扩张"自我"，既不允许实践检验，又不允许人们说个"不"字，甚至连和他们商榷一下的机会都不给，在立论时就把别人彻底否定掉了。这岂不是有点太霸道了么？天下哪有这种道理呢？！

就算所有的诗家因为还没开口就被涂上了白鼻子，或由于真正的宽容而缄口不言，我们还有人民呢，还有历史呢！

而人民和历史都是公正的。

中国人民几十年浴血奋战，推倒了三座大山，建立了新中国。人民不允许把反映了他们血与泪的斗争生活，并鼓舞他们前进的诗篇统统打倒，一笔抹杀，而只让"不屑于表现自我感情世界以外的丰功伟绩"的诗独家称霸。同样，历史也不喜欢人们对它任意歪曲篡改。"五四"文学运动之所以光芒万丈，载入史册，主要是因为它的彻底反帝反封建精神，而不是像"崛起"论者所说的那样，是新诗的全盘西化。

如果我们不把这场论战当成变魔术，而愿意正视现实的话，我们就会看到：原来要害果然不在于形式，而恰恰是它的内容。因为这些以"五四"传统的真正"继承者"自居的"崛起"论者，阉割掉的恰恰是五四运动反帝反封建的时代精神。毛泽东同志曾经指出五四运动的代表人物也存在着历史的缺陷，"他们使用的方法，一般地说还是资产阶级的方法，即形式主义的方法"，"他们对于现状，对于历史，对于外国事物，没有历史唯物主义的批判精神，所谓好的就绝对好，一切皆好，……以致后来分成了两个潮流。一些人走上了洋教条和全盘西化的道路"。而"崛起"论者们继承的恰恰是这些资产阶级代表人物的方法，即资产阶级的形式主义的方法，出现了违反历史唯物主义，彻底否定革命传统，公开鼓吹脱离生活、脱离人民等等的诸多谬论。

于是，我们不禁要问：他们究竟为了什么"崛起"呢？他们要把青年引导到哪里去呢？他们警告我们"不要沉不住气"，"不要惶惶不安"，欢呼"群星已在前面闪耀"，并指点我们："若是真理掌握在他们手中，则我们也不可以拒绝接受引导。"这里的"我们"说得委婉，但当然是不包括"崛起"论者们自己的，因为"崛起"论者明明正在引导这些"群星"，问题只是要把"群星"们引导到那里去罢了。

到底要叫青年为什么写诗呢？为"表现自我"、为艺术而艺术，为形式

中国当代文学史资料丛书

而形式，为时髦而"引进"……这些，早已不是什么新鲜的玩意了，只不过重新披上了一层朦胧的面纱。这"纱"，原也大可不必费力到国外去抄，去贩运的，五四运动之后的文学舞台上早就上演过这些最最"解放""引进""挑战""与传统彻底决裂"等各种节目，并早已为人识破其唯我主义及民族虚无主义的实质了。

而唯我主义和民族虚无主义，与革命，与无产阶级，与社会主义制度，与我们这个虽还贫困但却蒸蒸日上的祖国，与我们勤劳勇敢、意气风发的伟大人民，不但是格格不入的，而且是极其有害的。

我们的祖国正在励精图治，我们的人民正挥汗如雨为"四化"奋飞。我们庆幸我们还有一支老、中、青的诗人队伍在坚持新诗的现实主义传统，虽然他们曾不断遭到"崛起"论者及其追随者的嘲笑及否定，也许有时许多作品还难于发表，但他们始终未改初衷，还在坚持，还在战斗，还在孜孜不倦地学习，继续以新诗为人民服务，为社会主义服务。更令人高兴的是：我们青年一代中大多数人都没有去进行那种"崛起"。许多青年写信给《诗刊》，给《中国青年报》及其他报刊，一方面抱怨自己的诗很难通过追求时髦的编辑部；一方面始终坚持社会主义文艺创作的道路，在扎根于人民中苦苦求索，写出了许多好诗。这里，我给同志们节读两首。第一首是《来自鞋摊的诗报告》（作者：胡平）。写一个待业青年，在大街人流中摆开了一个鞋摊，他是怎样看待这个修补鞋的工作的呢？

"……我知道，人们心上的补钉 / 祖国绿葱般的五指 / 正在一块块地精心揭去 / 可人们衣上鞋上，还有补丁 / 我曾为路过玩耍的小孩 / 免费补好露出脚趾的鞋 / 用根结实的麻线，在他耳边 / 拉回雷锋叔叔的故事 / 我曾扶起跌跤的盲人 / 一边听他诉说儿媳的不孝 / 一边钉好他折断的手杖，也在 / 他的心里钉好折断的温暖 / 我甚至拉来云一样游荡 / 穿花衬衫、喇叭裤的青年 / 用落满汗水的绒布，在他的 / 三接头上，写下青春的发言……

"在我的鞋摊上 / 流通的并不仅仅是人民币 / 在镶着营业执照的镜框里 / 也镶着一颗面向世界微笑的 / 透明、坦荡的心。 / 我所需并不多 / 只要扛起'粮油簿'的 / 除了妈妈佝偻的腰背外 / 还有我的一根脊梁骨，加上 / 有钱买《美学》、《心理学》、几本稿纸，付去夜校的车费 / 另外每天抽四、五支烟卷……

"我盼望每双鞋／都在这颗星球上留下痕迹／我真想把十亿双鞋都收拢来／开一个脚印的博物馆／让未来的子孙来参观吧／这是二十世纪八十年代／一个汗雨飞空的民族／一个龙腾虎跃的中国

"在人生的十字路口／我摆开一个小小的鞋摊"

多么光辉的思想，多么博大的心胸，它不仅使我们懂得了平凡劳动与世界的关系，还使我们深深感受到一个人的价值确实不在于职务、职业，而在于人格的伟大力量。使我们的灵魂震慑于生活的美。原来真是这样：对于眼睛来说，生活中并不缺乏美，缺少的只是发现。

这首诗没有奇特的意象，没有令人眼花缭乱的结构，没有"浅入深出"的朦胧，没有虚张声势，没有故弄玄虚，它是那样平易，那样朴素，又那样真挚、亲切，我们通过"这一个"可以看到可以想到的正是我国千千万万普通劳动群众，我们的一代青年。他们"位卑未敢忘忧国"，无"位"而想方设法去为人民服务，去为祖国分忧。这，才是人的价值。他们的血，他们的汗，他们的痛苦和欢乐，将成为一座历史的纪念碑。

另一首是《我是力，我在等待中旋转》（作者：栾焕力）。这是又一首写临时工的诗。每当大楼竣工，人们搬进明亮的新居时，就是他结束工作的时刻，可他是怎样看待集体和个人，别人和"自我"的关系的呢？

"……在竣工典礼的大会上，／那剪彩的剪刀也把我的工作／连同彩带一同剪去。／那被阳光镀亮的玻璃，／就是结束我暂时劳动的收据。／可是我不自悲，也不妒忌，／我自信三辈同堂的苦衷，／新婚分居的思恋，／会在我用速度凝固的平方米上／化成美酒歌声的旋律。／我自豪，我骄傲，／在等待中我为母亲抹去了一点忧虑。／为了给幸福创造安身之所，／为了给时代打下坚实的地基；／让我力的作用点一百次，一千次地转移吧！／我愿永远是承受祖国负荷的力。"

"大楼竣工了，／我将要离去。／在这页立体的稿纸上，／我完成了自己的诗句。／那走上阳台的达木兰，／那飞到玻璃窗上的双囍字，／是我奇特的构思和新颖的主意。／我让它发表在中国这本杂志上，／留给后代们一个思索的议题。／我走了，大踏步地向前迈去。／我要开辟一个新的场所，／用我旋转的速度，／来加固祖国这部巨大的机器。／我相信总有一天我会揭去临时的标签，／高擎着一个红色的工作证，／走进我充满希望的新工地。"

好一个临时工、好一个等待中旋转的力。一个愿为祖国母亲抹去一点忧虑的儿子，一个充满信念、理想与希冀的真正的人。

做人就要做这样的人，写诗就该写这样的诗。

当然，这样的诗，可能有人不喜欢，认为粗糙，只是在"临摹生活"，还有这样那样的缺点和不足，但是，它们却受到了人民群众的广泛欢迎，使人感奋，发人深省。为什么像这样水平上下的许多好诗，大多发表在基层的小报，甚至黑板报上，写这些诗的人，也大多不知名而在基层？！难道这不该引起我们的某些理论家和编辑部重视吗？这些诗同时也给我们这些从事文学工作多年，却被包围在四面"崛起"之中的诗歌工作者以希望和力量，因为它不但体现了诗歌为人民服务、为社会主义服务的根本原则，从一个侧面再次印证了我们信仰多年，并将继续为之奋斗的真理："生活是创作的唯一源泉"，"人民需要艺术，艺术更需要人民"。它们还迫使我们，每一个有良心的诗人和追求写诗的同志再次重温"我们究竟为什么写诗"这个古老的课题。

人民称我们为诗人，我们究竟是为了什么，又为了谁写诗的呢？我们不该深长思之吗？

303

一九八三年十月于重庆诗歌讨论会

全文大约17000字，此处节选的是原文的第一部分。

原载《诗刊》1983年第12期

是"崛起"还是倒退?

——《作品》编辑部召开的诗歌座谈会纪要

史 纵 整理

广东诗坛历来是坚持革命现实主义传统、富有战斗精神的。早在三十年代初期,广东的革命诗人在"左联"的领导下,继承和发扬了"五四"新诗的优秀传统,对形形色色的现代派倾向,开展了斗争。在斗争中诞生的《中国诗坛》,坚持为革命、为人民歌唱。建国以来,广东诗坛的主流也是好的。诗人们以满腔热情讴歌新的时代,进行了有益的探索,尽管在"十年动乱"中,也曾受到"假大空"诗风的冲击,但大部分诗人并未迷失方向。打倒"四人帮"后,广东新诗形成了新的繁荣局面,诗歌队伍的壮大,新诗创作的活跃,新诗出版的兴旺,是建国以来前所未有的。

近几年,诗歌界出现一股"崛起"的现代派文艺思潮。一九七九年,以"朦胧诗"为代表的"现代诗派"在某些刊物泛滥,而且有人为它喝彩的时候,广东已有诗人首先对它提出质疑,发表《令人气闷的"朦胧"》(见《诗刊》1980年3月号)。

在这场论战中,广东诗歌界是旗帜鲜明的。一九八〇年五月,《在新的崛起面前》一文向诗坛发出挑战,同年冬,我省十多位诗人参加《南方日报》副刊的座谈会,对"现代诗派"展开了争论,然后以专版发表了纪要(见《南方日报》1981年1月16日)。《作品》文学月刊从1981年1月起,一连五期,开辟了讨论专栏,发表《新诗向何处探索》《评现代派诗论中文版》等文,并发表反面意见,展开相当充分的讨论。一九八一年三月,《新的美学原则在崛起》发表后,作协广东分会诗歌组举行过多次讨论会,批评它的错误。八二年一月,《花城》编辑部召开西苑诗会,进一步对"崛起"诗论及"朦胧诗"进行批评，并发表了《西苑诗话》（见1982年《花城》诗增刊）。与此同时，还有不少同志在省内外报刊发表文章批评了现代派文艺思潮，阐述了革命现实主义的创作原则。

一九八三年一月，《崛起的诗群》对新诗传统进行了全面否定，在我省掀起了一阵波澜，报刊上出现了一些带不良倾向的诗作和理论文章，为此，作协广东分会诗歌组在六月初举行了"天鹿湖诗会"，广州青年文学会诗歌组在七月底举行了"丹霞诗会"，作协广东分会诗歌组在八月中旬举行了"大沥诗会"，对三个"崛起"及我省作者的一些错误文章展开了较系统的批评，并以《我们和"现代诗派"的分歧》为题发表座谈纪要（见1988年1月《当代文坛》创刊号）。

今天，党中央号召开展清除精神污染的斗争，广东诗歌界更认识到这场斗争的深刻意义和自己的责任。为此，《作品》编辑部邀请了省市部分老、中、青诗人与诗评家，于十一月十一、十二日连续两天举行诗歌座谈会，大家认真学习了《邓小平文选》和《中共中央关于整党的决定》，对三个"崛起"的错误及其在广东的影响进行了较深入的分析批评，提出了自己的看法。参加座谈会的有韦丘、野曼、易征、章明、沈仁康、西彤、杨光治、陈绍伟、李钟声、郭玉山等同志。

一、诗歌应该是反映生活还是"表现自我"？

诗歌应该反映生活还是"表现自我"？在这个问题上，我们与"崛起"论者存在着根本的分歧。首先，表现在对"生活"的理解上。"崛起"论者说："我是以为到处有生活的。其实，诗人自产生之日起，就已在'生活'之中。世界上不存在没有生活的诗人。"把"生活"解释为日常的起居、饮食，这不是无知就是曲解。日常的生活可以给诗提供一定的素材；但文学艺术中的"生活"，是经过诗人的选择、加工、典型化了的。"到处有生活"的理论，并不是什么新东西，在四十年代曾有人宣扬，并立即受到革命文艺的批判，今天它伴着现代派文学思潮重新泛起，是与时代精神格格不入的。如果真的"到处有生活"，那么，闭门觅句，钻进象牙塔里苦吟，咀嚼个人的痛苦或不幸，能写出富有生活气息的好诗？这实际上是反对诗人深入生活，反对诗人去反映社会现实生活的主流。

马克思主义的文艺观认为，诗是生活的反映。毛泽东同志明确地指出："一切种类的文学艺术的源泉究竟是从何而来的呢？作为观念形态的文艺作品，都是一定的社会生活在人类头脑中的反映的产物。革命的文艺，则是人民生活在革命作家头脑中的反映的产物。"这是颠扑不破的真理，而我省却有人声称："强调诗即生活的反映"，是"一个系统化了的错误的理论"①，"把有无'生活'当作文艺批评的标准是有害无益的，至于把这当成棍子到处挥舞，则更加面目可憎了"②。这种论调实在走得太远了！

然则，她们主张诗反映什么？有人说："诗是诗人心灵的历史"，"是一种情绪的扩张"，诗只"反映人的心灵真实"；③我省也有人说，诗人只重视"感受之真"，"诗是一连串错觉的综合"④……用自我的感受、"错觉"来取代社会生活。说到底，他们认为诗歌不是为了反映生活，而是为了"表现自我"。这跟柏格森说的作家所写的"仅仅是他自己的某种独特心境"⑤、尼采说的音乐"是意志本身的直接写照"⑥等论调何其一致！这是现代派文论的共同观点，它要把社会生活放逐于诗门之外，要使诗彻底脱离社会生活，脱离人民群众，使诗成为"自我"的王国。

诗是抒情的艺术，应该有"我"，完全可以也应当书写内心世界。但如果这个"我"脱离社会生活、脱离群众，只能发出"孤家寡人"的咏叹，是于世无益的，也很难引起众多读者的共鸣。作为上层建筑的诗歌，与经济基础、政治休戚相关，那些抒发"自我"的阴暗心理，散布对一切都不相信的怀疑情绪的诗，只会对我们的社会主义事业起消极的作用，成为污染人们精神的东西。例如，《结束》《流水线》《彗星》⑦等诗，是违背时代的要求、人民的希望的。诗人应当成为人民的代言人，诗中的"我"应与时代的脉搏息息相通，与人民呼吸与共，这样，"我"才具有旺盛的生命力。别林斯基说的好："有哪个诗人只写他自己，或者是蔑视群众，只为自己而写的话，那恐怕只有诗人自己是他的作品的读者了。"⑧这段话确是真知灼见。

马克思主义文艺观提出诗反映社会生活，是要求积极的反映，并非像自然主义那样的全收并蓄，也不是机械的摹写。它应当反映生活本质的真实，所以必须用马克思主义的反映论指导创作。有的人还说："艺术家的'本职'在于传递美的信息，传递美感，至于诗人是否在诗中反映了生活的本质？社会效果

中国当代文学史资料丛书

如何？则主要是哲学，伦理学，和社会学的范畴。"⑨这也是不对的。

什么是"美"？历来，不同阶级有不同的认识。现代派理论家认为"表现自我"、写潜意识是美，阴森古怪的意象最美；消沉、没落、绝望的情绪最美；无产阶级文艺家则不然。不去反映生活的本质，不顾及社会效果而奢谈美，至少是本末倒置。这种"唯美"的论调也不新鲜，它在十九世纪末流行于西欧，英国的佩特把它系统化并加以宣扬；在本世纪三十年代，我国曾有人"引进"，但被革命文艺的洪流涤荡了。如今有的同志重新提倡，真有点"沉渣泛起"的味道。

"崛起"论者也并不一概地反对诗反映生活，他们宣称诗"不屑于做时代精神的号筒，也不屑于表现自我感情世界以外的丰功伟绩"，"甚至于回避去写那些我们习惯了的人物经历、英勇斗争和忘我劳动的场景"，⑩可见他们反对的是火热的现实斗争生活，反对诗歌讴歌革命，反对诗歌成为"团结人民、教育人民、打击敌人、消灭敌人的有力的武器"⑪，而把诗歌引到邪路上去。

作为革命事业的一部分，诗是必须反映热气腾腾的生活，歌颂人民在创造新生活中的丰功伟绩，正因为这样，党历来号召诗人们到生活中去。在深入生活的过程中提高自己的思想境界、倾听人民群众的心声，直接接触丰富的生活现象，以吸收素材，提炼主题，把生活的主流、社会主义时代的风貌、人民群众的愿望写进诗里来。只有这样，诗才能完成时代所赋予的"两为"的光荣使命。这就是革命诗人的崇高职责。

二、诗歌是走现实主义的道路还是走现代派的道路？

被一些人说成是"中国新诗发展的必然道路"的现代诗派，"崛起"了哪些"美学"原则了呢？"崛起"了哪些"新"手法了呢？如果不看看他们的理论和创作，很容易以为他们真在"探索"着什么新东西，"突破"着什么旧框框；如果读几篇他们的理论和创作，不能不满怀失望。

"现代诗派"的主要特征，大致可以归纳为：

第一，反理性，反逻辑，表现"自我"。他们公开宣称："反对理性的指导"，"在这里寻常的逻辑沉默了，被理智和法则规定了的世界开始解体"，甚至要"向理智和法则挑战"。⑫他们认为的"诗"是什么东西呢？"诗是诗人心灵的历史，诗要表现高速幻想"，追求"意象直觉感"，探索"潜意识的冲动"，诗"是诗人情绪的扩张"⑬，"诗是一连串错觉的结合"⑭，等等。不要正常人的理性和逻辑，一味追求"错觉""变形"，这样的诗岂非疯子的呓语？这些主张的实质是要诗歌排斥政治倾向性，排斥正确地反映生活，否定诗歌是一种教育人、美化人们心灵的文艺武器。

他们反对诗反映生活的"本质"，否定诗要顾及社会效果。她们说诗要"冲破现实主义的画框"，诗要反映"物我之间造成新的存在物"，"色彩、音响、形象的界限消失了，时间和空间被超越，仿佛回到了宇宙初创期，世界开始重新组合……诗人通过它洞悉世界的奥秘和自己真实的命运"。世界要按照它们的主观"重新组合"。⑮诗不是去反映生活，而生活必须按他们的意愿"重新组合"于诗之中。不须做什么分析，只需重复他们奇妙的论点，人们就会得出结论，这若不是疯人的呓语必是唯我主义者的狂叫。这些言论，已经比三十年代的唯美主义、颓废主义、象征主义等派别的言论有过之而无不及了。

他们说"时代变了"，要"崛起"新的美学原则了，就这样"崛起"吗？

第二，现代诗派的另一法宝是象征手法。

"象征"也好，"暗示"也好，"意象群"也好，在中国并不陌生，从"五四"新文学运动开始，就有人从西方搬了进来，在中国的诗的土壤上无法生根，便销声匿迹了。几十年后的今天重又"崛起"。他们的理论家解释说，"象征"手法的先进性或现代性在于："隐去被比的事物"，"使被比的原体有了一种随意性"，它"打破了真实描写和直抒胸臆的传统表现方式，它像一道只写出等号一边的方程式"⑯，由此，读者可以产生无数个"解"。我们说，文艺作品特别是诗歌，应有含蓄，应给读者艺术再创造的条件，让读者读完后感到言有尽而意无穷。但是，这种读者的艺术再创造，在作者提供的形象、意念基础上，有规定性、指向性。这就要求作者提供鲜明的形象和意念。这就是诗歌的倾向性，现代诗派则主张不向读者提供明确的形象和意图，让读者从他们提供的互不连贯、支离破碎的意象中，去求无数的"解"。即使是谜语，谜面也有规定性，谜底只有一个。他们的诗，却提倡谜底有无数个。所以此种诗，比猜谜更难，比谜语更晦涩。

他们提供了一首象征手法的样板："沿着鸽子的哨音／我寻找你／高高的森林挡住了天空／小线上／一颗迷途的蒲公英／把我引向蓝灰色的湖泊／在微

微摇晃的倒影中／我找到了你／那深不可测的眼睛"，说这是一首寻求理想的诗，"你"和"眼睛"代表理想物的化身。[17]这样说，用了一些莫名其妙的比喻，用了一些毫无逻辑的叙述，绕了一个曲曲弯弯的圈子，最后不过说明一个简单的概念：寻找理想物，这未必就很高明，有多少美感？这还是按照他们的逻辑来解释这首诗的，如果按照正常逻辑来解释，这不过是一些生造的、似懂非懂的语法，连接了一串毫无意义的现象而已。

我们也并不一概反对用一些象征手法，更不反对诗歌要含蓄。但我们的主张，与"现代诗派"主张的"象征"不是一回事。"现代诗派"把"象征"手法，当作故弄玄虚的、吓唬人的假洋鬼子手中的"哭丧棒"。

第三，现代诗派夸耀于人的再一个特征是"跳跃"，这种"跳跃"，是"割断顺序的时间和空间"，"随意地选择没有时间性关联的形象"。这种依照诗人情绪"随意地"剪接诗人的"错觉"[18]……这本来已经十分混乱的了。可是，到此还不算为止，他们还要多层次、多侧面、多种意念综合，还要描写矛盾心情、交错感情，也就是描写诗人自身的前后感情不一致、互相矛盾，这是他们所谓的"立体感"。也就是混乱之上再加一层混乱，有悖逻辑上面再加一层逻辑不通，把这些混乱、矛盾、无逻辑的"错觉"，加上大幅度的"跳跃"，下决心不要别人看了。这一堆剪不断、理还乱、忽东忽西的东西，据说是新诗发展的方向。他们要以此来"改造中国诗人的气质"，"改变中国人哼了几千年佶屈聱牙的古调子"的局面，突破"'古典＋民歌'的小生产歌吟者的汪洋大海"[19]。这未免太狂妄了吧！

现代诗派的理论家引了一首他们的样板作品：

我不是没有童年，花盛，青春

即使贫穷，饥饿
衣衫破碎了，墙壁滑落着
像我不幸的诞生

沉闷

被暴发的哭声震颤

母亲默默的忍受有了表达

除去情绪低沉阴暗不说，语言都没有过关，用词不当，语法不通，语无伦次。这就是现代诗派标榜的"跳跃"。

第四，现代诗派还把中国诗歌传统全盘否定了。这也是他们的所谓"突破"。

从"五四"开始的中国新文学主流，是在革命思想指导下的、人民大众的、反帝反封建的文学，是革命现实主义的文学，艺术手法上也吸取了西方某些有益的东西，但日臻民族化。和革命现实主义同时，西方各种文艺思潮也被介绍到中国来，但在中国这块土地上都没有生根。唯美主义、颓废主义、象征主义、表现主义、未来主义、达达主义、新感觉主义等，都涌入过中国，但没有产生一个文艺运动，没有一个贯穿到底的代表诗人，很快像过眼烟云，消逝了。象征主义的李金发，诗意晦涩朦胧，文字生硬混杂，不能持久；早期受唯美主义影响的闻一多，迅速转向革命现实主义；非常西化的戴望舒，到抗日战争时，也归入了现实主义阵营，很写了几首好诗……在民族多难、人民革命风起云涌的时代，现代诗派那种思想上孤独、阴暗，艺术上的晦涩难懂，与人民格格不入。文学没有人民的土壤，连一天都生存不下去。今天，人民要求国家富强、时代进步，充满了向"四化"进军的豪情，现代诗派想用阴暗、绝望、灰色的思想情调，用混乱、空幻、晦涩的手法，把人民、把时代拖着倒退，更是不可能的事。因而，现代诗派断定是个短命的、昙花一现的、不成气候的东西。只能是文学史上的一个小小的回流。

三、是否定传统还是继承、发展传统？

我们与"现代诗派"的分歧，还表现在如何对待诗的传统这一重大问题上。

"现代诗派"对我国三千多年来的优秀民族诗歌一概否定。持"崛起"论的人，公开主张新诗要"以否定传统的面目出现"，认为中国的古典诗歌是"古调子"，民歌是"封建田园牧歌"，声称"现代诗派"是"五四新诗的一个分支的复活"，要继承"新月派"。这是现代派的"探索"。他们说建国以来的新诗是"小生产歌吟者"，否定六十年来新诗的革命传统。在我省出版的一个诗歌刊物创刊座谈会上，有人将诗歌的民族传统比作"铁木犁"而大加挞伐，原话是这样说的："有人怀恋'传统'。无疑，铁木犁曾经是最高生产力的标志，也因它的优点而持续使用至今，但除了在极个别不适应机耕的地方，今天再来讨论它的保留价值，是否有点滑稽呢？"[20]也是在这个座谈会上，有的人更直言不讳地提出，新诗的发展必须"抛弃传统"。

马克思主义对待民族文化的态度，从来都不是全盘否定，而主张在继承的基础上发展。列宁在论述发展苏维埃文化的时候，就提出它不是从天上掉下来的，而是在封建主义和资本主义文化的长期积累的基础上的发展和创造。今日提出发展新诗必须"摒弃传统"的主张显然是完全错误的。正确的观点应该是"扬弃"而不是"摒弃"。"扬"，即发扬与保存其优秀的精华，"弃"，则摒弃其过时的不适用的部分。国外好的东西，我们也要吸收，要实行鲁迅说的"拿来主义"。但我们任何时候都不应忘记：中国是一个有悠久历史的诗国，自《诗经》以来，产生了像屈原、李白、杜甫那样为数众多的杰出诗人。他们为我们留下了丰富的诗歌遗产，可供我们借鉴。只要还有一点民族自尊感的人，提起我国源远流长的诗歌长河中出现的一大批杰出诗人，都会感到自豪！然而，"崛起"论者，竟连这点民族自信心也没有了！

别林斯基说过："在任何意义上，文学都是民族意识、民族精神生活的花朵和果实。"[21]诗歌是最具民族性的艺术形式之一。艺术领域的创造与自然科学领域有一个很大的不同，这就是它在思想内容和表现形式上均富有本民族的鲜明特色。离开了这一特色，就很难为它自己的读者和观众所接受。这也许是一个民族的艺术风格能延续、发展的重要原因。当然，传统也不是凝固不变的，应该也可以在实践中发展。"传"就包含有"发展""延续"的思想，代表了一种连贯性，很难轻易割断；"统"，则包含有一种特定的法则规律，是从事这一事业的人必须基本遵循的。从这个含义即可以看出，我们的新诗怎么能够完全抛弃我国数千年来的诗歌精华，抛弃自有新诗六十年来许多诗人（例如郭沫若、艾青等）的辛勤实践成果，而去走一条照搬外国现代派的、跟在别人身后拾人牙慧的、完全西化的路？显然，这是一条没有民族自尊心的虚无主义的路，是完全走不通的。事实上，我国自有新诗的六十年来，许多诗人在继承民族传统发展新诗的路上作出了许多有益的努力和探索，也取得了莫大的成绩。像郭小川、贺敬之的许多诗作，既具有动人的魅力，又有鲜明的中国气派。他们的优秀诗章，比起今日现代诗派捧上天去的那些代表作，不论思想内容和艺术成就都不能相提并论。

至于那些将诗歌的优秀传统比作"铁木犁"的人，无非是想证明它们已经过时了。这种人如果不是无知，则有点狂妄。真正的艺术不会因时代的前进而泯灭其光辉。世界越进步，社会越发展，古代希腊神话和中世纪罗马的雕塑越显其价值。中国画的技法和工具的古老，真可同"铁木犁"相媲美，但它却能延续千百代人而不灭。诗歌的传统也同此理。今天，提倡现代派的人之所以对外国现代派存有如此盲目的崇拜，一是他们对现代派的来龙去脉无知，而是他们对我国优秀的诗歌的传统精华缺乏了解。这一点，他们应该补课。

四、为人民大众，还是为少数人？

新诗与人民群众是什么关系？为大众，还是为少数人？这是一个重要的美学原则，也是决定新诗能否生存和发展的关键。

我们的回答是，诗必须叙人民之事，抒人民之情，应该为广大的人民群众喜闻乐见。人民需要诗歌，诗歌离不开人民。这是社会主义文艺的"两为"方向在诗歌创作上的体现。我们对古代诗人的进步作品，尚且提出人民性的要求，对当代的中国诗人，怎么能不提出明确的也是必要的要求——自觉地把人民当作哺育新诗成长的母亲，紧紧地和广大的人民群众结合在一起呢？

周恩来同志曾明确指出："民族化关系到大众化，关系到通过艺术形式动员广大人民，这不是小事。"[22]然而，"现代诗派"的艺术主张和艺术效果，严重地脱离了人民群众。近几年来"现代诗派"脱离群众的程度，是新诗发展史上少见的。那些"现代诗"，其形象、语言、建行等，都完全脱离了我们民族的欣赏习惯，可是，还有人称之为"是真正中国的具有社会主义思想内容和生活内容的现代化文艺"[23]。他们不惜把自己放在和人民群众相对立的位置上，不承认人民群众是新诗的主人，是新诗最有权威的鉴赏家。在他们的心目中，广大读者（包括大多数诗人）在"现代诗派"面前，是"落伍的读者"[24]，要用他们那一套"新的美学原则"去改造"几亿人的审美观念"；再不行，就自我解嘲："你不懂，你的儿子和孙子会懂得的。"[25]同代人无法读懂的东西，他们要留给下一代人，这岂不是咄咄怪事？另一方面，他们却又声称，"现代派诗"的出现"是我国社会的变革、经济基础的发展和物质生活的变化，即现代的生产方式和生活方式的必然结果"，"是人们思想情感的变化，特别是几亿人审美观念的变化"的结果！㉖这完全是背离事实的瞎说。西方资产阶级诗人把诗视作"上界的语言"，只有极少数资产阶级精神贵族可以孤芳自赏。他们当中有些诗人亦对此不满，说，谁要读懂他们的诗，就要倒霉。遗憾的是，中国的"现代诗派"也以脱离群众为荣，断言诗人抒写对现实生活的"真实感受"就会"导引艺术走向'非真'的歧路"。㉗他们在背离人民群众的道路上走得很远。这不幸被鲁迅言中："倘使为大众所不懂而仍然算好，那么文学也就决不是大众的东西了。"㉘纵观"现代诗派"的作品，"不是大众的东西"，受到人民大众冷落，是理所当然的事。发展下去，只能葬送了新诗。

前车可鉴，这决不是危言耸听。在我国古代诗歌史和新诗发展史上，为什么某些艺术流派的寿命那么短暂？其中一个主要的原因，就是脱离了大多数人的艺术欣赏准则。外国现代派的各种艺术流派，不少也是昙花一现的。祖籍广东省梅县的诗人李金发缺乏知音，曾经感叹"不得读者的拥戴，很难有出头之日"㉙。他在抗日战争爆发后写的诗，有一定的进步思想，改变了象征主义的写法。可惜他长期留居国外，终未能彻底改变诗风。他的"怪诗"，至今仍是"天书"，不为大多数读者"拥戴"。这是诗人的悲剧！而我们诗歌队伍中，竟然还有人以今日之李金发自命，甘愿重蹈覆辙，未免可悲可惜。

回顾"五四"以来，新诗运动的先驱者郭沫若及一大批杰出的诗人，都曾努力实践新诗与人民群众的结合。在延安文艺座谈会后，诗人遵循党的文艺方针，目标更明了，成绩也达到新的高度。艾青、李季、田间、郭小川、贺敬之等，通过多种途径，深入到人民群众中去，坚持与人民群众结合。从作品的思想内容到表现手法，起了深刻的变化。他们的诗，得到了人民的承认。广东诗歌界也有一个好的传统。建国前，以《中国诗坛》为代表的进步诗人，和人民休戚与共。建国后的三十多年，广东诗人从诗歌活动到作品风格，为寻求新诗与人民群众结合，做了许多具有成效的尝试。

诗人，首先应是人民的诗人，然后才是某一艺术流派的诗人。两者不应是对立的。得不到广大人民群众承认的诗人，绝不是一个好诗人。

诚然，当诗人作某些新探索时，一时未能为很多人接受，这种情况也是有的。但我们看他的探索是否有生命力，正在于探索的动机是否为了和达到更好地为社会主义服务、为人民服务的目的。我们批评"现代诗派"严重背离"二为"方向，不仅仅是在于他们的某些局部表现手法"奇""怪""偏"，而是他们的思想感情与人民群众水火不容，他们的美学观点与人民群众格格不入。"现代诗派"脱离了人民群众，人民群众也就抛弃"现代诗派"，这是难以抗拒的艺术辩证法。

新诗的生命扎根在人民群众之中！新诗的出路在于千方百计和人民群众结合。这才是一条宽广的道路。人民呼唤着诗歌，诗歌，一定会回到人民中间来。

五、对不良倾向，不能沉默，不能无为

根据以上实事求是、充分说理的剖析，可以清楚地看到：我们和"崛起"论者的论辩，不是在目标、方向大前提一致下不同意见的争鸣，而是在哲学美学观点、社会主义诗歌的基本特征、新诗发展的道路、诗与生活的关系、对待传统与遗产的态度以及诗人的群众观点等等一系列重大问题上的分歧。在上述的各个方面，"崛起"论者的主张都是和马克思主义的世界观、艺术观，和党的文艺为人民服务、为社会主义服务的方针不合拍的、不相符的。

少数年轻的同志写了一些情调不够健康甚或有错误倾向的"现代诗"，是可以理解的，也是不必深责的，对此应该进行疏导。奇怪的是一些为人师表和担任文化指导工作的同志反而为之高声喝彩，拼命捧场，并且把年轻人的错误倾向加以引申、扩展、系统化，上升到"理论"的高度（他们的理论实质上就是业已在西方走向没落的现代派理论的翻版）。然后又用这"理论"来号召、鼓动年轻人朝着错误的方向越走越远。这些同志究竟要把我国诗坛"革新"成什么样子？究竟要把青年一代引向何方？尤其值得注意的是：他们俨然以权威的口吻，庄严宣称"现代倾向要发展成为我国诗歌的主流"[30]，"'朦胧诗'……是文学发展的必然"[31]。这就是说，他们自以为掌握了我国诗歌发展的命脉，他们要当诗坛的"盟主"，他们要用"现代派"的一套改造我们的诗坛——"全盘西化"或"全盘现代化"。如果这成了事实，那将是中国新诗的一场灾难，一次倒退；同时，也将使更多的青年走入歧途。

当前，我国正在社会主义现代化的道路上大踏步迈进，但同时又面临着巨大的困难和阻力。在这种情况下，革命的诗歌工作者是用自己的作品和文章为国分忧、为党分忧，鼓舞全国人民振奋精神，坚定信心，冲破阻力，促进现代化建设顺利向前；还是对现实生活冷眼旁观，在作品中散布消极、悲观乃至绝望的情绪，使得人民丧失信心，离心离德，怀疑党的领导和社会主义方向呢？这是值得我们深思而且含糊不得的。

对于诗歌界的不良倾向和错误理论，我们不能沉默，不能无为。沉默就是默认，无为无异同流。不久前，一位倡导"崛起"论的同志要我们"承认"："不仅所谓西方化的危机不存在，甚至现代派的严重挑战也是被夸大了的"。他由此而强调对西方文化不要有"提防和恐惧心理"，强调要"宽宏"和"宽容"㉜。这些话是足以引起我们的警惕的。本文所述的事实表明，"危机"和"挑战"都不是幻想的产物，也并没有"被夸大"。西方文化中的进步和有益成分我们无疑是应该借鉴和吸收的，但是对于西方的资产阶级思想毒素能够"不提防"吗？对于有害于人民的东西为什么要"宽容"呢？相反，我们认为只有用马克思主义的观点对它进行认真的分析和必要的批评，揭示其错误实质，清除其不良影响，才能挽救诗的颓风，促使诗歌创作繁荣兴旺与健康发展。

一九八三年十一月中旬

注释：

①②③④⑨⑭㉛见林贤治：《生活·气质·技巧》（《青年诗坛》1983年第5期）。

⑤⑥引自伍蠡甫：《西方文论中的非理性主义》。

⑦《结束》（作者：江河）、《流水线》（《舒婷、顾城抒情诗选》）、《彗星》（《青年诗坛》1983年第五期，北岛作）。

⑧㉑见《别林斯基论文学》。

⑩孙绍振：《新的美学原则在崛起》（《诗刊》1981年3月号）。

⑪毛泽东：《在延安文艺座谈会上的讲话》。

⑫⑬⑮⑯⑰⑱⑲㉔㉚徐敬亚：《崛起的诗群》（《当代文艺思潮》1983年第1期）。

⑳见《羊城晚报》1983年5月21日。

㉒周恩来：《要做一个革命的文艺工作者》（见《周恩来论文艺》）。

㉓㉖陈剑晖：《试谈近年来我国文学中的现代化倾向》（见《广州文艺》1983年8月号）。

㉘鲁迅：《〈奔流〉编校后记》。

㉙李金发：《诗问答》。

㉕舒婷语。（转引自《诗探索》1982年第10期：《关于朦胧诗的三昧、三度及三品》）

㉗李向东：《我读洪三泰的诗》（见《青年诗坛》1983年第3期）。

㉜谢冕：《通向成熟的路》（见《文艺报》1983年第5期）。

原载《作品》1984年第2期

时刻牢记社会主义的文艺方向

——关于《崛起的诗群》的自我批评

徐敬亚

我的《崛起的诗群》在《当代文艺思潮》1983年第1期发表以后，受到了理论界和诗歌界的严厉批评。在此期间，我读到了很多批评文章，参加了一系列座谈会、讨论会。作为一名刚刚走出校门的青年学生，有机会得到老一辈理论工作者以及各级领导，还有我的老师们的指导、帮助，有机会笔对笔、面对面地听取他们严肃的批评，使我受益匪浅。在接受批评的过程里，我经常深深地沉浸在对自己往日观点的反复回味、重新审视和沉淀离析之中。对《诗群》一文背离社会主义方向的错误，有了日趋深入的认识，进一步明确了新诗艺术和整个文艺事业的社会主义方向。这期间，我也得以有机会回顾了近年来我的成长道路。总结了经验，明确了方向。在我涉迹不长的文学履历中，这一次讨论，令我终生难忘。

《崛起的诗群》原是我读大学时的一篇学年论文，写于1980年末到1981年初。当时，我出于对"四人帮"横行时诗歌创作上的单调、程式化的不满，也出于探索新诗道路的兴奋，在文章中评介了1980年的诗歌创作倾向。但，由于我受当时泛滥着的资产阶级自由化思潮的影响很深，使这种探索和评介偏离了正确的方向，在一系列原则问题上出现了重大的失误和错误。在文章中，我轻率地否定了我国古典诗歌的文化传统；贬低乃至否定了几十年来我国革命诗歌的发展序列；否定了诗歌创作中的现实主义原则；盲目地推崇西方现代派艺术，将当时出现的某些诗歌作品誉为"崛起的诗群"，作了不妥当的评介；宣扬了"反理性主义"和"自我表现"等唯心主义文艺观点。尤为严重的是，在分析艺术流派产生的条件时，竟主张"要有独特的社会观点，甚至是与统一的社会主调不谐和的观点"，并以"我不相信"四个字错误地总结了诗人们对过去生活的态度。这，就不仅仅是文艺观点的错误而是政治观点的错误。文章发表后，在理论界和诗歌界造成了很不好的影响。今天，当我回过头去以一种新的目光阅读自己的文章时，我自己也很受震动。何至于此？我常常反躬自问。

我是粉碎"四人帮"后走上文学道路的青年，上大学后，伴随着思想解放运动，社会上出现了一些错误思潮。那种脱离党的领导、脱离社会主义道路的资产阶级自由化思潮对我的影响很大，使我在一段时间里思想上和艺术观上出现了混乱和迷惘，放松了世界观的改造，不热心于马克思主义文艺理论的学习。对当时纷至沓来的诸如"存在主义""直觉主义""精神分析学说"等西方现代资产阶级哲学、美学、心理学的理论不加分析地视为珍奇，并用自己刚刚学到的中国现当代文学史知识，轻率地评价了中国新诗研究中的一些重大课题——这样，由于我当时思想上的迷乱，也由于艺术准备的混杂，甚至在对一些重大理论问题不甚了了的情况下，匆忙成文，就使得当时我头脑中一些不正确的思想倾向进入了文章之中，使严肃的艺术命题发生扭曲，使《诗群》一文在文艺与政治、诗与生活、诗与人民等方面的论述偏离了社会主义的文艺方向，说了很多不负责任的话，并且出现了政治观点上的严重错误。对照一些批评文章，看自己的论文，我感到有很多教训应该汲取。

正如很多同志在批评文章中指出的那样，作为一篇全面评述我国新诗创作倾向、探讨艺术发展道路的长文，《诗群》没有以马克思主义理论为指导，其中不乏唯心主义的文艺观和形而上学的思想方法。由于离开了正确的思想指导，对生活、对艺术的分析就出现了偏差，对文学现象就不可能给予科学的解释。回顾《诗群》写作与发表的前前后后，我感到，我之所以写出《崛起的诗群》这篇错误文章，是因为在自由化思潮泛滥的一段时间里，我忽视了对马克思主义理论的学习。之后，也没有及时地领会党对文艺工作的一系列指示精神。《诗群》完稿后，在相当长的一段时间内，我对文章的错误观点没有觉察。在党领导文艺界清理资产阶级自由化的斗争中，我也没有及时地清理自己，使很多思想上的错误和文艺观上的错误在《诗群》中继续存留。党的十二大后，在党中央已经提出建设以共产主义思想为核心的社会主义精神文明的形势下，我仍没有以此重新检验自己的文章，更没有上升到是否坚持文艺的社会主义方向的高度来校正自己的观点，仍然自囿于文章的细小艺术分析之中，不能自拔，致使《诗群》于1983年1月公开发表出来。这样，我的一些没有得到清理的芜杂的错误观点，在诗歌界和理论界再一次得到了扩散，给文艺事业带来了损失。

无论是作为一名文艺工作者，还是作为一名青年，社会主义的方向都是须臾也不能离开的。迷失方向的探索是危险的行走。对《崛起的诗群》的讨论刚刚开始时，我只是认识到文章的一些艺术性、学术性失误。之后，在各级组织和同志们的帮助下，特别是经过几次大规模的讨论会，经过严肃认真的、实事求是的逐观点、逐段、逐句的分析、批评之后，我才感到问题的严重性。这时我的很多同事、朋友，还有教过我的老师，都同我促膝谈心、循循善诱、引而不发、耐心等待。一些文艺界的老同志以自己五十年代的亲身经历对比我文章中的错误，深有感触地赞扬党中央的文艺政策和三中全会以来文艺界生动活泼的大好局面，使我屡屡感慨系之。在这些严厉的，同时又心平气和的同志式帮助中，我全面地思索和剖析了自己的文章，感到《诗群》确实背离了文艺为社会主义服务、为人民服务的根本方向。这次讨论，对我不啻击一猛掌。真正的认识阶梯是沉重的。批评，是一种让人痛苦、让人脸红的改造和学习，而自我批评就是自己校正自己、自己修改自己。我们这个年龄的文学青年，是在"四人帮"横行时度过艺术准备期的，没有经历过正常的文艺批评生活。在这次讨论中，我从自己的认识转变过程中，认识到文艺批评对于文学艺术事业来说，如同沐面洗尘一样是时刻需要的。经常的批评与自我批评，是坚持正确的文艺方向的有力保证。

顺便说一下，《崛起的诗群》发表以后，在国内文艺界受到了批评，同时，海外的某些人士对文章却幸灾乐祸，进行别有用心的评述。我觉得他们根本不了解中国诗坛的具体情况。他们的用心与我们开展讨论、弄清是非，从而进一步繁荣艺术创作的出发点是根本不同的，也与《诗群》文章的写作原意大相径庭。这种讨论，完全是我国文艺界的正常秩序。坚持真理、修正错误，也是每一个从事艺术创作和研究的人应该遵循的科学原则。对于海外某些人在文艺批评常识上搬弄是非、唯恐不乱的做法与心理，无须多说。我们革命文艺事业内部的批评与自我批评武器，也许是他们永远无法理解的。

大学毕业后，我接触了大量的群众文化工作。在两年的编辑工作中，我也读到了不少被我文章斥为"佶屈聱牙的古调子"和"封建田园牧歌"的具有古典诗词风味和民歌风味的诗歌作品。编撰之余，也感到过去观点的偏颇。在同很多业余作者的接触中，我更感到《诗群》中的错误观点对诗歌创作的严重危害。这次讨论使我澄清了很多模糊认识，从思想上端正了方向。诗，需要不断创新和探索，但这种探索和创新必须有一个正确的方向。我们的国家，我们的人民，我们日新月异的生产建设，还有我们民族特有的精神生活，都要求我们的文艺必须走中国式的社会主义道路。要坚持这个方向，离开了马克思主义的指导，离开了党的领导，离开了我国数千年的文化遗产和数十年来的革命文艺传统，都是不可想象的。脱离生活与人民的创作倾向以及推崇这种倾向的理论主张，都会危害文艺的正常发展。生活已经在教育和召唤着每一个人。

最近，我学习了党的十二届二中全会公报和邓小平同志关于清除精神污染的讲话，进一步明确了一个文艺工作者肩负的责任，同时，也为自己所犯的错误和不良影响而不安。覆水难收，行文难再，但今后的路还长，我希望利用这次机会对自己作一次认真的清理。彻底肃清资产阶级自由化在我身上的影响，时刻牢记社会主义的文艺方向。近来我想，虽然《诗群》的写作已历三年，虽然我的文学经历和受错误思潮影响的时间都不长，但文章中混杂的错误观点、文章以外的很多模糊认识，都有着不容忽视的内在原因和社会根源。因此，思想上的改造、学习，艺术上的改造、学习，将是长期的任务。今天的认识也需要继续深入，刚刚建立起来的新的正确的观点也需要逐步巩固。今后，自觉地加强马克思主义文艺理论的学习，坚定地走为社会主义服务、为人民服务的文艺道路，深入生活，贴近人民——是我在受到批评之后经常想到的。同时，我也相信，通过这场讨论，我国的新诗艺术和文艺事业一定会沿着社会主义的方向更加健康地向前发展。

原载《人民日报》1984年3月5日

一场意义重大的文艺争论

——关于《崛起的诗群》批评综述

向　川　整理

　　1984年3月5日，《人民日报》发表了徐敬亚同志题为《时刻牢记社会主义的文艺方向》的自我批评。《人民日报》编者在按语中指出："他发表在《当代文艺思潮》（1983年第1期）上的长篇文章《崛起的诗群》，在文艺与政治、诗与生活、诗与人民，以及如何对待我国古典诗歌、民歌和'五四'以来新诗的革命传统，如何对待欧美文学的现代派等等根本原则问题上，宣扬了一系列背离社会主义文艺方向的错误主张，引起了广大读者和文艺界不少同志的尖锐批评。中共吉林省委和吉林省文艺界的同志们也对他进行了多次严肃批评和耐心帮助。最近，徐敬亚同志对他所宣扬的错误观点已有了一定的认识，并写了这篇自我批评文章，对此我们表示欢迎。"

　　徐敬亚同志在自我批评的文章中，回顾了写作《崛起的诗群》的动机，是"出于对四人帮横行时诗歌创作上的单调、程式化的不满，也出于探索新诗道路的兴奋"，但是由于自己"受当时泛滥着的资产阶级自由化思潮的影响很深，使这种探索和评介偏离了正确的方向，在一系列原则问题上出现了重大的失误和错误"。他承认自己"轻率地否定了我国古典诗歌的文化传统，贬低乃至否定了几十年来我国革命诗歌的发展序列；否定了诗歌创作中的现实主义原则；盲目地推崇西方现代派艺术……宣扬了'反理性主义'和'自我表现'等唯心主义文艺观点"。在追寻造成这种失误的原因时，徐敬亚同志认识到是由于资产阶级自由化思潮的影响，使自己"在一段时间里思想上和艺术观上出现了混乱和迷惘，放松了世界观的改造，不热心于马克思文艺理论的学习。对当时纷至沓来的诸如'存在主义''直觉主义''精神分析学说'等西方现代资产阶级哲学、美学、心理学的理论不加分析地视为珍奇"，因此，才写出了这样一篇背离社会主义方向的文章。最后，他总结道："思想上的改造、学习，艺术上的改造、学习，将是长期的任务。"

徐敬亚同志的长篇诗论《崛起的诗群——评我国诗歌的现代倾向》最早刊于辽宁师院的学生刊物《新叶》1982年第8期，后经作者删削，又发表于《当代文艺思潮》。《崛起的诗群》发表后，引起了文艺界的关注和批评。

1983年1月10日，《当代文艺思潮》编辑部和中国文联理论研究室在北京联合召开座谈会。会上针对《崛起的诗群》涉及的两个问题进行了认真的讨论，即：一、如何对待民族文化传统，特别是在马克思主义影响下的我国革命文艺的传统？二、文艺的创新要不要坚持社会主义的方向？中国文艺向何处去？接着，各报刊先后发表的评论文章有杨匡汉的《评一种现代诗论》（《文艺报》1983年第3期）、戚方的《现代主义和天安门诗歌运动——对〈崛起的诗群〉质疑之一》（《诗刊》1983年第5期）、晓雪的《我们应当举什么旗，走什么路？》（《当代文艺思潮》1983年第4期）、程代熙的《给徐敬亚的公开信》（《诗刊》1983年第11期）、杨荫隆的《我国文艺必须坚持社会主义道路》（《吉林日报》1983年9月12日）、郑伯农的《在崛起的声浪面前》（《当代文艺思潮》1983年第6期）、李文衡的《论崛起的"新诗学"》（同前）、绿原对话体的论文《周末诗话》（《诗刊》1984年第2期）等。

在上述的批评文章中，许多同志不同程度地肯定了《崛起的诗群》在某些具体诗歌理论问题上提出了一些值得参考的意见，比如强调诗艺的革新，这对纠正诗歌的单调和程式化是有积极意义的。同时，也注意到这篇文章虽然出自一位青年诗人的手，但它所反映的观点在诗歌界却具有相当的代表性和倾向性，因此应该严肃对待，进行充分讨论和批评。

这些评论文章集中批评了《崛起的诗群》对待文化传统，特别是革命文化传统的虚无主义态度。指出，《崛起的诗群》的理论观点具体表现为三个否定：一是否定中国民族文化传统，特别是诗的传统；二是否定革命文学的传统；三是否定中国和世界文学的现实主义传统。这也是部分青年在经过十年"文革"之后所产生的思想混乱在文艺上的反映。《崛起的诗群》里表现出的三个否定，恰好与西方社会的"危机意识"发生共鸣，因而对于西方资产阶级个性解放、人文主义、存在主义表现出一种盲目的迷信和崇拜。在这种思想侵蚀下，必然会走上背离马克思主义，背离社会主义方向的邪路。

这些评论文章还对《崛起的诗群》提出的形成现代诗歌流派和风格的第一个前提是要有"独特的社会观点，甚至是与统一的社会主调不谐和的观点"作了剖析。有的文章指出："《崛起的诗群》称说与'主调'不谐和的艺术竞争，显然是对'双百'方针的一种歪曲。它意味着可以脱离和违背时代的要求与生活的脉搏，鼓吹一些人钻进和人民的事业与斗争'绝缘'或'对立'的艺术'天国'。"有的同志还进一步严肃指出："我们所要坚持的'社会主调'，就是从党的三中全会开始到党的十二大形成的建设四个现代化的总任务（这些，作者都是清楚的）。如果'独特'于这样的社会观点，又与这样的社会主调'不谐和'，那么，由此出发探讨的艺术革新、艺术流派，就已经从根本上不属于社会主义文艺了，因而也就不能不导致对艺术、诗歌一系列看法的错误。"

这些评论文章针对《崛起的诗群》要求用西方现代主义改造我国文艺，使它"发展成为我国诗歌的主流"，认为这是"不可遏止"的诗潮的观点，也即中国文艺的方向问题，进行了评论。指出，《崛起的诗群》所设计的拒绝诸多艺术源流，主要以西方现代诗歌为师的新诗前景，只能使新诗的路子走向狭路邪道，只能是一条脱离时代、脱离生活、脱离人民，最后也必然葬送社会主义文学艺术本身的窄路。

围绕徐敬亚同志的《崛起的诗群》一文所展开的这场论争，涉及文艺领域一系列带根本性的重大原则问题。这场讨论对于推动我国社会主义诗歌创作以至整个社会主义文艺的健康发展具有重大意义，它已经并将继续产生深刻的影响。

原载《文艺报》1984年第4期

朦胧诗研究资料

断裂与倾斜：蜕变期的投影

——论新诗潮（节选）

谢　冕

二

这种断裂产生于诗在追求人民性目标的过程中，由于特殊环境和特殊氛围的长期作用而形成，非一切人力所可改变。它造成了衰退，但却未必是诗的不幸。断裂激发了人们对于诗的醒悟。要是没有这种令人警醒的明显的断裂，几代人都不会在今天悄悄地而又是急切地谋求新诗的变革。本世纪七十年代末叶开始的被称为诗的"造山"运动，伴随着一场扰乱平静的激烈论争来到人们面前。与半个世纪以前所产生的诗的革命相同的是，它的艺术革新是以强烈的反叛姿态出现的，不同的是，它是在深刻的历史反思的背景下，用内容和艺术的复兴以填补这种深刻的断裂并最终修复"五四"新诗传统的联系。

但是长期形成的艺术惯性，无论从创作欣赏或评论的角度，几乎都难以容忍这种带有强烈挑战意味的创新，人们给这一切特异的诗歌现象起了一个包孕着复杂态度的谑称："朦胧诗"，有的批评者则干脆给它起了个古怪的名字："古怪诗"。诗应当是"明朗"的，诗的"朦胧"理所当然地意味着不合常规的"古怪"，单单是这样一个称呼，便反映了深刻的情感的和认识的距离。这依然证明了我们面临的本世纪末诗的重新崛起与本世纪初诗的女神们的创造之间横亘着一个多么大的"裂谷"。既然历史造成了几代人的误会，我们的任务只能是搭起理解的桥梁通往彼岸。

新诗潮——这是我们经过冷静思考之后提出的当前新诗运动的范畴——作

为"五四"新诗运动整体的部分进入了新诗创作和新诗研究的领域。它是不以年龄划分的代表着诗的整体变革的新潮流，但它带着明显的修复新诗传统的性质。新的诗歌现象产生了，并不意味着它抛弃过去。它的责任在选择。以新的"反叛"旧的，艺术上几乎就是发展和创新的同义词。不幸的是，当新诗潮仅仅在清理旧场地上的瓦砾时，强大的舆论便谴责它试图毁弃原有的基础。

本世纪初叶，敏锐地觉察到经典力学理论危机的彭加勒，他在确认"物理学有必要重新改造"的同时，指出："每一种理论也不能完全消灭，总要保留下某种东西，我们必须设法加以清理。因为正是在那里，才有着真正的实在。"因此他认为，"没有必要因此得出结论说，科学编织的是珀涅罗珀之网，它只能以短命的结构出现，这种结构不久便不得不被科学自身之手彻底加以摧毁"。（转引自李醒民：《激动人心的年代》）事实既然如此，毕竟产生了严重的分歧。原因即在于这一切并非简单的重复。而是基于现代生活的触发而引起人的意识的变革和发展，它与人们所习惯的诗歌观念构成了深刻的矛盾乃至对立。这种矛盾对立最终表现为审美规范和审美判断的分野，但首先是意识和观念上的歧异。

长期不受外界干扰的定型化的诗歌观念受到了冲击。我们有自己的诗歌思维——这种思维往往先验地确定以何种方式创作的诗歌为排他的最佳方式和最佳艺术规范。长期的自我封锁造成的诗歌观念停滞，这种以封闭性为特点的诗歌的基本特征是对传统的不怀疑。这类诗人的诗歌发展观因古典诗歌和民歌的基础论的提倡而形成稳固性。他们重视诗的社会功能，并认定其为唯一的价值。因而，他们总是在不断变化的政治题材中谋求诗与它们的配合。他们的艺术理想是向着昨天寻找楷模。这些从政治的到艺术的因素把这类诗推向了极端化。

上述局面由于政治的和思想的变革形势的推动而宣告结束。当中国重新回到世界，全民获得的开放意识，犹如闸门的开启，推动了各个领域的向着世界接近。诗歌最敏锐地接受了这种意识。"今天，当人们抬起眼睛的时候，不再仅仅用一种纵的眼光停留在几千年文化遗产上，而开始用一种横的眼光来环视周围的地平线。"（《今天·致读者》）艾略特把全欧文学视为一个整体的观念，被青年诗人引用来鼓励自己"寻求更好的表现与传达方式，使世界上各民族的声音协调起来"（《诗探索》第1期《请听听我们的声音》）。思想一旦获得开放，人们便不再容忍日益规格化的创作模式的束缚。

在深刻的历史性反思基础上产生的对于导致诗质异化的否定意识，它以艺术变革的观念强烈震撼着逐渐凝固化的艺术模式。北岛写于1976年的《回答》最早表达了对那个产生了变异的社会的怀疑情绪。它是蒙受苦难的灵魂对于当时失去正常的生活秩序的醒悟，我们从不调和的"告诉你吧，世界，我—不—相—信"声音中，领悟到诗人对于生活的肯定的信念和追求。舒婷的《墙》让我们透过"一道道畏缩的目光"看到"一堵堵冰冷的墙"。顾城的《小巷》："我用一把钥匙，敲着厚厚的墙"。这些墙给予人的冷漠的距离，以及它的厚厚的壁的不可开启，都以深刻的怀疑而传达出对于变态的生活的否定性和批判性。

在对待现实生活的态度上，诗歌观念的"代沟"现象凸现了出来。"沟"的这一边是对于诗的旧有状态的不怀疑，并以此作为评价和判断的标准，他们的理论核心则是对于诗的一贯的现实使命和诗的传统艺术规范的崇尚，并把与此相对立的思想艺术变革斥为"数典忘祖"，表示了深刻的维护传统的意向。"沟"的另一边情形与之完全相反，它们的出现便是对旧有规范的不谐调的"反传统"形象。他们不否定纵向的继承，但认为传统是变化的和发展的，传统不排斥有创造性的个人的加入。与此同时，他们提出了横向引进和借鉴的主张，并把后者的贯彻作为纠正过去偏差的重点。这就增大了二者的间距，形成了逆反的强调。

新诗潮几乎一开始就经历着对于它的感情内涵及其色调的没完没了的灾难性折磨。最先因为欣赏习惯的差异，许多人发觉诗变得不能读懂了，于是有短暂的关于"懂与不懂"的讨论。很快人们就发现，对于非音乐的耳朵去讨论音乐的本质是无意义的。这种懂与不懂的讨论包含对诗的偏执与缺乏理解。随着多数人欣赏习惯的逐渐适应，大多数过去读不懂的诗可以读懂了，于是欣赏的惰性在另一点上得到突出的显现：那便是对于诗的情调或情绪的谴责。

在一般的创作和欣赏心理中，诗歌理应是和只能是明朗的，诗歌的情绪表达只能是激昂的。人们把这视为诗的健康状态，同时把与之相悖的一切斥为诗的不健康状态。在这样观念的支配下，北岛由深刻疑惧生发的冷峻心理，舒婷为寻求人性的了解与温暖，因浓重的失落感而形成的"美丽的忧伤"，顾城因向往童话的天国而显示出对于现实世界的"冷漠"，梁小斌的为失落而追寻的撕心的苦痛，都与传统的诗歌观有着遥远的距离。一切深刻的没完没了的论辩，几乎总是围绕新诗潮所显现出来被称为"灰暗"和"低沉"的情调而展开的。历史愚弄了所有的人，而把几代人因历史造成的心灵的巨大断裂暴露在他们面前。他们因互不了解而无法跨越，于是只有各自站在各自的岸边指责对方的失去常规常态。

一部分人之所以对新诗目前的变革茫然不解，很大程度在于忘记了他们尊奉的艺术理论的根基，即生活决定情感，时代按照自己的形象塑造艺术。他们不肯使用这样的武器以分解新诗潮最基本的情绪基因。

一代人早熟地感受人生的忧患，新诗潮所凸现的情感和情绪的"低音区"，正是这种人生忧患的意象的组合和凝聚。但这种忧患意识却不为同时生活的另一些人所理解。它生发于长期的社会动荡造成的变态生活之中，由个人家庭的伤痛，进而思考国家的兴衰安危，探寻民族久远的灾难，它的坚韧顽强的生息繁衍和奋斗精神，以及由长远的封建窒息与戕害造成的愚钝与扭曲。这一切，或表现为轻轻的叹息，或表现为深沉的哀伤，或表现为时事的激愤，或表现为沉思后的惊悸。为什么诗人面对值得骄傲的大江，目前却浮现出暗黄的"尸布"和"戴孝的帆船"；为什么当生活要求人们露出满意的笑容时，诗人祈求他人不要责备他"皱着的眉头"；为什么诗人在噩梦过去之后，会从干涸的《泥塘》获得灵感，他的笔下会涌现那陷于泥塘"露出脊梁骨"感到"困竭"的鱼的悲剧性的激情；为什么一个平常的夜晚，当"孤独者醒来"却有这样的疑惧——"在一扇小门后面／有只手轻轻地拨动插销／仿佛在拉着枪栓"。（以上分别为顾城、徐敬亚、张中海、北岛诗意。）

显而易见，这种忧患感已不属于个人或家庭，而是受孕于时代使命感。有一段不算很短的时间，我们的诗被轻松和欢愉所包围。当新生活以蓬勃的朝气宣告了革命的胜利和建设的成就，这种情调和气氛无疑是合理的。但后来，它变成了刻板的模式，甚至成为唯一的审美判断。当它游离乃至背离了生活的真谛，这种欢乐感便受到了愚弄。更为重要的一点，正如已经被哲学家所确认的，忧患意识体现了中国哲学的自觉精神。因困阻和艰危而意识到生命的存在和自我的强大，忧患意识对于一个民族正是它对抗并战胜危机，经过悠久的历史而始终自强不息的原因。新时期诗歌发生的变化，最具本质的是这种从内在精神上向着东方哲学的自觉意识的逼近与复归。它与多年来形成的单纯的欢乐感形成了逆反，因而受到最深重的谴责。这种谴责多半是由于彼此隔膜和不能沟通。

多难兴邦或哀兵必胜，正说明了忧患意识的慷慨赐予。对于一个民族来说，忧患不会导致衰颓，恰恰相反，耽于安乐，沉溺于幸福和欢愉，往往潜伏着精神危机。"起源于忧患意识的人的自觉，和在忧患意识之中形成的积极进取的乐观主义，以及基于这种自觉和乐观主义的、致力于同道与自然合一的伦理的追求，以及在这种追求中表现出来的人的尊严、安详、高瞻远瞩和崇本息末的人格和风格，是我们民族文化的精魂。"（高尔泰：《中国艺术与中国哲学》）

过去的诗只承认一种昂扬高亢的革命风格，这种认识的惯性在浓厚的忧患意识之中形成的诗的变格面前明显地不能适应。但新诗潮显然不肯向这种批评和欣赏的惯性妥协，它挑战式地争辩多样情感的合理性。本文当然无意于承认唯有现在这样的情感和色调才是合理的，它试图证明只允许一种情感存在的不合理性。从传统歌唱方式到如今所显示的，诗经过了久远的曲折之后，正处于诗质更新的蜕变的阵痛之中。按照矫枉过正的规律，审视这种因新时期诗的变革产生思想和艺术的一定程度的倾斜，我们便会理解它的合理性。

全文约11000字，此处节选的是原文的第二部分。

诗的现代意识与社会功能

——与谢冕同志商榷

　　谢冕同志发表在《文学评论》1985年5期上的《断裂与倾斜：蜕变期的投影》（下简称《断裂与倾斜》），以其对中国新诗发展全貌的深刻剖析，对诗的未来锲而不舍的探求精神，给了我们不可多得的启示，作者在考察了纷繁复杂的诗歌现象之后，认为，新诗自四十年代以来的长期停滞，根本问题便在于：审美价值的贬值以至消失，社会功能的渐次强化乃至趋于极端。因而，当代诗若想与世界诗潮同向发展，就必须重视诗的审美判断并淡化其社会功能。这种不无偏颇的立论，又不能不引起我们的一点质疑。

朦胧诗研究资料

一

　　《断裂与倾斜》的第一部分勾勒出了一条新诗从诞生期至八十年代初发展演变的轨迹，从而告诉我们，其诞生期即二十年代之所以有较高的成就，恰恰在于郭沫若、闻一多和戴望舒的"以对诗人主观世界的揭示和新诗格律化的刻意追求，丰富了中国新诗的艺术"。而"创造的十年过后"，"在世界性文学的'红色的三十年代'的特殊背景下，诗歌的价值判断产生了明显的变化，服务于斗争需要的价值观冲淡了乃至取代了满足精神广泛需要的审美追求"。尤其是在四十年代以后，由于理论上的强调和引导，"在诗的社会功能上是以实际斗争是否有用进行判断，逐渐形成了排他的单一的价值观"。"从而使艺术产生了大幅度的退化。"

　　应该有勇气承认，《断裂与倾斜》对这一漫长历史时期的诗歌运动清醒的分析，是恰切和中肯的。但让人忧虑的是，作者的阐述在这之后却出现了明显的倾斜。他认为："长期的自我封锁造成的诗歌观念的停滞，这种以封闭性为特点的诗歌的基本特征是对传统的不怀疑，重视诗的社会功能，并认定其为唯一的价值。因而，他们总是在不断变化的政治题材中谋求诗与它们的配合。他们的艺术理想是向昨天寻找楷模。这些从政治到艺术的因素把这类诗推向了极端化。"作者并由此推及出《断裂与倾斜》的主旨："中国诗歌试图在新的时代里恢复与世界的对话。诗的走向世界以及使诗成为沟通人类人性与友爱心灵的桥梁，成为现阶段新诗歌最重要的目标。"（着重号系笔者所加）如果，我们全部否定上述观点一定的科学依据和某些合理性，将也会陷入偏激和非客观的泥淖。这里。我们姑且不论《断裂与倾斜》无一遗留地否定整个四十年代诗歌成就的偏狭议论，已经有不少漏洞：单单就作者将已往新诗曾把社会功能过分强化的极端，又推向漠视诗的社会功能的另一个极端的做法，就觉得很有必要与其商榷了。

每一种新的艺术形式的诞生，都有其孕育、生长和发展的传统土壤。我们知道，自古以来中国文学就有一种济时的传统，一种先天下之忧而忧、后天下之乐而乐的责任感，中国社会也高度重视文学艺术的"兴、观、群、怨"的信息价值与教化作用。近百年来，中国社会处于急剧的变动过程之中，每个老百姓的命运，文学艺术的命运，作家的命运，即使是一篇文学作品的命运，几乎无不与社会的变动息息相关。从辛亥革命，到新中国的诞生，从反右斗争中的痛苦迷惘，到新时期文学的深沉反思，中国现当代文学及其作家无一不充分地认识到文学的认识价值的重要性。即使是《断裂与倾斜》的作者引为文章立论依据的"五四"时期的新诗及其诗人们，也不例外。朱自清在《新文学大系·诗集·导言》中对闻一多"是个爱国诗人，而且几乎可以说是唯一的爱国诗人"的评价，就是一个明证。诗人二十年代曾写过不少如《太阳吟》《发现》《死水》等著名新诗，这些满含着深幽而又炽热、悲怆而又激愤的爱国主义诗情的诗篇。十分典型和强烈地表现了那个时代许多留学返国的知识分子共同的思想情绪。"五四"新诗的杰出代表郭沫若在回顾自己诗创作时也曾说："改革社会的要求，在初自然是不分质的，只是朦胧地反抗社会，想建立一个新社会。"[①]这种认识也并非为郭氏所独有，它乃是"五四"时期绝大多数诗人普遍的认识（不管他们是用何种艺术手法写诗）。由此可见，"五四"新诗的成就并非如《断裂与倾斜》所断言，仅仅是以"对诗人主观世界的揭示和新诗格律化的刻意追求，丰富了中国新诗的艺术"。而是彻底反帝反封建的思想空前大解放的伟大运动和诗人们对社会的责任感，诱发并导致了新诗在理论、格式、方法、技巧等环节上的现代化。郭、闻两位诗人自觉地以诗为武器，向几千年的封建思想展开猛烈攻击的斗争勇气，恰恰是我们当代的诗人们所应效法和继承的。谢文显然有意回避了这一历史事实，主观地将诗的认识价值与审美价值对立并割裂了开来。

　　我们再来看作为新诗潮代表的北岛、舒婷的《结局或开始》和《这也是一切》。细细品味之后，就会蓦然发现，它们针砭时事、关心民族前途命运的思想精髓和原始出发点，不仅与我国唐代安史之乱后的杜甫诗在思想认识上有着惊人的相似，而且和现代诗人戴望舒的《我用残损的手掌》《狱中题壁》，闻一多的《静夜》在精神上也有着一脉相承的紧密联系。贯穿在几代诗人作品里强烈的民族忧患意识显然表明，至少在重视诗的社会职能这一点上，当代青年诗人们并未让自己与传统挥手告别。他们是在更深一个思想感情的层次上，为今天这个动荡着、激动着、各种社会力量的板块急剧交错和调整着的时代而忧愤、而深思、而热烈地期待。与传统诗不同的只是，他们用象征的艺术手段将自己这种思想感受隐藏得更深，也表现得更曲折和痛苦罢了。所以，我们怎么能可以不顾这些事实，只是一味地贬低诗的社会功能呢？

　　希尔斯的有句话颇能使我们的头脑保持清醒："把传统看作是社会前进途中的沉渣废料，这种思潮实在是现代社会所铸成的具有重大历史意义的错误。"②在积极的探索的进程中，有时会出现一定的摇摆幅度，但只要不偏颇到令人难以置信的程度，一定条件下的非功利的审美观照，也同样是社会精神生态平衡的需要，是一种文化素质提高的象征。这是毋庸置疑的。相反，如果用偏狭代替偏狭，用排斥社会性作为代价来进行对文学的艺术性、文学的审美功能的讲求和提倡，就容易将广阔的、充实的和充满无限活力的新诗置于少数人赏心悦目的象牙塔中。

二

社会体制朝着现代化的目标演进，以及相随而来的新诗的现代意识的觉醒并得以加强，决不意味着其社会功能的衰微。同样，也不会在短时期内导致"使诗成为沟通人类人性与友爱的心灵的桥梁，成为现阶段新诗最重要的目标"。

这是因为，任何一种艺术形式的发生和发展，不仅有其传统的艺术的土壤，而且还应有那个时代政治的、经济的和物质的基础作为前提。纯粹的文学如同纯粹的人，实在比纯金纯氧还难找到。文学反映人的生活包括精神生活，超越只是反映的延伸或变化。人是自然的人，社会的人，历史的人，民族的人。文学必然会反映出人的自然属性、社会属性、历史属性和民族属性。《断裂与倾斜》的作者出于对新诗强烈的责任感和使命感，急切地呼唤新诗走向世界的心情，我们完全可以理解，并且也是赞同的。但不免失望的是，作者的眼光却掠过当代中国的社会现实，期望新诗与现实大地脱节而有迅疾的发展（然而它只能表现为一种畸形形态）。由于这类理论的过分倡导，导致了当前不少诗作"一味的与过分的升华迹近于假、大、空。一味的与过分的沉重迹近于感情障碍心理疾患。一味的与过分细腻迹近于琐碎无聊。一味的与过分的遐思迹近于思想的苍白与空虚。一味的与过分的空灵，迹近于装神弄鬼"③。人们迫切的思想和感情的需要，在诗里得不到满足，人们生活中频仍出现的现实问题（包括重大的与一般的），并由此而勾起的苦恼与欢乐、忧虑与期待，在作品中看不到充满人情味儿的和淋漓尽致的反映。结果，读者与诗的隔膜越来越深，及至他们常常怀着亲切的意绪回忆起1979、1980年前后的那些时代感和责任感都极强的反思诗来，如艾青的《光的赞歌》、公刘的《写在大洼地》、叶文福的《将军，不能这样做》、雷抒雁的《小草在歌唱》等优秀诗作，至今读来仍令他们激动不已。这不能不算是一个值得深思的文学现象。

让我们再回到刚才的问题上来。现在，我们可以将西方社会和当代中国的现实以及人们的心理状态作一简单比较。二十世纪以来，由于西方高度发达的科学技术和工业生产，拓宽了人类的生存空间和思维空间，但也造成了不同程度的人性的异化和扭曲，以及人和人之间的冷漠、不理解。人的孤独感和颓废感，成为一种普遍的社会心理现象。在此特殊背景下，现代派文学一跃而为占统治地位的文学流派，及至波及整个欧美和其他一些国家。可见，一种文学流派的出现并非是偶然的，它有自己特定的政治的、经济的、文化的和宗教的基础。那么，当代中国的现实又是什么呢？有人将它称之为"一只脚踩在农业时代，一只脚踩在工业时代，眼睛却紧紧地注视着信息时代"④。事实确是如此。我国经过拨乱反正，落实各项政策，初步实现了经济的健康发展，政治局面的安定团结。随着改革的逐渐深入，人们的物质生活和文化生活也有所改观。但改革的大潮难免裹挟着泥沙，一些原有的丑恶现象又重新活跃起来，另一些封建时代遗留下来的思想如官僚主义仍然大量存在，新与旧的激烈交锋，向往未来与安于现状的两种力量的唇枪舌剑，仍然潜伏在我们社会庞大的躯体里。人们希望新诗勇敢地站出来，以真正的现实主义的眼光和声音替他们发言，与他们共苦乐，而现在并不那么急于需要"沟通"人性和友爱的心灵。试想，连最起码的人的基本的生活要求尚未得以满足，最起码的人的自尊和价值尚未被社会一致认同，一些最令人痛心疾首的丑恶现象尚未将其坚决地从生活中剪除，人民还有什么心思去作超脱于生活之外的想入非非的遐想，还有什么心情去听不痛不痒的与他们命运本身关系不大的歌唱？

需要指出的是，我们在这里并不想隐讳自己也同样期待中国新诗走向世界的迫切心情，也同样强烈地反对让诗返回到传统的一成不变的模式中去。问题的实质只是在于，假若我们不高度地珍视现实而是漠视它，那么，诗之走向未来，走向世界的口号，最终也不过是一种不切实际的臆想，或者说是一次半途而废的大胆而又令人惋惜的艺术尝试。因为从古代、现代至当代的中外诗坛，有几篇伟大诗作、几许伟大诗人是绝对地与社会无涉、与人民无涉、与国家民族无涉的呢？有几多伟大的诗人与作品是不关心、不切盼社会的进步，抨击社会弊端，追求着人民的幸福的呢？

三

未来是变幻无穷的。生活和诗必将会愈来愈丰富多彩。新诗正在分化。诗不分化不能够适应分化了的社会生活，不能够满足日趋多样化的人们的思想需要和审美需要。今天的诗从题材上看，已大致分化为"现代诗""边塞诗""北方诗""工农业诗""山水风情诗"和"大学生诗"等等；从艺术风格上看，已分化为豪劲苍茫的、深沉冷峻的、遐想淡远的、委婉缠绵的等等，甚至在同一类题材或风格里也渐渐产生了新的细微的分化。各种类型的诗之间并不是相互封闭的，它们正在进行着的相互交叉和渗透，正说明新诗已开始具备了多重意识。时代的开放，新诗的开放，使任何类型和风格的诗都可在这一变革中找到自己的最佳位置，而不必再去越俎代庖做自己已经不可能做到的事情。人民需要旗帜和号角，也同样需要鲜花、美酒和小夜曲。所有这些令人感到鼓舞的事实都殷切地提醒我们：艺术的原野已变得愈来愈无比广阔，不可让新诗从这一个死胡同，再步入另一个死胡同中去。

1985年10月15日初稿

1986年1月21日再改于湖北师院

注释：

①《郭沫若选集·自序》。

②斯蒂芬·米勒：《往昔的准则》，《交流》1983年4期。

③王蒙：《社会性不是文学之累》，《光明日报》1985年10月10日。

④屈选：《走向革命的美学和艺术》，《当代文艺思潮》1985年4期。

中国
当代
文学史
资料丛书

334

中国当代文坛的奇观

——近年来新诗潮运动述评

李 黎

说它是奇观，因为它打破了中国当代文坛、诗坛数十年来缺少流派、缺少真正的艺术创新与理论争鸣的寂静，以自己诗的语言，宣告了中国诗歌发展史的一个崭新阶段。

说它是奇观，因为它竟引起诗坛、文坛如此巨大的震颤，而这由欢呼和诅咒、呐喊和围攻、喝彩和叹息杂糅而成的震颤，又绵延如此之长，波及如此之广——从七十年代的傍晚，一直到这八十年代的正午；不仅诗歌界，整个文学艺术界，乃至超出文艺界的许多人，海外异邦的许多双眼睛，都向它投以热切的关注。

说它是奇观，因为它竟不同于突呈异彩的地光或如幻如梦的霓虹，一瞬之间就消逝得无影无踪，只留给人们以记忆与感怀。它以自己似乎是不可思议，事实上却是完全合乎情理的内在规律性，顽强地存在着、发展着（尽管有人在1982年初就试图抢先清算它的"命运"①）。不管中国文坛是晴是晦，是风是雨，它像一幅正在创作过程之中的长卷壁画，在雨雪风霜的不同笔触与不同氛围之中，不断展示出一组组不同的画面，把自己完整的容貌逐渐呈现给诗歌艺术的历史画廊。

——就对固有艺术惰性的冲击与对我们民族新的艺术审美经验的发掘说来，这一新诗潮的贡献，明显地超过了近年来小说、戏剧、电影、音乐、舞蹈、雕塑等等文学与艺术形式的创新。

本文试图对这一"奇观"的发生、构成以及发展的基本情况作一个粗线条的勾勒，旨在当这一新诗潮即将成为我们诗歌传统的一部分，而犹未失去其本身艺术活力的时候，让它给我们当今与今后的艺术拓新留下更多一些经验与启迪。这里，我准备以回顾性描述为主，而不过多地作理论上的阐述，但当读者跟随本文重新览略了如上之奇观发生、发展的基本过程，也许已经得到了一种理论的升华，而且这理论就根植于具体的现实之中。

一、关于"朦胧诗"的概念

在我写作本文初稿的时候，曾准备完全不使用"朦胧诗"这个概念，因为我一直觉得，"朦胧诗"这一名词本身，并非是严谨的、科学的概念，而是当新诗潮运动刚刚兴发之时某些诗人和评论家因一时"读不懂"这些作品，气闷之余，随意送给它的戏称，并未经过认真的分析与科学的阐述。因而在这样一篇回顾、评析这一诗潮发生、发展过程的文章里，轻率地沿用这一概念，会不会造成历史的含混与理论的混乱呢？

另外，我也注意到，无论是构成这一新诗潮的青年诗人还是支持、赞助这一新诗潮的评论家，都尽量避免使用过这一概念，即并未对这一概念予以认可。因此，使用这一概念就似乎更缺乏充分的根据与现实的合理性了。

事实上，这些诗歌作品今天已再很少有人表示"读不懂"，而即使是在当时，广大青年读者，以及相当一部分中青年读者也并不感到"不懂"或"朦胧"。记得上海的一位青年评论家——李劼在回忆他当年第一次读到舒婷、顾城、北岛等人的诗歌作品时，曾这样写道："我着实惊呆了。在自己的诗中我没能写出的我自己，却在别人的诗中奇迹般地发现了。而且，我敢说，还有许多像我这样的青年会在这样的诗歌里看到自己的影子。别人称谓的朦胧诗，在我却觉得一点不朦胧。我要毫不讳言地说，我非常喜欢朦胧诗。因为，它是真诚的。它的这种真诚，将使千万颗年轻的心灵成为它停泊的港口。"② 李劼的这段话，在广大读者，尤其是青年读者之中是颇有普遍性的。事实上，在他们那里，"朦胧诗"一语已不再是一个贬义词，而毋宁说是一个爱称了。这种情况在历史上是不乏先例的，像"多余的人""迷惘的一代""黑色幽默"等等称呼，都并不为作者本身所接受，细究起来，也并不见得合理，但它们却被沿用下来，并且名正言顺地写在了文学史上。因此，现在再执拗地排斥"朦胧诗"这一名称，似乎已无必要。

以上是一个简约的说明。下面，我们将要把回溯的目光投向七十年代末，尽管这个年代对大多数读者说来还只是昨天，但对于许多刚刚步入文坛、诗坛的后来者们，这却已经是一个陌生的年代了。

二、"解冻"与"不满"的一代

"思想解放运动"的惊雷，不但劈开了冻结着人们思想的极左思潮的冰川，而且它随之带来的思考与探索的春雨，也使中国几近荒绝的文苑诗坛泛出了新绿。

在一定时代的艺术舞台上，年轻一代的艺术家、诗人们是否具有一种与他们的长辈们有所不同的艺术主张与美学追求，是否隐蕴着一种反抗传统的巨大潜能，从来是考察一定时代、一定民族的文坛艺苑会否有较大造就，会否在数年之中突呈异彩——为文学艺术的辉煌历史再翻开新的一页的重要判断标准。自从1978年以来，中国诗坛的一大特点，就是青年诗人们开始越来越不安分守己。他们意识到，他们的父辈诗人们在五六十年代，乃至"文革"之中所选择的那条诗歌之路，是走不通的，他们试图为自己开辟一条新路。这样，他们不仅表现出对周围诸多现象的"不满"（详见骆耕野《不满》一诗，此诗曾获全国诗歌创作奖），而且对那些试图帮助、引导他们的中、老诗人们颇有微词。在一个全国性的当代诗歌讨论会上，当一位老诗人又一次表示"引导"之意时，一位青年诗人竟直言回敬道："现在还不知道该谁引导谁呢！"

思想的"解冻"对于这一代人的构成，其意义是难以估量的，而这一代人新的思想意识对于我国诗歌与整个文学艺术"复兴"之影响，其意义同样是不可估量的。它使得冰滴化作清新的思想，使得这清新的思想能够走上报纸、刊物、书本，在人们的精神领域畅然流荡、交汇。同样，它也使得以前那些"手抄本"有机会公开发表，或以某种"半公开"的方式在青年中传阅、品评、渗透，使潜在的艺术力量得以实现。

正是在这七十年代末，这批诗歌新潮的先驱者们的作品进入了一个演练的阶段：他们以自己创编的油印刊物《今天》为园地，集中发表了数量较为可观的诗歌作品。北岛、江河、舒婷、芒克、杨炼、顾城等诸人的作品都先后在这个刊物上发表。尽管该刊物并非公开出版物，但在几个大城市的高等院校与青年工人中却是很有影响的。《今天》上的诗歌，水平并不一致，不少尚处于初试阶段，但它们在美学风格上却构成了一种整体感，一种新的诗歌气息，这种总体性的诗歌气息对当时青年一代的诗歌趣味影响是巨大的。1979年，北岛的《回答》、舒婷的《致橡树》《这也是一切》《祖国呵，我亲爱的祖国》等等作品，开始出现在当时全国唯一的一家诗歌刊物《诗刊》上。诗歌界逐渐对他们的创作开始关注。

在这前后，诸多高等院校的文学社、诗社也自办起一批刊物，如北大的《未名湖》、人大的《林园》、北师大的《初航》、吉大的《赤子心》、武大的《珞珈山》等等（——几乎每所高校都有这样的刊物）。这批大学生刊物上发表的诗歌，也都表现出与六七十年代社会上流行的诗歌颇不相同的风貌。而经过相互间的影响、渗透，其美学倾向，开始日益向《今天》上的作品靠拢。其中最为典型的是吉林大学的《赤子心》诗刊，这个刊物上发表过的诗歌，初期尚未从传统诗风中全然脱胎出来，而后期，该刊的主要作者：徐敬亚、吕贵品、王小妮等人，却逐渐成为构成本文所评述的这股新诗潮的诗人，并以其标新立异的创新在全国产生影响。

——历史将诚实地记住那些不无稚气，却充满生机的自办刊物；记住那些每天被无数创新的欲念与灵感侵扰得无法安宁，甚至睡梦中还在作诗的诗坛开拓者们；记住我们诗的民族这样一个崭新的、诗的年代。

三、新的诗歌观念

诗是什么？这是一个数千年来众说纷纭、争论不休的问题。对于这一问题的不同回答，反映了种种不同的诗歌观；而不同的诗歌观，又由面貌各异的诗歌作品簇拥在它的周围。一个真正的诗人，他也许不采用逻辑严谨、文字简约、表述有序的语言把他的诗歌观念抽象出来，但他却不可能胸中毫无关于诗的一定观念。

十分明显，构成文坛上某种奇观的这股新诗潮，是作为对于五十年代末至"文革"十年这段时期中诗的一种反拨而出现的。从五十年代末开始，流行的诗歌观是一种非诗的诗歌观，即诗作为一种艺术形式本身独立性的减弱，乃至逐渐消失，除了其特有的分行、押韵、词彩上的修饰之外，几乎等同于宣传

中国当代文学史资料丛书

口号。这就使得诗歌直接依附于社论、讲话、文件、政策等等非艺术的东西而存在，为宣传、教化、配合运动而存在。诗是什么？诗是运动的号角，是阶级斗争的刀剑与炸弹，是扫除牛鬼蛇神的铁扫帚。于是一次运动，一大批诗，运动逐渐被否定，诗也随即变得一文不值。实质上，这种"诗歌观"是一种取消诗歌的诗歌观，它把诗歌存在的根据从诗歌自身外化到其他客体上去，这样，诗就不是因为本身的属性而存在，而是因为那一客体的属性才存在；它不是目的，只是一种手段、一种工具，而它作为一种艺术的本质规定性却已经不复存在了。由于它存在的根据是在别的对象上，那么这种对象一旦被否定，所谓的"诗"，当然也就无所依附，也就失去存在的可能与必要了。这样一种"诗歌观"，显然不是一般的偏差或失误，而是诗的一种灭顶之灾——十年"文革"之后，诗坛的满目凋敝，就是这种诗歌观最终的现身说法。

作为目睹了这种惨境的诗坛后来者，新诗潮的诗人们作诗的最基本宗旨就是："诗首先是诗。诗作为直接的政治宣传品的厄运早该结束了！"（杨炼）他们呼吁："诗人，请带上自己的心！""诗是诗人心灵的历史。"（芒克）他们认为："诗没有疆界，它可以超越时间、空间和自我；然而，诗必须从自我开始。"（北岛）由于有本体论作为诗歌观的基础，把诗作为目的本身，随着探索的不断深入，他们的诗歌观也在日臻成熟和完善。

"一滴微笑的雨水，也能包容一切，净化一切。在雨滴中闪现的世界，比我们赖以生存的世界，更纯、更美。""万物、生命、人，都有自己的梦。每个梦，都是一个世界。……我也有我的梦，遥远而清晰，它不仅仅是一个世界，它是高于世界的天国。"——这是顾城以诗的感受与语言对自己诗歌观的表述。

"诗人应该通过作品建立一个自己的世界，这是一个真诚而独特的世界，正直的世界，正义和人性的世界。"——这是北岛宣言式的凝练、简约的表述。

"继承一种经过无数生命过滤的语言，并创造一个与这世界最隐秘的因果关系相连的超现实世界：一首诗，一个俯瞰平庸万物的奇迹！""诗介乎声音和寂静之间，成为一种穿透感官的神奇现象。既清晰又飘渺，既具体又抽象。……你的，他的，整个生命和自然，构成媒介性的语言。"——这是杨炼显得经过了深思熟虑的论述，显示着他诗人兼诗论家的智睿与文采。

朦胧诗研究资料

他们的感受方式与表述方式各不相同，但却有本质上相通的一点，这就是，他们都认为：诗是一个由诗人创造出来的、超于现实之上的独特世界。创造这个世界，就是诗的目的本身；诗并不依赖于某种外在因素才能成立。这个世界，由诗人的情感意绪规定一切法规，因此，它不受客观时空观念与语言逻辑关系的限定制约。

但这个由诗人创造出的美与艺术的世界，又绝不仅仅属于诗人自我，它超越自然，超越时空，也超越自我。"历史、命运、变幻的心灵在这个宏伟而精致的'框架'中，静静地呈现出自己的形象"；"每一首诗都成为对人类感受和表达能力的一次发掘。每首诗都涉及无限"。（杨炼）

由于有这种以语言为媒介、构成一个情感表象世界的总体诗歌观，由于他们诗的世界是一个超时空、超自然、超现实、超自我的世界，因此，这些诗人们诗的感受方式本身就是"超感"的——亦即超乎一般感觉与知觉常规的。它们具体表现如下：

在诗歌的最基本单位"意象"的构成上，可以看到通感、交感、直觉——"错觉""幻觉"等感受方式的自如运用，可以看到抽象概念与潜意识穿上了奇特的具象化的外衣；在意象之间的连接、组合上，超越现实生活中的常规因果链条与思维的逻辑关系法则，依据意象的形、声、色、味等等外观因素，使表面上看来并无任何关联的意象与意象群之间建立同态对应，依此规律，使意象自由流动、转换、烘托、印证。

在诗的总体营造与结构上，既注重总体构思的象征性，又广泛运用"兴在有意无意之间"的结构方法，并自如跳跃穿插、省略、"蒙太奇"式的自由连接、感受角度的突然改变、多重意识交替介入等方法，以打破一般思维秩序的网络，增加一首诗的空间感、张力感与内涵量。

如上特点，只是对这些青年诗人整个创作特征的一个简约概括，而具体作品与这样对总体观念的概述相比，总要丰富、生动得多。但是由于篇幅上的考虑，加之我在另外几篇文章中已经有所谈及，因此，本文就不再作更具体的分析与说明了。若读者对此有兴趣，可参看我的另外几篇文章。③

如上所述的这样一种诗歌观，这样一系列全新的诗歌构成形态与表现方法，它们之出现于七十年代、八十年代之交，对于刚刚从"文革"的瓦砾中走出来的中国诗坛，将会造成怎样的冲击，与这种冲击一同而来的阻力又将是多么巨大——这是不难想象的。

四、最初的交锋与交锋前的宁静

冲击并没有即刻就在诗坛显示出来。当《诗刊》发表了两三首这样的小诗，诗歌界并未对它们予以很大注意。而那些自办的油印刊物，也只限于在文学青年中传阅，同样尚未形成巨大的冲击波。

当时特定的社会心理与读者们长期以来形成的特定的诗歌兴趣，决定了新的艺术原则与艺术形式必须经历一个潜移默化的启蒙过程。因为对一定美学观念与艺术形式的适应与把握，是鉴赏者心理上逐渐积淀艺术经验的结果。只有经历了这样一个潜移默化的过程，新的艺术形式对广大已经习惯了以往艺术形式的读者说来，才不再是一座看不见门窗，无法进入的城堡，才会呈现为一座新奇美妙，令人流连的宫殿。

读者们当时所习惯，并所期待着的，是《将军，不能这样做》《举起森林一般的手，制止！》等等具有巨大社会影响，能引起各个阶层的人们普遍关注的诗。这无论从当时的哲学思潮（真理的实践标准对"两个凡是"的否定）、社会心理（反官僚主义与不正之风），还是从上述提到的诗歌欣赏习惯来看，都是情理之中的，是极为正常的。

人们期待着——期待着这种振臂一呼，众声鼎沸，犹如海啸山崩的政治抒情诗再次出现。但是意味深长的是，人们所期待着的这种诗歌，却始终没再出现。同样惹人思索的是，对于这种情况，大多数读者并未感到很大的失望。在这段难得的平静之中，诗歌最主要的读者：青年一代读者们——这经受了"十年动乱"，因而迫切渴求真善美，渴求心灵的沟通，渴望呼吸新鲜的思想与艺术空气的一代人，已经与本文所评述的这些他们同代人的作品——这些追求真善美，闪烁着人性美、人情味、人道主义思想火花，而致力于艺术创新的作品产生了审美共鸣。上述诗人们的创作，则又与兴发于同一块土壤，因而彼此间相通、相近的其他青年诗人们的创作影响、渗透，于是声势日趋见盛，作品日趋见多，影响也日趋见大。一批感知敏锐，能与这一代青年诗人心灵相通的编辑们，通过"新星""新人新作""诗坛新一代""青春诗会"等等新颖别致，而又顺理成章的专栏、专辑，使这些作品纷纷然呈现于《诗刊》《星星》

《上海文学》《福建文学》《文汇月刊》《春风》《长江文艺》《人民文学》《萌芽》《青春》《芒种》《四川文学》《长春》《丑小鸭》等等诸多具有全国影响的诗歌与文学刊物上。这样，也就使得更为广泛的、各个层次的读者普遍注意到这些或称之为"新星"，或称之为"怪客"的诗坛新人们。

短暂的宁静仿佛已经完成了它的使命，于是在诗坛的地平线上永远消失了。

首先到来的是尚未诉诸笔墨的舌战。在一九八〇年春天的南宁诗歌发展问题讨论会上，围绕青年诗人的创新问题，展开了颇为热烈的讨论。一部分与会者赞同这种探索与创新，认为这发生于中国当代诗坛是难能可贵的，应予支持、扶植；另一部分与会者则认为这些创新的方向问题值得注意，因为他们（指这批青年诗人）有脱离传统、脱离现实主义轨道的迹象，必须予以引导，予以批评与帮助；第三者则是较为公允的中间派，他们主张予以创新者们一定的宽让与自由，同时也要帮助他们注意自身的偏差。这场讨论由于缺少必要的理论准备，进展的并不能说十分深入，其气氛与后来的北京会议、昆明会议等相比，也还没达到后者近于"白热化"的程度。但它却是近年来围绕这股新诗潮热烈、持久争鸣的一个序曲；既然序曲已经鸣奏，那么它所引出的各个乐章，当然也就要依次在诗坛上空回响了。

五、"在新的崛起面前"——谢冕的敏锐感知与平和态度

南宁会议之后，谢冕在一九八〇年五月七日的《光明日报》上发表文章：《在新的崛起面前》。

作为一个历经了五十年代以来历次运动、历经了"十年动乱"的评论家，能够看得出，谢冕在写这篇文章的时候是相当谨慎的，平和的观点，平和的态度，平和的文风。谢冕不是，也并不试图摆出这一新诗潮的理论家的姿态，它是作为一个长者，一个公正的诗歌批评家身份发言的。

该文章并不长。谢冕主要表述了如下几个内容：

第一，诗坛目前所面对的实际情况——新诗面临挑战。"人们由鄙弃帮腔带调的伪善的诗，进而不满足内容平庸形式呆板的诗。"他提出："一批新诗人正在崛起，他们不拘一格，大胆吸收西方现代诗歌的某些表现方法，写出了

一些'古怪'的诗篇。""他们是新的探索者。这情况之所以让人兴奋,因为在某些方面它的气氛与五四当年的气氛酷似。"

继之,谢冕在文章中从考察历史的角度回顾了"五四"以来,中国新诗走过的历程。他指出这样一种事实,即:六十年来,我们新诗的道路越走越窄。他认为:"这是受我们对于新诗发展道路的片面主张支配的。片面强调民族化群众化的结果,带来了文化借鉴上的排外倾向。"针对这些情况,该文章集中论述了对于"传统"的看法——"传统不是散着霉气的古董,传统在活活泼泼地发展着"。并通过郭沫若、艾青成功的例子,说明外国诗歌的影响加入我们的诗歌中之后,也属于中国诗歌传统的一部分了。

最后,谢冕在文中呼吁批评界接受以往多次对作家作品"采取行动"的教训——"我们有太多的粗暴干涉的教训(而每次粗暴干涉都有着堂而皇之的口实),我们又有太多把不同风格、不同流派、不同创作方法的诗歌视为异端、判为毒草而把它们斩尽杀绝的教训"。(遗憾的是,这样的教训不久又被重复。)在文章的结尾处,谢冕又一次强调:"当前的诗歌形势是非常合理的。鉴于历史的教训,适当容忍和宽容,我以为是有利于新诗的发展的。"

显然,谢冕在此文中没有,也并不试图阐释多么深刻的文学艺术理论(这些在他以后的几篇文章:《失去了平静以后》《通向成熟的道路》《中国最年轻的声音》等等有进一步深入的阐述),他所谈及的,大部分是有目共睹的事实。他以一个诗歌评论家的敏锐感知告诉人们:诗坛新人们正在崛起,应当给予他们支持;同时提醒人们不要重走过去"大批判"的老路。遗憾的是,他的提示并没有引起人们足够的重视。

作为一名大学教授,作为一般人们心目中所谓"学院派"的一员,谢冕对于新诗潮的这种敏锐感知与赞助态度确是难能可贵的。他所留给诗坛的,是自五十年代以来批评家们所鲜有的形象。而这篇文章本身,也标示着一批沉痛记取了"文革"教训,开始注重艺术本身性质与发展规律的批评家已在形成。

六、"新的美学原则在崛起"
——孙绍振的大胆标新与意想不到的复杂局面

一九八一年，《诗刊》在三月号发表了孙绍振的文章《新的美学原则在崛起》。据该文作者自己说，此文发表之前，他已经正式通知《诗刊》：不再同意发表本文，要求予以收回（这是任何一个作者应有的权利），原因是该刊为文章加了非同一般的"编者按"④等等背景。但据说"已经来不及了"。

孙绍振到底在文章中写了些什么？还是让我们回忆一下这"第二个崛起"的实际内容吧。

可以看出，孙绍振是试图对他的大学同窗——谢冕的那篇文章中提出的问题作进一步的理论阐述。他认为："谢冕同志把这股年轻人的诗潮称之为'新的崛起'，是富有历史感，表现出战略眼光的。"接着他提出自己的看法："与其说是新人的崛起，不如说是一种新的美学原则的崛起。"孙绍振并没有对这种美学原则作一个集中和简约的概括和定义，但他通过引证与分析这批青年诗人们自己的诗歌主张，表述了这样的内容：这批青年诗人们开始从本质上是非我的"社会的我"，回归于真正意义上的"自我"——自觉的我（包含有社会性），这具体表现为："他们不屑于做时代精神的号筒，也不屑表现自我情感世界以外的丰功伟绩。""不是直接去赞美生活，而是追求生活溶解在心灵中的秘密。"该文章引用青年诗人徐敬亚的话："诗人应该有哲学家的思考和探险家的胆量"，并随即指出："这倒是我国当前的一种现实，迷信走向了反面，培养了那么多的哲学头脑，闪烁着理性的光辉。"以下，他集中论述了人的觉醒、人的价值问题；艺术创新与传统的关系问题；并论述了创新必然会遇到的阻力，以及从前人那里合理地汲取养料对创新的必要性、重要性。这篇文章，除开始"绪论"性的两小节分段独立而外，其余数千字一气呵成，不分段落，读着它，令人眼前不能不浮现出孙绍振作为一个雄辩家侃侃而谈的形象。

孙绍振将这股新诗潮称为"新的美学原则在崛起"，无疑是十分有见地的。因为任何艺术创新的实质，都是一定美学原则、美学观念上的突破。再优秀、完美的艺术形式只能在其特定的美学结构之中达到优秀与完美，而要继续向前发展下去，就只有打破这种原则与结构，开拓新的美学结构。若非如此，所谓艺术创新只能是"驴拉磨"式的原地徘徊，绝不可能构成真正意义上的艺术创新。该文接下来所阐述的人的价值问题，创新规律问题，也都颇有标新之意，即便今天读起来也是饶有余味的。但文章似乎尚缺乏艺术的分析——缺乏从美学的、诗学的角度对这些青年诗人的作品与艺术主张予以分析、总结、概括，尽管他文章的题目是谈美学原则的崛起；文章谈哲学理论、社会学的理论多于谈诗学与艺术哲学的理论，尽管作者赞同年轻诗人们提出美学与社会学不一致，而注重艺术目的本身的观点（哲学、社会学与美学有关，但毕竟属于不同领域、不同层次的问题）。作者后来自己谈到，因为是约稿，他的这篇文章是仓促而成的，某些方面考虑得尚不十分成熟、周密。总之，孙绍振的这篇"崛起"，带有鲜明的思想解放运动以来"反思哲学"的色彩，这种反思哲学，恰是以发现人、注重人和重新审理人性、人的价值、人道主义等问题为重要标志的。

从人性、人的价值、自我表现、人道主义等等在当时本身就十分敏感的问题出发，分析、阐述诗歌艺术之中的"新的美学原则"，这在一九八一年初的中国文坛，显然是一种大胆的标新立异，加上《诗刊》的"编者按"等诸原因，孙绍振的这篇文章一发表，就使他原已生于心中的志忑马上兑现为现实中的轩然大波。《诗刊》自从发表该文之后，在第四、第五、第六、第七、第八等期连续发表了程代熙《评〈新的美学原则在崛起〉》等一系列辩难文章；《人民日报》全文转载了程代熙的这篇文章，并在同版右下角摘录了孙绍振文章的主要论点。到此时，文坛之"奇观"已不再仅属于文坛，而在其他领域引起共振；《诗刊》的讨论已不再是单纯的艺术、学术争鸣。

七、"崛起的诗群"——徐敬亚长篇论文的横空出世

一九八三年初，《当代文艺思潮》双月刊在第一期登载了徐敬亚的长文《崛起的诗群》。一位后来曾经著文与徐敬亚商榷的评论家看了徐文之后说："才华横溢！"（这似乎更有说服力）然而，《诗群》发表时诗坛的气氛与发表后引起的一系列波动，却使这篇文章显得颇有些"生不逢时"。

当然，环境、气氛、受到的"待遇"等等，这些毕竟是外在因素，它们并不会从根本上影响一篇文章的实际价值。囿于篇幅，我们在这里不可能对这篇

洋洋三万余言，以其急促的节奏，表述了诸多新鲜、尖锐的观点的长文作以全面的、细致的评述。但可以肯定地说：徐敬亚的这篇《崛起的诗群》，在整个中国当代文艺批评界是不多见的，说它是一篇有特点、有精彩的好文章是绝不过分的。作者不仅才思敏捷，感受准确、细腻，而且他本人又是这诗群中的一员，因而论述从容自如，绝无许多批评文章那种因不熟悉、不了解创作的真实情况，下笔千言，离题万里，不得要领，不着边际的弊端。徐敬亚在整个大学学习期间始终酷爱诗歌，致力于诗歌创作与对于当代诗歌现状的研究。他是我们在前面提到的吉林大学《赤子心》诗刊的核心人物，又是老诗人，该校中文系主任公木的课代表与得意门生，作者有可能比较系统地思考中国新诗的现状与它走过的历史，并把目光投向诗坛的未来。正因为如此，他才能以流畅的行文、丰富的材料，做出理直气壮的发言。随便举如下二例：

关于诗中"自我"的问题，自讨论展开以来曾多次引起论争，有些批评家仍习惯于以抽象意义上的所谓"大我"来反对"自我"，而一些创新者也往往表现出对"自我"概念的偏执与极端，即忽视"自我"的社会性、历史性的一面。而徐文在论述这一问题时指出："'自我'是个人对一代人的兄弟般呼吁！是以民族中的一代人抒发对外在世界的变革欲的面目出现。这与西方现代诗歌中，那种在大生产高度发展，造成一定程度的个人与社会脱节、对抗的'隐私式'的自我心理，截然不同。西方诗人多是从游离于社会旋涡之外的纯个人角度书写。而中国新诗人却是从阶级（这方面较少）、民族、国家或至少'一代人'的角度来写诗，绝大多数诗人的'自我'都具有广义性。"这样概述这一代青年诗人的"自我"观，是比较准确得当的。

又如对于这股新诗潮产生的渊源，徐文指出：它"绝不是几个青年工人读了几本外国诗造成的"，"文革""这样大的社会动乱，这样众多的心灵扭曲，不能不形成强大的心灵冲决力量，不能不在这一基础上爆发文学革命！诗，作为人性的最亲密的朋友，作为心灵与外界最直接的连通线，不能不发生转折性的变革！正是那些'吹牛诗''僵死诗''瞒和骗的口号诗'将新诗艺术推向了不是变革就是死亡的极端！才带来了整整一代人艺术鉴赏的彻底转移——这是新诗自身的否定，是一次伴着社会否定而出现的文学上的必然否定"。尽管论述显得急促，措辞显得激烈，但对问题的阐述却是泼辣生动、一针见血的。

当然，徐敬亚首先是一个诗人（尽管也许他的这篇长文比他的诗更有影响），诗人的思维特点是情感与形象的互为推进，颇易把对象的某些特点推向极致，诗人的语言也往往受命于激情，而不易把握精当的分寸感。在某种程度上，《诗群》一文激情胜过思辨，文采冲淡分析，抒怀有余而逻辑上不够严密的倾向，也是颇为明显的。加之这篇长文涉及诸多较为复杂的问题，也不免造成某些粗漏与偏差。这正像文学艺术史上任何一篇代表创新者的宣言一样，在总体的合理性之中，也往往包含着某些偏颇与谬误。

比如文章在论述三十年来我国诗歌发展状况时这样阐述道："我们严重地忽视了诗的艺术规律，几乎使得所有诗人都沉溺在'古典＋民歌'的小生产歌吟者的汪洋大海之中。可以说，三十年来的诗歌艺术基本上重复地走在西方十七世纪古典主义和十九世纪浪漫主义的老路上。"建国以来，大部分诗人都囿于"古诗＋民歌"的外在化形式之中无力自拔这是事实，但把这种诗的境遇归结为"小生产歌吟者的汪洋大海"是不够准确的，是缺乏认真的理论思考的，因此并没能把握问题的实质。把我国五六十年代以来的诗歌创作等同于西方古典主义与浪漫主义诗歌，也显得牵强，因为二十世纪中、下叶的中国与十七、十九世纪的欧洲，其经济、政治、文化等背景都是颇不相同的，而建立在这样不同背景上的诗歌，也是有美学上的本质差异的。与此相关，把古典诗词艺术归结为以封建政治、道德和小生产经济为基础，把民歌归结为以封建田园牧歌为特征，这样直接的对号入座，也显得武断和缺乏说服力。文艺的性质与经济政治制度的性质并不表现为如此简单的线性因果关系；文化的价值也并不以社会经济、政治的状况为转移。

此外，该文章把新诗潮的兴起概括为中国现代主义诗歌的兴起，我以为也是大可以推敲一番的。现代主义作为西方文学史上一个特定的思潮，是有它本身一系列复杂背景与具体特征的；况且，它现在已经属于一个过去名词。而我国的这一新诗潮，则有其独特的构成特点与发展轨迹，诸多方面都很难与西方现代主义诗歌等同起来——尽管它受了现代诗的某些影响。这一点，徐敬亚在文中的一些具体论述中已经接触到（比如上面谈及的对于"自我"观的论述等等），但由于他立论上的先入为主，这些实际上的差异却没能改变他的那一基本论点。正是基于上述观念，使他行文之中的诸多判断与结果显得欠妥。

但是，即使如此，《崛起的诗群》仍然包含了总体的合理性与历史的必然性。它宛如一艘匆促启航的船，虽然显得不十分稳健，但由于同历史的风向取得了一致，就使得这船不会在辩难的波涛中被掀翻、淹没，历史将宽容地张开双手在彼岸迎接它。这正像当年黑格尔评价狂飙突进运动的青年先驱者们所指出的那样："当这种热忱以狂欢的情绪迎接那种精神的新生的朝霞，不经过深沉的劳作，立刻就想直接走去欣赏理念的美妙，在某一时期内陶醉于这种热忱所激起的种种希望和远景时，则对于这种过分的不羁的狂想，人们尚易于予以谅解。因为基本上它的核心是健全的，至于它散播出来围绕着这核心的浮泛的云雾，不久必会自身消逝的。"⑤

八、第四次作代会与今日之诗坛

一九八四年底至一九八五年初，全国第四次作家代表大会召开。由于大会的具体内容，使得本身跨越八四年与八五年的这次会议具有了某种"辞旧迎新"的象征意义。

此次会议上，在人们心目中实际上已经成为新诗潮理论领袖的谢冕与作为新诗潮主要代表诗人之一的舒婷当选为中国作协理事，体现了整个文学界对于诗歌创新运动的关注与支持。

二月十二日，中国作协理论研究室邀请在京部分诗人、评论家举行座谈——这是全国作代会后，作协主办的第一个座谈会。在会上，刘湛秋、谢冕、张志民、牛汉、杨炼、郑敏、李黎、屠岸、刘再复、邵燕祥等十多位老、中、青三代诗人、评论家纷纷发言，感慨诗坛新的春天得来不易，呼吁给予艺术探索者爱护、声援、支持。

同年三月二十二日，在厦门文学评论方法论研讨会期间，中国作协理论室与《诗探索》编辑部联合召开与会诗歌评论家座谈会，孙绍振、楼肇明、张炯等等十余人先后发言，一致呼吁：要从根本上杜绝那种粗暴的、带有某种"大批判"余风的所谓批评，开展最符合诗歌艺术特征的美学的批评。许多发言者回顾了近几年诗歌创作与批评走过的道路，指出这是一个较曲折的过程，因而，今天诗歌的春天决不能再得而复失。大家在发言中还相互转告，北岛、舒婷、顾城、杨炼、江河等人的诗集已被译成英、法、德、瑞典、挪威、丹麦等多种文字在其他国家出版。有的评论家还通过具体分析，认为：在中国当代文学创作中，诗歌最有希望达到世界总体文学的先进水平。大家展望诗坛前景，对未来充满信心。住在厦门的舒婷应邀到会，并在发言中介绍了她与其他青年诗人们的创作近况。

同年三月二十一日，《深圳青年报》文艺版，以整个版面发表了北岛、舒婷、江河、梁小斌、顾城、杨炼、付天琳、李钢、骆耕野、王小妮、孙武军、王家新、陈所巨、梅绍静、杨牧、张学梦、叶延滨、徐小鹤、徐国静、高伐林等二十名诗人的作品，并在同一版发表了谢冕与孙绍振的两篇短文。谢冕在这篇题为《它们存在并且生长》的文章中说："这股后来被叫做崛起诗潮的中国新诗运动，最敏锐地传达了时代大潮的潮音。他们令人目眩的挑战性创新，使当代中国人对神的否定和对人的重新肯定的这一时代精魂，在诗歌领域中成为实体。"他着重强调了这样的事实："在文学的复兴运动中，新诗体现了变革的先声。"孙绍振的文章题为《自由的风在召唤》，他写道："在改革的浪潮面前，生活方式在迅速发生变异。……人的价值标准正在巨变，新的价值观念和审美心理模式正在崛起。"他指出："谁最先感受到这灵魂深处的伟大阵痛，谁就不能不改革诗。"

该版编者为此专版写了这样的编者按："改革之潮涌荡，触目皆是崛起！为推进文学改革，开拓创作自由之风，为展示我国诗歌新林的阵容，本报博集了国内20家青年诗人的最新作品，辑成诗专版……"

特区吹来的春风令人振奋——我们所处的时代，的确是这样一个崛起之时代。

我们不是几乎每天都能在报纸上见到以"崛起"为题目的报道吗？全无崛起的精神，无崛起的气概，是无法赶上并超过世界科学文化的先进水平，使我国真正立于世界民族之林的。诗与文学艺术的崛起腾飞，是我们整个民族这次崛起与腾飞的一个部分，并将成为我国发达的科学技术文化与整个社会文明的一个标志。因之，诗歌艺术的开拓者与创新者，理应得到像在奥林匹克运动上获得金牌的运动员，在国际声乐、器乐、舞蹈比赛中获大奖的青年艺术家同样高的荣誉与嘉奖！相信我们这个有着源远流长的诗的传统的国度，会比祖先更懂得诗的价值，更知道爱护自己的臣民——诗人们，会更尊重诗人们辛勤的探索与创新！

诚然，真正的诗歌道路，任何时候都只有经过诗人们自己在艺术上的开拓才会出现。令人兴奋的是，今日之诗坛，正是由这样一大批勇于探索与开拓的诗人们所构成。本文已多次提及的当年那批先驱者，虽已愈加成熟，并未停顿，他们都在不断探寻新的突破，并已又相继发表了一批新的力作。与此同时，一批又一批新人在不断崛起，他们的名字已达到排列不完的程度，几乎每一家刊物的每一期，都会出现新的名字，新的诗歌。专门发表诗歌的诗报、诗刊，已增加到近二十家（这是自"五四"新文化运动，新诗产生以来所从未有过的）。无数非正式出版的诗报、诗页、诗刊、诗集，铅印的、打印的、刻印的，几乎漫布全国各地。这种诗歌繁荣、兴旺的生动局面，在当今世界各民族诗坛之中，也是不多见的，这当是我们古老诗国的骄傲。

当然，并没有哪个新诗人在简单重复北岛、杨炼、舒婷、顾城、江河等人当年抑或今天特有的旋律，诗的疆野从来没有像今天这样宽广、开阔，并正朝着更加宽广与开阔的未来发展。但是，同样十分明显，由于当年那批最初的探索者们所带来的那种新鲜的诗歌艺术气息，已经融入当今中国诗坛的空气之中，而这空气，正为无数后续的探索者所自由呼吸。

一九八五年六月九日

注释：

①见《当代文艺思潮》1982年第3期《朦胧诗的命运》。

②见《当代文艺探索》1985年第8期。

③这几篇文章是：《新时期诗歌的基本美学特征及其评述》（载《诗探索》第10辑）；《诗与美的巡礼》（载香港三联书店《读者良友》创刊号）；《我国当代诗歌对意象的审美表现》（载《文学评论》1985年当代文学专号）。

④《诗刊》"编者按"概述了孙文中的主要观点之后，指出："当前正强调文学要为人民服务、为社会主义服务，以及坚持马克思主义美学原则方向时，这篇文章却提出了一些值得注意的问题。"

⑤见黑格尔《小逻辑》第3页。

原载《批评家》1986年第2期

论"朦胧"诗

[美] 郑树森　著　尹慧珉　译

中国新时期的诗，特别是出自某些青年诗人之手的诗，表现出很大的创新。但关于这些诗国内却出现过一场很大的争论。这些被称为"朦胧诗"的作品，赞之者誉为"新的美学原则的崛起"，毁之者则贬为"反社会主义"或对"四化"的偏离。

所谓的"朦胧诗派"并没有发表什么宣言，也没有成立什么诗社，因此很难确定这个诗派里包括着哪些成员。大体说来，是如下的一些人：顾城、北岛、谢顺城、纪晓武、王小妮、梁小斌、舒婷、江河、陈所巨、杨炼。引起争论最多的似乎是顾城，因此，本文主要的也将讨论顾城及其作品。

凡读过一些中国大陆诗的人都知道，它的篇幅大都很长。如果和台湾的诗相比，这个特点就更加突出。我们知道，叙事冗长再加上宣传和说教，不但可厌，而且在艺术上是毫无救药的。与过去的冗长相比，新诗人们的作品的特点之一是短。例如顾城的《一代人》：

> 黑夜给了我黑色的眼睛，／我却用它寻找光明。

又如蔡焜的《皱纹》：

> 这是历史倒转的车轮，／留在我身上的辙印。

最短的当然是北岛的《生活》，全诗只有一个字：网。

和许多充塞着一览无余的口号和抽象教条的歌颂社会主义"光明"的长诗相比，这些短诗显得精致、微妙、间接，也并不像某些批评者所指摘的"远离生活""沉溺于纯自我表现"。上述两首诗中的主要形象：顾城的"黑色的眼睛"和蔡焜的"倒转的车轮"都是对"文化大革命"的讽喻。这种讽喻还见于顾城另一首略长的诗《摄》：

阳光／在天上一闪／又被乌云埋掩。

暴雨冲洗着／我灵魂的底片。

不同的人可以对诗中描写的环境作不同的解释。但稍有政治头脑的人却无疑会明白：第一节说的是近年短暂解冻的时刻，第二节说的则是诗人的内心斗争。

这些青年诗人们的诗给人印象最深的，还不在象征的微妙或没有教条，而是有时意象特别的清晰，例如顾城的《感觉》：

天是灰色的／路是灰色的／楼是灰色的／雨是灰色的　　在一片死灰之中／走过两个孩子／一个鲜红／一个淡绿

熟悉现代英美诗的人们，很容易从这首诗中色彩的交互作用联想到意象派的试验。在意象派的诗里，与此相似的互相比较，又互相作用的色彩的形象是很容易找到的。例如D. H. 劳伦斯①的《绿》：

天是苹果绿，／天是太阳中举着的绿酒，／月亮是中间的金花瓣。她张开眼，是绿的／它们闪着，像开过的花／为了那第一次，现在为了那见过的第一次。

又如A. 罗威尔②的《战时》：

围绕着新粉刷过的墙，／红蜻蜓在冲撞，／就像那尖上带血的箭，／在射击。

在本世纪第一个十年，这些英美意象派诗人曾被视为反叛维多利亚传统的先锋作家。在中国，近来虽然也有了一些对意象派的介绍，但很散乱，因此，很难断定它们对顾城是否有所影响。根据顾城的父亲顾工的《两代人》一文判断，顾城并没有读过西方现代派的诗，甚至连中国新月派的诗也没有读过。他和他的同代人一样，是在文化的沙漠中成长的。但是，影响问题，如果不说直接模仿，是很难说的，即使其中可以找到"事实上的关系"时也是如此；因为任何一件艺术作品，只要是特殊的，就不能仅仅是外在的、实证的言辞来加以解释。现在的问题不在于顾城是否受有英美意象派的影响，而是在于：在西方，意象派的试验早已被吸收为现代诗的常规而不再引起注意了；就是在曾极力借鉴西方的台湾现代诗中，这种集中的色彩意象也已被认为是过时了；而顾城的诗在中国大陆却正在引起某种"不熟悉"的感觉和种种否定的评论。这就是朦胧诗派现象的反讽意义。作为比较，下面引用台湾现代派诗人方莘六十年代初的一节诗：

> 盛鹅黄的丰美／于早秋白色的磁盘／以钢灰色忧郁的餐叉刺取

方莘作为一个曾在加拿大求学十年的外国文学学者，这种借鉴是比较有意识并可以理解的。顾城的情况却不一样。两者之间的惊人相似，却似乎说明六十年代在台湾文学中的现代派化现在在大陆上正在开始。

顾城和意象派相近之处还不止此。他对于一些无关联的意象的蒙太奇式的并列处理，才确确实实是意象派的根本手法。例如《弧线》：

> 鸟儿在寂风中／迅速转向　　少年去拣拾／一枚分币　　葡萄园因
>
> 幻想／而延伸的触丝　　海浪因退缩／而耸起的背脊

一首小诗的四节里用了四个并不明显联系的形象，也不用连接词，就这么并列着。并列的基础就在这四个形象所共有的"弧线"。这种并列的手法，使人想起了庞德[3]的《车站》：

> 人群　的脸　的魅影／湿的、黑色的树枝　上的花瓣

庞德曾自称他这首诗是俳句式的，并引用日本诗人荒木田守武的俳句为证：

> 落花飞回枝头／蝴蝶

庞德还说这两首诗使用的都是"超位置的"（super·position）形式，后又改称为"会意方法"（ideogrmmic method），说的都是这种外表上无关联的形象的并列。形象之间的类比不用言传，等待着读者自动地参与完成。顾城《弧线》中对四个形象的处理也正是如此。

当然，并列并非每首意象派诗所必有。意象派诗的经常的特点是明确的、清晰的意象。H. D[4]的《山精》就是著名的一例：

> 旋卷起来，海——／旋卷你尖尖的松树，／溅泼你巨大的松树／在
>
> 你的岩石上，投掷你的绿覆盖我们，／覆盖我们，用你的柏树水塘。

"山精"是居住在山峦的绿荫中的妖仙，她看到了旋卷的海浪和自己所居住的环境之间的相似。这就是产生这首诗中松柏的隐喻的基础。第二行的松树紧接第一行的"旋卷的海"，第六行的柏树紧接第五行的"投掷的绿"，这种隐喻的转化是令人吃惊的，出人意料之外。第一行和第五行的"海"和"绿"的解释有赖于第二和第六行，因为，在作者的选择和限制之下，字面上的解释已经不可能了。

与此相似的是顾城《雨行》的第一节：

云，灰灰的，／再也洗不干净。　　我们打开布伞，／索性涂黑了天空。

在这首诗里，灰云变成了污渍，黑伞变成了画笔。灰云和黑伞这两个形象，正如《山精》中的海浪和海浪的绿一样，是很平常的，一般不会引起读者特殊的反应，既不惊人，也不吸引人。但是由于隐喻的突然转化，打伞雨行的平常事就被赋予了具体的新鲜的意义，效果与H. D的诗不无相似之处。

英美意象派诗有一些确是晦涩难懂的。如庞德和W. C. 威廉斯⑤后期的诗，就必须加注才能理解，但当意象派作为运动开始的时候，却决不晦涩（"朦胧"）。上面所举的H. D是被视为意象派的先驱的，她的诗说明白易懂。还有另一些意象派诗人也是如此。顾城的诗也并不晦涩。如果和台湾的现代派诗以及三十年代的李金发相比，顾城就远不如他们那么"朦胧"。因此，我认为，前几年大陆上展开的那场关于"朦胧诗"的争论，年长的诗人们表面上抨击的虽然是"朦胧"，实际问题却并不在此，而在于这些诗的政治内容。

例如首先引起了这场论争的公刘的一篇文章，在批评顾城咏嘉陵江的"戴孝的帆船／缓缓走过／展开了暗黄的尸布……"这几行诗时，曾指出作者"走上了危险的道路"，理由就是："被长江和黄河的乳汁喂养大的中国人民，看到这两条河时，谁不感到光荣和骄傲？谁听见印度人污蔑过恒河、埃及人污蔑过尼罗河？美国人把密西西比河比作自己的母亲。"当然，顾城的诗是阴沉的，甚至是"丑"的，但怎么也不能看作是"不爱国"的。这是一个关心祖国的青年对"文化大革命"中粗野的破坏及其后果的比喻。而上述"不爱国"一类的批评，或许倒正说明了表达时要"朦胧"些才好。

确实，所有的"朦胧"诗人都写了"文化大革命"及其后果。这些诗暴露的虽然并不那么明白，却显然是"伤痕"小说的另一体裁的对等物。例如梅绍静的《绿》：

在这贫瘠的土地上，／像火照亮了黑夜，／绿色也把白天照亮。

什么时候让绿色／永远盖出这儿的黄土？／啊！在那地黄天也黄的日子里／我曾想：有一个／奇异的绿色的太阳。

"地黄天也黄的日子"第六行所指是非常明显的，和黄色相比较的绿色，则表现为生命（第三行）和希望（第四、五行）的色彩。"绿色太阳"这一总结的形象则用超现实然而又具体的方式，微妙地透露出诗人的愿望。

与此同样有力但在语言上更爽直的是梁小斌的《中国，我的钥匙丢了》：

　　那是十多年前，／我沿着红色大街疯狂的奔跑，／我跑到郊外的荒野上欢叫，／后来，／我的钥匙丢了。／……　　天，又开始下雨，／我的钥匙啊，／你躺在哪里？／我想风雨腐蚀了你，／你已经锈迹斑斑了；／不，我不那样认为，／我要顽强地寻找，／希望能把你重新找到。

这首建立于一个简明的隐喻之上的诗或许是梁小斌作品中最好的一首，也是这一群青年诗人最值得注意的作品之一。简明，带来了诗对人心的震撼，因为它和人们的强烈然而又平常的愿望是和谐一致的。在诗中，还存在着个人感情的抒情核心和叙述进程之间的平衡。

这些诗有些完全可以置于1949年以来中国最好的诗篇之列，它们的价值是明显的，尽管如此，它们却不能像某些"伤痕小说"那样被一些批评家所接受，这就未免使人感到不平了。

注释：

①劳伦斯（D. H. Lawrence），1885—1930，英国小说家、诗人、散文家、剧作家。
②罗威尔（Amy Lowell），1874—1925，女，美国诗人、批评家。
③庞德（EZra Loomis Pound），1885—1972，美国诗人、批评家。
④H. D.（Hilda Doolittle），1886—1961，美国女诗人。
⑤威廉斯（William Carlos Williams），1883—1963，美国诗人，小说家。

原载《文学研究参考》1986年第8期

朦胧诗研究资料

别了，舒婷北岛

程蔚东

我觉得应当和你们再见了，舒婷北岛。

你们曾经朦胧，我们也跟着朦胧。但不久我们便突然发现，我们朦胧什么呢？你们不相信一切，你们又并不是不相信一切。你们为迷路的蒲公英朦胧，你们为远和近的争执朦胧，你们发出的声音是奇特而勇敢的，也许在沙龙里有你们的市场，或者在不谙市面的学生中能够再朦胧下去，一进入了现实生活，我们便发现你们太美丽了，太纯洁了，太浪漫了，于是我们忍痛割爱。别了，舒婷北岛，我们要从朦胧走向现实。

我们生活在城市，我们似乎在写城市诗。实际上我们的触角是从城市得到感应的，城市是具体化形象化了的世界。我们不愿再进行沙龙式的朦胧，而要平民们能够感知的具体的有意识高度的情绪。（注意，这是一句完整的话，不要简化为平民意识。）也许有人也在"反映"城市，但我们不搞反映，我们仅仅把城市作为情感的活动场，由我们的诗句去展示个性，展示物质，展示人的竞争，展示人的忧患，人的欢乐，人的拼搏，人的孤独，人的扭曲，人的复归，人的压抑，人的伸张，等等。也许这个展示还不尽恰当，用流动更近似些。

别了，舒婷北岛。我们不仅想告别你们的诗意识，而且想告别你们的诗形式。你们这个意象，那个具象，这个象征，那个浪漫，是不是写得太累了？你们月亮呀，船呀，溪呀，窗口呀，花呀，雪呀，风呀，泪呀，是不是写得太玄了？我们只想通过汉文字流动出我们的意识，我们追求这种流动的语感，诗感，节奏感，哪怕是大白话，又有什么关系？我们并不是不要前人留下来的诗艺，但一切诗艺只能成为我们随意可以选用的材料，我们不追求刻意，刻意的也许是刻意了，但艺术过于刻意往往容易离开产生艺术的土地。也许你们手中的鸟高雅而且优美，但老是飞在高高的空中，我们仰望得脖颈已经发酸。文学总是在老百姓中活着，我们宁愿做平民诗人，也不要成为贵族作家。

别了，舒婷北岛！

原载《文汇报》1987年1月14日

重评北岛

陈绍伟

1

　　社会主义现代化建设新时期，为新诗的发展提供了一片沃土，使一度枯萎的诗花得以竞相开放。然而，并不是每一位诗人都十分珍惜得来不易的放声歌唱权利，写出无愧于我们时代的新诗。有的诗人乘机在共和国的大合唱中插入了一连串怪音。北岛就是其中突出的代表。因此，重评北岛是很有必要的。这有助于我们对社会主义的诗歌创作原则达成共识，有助于新诗沿着社会主义的文艺方向更健康地蓬勃发展。

　　我之所以提出要"重评北岛"，是因为有些诗论家对北岛已有了至高无上的定评。

　　较早系统地隆重推出北岛作品的是老木在1985年编选的《新诗潮诗集》。（从此，北岛的作品一直在多种"现代诗""朦胧诗""探索诗"选本中排在首位！）这本诗集的序言认为，以北岛为首的"新诗潮"，"不仅是开拓性的，而且用它的日趋成熟而证明是充满希望的"，有的舆论更认为，以北岛领衔的"现代诗"，"他们作为传统文化的扬弃者，经历所有变革时代都曾出现的巨大痛苦，也表现出了所有变革者都具有的顽强与沉重"。

　　在不少"辞典"中，编著者也极力推崇北岛：北岛"对于正义和人道主义事业无畏的向往，形成了一位洋溢着传统文化精神的悲剧者的光辉形象"；"他却是以主体意识的彻底觉醒迎来了新时期的第一缕曙光"；"以'正义'和人性的双重色谱绚烂人类生存的峰顶"；"北岛是充满人情味和正义感的诗

人"。（以上出自1988年12月出版的《朦胧诗名篇鉴赏辞典》）

到了1989年6月21日，对北岛的吹捧之声到了登峰造极的地步，有人著文喊出："当然作为一个民族英雄北岛是值得我们敬佩的。"此时的北岛，已于1989年5月，在荷兰马斯特里赫特召开的国际笔会第53次代表大会上演出了一场闹剧（请参阅《文艺理论与批评》1990年第1期，金坚范：《国际笔会与魏京生和北岛》一文）。

在1989年8月出版的《中国探索诗鉴赏辞典》还宣称："北岛是有强烈社会批判意识的诗人。"

"北岛现象"的出现和发展，确是一个无法回避的现实。我们有些好心的诗评家，不是爱论北岛出现的"文化背景"吗？我们不妨以此为切入口，来一次严肃认真的"重评北岛"。

2

北岛的作品并不多，主要作品结集在《北岛诗选》（1986年5月出版）内。在《五人诗选》（1986年11月出版）中只增加了长诗《白日梦》。其他多种选本，均选自《北岛诗选》，至于他在国外出版的《太阳城札记》及《北岛、顾城诗选》，笔者无缘读到，不好妄评。

北岛曾言："我习惯了沉默，只想通过自己的作品说话。"我们暂且照其说，看看他通过自己的作品，说了些什么话。

有的评论家把北岛作为"朦胧诗"的代表人物。其实，北岛有的诗诗意较隐晦，但并不全是朦胧。我们一"破读"，就知其内涵。与其说北岛是"朦胧诗人"，倒不如说北岛是一个彻头彻尾的"政治诗人"更为确切！推崇者对北岛的论述，大体可归纳为：

1. 对于正义和人道事业的无限向往；

2. 反英雄主义；

3. 作为人的主体意识复苏；

4. 开创一代诗风，深层的理性思考意识。

前面三条，表面上看是谈诗歌艺术的，第四条是"理性思考意识"，实际上是条条迫近"政治"。这与"朦胧诗"特有的"朦胧美"特征相距甚远。北岛写诗是在写"政治"，评北岛诗的人，大多也是在评"政治"。看起来，这似乎是一个不可理解的现象——北岛一类诗人不是一直反对政治干预文艺、干预诗歌艺术吗？但他又确确实实一直在用诗顽强地宣传自己的政治主张；他在写诗的背后，也一直在卖劲地从事政治活动！这种"性格组合论"，是如此既分裂又和谐地统一到北岛的身上！

我们不妨以上述四条为思想脉络，再读北岛的诗。

"正义"与"人道事业"从来都是有政治内涵的。作为一个中国公民，坚持"四项基本原则"是"正义"的，建设有中国特色的社会主义现代化强国，使全国人民共同富裕起来，是社会主义的"人道事业"。但在北岛看来，他发起签名，要求中国政府释放触犯刑律的人，才是"正义"的；在海外成立"中国流亡作家联盟"才是"人道事业"！泾渭如此分明！如果有人用不应"因人废诗"作反诘，那么，我们还可以通过北岛的作品看清他的创作倾向。

《一切》是北岛轰动一时之作。这首诗，宣泄了人们对"四人帮"的愤懑之情。但正是这一首诗，已显示出北岛所向往的并不是人民大众的"正义"和"人道事业"！他在诗中告诫人们："一切希望都带着注释／一切信仰都带着呻吟"！他说的是"一切"，那么，你寄"希望"于社会主义也好，你信仰马克思主义也好，都要加以"注释"，都会带来"呻吟"！如果认为这只是当时作为青年人的思想片面性，我们期望他尽快克服这种极端的片面性。然而，他却是坚持以这一种变形的目光审视和抒写生活的。在他的诗中，是很难看到新生活的一点亮光的，大量充斥在诗中的是："三角帆／高耸在漂浮的尸体上"（《八月的梦游者》）；"在父辈们肖像的广阔背景上／蝙蝠划出的圆弧"（《同谋》）；"我们不欠什么／甚至卖掉衣服、鞋／和最后一份口粮"（《走向冬天》）；还有数不尽的"废墟""死亡""墓地""墓穴""死亡地带""冰山""雪崩"……这算是什么样的"意象的撞击"？意象终归是以"象"寄"意"的！不难理解，正是北岛的阴暗心理，"激发"起他对另一种"人道事业"的"向往"。

"反英雄""反崇高"——是北岛又一思想特征。他的诗篇贯穿了"反英雄""反崇高"精神。

我们知道，在西方现代诗流派中，曾把"反英雄""反崇高"作为精神支柱。这在特定的历史条件下，在一定程度上起过揭露资本主义社会的作用。但是，到了中国社会主义新时期，仍在"反英雄""反崇高"，只能对社会主义社会起到腐蚀和肢解作用。

在《回答》中，"卑鄙是卑鄙者的通行证，／高尚是高尚者的墓志铭"——是为评论者津津乐道的两行诗。但就是在这首诗中，北岛喊出："告诉你吧，世界，／我——不——相——信！"这不是连前面抒写的"哲理"也"我不相信"了吗？在北岛早期的这一首诗中，已初露了他"反英雄""反崇高"的创作倾向，以后表现得越来越淋漓尽致！在北岛笔下的人物形象，大多数是卑微、灰暗的。"孤儿"："影子苍白的孤儿的行列中"（《孤儿》）；"农民"："一个长长的人影／从门前的石阶上滑过／灶台里的火光／映红女人的手臂／和缺口的瓦盆"（《乡村之夜》）；"青年诗人的肖像"："摘下假牙，你／更像个孩子／一转身就把名字写在／公共厕所的墙上／由于发育不良，你／每天都要吞下几片激素／让嗓音温柔得／像隔壁那只叫春的猫"（《青年诗人的肖像》）；"我们"："我们沉睡得像冷藏库里的鱼／假牙置于杯中／影子脱离了我们／被重新裁剪／从袖口长出的枯枝／绽开了一朵朵／血红的嘴唇"（《别问我们的年龄》）；"像囚犯一样从街上走过／狠狠踩着自己的影子／或者躲进帷幕后面／口吃地背诵死者的话／表演着被虐待狂的欢乐"（《走向冬天》）……这是一幅什么样的人生百态图？扭曲的心态，必然导致扭曲人生信念，扭曲诗歌的真、善、美。有良知的读者，面对北岛高悬的这一面社会生活镜子，只能用得上北岛的那一句话作答："我——不——相——信"！

在改革开放的大潮中，人们对"主体意识"的呼唤，是自然而然的现象。诗人"主体意识"的强化和在诗歌中正确抒写人的"主体意识"，无疑是有积极作用的。然而，"主体意识"毕竟是社会意识的反映，并受社会意识的制约。我们在认识和处理人与人、人与客观世界的关系中，在对自身能动属性的肯定和自身的感情思维、行为方式的把握中，是要激浊扬清、自我调节的。不然，"主体意识"会产生意想不到的负效应。

北岛是一位"主体意识"十分强烈的诗人。但是，他的"主体意识"只成了为所欲为的代名词。北岛本人及其诗作所表现的"主体意识"，并未能处理好个人与集体、社会的关系，理想与现实的关系，主体和客体的辩证统一关系，因此，北岛的"主体意识"的社会性不是社会主义的。

北岛的诗，是"跟着感觉走"的产物。他是如何"感觉"的，就信笔写来，不分清光明与黑暗、前进与倒退、文明与愚昧、现象与本质、全局与局部的关系。一言以蔽之："自我意识"高于一切！有些善良的评论者总爱把北岛的不少诗与揭露"四人帮"联系起来。北岛的诗大多没有注明写作日期，我们难以印证。但就诗而言，就算是抒写在"四人帮"压抑下的心态，也有一个站在什么立场、用什么观点反映的问题。北岛初期的作品，只是用社会民主主义者的目光来认识生活的，最多也只是社会主义的同路人的眼光而已。我们只要把他此时的作品与《天安门诗抄》对照，不难看出两者的思想境界之别！他貌似的"深刻"，掩盖不了思想的贫血症，更掩盖不了思想的偏颇。北岛在《恶梦》中写道："恶梦依旧在阳光下泛滥"，"道路上的车辙 / 又结起一层薄霜 / 没有人醒来"。在他心目中的社会现实，永远"总是人 / 俯首听命于 / 说教、效仿、争斗 / 和他们的尊严"，"我总是沿着那条街的 / 孤独的意志漫步"（《白日梦》——此诗中有"超级市场"等语，可见是近期作品）。北岛的"主体意识"迎合了一部分青年的"信仰危机"，因此更有迷惑性，反作用更大了。这也难怪，北岛本人对社会主义、马克思主义从来就是抵触的。他在国外反动势力的支持下里应外合从事"和平演变"的活动，那就更鲜明地表现其政治立场了。我国正处在社会主义的初级阶段，是存在着落后面的（物质的和意识形态的），正是基于此，我们正在不断完善社会主义制度，党和政府才一再强调要加强社会主义物质文明和社会主义精神文明建设。作为一个有使命感的诗人，哪怕是一个普通的中国公民，也应有"国家兴亡，匹夫有责"的自强不息精神。光是揭短，甚至幸灾乐祸，决不是一个进步诗人应有的态度！在民主革命时期，也有一些诗人、作家曾经是以革命队伍的同路人的姿态出现的。他们只要写出有益于人民的作品，或许作品中还有种种局限性，但是人民还是欢迎他们一道前进。他们当中的不少人在斗争实践中从同路人转变为革命者，可惜的是北岛并没有走这一条光明之路。

《白日梦》是集北岛驳杂思想之大成的长诗。全诗23个片断，没有内在的情节联系，但有思想主线贯穿。北岛借"你没有如期归来"（诗中3次出现这诗句）抒发了对社会、对人生的看法。这是北岛的一篇"社会宣言书"！在北岛看来，"人们从石棺里醒来"，但人们还是像"迷失在航空港里的儿童"，"一年的黑暗在杯中"；"我将永远处于 / 你所设计的阴影中"，"毒蜘蛛弹

中国当代文学史资料丛书

拨它的琴弦／从天而降"；"在我们的视野里／只有一条干涸的河道"，"总是人／俯首听命于／说教、效仿、争斗／和他们的尊严"！如果我们认为社会主义祖国已经进入新时期，给人们带来无尽的生机，那么，北岛却教训人们：那只是"一个来苏水味的早晨／值班医生填写着死亡报告"；"罂粟花般芳香的少女／从超级市场飘过／带着折刀般表情的人们／共饮冬目的寒光"。北岛面对"新的思想呼啸而过"，其感触是："一滴苍蝇的血让我震惊"！如果我们说，社会主义的中国人民已经有了自由，北岛就用诗句反驳："而我们追随的是／思想的流弹中／那逃窜着的自由的兽皮"，"你们并非幸存者／你们永无归宿"！到了这时候，北岛披着的"朦胧诗"外衣彻底脱落了，连一向惯用的"曲笔"也不要了，他干脆直呼其事，赤裸裸地喊出心声！北岛早就"不能保持沉默"了。他从用诗发泄到潜心于政治风波，从幕后跳到幕前，完成了不光彩的"三级跳"！要是认为北岛的"主体意识"还有点实际意义的话，那就是它从反面教育我们，他的"主体意识"于己、于民、于国有害无益！北岛的诗，是有过某些"创新"的，但其"创"极其有限。他曾有一段独白：

> 诗歌面临着形式的危机，许多陈旧的表现手段已经远远不够用了，隐喻、象征、通感，改变视角和透视关系，打破时空秩序等手法为我们提供了新的前景。

不难看出，这些并不很"新"，不用说西方现代派的老祖宗们已驾轻就熟了，在我国三十年代、四十年代的新诗中，也早已实践过。只不过由于"十年动乱"等原因，人们对此久违了。把北岛的"创新"捧到天上有、地下无的境地，显然是不符合诗歌发展史的。用其"创新"去排斥新诗的光荣传统，只能说明"醉翁之意不在酒"！我们还得指出，通读北岛的诗作，他已陷入"形式的危机"之中！他选用的意象，如"雪崩""破盆""尸体"等等大量重复，也不值得称道了。至于北岛的"理性思考意识"，我在上面已分析过他的思想内涵，就其艺术价值来说，他的"理性思考"有不少是外加进诗中的，缺乏了诗的形象性。意象的滥用，造成了诗的形象破碎、杂乱。

"重评北岛"，对于一些曾经是推崇者的人来说，可能是一件痛苦的事。批评北岛，对他们来说就是否定自己。但是，敢于坚持真理，敢于修正失误，才是一个彻底的唯物主义者。

我们在任何时候都要坚持社会主义诗歌的创作方向。我国是一个社会主义国家，诗歌作为一种意识形态是应该为其经济基础服务的。为人民服务、为社会主义服务始终是诗歌的创作方向和评价诗歌的最高准则。北岛的诗歌，从总体上是不利于动员、激励人们同心同德地实现社会主义现代化这一宏伟目标的。创作方向的错误，使一些青年诗人进入迷途，也使诗歌评论进入误区。在坚持诗歌创作的正确方向上，有几点尤为值得注意。

一是在改革开放中，要善于辨别真伪。改革开放，引进外来文化，目的仍然是繁荣有中国特色的社会主义诗歌。离开这根本目的，是舍本求末。北岛的诗，是以"开放"的姿态出现的，我们的一些评论者良莠不分，不问其思想内容正确与否，或认同了其错误的思想内容，才导致一窝蜂地吹捧北岛的"北岛现象"出现。

二是坚持诗歌创作方向，是诗歌创作的系统工程。其中，弘扬时代主旋律是重要的一环。我们既不应把时代主旋律和多样化对立起来，更不应以提倡多样化为名，有意无意地削弱抒写时代的主旋律，更不应像北岛的诗作那样，破坏社会主义的根基。这样的"多样化"有什么存在价值？北岛的诗作，确是实践了"不屑于表现自我感情世界以外的丰功伟绩"，因而北岛不能成为一名真正的时代歌手。

三是在实践诗歌创作方向中，由于主客观等原因，出现某些偏离或失误，本来是可以通过健康的文艺批评加以引导的。假如当北岛的创作倾向一出现失误的时候，评论家及时进行实事求是的评论，也许北岛自己不一定能改弦更张，但至少不会迷误青年作者、读者。遗憾的是，尽管诗歌界对北岛的诗早有不同意见，但没有得到见于报刊的批评权利。有一种意见认为，非但批评不得，一批评，就是"压制"，甚至连"引导"一语也不能用。他们认为，"艺术无须引导"，对青年诗人是无须引导的，"引导"是"指手画脚"，是摆出"导师"架势。其实，发表了那么多赞扬北岛的文章，不也是在"引导"吗？

只不过是只准错误的引导，不准正确的引导罢了。北岛的演变过程，对某些"导师"来说，可能是始料不及的。现在应正视现实，进行有益的反思了。对青年诗人的培养，再不能只看其艺术技巧，不问其思想状况、不问其创作方向了。忽略对青年诗人的思想教育，会葬送有才华的诗歌新苗。作为青年诗人，首先要做一个"五爱"（爱祖国、爱人民、爱劳动、爱科学、爱社会主义）、"四有"（有理想、有道德、有文化、有纪律）的新人，然后才是做一个出色的诗人。诗人的品格决定诗的品格。诗人品格的完善，是诗人毕生的使命。

诗人更要加强思想改造。

"重评北岛"，澄清被搞乱了的是非观念，正本清源，新诗才能沿着正确的方向不断向前发展，新诗创作更加活跃、更加繁荣的局面，才会到来。

原载《诗刊》1991年第11期

附录
朦胧诗研究资料索引

张 玮 整理

一、报纸期刊类

《今天》编辑部（北岛执笔）：《致读者》，《今天》第1期。（1978年12月）

公刘：《新的课题——从顾城同志的几首诗谈起》，《星星》1979年复刊号。

公刘：《诗与诚实》，《文艺报》1979年第4期。

辛锋：《试论〈今天〉的诗歌》，《今天》第6期。（1979年12月）

谢冕：《在新的崛起面前》，《诗探索》1980年第1期。

公刘：《诗与政治及其它——答诗刊社问》，《诗刊》1980年第1期。

中国当代文学研究会编：《公刘在全国当代诗歌讨论会上的发言》，《当代文学研究参考资料（内部资料）》1980年第2—3期。

丁慨然：《"新的崛起"及其它——与谢冕同志商榷》，《诗探索》1980年第1期。

单占生：《新诗的道路越走越窄吗？》，《诗探索》1980年第1期。

张学梦等：《请听听我们的声音——青年诗人笔谈》，《诗探索》1980年第1期。

刘登瀚：《从寻找自己开始——舒婷和她的诗》，《诗探索》1980年第1期。

王者诚：《为谁写诗》，《福建文艺》1980年第2期。

范方：《感情真挚的歌声》，《福建文艺》1980年第2期。

余兆平：《回顾与探索》，《福建文艺》1980年第3期。

周俊祥：《舒婷诗歌评赏》，《福建文艺》1980年第2期。

谢冕：《凤凰，在烈火中再生——新诗的进步》，《长江》1980年第2期。

谢冕：《诗歌，写人民的真情》，《朔方》1980年第3期。

周良沛：《关于诗的信——含蓄与晦涩》，《榕树文学丛刊》1980年第2期。

蒋夷牧：《用自己的声音歌唱》，《福建文艺》1980年第3期。

陈志铭：《几点看法》，《福建文艺》1980年第3期。

孙绍振：《恢复新诗根本的艺术传统——舒婷的创作给我们的启示》，《福建文艺》1980年第4期。

朱谷忠：《关于舒婷的诗及其他》，《福建文艺》1980年第4期。

田奇：《清醒的一代》，《星星诗刊》1980年第4期。

杨匡汉：《春天来了，该换衣服了》，《诗刊》1980年第4期。

丁力：《抒情诗中的我》，《广西日报》1980年4月10日。

谢冕：《诗人的使命》，《广西日报》1980年4月23日。

佚名：《百花齐放、百家争鸣、繁荣诗歌创作——当代诗歌讨论会部分代表笔谈会》，《广西日报》1980年4月23日。

谢冕：《谈诗与政治》，《红旗》1980年第5期。

张万晨：《"自我"与诗歌创作的个性》，《长春》1980年第5期。

汪承栋：《问题在"懂"字》，《文艺研究》1980年第5期。

陈玉刚：《贵含蓄，忌晦涩》，《文艺研究》1980年第5期。

谢冕：《在新的崛起面前》，《光明日报》1980年5月7日。

吴伯箫：《赞〈诗刊〉"新人新作"》，《人民日报》1980年5月14日。

艾青：《中国新诗六十年》，《文艺研究》1980年第5期。

郭启宗：《抒情诗要抒人民之情》，《福建文艺》1980年第6期。

谢冕：《重获春天的诗歌——评一九七九年的诗创作》，《文艺报》1980年第6期。

张生：《诗贵含蓄》，《牡丹》1980年第6期。

黄勇刹：《发现和创造——〈心歌集〉读后感》，《福建文艺》1980年第6期。

友本：《诗歌为何不能抒发个人的情感——评〈为谁写诗〉兼谈舒婷的诗》，《福建文艺》1980年第6期。

冯牧：《关于文学的创新问题》，《文艺研究》1980年第6期。

沙鸥：《读诗寄语——关于方晴、顾城、郭欣的诗》，《星星诗刊》1980年第6期。

沙鸥：《当前新诗的几个问题》，《光明日报》1980年7月16日。

孙绍振：《诗与"小我"》，《光明日报》1980年7月30日。

佚名：《答复——诗人谈诗》，《今天》第9期。（1980年）

徐敬亚：《奇异的光——〈今天〉诗歌读痕》，《今天》第9期。（1980年7月）

方顺景、何镇邦：《欢欣与期望》，《福建文艺》1980年第7期。

练文修：《抒情诗的"自我"与其他——也谈舒婷》，《福建文艺》1980年第7期。

丁永淮：《诗与"我"》，《人民日报》1980年7月16日。

孔淦：《保姆和"苦果"——顾城的诗读后感》，《长安》1980年第7期。

余之：《散发着春天芳草的气息——新人新诗漫评》，《文汇报》1980年第30期。

李华章：《对新诗的呼声》，《星星》1980年第7期。

章明：《令人气闷的"朦胧"》，《诗刊》1980年第8期。

晓鸣：《诗的深浅与读诗的难易》，《诗刊》1980年第8期。

徐华龙：《新诗应向古典诗歌和民歌学习》，《福建文艺》1980年第8期。

田奇：《沉思的三棱镜》，《福建文艺》1980年第8期。

复生：《对〈几点看法〉的看法》，《福建文艺》1980年第8期。

马敏学：《诗中应有"我"》，《湘江文艺》1980年第8期。

丁永淮：《诗，不是谜语——某一类诗小议》，《芳草》1980年第8期。

高继恒：《含蓄与晦涩》，《海鸥》1980年第8期。

孙绍振：《给艺术的革新者更自由的空气》，《诗刊》1980年第9期。

雁翼：《抒情诗中的诗人个性——诗学札记之六》，《福建文艺》1980年第8期。

杜运燮：《我心目中的一个秋天》，《诗刊》1980年第9期。

丁芒：《晦涩之风不可长》，《上海文学》1980年第9期。

蓝岚：《舒婷和她的诗》，《福建青年》1980年第9期。

谢冕：《让"自我"回到诗中来——对于当代诗歌的探索之一》，《新疆文艺》1980年第9期。

杨匡汉：《愿新诗人们走向成熟》，《福建文艺》1980年第9期。

傅子玖：《中国新诗形象的演进及其流派初探——与孙绍振同志商榷》，《福建文艺》1980年第9期。

张炯：《也谈新诗的"朦胧"及其他》，《诗刊》1980年第10期。

顾工：《两代人——从诗的"不懂"谈起》，《诗刊》1980年第10期。

鲁杨：《从朦胧到晦涩》，《诗刊》1980年第10期。

苗得雨：《为什么写人们看不懂的诗》，《诗刊》1980年第10期。

张同吾：《自己的发现和发现自己》，《诗刊》1980年第10期。

艾青：《与青年诗人谈诗》，《诗刊》1980年第10期。

宋垒：《诗歌问题浅见》，《福建文艺》1980年第10期。

佚名：《关于当代诗歌问题的讨论》，《河北日报》1980年10月15日。

谢冕：《我宁愿它是苦涩的》，《海韵》1980年第1期。

谢冕：《呼唤多种多样的诗——对于当代诗歌的探索之一》，《芒种》1980年第11期。

文初：《也谈新诗面临的挑战》，《解放军报》1980年11月1日。

辛心：《新诗五议》，《星星》1980年第10期。

方翔：《心灵世界的歌——舒婷诗作小议》，《文汇报》1980年11月30日。

李更：《这条路行得通——与徐华龙同志商榷》，《福建文艺》1980年第第11期。

边古：《从舒婷抒什么情说到"善"》，《福建文艺》1980年第11期。

钟刃：《在争鸣中探求新诗的道路——记全国诗歌理论座谈会》，《星星诗刊》1980年第11期。

冯中一等：《诗歌座谈会选登》，《山东文学》1980年第11期。

吴嘉、先树：《一次热烈而冷静的交锋——诗刊社举办的"诗歌理论座谈会"简记》，《诗刊》1980年第12期。

丁力：《古怪诗论质疑》，《诗刊》1980年第12期。

谢冕：《失去了平静以后》，《诗刊》1980年第12期。

严迪昌：《各还命脉各精神——关于新诗的"危机"和生机的随想》，《诗刊》1980年第12期。

尹在勤：《宽容·并存·竞赛》，《诗刊》1980年第12期。

何燕平：《为青年诗人说几句话》，《诗刊》1980年第12期。

佚名：《当前诗歌讨论综述》，《内蒙古日报》1980年12月28日。

黄翔：《致中国诗坛泰斗——艾青》，《崛起的一代》第2期。（1980年12月）

阿红：《1与10——我所想到的关于"大我"与"小我"的笨理》，《诗刊》1980年第12期。

黄益庸：《诗艺乱弹》，《诗刊》1980年第12期。

李洁：《"表现我"有罪？——就教于闻山同志》，《诗刊》1980年第12期。

丁芒：《谈晦涩》，《诗刊》1980年第12期。

孙静轩：《诗，属于勇者——从诗的"朦胧"与"晦涩"谈起》，《诗刊》1980年第12期。

瞿钢：《晦涩不是创新》，《诗刊》1980年第12期。

罗宗强：《朦胧的美与思辨的诗》，《天津日报》1980年12月10日。

成辉：《新诗的突破与创新》，《光明日报》1980年12月3日。

曹长青等：《愈是诗，愈是创造的》，《福建文艺》1980年第11期。

刘登翰：《一股不可遏制的新诗潮——从舒婷的创作和争论谈起》，《福建文艺》1980年第12期。

柴海涛：《关于"欧化"》，《福建文艺》1980年第11期。

陈志铭：《开拓诗歌的新领域》，《福建文艺》1980年第12期。

任维清：《谈诗歌的"朦胧倾向"》，《山东文学》1980年第12期。

钟尚均：《浅谈诗的含蓄与朦胧》，《希望》1980年第12期。

丁力：《新诗发展管见》，《云南日报》1980年12月18日。

楼肇明：《"朦胧美"小议——诗话漫笔》，《文汇报》1980年11月7日。

先树：《关于所谓"朦胧诗"问题讨论的来稿综述》，《诗刊》1980年第11期。

丁永淮：《诗，总应当是诗》，《星星诗刊》1980年第12期。

洪荒：《"新诗"——一个转折吗？》，《文学资料之三（今天文学研究会）》1980年第12期。

朱安群：《谈朦胧诗及其讨论》，《星火》1981年第1期。

杨炼：《我的宣言》，《福建文学》1981年第1期。

徐敬亚：《生活·诗·政治抒情诗》，《福建文学》1981年第1期。

顾城：《学诗笔记》，《福建文学》1981年第1期。

高伐林：《探索之余谈探索》，《福建文学》1981年第1期。

李发模：《学诗断想》，《福建文学》1981年第1期。

张学梦：《关于诗》，《福建文学》1981年第1期。

骆耕野：《诗和诗人》，《福建文学》1981年第1期。

梁小斌：《我的看法》，《福建文学》1981年第1期。

王小妮：《我要说的话》，《福建文学》1981年第1期。

陈仲义：《颤音》，《福建文学》1981年第1期。

佚名：《关于朦胧诗的争鸣》，《人民日报》1981年1月7日。

方冰：《我对于"朦胧诗"的看法》，《光明日报》1981年1月28日。

王亚平：《诗要为人民喜爱》，《河北师院学报》1981年第1期。

陈敬容：《关于所谓"朦胧诗"问题》，《河北师院学报》1981年第1期。

牛汉：《要理解和引导这些年轻人》，《河北师院学报》1981年第1期。

王洪涛：《一个诗歌作者的主张》，《河北师院学报》1981年第1期。

刘章：《关于"朦胧"诗的浅见》，《河北师院学报》1981年第1期。

方殷：《写"朦胧诗"是没有前途的》，《河北师院学报》1981年第1期。

尧山壁：《也谈"朦胧诗"》，《河北师院学报（哲学社会科学版）》1981年第1期。

张代敏：《"含蓄"浅谈》，《宁夏大学学报》1981年第1期。

芳泽：《读"朦胧诗"随感》，《昌潍师专学报》1981年第1期。

阿红：《从象征派诗论想到引进"象征派"》，《芙蓉》1981年第1期。

钟文：《一代人和一代人的诗》，《成都大学学报》1981年第1期。

王纪人：《对〈古怪诗论质疑〉的质疑——与丁力同志商榷》，《文艺理论研究》1981年第1期。

北岛创作、楼肇明评点：《回答》，《诗探索》1981年第1期。

张先瑞：《略论朦胧诗》，《零陵师专学报》1981年第1期。

臧克家：《关于"朦胧诗"》，《河北师院学报（哲学社会科学版）》1981年第1期。

吴思敬：《说"朦胧"》，《星星诗刊》1981年第1期。

丁永淮：《朦胧诗的过去与未来》，《星星诗刊》1981年第1期。

张放：《漫谈诗趣》，《星星》1981年第1期。

曾铎：《漫谈新诗的发展方向》，《星火》1981年第1期。

黄雨：《新诗向何处探索？》，《作品》1981年第1期。

众一：《一个探索者的脚印——析舒婷〈馈赠〉》，《柳泉》1981年第1期。

周良沛：《说"朦胧"》，《文艺报》1981年第2期。

林英男：《吃惊之余——就新诗的探索方向与黄雨同志商榷》，《作品》1981年第2期。

洪三泰：《晦涩·朦胧·觉醒》，《作品》1981年第2期。

敏泽：《也谈诗与"我"》，《诗刊》1981年第2期。

舒婷：《生活、书籍与诗——兼答读者来信》，《福建文学》1981年第2期。

臧克家：《也谈"朦胧诗"》，《文学报》1981年第2期。

臧克家：《诗要三顺》，《诗刊》1981年第2期。

杨炼：《从临摹到创造——同友人谈话》，《诗探索》1981年第1期。

吴思敬：《时代的进步与现代诗》，《诗探索》1981年第2期。

丁力：《新诗的发展和古怪诗》，《河北师院学报（哲学社会科学版）》1981年第2期。

吴奔星：《旧诗的演变和新诗的创新——浅谈当代诗歌的传统和方向》，《河北师院学报》1981年第2期。

森桂：《诗还是要人看懂的好——谈所谓的"朦胧诗"断想》，《文科教学》1981年第2期。

冯健男：《明朗与朦胧——写诗杂谈》，《河北师院学报》1981年第2期。

傅丽英：《既非"崛起"，也非"逆流"》，《河北师院学报》1981年第2期。

月亮、长华整理：《中文系讨论"朦胧诗"》，《河北师院学报》1981年第2期。

谢冕：《从发展中获得生命——对于新诗发展规律的认识》，《春风文艺丛刊》1981年第2期。

徐敬亚：《复苏的缪斯——三年来诗坛的回顾及断想》，《当代文学研究丛刊》1981年第2期。

黄子平整理：《北京大学五四文学社诗歌组讨论"朦胧诗"》，《当代文学研究参考资料》1981年第2期。

张秉政：《也谈"朦胧"》，《淮北煤师院学报》1981年第2期。

周子瑜：《观今宜鉴古——试谈诗的"朦胧美"》，《南充师院学报》1981年第2期。

陈桂棣：《血管里迸进了自由的音符——记青年诗人梁小斌》，《希望》1981年第3期。

小木：《诗歌创作不应盲目探索》，《江西日报》1981年3月25日。

陈俊涛：《从舒婷的诗谈到王蒙的小说——文学随想》，《福建文学》1981年第3期。

俞兆平：《诗，向着人的内心世界挺进》，《福建文学》1981年第3期。

丁力：《古怪诗论琐议——关于"五四"新诗革命和历史上的三次大讨论》，《福建文学》1981年第3期。

孙绍振：《新的美学原则在崛起》，《诗刊》1981年第3期。

江河著、吴思敬评：《让我们一起奔腾吧——献给变革者的歌》，《上海文学》1981年第3期。

袁可嘉：《关于新诗与晦涩、新诗的传统……》，《诗刊》1981年第3期。

峭石：《从〈两代人〉谈起》，《诗刊》1981年第3期。

马焯荣：《"我"的琐议》，《北京文学》1981年第3期。

陈贞权：《关于朦胧诗》，《萌芽》1981年第3期。

黄益庸：《关于朦胧诗和新诗发展道路的断想》，《星火》1981年第3期。

艾青：《首先应让人看懂》，《作品》1981年第3期。

黄保民：《并存·竞赛》，《作品》1981年第3期。

李元洛：《是什么"新的美学原则"——与孙绍振同志商榷》，《诗探索》1981年第3期。

江枫：《沿着为社会主义、为人民的道路前进——为孙绍振一辩兼与程代熙商榷》，《诗探索》1981年第3期。

杨匡汉：《评一九八〇年诗歌创作》，《诗探索》1981年第3期。

傅子玖：《莫将腐朽当神奇——评〈新的美学原则在崛起〉》，《诗探索》1981年第3期。

舒平：《"崛起"的艺术规律问题浅议——〈诗刊〉"问题讨论"读后漫记》，《诗探索》1981年第3期。

鹿国治：《目前诗歌的美学突破》，《诗探索》1981年第3期。

谢冕：《道路应当越走越宽——对于当代诗歌的探索之一》，《海韵》1981年第3期。

沙鸥：《〈雨巷〉与朦胧诗》，《艺术世界》1981年第3期。

卞之琳：《今日新诗面临的艺术问题》，《诗探索》1981年第3期。

纪川、许洁：《请允许我们说话》，《诗探索》1981年第3期。

张新：《朦胧的"朦胧"》，《雪莲》1981年第3期。

宁澄生：《"朦胧"杂谈》，《争鸣》1981年第3期。

沈仁康：《给新诗开什么药方》，《海韵》1981年第3期。

程代熙：《评〈新的美学原则在崛起〉——与孙绍振同志商榷》，《诗刊》1981年第4期。

袁忠岳：《"朦胧诗"与"无寄托"诗》，《诗刊》1981年第4期。

徐敬亚：《新诗，行进在探索之路》，《福建文学》1981年第4期。

左一兵：《也谈"朦胧"诗》，《福建文学》1981年第4期。

陈瑞统：《朦胧及其他》，《星星诗刊》1981年第4期。

戴达奎：《试析当代青年诗歌潮流的艺术特征》，《文艺理论研究》1981年第4期。

罗珏润：《漫说新诗话"朦胧"》，《黄石师院》1981年第4期。

陈良运：《把路开拓得宽一点——与曾铎同志商榷》，《星火》1981年第4期。

杨大矛：《学诗小议——关于所谓"朦胧"诗》，《星星》1981年第4期。

骆耕野：《觉醒者》，《星星诗刊》1981年第4期。

朱先树：《关于"表现自我"的是非》，《学习与研究》1981年第4期。

浩明：《谈诗歌的朦胧美》，《新疆文学》1981年第4期。

林夫：《〈朦胧诗断想〉的断想》，《长安》1981年第4期。

沈力行：《浅谈诗的"朦胧"》，《百花园》1981年第4期。

胡昭：《意象的朦胧与意思的朦胧——讨论诗歌艺术风格的通信》，《杜鹃》1981年第4期。

燎原：《大山的儿子——昌耀诗歌评介》，《雪莲》1981年第4期。

艾青：《从"朦胧诗"谈起》，《文汇报》1981年5月12日。

鲁梁：《"朦胧"小议》，《作品》1981年第5期。

建之：《顾城的〈远和近〉及其他》，《星星诗刊》1981年第5期。

卢兆洛：《"朦胧诗"门外谈》，《群众》1981年第5期。

漆耕：《门外谈——读了〈谈朦胧诗及其他讨论〉以后》，《星火》1981年第5期。

吕家乡：《诗从何来？诗归何处？——兼与孔孚、苗得雨同志商讨》，《山东文学》1981年第5期。

佚名：《关于"朦胧诗"的讨论》，《飞天》1981年第5期。

周估：《就当前诗歌问题访艾青》，《山东文学》1981年第5期。

佚名：《关于"朦胧诗"和"自我"表现》，《福建日报》1981年5月27日。

钟文：《让诗回到自己的轨道上来》，《福建文学》1981年第5期。

舒婷：《和读者朋友说几句话》，《飞天》1981年第6期。

李黎：《"朦胧诗"与"一代人"——兼与艾青同志商榷》，《文汇报》1981年6月13日。

季敏：《缪斯为谁歌唱？——"朦胧诗"的"美学原则"质疑》，《文汇报》1981年6月23日。

亦歇人：《何谓"懂"诗》，《文汇报》1981年6月23日。

田良：《由朦胧体诗想到的》，《人文杂志》1981年第6期。

艾青：《谈诗（作家评论作家谈创作）》，《星火》1981年第6期。

江边：《有感于朦胧诗的探讨》，《萌芽》1981年第6期。

余之：《"朦胧诗"管见》，《萌芽》1981年第6期。

竹亦青：《诗的朦胧与"朦胧诗"》，《星星》1981年第6期。

洁泯：《读〈新的美学原则在崛起〉后》，《诗刊》1981年第6期。

孔祥友：《心声、共鸣与同感——喜读艾青的〈从"朦胧诗"谈起〉》，《文汇报》1981年6月23日。

艾青等：《艾青谈诗——答本报记者问》，《中国青年报》1981年6月11日。

陈良运：《朦胧与晦涩》，《江西日报》1981年6月18日。

宋垒：《新诗评论要进行真理标准补课——读谢冕同志的〈在新的崛起面前〉和〈失去了平静以后〉》，《泉城》1981年第7期。

陈志铭：《为"自'我'表现"的辩护——与程代熙、孙绍振同志商榷》，《诗刊》1981年第8期。

燎原：《诗歌在新的时代面前》，《青海湖》1981年第8期。

罗洛：《传统、现实、自我》，《青海湖》1981年第8期。

陈学书：《应当提倡什么样的诗风》，《苗岭》1981年第8期。

陈瑞统：《告别迷雾，走向人民》，《福建文学》1981年第8期。

傅子玖、黄后楼：《认清方向，前进！——评〈新的美学原则在崛起〉》，《诗刊》1981年第8期。

吴思敬：《新诗讨论与诗歌的批评标准》，《福建文学》1981年第8期。

刘湘如：《含蓄·朦胧·晦涩——读诗随想》，《安徽日报》1981年8月9日。

石平：《文汇报发表艾青谈"朦胧诗"的文章并就此展开讨论》，《诗刊》1981年第8期。

黄邦君：《"朦胧诗"刍议》，《江苏画刊》1981年第8期。

余新生：《门外说"朦胧诗"》，《苗岭》1981年第8期。

冯中一：《诗，永远召唤着闪光的青春》，《泉城》1981年第8期。

费振纲：《时代精神与表现自我》，《福建文学》1981年第9期。

谢冕：《面对一个新的世界——一批青年诗人作品读后》，《星星》1981年第9期。

余昌谷：《朦胧美》，《苗岭》1981年第9期。

赵捷：《要含蓄，不要朦胧》，《苗岭》1981年第9期。

周良沛：《有感"新的美学原则"的"崛起"》，《文艺报》1981年第10期。

高洪波、郭小林整理：《在京部分诗人谈当前诗歌创作》，《文艺报》1981年第16期。

汪政等：《不可忽略的形式及其规律——兼谈新诗的朦胧》，《福建文学》1981年第10期。

吴亮：《传统岌岌可危了吗？》，《雨花》1981年第10期。

顾城：《关于〈小诗六首〉的通信》，《星星》1981年第10期。

张劲：《"朦胧诗"片议》，《苗岭》1981年第10期。

汤国铣：《古怪诗不是朦胧诗》，《苗岭》1981年第10期。

王灼：《也谈朦胧诗》，《苗岭》1981年第10期。

谢冕：《漫步在诗的郊野——诗的欣赏》，《海燕》1981年第11期。

李元洛：《时代·诗情·创新——且说中国当前的新诗创作》，《光明日报》1981年11月2日。

亚丁整理：《各家诗人谈诗》，《北方文学》1981年第11期。

余磊整理：《关于"朦胧诗"来稿综述》，《文学报》1981年第13期。

蔡润田：《朦胧诗的风格特点及其形成原因浅探》，《山西师院学报（社会科学版）》1981年第4期。

佚名：《艾青论"朦胧诗"》，《文艺理论研究》1981年第4期。

江：《关于"朦胧诗"的争鸣》，《中学语文》1981年第1期。

吴开晋：《对"朦胧诗派"的浅见》，《山东文学》1981年第2期。

谭继贤：《樊宗师与"朦胧诗"》，《山花》1981年第8期。

刘世珏：《价值、变革、表现手法——也谈〈一代人和一代人的诗〉》，《成都大学学报》1982年第1期。

石天河：《关于朦胧的三昧、三度及三品》，《诗探索》1982年第1期。

陈志铭：《自我表现与时代精神》，《诗探索》1982年第1期。

何锐：《应当宽容这种侧重》，《诗探索》1982年第1期。

陈瑞统：《让人读懂，令人感动》，《诗探索》1982年第1期。

叶鹏：《在"朦胧诗"的旋风中——兼与董应固同志商榷》，《牡丹》1982年第1期。

徐敬亚：《诗，升起了新的美——评近年来诗歌艺术中出现的一些新手法》，《诗探索》1982年第2期。

叶橹：《略论诗人"自我"发展的方向》，《诗探索》1982年第2期。

武生：《关于〈新的美学原则在崛起〉一文的讨论》，《文学研究动态》1982年第2期。

海南：《评朦胧古怪诗》，《江城》1982年第2期。

马汝伟：《切莫以己律人——也说"朦胧"》，《雪莲》1982年第2期。

韩盈：《朦胧诗质说》，《艺谭》1982年第2期。

谢冕：《历史的沉思——建国三十年诗歌创作的回顾》，《当代文艺思潮》1982年第2期。

公刘：《诗的异化与复归》，《海韵》1982年第2期。

钟文：《三年来新诗论争的省思——兼论辩〈价值、变革表现手法〉一文》，《成都大学学报》1982年第2期。

黎望：《〈神女峰〉及其评点》，《诗探索》1982年第3期。

李丛中：《朦胧诗的命运》，《当代文艺思潮》1982年第3期。

王庆璠：《评"新的美学原则"》，《诗刊》1982年第3期。

余之：《和顾城谈他的诗》，《牡丹》1982年第3期。

周志宏等：《浅论诗歌中的自我》，《安阳师专学报》1982年第3期。

黄子平：《道路：扇形地展开——略论近年来青年诗作的美学特点》，《诗探索》1982年第4期。

何锐：《探索与创新——浅谈新诗中的意象技巧和象征手法》，《诗探索》1982年第4期。

宁昶英：《除莠不可伤兰——朦胧诗蠡谈》，《内蒙古师院学报》1982年第4期。

公木：《话说"第三自然界"——读〈同青年朋友谈诗〉随感》，《吉林大学社会科学学报》1982年第5期。

《花城》编辑部：《西苑诗话》，《花城》1982年增刊第5期。

谢冕：《并非宁静的沉思》，《花城》1982年增刊第5期。

陈仲义：《新诗潮变革了哪些传统审美因素》，《花城》1982年增刊第5期。

马丁：《诗歌手法与民族性》，《花城》1982年增刊第5期。

谢冕等：《"海的子民"的承吟——论蔡其矫和他的诗》，《福建文学》1982年第6期。

黄药眠：《关于朦胧诗及其他》，《北京师范大学学报》1982年第6期。

姜书阁：《向诗人进一言——诗应"文从字顺"》，《湘江文学》1982年第6期。

辛心：《话说今日诗坛》，《星星诗刊》1982年第6期。

闻山：《提倡"表现我"有害》，《诗刊》1982年第7期。

白烨整理：《关于"新的美学原则"问题的讨论》，《飞天》1982年第9期。

朱先树：《实事求是地评价青年诗人的创作》，《诗刊》1982年第10期。

谢冕：《从单一的美中走出来》，《山花》1982年第11期。

谢冕：《飞天的新生代》，《飞天》1982年第11期。

李佳俊：《在朦胧的后面》，《西藏日报》1982年12月19日。

徐敬亚：《崛起的诗群——评我国诗歌的现代倾向》，《当代文艺思潮》1983年第1期。

艾治平：《隔帘花影——诗的朦胧美》，《美育》1983年第1期。

黄河：《关于朦胧诗》，《语文园地》1983年第1期。

宋垒：《再难"自我形象论"——"自我形象"和诗人自己的形象》，《燕山》1983年第1期。

陈言：《中国新诗向何处去？——评〈崛起的诗群〉》，《解放日报》1983年2月8日。

吴欢章：《抒唱心灵世界的歌——评舒婷〈双桅船〉》，《解放日报》1983年2月8日。

周良沛：《也谈"自我表现"》，《鸭绿江》1983年第2期。

李向东：《思索发掘出的魅力——读顾城的〈弧线〉》，《青年诗坛》1983年第2期。

王亚平：《对当前诗歌创作的两点意见》，《河北师院学报》1983年第2期。

吕家乡：《话说"现代派"》，《山西文学》1983年第2期。

杨匡汉：《同新诗探索者的谈话（下）》，《青年诗坛》1983年第2期。

高平：《罕见的否定、弯曲的倾向——读徐敬亚同志〈崛起的诗群〉笔记》，《当代文艺思潮》1983年第3期。

孙克恒：《新诗的传统与当代诗歌——兼评〈崛起的诗群〉》，《当代文艺思潮》1983年第3期。

周良沛：《殊途同归——读舒婷的几首诗有感》，《当代文艺思潮》1983年第3期。

吕进：《开创一代新诗风——重庆诗歌讨论会综述》，《诗刊》1983年第12期。

刘湛秋：《我对当前诗歌的看法》，《星星》1983年第3期。

杨匡汉：《评一种现代诗论》，《文艺报》1983年第3期。

顾城：《"朦胧诗"问答》，《文学报》1983年3月24日。

袁清：《评顾城的诗论》，《集美师专学报》1983年第3期。

晓雪：《我们应当举什么旗，走什么路——同徐敬亚同志讨论几个问题》，《当代文艺思潮》1983年第4期。

李浩：《探索者的道路——与徐敬亚同志商榷》，《当代文艺思潮》1983年第4期。

弓戈：《去其自负，取其自信》，《当代文艺思潮》1983年第4期。

王佐良：《中国新诗中的现代主义——一个回顾》，《文艺研究》1983年第4期。

车前子：《我谈我的诗》，《青春》1983年第4期。

袁忠岳：《谈"表现自我"》，《文艺报》1983年第4期。

谢冕：《通往成熟的道路》，《文艺报》1983年第5期。

戚方：《现实主义和天安门诗歌运动——对〈崛起的诗群〉质疑之一》，《诗刊》1983年第5期。

张本楠：《关于〈崛起的诗群〉一文的讨论》，《文艺界通讯》1983年第5期。

朱继君：《真情，不应该流失在人心的沙漠里〔谈舒婷的诗〕》，《当代文艺思潮》1983年第5期。

戴翼：《中国现代诗歌发展的基础、方向和道路——评徐敬亚同志〈崛起的诗群〉》，《辽宁师院学报》1983年第5期。

李钢：《从深海中寻诗》，《星星》1983年第5期。

阿红：《我这样看朦胧诗》，《星星》1983年第5期。

林芝：《要懂一点文学通史——兼评"崛起"的新观点、新方法》，《文艺报》1983年第6期。

李文衡：《论崛起的"新诗学"——〈崛起的诗群〉艺术观初评》，《当代文艺思潮》1983年第6期。

邓绍基：《明显地表现了一种错误倾向》，《文学评论》1983年第6期。

中岳：《重要的是唯物史观》，《文学评论》1983年第6期。

杜书瀛：《说"朦胧"》，《文学评论》1983年第6期。

陶文鹏：《不能抛弃民族诗歌的艺术传统》，《文学评论》1983年第6期。

向远：《对新诗历史的不准确描述》，《文学评论》1983年第6期。

楼肇明：《"现代主义"无法全面概括新的"诗群"》，《文学评论》1983年第6期。

魏理：《现实主义与现代主义不能合流》，《文学评论》1983年第6期。

公木：《评舒婷〈双桅船〉》，《书林》1983年第6期。

周良沛：《答一份题意"朦胧"的试卷》，《青年作家》1983年第6期。

张恩和：《深深植根于民族的土壤——与谢冕同志商榷》，《文艺报》1983年第6期。

张炯：《也谈文学的现代化与"现代派"》，《文汇报》1983年7月12日。

尹安贵：《我读〈双桅船〉所想到的》，《星星》1983年第7期。

蔡其矫：《诗的韵法、句法、章法及其他》，《花溪》1983年第7期。

庐湘：《现代派和朦胧诗》，《吉林日报》1983年8月22日。

姚永宁：《评车前子和他的一组诗》，《青春》1983年第9期。

杨炼：《传统与我们》，《山花》1983年第9期。

时空整理：《关于〈崛起的诗群〉一文的讨论》，《飞天》1983年第9期。

佚名：《对〈崛起的诗群〉的反应综述》，《文学研究动态》1983年第9期。

佚名：《一种背离社会主义的艺术主张——吉林省部分文艺理论工作者讨论〈崛起的诗群〉》，《文艺界通讯》1983年第9期。

卢丁：《剖析一首"朦胧诗"〈彗星〉》，《工人日报》1983年10月12日。

林希：《"新的，就是新的吗"？——评徐敬亚的一个观点》，《诗刊》1983年第10期。

杨萌隆：《我国文艺必须坚持社会主义道路——评徐敬亚同志的〈崛起的诗群〉》，《作家》1983年第10期。

程代熙：《给徐敬亚的公开信》，《诗刊》1983年第11期。

汪元波：《简谈新诗"朦胧美"的艺术构成》，《希望》1983年第11期。

礼淳等：《非理性主义和"崛起的诗群"》，《文艺报》1983年第11期。

齐望：《评〈诺日朗〉》，《文艺报》1983年第11期。

愚氓：《评〈崛起的诗群〉》，《作家》1983年第11期。

田志伟：《坚持马克思主义的美学思想——评〈崛起的诗群〉错误的美学主张》，《辽宁日报》1983年11月20日。

段平：《"存在主义"的"自我"是条死胡同——评〈崛起的诗群〉》，

《文汇报》1983年11月9日。

郑伯农：《在"崛起"的声浪面前——对一种文艺思潮的剖析》，《诗刊》1983年第12期。

竹亦青：《我们与"崛起"论者的分歧》，《星星》1983年第12期。

陈志明：《一篇现代主义诗论的代表作——评〈崛起的诗群〉》，《甘肃日报》1983年12月15日。

柯岩：《关于诗的对话——在西南师范学院的讲话》，《诗刊》1983年第12期。

宫玉海：《"朦胧"小议》，《江城》1983年第12期。

陶文鹏：《脱离民族土壤何来新诗"崛起"——评〈崛起的诗群〉中的反传统观点》，《光明日报》1984年1月26日。

尹在勤：《回答"崛起"论中的挑争》，《诗刊》1984年第1期。

李体秀：《文艺创作离不开理性的指导作用——评〈崛起的诗群〉反理性的错误观点》，《辽宁日报》1984年1月15日。

郑松生：《评"新的美学原则"》，《福建文学》1984年第1期。

江柳：《再现、表现与诗美——关于现代诗歌的通信》，《芳草》1984年第1期。

鲁扬：《莫把腐朽当神奇——组诗〈诺日朗〉剖析》，《诗刊》1984年第1期。

洪毅然：《当前文艺思潮中的几个问题——兼讨〈崛起的诗群〉》，《当代文艺思潮》1984年第1期。

江柳：《是什么美学原则在"崛起"》，《武汉师院学报》1984年第1期。

李军：《不能用存在主义取代马克思主义——评〈崛起的诗群〉的"反理性"主张》，《辽宁师大学报》1984年第1期。

梁志诚：《学习毛泽东文艺思想批评"崛起"的诗潮》，《文谭》1984年第1—2期。

郑松生：《学习毛泽东文艺思想批评"崛起"的诗潮》，《福建师范大学学报（哲学社会科学版）》1984年第1期。

木生：《新诗向何处去？——评"崛起"论》，《咸宁师专学报》1984年第1期。

刘汉民：《朦胧非含蓄》，《文艺研究》1984年第1期。

公刘：《诗要让人读得懂——兼评〈三原色〉》，《诗刊》1984年第1期。

杨政：《评表现自我》，《东岳论丛》1984年第1期。

蔡厚示：《谈含蓄与朦胧》，《福建论坛》1984年第1期。

绿原：《周末诗话——从"崛起"论谈到〈袖珍诗丛〉，又从〈袖珍诗丛〉谈到"崛起"论》，《诗刊》1984年第2期。

古远清：《中国新诗不能走现代派道路》，《芳草》1984年第2期。

史纵整理：《是"崛起"还是倒退？——〈作品〉编辑部召开的诗歌座谈会纪要》，《作品》1984年第2期。

李丛中：《对"崛起"论的回答》，《边疆文艺》1984年第2期。

伊频：《评"崛起的诗群"掌握世界的方式》，《浙江学刊》1984年第2期。

《文学评论》编辑部：《〈文学评论〉编辑部召开座谈会讨论有关诗歌发展和"现代派"的问题》，《当代文学研究参考资料》1984年第2期。

聂文秀：《我国诗歌创作不能走现代主义道路》，《辽宁师大学报》1984年第2期。

马立鞭：《诗与现实是根本对立的吗？——评徐敬亚同志的一个错误观点》，《星星》1984年第2期。

戈锋：《没有认真地继承，就没有健康的发展——评徐敬亚的一个观点》，《鹿鸣》1984年第2期。

李莹增：《评〈崛起的诗群〉的哲学倾向》，《当代文艺思潮》1984年第2期。

陈志明：《评〈崛起的诗群〉的反传统主张——兼谈新诗的发展方向》，《当代文艺思潮》1984年第2期。

李清泉：《勿把"我"升入诗歌的皇位》，《北京文学》1984年第3期。

李燃：《唯"表现生活"方有"诗美"——简评〈崛起的诗群〉》，《青海日报》1984年3月4日。

潘仁山：《"崛起"声浪中浮出的苦果——析组诗〈诺日朗〉》，《文学报》1984年3月29日。

向川：《对杨炼近作的不同评价》，《文艺情况》1984年第3期。

林恭寿：《今日诗坛的存在主义哲学——析〈崛起的诗群〉》，《当代文艺思潮》1984年第3期。

公木：《读〈双桅船〉随想》，《克山师专学报》1984年第3期。

鲁黎：《试析徐敬亚的"审美力"——评徐敬亚〈崛起的诗群〉》，《文谈》1984年第3期。

贾漫：《从朦胧诗谈起》，《语言文学》1984年第3期。

段登捷：《致舒婷同志的一封信》，《山西师院学报》1984年第3期。

吕进：《社会主义诗歌与现代主义》，《诗刊》1984年第3期。

艾斐：《"朦胧"——隐晦：诗的歧路》，《青海湖》1984年第3期。

王玉树：《"明朗体"与"朦胧诗"评论》，《津门文学论丛》1984年第3期。

徐敬亚：《时刻牢记社会主义的文艺方向——关于〈崛起的诗群〉的自我批评》，《人民日报》1984年3月5日。

向川整理：《一场意义重大的文艺争论——关于〈崛起的诗群〉批评综述》，《文艺报》1984年第4期。

彭放：《关于"朦胧诗"的废名论》，《北方论丛》1984年第4期。

王锐：《坚持社会主义的文艺方向——兼评〈崛起的诗群〉》，《吉林大学社会科学学报》1984年第5期。

文郁整理：《一九八三年关于诗歌讨论的部分意见综述》，《飞天》1984年第5期。

佚名：《对〈怪诗小议〉的异议》，《文学报》1984年第10期。

秦新民：《关于表现自我的随想》，《鹿鸣》1984年第6期。

王舟波：《惓惓女儿心——谈舒婷的诗兼与周良沛同志商榷》，《当代文艺思潮》1984年第6期。

王彪：《走向生活，走向心灵——谈当前诗坛的一种新趋向》，《当代作家评论》1984年第6期。

李黎：《诗歌，期待着美学的批评》，《文汇报》1984年8月1日。

石天河：《重评〈诺日朗〉》，《当代文坛》1984年第9期。

王光明等：《舒婷诗的抒情艺术》，《诗探索》1984年第10期。

吴思敬：《追求诗的力度——江河和他的诗》，《诗探索》1984年第10期。

余之：《从"朦胧诗"说到"百家言"》，《文艺理论研究》1984年第4期。

曹纪祖：《新诗的危机与解脱——向诗歌界甩一块石头》，《星星》1985年第1期。

彭万荣：《北岛和现实世界之龃龉》，《当代文艺思潮》1985年第1期。

谢冕：《诗：审美特征的新变》，《当代文艺探索》1985年创刊号。

张同吾：《希望，在艰辛中孕育——关于诗歌现状的随想》，《当代文艺探索》1985年创刊号。

舒婷：《以忧伤的明亮透彻沉默》，《当代文艺探索》1985年创刊号。

谢冕：《诗的探索与探索的诗——兼贺〈鹿鸣〉创立〈诗探索〉专栏》，《鹿鸣》1985年第1期。

杨炼：《智力的空间》，《青年诗坛》1985年第1期。

谢冕：《诗在超越自己——论当代诗的史诗性》，《黄河》1985年创刊号。

木子：《试论新诗创作的回族特点》，《宁夏大学学报（社会科学版）》1985年第1期。

祝金明：《中国当代新诗潮述评》，《丽水师专学报》1985年第1期。

古远清：《谢冕的评论道路》，《批评家》1985年第1期。

谢冕：《中国最年青的声音——〈中国当代青年诗选〉导言》，《批评家》1985年第1期。

晏明：《简谈当前新诗创作问题》，《星星》1985年第1期。

卞之琳：《中国"新诗"的发展与来自西方的影响》，《中外文学研究参考》1985年第1期。

杜国清等口述、贺兴安译：《中国现代象征派诗》，《中外文学研究参考》1985年第1期。

李黎：《舒婷诗歌的直觉意象特征》，《批评家》1985年第4期。

陈良运：《关于新诗的感情境界》，《诗刊》1985年第2期。

谭乐生：《不能平静的思考——兼与杨光治同志商榷》，《文艺新世纪》1985年第2期。

雁翼：《答〈星星〉诗刊问》，《星星》1985年第2期。

吴嘉：《"假大空"和"假小空"》，《星星》1985年第2期。

胡昭：《我的看法》，《星星》1985年第2期。

吴开晋：《对青年诗派的再评价》，《文学评论家》1985年第2期。

宋耀良：《论新时期诗歌的语言特色》，《文艺理论研究》1985年第2期。

马力：《在"朦胧诗"潮渐渐平息之后》，《当代艺术思潮》1985年第2期。

王光明：《谢冕和他的诗歌批评》，《当代文艺思潮》1985年第2期。

边星灿：《"朦胧诗"问题讨论综述（上）》，《语文导报》1985年第3期。

忠岳、吕进：《关于〈新诗的创作与欣赏〉的通信》，《当代文坛》1985年第3期。

韩作荣：《诗的否定与探索》，《青年文学家》1985年第3期。

李劼：《舒婷顾城北岛及朦胧诗派论》，《当代文艺探索》1985年第3期。

昌前等：《朦胧美略论》，《殷都学刊》1985年第3期。

陈本一：《赋情独深，立象新颖——舒婷新诗一首简析（附作品）》，《艺潭》1985年第3期。

李黎：《主客观世界的意象式展示——舒婷诗歌研究之一》，《文学评论家》1985年第3期。

边星灿：《"朦胧诗"问题讨论综述（下）》，《语文导报》1985年第4期。

冯中一等：《新诗，呼唤着新的理论批评》，《当代文艺思潮》1985年第4期。

吴辰旭：《创新放言——关于诗的随想》，《当代文艺思潮》1985年第4期。

石天河：《新笛幽音别有情——谈青年女诗人嘉嘉的抒情艺术特点》，

《女作家》1985年第4期。

毕光明：《北岛和他的诗歌》，《湖北师范学院学报》1985年第4期。

吴奔星：《新诗的昨天、今天与明天》，《南京师大学报（社会科学版）》1985年第4期。

任民凯：《探索的浪潮——当代大学生诗歌创作述评》，《当代文艺思潮》1985年第4期。

谢冕：《从春天到秋天》，《当代文艺思潮》1985年第4期。

杨匡汉：《诗美的积淀与选择》，《当代文艺思潮》1985年第4期。

杨匡满：《诗歌和诗人都与自卑无缘》，《当代文艺思潮》1985年第4期。

陈寿星等：《"学院诗"与"朦胧诗"》，《当代文艺思潮》1985年第4期。

于慈江：《新诗的一种"宣叙调"——谈一个新探索兼论诗坛现状》，《当代文艺探索》1985年第4期。

谢冕：《在星光的辉映下——〈共和国的星光〉的写作》，《书林》1985年第4期。

王健：《关键在于艺术思维方式的突破——与刘湛秋同志商榷》，《诗歌报》1985年第4期。

刘湛秋：《新诗要透露新的价值观念和新的感情——兼答唐汉同志》，《诗歌报》1985年4月21日。

陈紫丁：《当前新诗创作的主要问题是什么》，《星星》1985年第4期。

钟文：《新年话新诗，吉兆》，《星星》1985年第4期。

杨光治：《对〈不能平静的思考〉的思考》，《文艺新世纪》1985年第4—5期。

李黎：《新诗"民族化"之我见》，《文艺新世纪》1985年第4—5期。

张同吾：《新时期诗美观念的发展》，《文艺研究》1985年第5期。

谢冕：《断裂与倾斜：蜕变期的投影——论新诗潮》，《文学评论》1985年第5期。

孙绍振：《诗的审美直觉的误差和审美感觉的更新》，《文艺研究》1985年第5期。

谢冕：《诗美的嬗替——新诗潮的一个侧影》，《文艺研究》1985年第5期。

袁可嘉：《西方现代派诗与中国新诗》，《读书》1985年第5期。

佚名：《作者读者笔谈〈大学生诗苑〉》，《飞天》1985年第7期。

赵张：《再谈西北新诗的突破》，《宁夏日报》1985年7月20日。

罗良德：《新诗创作艺术探微五题》，《星星》1985年第7期。

任民凯：《我们的份量——大学生诗苑获奖诗评》，《飞天》1985年第8期。

青勃：《新诗潮的涛声——读〈牡丹〉诗专号》，《河南日报》1985年8月8日。

杨匡汉：《美的空灵——诗美学谈》，《花溪》1985年第9期。

晓渡整理：《开拓新诗批评和研究的新局面——部分在京诗歌评论家、理论家座谈纪要》，《诗刊》1985年第9期。

丁东：《多样化：历史的必要——答张鸣铎同志》，《青年评论家》1985年第9期。

石天河：《新诗古说——当代意象诗理论与中国传统诗学之比较的研究》，《当代文坛》1985年第10期。

谢冕：《自我加入的期待》，《诗刊》1985年第12期。

洪承志：《对朦胧诗产生的必然性的反思》，《盐城师专学报（社会科学版）》1985年论文选。

徐成淼：《〈神女峰〉的启示》，《北京文学》1985年第12期。

陈世明：《单恋者与对象的结合——关于问题诗创作的审美感受》，《山花》1985年第12期。

张朝晖：《"朦胧诗"的产生条件及其它》，《云南民族学院学报》1985年第1期。

刘湛秋：《1985年的中国新诗——〈1985年诗选〉编后记》，《诗刊》1985年第4期。

谦之：《现代主义与朦胧诗》，《外语教学与研究》1985年第3期。

钟文：《中国现代诗的发展》，《深圳大学学报》1986年第1期。

唐湜：《我的诗艺探索》，《香港文学》1986年第1期。

徐荣街：《论新诗创作的散文化倾向》，《徐州师范学院学报》1986年第1期。

尹旭：《谈新诗"欧化"问题》，《固原师专学报》1986年第1期。

牛皮：《略论青年诗人的"古老"》，《当代文艺探索》1986年第1期。

吴秉杰：《暗示性、模糊性及其他——对部分青年诗人创作的再认识》，《当代文艺探索》1986年第1期。

李黎：《浑然之象，不尽之意——舒婷诗歌研究之一》，《文学评论》1986年第1期。

翟大炳：《说舒婷爱情诗的"密码"——舒婷、何其芳、李商隐诗歌的一点比较》，《红岩》1986年第1期。

王绍军：《新诗面临的选择》，《当代文艺探索》1986年第1期。

陈刚：《中国现代诗的现代主义宣言》，《青年论坛》1986年第1期。

谢冕：《崭新的地平线——论中国西部诗歌》，《中国西部文学》1986年第1期。

卞文阳：《也算一鸣［评牛星〈新诗译解〉]》，《星星》1986年第1期。

朝耕：《读诗琐记——简评〈星星〉七月号的两首诗》，《星星》1986年第1期。

黄蒲生：《与诗人公刘的对话》，《羊城晚报》1986年1月27日。

车前子：《22岁时的22小段》，《星星》1986年第1期。

邵燕祥：《晨昏随笔（五则）》，《诗刊》1986年第1期。

南帆：《诗与诗论》，《诗刊》1986年第1期。

王光明：《谈诗》，《诗刊》1986年第1期。

吴亮：《角色、橡皮与喝汤》，《诗刊》1986年第1期。

陈力川：《诗的空白》，《诗刊》1986年第1期。

黄子平：《和诗共同着命运……》，《诗刊》1986年第1期。

朱子庆：《关于诗与现实》，《诗刊》1986年第1期。

唐晓渡：《我之诗观》，《诗刊》1986年第1期。

杨炼：《诗，自在者说——》，《诗刊》1986年第1期。

李黎：《诗是什么？》，《诗刊》1986年第1期。

李世昌：《关于我国诗歌发展道路（续完）》，《江南诗词季刊》1986年第1期。

赵新林：《启蒙：北岛诗的灵魂》，《吕梁师专学报》1986年第2期。

张俊山：《与新诗潮同步——河南省青年诗群一九八五年抽样调查放想》，《中州文坛》1986年第1—2期。

王伟：《中国新诗流派述略》，《安徽教育学院学报》1986年第2期。

张永权等：《当代性与民族特色的诗化——略论〈晓雪诗选〉的艺术特色》，《云南民族学院学报》1986年第2期。

陈良运：《当代新诗艺术的意向化趋势》，《文艺理论家》1986年第2期。

李黎：《从舒婷看新诗潮的实情——舒婷诗歌研究之六》，《当代作家评论》1986年第2期。

邢铁华：《中国新诗起始驳议》，《中州学刊》1986年第2期。

嘉梁：《追求想象空间的表现手法——〈论青年诗作中现代表现手法的合理性〉节选》，《文学评论家》1986年第2期。

李玉昆：《也谈新诗的"弊端"与"出路"——同于慈江同志商榷》，《文论报》1986年2月11日。

吴三元：《谈谢冕的诗评》，《文学批评家》1986年第2期。

谢冕：《追求的历程——现阶段诗歌的简要回顾》，《文艺争鸣》1986年第2期。

孙静轩：《中国新诗六十年片论》，《当代文艺思潮》1986年第2期。

田奇：《新诗的感受与结构》，《长安》1986年第2期。

张宇宏：《谈公木的新诗论》，《吉林大学社会科学学报》1986年第2期。

鲁框之：《诗与人俱在——读〈诗刊〉1月号〈青春诗论〉随感》，《诗刊》1986年第2期。

李黎：《中国当代文坛的奇观——近年来新诗潮运动述评》，《批评家》1986年第2期。

刘登翰：《在重建传统中走向世界——漫谈大陆新诗潮和台湾现代诗运动》，《台声》1986年第2期。

昌耀：《我的诗学观》，《星星》1986年第2期。

陈海：《艾青新时期诗歌技巧散论》，《韶关师专学报》1986年第2—3期。

吴勇：《从耗散结构的角度试析新诗的逻辑行程》，《盐城师专学报》1986年第3期。

季世昌：《关于我国诗歌发展道路的思考》，《江南诗词季刊》1986年第3期。

李黎：《诗人论——对诗歌审美创造主体的考察》，《当代文艺思潮》1986年第3期。

杨匡汉：《中国新时期的诗美流向》，《文学评论》1986年第3期。

李黎：《诗歌的价值及其实现方式》，《文学评论》1986年第3期。

谢冕：《冲突与期待：加入世界的争取——论新诗潮》，《文艺争鸣》1986年第3期。

谢冕：《黄土地：一棵树站在路边——梅绍静的诗》，《文学家》1986年第3期。

宇峰：《杨炼论》，《当代文艺探索》1986年第2期。

臧克家：《新诗应该走什么样的道路——重读〈胡桃坡〉有感》，《人民日报》1986年3月17日。

王干：《历史·瞬间·人——论北岛的诗》，《文学评论》1986年第3期。

吕进：《新时期十年：新诗、发展与徘徊》，《当代文坛》1986年第3期。

徐迟：《远望楼评诗记》，《人民日报》1986年3月17日。

邵璞：《令人遗憾的十六之一——写在全国第二届新诗（诗集）评奖之后》，《中国青年报》1986年3月16日。

牛汉：《诗的新生代——读稿随想》，《中国》1986年第3期。

郑群辉：《略论诗的意象跳跃的心理特征》，《华南师范大学学报》1986年第4期。

程光炜：《诗的现代意识与社会功能——与谢冕同志商榷》，《文学评论》1986年第4期。

施贶：《杨炼：交叉小径上的蒙面人》，《文学自由谈》1986年第4期。

潘洗尘：《评近几年大学生诗歌创作》，《文学评论家》1986年第4期。

李庆立：《诗已趋于老化》，《文学评论家》1986年第4期。

高建国：《当代诗歌评论的几个问题》，《当代文坛》1986年第4期。

刘登翰：《"朦胧诗"：昨天和今天》，《文学自由谈》1986年第4期。

屠岸：《诗歌艺术向纵深的发展——第二届全国优秀新诗获奖集读后》，《诗刊》1986年第4期。

林梁：《浅谈现代新诗的生命之树——现代意识——兼同荒地、郭素蘅、苑仲川同志商榷》，《星星》1986年第4期。

阿龙、陈旭光：《"新生活诗潮"的发展及面临的问题》，《浙江师范大学学报》1986年第4期。

吴晟：《从〈飞天〉看大学生诗歌审美观念的流变》，《飞天》1986年第4期。

廖亦武：《"现代史诗性"质疑——谨以此文就教于谢冕老师》，《星星》1986年第4期。

沈奇：《过渡的诗坛——关于当前诗歌创作的断想与推论》，《文学家》1986年第5期。

张颐武：《〈永远的三月〉和诗歌的现实发展》，《批评家》1986年第5期。

公刘：《序〈南方城市诗选〉》，《诗刊》1986年第5期。

公刘：《关于探索的议论——〈探索诗选〉代序》，《诗刊》1986年第5期。

公刘：《关于现代主义诗歌的对话》，《诗刊》1986年第5期。

白航：《诗的探索》，《文学报》1986年5月8日。

万天河：《意象新探二例》，《星星》1986年第5期。

文瑜：《说长道短——评流派诗专号》，《星星》1986年第5期。

建之：《万壑争流说新诗——我读〈星星〉流派诗歌专号》，《星星》1986年第5期。

伊甸：《对当前诗坛的一些观察》，《星星》1986年第5期。

许德民、郑洁：《模糊逻辑和"朦胧诗"》，《诗歌报》1986年5月6日。

孙绍振：《西方现代派诗歌和中国新诗》，《文汇报》1986年5月12日。

白木：《脚手架下的河流——当代诗歌之我见》，《当代文艺思潮》1986年第6期。

陈仲义：《论趋向纯粹美的诗》，《当代文艺探索》1986年第6期。

叶潮：《试论模糊语言的诗美功能》，《当代文坛》1986年第6期。

吴开晋：《新诗潮的涌动与走向》，《文史哲》1986年第6期。

开愚：《以诗的名义——从〈星星〉流派诗专号谈起》，《星星》1986年第6期。

王诗俊：《读〈流派诗歌专号〉琐记》，《星星》1986年第6期。

李玉胜：《读〈流派诗歌专号〉部分诗作的看法》，《星星》1986年第6期。

朱先树：《当代意识与美的追求——给杨然的一封信》，《星星》1986年第6期。

李黎：《诗与美的巡礼——读〈舒婷、顾城抒情诗选〉》，《福建文学》1986年第6期。

王光明：《他们表现着希望——漫议三明地区诗群的创作》，《福建文学》1986年第6期。

叶志方：《"它在思考另一个世界"——重读顾城的诗作》，《中文自修》1986年第6期。

冷杉：《归途——读蓝天的诗想第三代人》，《诗人》1986年第6期。

方克强：《表现方法的现代倾向——新时期诗歌语言探讨之二》，《修辞学习》1986年第7期。

陈仲义：《现代诗之直觉》，《福建文学》1986年第7期。

古远清：《进入春天花圃的新诗评论——新时期十年诗评概述》，《诗刊》1986年第7期。

佚名：《挚爱与诗心——读梁成〈心灵的旋律〉随想》，《诗人》1986年第7期。

司徒杰：《广东青年诗坛一瞥》，《文艺新世纪》1986年第7—8期。

刘祖慈：《忧患意识也是一种传统——诗集〈问云集〉后记》，《文学报》1986年8月14日。

谢冕：《评诗与诗评》，《文艺报》1986年8月9日。

曾镇南：《"诗与改革"漫笔》，《诗刊》1986年第8期。

张同吾：《改革，深刻的时代命题》，《诗刊》1986年第8期。

［美］郑树森著、尹慧珉译：《论"朦胧"诗》，《文学研究参考》1986年第8期。

周翔飞：《诗与散文区别之管见——兼与尹安贵同志商榷》，《星星》1986年第8期。

章亚昕：《舒婷诗四首探析》，《语文月刊》1986年第7—8期。

孙克恒：《当代诗情的启示——读〈飞天〉一九八五年大学生诗歌获奖诗作》，《飞天》1986年第8期。

李黎：《当代诗歌的审美感受方式》，《文论报》1986年8月1日。

韩东、于坚：《现代诗歌二人谈》，《云南文艺通讯》1986年第9期。

苏金年：《序〈现代抒情诗选读〉》，《奔流》1986年第9期。

戴达奎：《新诗"声画组接蒙太奇"蠡测》，《山花》1986年第9期。

张同吾：《一代人的呼声——青年诗作简议》，《青年文学》1986年第9期。

白航：《对诗歌的一点评论》，《诗刊》1986年第9期。

谢冕、洪小诚：《中国现代诗导读缘起》，《诗歌报》1986年第9期。

刘湛秋：《诗歌界要进一步创造宽松的气氛》，《诗刊》1986年第9期。

吴思敬：《痛苦使人超越——读梁小斌〈断裂〉》，《星星》1986年第9期。

小星：《读〈断裂〉随记》，《星星》1986年第9期。

张德强：《变革中的诗歌表现方式》，《语文导报》1986年第9期。

杨运宏等：《现代诗歌的沉抑和忧虑》，《星星》1986年第9期。

孙晓刚：《当代城市诗的一次努力》，《上海文学》1986年第9期。

荫子：《关于诗之我见》，《星星》1986年第10期。

岩佐昌暲：《朦胧诗的源流——关于杂志〈今天〉》，《文学论辑》1986年第10期。

徐散世：《生命：第三次体验》，《诗歌报》1986年10月21日。

曾卓：《与大学生读诗》，《文学报》1986年10月23日。

邓杰：《论诗的情感》，《星星》1986年第10期。

阿红：《是的，我是这样想——西窗诗话》，《星星》1986年第10期。

杨运宏：《吹向当代中国诗坛的北人雄风——评〈草原〉1986年2月号上几位青年诗人的作品》，《草原》1986年第10期。

微茫：《北岛与杨炼〔年青一代两诗人〕》，《青年论坛》1986年第11期。

白航：《朦胧诗的冲击波》，《星星诗刊》1986年第11期。

杨匡汉：《主体的超越意识——当代诗学笔记之一》，《上海文学》1986年第11期。

张思奇：《徐敬亚和崛起的诗群——关于这个题目的问答的记录》，《新一代》1986年第11期。

朱先树：《关于诗的传统与现代追求问题》，《山花》1986年第11期。

唐湜：《关于"九叶"——从〈诗创作〉到〈中国新诗〉》，《文艺报》1986年11月1日。

朱大可：《从文化的寂灭到自我的寂灭——张小波及其评论》，《中国》1986年第11期。

张同吾：《诗的自省与选择》，《文论报》1986年第1期。

梁昭：《诗美流向与当代意识——新时期诗歌的一点思考》，《广西文学》1986年第12期。

陈超：《"人"的放逐——对几种流行诗潮的争议》，《诗刊》1986年第12期。

袁忠岳：《中国新诗的选择》，《诗刊》1986年第12期。

陈筱平：《新诗+音乐——新诗传播之管见》，《大西南文学》1986年第12期。

路茫：《诗学随笔》，《山花》1986年第12期。

杨光治：《现实·人生·诗的命运——对诗歌创作和评论的一点想法》，《星星》1986年第12期。

申申：《"二十二条诗规"——关于新时期诗歌创作对诗歌理论挑战对话录》，《星星》1986年第12期。

维熹：《感觉引出的议论》，《星星》1986年第12期。

孙友田：《感受及其表现——学诗杂谈》，《文学报》1986年第4期。

陈超：《中国诗歌新生代——新时期青年诗歌评断》，《河北师范大学学报》1986年第S期（校庆增刊）。

刘登翰：《朦胧诗：昨天和今天》，《文学自由谈》1986年第8期。

臧克家：《新旧体诗关系问题》，《人民日报》1987年1月20日。

野渡：《倾斜的诗坛——谈诗歌评论的沉寂》，《艺术论》1987年第1期。

程蔚东：《别了，舒婷北岛》，《文汇报》1987年1月14日。

邹狄帆：《中国新诗在前进》，《当代文艺思潮》1987年第1期。

野曼：《新诗观念更新的是是非非》，《当代文坛报》1987年第1期。

张颐武：《反文化与文化：诗的选择》，《诗歌报》1987年1月6日。

吴晓东：《"走向冬天" 北岛的心灵历程》，《读书》1987年第1期。

章亚昕：《论新诗潮》，《社会科学战线》1987年第1期。

王干：《我的树在哪里》，《钟山》1987年第2期。

谢冕：《中国，一个缩影：诗的和平的骚动》，《上海文论》1987年第2期。

陈志铭：《诗的朦胧美及其"度"》，《福建文学》1987年第2期。

王守义：《当代意识——普遍的诗美追求》，《诗林》1987年第2期。

陈良运：《浅议新诗的超越意识》，《诗歌报》1987年3月21日。

谢冕：《反拨与突进：诗美变革的推衍——论新诗潮》，《艺术广角》1987年第3期。

张同吾：《论新时期诗歌审美观念的嬗变》，《文艺争鸣》1987年第4期。

陈良运：《新诗"群体意识"辨析》，《中国现代、当代文学研究》1987年第11期。

陈良运：《诗歌观念的更新与审美空间的拓展》，《星星》1987年第5期。

谢冕：《空间的跨越——诗歌运动七年》，《文艺理论研究》1987年第5期。

野渡：《新诗的隔膜及原因探微》，《艺术广角》1987年第5期。

刘宪法：《融合：走向未来的选择——面向下一个十年的思考》，《诗歌报》1987年5月6日。

王干：《直觉的苏醒：思维结构的嬗变与调整——论朦胧诗的认识方式》，《当代文艺思潮》1987年第6期。

谢冕：《错动和飘移：诗美的动态考察——论新诗潮》，《当代文坛》1987年第6期。

雁北：《晦涩：创作和欣赏活动间的人为阻隔》，《诗歌报》1987年7月6日。

曹纪祖：《新诗：竞争的潜力在哪里》，《诗歌报》1987年7月21日。

尹安贵：《生活流意识流流向何方》，《诗刊》1987年第8期。

孙绍振：《关于诗歌流派嬗变过速问题》，《诗歌报》1987年10月6日。

陈良运：《诗不能在"摆平"中发展》，《诗歌报》1987年11月6日。

黎焕颐：《现代诗，怎样接受挑战？——就教于严阵同志》，《华夏诗报》1987总22期。

王干：《开放与综合：多向"引进"与纵横渗透——论朦胧诗的艺术态度》，《江淮论坛》1987年第6期。

周晓风：《朦胧诗与艺术规律——对于现代诗歌的一个符号学探讨》，《重庆师院学报（哲学社会科学版）》1987年第4期。

邓志远：《论诗歌意境的创造与再创造——兼评"朦胧诗"》，《中山大学学报（哲学社会科学版）》1987年第3期。

王玲：《论北岛诗歌的悲剧意识》，《辽宁教育学院学报（社会科学版）》1987年第3期。

谢冕：《选择体现价值》，《文学评论》1988年第1期。

丁宗皓：《人格的界碑：北岛的位置》，《当代作家评论》1988年第4期。

吴奔星：《别了"朦胧诗"，挽留"朦胧美"》，《作品》1988年第5期。

徐敬亚：《圭臬之死——朦胧诗后》，《鸭绿江》1988年第6—7期。

谢冕：《美丽的遁隐——论中国后新诗潮》，《文学评论》1988年第6期。

蓝棣之：《春兰秋菊开同时——简谈第三届新诗奖》，《科技日报》1988年7月29日。

于慈江：《朦胧诗与第三代诗：蜕变期的深刻律动》，《文学评论》1988年第3期。

王干：《悲剧：理想的痛苦与英雄的孤独——论朦胧诗的心理机制》，《文艺评论》1988年第12期。

王干：《意象：艺术视知觉的复合空间——兼论朦胧诗的审美特征》，《江淮论坛》1988年第4期。

周仲器：《中国当代朦胧诗与现代象征诗》，《镇江师专学报（社会科学报）》1988年第4期。

阿吾：《"朦胧诗"的进步和"朦胧诗"后的退步与进步》，《诗刊》1988年第9期。

王干：《时空的切合：意象的蒙太奇与瞬间隐喻——论朦胧诗的内在构造》，《文学评论》1988年第12期。

马贺兰：《"意象派"与"朦胧诗"》，《信阳师范学院学报（哲学社会科学版）》1988年第2期。

雷敢、崔凤霞：《试论舒婷诗歌的审美追求》，《唐都学刊》1988年第1期。

毕光明、樊洛平：《顾城：一种唯灵的浪漫主义》，《湖北师范学院学报（哲学社会科学版）》1988年第2期。

张宁：《北岛的世界》，《河南师范大学学报（哲学社会科学版）》1988年第2期。

于冰：《舒婷诗歌的理想主义色彩》，《辽宁师范大学学报》1988年第1期。

马国竞：《思辨与诗美的结晶——试论舒婷的诗》，《学术论坛》1988年第2期。

杨晔：《朦胧诗的意象与价值取向》，《荆州师专学报》1989年第1期。

吴奔星：《评"朦胧诗"的扩大化》，《人民日报》1989年10月30日。

沈永银：《朦胧诗与模糊学》，《徐州师范学院学报》1989年第4期。

苗雨时：《当代文学史上的一个奇观——论朦胧诗潮》，《河北大学学报

（哲学社会科学版）》1989年第7期。

舒其惠：《关于朦胧诗的解读及其他》，《中国文学研究》1989年第12期。

吉姆·邓恩、家瑞芳：《美国的意象派与中国的朦胧诗》，《文学自由谈》1989年第4期。

季棠：《诗的朦胧与哲学的混沌》，《江汉大学学报（社会科学版）》1989年第2期。

张同吾：《在光怪陆离中寻找诗的真谛》，《文学评论》1989年第2期。

李长江：《悲剧："人"的失落与发现——对朦胧诗的一点把握》，《鞍山师范学院学报》1989年第1期。

凌冰：《舒婷、顾城朦胧诗解读》，《广西师范大学学报》1990年第1期。

吴晟：《象征派诗、朦胧诗异同论》，《江西师范大学学报》1990年第1期。

江江：《诗的放逐与放逐的诗——诗人多多凝视》，《今天》1990年第2期。（总第11期）

罗丁：《表现时代与表现自我——朦胧诗读后》，《文艺争鸣》1990年第1期。

朱敦源：《朦胧诗的歧路走向》，《中州学刊》1990年第5期。

雷格：《理解杨炼：站在人类文明的肩头》，《当代作家评论》1990年第6期。

张建锋：《船·墙·海——朦胧诗的意象语言分析》，《成都师专学报》1990年第5期。

於可训：《中国"朦胧诗"——当今中国诗坛之三》，《法国研究》1991年第2期。

朱明：《自我的张扬与寂灭——"今天"派诗歌片论》，《红河学院学报》1991年第1期。

李敏红：《论朦胧诗的通感现象》，《齐鲁学刊》1991年第5期。

陈国彤：《朦胧需掌握适度——"朦胧"诗创作追求谈》，《内蒙古电大学刊》1991年第2期。

陈绍伟：《重评北岛》，《诗刊》1991年第11期。

姚艳忠：《朦胧诗对古典诗词的借鉴与超越》，《内蒙古民族师院学报（哲学社会科学版）》1993年第4期。

杨匡汉：《朦胧与后朦胧的诗与思——新时期诗歌潮流观察之一》，《当代作家评论》1993年第5期。

赵威重：《论舒婷的朦胧诗》，《社会科学辑刊》1993年第3期。

丁力：《新时期朦胧诗与西方象征派诗》，《广东职业技术师范学院学报》1994年第1期。

王干：《反思：理性与非理性共生——论朦胧诗的哲学背景》，《文艺理论研究》1994年第3期。

梁归智：《从童话诗人到撒旦——顾城悲剧分析》，《山西大学学报（哲学社会科学版）》1994年第4期。

蒋登科：《人格裂变的悲剧——关于顾城事件的思考》，《诗刊》1994年第6期。

佚名：《〈北京青年报〉关于"顾城现象"的讨论及要点摘编》，《社科信息文萃》1994年第7期。

李平：《顾城的悲哀》，《上海消防》1994年第1期。

刘方泽：《当代诗歌史上的一次大变革——重评"新诗潮"的创作及论争》，《昌潍师专学报》1994年第1期。

曾艳兵：《从朦胧诗到后朦胧诗——新时期诗歌艺术形态的转换与变形》，《台州师专学报》1995年第5期。

王宁：《传统与先锋，现代与后现代》，《文艺争鸣》1995年第1期。

谢冕：《20世纪中国新诗：1978—1989》，《诗探索》1995年第2期。

刘咏秋：《朦胧诗：一次灵魂的拯救》，《毕节师专学报》1995年第1期。

田刚：《缪斯的挑战——论"朦胧诗"的诗学特征和意义》，《人文杂志》1995年第1期。

赵金钟：《寻找钥匙：回头看朦胧诗兼及其他》，《天中学刊》1995年第2期。

吴奔星：《诗朦胧与"朦胧诗"》，《中国文化研究》1995年第4期。

杨四平：《大陆朦胧诗与西方现代派之关涉探微》，《东方丛刊》1995年第3期。

彭礼贤：《评关于"朦胧诗"的论争》，《井冈山师范学院学报》1995年第1期。

罗振亚、李宝泰：《朦胧诗的争鸣与价值重估》，《北方论丛》1996年第2期。

孙绍振：《从新的美学原则到幽默逻辑学》，《当代作家评论》1996年第4期。

李书磊：《谢冕与朦胧诗案》，《文艺争鸣》1996年第4期。

王萍：《朦胧诗与第三代诗比较论》，《许昌师专学报（社会科学版）》1996年第3期。

赵金钟：《再看"朦胧诗"》，《南都学坛》1996年第4期。

肖礼荣：《中国当代诗歌言、象、意探问（二）——论朦胧诗》，《康定民族师范高等专科学校学报》1996年第1期。

任公伟：《论朦胧诗与朦胧美的特质》，《北京联合大学学报》1996年第2期。

罗振亚：《心灵与历史同构——朦胧诗派的心理机制》，《呼兰师专学报》1996年第3期。

钱旭初：《论"朦胧诗"——新时期现代主义文学描述之一》，《江苏广播电视大学学报》1996年第1期。

王建新：《试析当代新诗发展的两个阶段"新诗潮"与"新生代"》，《山东教育学院学报》1996年第3期。

吴晟：《顾城诗审美心理结构三模式》，《江西社会科学》1996年第9期。

张鹏：《必然的悲剧结局——我看诗人顾城之死》，《潍坊教育学院学报》1996年第2期。

孙永健：《拨开七彩的迷雾——论顾城的"童年质情结"》，《廊坊师专学报》1996年第1期。

梅文英：《关于顾城的死》，《牡丹江师范学院学报（哲学社会科学版）》1996年第4期。

郑春：《试论朦胧诗的寻找主题》，《东岳论丛》1997年第4期。

张清华：《黑夜深处的火光——"前朦胧诗"论札》，《山东师大学报（社会科学版）》1997年第6期。

杨学民：《走向语言的朦胧诗和新生代诗——试论朦胧诗和新生代诗的异同》，《黄河学刊》1997年第1期。

毕光明：《朦胧诗的美学原则》，《琼州大学学报》1997年第3期。

李凌、马金起、燕景杰：《叶，总归于根——朦胧诗浅论》，《胜利油田党校学报》1997年第1期。

张士春、史冰如：《诗泉是怎样干涸的——顾城的诗作与创作思想》，《常州工业技术学院学报》1997年第3期。

江弱水：《孤独的舞者——从一篇序文谈北岛诗》，《倾向：文学文人季刊》1997年第10期。

马波：《何谓"朦胧诗"》，《中文自修》1997年第6期。

张捷鸿：《童话诗人：别无选择的定位——论顾城的创作心理》，《齐鲁学刊》1997年第4期。

王蔚桦：《火山爆发后的沉思——谈谈朦胧诗的是是非非》，《贵州社会科学》1997年第3期。

张捷鸿：《童话的迷惑——论顾城诗歌创作的局限性》，《山东师大学报（社会科学版）》1997年第4期。

伍方斐：《顾城后期诗歌艺术形式分析》，《学术研究》1997年第7期。

罗振亚：《定格辉煌——"朦胧诗"艺术的"盖棺定论"》，《文艺评论》1998年第6期。

李宪瑜：《食指：朦胧诗人的"一个小小的传统"》，《诗探索》1998年第1期。

黄灿然：《多多：直取诗歌的核心》，《天涯》1998年第6期。

刘士杰：《冲破严冬阴霾的春燕——论朦胧诗》，《海南师院学报》1998年第1期。

许枫：《不该遗忘的朦胧诗立场》，《嘉兴高等专科学校学报》1998年第4期。

席云舒：《论"朦胧诗"》，《扬州大学学报（人文社会科学版）》1999

年第4期。

李宪瑜：《中国新诗发展的一个重要环节——"白洋淀诗群"研究》，《北京大学学报（哲学社会科学版）》1999年第2期。

柯雷、谷力：《多多的早期诗歌》，《诗探索》1999年第2期。

周成平：《论朦胧诗的历史价值》，《南通师范学院学报（哲学社会科学版）》1999年第3期。

吴新：《说说"朦胧诗"》，《南京师范大学文学院学报》1999年第15期。

朱明：《告诉你吧，世界，我不相信——〈今天〉派诗歌片论之三》，《蒙自师范高等专科学校学报》1999年第5期。

张捷鸿：《童话的天真——论顾城的诗歌创作》，《当代作家评论》1999年第1期。

梁卡琳：《新时期朦胧诗的魅力探析》，《桂林市教育学院学报（综合版）》1999年第1期。

孙绍振：《历史的选择——纪念朦胧诗20周年》，《当代文学研究资料与信息》1999年第4期。

卢志杰：《二十年沧桑再看"朦胧诗"》，《四川大学学报（哲学社会科学版）》1999年第S1期。

张不代：《关于"朦胧诗"思考提纲》，《诗刊》1999年第3期。

韦永恒：《觉醒与寻找："朦胧诗"的创作主题与抒情人格》，《南宁师范高等专科学校学报》1999年第1期。

丁力：《朦胧诗的回归与超越》，《语文月刊》1999年第5期。

朱明：《没有英雄的年代里的英雄——〈今天〉派诗歌片论之二》，《蒙自师范高等专科学校学报》1999年第1期。

高宏伟：《朦胧诗对诗歌语言复归的意义》，《山东文学》1999年第5期。

盛英：《漫议舒婷诗文》，《天津师大学报（社会科学版）》1999年第5期。

张清华：《"朦胧诗""新诗潮"》，《南方文坛》1999年第3期。

陈敢、郭剑：《舒婷诗歌艺术浅探》，《广西师院学报》1999年第3期。

谈凤霞：《朦胧诗中的"孩子"》，《南京师范大学文学院学报》2000年第3期。

南帆、王光明、孙绍振：《新诗的现状与功能》，《当代作家评论》2000年第1期。

刘忱：《朦胧诗艺术赏析》，《刊授党校》2000年第4期。

余学玉：《橡树　钥匙　一代人——"朦胧诗"意象评析》，《皖西学院学报》2000年第4期。

方守金：《论朦胧诗的终结》，《安徽大学学报》2000年第2期。

高宏伟：《"朦胧诗"对通感手法的承传与发展》，《昌潍师专学报》2000年第1期。

芦海英：《朦胧诗的主体人格形象及贡献》，《广东职业技术师范学院学报》2000年第1期。

沈亚玲：《在浪漫的抒情中演绎哲理——舒婷早期诗作的艺术特色》，《漳州职业大学学报》2000年第1期。

戈雪：《一个纯真脆弱的童话世界——论顾城的诗》，《江汉大学学报》2000年第4期。

黎风：《诗话六题——读北岛后期诗作偶感》，《西南民族学院学报（哲学社会科学版）》2000年第6期。

肖鹰：《走向世界的朦胧——新诗潮再解读》，《广东社会科学》2000年第5期。

斯炎伟：《尴尬的生命境遇——评朦胧诗》，《浙江广播电视高等专科学校学报》2001年第3期。

傅腾霄：《诗是一种需要——关于诗与非诗所表现的人文传统管窥》，《深圳大学学报》2001年第6期。

任南南：《试谈朦胧诗中意象蒙太奇手法》，《黑龙江农垦师专学报》2001年第2期。

陈学祖：《审美张力的叩问：从诗学视角看"朦胧诗"的意义向度》，《内蒙古社会科学（汉文版）》2001年第5期。

魏新春、张献青：《象征诗与朦胧诗渊源及审美意蕴比较》，《滨州教育学院学报》2001年第2期。

丁琪：《俄国形式主义与中国新诗潮——从朦胧诗到先锋诗的一种阐释》，《甘肃教育学院学报（社会科学版）》2001年第3期。

吴晟：《论朦胧诗的价值取向》，《广州大学学报（综合版）》2001年第1期。

王娟：《舒婷诗歌研究综述》，《南京师范大学文学院学报》2001年第7期。

刘广涛：《痛苦的升华　泪水的结晶——舒婷诗歌创作新论》，《上海师范大学学报（哲学社会科学版）》2001年第4期。

张华：《试析舒婷诗歌风格的变化》，《新疆大学学报（哲学社会科学版）》2001年第1期。

宋孝金：《朦胧，舒婷诗的美学追求》，《三明高等专科学校学报》2001年第4期。

黄晓娟：《黑暗里的光明与光明里的黑暗（上）——诗人朱湘与顾城的比较》，《广西民族学院学报（哲学社会科学版）》2001年第1期。

黄晓娟：《黑暗里的光明与光明里的黑暗（下）——诗人朱湘与顾城的比较》，《广西民族学院学报（哲学社会科学版）》2001年第2期。

杨岚：《清醒与执拗并存——北岛的创作个性简析》，《连云港职业技术学院学报（综合版）》2001年第4期。

张清华：《从精神分裂的方向看——食指论》，《当代作家评论》2001年第4期。

钱颖伟：《浅析食指的双重性格——读食指60年代的地下诗歌》，《艺术广角》2001年第2期。

王泉、龚蕾：《简论舒婷诗歌的女性意识》，《益阳师专学报》2001年第4期。

马瑞海：《论舒婷的诗歌创作》，《信阳师范学院学报（哲学社会科学版）》2001年第6期。

毕光明：《从朦胧诗到新生代诗——"新时期文学"回叙之二》，《海南师范学院学报（人文社会科学版）》2002年第4期。

葛乃福：《历史需要沉淀——论朦胧诗》，《海南师范学院学报（人文社会科学版）》2002年第1期。

吴投文：《论朦胧诗产生的现代主义文学背景》，《同济大学学报（社会科学版）》2002年第5期。

陈学祖：《"朦胧诗"派的心理诗学观念与中外诗学传统》，《文艺理论研究》2002年第5期。

毕光明：《朦胧诗的美学原则新论》，《海南广播电视大学学报》2002年第4期。

罗振亚：《心灵与历史的同构——朦胧诗派的心理机制》，《南京政治学院学报》2002年第5期。

孙基林：《朦胧诗与现代性》，《文史哲》2002年第6期。

严军：《论作为一种传统与背景的朦胧诗》，《学海》2002年第6期。

牛殿庆：《"朦胧诗"——永远的丰碑》，《学术交流》2002年第2期。

王巧琳：《人本主义在当代的历史性回归——论朦胧诗的价值观及其时代意义》，《浙江海洋学院学报（人文科学版）》2002年第1期。

楚宗礼：《对朦胧诗论争中两个焦点的反思》，《潍坊学院学报》2002年第1期。

谭广旭：《论朦胧诗的悲剧性心理机制》，《湖南省政法管理干部学院学报》2002年第6期。

岳洪治：《朦胧的虹影——读〈朦胧诗二十五年〉》，《全国新书目》2002年第10期。

林晓：《朦胧诗：尘封于上个世纪》，《东西南北（大学生）》2002年第1期。

毕大群：《论朦胧诗的民族情结》，《东疆学刊》2002年第2期。

代新华：《面观北岛朦胧诗的特征》，《新疆石油教育学院学报》2002年第3期。

查海曼：《朦胧诗和朦胧诗人》，《青苹果》2002年第Z1期。

李赋：《自然而本质的抒情力量——芒克诗歌的艺术特质》，《兵团教育学院学报》2002年第2期。

张文刚：《含"泪"面"海"的抒情歌手——从意象角度看舒婷诗歌的价值和意义》，《云南师范大学学报（哲学社会科学版）》2002年第4期。

肖央：《让阳光照射思维的底层——我看顾城和他的诗》，《岳阳职工高等专科学校学报》2002年第4期。

张爱叶：《走近北岛——北岛诗歌浅析》，《大同职业技术学院学报》2002年第3期。

唐小平：《〈致橡树〉：新女性的爱情宣言》，《语文教学与研究》2002年第6期。

李平：《朦胧诗的发展、变异及其文学史叙述》，《广播电视大学学报（哲学社会科学版）》2003年第2期。

李润霞：《朦胧诗：一代人与一代诗的崛起》，《文艺评论》2003年第5期。

一平：《孤立之境——读北岛的诗》，《诗探索》2003年第Z2期。

徐勇：《关于朦胧诗及其争论》，《景德镇高专学报》2003年第3期。

吕豪爽：《回眸美丽辉煌之瞬间——也谈朦胧诗》，《天中学刊》2003年第6期。

任南南：《艺术天地的延伸——论朦胧诗对意象思维的新拓展》，《绥化师专学报》2003年第1期。

王嗷：《心态书写：舒婷朦胧诗创作视角探微》，《广西右江民族师专学报》2003年第5期。

赵金钟：《咀嚼与清理：再论"朦胧诗"兼及新诗的读法与作法》，《河南师范大学学报（哲学社会科学版）》2003年第2期。

陈仲义：《整体缺失：新诗研究的最大遮蔽——与吕进先生商榷》，《南方文坛》2003年第2期。

周朔：《论朦胧诗的个人化倾向及其意义》，《广东教育学院学报》2003年第4期。

张新珍：《舒婷诗歌常见意象探析》，《德州学院学报（哲学社会科学版）》2003年第5期。

李彦文：《从独唱到合唱再到独唱——论顾城的诗歌创作》，《邯郸师专学报》2003年第2期。

陈祖君：《舒婷诗歌中的女性自我》，《广西师范学院学报》2003年第4期。

李正光：《他乡的悲怆（上）——十年回望：顾城的诗和死》，《福建广播电视大学学报》2003年第2期。

张立群：《回首中的名与实——重读"朦胧诗"》，《海南大学学报（人文社会科学版）》2004年第4期。

刘纳：《新诗的评价尺度与新诗欣赏》，《粤海风》2004年第5期。

凌越：《我的大学就是田野——多多访谈录》，《书城》2004年第4期。

钟希高：《朦胧诗的美学特征及其文学变革意义》，《潍坊学院学报》2004年第3期。

张继红：《朦胧诗的终结与出路——兼论朦胧诗思大于诗的诗学意义》，《安徽广播电视大学学报》2004年第3期。

陈婉娴：《人本主义、女性主义与理想主义三重奏——论舒婷及朦胧诗审美典范的意义》，《深圳大学学报（人文社会科学版）》2004年第3期。

谢新华：《朦胧诗与青年现实主义诗歌比较论》，《青岛大学师范学院学报》2004年第4期。

李少君：《回顾朦胧诗》，《海南日报》2004年10月24日。

李幼奇：《朦胧诗的意象化语体及其诗学价值》，《中国文学研究》2004年第2期。

陆美燕：《走进朦胧》，《语文知识》2004年第10期。

葛艳丽：《催生爱与希望的不屈歌者——食指和他的诗》，《济宁师范专科学校学报》2004年第2期。

刘凤芹：《"狡猾"的勇敢论：论朦胧诗人》，《枣庄师范专科学校学报》2004年第4期。

王敦：《舒婷诗歌的意象建构与生命意蕴》，《第三届广西青年学术年会论文集（社会科学篇）》2004年。

杨四平：《梁小斌论》，《涪陵师范学院学报》2004年第3期。

李林展：《震响之后的真实——北岛研究综论》，《佛山科学技术学院学报（社会科学版）》2004年第5期。

邓鸣英：《北岛诗歌意象的情感寄托和美学意味》，《语文学刊》2004年第6期。

林平乔：《试论顾城诗的纯净美》，《湘潭师范学院学报（社会科学版）》2004年第1期。

王运卿：《"我是一个任性的孩子"——论顾城的诗歌创作》，《石家庄师范专科学校学报》2004年第1期。

唐晓渡：《北岛：没有幸福，只有自由和平静》，《当代作家评论》2004年第3期。

吕刚：《关于顾城诗歌的价值与意义——兼谈当代文学史的叙述》，《唐都学刊》2004年第3期。

张晶晶：《近十年顾城研究述评》，《文教资料》2004年第20期。

汪洁：《分裂的诗魂——食指诗论（1965～1979）》，《晋阳学刊》2004年第4期。

罗铖、向涛：《食指诗中的人生和人生中的诗》，《宜宾学院学报》2004年第2期。

宋凯果、熊宝莲：《女性诗歌的崛起——论舒婷诗歌的艺术世界》，《黄冈职业技术学院学报》2004年第3期。

杨四平：《当下诗歌写作的语言源流——梁小斌的若干诗学意义》，《江汉大学学报（人文科学版）》2004年第6期。

张文刚：《"季节"的行走和诗意——简论食指诗歌的主题类型》，《湖南文理学院学报（社会科学版）》2004年第6期。

李润霞：《以艾青与青年人的关系为例重评"朦胧诗论争"》，《中国现代文学研究丛刊》2005年第3期。

康慨：《北岛的复归》，《中国新闻周刊》2005年第2期。

李润霞：《论"白洋淀诗群"的文化特征》，《南开学报（哲学社会科学版）》2005年第4期。

邱景华：《蔡其矫与朦胧诗》，《诗探索》2005年第1期。

韩芍夷：《试论朦胧诗的模糊性与象征手法》，《海南师范学院学报（社会科学版）》2005年第6期。

韩仰熙、王凤芝：《从朦胧诗潮看艺术对生命的表现》，《河北北方学院学报》2005年第3期。

徐国源：《批判"失语"与"朦胧"指征——中国朦胧诗派新论》，《当代作家评论》2005年第1期。

李笠：《是北岛的"焊"？还是特朗斯特罗姆的"烙"？——对北岛〈黑

暗怎样焊着灵魂的银河〉的回答》，《诗歌报月刊》2005年第5期。

徐国源：《论朦胧诗的主体寻求与构建》，《常熟理工学院学报》2005年第3期。

徐国源：《现代诗魂的重塑——论朦胧诗的诗性寻求与艺术建构》，《江苏社会科学》2005年第2期。

任文波：《浅析中国朦胧诗的发展轨迹》，《重庆文理学院学报（社会科学版）》2005年第6期。

孙基林：《朦胧诗的三种向度与范式》，《中国海洋大学学报（社会科学版）》2005年第3期。

蓝棣之：《论社会、历史对新诗形式演变的影响》，《文艺研究》2005年第8期。

韩仰熙、王凤芝：《从朦胧诗潮看人与文学的深层对应》，《沧州师范专科学校学报》2005年第3期。

张桃洲：《"独自成俑"的诗与人——梁小斌论》，《淮北煤炭师范学院学报（哲学社会科学版）》2005年第4期。

语人中国：《朦胧诗：风雨苍茫三十年》，《中国国土资源报》2005年4月18日。

洪子诚：《北岛早期的诗》，《海南师范学院学报（社会科学版）》2005年第1期。

孙艾葵、孙麦青：《爱的宣言——浅谈舒婷诗的思想》，《现代语文》2005年第10期。

程光炜：《一个被"发掘"的诗人——〈诗探索〉和〈沉沦的圣殿〉"再叙述"中的食指》，《中国新诗一百年国际研讨会论文集》2005年。

杨四平：《北岛论》，《涪陵师范学院学报》2005年第6期。

林平乔：《北岛诗歌的三个关键词——北岛前期诗歌简论》，《理论与创作》2005年第2期。

尹焕芹：《朦胧诗人：梁小斌》，《语文世界（高中版）》2005年第6期。

金素贤：《文革与食指的诗歌》，《钦州师范高等专科学校学报》2005年第6期。

北北：《记忆中的一个岛——关于舒婷》，《海燕》2005年第3期。

杨四平：《梁小斌：诗意的思考——解读〈独自成俑〉和〈地主研究〉》，《安徽文学论文集》2005年。

王光明：《论"朦胧诗"与北岛、多多等人的诗》，《江汉大学学报（人文科学版）》2006年第3期。

王爱松：《朦胧诗及其论争的反思》，《文学评论》2006年第1期。

李筱翎：《论"朦胧诗"论争中的舒婷诗歌批评》，《楚雄师范学院学报》2006年第8期。

王文生、曹帅奇：《论"朦胧诗"的起源、成就和衰减》，《甘肃政法成人教育学院学报》2006年第2期。

李润霞：《一个刊物与一场诗歌运动——论朦胧诗潮中的民刊〈今天〉》，《贵州社会科学》2006年第4期。

霍素君、王凤芝、韩仰熙：《谈朦胧诗美学追求对当代诗歌的影响》，《河北师范大学学报（哲学社会科学版）》2006年第1期。

赵跃鸣：《"昙花一现"的美丽——朦胧诗回眸》，《江南大学学报（人文社会科学版）》2006年第6期。

郭威：《论"朦胧诗"向"第三代诗歌"的主体转型特征》，《哈尔滨学院学报》2006年第6期。

胡健：《重读朦胧诗》，《青海师专学报教育科学》2006年第4期。

霍素君、王凤芝、韩仰熙：《论朦胧诗人的生命意识》，《燕山大学学报（哲学社会科学版）》2006年第3期。

张晓霞、刘海燕：《新诗潮——五四文学革命的链接——浅论朦胧诗的启蒙意识》，《广西教育学院学报》2006年第5期。

孙基林：《朦胧诗：个体内在性诗学新论》，《西南大学学报（人文社会科学版）》2006年第2期。

张起：《二十世纪三十年代现代派诗歌的精神实质——兼评八十年代朦胧诗的现代美学特质》，《成都大学学报（社会科学版）》2006年第2期。

林平乔：《朦胧诗人的英雄主义精神》，《佛山科学技术学院学报（社会科学版）》2006年第2期。

丰晓菲：《简论北岛诗歌前期的关键词》，《科教文汇（上半月）》2006

年第4期。

游宇明：《论北岛早期诗歌的人的意识》，《名作欣赏》2006年第20期。

刘扬：《出世与入世：对顾城诗歌的现代性阐释》，《现代语文》2006年第4期。

汤拥华：《词语之内的航行——多多诗论》，《华文文学》2006年第1期。

贾鉴、汤拥华：《流散与归来——多多诗歌二人谈》，《华文文学》2006年第1期。

林平乔：《试论朦胧诗人的乌托邦情结》，《嘉应学院学报》2006年第2期。

林锐：《论舒婷诗的创作风格》，《福建教育学院学报》2006年第11期。

李希翎：《橡树下歌唱的鸢尾花：舒婷》，《语文世界（高中版）》2006年第6期。

罗云锋：《北岛诗论》，《华文文学》2006年第5期。

汤拥华、罗云锋、贾鉴：《北岛三人谈》，《华文文学》2006年第5期。

食指、泉子：《食指：我更"相信未来"——答泉子问》，《西湖》2006年第11期。

李惠芳：《试论舒婷诗歌的情感》，《山西农业大学学报（社会科学版）》2006年第3期。

张凤超：《舒婷诗歌中的女性特征》，《洛阳师范学院学报》2006年第3期。

王亚斌：《自嘲与反讽——论北岛海外诗歌的一种风格》，《齐齐哈尔大学学报（哲学社会科学版）》2006年第2期。

令狐兆鹏：《挣扎与顺从：诗人食指诗歌精神探讨》，《重庆邮电学院学报（社会科学版）》2006年第1期。

杨四平：《食指：被理性与非理性纠缠着》，《海南师范学院学报（社会科学版）》2006年第5期。

黄海：《独特视角下的审美与思辨——舒婷〈致橡树〉与〈神女峰〉简析》，《长沙民政职业技术学院学报》2006年第3期。

张文刚：《"梦"与"花"：顾城和海子诗歌创作之比较》，《当代文学研究资料与信息（2006.1）》2006年。

　　谢荷香：《走近舒婷》，《现代语文》2006年第12期。

　　张志国：《中国新诗传统与朦胧诗的起源》，《中国现代文学研究丛刊》2007年第5期。

　　余世存：《我看北岛》，《青年作家》2007年第1期。

　　林贤治：《北岛与〈今天〉》，《当代文坛》2007年第2期。

　　朱周斌：《历史的确认：挑选与遗忘——从〈朦胧诗选〉到〈朦胧诗新编〉》，《诗刊》2007年第5期。

　　程光炜、张清华：《关于当前诗歌创作与研究的对话》，《渤海大学学报》2007年第5期。

　　徐国源：《从"地下"到"地上"——传播视野中的朦胧诗》，《江苏社会科学》2007年第2期。

　　于海丹：《浅析朦胧诗的传统审美艺术特征》，《中国高新技术企业》2007年第11期。

　　刘训华：《宏观历史背景下朦胧诗的社会责任与美学价值》，《四川职业技术学院学报》2007年第1期。

　　石兴泽：《冷峻的格调与张扬的个性——关于朦胧诗的浪漫主义解读》，《学习与探究》2007年第4期。

　　寿凤玲：《论"朦胧诗"的审美意蕴》，《时代教育》2007年第8期。

　　黄健：《朦胧诗的先锋意识及其思想局限》，《名作欣赏（文学研究版）》2007年第9期。

　　周大力、周丽萍：《理想的痛苦与英雄的孤独——论朦胧诗的悲剧性心理机制》，《湘潭师范学院学报（社会科学版）》2007年第1期。

　　毕大群：《朦胧诗的民族情结刍议》，《延边教育学院学报》2007年第6期。

　　王丽、蒋登科：《朦胧诗意象的呈现与意境的缺失》，《三峡大学学报（人文社会科学版）》2007年第3期。

　　林平乔：《朦胧诗人与儒、道文化精神》，《求索》2007年第5期。

　　禹明华：《朦胧诗：中国当代现代主义文学思潮的先驱》，《贵州工业大学学报（社会科学版）》2007年第2期。

李长中：《朦胧诗：现代性的复兴与遮蔽》，《阜阳师范学院学报（社会科学版）》2007年第5期。

王周平：《朦胧诗：激情演绎的时代》，《中学语文》2007年第11期。

陈超：《食指：冰雪之路上巨大的独轮车》，《文艺争鸣》2007年第6期。

单继伟、雷华：《朦胧诗的主题建构及其文学意义》，《新西部（下半月）》2007年第6期。

丛鑫：《批判意识与反思意识——"归来者"诗与"朦胧诗"价值取向比较论》，《长春师范学院学报》2007年第7期。

陈双全、姜希智、张墨：《星空下的涂鸦——顾城及其朦胧诗解读》，《湖南科技学院学报》2007年第6期。

饶洁：《朦胧诗及其主体意识的体现》，《文学教育（下）》2007年第2期。

左小芳：《受难者的宗教式精神突围——关于朦胧诗的一种理解》，《现代语文（文学研究版）》2007年第9期。

吴晓东：《从政治的诗学到诗学的政治——北岛论》，《现当代诗歌：中韩学者对话会论文集》2007年。

文安乐：《从语言形式变迁角度看中国诗界的"语言论转向"——朦胧诗歌》，《安徽文学（下半月）》2007年第9期。

任南南、张守海：《〈致橡树〉与舒婷热》，《绥化学院学报》2007年第5期。

林平乔：《杨炼新时期诗歌略论》，《船山学刊》2007年第1期。

文安乐：《从朦胧到朦胧后的诗歌本体倾向的转移》，《科教文汇（下旬刊）》2007年第7期。

黄香菊：《北岛前期创作思想略论》，《安阳师范学院学报》2007年第6期。

林平乔：《朦胧诗人与五四文学传统》，《理论与创作》2007年第3期。

陈婉娴：《舒婷大海组诗的思想艺术特色》，《广西社会科学》2007年第3期。

王维：《舒婷的诗歌语言学实证分析》，《中国教师》2007年第S2期。

毛靖宇：《中国当代诗歌回眸之北岛、舒婷》，《红豆》2007年第23期。

管卫中：《回忆与回味：80-90年代的诗歌流变》，《当代文坛》2007年第4期。

聂艳：《童心的复归——顾城之死》，《成才之路》2007年第20期。

陈超：《北岛论》，《文艺争鸣》2007年第8期。

秦春光：《北岛与多多诗歌之比较》，《重庆职业技术学院学报》2007年第5期。

尹耀飞：《论食指诗歌的古典情怀及当下意义》，《涪陵师范学院学报》2007年第3期。

王伟玮：《写给自己的诗——论顾城后期诗歌的私语化倾向》，《文教资料》2007年第7期。

邱丽平：《论舒婷诗歌的悲剧意识》，《内蒙古农业大学学报（社会科学版）》2007年第6期。

余学玉：《北岛与舒婷创作比较》，《文学教育（上）》2007年第11期。

林平乔：《食指诗歌的诗学特征》，《湖南文理学院学报（社会科学版）》2007年第3期。

王静：《时间在梦想的玫瑰中绽放——试论北岛的诗歌翻译观》，《佳木斯大学社会科学学报》2007年第5期。

黄灯：《撕裂与统一——食指的精神世界》，《云梦学刊》2007年第2期。

林平乔：《暴力时代的"精神犯罪者"——多多"地下诗歌"简论》，《湘潭师范学院学报（社会科学版）》2007年第1期。

唐晓渡：《芒克：一个人和他的诗》，《青年作家》2007年第7期。

张鲲鹏：《我看顾城和他的诗》，《淮北职业技术学院学报》2007年第3期。

晋海学：《论中国当代文学史上的"朦胧诗"论争》，《贵州大学学报（社会科学版）》2008年第5期。

张志国：《四十年代"新生代"诗歌的诗学意义》，《文学评论》2008年第4期。

郭玉洁：《变革年代的诗人——北岛访谈》，《生活（月刊）》2008年第

32期。

　　虞金星：《八十年代：诗歌十年——欧阳江河访谈录之一》，《星星（下半月）》2008年第8期。

　　田志凌：《王燕生访谈：这里能看到中国诗歌发展的缩影》，《南方都市报》2008年6月29日。

　　田志凌：《北岛专访：青春和高压给予他们可贵的力量》，《南方都市报》2008年6月1日

　　程光炜：《批评对立面的确立——我观十年"朦胧诗论争"》，《当代文坛》2008年第3期。

　　顾巧云：《"白洋淀诗群"研究综述》，《中国诗歌研究动态》2008年第2期。

　　田志凌：《对话邵燕祥：对新诗的推荐推动新诗向前走》，《南方都市报》2008年7月20日。

　　张衍凯：《"地下诗歌写作"的一脉——"白洋淀诗群"研究》，《现代语文（文学研究版）》2008年第7期。

　　于沐阳：《朦胧诗与第三代诗比较论》，《晋阳学刊》2008年第5期。

　　易彬：《论"朦胧诗"发生的历史据点——以精神状况与写作训练两层面为中心的考察》，《当代文坛》2008年第5期。

　　孙基林：《想象与记忆：新时期朦胧诗中的历史书写》，《文史哲》2008年第1期。

　　卢铁澎：《历史观念与朦胧诗潮》，《首都师范大学学报（社会科学版）》2008年第2期。

　　左佳：《回眸朦胧诗》，《大众文艺（理论）》2008年第9期。

　　李海霞：《作为"先锋"的〈今天〉》，《粤海风》2008年第6期。

　　逯春胜：《朦胧诗中的人道主义》，《晋城职业技术学院学报》2008年第1期。

　　周霁葭：《一颗流星闪过的轨迹——论朦胧诗的崛起、成就、衰退》，《现代语文（文学研究版）》2008年第10期。

　　黎学锐、罗艳：《南宁诗会与朦胧诗的崛起》，《柳州师专学报》2008年第3期。

刘绯：《朦胧诗的人本美学观照》，《大众文艺（理论）》2008年第10期。

孙基林：《论现代诗的意象修辞与思想方式——以朦胧诗为例》，《东岳论丛》2008年第5期。

张清华：《朦胧诗：重新认知的必要和理由》，《当代文坛》2008年第5期。

程勇：《心灵的呼号——浅谈"朦胧诗"》，《作文世界（中学版）》2008年第5期。

张洪：《朦胧诗中的鲁迅因子》，《宁波教育学院学报》2008年第3期。

王维：《朦胧诗的语言特质》，《湖北社会科学》2008年第8期。

卫梅娟：《朦胧诗"问题"的再思考》，《福建论坛（社科教育版）》2008年第S1期。

丛鑫：《他审意识与自审意识——"归来者"诗与"朦胧诗"情感内涵比较论》，《昆明理工大学学报（社会科学版）》2008年第12期。

张宏建：《朦胧诗与新诗的论衡》，《安徽文学（下半月）》2008年第9期。

林喜杰：《寻找回来的光明——从教育视阈看朦胧诗》，《语文学习》2008年第4期。

张雪：《生命如歌——谈杨炼诗歌中的生命意识》，《鸡西大学学报》2008年第3期。

朱云：《顾城诗中现代主义的本体分析》，《郧阳师范高等专科学校学报》2008年第2期。

孙玉荣：《真的童话　真的美——论顾城诗歌童话王国的建构》，《现代语文（文学研究版）》2008年第7期。

李子良：《舒婷诗歌的原型意识和现代意识》，《山东文学》2008年第8期。

韦珺：《"自我"与"他者"——梁小斌不同时期诗歌创作视角浅析》，《南方文坛》2008年第5期。

陈亮：《写作：一种永不停息的探索——梁小斌诗歌创作研讨会综述》，《中国诗歌研究动态》2008年第5辑。

李文钢：《自裁翅膀的蝴蝶——浅析梁小斌并不"优美"的"断裂"》，《绥化学院学报》2008年第3期。

邢彩霞、杨宝海：《跨越死亡的峡谷——诗人食指浅论》，《沧州师范专科学校学报》2008年第1期。

谢伶俐：《存在与迷失——论顾城诗歌创作中的"自我"》，《法制与社会》2008年第25期。

黄九清、何英：《顾城生命中的纯粹》，《绵阳师范学院学报》2008年第1期。

牛殿庆：《通向天国的童话——重返顾城》，《宜宾学院学报》2008年第3期。

张凌云：《谈谈舒婷诗歌的抒情方式》，《时代文学（下半月）》2008年第2期。

郭庆杰：《关于"舒婷现象"的思考》，《新乡教育学院学报》2008年第3期。

周莉：《罐头诗人与天国诗人——论梁小斌与顾城不同的诗意生活姿态》，《时代人物》2008年第4期。

余旸：《"朦胧诗"论争——"中国式"现代主义诗歌的艰难叙述》，《扬子江评论》2009年第6期。

周萌、张泽建：《"朦胧诗"到"后朦胧诗"：审美现代性的转变》，《济源职业技术学院学报》2009年第2期。

唐晓渡、张清华：《关于当代先锋诗的对话（上、下）》，《当代作家评论》2009年第1—2期。

徐庆全：《昨天留给今天的一束灯光》，《中国新闻周刊》2009年第16期。

徐敬亚：《中国第一根火柴——纪念民间刊物〈今天〉杂志创刊三十年》，《当代作家评论》2009年第1期。

刘溜、北岛：《北岛：靠强硬的文学精神突围》，《经济观察报》2009年1月19日。

钟淑杯：《转型时期建构中国诗学的可能性——论"朦胧诗"的精神之流与知识定位》，《消费导刊》2009年第9期。

林平：《论朦胧诗"自我表现"的历史合法性及意义》，《社科纵横》2009年第2期。

徐国源：《论朦胧诗对中国现代诗的贡献》，《文艺争鸣》2009年第1期。

高佳嘉：《从"黑夜"中觉醒——试析"朦胧诗派"的"个体意识"》，《承德民族师专学报》2009年第3期。

黄菲蒂：《论"朦胧诗"中的新文学传统因素》，《读与写（教育教学刊）》2009年第5期。

翟月琴：《流散作家的语言危机——以朦胧诗人为例》，《作家》2009年第2期。

于沐阳：《论朦胧诗的精英化精神取向》，《作家》2009年第16期。

白杨：《朦胧诗在台湾现代的诗坛回响——"中国"诗歌空间下的两岸诗歌互动情况》，《文艺争鸣》2009年第8期。

范潇兮：《朦胧诗的美学追求》，《四川文理学院学报》2009年第3期。

丛鑫：《论"归来者"诗与"朦胧诗"抒情主体的差异》，《沈阳建筑大学学报（社会科学版）》2009年第1期。

霍俊明：《经典的纪念碑与阴影："朦胧诗"的再反思》，《湛江师范学院学报》2009年第2期。

鲁美：《由"打倒北岛"想到的》，《绥化学院学报》2009年第3期。

蔡军强：《英雄与少年——朦胧诗对"人"的重塑与回归》，《安徽文学（下半月）》2009年第5期。

李弗不：《走近朦胧诗》，《阅读与作文（初中版）》2009年第9期。

张学昕：《"后锋"写作及其他——诗人杨炼、唐晓渡访谈录》，《当代作家评论》2009年第4期。

程烽：《远逝的童话——评顾城诗的特点》，《黑龙江史志》2009年第4期。

王姝一：《朦胧与明朗的交响——浅论舒婷诗歌的审美意蕴》，《大众文艺（理论）》2009年第2期。

冯雷：《先锋：三十年写就——论梁小斌的当代诗学意义》，《山西师大学报（社会科学版）》2009年第2期。

顾倩、顾强：《论北岛前期诗歌的怀疑与叛逆精神》，《新课程学习（学术教育）》2009年第9期。

张静：《回归画意的诗人芒克》，《当代小说（下半月）》2009年第11期。

陈超：《先锋诗歌20年：想象力方式的转换》，《燕山大学学报（哲学版）》2009年第4期。

陈亮：《一块蓝手绢也是意义重大的——梁小斌诗歌论》，《理论创作》2009年第1期。

袁明艳：《论顾城的寓言故事诗》，《安徽文学（下半月）》2009年第6期。

唐晓渡、北岛：《我一直在写作中寻找方向——北岛访谈录》，《山花》2009年第2期。

首相官邸：《我们的八十年代——朦胧诗人，舒婷》，《半月选读》2009年第14期。

刘复生：《多多诗歌写作的历史演进》，《扬子江评论》2009年第1期。

王冠：《从北岛诗歌看中国当代诗坛的分野》，《大舞台（双月号）》2009年第5期。

高海涛：《论舒婷诗中的自我形象与抒情方式的转换》，《吉林省教育学院学报》2009年第9期。

王冠：《北岛诗歌的两种风格》，《大众文艺（理论）》2009年第18期。

农为平：《寻梦者的歌唱——诗人顾城的"童话情节"分析》，《时代文学（双月上半月）》2009年第2期。

王昭：《压抑中的生命觉醒与喷发——浅谈食指的诗歌创作》，《时代文学（下半月）》2009年第4期。

张清华：《梁小斌："独自成俑"》，《诗歌月刊》2009年第2期。

谢伶俐、冯秋珍：《论顾城诗歌的魔幻现实主义特征——从〈布林的档案〉谈起》，《重庆科技学院学报（社会科学版）》2009年第5期。

男男：《舒婷诗歌赏析》，《初中生（阅读导航）》2009年第11期。

张海英：《舒婷的诗歌世界》，《语文教学与研究（大众版）》2009年第11期。

谢侯之：《朦胧三人行》，《延安文学》2009年第6期。

王建永：《从"童心"到"童话"——论顾城诗歌创作的童心视角》，《当代文坛》2009年第4期。

郭钧剑：《穿城而过——透析顾城的诗歌世界》，《安徽文学（下半月）》2009年第5期。

褚斐青：《舒婷诗歌中的女性意识》，《长江大学学报（社会科学版）》2009年第1期。

施旸：《舒婷诗歌中的女性独立意识》，《电影评介》2009年第2期。

李墨泉：《欧阳江河诗歌写作初探》，《艺术广角》2009年第4期。

邱景华：《新古典与现代经验——舒婷〈滴水观音〉及〈圆寂〉细读》，《名作欣赏》2009年第7期。

王耀松：《意象陌生化，诗歌生命力之所在——以舒婷诗歌为例兼及其他》，《现代语文（文学研究版）》2009年第10期。

宋俊宏、连双桃：《北岛早期的诗》，《阅读与写作》2009年第9期。

谷鹏、徐国源：《"朦胧诗"：矛盾重重的文学史叙述——兼论当代诗歌流派的解读方式》，《江苏社会科学》2010年第1期。

何冬玲：《从北岛诗歌看朦胧诗中的"人"》，《文学界（理论版）》2010年第4期。

郑加菊、粘招凤：《朦胧诗命名的意义及其限度》，《湖南人文科技学院学报》2010年第6期。

徐国源：《论朦胧诗的批判主题及启蒙价值》，《苏州大学学报（哲学社会科学版）》2010年第5期。

吴投文：《论朦胧诗对西方现代主义文学的接受及其影响》，《2010年中国文学传播与接受国际学术研讨会会议论文汇编（现代文学部分）》2010年。

陈文俊、高彩玉：《论朦胧诗的美学特征》，《襄樊职业技术学院学报》2010年第4期。

丛鑫：《"朦胧诗"的情感内涵及其文化心理新论》，《燕山大学学报（哲学社会科学版）》2010年第2期。

王维：《再论朦胧诗的语言特质》，《云南大学学报（社会科学版）》2010年第9期。

中国当代文学史资料丛书

杨杨：《启蒙时代的双重崛起——再读朦胧诗》，《安徽文学（下半月）》2010年第5期。

李项：《从陌生化角度赏析朦胧诗的翻译》，《语文学刊（外语教育与教学）》2010年第6期。

陆燕雯：《论朦胧诗的悲剧精神》，《网络财富》2010年第22期。

黄裕欣：《朦胧诗的"感伤"气质探究》，《资治文摘（管理版）》2010年第6期。

王学东：《朦胧诗：中国现代诗歌的新传统》，《南方文坛》2010年第3期。

付瑞利：《"朦胧诗"再解读》，《文学界（理论版）》2010年第8期。

尚斌：《历史废墟中升起的圣象——论朦胧诗的"中国形象"书写》，《百年中国文学与"中国形象"国际学术研讨会论文集》2010年。

乔作军：《八十年代初朦胧诗的魅力初探》，《现代语文（文学研究版）》2010年第2期。

朱小如、张丽君：《何以"朦胧"：审美的退化——关于新时期文学三十年之"朦胧诗"的反思性对话》，《当代文学研究资料与信息》2010年第3期。

孙百琴：《八十年代诗歌：在美学与意识形态之间》，《山东文学》2010年第3期。

孙绍振、张伟栋：《孙绍振访谈：我与"朦胧诗"论争（上）》，《当代文学研究资料与信息》2010年第2期。

孙绍振、张伟栋：《孙绍振访谈：我与"朦胧诗"论争（下）》，《当代文学研究资料与信息》2010年第3期。

王倩倩：《从反叛到被反叛——朦胧诗与第三代比较》，《文学界（理论版）》2010年第6期。

陈凯、汪全玉：《舒婷朦胧诗基于生活诉求的反思与指向》，《中国城市经济》2010年第8期。

贺岚：《试论西方意识流对中国朦胧派诗歌的影响》，《作家》2010年第4期。

朱先树：《"朦胧诗"问题讨论及前因后果》，《诗刊》2010年第11期。

牛殿庆：《大棒当头：1980诗歌论争——兼评〈诗刊〉1980年10月号诗论》，《宜宾学院学报》2010年第3期。

远人：《朦胧诗群：横空出世的流派》，《文学界（原创版）》2010年第6期。

李雁：《苦难与希望——论朦胧诗的乌托邦精神》，《文教资料》2010年第28期。

徐熠：《朦胧诗代表食指归来》，《青春》2010年第1期。

傅淑娴：《顾城朦胧诗的诗性风味赏析》，《青春岁月》2010年第24期。

张宗刚、李羣、陈梓莃：《写给人类的诗——食指诗歌研讨会发言纪要》，《太湖》2010年第1期。

卢芳：《谈"童话诗人"顾城》，《辽宁师专学报（社会科学版）》2010年第1期。

吕培林：《"诗中的诗，顶峰上的顶峰"——谈朦胧诗歌对象征主义的接受与发》，《文学界（理论版）》2010年第2期。

王冠：《嬗变中的误解：北岛接受史的批判》，《当代文坛》2010年第6期。

梁艳：《食指、多多与〈今天〉的关系再探》，《华东师范大学学报（哲学社会科学版）》2010年第2期。

杜小花：《浅析顾城诗歌前后期的转变》，《文学界（理论版）》2010年第4期。

向丽：《顾城之诗与顾城之死的悲剧性探究》，《科教导刊（中旬刊）》2010年第6期。

林凯：《困顿、放逐与固守——论舒婷中后期诗歌创作精神姿态》，《福建论坛（人文社会科学版）》2010年第10期。

朵渔：《从〈今天〉的方向看》，《名作欣赏》2010年第13期。

石良：《诗歌朦胧：迷茫中寻找一片四叶草》，《中学生》2010年第7期。

子川：《关于食指的三个时间坐标》，《南京理工大学学报（社会科学版）》2010年第1期。

林凯：《论舒婷早期诗歌的创作主体精神姿态》，《湖北第二师范学院学报》2010年第9期。

牛殿庆：《从爱情的橡树到永生的始祖鸟——舒婷诗歌文本解读》，《宁波工程学院学报》2010年第1期。

北岛、舒婷、杨炼、顾城、江河：《朦胧诗派》，《文学界（原创版）》2010年第6期。

夏榆（本报记者）、陈璇（实习）：《"诗人社会是怎样一个江湖"》，《南方周末》2010年11月18日。

牛殿庆：《北岛这个诗人》，《宁波大学学报（人文科学版）》2010年第6期。

丛晓燕（商报记者）：《芒克：涂抹生命中的阳光》，《北京商报》2010年11月5日。

李亚娜：《无家可归的蜗居者——浅析顾城生活现实与诗歌现实的背道而驰》，《科教导刊（中旬刊）》2010年第7期。

雷鸣：《食指诗歌的意义》，《凯里学院学报》2010年第4期。

苏英姿：《走进顾城的诗歌世界》，《安徽文学（下半月）》2010年第9期。

孙宗胜、郭海军：《食指：自由生命的歌者》，《中外企业家》2010年第12期。

程光炜：《欧阳江河论》，《中国诗歌》2010年第12期。

梁艳：《朦胧诗、新诗潮与"今天派"：一段文学史的三种叙述》，《华东师范大学学报（哲学社会科学版）》2011年第1期。

罗振亚：《论"前朦胧诗"的意象革命》，《中山大学学报（社会科学版）》2011年第2期。

魏婷婷：《朦胧诗中的爱情书写》，《辽宁行政学院学报》2011年第9期。

林少华：《诗与史之间：早期北岛的诗》，《读书》2011年第4期。

杨军、鲁建平：《从诗外到诗内的回归——论朦胧诗的主体特征》，《乐山师范学院学报》2011年第9期。

赵永刚：《朦胧诗的接受限度与先锋的宿命——以舒婷为中心的考察》，《齐鲁学刊》2011年第3期。

吴梅菊：《试析"朦胧诗"与"第三代诗歌"创作倾向的不同》，《山花》2011年第22期。

张立群、史文菲：《舒婷论——"朦胧诗化"、女性意识的拓展与经典化》，《文艺争鸣》2011年第11期。

隋晓村：《现代朦胧诗的艺术表现力》，《剑南文学（经典教苑）》2011年第2期。

张悦：《顾城诗歌语义模糊的修辞学探讨》，《辽宁师专学报（社会科学版）》2011年第4期。

张桃洲：《去国诗人的中国经验与政治书写——以北岛、多多为例》，《江汉大学学报（人文科学版）》2011年第6期。

张雅东：《舒婷诗歌的历史地位与艺术价值》，《理论观察》2011年第2期。

屈淑琼：《浅谈北岛诗歌的理性批判主义精神》，《文学界（理论版）》2011年第9期。

姚红静：《浅析舒婷诗歌的意象艺术》，《青年文学家》2011年第24期。

王存良：《论舒婷20世纪80年代中期以来诗歌创作的焦虑意识》，《甘肃联合大学学报（社会科学版）》2011年第4期。

康洁：《"阳光中的向日葵"——谈芒克对于梵·高"生命精神"的继承》，《北方文学（下半月）》2011年第8期。

赵华：《中西方读者对北岛诗歌的接受差异》，《长江大学学报（社会科学版）》2011年第10期。

颜彦：《顾城式朦胧：徘徊在现实与童话中——论顾城诗歌创作中的语义转换法则》，《文学界（理论版）》2011年第5期。

丁辛芝：《走进顾城的童话世界》，《大众文艺》2011年第1期。

张黎黎：《孤独的低吟者——浅谈食指》，《当代小说（下半月）》2011年第2期。

蒙丹阳：《论江河〈太阳和他的反光〉组诗的文化意蕴和艺术特色》，《文学界（理论版）》2011年第5期。

王亚斌：《北岛国内诗歌（1973—1989）的荒诞意识》，《滁州学院学报》2011年第1期。

李羽丰：《有个诗人 他叫北岛》，《安徽文学（下半月）》2011年第6期。

张惠林：《天才童话诗人顾城的悲剧因果》，《河西学院学报》2011年第1期。

张璞：《走出顾城之城——评"童话诗人"顾城的人生观》，《群文天地》2011年第10期。

徐聪：《北岛诗歌之我见》，《群文天地》2011年第12期。

杨雪娇：《"童话诗人"顾城》，《神州》2011年第18期。

高娇娇、丁雅诵：《舒婷诗歌中"海"的意象探析》，《青年文学家》2011年第8期。

施祥爱：《朦胧诗的艺术特点》，《文学教育（中）》2012年第8期。

张翠：《谈朦胧诗的"读得懂"与"读不懂"——基于朦胧诗中意象与象征手法的应用》，《濮阳职业技术学院学报》2012年第1期。

陈爱中：《朦胧诗：一个需要继续重述的诗学概念》，《当代作家评论》2012年第2期。

陈小眉、冯雪峰：《被"误读"的西方现代主义——论朦胧诗运动》，《华文文学》2012年第1期。

田琳琳：《认知诗学视域下舒婷朦胧诗的概念隐喻分析》，《剑南文学（经典教苑）》2012年第10期。

王士强：《"前朦胧"寻踪：从〈今天〉到"太阳纵队"、"X小组"》，《扬子江评论》2012年第3期。

洪虹：《朦胧诗中的"二元中国"》，《名作欣赏》2012年第8期。

杜和平：《论朦胧诗启蒙的形而上意义》，《毕节学院学报》2012年第12期。

张文俭：《"墙"：朦胧诗人的宠儿——关于朦胧诗中的"墙"意象》，《安徽文学（下半月）》2012年第7期。

王飞：《浅谈"朦胧诗"》，《课程教育研究》2012年第4期。

何客：《表达的诗歌与诗歌的表达——朦胧诗反思》，《江苏教育学院学报（社会科学）》2012年第3期。

杨娇娇：《朦胧诗，珠贝里的眼泪》，《青春岁月》2012年第16期。

黄键：《论舒婷与北岛朦胧诗风格的差异》，《盐城师范学院学报（人文社会科学版）》2012年第1期。

彭永华：《从"朦胧诗派"的流转看当代诗歌价值重构》，《边疆经济与文化》2012年第4期。

谢玉星：《舒婷的朦胧诗艺术特色》，《产业与科技论坛》2012年第1期。

董迎春：《隐喻：不可遁隐的诗歌之门——论80年代诗歌话语的"隐喻"特征》，《南京理工大学学报（社会科学版）》2012年第5期。

黄英：《论朦胧诗的精神气质与审美特征》，《当代教育理论与实践》2012年第8期。

张立群：《在诗歌的十字架上——舒婷论》，《中国作家》2012年第13期。

傅元峰：《论北岛诗歌中的庄重诗美及其局限》，《文学评论丛刊》2012年第1期。

董迎春：《"广场"的隐喻叙事与政治透支——北岛诗歌的话语特征新论》，《广西师范大学学报（哲学社会科学版）》2012年第1期。

牛殿庆：《杨炼早期诗歌和江河诗歌的重新比较》，《浙江万里学院学报》2012年第1期。

吴晓燕、赵民兴：《西方现代主义影响下的朦胧诗歌》，《作家》2012年第12期。

杜家和：《朦胧诗》，《初中生优秀作文》2012年第20期。

杜昆：《知识分子的荣与衰：论舒婷的创作转型》，《海南师范大学学报（社会科学版）》2012年第3期。

闫文：《"巨型玻璃混在冰中汹涌"：论多多诗歌中的"力"》，《华文文学》2012年第2期。

张凯：《舒婷诗歌创作中的抒情特点》，《辽宁工程技术大学学报（社会科学版）》2012年第1期。

刘青松：《令人气闷的"朦胧"》，《文史博览》2012年第2期。

吴晓东：《北岛诗歌中的镜像主体》，《江南（诗江南）》2012年第6期。

白岩松：《朦胧诗：一代人的阅读记忆》，《文史博览》2012年第2期。

卢思琴：《诗歌的力量：浅析北岛代表作三首》，《芒种》2012年第24期。

贺孝恩：《论舒婷诗歌的节奏美》，《怀化学院学报》2012年第3期。

陈爱中：《回不去时回到故乡——论杨炼的空间诗学》，《南京理工大学学报（社会科学版）》2012年第6期。

尚潇方：《自然——顾城诗歌的生命内核》，《鸡西大学学报》2012年第12期。

杜家和：《"童话诗人"顾城和他的诗》，《初中生优秀作文》2012年第20期。

吴子林：《食指：自由生命的歌者》，《汉语言文学研究》2012年第1期。

陈昶：《时间的玫瑰——北岛的文化漂泊与回归之旅》，《广西大学学报（哲学社会科学版）》2012年第6期。

吕政豫：《浅析顾城的诗歌创作特色》，《鞍山师范学院学报》2012年第3期。

冉建平、盛家林：《浅谈顾城诗歌的写作特点》，《语文教学与研究（综合天地）》2012年第2期。

熊作勤：《一个童话的彼岸——从顾城的诗看他的童话世界》，《商丘职业技术学院学报》2012年第4期。

李庶：《脆弱的坚定和难堪的犹疑——北岛诗歌的两种困境》，《四川省干部函授学院学报》2012年第4期。

傅元峰：《孱弱的抒情者——对"朦胧诗"抒情骨架与肌质的考察》，《文艺争鸣》2013年第2期。

亚思明：《"朦胧诗"：历史的伪概念》，《学术月刊》2013年第9期。

司真真：《朦胧诗论争中的小插曲与大智慧——论艾青与朦胧诗论争》，《理论月刊》2013年第4期。

董迎春、伍东坡：《论"朦胧诗"的"命名"与"情节编织"》，《名作欣赏》2013年第11期。

董迎春、伍东坡：《"朦胧诗"话语特征及式微原因新论》，《名作欣赏》2013年第11期。

王士强：《论20世纪60、70年代"前朦胧诗"的亚文化空间》，《中国诗歌研究》2013年第4期。

陈爱中、王智：《因袭的文本：朦胧诗的诗学选择》，《黑龙江社会科学》2013年第3期。

王亚斌：《论朦胧诗发生的外部动因》，《滁州学院学报》2013年第6期。

何同彬：《晦涩：如何成为"障眼法"？——从"朦胧诗论争"谈起》，《文艺争鸣》2013年第2期。

王畅：《现代主义思潮中国化——从朦胧诗谈起》，《山花》2013年第20期。

王士强：《论"朦胧诗"时期梁小斌诗歌中的自我想象——兼及他此后的反思与"忏悔"》，《理论界》2013年第7期。

包研、程革：《"个体"的崛起与突围——对"崛起派"中个体意识的思考》，《延边大学学报（社会科学版）》2013年第4期。

萧丽容：《浅谈朦胧诗的象征艺术》，《教育教学论坛》2013年第15期。

唐世奇：《朦胧诗派的忏悔意识：以北岛为例》，《乐山师范学院学报》2013年第6期。

熊璐：《论北岛诗中的"新崇高"》，《名作欣赏》2013年第26期。

张厚刚：《"童话诗人"对顾城诗歌全貌的遮蔽》，《齐鲁学刊》2013年第4期。

傅小平（文学报记者）：《杨炼：对现实的自我反思与追问》，《文学报》2013年6月20日。

江美玲：《顾城诗歌的意象之域与"谣曲"风味》，《江西社会科学》2013年第7期。

夏晓龙：《挣扎中的平衡——刍议北岛诗歌的"常"与"变"》，《牡丹江教育学院学报》2013年第1期。

史培峰：《寻梦者的低语——试析顾城的诗歌之"梦"》，《山西广播电视大学学报》2013年第4期。

潘虹：《浅析顾城诗歌的感伤情调》，《文学界（理论版）》2013年第1期。

龙雪梅：《浅析舒婷诗中的生活与美》，《中国校外教育》2013年第18期。

张江：《当代诗歌的"断裂"与成长：从顾工到顾城》，《文艺研究》

中国当代文学史资料丛书

2013年第7期。

金德芬：《优雅的忧郁——论舒婷诗歌的写作姿态》，《太原师范学院学报（社会科学版）》2013年第3期。

张煦涵：《顾城诗歌定中短语的超常搭配》，《现代语文（学术综合版）》2013年第5期。

董迎春：《不合时宜的"还原"——论20世纪80年代诗歌话语的"转喻"特征》，《南方文坛》2013年第5期。

匡妙妙：《论顾城童话王国幻灭的悲剧性》，《黔南民族师范学院学报》2013年第3期。

许元振、柯少冰：《论北岛诗歌与时代的契合与疏离》，《绥化学院学报》2013年第8期。

徐桂萍：《现实世界里孤独的悲情歌者——论顾城诗歌中的灰色美学视觉》，《语文建设》2013年第29期。

许纪霖：《诗意与俗世》，《金融博览》2013年第11期。

董迎春：《综合型写作与当代诗学重构——论八十年代诗歌话语的"提喻"特征》，《海南师范大学学报（社会科学版）》2013年第8期。

潘远斌、商启峰：《北岛诗品：魂与美》，《德宏师范高等专科学校学报》2013年第4期。

林晓兰：《浅析顾城以"风"为主题意象的诗歌创作——以〈微风〉、〈关于风〉、〈风的梦〉为例》，《青年文学家》2013年第30期。

李健、姚坤明：《朦胧诗中现代主义因素影响研究》，《大庆师范学院学报》2014年第4期。

王士强：《1960—70年代"前朦胧诗"的发生探源》，《扬子江评论》2014年第2期。

宁丽丽、陈古福：《论"朦胧诗"的艺术意义》，《山花》2014年第10期。

马亚颖：《朦胧诗潮及其论争二题》，《考试周刊》2014年第53期。

郑明明：《朦胧诗对诗歌传统的反叛与继承》，《文学教育（下）》2014年第8期。

王丽花：《论"朦胧诗"的审美特征》，《文学教育（中）》2014年第3期。

徐向昱：《朦胧诗论争与新时期情感表现论的构建》，《神州》2014年第

5期。

翟朋：《在语言中漂流——北岛诗歌立场的一个侧面》，《名作欣赏》2014年第5期。

张艳存、张艳龙：《朦胧诗创作思想的现代性特征》，《哈尔滨师范大学社会科学学报》2014年第1期。

张翠云、杨少君：《宗教情怀与赤子之情——评舒婷的朦胧诗》，《殷都学刊》2014年第9期。

唐调生：《清晰的意象，朦胧的诗情》，《考试周刊》2014年第41期。

陈卫：《诗歌重创及其问题——对大陆1980年代中期以来诗歌的史评与编选认识》，《新文学评论》2014年第3期。

王正印：《"古老的敌意"——北岛诗歌的精神内核》，《作家》2014年第8期。

胡友峰、李修：《〈诗刊〉与朦胧诗的兴衰》，《当代文坛》2014年第4期。

张立群：《杨炼论》，《南方文坛》2014年第2期。

于婷：《论舒婷〈双桅船〉的创作特色》，《青年文学家》2014年第18期。

王彦：《试析舒婷诗歌的正能量及现实意义》，《青年文学家》2014年第17期。

陈大为：《江河"现代神话史诗"的英雄转化与叙事思维》，《江汉艺术》2014年第2期。

沈天鸿：《独特的单纯——梁小斌诗歌论》，《安徽文学》2014年第2期。

王薇巍：《浅析北岛前后期诗歌创作的变化》，《红岩》2014年第S1期。

谢晨：《论朦胧诗的时间意识与艺术创新》，《漯河职业技术学院学报》2014年第4期。

张琳：《顾城和海子的诗歌创作对比》，《中外企业家》2014年第18期。

郭世轩：《以少胜多，一鸣惊人：论顾城诗歌〈一代人〉的艺术魅力》，《阜阳师范学院学报（社会科学版）》2014年第5期。

王静斯：《从"朦胧诗论争"看"精英"与"大众"的话语分歧》，《沈阳师范大学学报（社会科学版）》2014年第1期。

卢贝贝：《论顾城诗歌亲近的陌生化》，《青年文学家》2014年第17期。

眭剑平：《生于风暴，归于沉寂——试论"朦胧诗"的成就》，《文教资料》2014年第17期。

瓦当：《梁小斌：从"朦胧诗"代表人物到地洞思想家》，《经济观察报》2014年6月2日。

张辉：《一个诗歌身份的暧昧指认——杨炼"中文性"诗学评析》，《长沙理工大学学报（社会科学版）》2014年第2期。

李倩：《论影响顾城之城的几大因素》，《大众文艺》2014年第5期。

刘梅梅：《浅析顾城诗歌的艺术特色》，《大众文艺》2014年第17期。

二、学位论文类

丛鑫：《"公共痛苦"的不同书写——"朦胧诗"与"归来者"诗比较论》，西南师范大学硕士论文，2003年。

王娟：《遭遇历史——论朦胧诗的现代性追求》，南京师范大学硕士论文，2003年。

秦艳贞：《朦胧诗与西方现代主义诗歌比较研究》，苏州大学博士论文，2004年。

伍建平：《论新时期现代主义文学背景下的朦胧诗潮》，新疆大学硕士论文，2004年。

陈迪文：《诗与史的紧张——论"朦胧诗"意义的生成与消解》，武汉大学硕士论文，2004年。

王维：《朦胧诗语言研究》，华中师范大学硕士论文，2006年。

石军：《北方的孤岛——北岛诗论》，安徽大学硕士论文，2006年。

王郑敏：《论朦胧诗的精神主题》，西南大学硕士论文，2007年。

赵永丰：《穿越历史黑夜的精神光焰——食指诗歌创作论》，河北师范大学硕士论文，2007年。

马牧野：《主题的变奏和诗艺的呈现——北岛国外时期诗作研究》，吉林大学硕士论文，2007年。

赵华：《北岛诗歌中西接受程度探讨》，新疆大学硕士论文，2007年。

殷颖：《北岛出国后诗歌研究》，上海交通大学硕士论文，2007年。

侯永杰：《论朦胧诗的意象》，山东师范大学硕士论文，2008年。

林林：《"别有天地非人间"——论顾城寓言诗创作》，西南大学硕士论文，2008年。

王丽花：《论顾城诗歌中的自然生命》，云南师范大学硕士论文，2008年。

王冠：《挣扎中的平衡——北岛诗歌的常与变》，东北师范大学硕士论文，2008年。

蔡涛：《杨炼史诗的现代性分析》，中南民族大学硕士论文，2008年。

张义德：《顾城的诗及诗学心理分析》，西南大学硕士论文，2008年。

吴伟：《别有天地非人间——论顾城的诗歌创作》，中南大学硕士论文，2008年。

张志国：《〈今天〉与朦胧诗的发生》，暨南大学博士论文，2009年。

崔月萍：《从"文革"中走出来的〈今天〉诗歌》，首都师范大学硕士论文，2009年。

林凯：《论舒婷创作主体精神姿态的转变》，福建师范大学硕士论文，2009年。

李自然：《新批评理论视域中的朦胧诗研究》，广西师范大学硕士论文，2010年。

卫梅娟：《"朦胧诗"现象再研究》，福建师范大学硕士论文，2010年。

李婷：《20世纪60年代"前朦胧诗"研究》，山西大学硕士论文，2010年。

郭爱婷：《论朦胧诗的太阳反题现象》，中央民族大学硕士论文，2010年。

木尼尔丁·谢木西丁：《维吾尔新时期文学中的〈朦胧诗〉现象研究》，喀什师范学院硕士论文，2010年。

王翰麒：《论舒婷诗歌的创作》，吉林大学硕士论文，2010年。

史文霏：《"经典"的生成与传承——舒婷诗歌创作的接受性研究》，吉林大学硕士论文，2010年。

李海荣：《论舒婷诗歌的"二重性"》，山东大学硕士论文，2010年。

孙玉荣：《活在梦里的人——顾城论》，辽宁师范大学硕士论文，2010年。

王辉：《舒婷诗歌研究》，华东师范大学硕士论文，2010年。

徐小涛：《漂泊无依的诗魂——论顾城创作的精神自我》，曲阜师范大学硕士论文，2010年。

苏英姿：《为"梦"而生——论顾城的诗歌创作》，华东师范大学硕士论文，2010年。

张国飞：《笔在绝望中开花——论北岛诗歌的生命哲学》，西南大学硕士论文，2010年。

熊岚：《守望孤独的存在之旅——北岛诗歌研究》，华中科技大学硕士论文，2010年。

李忍：《"朦胧诗论争"中的代际裂痕问题研究——以艾青与北岛的关系为例》，湖南科技大学硕士论文，2011年。

陈艳：《基于概念域识解的朦胧诗语篇连贯分析》，长沙理工大学硕士论文，2011年。

李红霞：《在诗歌的十字架上——舒婷诗歌研究》，辽宁师范大学硕士论文，2011年。

崔释予：《"异次元"的玫瑰——论顾城诗歌的精神世界》，东北师范大学硕士论文，2011年。

王丹阳：《漂泊他乡的诗语——试论北岛、多多等海外中国诗人的域外写作》，沈阳师范大学硕士论文，2011年。

翟晓春：《食指诗歌艺术的时代印记——以〈这是四点零八分的北京〉为例》，浙江大学硕士论文，2011年。

杨坤：《论顾城诗歌的幻想气质》，中央民族大学硕士论文，2011年。

陈唯：《朦胧诗的经典化历程研究》，华中师范大学硕士论文，2012年。

罗斌：《论朦胧诗论争主体间的相互关系——以1978–1986年间的福建场域为中心》，福建师范大学硕士论文，2012年。

王钒宇：《个人之声与格律之美——论食指诗歌的质与文》，西南交通大学硕士论文，2012年。

于志涛：《雕刻词语的"手艺"——诗人多多论》，上海师范大学硕士论文，2012年。

蔡志飞：《坚守与嬗变——北岛诗歌的精神特征》，海南师范大学硕士论文，2012年。

刘双双：《顾城"童话世界"的审美建构》，齐齐哈尔大学硕士论文，2012年。

陈汉生：《北岛海外诗歌研究》，安徽师范大学硕士论文，2012年。

冯哲：《灵魂的突围——论顾城诗歌中的自我救赎》，浙江大学硕士论文，2012年。

李燕：《从抵抗策略看北岛诗歌的意象翻译——以〈八月的梦游〉为例》，上海外国语大学硕士论文，2012年。

陈菲：《北岛无题诗语义开放性研究》，渤海大学硕士论文，2012年。

刘乐菲：《朦胧诗案研究》，南京大学硕士论文，2013年。

韦玉伟：《"朦胧诗"诗体形式考察》，广西师范大学硕士论文，2013年。

赵喆熊：《"今天派"研究》，华东师范大学硕士论文，2013年。

姬婧瑛：《黑暗中的鹰隼——诗人食指》，广东技术师范学院硕士论文，2013年。

蔡森：《80年代以来现代汉语诗歌的隐喻特征研究》，广西大学硕士论文，2013年。

孔丹丹：《"我不愿与人重逢"——论顾城的诗人形象》，西南大学硕士论文，2013年。

龙吟娇：《"我是被你否认的身份，从心里关掉的灯"——从矛盾的张力中看北岛的身份认同》，西南交通大学硕士论文，2013年。

王薇巍：《北岛海外诗歌创作研究》，重庆师范大学硕士论文，2013年。

蔡胜男：《顾城中后期诗歌研究》，中南大学硕士论文，2013年。

崔春：《论北岛及〈今天〉的文学流变》，山东大学博士论文，2014年。

贺姗姗：《反抗的诗魂——70年代民刊〈今天〉研究》，河北师范大学硕士论文，2014年。

钱继云：《〈诗刊〉与1980年代诗歌创作》，苏州大学博士论文，2014年。

说明： 在整理这份索引时，编者参考了《朦胧诗论争集》（姚家华编，学苑出版社，1989年）和《朦胧诗精选》（喻大翔 、刘秋玲编选，华中师范大学出版社，1986年）的索引部分，并修改了其中部分错讹，特此说明并致谢。